소금길

THE SALT PATH

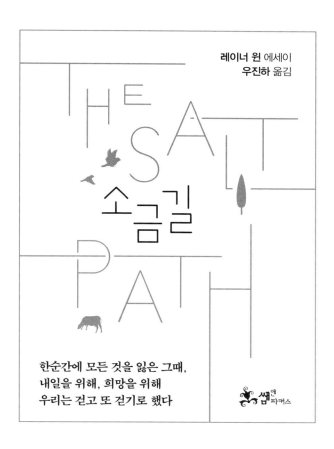

레이너 윈 에세이
우진하 옮김

THE SALT PATH

소금길

한순간에 모든 것을 잃은 그때,
내일을 위해, 희망을 위해
우리는 걷고 또 걷기로 했다

쌤앤
파커스

차례

사우스 웨스트 코스트 패스

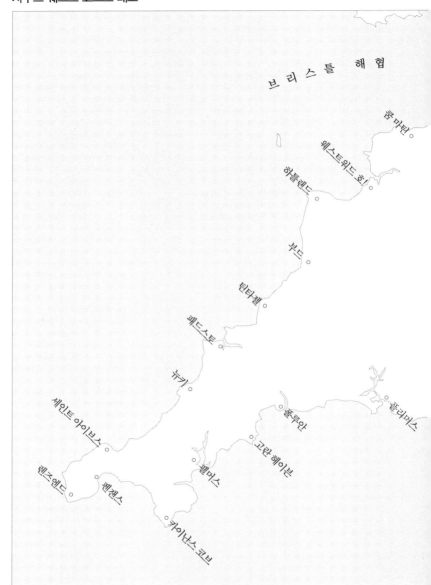

브리스틀 해협

쿰 마틴

웨스트워드 호!

하틀랜드

부드

틴타젤

페드스토

뉴키

세인트 아이브스

렌즈엔드

펜젠스

카이난스 코브

팰머스

고란 헤이븐

폴루안

플리머스

파도가 육지와 부딪히며 점점 가까이 밀려오는 소리가 들려왔다. 그것 말고는 다른 아무것도 생각할 수 없었다. 저기 밖에서 으르렁거리는 소리는 틀림없이 파도가 마른 땅에 크게 부딪혔다가 다시 뒤로 물러나기를 반복하는 소리였다. 사방은 칠흑처럼 컴컴했고 빛 한 점 찾아보기 어려웠지만, 그렇게 아무것도 보이지 않는 상황 속에서도 나는 그렇게 밀려오는 물살의 위력을 느낄 수 있었다. 게다가 분명 점점 더 가까워지고 있다는 사실도 알 수 있었다. 나는 논리적으로 생각해보려 했다. 우리는 만조 때 바닷물이 차오르는 곳보다 훨씬 더 높은 곳에 텐트를 쳤다. 모래사장은 한참 더 아래쪽에 있으니까 바닷물이 차올라도 모래사장 위까지가 고작일 것이다. 그러니 우리가 있는 곳까지 물이 올라올 리 없었다. 우리는 안전했다. 나는 배게 대신 쓰고 있는 둘둘 만 웃옷에 다시 머리를 기대고 잠을 청하려 했다. 그런데 아니, 뭔가 이상했다. 우리는 안전은커녕 아주 위험한 상황에 처해 있었다. 파도가 부딪혔다 밀려나는 소리는 저 멀리 모래사장 근처가 아니라 바로 텐트 바깥에서 들려오고 있었다.

나는 어두컴컴한 텐트 안에서 급히 몸을 일으켜 문을 열어젖혔다. 달빛은 이미 절벽 위를 가로질러 가고 있었기에 바다 쪽은 칠흑처럼 컴컴했지만, 그 와중에도 산산이 부서지는 파도가 희미하게 눈에 들어왔다. 거대한 물살이 이미 텐트 앞 불과 1미터 지점까지 차오르고 있었다. 나는 옆의 침낭을 붙잡고 흔들었다.

"모스, 모스! 파도가, 물이 몰려오고 있어!"

우리는 손에 걸리는 건 모두 배낭에 쑤셔 넣고는 급히 신발을 신은 뒤 고정용 말뚝이며 텐트를 한꺼번에 뭉뚱그려 들어올렸다. 침낭이며 옷가지가 안에 그대로 들어 있어서 그랬는지 텐트는 제대로 접히지 않았다. 침낭 밑에 깔았던 방수포가 땅바닥에 질질 끌리는 것이 느껴졌다. 우리는 마치 거대한 꽃게처럼 비틀거리며 바닷가를 가로질러 갔다. 막 텐트를 쳤을 때만 해도 육지에서 바다로 이어지는 좁은 물길이었던 곳이 지금은 반대로 바닷물이 육지로 사정없이 밀려드는, 깊이가 1미터 남짓한 큰 도랑이 되어 있었다.

"짐을 계속해서 높이 들고 있을 수가 없어. 이러다가는 침낭이 다 젖어버릴 거야."

"지금 침낭이 문제가 아니야. 당장 어떻게 하지 않으면……."

우리는 다시 처음 있던 자리로 내달렸다. 바닷물이 잠시 뒤로 빠져나가자 도랑이 발목 정도 깊이의 널찍하고 평평한 웅덩이처럼 바뀌는 모습이 눈에 들어왔다. 우리는 바닷가로 달려 내려갔다. 바닷물이 다시 차오르면서 우리 앞에 있는 모래사장까지 밀려오기 시작했다.

"물이 다시 뒤로 빠질 때까지 기다렸다가 물길 반대편으로 달려서 바닷가 위쪽으로 올라가야 해."

나는 잠시 경외심이 들 정도였다. 불과 두어 달 전만 해도 내가 붙잡아주지 않으면 외투 같은 것도 혼자 제대로 입지 못하던 사내가 속옷 바람으로 바닷가 위에 서서 제대로 접히지도 않은 텐트를 머리 위로 둘러매고, 배낭은 등에 짊어지고는 내게 달리라고 말하고 있었다.

"달려! 어서 달리라고!"

우리는 텐트를 높이 치켜들고는 물 위를 철벅거리며 달려가 필사적으로 바닷가 위쪽으로 기어 올라갔다. 바닷물이 다시 우리를 집어삼킬 듯 밀려오더니 발뒤꿈치까지 따라붙었다. 신발을 소금물로 흠뻑 적시며 발이 푹푹 빠지는 모래밭을 비틀거리며 헤쳐나간 우리는 절벽 아래쪽에 도착해서야 겨우 텐트를 바닥에 내려놓을 수 있었다.

"당신도 그렇게 생각하겠지만, 여기가 절벽 근처라고 해도 안전한 것 같지는 않아. 그러니 바닷가를 따라 좀 더 움직이는 게 좋겠어."

이게 도대체 무슨 소리야? 새벽 3시에 지금보다 뭘 더 어떻게 조심하자는 거야?

"나는 싫어."

우리는 이미 36일째 텐트를 치고 노숙을 하며 390킬로미터를 걸었다. 그동안 먹은 것이라고는 야외용 건조식품이 대부분이었다. 사우스 웨스트 코스트 패스 가이드북에 따르면 우리는 이 지점을 18일 안에 통과했어야 하며, 맛있는 음식으로 배를 채우고 뜨거운 물로 목욕을 한 후 푹신한 침대에서 쉴 수 있는 그런 곳을 찾아갔어야 했다. 일정도, 제대로 된 휴식도 다우리 생각과는 다르게 뒤죽박죽이 되어 있었지만 나는 개의치 않았다. 모스는 달빛을 받으며 머리 위로 제대로 접히기는커녕 원래 모습 그대로인 텐트를 둘러매고 바닷가를 걸어갔다. 바지도 없이 아래에 걸치고 있는 것이라곤 닷새째 입고 있는 때에 전 속옷뿐이었다. 마치 기적과도 같은 광경이었다. 나는 이 정도로도 만족할 수 있을 것 같았다.

짐을 정리하고 차를 끓이고 있으려니 포테라스 코브 너머로 동이 터오기 시작했다. 다시 또 하루가 시작되었다. 이제 남은 거리는 623킬로미터다.

1부

빛을 향하여

여신이여, 내게 어느 수수께끼 같은 남자의 이야기를 들려주소서.
그가 어떻게 가던 길을 잃고 방황하게 되었는지를……

- 호메로스, 《오디세이아》

그렇게 걷기로 결심했을 때 나는 계단 아래에 숨어 있었다. 그때 난 등에 배낭을 짊어지고 1,000킬로미터를 걷는다는 게 어떤 의미인지 신중하게 생각하지도 않았고, 내가 과연 그 일을 감당해낼 수 있을지에 대해서도 제대로 생각하지 않았다. 물론 거의 100일에 가까운 기간 동안 야영을 하며 지낼 수 있을지 혹은 그렇게 걷고 난 후에는 뭘 어떻게 할 것인지에 대해서도 거의 생각해보지 않았다. 32년을 함께한 남편에게조차 나와 함께 하자는 말을 하지 않았다.

불과 몇 분 전만 해도 나는 그렇게 계단 아래쪽에 숨어 있는 게 그나마 더 현명한 결정인 것처럼 생각했다. 오전 9시가 되자 검은 옷을 입은 남자들이 현관문을 두드려대기 시작했지만, 우리는 준비가 되어 있지 않았다. 모든 것을 버리고 떠날 준비가 되어 있지 않았던 것이다. 나에게는 시간이 좀 더 필요했다. 단지 한 시간만이라도, 아니 일주일이라도, 아니 또 다른 일생이라는 시간이 필요했다. 하지만 시간이 얼마나 주어지든 아무것도 달라지는 건 없었으리라. 그래서 우리는 그렇게 계단 아래에 함께 몸을 웅크리고 앉아 마치 겁에 질린 생쥐처럼, 장난이라도 치는 아이들처럼 웅얼거리며 사람들이 우리를 찾아낼 때까지 기다렸다.

압류 집행관들이 이번에는 집 뒤로 돌아가서 창문을 두드렸다. 그러면서 어떻게 해서든 집 안으로 들어올 방법을 찾으려고 했다. 그중 한 사람이 정원의 의자 위로 올라가 주방 쪽에 나 있는 작은 창을 밀며 지르는 소리가 귀에 들려왔다. 내가 이 삿짐을 꾸리는 상자 안에 들어 있는 책을 발견한 건 바로 그때였다. 나는 이십 대 시절 《500마일을 걸어서》라는 책을 읽은 적이 있었다. 달랑 개 한 마리만 데리고 사우스 웨스트 코스트 패스, 그러니까 SWCP를 걸었던 한 남자에 대한 이야기였다. 모스는 바로 내 옆에서 머리를 무릎 사이에 파묻은 채 양팔로 몸을 감싸고 웅크리고 있었다. 거기에는 고통과 두려움 그리고 분노가 함께 서려 있었고 무엇보다도 분노가 절절하게 느껴졌다. 삶은 찾을 수 있는 모든 방법을 다 동원해 모스를 공격했다. 3년 동안 이어진 끝이 보이지 않는 싸움이었다. 그는 분노로 탈진해 있었다. 나는 손을 뻗어 그의 머리 위에 얹었다. 한때는 땀과 열정과 젊음으로 가득했던 긴 금발이 있던 자리를 손으로 토닥였다. 그 긴 금발이 짧은 갈색 머리로 바뀌면서 새로운 가정과 아이들에 대한 희망으로 차 있던 시절도 있었지만, 이제 남아 있는 건 하얗게 새어버린 가느다란 머리카락과 그 안에 가득 찬 우리 인생의 먼지들뿐이었다.

나는 열여덟에 모스를 처음 만났다. 이제 나는 쉰이 되었다. 우리는 함께 이 폐허가 된 농장을 다시 일으켜 세웠고 돌 하나부터 빠트리지 않고 모든 걸 복구했다. 푸성귀를 키우고 암탉을 치며 두 아이를 키웠고, 휴가철에 농장을 찾아오는 사람들에게 방을 빌려주고 필요한 돈을 벌었다. 그리고 이제 저 문밖을 나서게 되면 모든 것이 다 과거의 일로 남게 될 터였다. 그동안 가꿔온 삶이, 인생이 다 끝나버리게 되는 것이었다.

"걷는 건 할 수 있어."

그 상황에서는 정말 터무니없는 소리였지만 어쨌든 나는 불쑥 그렇게 말했다.

"걷는다고?"

"그래, 무작정 걷는 거야."

하지만 모스가 그 길을 걸을 수 있을까? 어쨌거나 그건 결국 바닷가를 따라 나 있는 길에 불과하지 않은가. 그다지 험하지도 않을 것이고 천천히 한 걸음씩 그렇게 지도를 따라간다면 걸어갈 수 있는 길이 아닐까. 나는 그 순간 지도가, 나에게 길을 보여줄 수 있는 무언가가 간절하게 필요했다. 안 될 게 뭐 있을까? 생각하는 것처럼 그렇게 어려운 일은 아닌 것 같았다.

서머싯에 있는 마인헤드를 출발해 데번의 북쪽과 남쪽 그리고 콘월을 거쳐 도싯에 위치한 풀에 이르는 잉글랜드 남서부 지역의 바닷길 전체를 걷는 것의 성공 가능성은 그리 희박해 보이지 않았다. 물론 당장 그 순간에는 언덕과 바닷가와 강과 황무지를 따라서 산을 넘고 물을 건너 걸어가겠다는 생각은 웅크리고 있던 계단 밑을 빠져나와 문밖으로 나서는 것처럼 아득히 멀고 꿈같은 일처럼 여겨졌다. 우리가 아닌 누군가 다른 사람이나 할 수 있는 그런 일처럼 여겼던 것이다.

우리는 이미 폐허를 되살려낸 경험이 있었고 집수리 방법도 독학으로 익혔으며 아이들도 잘 키웠다. 그리고 판사며 몸값 높은 변호사들로부터 우리 자신을 지켜내기도 했다. 그런데 걷는 게 뭐 어려울까?

하지만 그럴 만한 이유가 있었다. 우리는 모든 것을 잃었다. 재판에서도 졌고 집과 농장을 잃었으며 우리 자신도 잃어버렸다.

나는 손을 뻗어 상자에서 책을 집어 들었다. 그리고 표지를 살펴보았다. 《500마일을 걸어서》. 그야말로 한가로운 풍경이 떠올랐다. 나는 사우스 웨스트 코스트 패스라는 길이 얼마나 험난한지, 그래서 에베레스트산을 거의 네 번은 올라갔다 내려오는 것과 맞먹을 만큼 힘든 일이라는 사실을 미처 알지 못했다. 1,000킬로미터에 달하는 먼 거리를 폭이 채 두 뼘도 되지 않는 좁은 길을 따라 걷고, 풍찬노숙을 하며 보내야 하는 시간들. 그렇지만 그렇게 해서라도 지금 이 지경까지 우리를 몰아붙인 모든 고통스러운 일들을 이겨내며 헤쳐나가야 하지 않을까? 내가 알 수 있는 건 우리가 걸어야만 한다는 사실뿐이었다. 우리에게는 이제 선택의 여지가 없었다. 내가 책을 집어 들기 위해 손을 뻗는 모습이 바깥에서도 보였을 테니 이제 집 안에 우리가 있다는 사실을 집행관들도 알아차렸으리라. 더는 어디에도 숨을 곳이 없는 우리는 밖으로 나가야 했다. 어둠컴컴한 계단 아래에서 기어 나오자 모스가 나를 돌아보았다.

"함께 가자고?"

"늘 그래왔잖아."

우리는 현관문 앞에 섰다. 집행관들이 바깥에서 잠긴 문을 열고 우리를 예전 삶에서 몰아내려 하고 있었다. 이제 우리는 지난 20여 년 동안 우리를 감싸고 지켜주었던 어둡고 낡은 집을 막 떠나려는 참이다. 이제 저 문을 열고 걸어 나가면 다시는 이곳으로 돌아올 수 없으리라.

우리는 손을 마주 잡고 빛을 향해 걸어 나갔다.

우리는 언제부터 그렇게 걷기를 시작한 것일까. 계단 아래 숨어 있던 날부터? 아니면 친구의 승합차를 타고 가다가 톤턴서 쏟아지는 비를 맞으며 배낭 하나 달랑 매고 길가에 남겨졌던 그날? 그것도 아니라면 사실 우리의 걷기는 몇 년 전부터 이미 시작되었던 것이 아닐까? 그야말로 더는 아무것도 잃을 게 남아 있지 않다는 사실을 깨닫고 새로운 길이 열리기를 기다리면서?

법원을 찾아간 날은 3년여에 걸친 싸움이 마무리되는 날이었지만, 상황은 절대로 우리가 기대했던 대로 풀려가거나 마무리되지 않았다. 우리가 처음 웨일즈에 있는 농장으로 옮겨왔을 때만 해도 태양은 찬란하게 빛났고 아이들은 건강하게 뛰어놀

앉으며 정말로 새로운 인생이 우리 앞에 펼쳐질 것만 같았다. 어느 산기슭 외딴곳에 버려져 있던 돌무더기 앞에 도착한 우리는 할 수 있는 만큼의 모든 힘을 쥐어짜 그 폐허를 다시 일으켜 세웠고 자라나는 아이들과 함께 가지고 있는 모든 시간을 다 바쳐 일했다. 그곳은 우리의 집이자 일터 그리고 우리의 영원한 안식처였기에 그곳에서의 삶이 이렇게 어느 오락실 옆에 있는 어둡고 침침한 법정 안에서 끝나게 될 거라고는 전혀 예상하지 못했다. 나는 판사 앞에 서서 뭔가 잘못되었다고 항변을 하는 사이 그리고 이렇게 아이들이 내 쉰 번째 생일을 축하하며 사준 가죽 재킷을 걸친 모습으로 모든 것의 마지막을 맞이하게 될 줄 예상하지 못했다. 아니, 나는 아예 우리 삶의 마지막이 다가오는 것 자체를 생각해보지 않았는지도 모른다.

나는 법정에 앉아 모스가 앞에 놓인 검은 탁자 위에 있는 하얀 자국을 손으로 문지르는 모습을 보았다. 나는 그가 무슨 생각을 하고 있는지 잘 알고 있었다. 일이 어쩌다 이 지경이 된 것일까? 우리에게 손해 배상 청구 소송을 걸어온 남자와 모스는 아주 가까운 친구 사이였다. 두 사람은 어린 시절부터 함께 자라왔고 다른 친구들과도 다 같이 어울리는 사이였으며 그렇게 축구도 하며 뛰어놀며 십 대 시절을 보냈다. 그런데 일이 어쩌다 이 지경이 된 것일까? 다른 친구들이 다 떨어져 나갔을 때도 두 사람의 관계는 변치 않았다. 그렇게 성인이 된 모스와 친구는 이윽고 각기 다른 길을 찾아 삶을 꾸려나가게 되었는데, 친구인 쿠퍼가 도무지 알아들을 수 없는 수상쩍은 금융 관련 일을 하게 되었을 때도 모스는 연락을 끊지 않고 관계를 유지했다. 쿠퍼를 그만큼이나 신뢰했기에 그가 관여하고 있는 회사 중 한 곳에 투자할 기회가 생겼다는 말을 듣자마자 우리는 그 회사에 적지 않은 돈을 맡겼다. 그리고 그 회사는 막대한 부채를 남기고 도산하고 말았다. 도산한 회사의 부채에 대해 투자자인 우리에게도 책임이 있다는 말이 어디선가 조금씩 들려오기 시작했다. 처음에는 그 말을 그냥 무시했지만, 쿠퍼는 투자 계약 내용 때문에 우리도 부채를 갚아야 할 책임이 있다며 점점 더 강경하게 나오기 시작했다. 모스는 다른 무엇보다도 우정이 깨진 것에 대해 크게 절망했고 그렇게 둘 사이에는 몇 년에 걸친 불화와 다툼이 시작되었다. 우리는 회사 부채에 대해 아무런 책임이 없다고 확신했다. 처음 투자 계약을 할 때 그런 내용이 정확히 명시되어 있지 않았기 때문에 모스는 결국 문제가 다 잘 해결될 것이라 믿어 의심치 않았다. 하지만 그 믿음도 어느 날 법원의 강제 집행 명령서가 집으로 날아오자 끝장나고 말았다.

　얼마 되지 않는 저축은 변호사 비용을 대느라 금세 바닥이

났다. 그때부터 우리는 직접 소송을 진행해야만 했다. 그 무렵 발표된 정부의 사법 지원 개혁안에 따르면 우리는 매년 발생하는 수많은 소송 관련자 중 하나에 불과했고 그 때문에 어떤 사법 지원도 받을 수 없는 신세가 되고 말았다. 지원을 받기에는 사안이 '너무 복잡하다'는 이유에서였다. 정부의 이런 개혁안에 따라 1년에 3억 5,000만 파운드에 달하는 불필요한 비용이 절약되었는지는 몰라도, 우리처럼 힘없는 사람들은 어떤 도움이나 구제도 받을 수 없는 처지로 전락하고 말았다.

우리가 취할 수 있는 전략은 계속해서 재판을 지연시키고 또 지연시키는 것뿐이었다. 그렇게 시간을 버는 사이 뒤에서는 계속해서 관련 변호사 그리고 회계사들과 접촉을 했고 판사에게 진실을 알려줄 수 있는 문서로 된 정확한 증거를 찾기 위해 애를 썼다. 처음에 맺은 투자 계약 내용에 대한 우리의 해석은 정당하며 따라서 우리에게는 회사 부채에 대한 어떠한 책임도 없다는 물적 증거였다. 하지만 우리를 대신해줄 변호사를 내세울 수 없었기에 우리는 계속해서 뒤로 밀리기만 했고 이윽고 쿠퍼의 청구 소송에 대한 담보로 일단 우리 농장에 대한 압류 통지서가 날아들었다. 우리는 숨조차 제대로 쉴 수 없었다. 우리의 집과 땅에 대한 소유권을 잠시 압류하겠다는 통지서가 날아온 것이다. 우리가 정성을 기울여 깔아놓은 돌 하나부터 아이들이 뛰어놀던 나무, 울새가 둥지를 틀었던 벽 속의 구멍 그리고 박쥐가 살고 있던 굴뚝과 지붕을 이어주는 덮개 등 모든 것이 이제는 우리 소유가 아니었다. 법원의 압류 통지서는 그렇게 모든 것을 다 앗아가 버렸다. 우리는 또다시 시간을 끌면서 탄원서를 제출하고 재심을 청구했다. 그리고 마침내 증거를 찾아냈다고 확신했다. 우리에게는 부채에 대한 아무런 책임이 없으며 쿠퍼가 우리에게 손해 배상을 청구할 아무런 근거가 없음을 밝혀줄 수 있는 하얗게 빛나는 종이 한 장이었다. 3년이 넘는 세월 동안 열 차례 이상 법원에 출두한 끝에 우리는 집과 농장을 구할 수 있는 증거를 확보한 것이다. 우리는 그렇게 찾아낸 서류를 복사해 법원과 쿠퍼 측 변호사에게 보냈다. 우리는 모든 준비를 끝마쳤고 나는 내 가죽 재킷을 걸쳤다. 나는 그야말로 확신에 가득 차 있었다.

판사는 우리가 눈에 들어오지도 않는 듯 서류를 뒤적였다. 나는 모스를 흘끗 바라보았다. 뭔가 나를 다시 안심시킬 수 있는 그런 기색이 엿보이는가 했지만, 그는 그저 정면만 바라보고 있었다. 지난 몇 년 동안 그가 치른 대가는 혹독했다. 풍성하던 머리숱이 듬성듬성해지면서 하얗게 세었고 피부는 창백하고 거칠어졌다. 마치 그에게 커다란 구멍이 뻥 뚫려버린 것 같았다. 신용과 정직 그리고 자상함이 묻어나던 남자가 사라졌다. 가까웠던 친구의 배신은 그를 그야말로 뼛속까지 뒤흔들어 놓았다. 어깨와 팔을 괴롭히는 끊임없는 통증은 모스의 기력을 갉아먹었고 급기야 그의 집중력까지 떨어트렸다. 우리는 그저 모든 일이 잘 정리되어 원래의 삶으로 돌아갈 수 있기를 바랄 뿐이었다. 그렇게 되면 남편의 상태도 나아질 것이라고 나는 생각했다. 그렇지만 우리의 삶은 원래의 평범한 모습으로 다시는 돌아가지 못했다.

나는 자리에서 일어섰다. 마치 물속에 들어가 있는 것처럼 다리가 붕 뜨는 느낌이었다. 나는 무게 중심을 잡듯 서류를 손으로 꽉 움켜쥐었다. 밖에서는 갈매기들이 이리저리 요란스럽게 끼룩거리는 소리가 들려왔다.

"안녕하십니까, 판사님. 지난 월요일에 저희가 보내드렸던 새로운 증거 서류를 받아보셨는지 모르겠습니다."

"받아보았습니다."

"그 새로운 증거 서류에 따르면……."

쿠퍼 측 변호사가 자리에서 몸을 일으켜 판사에게 뭔가를 이야기할 때 늘 그렇듯 넥타이를 똑바로 폈다. 모든 것을 다 알고 있다는 듯 자신에 찬 모습이었다. 하지만 우리는 전혀 그렇지 못했다. 정말 우리를 대신해 줄 변호사가 단 한 명이라도 이 자리에 있었다면…….

"판사님, 판사님과 제가 이번에 함께 받은 이 정보는 새로운 증거가 됩니다."

판사는 마치 비난이라도 하는 듯한 눈빛으로 나를 바라보았다.

"그게 새로운 증거가 됩니까?"

"음, 그렇습니다. 우리는 이 증거를 불과 나흘 전에 입수할 수 있었습니다."

"이번 재판에서 새로운 증거는 받아들여질 수 없습니다. 따라서 증거로 채택할 수 없습니다."

"그렇지만 지난 3년 동안 우리가 주장했던 내용을 증명할 수 있는 증거입니다. 이 증거에 따르면 우리는 회사의 부채에 대해 아무런 책임이 없습니다. 이건 분명한 사실입니다."

나는 판사가 무슨 말을 할지 잘 알고 있었다. 나는 시간이 그 자리에서 그대로 멈췄으면 하고 바랐다. 그래서 판사의 다음 말이 결코 흘러나오지 않도록. 나는 모스의 손을 잡고 자리에서 일어나 법정 밖으로 빠져나가고 싶었다. 그리고 다시는 이번 일에 대해 떠올리지 않고 집으로 돌아가 난로에 불을 지피고 고양이가 온기를 느끼며 몸을 웅크리는 동안 돌로 된 벽을 손으로 쓰다듬고 싶었다. 답답하고 먹먹한 느낌 없이 다시 숨을 크게 몰아쉬며 집을 잃어버리는 걱정이나 근심 같은 건 다 털어버리고 싶었다.

"적절한 사법적 절차를 밟지 않은 서류를 증거로 제출할 수는 없습니다. 그렇게는 안 되고, 어쨌든 재판을 그대로 진행하겠습니다. 원고 측의 주장을 인정합니다. 피고 측은 지금으로부터 일주일 뒤 오전 9시까지 집과 농장을 비워줘야 합니다. 그러면 이제 각종 관련 비용 문제로 넘어가도록 하지요. 피고 측은 여기에 대해 뭔가 더 하고 싶은 말이 있습니까?"

"네, 있습니다. 지금 완전히 잘못 말씀하고 계시는 겁니다. 이건 전부 다 잘못되었어요. 비용이라니요. 나는 비용 따위에 대해서는 아무런 할 말이 없어요. 어쨌거나 우리에게는 남아 있는 돈이라고는 한 푼도 없으니까요. 이미 우리 집과 사업과 수입을 송두리째 다 가져가셨잖아요. 그런데 또 뭘 원하시는 건가요?"

나는 현기증을 느끼며 탁자 모서리를 힘껏 움켜쥐었다. 울면 안 돼, 울면 안 돼, 울면 안 돼.

"그렇다면 그 부분을 고려해서 비용에 대한 청구 소송은 기각하도록 하겠습니다."

나는 그저 어떻게 하면 이 상황을 빠져나갈 수 있을까 온통 그 생각뿐이었다. 모스가 의자에서 몸을 일으키자 나는 뜨겁게 달아오른 자갈이며 방금 다듬은 회양목 울타리의 싱그러운 나무 냄새를 느낄 수 있었다. 마치 그의 옷에서 그런 분위기가 풍겨오는 것만 같았다. 아이들이 자갈밭에서 자전거 타는 법을 배우느라 무릎이 까지고, 그러다 그 자갈밭 위로 자전거를 타고 미끄러지듯 달려 학교로 가는 풍경이 그려졌다. 장미 넝쿨은 꽃을 활짝 피웠고 마치 솜뭉치처럼 회양목 울타리 위에 매달려 있었다. 이제 곧 장미 넝쿨도 손을 봐주어야 하는데.

"항소심을 신청하겠습니다."

"아니오. 그 신청은 기각합니다. 이번 소송은 시간이 너무 오래 걸렸어요. 그동안 적절한 증거를 제시할 수 있는 충분한 시간이 있었다고 사료됩니다."

벽이 내게로 가까워지며 사방이 줄어드는 것만 같았다. 이렇게 겨우 증거를 발견했고 거기에 진실이 담겨 있다는 건 하나도 중요하지 않았다. 문제는 내가 그 증거를 적절한 사법적 절차를 거쳐 법원에 제출할 수 없었다는 것이다. 이제 나는, 아니 우리는 뭘 어떻게 해야 할까? 이제 누가 암탉을 돌보고 아침이면 양에게 빵조각을 먹일 것인가? 고양이는? 그리고 염소는? 뭘 어떻게 하면 일주일 안에 짐을 다 꾸릴 수가 있지? 이삿짐을 실어 나를 차를 부를 돈은 남아있던가? 농장에서 휴가를 보내기 위해 미리 예약을 했던 손님들은 어떻게 하지? 아이들에게 이제 집도 농장도 다 잃게 되었다는 사실을 어떻게 말해

쥐야 하지? 우리 집은 이제 사라졌다. 내가 재판 절차를 제대로 이해하지 못했기 때문이었다. 나는 아주 단순하고도 기본적인 실수를 저지르고 말았다. 나중에 새로 증거를 제출할 수 있도록 미리 알려두지 않은 것이다. 나는 그런 절차를 거쳐야 하는지도 몰랐고, 그저 증거 서류를 찾아 법원에 보내기만 하면 되는 줄 알고 아주 기쁜 마음으로 그렇게만 했을 뿐이었다. 완벽한 진실이 담겨 있는 완벽한 증거 서류가 이렇게 무용지물이 되었다. 그리고 이제 우리는 모든 것을 다 잃고 말았다. 땡전 한 푼 없이 살던 집에서 쫓겨나는 일만 남은 것이다.

　우리는 법정 문을 닫고 나와 딱딱하게 굳은 표정으로 아무런 말 없이 복도를 따라 걷기 시작했다. 나는 옆방에 있던 쿠퍼 측 변호사를 한 번 쳐다보고 그냥 가던 길을 갔지만, 모스는 그 방으로 들어갔다. 안 돼, 모스. 안 돼, 그 남자를 때리면 안 돼. 나는 지난 3년 동안 쌓여왔던 모든 압박감과 분노를 느낄 수 있었다. 그렇지만 모스는 변호사에게 손을 내밀었다.

　"뭐, 좋습니다. 당신도 그저 해야 할 일을 했을 뿐이라는 걸 나도 잘 알고 있으니까요. 그렇지만 이건 잘못된 판결이었어요. 당신도 그건 알고 있겠지요?"

　변호사는 모스의 손을 맞잡고 악수를 했다.

　"판결을 내린 건 판사지 내가 아닙니다."

나는 여전히 울지 않고 있었지만, 마음속 깊은 곳에서 소리 없는 흐느낌이 치밀어 오르며 나를 마구 잡아 비트는 바람에 숨도 제대로 내쉴 수가 없었다.

나는 집 뒤편 들판에 있는 물푸레나무 밑에 가서 섰다. 1996년, 폭설이 내렸을 때 아이들이 눈으로 집을 지어 놓고 놀던 곳이다. 나는 식빵 한 쪽을 여섯 조각으로 쪼갰다. 지난 19년 동안 하루를 시작하며 해온 일종의 의식이었다. 나이 든 암양이 다가와 코를 킁킁거리더니 부드러운 입술로 내 손 위의 빵을 받아먹었다. 이미 나이를 열아홉 살이나 먹은 그 녀석은 이빨이 하나도 남지 않았지만, 여전히 먹성만은 대단했다. 아이들은 녀석을 스모튼이라고 불렀다. 웨일즈어로 '점박이'라는 뜻이다. 스모튼은 늙고 심술궂은 암양으로 얼룩덜룩한 털가죽은 이미 윤기가 사라져 버렸고 두 뿔도 금방이라도 빠질 듯이 흔들거렸다. 몇 년 전인가 녀석은 먹이를 먼저 차지하려고 사납게 굴다가 다른 양을 물어 죽인 적이 있었다. 아들 톰은 죽은 양의 뿔을 가져다 자신의 보물 상자에 보관했고 대학에 들어가 집을 떠날 때도 가지고 갔다. 그 안에는 화석이며 포켓몬 카드도 함께 들어 있었다. 딸 로완이 세 살 쯤 되었을 무렵에 우리는 작은 승합차에 스모튼까지 태우고 60킬로미터가량 떨어진 곳으로 소풍을 갔었다. 우리는 바다가 내려다보이는 언덕 위에 있는 어느 농장에서 작은 점박이 양 세 마리를 샀는데 그 양들과 함께 어울리지 못하게 하자 스모튼은 화가 난 듯 계속 울어재꼈다. 그래서 나는 어쩔 수 없이 마음을 고쳐먹고 네 마리 양을 승합차 뒤쪽의 짚 더미 위에 모두 함께 태우고는 집으로 돌아왔다. 그날 이후 양들은 우리의 가족이 되어 삶의 일부가 되어 주었다. 그 후 몇 년 동안 많은 양이 태어났지만, 지금 남은 건 스모튼 한 마리뿐이다. 죽은 양들도 있었지만, 작년에 남은 양들을 모두 다 다른 농장에 팔았기 때문이다. 당시 우리는 법원에서 진행되는 재판의 상황이 더는 버틸 수 없는 지경까지 이르렀으며 곧 모든 걸 다 잃게 될 거라고 생각했었다. 나는 그런 와중에서도 스모튼만은 포기할 수 없었다. 어쨌거나 그렇게 늙은 암양을 데려가겠다는 사람은 어디에도 없었을 테니까. 가축으로 키우는 양의 수명은 평균적으로 6년에서 7년 정도다. 그때가 되기 전에 대부분 식용으로 팔려나가기 때문이다. 법원의 판결이 떨어진 다음 날 나는 농장에 있는 암탉을 한 친구에게 몽땅 다 줘 버렸지만, 스모튼이 갈 자리는 없었다. 스모튼은 그렇게 혼자 남아 민들레 씨앗이 휘날리는 들판을 쏘다니다가 풀들이 항상 잘 말라 있는 너도밤나무숲에 가서 자리를 잡고 앉아 있곤 했다. 우리는 농장 뒤편에 있는 들판을 마치 우리 몸처럼 구석구석 잘 알고 있었다. 그런 이 땅을 떠나 앞으로 도대체 어떻게 살아갈 수 있을까.

이제 닷새 뒤면 우리는 함께 살 곳을 잃게 될 테니 그때가 되면 알 수 있으리라.

내가 당시 몰랐던 것, 아니 내가 알 수 없었던 건 나의 인생이 완전히 뒤바뀌는 데는 사실 닷새라는 시간도 필요 없다는 사실이었다. 그동안 나라는 사람을 지탱해준 모든 것들이 한순간에 늪처럼 뒤바뀌어 나를 집어삼킬 줄 누가 알았으랴. 그 일은 바로 다음 날 일어났다.

우리가 찾아간 곳은 리버풀에 있는 병원 진료실이었다. 지난 몇 년 동안 이런저런 이유로 미루어오던 정밀 검사를 마침내 진행할 수 있었다. 그래서 모스가 고통받는 어깨 통증의 이유를 검사 결과를 통해 확인할 수 있는 날이었다. 평생을 육체노동만 해온 모스에게 어떤 의사가 이렇게 말한 적이 있었다.

"그 정도 일을 해왔다면 통증은 지극히 정상적인 현상입니다. 팔을 들어 올릴 때 느껴지는 통증이나 걸을 때 조금 비틀거리는 것 정도는 그대로 감수해야 할 겁니다."

손이 조금씩 떨리는 증상이나 얼굴이 마비되는 증상에 대해 뭔가 지적을 하는 의사들도 있었지만, 이 의사는 해당 분야에서 아무도 범접할 수 없는 최고의 권위를 자랑하는 위치에 있었다. 그 의사라면 우리에게 모스의 통증 원인이 인대 손상이나 뭐 그런 것 때문이며 치료 방법에 대해 이야기를 해 주겠지. 어쩌면 몇 년 전 헛간 지붕에서 떨어졌을 때 머리에 미세하게 골절이 일어났었다고 말해주지 않을까 하고 생각했다. 어쨌든 그 의사라면 분명 제대로 된 치료 방법을 알려줄 게 틀림없었다. 그는 분명 책상을 마주하고 권위 있는 모습으로 앉아 우리에게 그렇게 말해주리라. 틀림없었다.

리버풀까지 오랜 시간 차를 몰고 가면서 우리는 거의 아무 말도 하지 않았다. 우리는 각자의 충격과 탈진의 늪에 빠져 있었다. 법원에서의 판결이 나온 이후 며칠 동안 우리는 이삿짐을 꾸리고 쓸모없는 것들을 불태워버리느라 바빴다. 그리고 전혀 도움이 되지 않는 전화만 끝없이 걸려오는 절망의 시간도 함께였다. 우리가 갈 곳은 어디에도 없다는 사실이 확실해졌다. 결국 혹시 일어날지도 모를 거라고 예상했던 최악의 상황이 벌어지고 만 것이다. 그런 와중에 왕복 7시간이나 걸리는 병원 방문은 전혀 달갑지 않은 일이었다. 지금은 1시간이 무척이나 소중했다. 남은 시간이 있으면 이삿짐을 마저 꾸리고 또 집이라는 울타리 안에서의 편안하고 안전한 순간을 계속해서 누리고 싶었다.

이렇게 병원으로의 끝없는 여정이 시작된 건 6년 전부터였다. 어깨와 팔을 괴롭히는 끊임없는 통증, 그리고 찾아온 손의 떨림 증상 때문에 어떤 의사들은 파킨슨병을 의심하기도 했지만, 결국 이 경우는 그렇지 않다는 사실이 판명되었다. 그렇다면 신경 쪽의 손상이 아닐까 의사들은 추측했다. 우리가 찾아간 진료실은 다른 병원이나 의사의 그것과 전혀 다를 것이 없었다. 하얀색의 무미건조한 사각형 방 창문으로는 주차장이 내려다보였다. 그렇지만 이번에 만난 의사는 그냥 책상 앞에 앉아 있지 않았다. 그는 자리에서 일어나 모스 바로 옆, 책상 모서리 위에 앉아서는 모스의 팔을 잡고 상태가 어떤지 물었다. 뭔가 잘못된 것 같았다. 의사들은 그렇게 하지 않는다. 아니, 지금까지 우리가 만나왔던 얼마 되지 않는 의사 중에서 그렇게 한 사람은 아무도 없었다.

"모스 씨, 이제 제가 할 수 있는 최선은 제대로 된 진단을 해 드리는 것뿐입니다."

아니야, 아니야, 아니야, 아니야. 이건 아니야! 더 이상 아무 말도 하지 마. 뭔가 끔찍한 이야기를 그 점잖고 단정하게 보이는 입으로 내뱉을 거면 아예 입을 열지 말라고. 아무런 말도 하지 마.

"아마도 뇌 피질기저퇴행 증상 같군요. 물론 그 진단 내용에 대해서 완전히 절대적으로 확신할 수는 없지만요. 검사로서는 알 수 없으니 이후 발생하는 상황에 따라서만 확실하게 확인할 수 있습니다."

"이후에 발생하는 상황이라고요? 그러면 앞으로 무슨 일이 또 벌어진다는 말씀이신가요?"

모스가 손바닥을 확 펼쳐 넓적다리 위에 얹고는 커다란 손가락 사이로 할 수 있는 최대한 자신의 몸을 움켜쥐었다.

"글쎄요, 보통은 처음 증상이 발견된 이후 6년에서 8년 정도 생존할 수 있는데, 모스 씨의 경우는 처음 문제가 생긴 이후 벌써 6년 정도 시간이 흘렀으니 대단히 느리게 병이 진행되고 있다고 볼 수 있습니다."

"그렇다면 분명 진단에 착오가 있었던 거겠지요. 뭔가 다른 병일 거예요."

나는 사방이 흐릿하게 보이면서 뭔가 뱃속에서 목구멍 쪽으로 역류해 치밀어 오르는 듯한 기분이 들었다.

의사는 마치 내가 어린아이라도 되는 것처럼 그렇게 나를 내려다보았다. 그러더니 이 대단히 드물게 발생하는 뇌 질환에 대해 계속해서 설명을 하려고 애를 썼다. 그 병은 내가 십대 시절부터 사랑해온 이 아름다운 사람의 생명을 갉아먹으며 그의 육체를 파괴하고 급기야 그의 정신마저 치매와 같은 상황으로 몰고 가다가 마침내 자신의 침마저 제대로 삼키지 못하는 상황 속에서 질식해 죽게 만들 수 있는 무서운 병이었다. 그리고 그 무서운 병에 대해 병원과 의사들이 해줄 수 있는 건 그야말로 아무것도 존재하지 않았다. 나는 숨조차 제대로 쉴 수가 없었다. 사방이 요동을 쳤다. 안 돼. 모스는 안 돼. 그를 데려가지 마. 그렇게 그를 데려갈 수는 없어. 모스는 나의 전부야. 내가 가진 모든 것이라고. 절대 안 돼. 나는 침착한 모습을 유지하려고 애를 썼지만, 속으로는 비명을 지르며 보이지 않는 유리창에 부딪힌 벌처럼 어쩔 줄을 몰라 하고 있었다. 분명히 나는 실제 세상 안에 있었는데 갑자기 모든 것이 다 사라져 버리는 듯한 그런 기분이었다.

"그렇지만 잘못 진단을 했을 수도 있잖아요."

지금 의사는 무슨 말을 하고 있는 것일까. 우리의 인생이 이렇게 끝이 날 수는 없었다. 병에 걸린 건 모스 한 사람이 아니라 바로 우리 두 사람이었다. 우리 부부는 한 몸이었고 하나로 합쳐지고 뭉쳐진 분자였다. 그만의 인생도 아니고, 나만의 인생도 아닌 바로 우리 두 사람의 인생이었다. 우리에게는 나름대로 인생을 어떻게 끝마칠지에 대한 계획이 있었다. 아흔다섯이 되면 어느 산꼭대기에 올라 해가 떠오르는 모습을 바라보면서 그렇게 그저 잠을 자듯 세상을 떠나는 것이 우리 계획이었다. 병원 침대 위에서 따로 떨어져 죽을 날만 기다리는 그런 마무리가 아니었다. 우리는 절대로 헤어지지 않고 죽음도 함께 할 생각이었다.

"선생님이 뭔가 잘못 진단한 거예요."

우리는 병원 주차장에 주차해놓은 승합차 안에서 서로를 부둥켜안았다. 그렇게 서로의 몸을 끌어안는 단순한 행위가 이 악몽을 멈추게 해주기라도 할 것처럼. 우리 사이에는 어떤 틈도 없었으며 그 무엇도 우리 사이를 갈라놓을 수 없었다. 지금 벌어지고 있는 일은 현실도 아니고, 그러니 거기에 맞설 필요도 없을 거야. 모스의 얼굴 위로 조용히 눈물이 흐르기 시작했지만, 나는 울지 않았다. 아니, 울 수가 없었다. 나마저 울어버린다면 나는 고통의 강물에 빠져 멀리 휩쓸려 버리게 되리라. 성인이 된 후 우리는 줄곧 함께 시간을 보내왔다. 지금까지 모든 꿈과 계획 그리고 모든 성공과 실패를 함께 해온 우리는 둘이 합쳐져야 하나의 완전한 인생이 되는 그런 사람들이었다. 그렇게 절대로 헤어지지 않고 죽음도 함께할 생각이었다.

피질기저퇴행 증상은 그 진행을 늦춰줄 치료 약도 없었고, 병을 낫게 해줄 뾰족한 치료 방법도 전혀 존재하지 않았다. 병원 측에서는 그저 고통을 줄여줄 수 있는 프레가발린이라는 이름의 약을 권할 수 있는 정도였지만, 모스는 이미 그 약을 복용하고 있었다. 그러니 더 할 수 있는 일은 없었다. 나는 우리의 삶을 무너트리고 있는 파괴의 불길을 막을 수 있는 것이라면 그게 무엇이든지 마법을 부려서라도 만들어달라고 누구에게라도 달려가 부탁을 할 수 있을 것 같았다.

"물리치료가 마비를 어느 정도 막아줄 수는 있을 겁니다."

의사는 그렇게 말했지만, 모스는 이미 매일 물리치료를 위한 체조를 하고 있었다. 어쩌면 체조를 더 열심히 할 수 있지 않을까. 체조를 열심히 하면 병의 진행을 막을 수 있을지도 몰랐다. 나는 이 숨이 막힐 것 같은 충격의 짙은 안개 속을 빠져나가기 위해 손을 뻗어 지푸라기라도, 아니 가느다란 실 끝 하나라도 손에 잡히는 것이 있는지 찾아보았지만, 아무것도 없었다. 내 손이 닿는 곳에는 나를 안전한 곳으로 끌어당겨줄 그어떤 것도 없었다. 다 괜찮아질 거라고, 그저 나쁜 꿈을 꾸고 있을 뿐이라고 말해주는 위로의 목소리는 어디에서도 들려오지 않았다. 현실 속에서는 그저 우리 두 사람만이 병원 주차장에 서 있는 승합차 안에서 서로를 부둥켜안고 있을 뿐이었다.

"당신은 괜찮을 거야. 내가 여전히 당신을 사랑하니까."

마치 그를 사랑하는 것만으로도 모든 게 다 충분하다는 것처럼 들리겠지만, 사실 우리는 지금까지 항상 그래왔다. 내가 바라는 건 언제나 그저 남편인 모스를 사랑하는 것뿐이었다. 그런데 이번에는 그 사랑이 우리를 구원해줄 수 없을 것 같았다. 모스가 처음 내게 사랑한다고 말했을 때 나는 누군가가 나를 사랑한다는 말을 처음 들었다. 그 전까지는 어머니나 아버지, 혹은 친구 등 어느 누구도 내게 사랑한다는 말을 한 적이 없었다. 그리고 이후 서른두 해 동안 그 사랑한다는 말은 내 인생을 환하게 비춰주었으며 또 나를 행복하게 만들어주었다. 하지만 모스의 뇌가 서서히 무너져 내리며 타우라는 이름의 단백질이 비정상적으로 쌓여가며 신경의 연결을 방해하는 일을 막아내는 데는 사랑이라는 말은 어떤 힘도 발휘할 수 없었다.

"의사가 진단을 잘못 했을 거야. 나는 다 알아. 의사가 틀렸어."

의사의 진단은 잘못된 것이 틀림없었다. 판사도 틀린 판결을 내리는데 의사라고 다를 게 뭐가 있을까?

"그럴 것 같지 않은데……. 의사가 틀렸다는 생각은 들지 않아……."

"그래도 그렇게 생각해야 해. 우리가 의사의 진단을 거부해야 현실이 아닌 것처럼 계속 견디고 살아나갈 수 있는 거야."

나는 이런 모든 상황을 받아들일 수 없었다. 모든 게 다 이해되지 않았고 어느 것도 현실처럼 느껴지지 않았다.

"그래, 의사가 틀렸을 수도 있겠지. 하지만 의사 말이 맞으면 어떻게 하지? 의사가 말한 대로 이미 말기에 접어들었으면 어떻게 해야 하냐고? 그런 일은 생각조차 못 하겠어. 아니, 생각 자체를 하고 싶지 않아……."

"그렇게 되지는 않을 거야. 어떻게 해서든 싸워나가야 해."

나는 하나님이라든가 어떤 절대적인 존재를 믿지 않았다. 우리는 그저 살다가 죽을 뿐이며 모든 것이 다 자연의 일부일 뿐이라고 생각했다. 그렇지만 그 순간만큼은 제발 우리가 그렇게 마지막을 맞이하게 되지 않도록 도와달라고 하나님에게 빌고 싶은 심정이었다. 정말로 하나님 같은 절대자가 존재하고 있다면 그는 지금 막 나의 삶을 움켜쥐고는 뿌리째 뽑아 들어 나라는 존재 자체를 뒤집어엎은 것이나 다름없었다. 우리는 차의 CD 플레이어 소리를 한껏 높인 채 운전을 했다. 마치 그 소리 속에 숨기라도 할 것처럼. 내 발밑으로는 산들이 무너져 내리고 머리 위로는 파도가 부딪혀 부서졌다. 내가 살고 있던 세상은 완전히 뒤집어 엎어졌다. 마침내 집에 도착했을 때 나는 거꾸로 뒤집힌 채 손으로 걷고 있었다.

숨이 막힐 것 같은 생각들이 나를 괴롭혔다. 의사의 진단이 내려진 후 몇 주 동안 나는 밤마다 식은땀을 흘리며 잠에서 깨어나곤 했다. 머리는 터질 것처럼 욱신거렸고 정체 모를 점액이나 진액 속에 빠져드는 악몽이 나를 괴롭혔다. 꿈속에서 나는 모스의 목 부분이 터질 듯이 부풀어 오르고 턱이 뒤틀리며 숨이 멎기 전까지 어떻게 해서든 공기를 빨아들이려고 바둥거리는 모습을 아이들과 함께 나란히 서서 무기력하게 지켜보기만 했다.

제비들이 느지막이 한두 마리씩 찾아왔다. 제비들은 장대한 여정 끝에 마침내 집으로 돌아오는 길을 찾아 너도밤나무숲 사이를 활개 치며 벌레들을 게걸스레 잡아먹고 있었다. 나도 한 마리 제비가 되어 저렇게 자유롭게 날아오를 수 있다면. 자유롭게 날아 내가 선택한 곳을 집 삼아 자유롭게 머무를 수만 있다면. 나는 스모튼에게 먹일 식빵을 쪼개 들고 6월의 싱그러운 아침 속으로 나아갔다. 부드럽고 따뜻한 바람이 이제 곧 시작될 아름다운 하루를 알려주듯 내 얼굴을 어루만졌다. 나는 돌배나무 울타리의 가지 사이에 만들어놓은 작은 틈을 비집고 나왔다. 나는 묘목을 파는 곳에서 이 울타리용 묘목을 샀다. 처음에는 너도밤나무 묘목인 줄 알았는데 다 자라고 보니 잎은 작고 가시가 있는 울타리가 되어 있었다. 물론 배도 열리지 않았고 틈 사이에 만들어놓은 출입구를 드나들 때마다 꽤 통명스러운 태도로 나를 맞이했다. 나는 이미 아문 상처들 사이에 또 새롭게 가시에 긁힌 팔의 상처를 손으로 문질렀다. 이제와 새삼 가지를 치거나 정리를 할 필요는 없었다. 들판은 따뜻했고 토끼풀 향기와 함께 꽃에서 풍기는 꿀 냄새가 가득했다. 두더지가 밤새 다시 활동을 시작했는지 들판 한가운데를 중심으로 잘 다져진 흙무더기들이 사방에 펼쳐져 있었다. 나는 땅의 상태를 염려하며 본능적으로 흙무더기들을 발로 밟아 다시 평평하게 다졌다. 여전히 우리 땅이라고 생각을 한 것이다. 모스는 잡초만 무성했던 이 땅을 다시 개간했다. 살충제나 농약을 쓰지 않는 건 물론이고 처음부터 어떤 기계의 힘도 빌리지 않고 직접 낫을 들고 풀을 베어내며 2,500평에 달하는 목초지를 만들어냈다. 우리는 쓸모없는 잡초며 잡석들을 모두 파내고 골라냈으며, 수십 년 동안 버려져 있던 돌담은 다시 수많은 돌을 날라와 조심스럽게 다시 쌓아 우리 땅의 경계선으로 새롭게 만들었다. 봄이면 휴가를 즐기려는 손님들이 찾아와 아이들은 이 들판에서 암탉들이 갓 낳은 달걀을 찾아 모았고 양들에게 풀을 먹이기도 했다. 이 땅에서 우리 가족이 함께 뛰어노는 시간이 얼마나 많았던가. 또 여름밤이면 건초를 만들기 위해 베기 전에 아직 길게 자라 있는 풀밭에 드러누워 떨어지는 별똥별을 바라보곤 했었다. 바로 우리 땅에서.

스모튼이 보이지 않았다. 스모튼은 이 시간쯤이면 빵조각을 얻어먹기 위해 항상 울타리 근처에 나와 있었다. 한 번도 그러지 않은 적이 없었기에 나는 사방을 둘러보며 그 늙은 암양을 찾았다. 나는 어디를 찾아봐야 하는지 사실 이미 잘 알고 있었다. 스모튼은 자기가 가장 좋아하는 너도밤나무숲 아래 풀밭에 머리를 기대고 누워 있었다. 잠이라도 든 걸까? 스모튼은 자신이 살고 있던 집과 땅을 떠날 수 없다는 사실을 알고 있던 것 같았다. 그래서 그냥 그 자리에서 세상을 떠나기로 한 것이다. 스모튼은 머리를 풀밭에 묻고는 두 눈을 감은 채 죽어 있었다. 나는 스모튼의 털투성이 얼굴을 토닥이며 마지막으로 그 구부러진 뿔을 손으로 어루만졌다. 마치 해산과 같은 고통이 찾아왔다. 몸과 마음의 기운이 모두 제멋대로 다 빠져나가는 듯한 그런 기분이 들었다. 나는 스모튼 옆에 몸을 웅크리고 누워 흐느꼈다. 커다란 상실감에 눈물이 흐르고 흘러 더는 아무것도 흘러나오지 않을 때까지, 그렇게 내 몸이 말라붙을 때까지 울고 또 울었다. 얼굴 주변에 풀이 들러붙었다. 그때 나는 너도밤나무숲 아래 누워 죽으려고 했다. 모든 것을 다 잊고 스모튼과 함께 자유로워지고 싶었다. 제비들과 함께 자유롭게 저 하늘을 날아올라 이 땅을 떠나야 하는 두려움이나 모스를 잃을 것 같다는 걱정 같은 건 다 떨쳐버리고 싶었다. 나를 지금 당장 죽게 내버려 둬. 나도 함께 데려가. 나를 혼자 내버려 두지 마. 나를 죽게 해줘.

삽을 가져와 구덩이를 파기 시작했다. 스모튼을 먼저 세상을 떠난 형제들이 묻힌 곳 옆, 그들의 땅에 묻기 위해서였다. 모스도 와서 우리는 둘이서 함께 조용히 구덩이를 팠다. 우리는 서로 입을 열기를 거부했고 또 구덩이가 점점 더 커진다는 사실도 인정할 수 없었다. 바로 전날 우리가 들여다보게 된 암흑의 세상은 여전히 너무 충격적이었고 그 존재를 인정하고 받아들이기에는 그냥 생각만으로도 아직 너무나 생소했다. 나는 행주 하나를 가져와 스모튼의 머리를 덮었다. 우리는 스모튼의 얼굴이 흙으로 덮이는 모습을 바라볼 수 없었다. 늙은 암양은 세상을 떠났다. 이제 모든 것이 다 끝났다. 우리가 이곳 농장을 통해 키워왔던 꿈도 스모튼과 함께 묻히고 말았다.

3

대
변
동

    그렇게 문을 닫고 나온 후 2주 동안 우리는 얼마 남지 않은 소지품을 친구 집 헛간 안에 쌓아두고 그다음에는 뭘 어떻게 해야 할지 생각해보려고 애를 썼다. 아이들은 아직 둘 다 학생이었고 친구들과 함께 자취를 하고 있는지라 별 도움이 될 것 같지 않았다. 게다가 자기들 생활을 꾸려나갈 돈도 빠듯했다. 모스의 동생이 휴가 중이라서 일단 그 집을 쓸 수는 있었는데 그가 가족과 함께 돌아오기 전까지는 불과 2주밖에 남아있지 않았다. 그때가 되면 정말로 집도 절도 없는 신세가 되어 그곳을 떠나야만 했다. 우리가 살던 집이 길을 따라 불과 32킬로미터 밖에 그대로 있었지만, 다시는 예전 집으로 돌아갈 수는 없었다. 정말로 괴로운 상황이었다. 살던 집을 나와야 한다는 충격에 어쩔 줄 몰라 하면서 동시에 병원에서 의사가 우리에게 했던 말을 정확하게 이해하느라 애쓰는 동안 정말 거의 정신이 없는 상태 속에서 그렇게 처음 며칠이 지나갔다.

순리적으로 보자면 우리는 일을 더 열심히 하며 셋방이라도 찾아야 했다. 그런데 우리는 살던 집뿐만 아니라 휴가객들을 상대하던 일거리마저 다 잃은 상태였다. 어디서도 돈이 나올 구석이 없었다. 삶을 다시 꾸려나가기 위해서 새로운 일거리를 찾아야 했지만, 지금 우리가 처해 있는 상황을 보면 그나마 양호한 건강 상태로 함께 지낼 수 있는 시간이 얼마 남지 않을 가능성이 컸다. 그러다 모스의 몸이 점점 마비되고 결국 죽음을 맞이하게 될지도 몰랐다. 나는 그런 모스를 떠나 일을 하러 갈 수는 없었다. 나는 그나마 건강이 남아 있을 때 이 귀중한 시간을 허투루 보내지 않고 모스와 함께 있고 싶었다. 혼자 견뎌야 할 외로운 미래를 위해 그와 함께 하는 기억이라면 어떤 것이든 만들어놔야 할 필요가 있었다.

나는 진료실 책상 모서리에 앉아 마치 무슨 선물이라도 건네듯 진단 결과를 알려주었던 의사가 증오스러웠다. "모스 씨, 이제 제가 해드릴 수 있는 최선은 제대로 된 진단을 해드리는 것뿐입니다." 그건 의사가 해줄 수 있는 최선이 아니라 최악의 행동이었다. 나는 그 의사가 했던 말을 다 취소하고 내가 그냥 아무것도 모르는 채 살아가도록 내버려 둔다면 얼마나 좋을까 생각했다. 나는 모스를 쳐다볼 때마다 보이는 어둡고 텅 빈 나의 미래를 정말 눈에 담고 싶지 않았다. 우리는 마치 전쟁터에서 막 벗어난 사람처럼 그렇게 상처와 충격과 상실감에 몸부림치며 그 시간을 힘겹게 버텨나갔다.

더 나은 방법을 찾아낼 때까지 장기간 야영장을 이용하는 것도 한 가지 방법이었지만, 그런 야영장을 이용하는 비용조차 가장 싸게 잡아도 일주일에 80파운드는 내야 했다. 우리가 도저히 감당할 수 있는 수준이 아니었을뿐더러 야영장 비용은 정부의 보조금에 포함되지 않았다. 또한 주변에 알고 지내는 사람 중에도 몇 주 이상 우리를 위해 양보해 줄 수 있는 여유 있는 방이나 정원을 가진 사람이 아무도 없었다. 무엇보다도 우리에게는 지금 벌어지고 있는 일들을 받아들이고 생각을 정리할 수 있는 그런 장소가 필요했지만, 때마침 여름 휴가철이 다가오고 있었기에 주택 대용으로 쓸 수 있는 여행용 트레일러조차도 정부 보조금보다도 훨씬 더 많은 돈을 내겠다는 사람들에 의해 이미 모두 예약이 꽉 차 있는 상태였다.

그래도 정상적인 상황이었다면 셋집 정도는 구할 수 있었을지도 모른다. 그렇지만 살던 집을 빚 때문에 빼앗긴 사람이 임대로 부동산을 구하는 것은 거의 불가능에 가까웠다. 우리의 신용 등급은 바닥이나 마찬가지였으니까. 구청 사회복지과에서는 원한다면 숙소 대기자 명단에 이름을 올려줄 수 있다고 했지만, 당시 우리의 자격으로 기대할 수 있는 숙소는 침대 하나와 아침 식사가 제공되는 단칸방으로 주로 약물이나 알코올 중독자들이 쓰는 그런 곳이었다. 구청에서 만난 젊은 여자 담당자는 검은색 머리를 모두 뒤로 넘겨 하나로 단단히 묶은 모습으로 책상 반대편에 앉아 강한 웨일즈 억양으로 우리에게 이렇게 말했다.

"뭐, 그러니까 내년쯤 당장 죽을 게 아니라면 말이에요. 어디 아픈 곳이 있는 것도 아니니까 사정이 대단히 급하다고 보고할 수는 없단 말이지요. 안 그런가요?"

바로 그때 확실하게 알게 되었다. 차라리 어디 가서 텐트 같은 걸 치고 지내는 편이 더 나을 수도 있다는 사실을.

모스의 남동생 집으로 돌아온 나는 멍하니 창밖만 바라보았다. 앞으로 어떻게 해야 할지 전혀 생각이 나지 않았다.

"사실은 진짜 마음이 놓였어. 우리가 살던 농장 저편에 있는 그런 임대 주택 같은 곳에서 산다는 건 정말 상상도 못할 일이야. 그런 곳에 가면 영혼까지 다 무너져내리고 말 거야."

단지 그런 이유 때문만이 아니라 서로 뻔히 알고 지내는 이런 좁은 시골에서라면 우리 신세가 족히 몇 개월은 사람들의 입방아에 오르내리게 될 것이 뻔했다.

"그래 나도 알아. 농장에서는 모든 사람으로부터 멀리 떨어져 우리끼리만 지낼 수 있었잖아? 우리만의 섬에서 말이야."

우리에게 농장이란 어느 모로 보나 바로 그런 의미였다. 우리만의 섬이었다. 포장된 도로를 벗어나 숲으로 들어서는 순간 우리는 나머지 다른 세상을 등지고 새로운 땅으로 들어서게 된다. 숲 사이로 펼쳐지는 광경은 흡사 완전히 새로운 세상에 들어간 것 같은 그런 기분을 느끼게 해준다. 사방의 땅은 옛날 방식 그대로 다듬어져 있으며 나무 울타리가 있는 비탈길로 구분되어 있다. 서쪽에 높이 솟아 있는 산맥이 동쪽까지 길게 이어지며 언덕 위로는 가볍고 포근한 구름이 산꼭대기 사이를 미끄러지듯 흘러간다. 거대한 독수리 한 마리가 날개를 치켜올리고 하늘을 빙빙 맴돌다 나무 꼭대기와 산꼭대기 사이 어딘가쯤 푸른 창공 위에 그대로 떠 있다. 숲으로 들어선 순간 마치 문이라도 닫히는 것처럼 포장된 도로며 마을을 중심으로 한 세상이, 모든 인간 사회의 소음들이 다 보이지도 않고 들리지도 않게 되었다. 그렇지만 이제 우리는 돌아갈 안전한 피난처 한 곳 없이 그저 떠도는 신세였다. 절망이라는 뗏목을 타고 안개 속을 떠돌게 된 우리는 과연 육지를 향해 가고 있는지 아니, 도대체 육지가 있기나 한 건지 전혀 알 수 없었다.

모스는 창가에 기대서 가시금작화와 야생화가 피어 있는 언덕배기 너머를 바라다보았다. 우리 집이었지만 더는 우리 집이 아닌 곳이었다.

"이 근처에서 머무는 일은 더 이상 할 수 없을 것 같아. 웨일즈 지방을 떠나 어디 멀리 가던지 해야지 이대로 있기는 너무 힘들어. 얼마나 오래 떠나 있어야 할지도 모르겠고 나한테 얼마나 시간이 있는지도 알 수 없지만, 어쨌든 지금은 어디 다른 곳으로 떠나고 싶어. 새로 집으로 삼을 만한 곳이 있는지 찾아봐야겠어."

나는 깊게 숨을 몰아쉬었다.

"그러면 배낭을 꾸려서 어디든 떠나보자고."

"그래, 우선 사우스 웨스트 코스트 패스로 가보자."

쉰 살이 되어 배낭을 꾸리는 건 스무 살 때와는 전혀 다른 느낌이다. 우리가 지난번 마지막으로 도보 여행을 떠나기 위해 배낭을 꾸렸던 건 우리 아이들이 태어나기도 전의 일이었다. 당시 모스는 머리를 길게 길렀고 나는 몸무게가 지금보다 6킬로그램은 덜 나갔다. 우리는 필요하다고 생각되는 건 뭐든지 몽땅 배낭 속에 집어넣었고 피로나 통증에서 빨리 회복되는 젊은 육체만을 믿고 어쨌든 그 배낭을 짊어지고 걸었다. 그렇게 배낭여행을 떠난 우리는 레이크 디스트릭트, 그러니까 잉글랜드 북서부의 호수 지방과 스코틀랜드 지방을 매일 몇 킬로미터씩 걸어서 돌아다녔으며 거의 매일 밤을 야영장에서 보냈다. 사람들이 만들어놓은 야영장이 아닌 진짜 야외에서 지낸 적은 거의 없었다. 그로부터 30년이 지난 지금, 나는 20년이 넘도록 해온 육체노동 때문에 몸 이곳저곳이 고장나 있었다. 완치될 가능성은 전혀 없으며 그대로 내 몸 안에 도사리고 있다가 언제든 문제를 일으킬 수 있는 그런 종류의 고장이었다. 게다가 3년 가까이 법정 다툼을 벌이면서 몸에 더 무리가 왔고 변호사 없이 우리 입장을 밝히느라 잘할 줄도 모르는 컴퓨터 앞에 웅크리고 있었다 보니 이제는 몸을 조금만 무리하게 움직여도 근육에 통증을 느낄 정도였다. 모스는 어떨까? 전에 짊어졌던 만큼의 무게를 과연 다시 짊어지고 움직일 수 있을까? 우리는 예전과 비슷한 수준으로 배낭을 꾸렸고, 모스는 그 배낭을 조심스럽게 등에 짊어졌다. 60리터짜리 배낭에는 주황색 캔버스 천으로 만든 오래된 텐트와 조금 녹이 슨 두 개의 다용도 주전자 겸 냄비가 함께 매달려 있었다. 방을 두어 바퀴 돌아본 모스는 이내 무릎의 통증을 호소했다.

"배낭 좀 내려줘. 나한테는 무리야."

"그렇다면 짐을 줄일 수 있는 방법을 찾아봐야겠어. 그러니까 우선 텐트부터 가벼운 걸로 바꾸던가."

"그럴 여력이 없잖아." 우리가 지난해 벌어들였던 수입의 대부분은 소송의 뒤치다꺼리를 하거나 다른 일을 못 하는 동안 필요했던 생활비로 들어갔다. 게다가 우리에게는 대학에 들어간 아이가 둘이나 있었다. 그리고 이번 여름에 농장에 찾아오기로 예약했던 손님들에게 비용을 모두 환불하고 나니 수중에 남아있는 건 고작 320파운드뿐이었다. 하지만 저소득층 생활보조금 명목으로 정부로부터 일주일에 48파운드를 받는 게 있었는데 모스가 점점 더 일을 할 수 없는 상태가 되면서 우리 수입으로는 헛간을 임대하는 것도 아슬아슬할 지경이 되었고 그때문에 겨우 정부 보조금을 받을 자격이 된 것이다. 이런 얼마 되지 않는 보조금이라도 받기 위해서는 거주지 주소가 있어야 했다. 다시 말해, 한 곳에 머물러 살고 있어야 한다는 뜻이었다. 우리는 곧 길을 떠날 예정이었고 결국 일단 예전의 집 주소를 등록한 후 다시 모스의 남동생 집으로 돈이 보내지도록 조치를 취했다. 일주일에 48파운드. 그 정도면 어떻게든 견뎌낼 수 있을 것 같기도 했다.

나는 《500마일을 걸어서》를 다시 읽으며 우리도 해낼 수 있다고 스스로를 다독이고 또 다독였다. 이 책의 저자인 마크 월링튼은 다른 사람에게 빌린 배낭과 볼품없는 개 한 마리만으로 사우스 웨스트 코스트 패스를 완주했다. 당연히 우리도 문제없이 할 수 있으리라. 그렇지만 마크 월링튼이 걸었던 길과는 반대 방향, 즉 풀에서 마인헤드 쪽을 향해 걸어가야만 한다는 사실은 분명했다. 마인헤드에서 패드스토까지 이어지는 첫 구간은 단연코 가장 어려워 보였고 반대로 플리머스에서 풀로 이어지는 마지막 구간은 가장 쉽게 갈 수 있는 길처럼 보였기 때문이다. 우선 쉬운 구간을 먼저 걸으며 시간을 들여 적응한 후에 가장 어려운 구간을 통과하겠다는 계획은 두말할 나위 없이 너무도 당연하게 생각되었다. 이제 필요한 건 가이드북이었다. 사우스 웨스트 코스트 패스의 전체 구간이 다 나오는 그런 안내서나 책이 필요했는데 우리가 원했던 것처럼 남쪽에서 북쪽으로 거슬러 올라가는 식으로 구성된 안내서는 어디에서도 찾을 수 없다는 사실을 금방 알게 되었다. 모든 가이드북이 북쪽에서 남쪽으로 가는 길만 알려주고 있었다. 나는 야외 활동 관련 장비를 전문적으로 취급하는 코츠월드 아웃도어스라는 회사의 지점을 찾아가 온갖 책을 다 찾아보았지만, 그 방대한 책들 속에서도 우리가 원하는 방향을 알려주는 것은 단 한 권도 찾아볼 수가 없었다. 비쩍 마른 모습의 코츠월드 아웃도어스의 직원도 별 도움이 되지 않아 내 실망감은 더욱 커져

갔다.

"다른 길을 알려주는 가이드북이 있어야만 해요. 그러니까 남편 때문에 첫 구간은 아주 평탄한 길이어야 한다고요. 마크 윌링튼은 당시 이십 대였고 성질만 잘 다독이면 아무런 문제가 없었잖아요."

분노와 절망감 그리고 나 자신에 대한 연민 때문에 얼굴이 달아오르면서 내 성질도 곧 폭발할 것 같았다.

"손님, 정말 죄송합니다만, 그런 책은 없는 것 같은데요."

직원은 그렇게 말하고 사라져버렸고 밖으로 나온 나는 울화통이 터져 그만 그 자리에 주저앉았다. 만일 처음부터 어려운 길을 걷기 시작한다면 모스는 일주일도 제대로 견뎌내지 못할 것이 뻔했다. 그러면 어떻게 되는 걸까? 나는 '그러면 어떻게 될지'를 생각할 준비 자체가 되어 있지 않았다. 내 머릿속은 마치 그대로 자기방어 상태로 들어간 듯 오직 한 가지만 생각하고 있었다. 그저 걸어야 한다. 그 다음 어떻게 될지는 전혀 알 수 없었다. 우리는 대신 인터넷으로 살펴보긴 했지만, 그것 말고도 그 길을 완주하기 위해서는 우리가 감당할 수 있거나 짊어질 수 있는 것보다 훨씬 더 많은 준비물이 필요했다.

"레이너, 나는 안내서를 거꾸로 읽어가며 800킬로미터를 걸어갈 수는 없어. 그러니 원래대로 마인헤드부터 시작하자고.

대신 정말로 아주 천천히 걸어가면 돼."

　모스가 내 머리를 쓰다듬으며 이렇게 말했지만, 나는 그저 침낭 속으로 기어들어가 울고 싶을 따름이었다. 지금 이렇게 무너져서는 안 돼. 강해져야만 해. 그렇게 천천히 죽기만을 기다리는 그런 사람이 아니야. 그렇지만 금세 무너져 내린 나는 그저 간신히 버티고 서 있을 뿐이었다.

　어쨌든 우리는 가이드북을 하나 선택해야 했다. 찬찬히 살펴본 결과 패디 딜런의 책이 최선이라는 결론에 도달했다. 《사우스 웨스트 코스트 패스: 마인헤드에서 사우스 헤이븐 포인트까지》라는 제목의 이 얇은 책에는 튼튼한 방수 덮개가 씌여 있었고 함께 딸려 있는 영국 정부가 펴낸 공식 지도에는 우리가 가려는 길 전체가 다 나와 있었다. 크기도 적당해 내가 한 손으로 들거나 모스의 주머니 안에 들어갈 수 있는 유일한 책이었다. 그렇지만 차를 한 잔 마시며 잠시 책을 살펴본 결과 개와 함께 그 길을 걸어갔던 마크 월링턴은 잠시 길을 잘못 들어섰거나 아니면 거리 계산을 잘못했다는 사실을 분명하게 확인할 수 있었다. 어쩌면 그 책이 발표되고 난 후 20여 년의 세월이 흐르는 동안 콘월 지역이 대서양 쪽으로 좀 더 확장되는 거대한 지각 변동이 일어났는지도 모른다. 사우스 웨스트 코스트 패스의 전체 거리는 800킬로미터가 아니라 1,000킬로미터였기 때문이다.

우리는 몇 가지 장비를 새로 구입해야 했다. 이건 어쩔 수 없는 일이었다. 모스의 오래된 배낭에는 금속으로 된 커다란 녹슨 고리들이 잔뜩 매달려 있었고 내 배낭은 안감이 다 닳아서 방수가 전혀 되지 않았다. 비슷한 품질로 요즘 나오는 새로운 배낭의 가격은 눈이 튀어나올 정도로 비쌌다. 배낭 두 개를 새로 장만하는 것만으로도 250파운드가 날아갈 지경이었다. 우리는 가격이 더 저렴한 제품을 찾다가 마침내 마운틴 웨어하우스라는 회사의 배낭을 골랐다. 유명 회사 제품의 절반 정도 가격으로 무슨 요란한 장식이나 호루라기 같은 건 하나도 달려 있지 않았지만, 배낭 본연의 기능에 충실한 그런 제품이었다. 그다음 며칠 동안 우리는 짐을 꾸리는 일에만 매달렸다. 배낭을 채웠다 비웠다를 반복하며 필요한 물건들을 챙겼고 그런 다음 배낭을 짊어지고 시험 삼아 집 주변을 돌아보기도 했다. 하지만 문제가 있었다. 우리가 꼭 필요하다고 생각한 물건들이 작은 배낭에 모두 다 들어가지 않았다.

"하지만 이것 보다 더 큰 배낭을 내가 짊어질 수는 없어. 우리가 농장을 떠날 때처럼 해보자고. 정말로 여행을 하는 데 반드시 필요하다고 생각되는 것들로만 다시 짐을 꾸리는 거야.

다른 건 절대로 안 돼. 그렇게 하면 아마 나도 그럭저럭 해낼 수 있을 것 같아."

"그러면 텐트가 너무 무겁잖아. 나도 짊어질 수 없고 당신 어깨에도 너무 무겁다고. 하지만 거친 야외 환경에서 몇 달을 버틸 수 있는 그럴듯한 새 텐트를 살 여력이 지금 우리에게는 전혀 없어. 이것 참 어떻게 하지."

"인터넷 경매 사이트에 한번 들어가 볼까?"

그래서 우리는 이베이에 들어갔다. 올해 여름과 어쩌면 다음 계절까지 우리의 집이 되어 줄 적당한 텐트를 구하기 위해 기다리는 건 정말 신경이 곤두서는 일이었다. 3초, 2초, 1초. 마침내 원하는 걸 손에 넣었다. 반고라는 회사의 중고품이었는데 무게는 고작 3킬로그램쯤으로 우리의 낡은 캔버스 천 텐트의 사분의 일 밖에 나가지 않았으며, 접었을 때의 크기도 그 정도로 줄어들었다. 우리는 주방 식탁 주위를 돌며 춤을 추었다. 고작 38파운드에 지금 막 새로운 집을 낙찰받은 것이다.

나는 극도로 흥분한 상태에서 딸 로완에게 전화를 걸었다. 지난 2주 동안 끝없는 어둠처럼 우리 사이에 자리하고 있던 우울했던 분위기를 어느 정도 날려버리기 위해서는 이 별것 아니지만 그래도 기쁜 소식을 가족끼리 나눌 필요가 있었다. 엄마의 자리로 돌아가 모든 걸 다 잘 해내고 싶었다. 물론 나는 엄마의 자리로 다시 돌아가야만 했지만, 신호가 가자마자 금방 후회스러운 기분이 들기 시작했다. 아이들은 이미 다 자라 집을 떠났어도 우리가 잃어버린 집은 그 아이들의 것이기도 했다. 또한 아빠인 모스의 병은 내가 그랬던 것처럼 아이들에게도 견디기 힘든 일이었으리라. 지난 2주 동안 나와 아이들의 관계는 뼛속까지 다 변해버렸다. 나로서는 어쩔 수 없는, 더는 아이들을 보호해줄 수 없는 그런 일들이 일어났고 부모와 자식 사이의 균형이 깨졌다. 나는 그런 상황이 싫어 견딜 수가 없었다. 나는 아직 준비가 되어 있지 않았다. 그렇지만 아이들은 성인으로서 놀라울 정도로 아주 잘 견뎌주었고 그렇게 준비가 된 아이들이 나는 정말로 자랑스러웠다. 세상이 전혀 변하지 않기를 바라며 아이들의 삶을 완벽한 보호막 속에 그대로 가두어두려는 건 나뿐이었다. 내가 아이들을 더 이상 보호해줄 수 없다면 나는 이제 어떤 존재가 되어버리는 것일까? '나'라는 존재를 마음속 깊이 의식할 수 있는 마지막 끝은 아이들의 보호자라는 것이었는데 이제 그게 아니라면 뭐가 남게 된 걸까? 아무것도 없었다.

"엄마, 도대체 무슨 생각을 하시는 거예요? 지금 제정신이세요? 그러다 아빠가 절벽 아래로 굴러 떨어지기라도 하면 어쩌시려고요?"

로완의 목소리는 나를 거칠게 현실로 다시 내몰았다.

　"지금 돈도 한 푼 없으면서 먹고 자는 건 어떻게 해결하시려고요? 정말로 이번 여름 내내 텐트 생활을 하시려는 건 아니죠? 아니, 그게 될법한 소리예요? 아빠는 요즘 의자에서 몸을 제대로 못 일으키실 때가 많은데 어디 절벽 같은 곳을 걷다가 꼼짝 못 하게 되면요? 그리고 도대체 텐트는 어디에다 치실 건데요? 요즘 야영장 이용료가 얼마인지는 아세요? 톰 오빠한테 이야기는 하신 거예요?"

　"로완, 네 말은 잘 알겠어. 그래, 이건 완전 미친 짓이지. 그렇지만 우리가 딱히 뭘 할 수 있겠니? 그냥 주저앉아서 구청에서 무슨 연락이 오기를 기다리고 있을까? 그건 우리 방식이 아니야. 우리는 이렇게 뭐라도 해야 해. 둘이 함께 있는 이상 다 괜찮을 거다. 너무 염려하지 마라."

　전화기에서는 한동안 아무런 소리도 들리지 않았다.

　"배터리 용량이 최소한 몇십 분은 가는 새 핸드폰을 보내드릴게요. 매일 전화 주셔야 해요. 그리고 제가 전화했을 때도 꼭 받으시고요. 톰 오빠한테도 다 설명하세요."

　"알았다. 고맙고, 사랑한다."

　"톰, 잘 있었니? 엄마랑 아빠는 이제 사우스 웨스트 코스트 패스를 걸어보기로 했다. 아무래도 최소한 2개월은 걸릴 것 같은데, 어쩌면 3개월이 될지도 몰라."

"알겠어요."

"1,000킬로미터는 넘게 가야 하는 길인데 가는 내내 텐트를 치고 야영을 해야 해."

"그거 재미있겠네요."

그저 정신없이 짧고 까불 줄만 알았던 아이가 어느새 자라 이제 자기 앞가림부터 먼저 하는 냉정한 어른이 되어 있었다. 그리고 디스코텍을 휘젓고 다니던 혈기왕성하던 처녀는 그사이 내 엄마를 자처하게 되었지.

그렇지만 나는 무엇이 되었나? 모스는 누구지? 1,000킬로미터라면 그 해답을 찾기에 충분한 거리가 될 수 있을까?

사흘 후 이베이에서 건진 텐트가 도착했고 우리는 그 텐트를 집 안에서 펼쳐보았다. 마루 위에 펼쳐진, 널찍하지만 나지막한 녹색의 반구형 지붕은 마치 이끼를 뒤집어쓴 화강암 바위처럼 보이기도 했다. 우리는 펼치기만 하면 저절로 부풀어오르는 깔개를 펴고는 초경량 침낭 안에 들어가보았다. 테스코 할인점에서 하나에 5파운드를 주고 산 침낭이었다. 나는 야영용 소형 스토브를 이용해 차를 끓였고 우리는 침낭을 몸에 두른 채 텐트 입구에 앉아 텔레비전으로 원에 관련 방송을 보았다. 그리고 그만 자리에서 일어나려는데 모스가 움직이지를 못했다. 아무리 애를 써도 자리에서 일어나지를 못했다. 나는 그를 침낭에서 끌어낸 후 부축을 해서 일으켜 세웠다.

"로완의 말이 맞는 것 같지 않아? 이건 아마 우리가 했던 일 중에서 가장 어리석은 일이 될지도 몰라."

"하지만 언제 우리가 단 한 번이라도 쉬운 선택을 한 적이 있었어?"

우리는 뭐 잊어버린 건 없나, 또 도저히 감당할 수 없는 짐은 뭐가 있을까 고민하며 마지막으로 배낭을 점검했다. 이제부터는 배낭 안에 꾸리는 물건들만으로 여름이 다 지나갈 때까지 버텨야 했다. 새로 뭘 장만하는 건 생각할 수도 없었다. 길을 가다가 뭐가 망가지거나 없어져도 보충할 만한 돈은 한 푼도 남지 않았다. 이제 곧 여름 휴가철이 될 텐데 가면서 계속 뭘 사 먹어야 하는 상황이 된다면 끼니나 제대로 채울 수 있을까 걱정도 되었다. 배낭 옆에는 꼭 가져가고 싶은 물건들이 쌓여갔다. 분명 다 들어갈 것 같이 보이지는 않았지만, 그래도 어쨌든 배낭 안에 억지로 쑤셔 넣기 시작했다. 나는 먼저 몇 개월 동안 입을 옷을 최소한으로 고르고 골라냈는데 그것만으로도 배낭은 거의 절반가량 차고 말았다. 이 배낭 말고는 짐을 담아 가져갈 게 아무것도 없었기에 나는 옷들을 다시 전부 꺼내 놓고는 정말로 없어서는 안 될 옷들만 다시 고르기 시작했다. 면으로 된 낡은 수영복, 속옷이 위아래로 각 세 벌, 양말 한 켤레, 면으로 된 헐렁한 셔츠, 레깅스 하나, 침낭 안에서 잠옷 대신 입을 긴팔 티셔츠 한 장 등. 그 외에는 모두 아예 입고 가기로 했기 때문에 그 옷들은 배낭 옆에 따로 치워놓았다. 면으로 된 레깅스, 면 셔츠, 레깅스 위에 입는 꽃무늬가 들어간 짧은 중고 나일론 치마, 등산화 안에 신을 빨간색의 두꺼운 양말 한 켤레, 그리고 지퍼가 달린 싸구려 플리스 원단 웃옷 등이었다.

　나는 배낭 안에 들어갈 옷들을 공처럼 둘둘 말아 작은 방수 주머니 안에 구겨 넣고 그 주머니를 배낭 제일 안쪽에 넣었다. 그리고 이제 남은 짐들을 모두 배낭 안에 쓸어 담았다. 앞서 언급했던 저절로 부풀어 오르는 깔개, 소형 가스스토브, 부탄가스 통, 접을 수 있는 손잡이가 뚜껑을 고정시키는 역할까지 하는 스테인리스 스틸로 된 냄비, 성냥, 법랑으로 된 접시와 컵, 찻숟가락과 플라스틱으로 된 포크 겸용 숟가락, 아주 작게 접을 수 있는 배게, 접은 뒤 끈으로 묶으면 배낭 옆 주머니에 들어갈 만큼 부피가 줄어드는 침낭, 방수 웃옷과 발목을 감쌀 각반 등등. 그리고 역시 절대로 없어서는 안 된다고 생각되는 소소한 물건들도 있었다. 손가락 길이의 손전등, A5 크기의 공책, 볼펜, 손잡이를 접을 수 있는 칫솔과 새끼손가락 크기의 치약, 여행용 샴푸, 빨리 마른다는 수건, 입술이 트는 걸 막아주는 연고, 휴지와 물휴지, 휴대 전화와 휴대 전화 충전기, 배낭 위에 끈으로 묶어서 매달고 다닐 수 있는 2리터 들이 플라스틱 물통 그리고 115파운드가 들어 있는 지갑 등등. 지금은 115파운드가 우리가 준비한 여행 자금의 전부였다. 물론 현금 카드는 챙겼다. 나는 먹을 것도 가져갈 생각이었다. 물론 대부분은 그때마다 뭘 사서 먹을 수밖에 없겠지만, 그래도 일단은 깊이가 검지 길이 정도 되는 빈 깡통에 고농축 설탕을 채웠다. 그렇게 하면 가장 작은 설탕 봉지보다 부피를 절반가량 더 줄일 수 있다. 티백 50개, 쌀 두 봉지, 국수 두 봉지, 왜 주황색을 띠는지 모르겠지만 어쨌든 장기간 보관할 수 있다는 미트볼, 아침 식사 대용인 시리얼바 몇 개와 초콜릿바 두 개도 있었다. 이런 먹을거리들은 사실 비상식량으로 쓰려고 준비한 것이며 여행을 하면서 그때그때 비는 것들을 채워나갈 생각이었다.

나는 배낭 뚜껑을 억지로 닫고 달려 있는 끈으로 힘껏 조여 맸다. 그러자 배낭은 무슨 축구공처럼 단단하고 속이 꽉 찬 물체가 되었고 내가 그 위에 앉아도 전혀 찌그러지는 부분이 없었다.

모스의 배낭도 내 배낭과 모습이 크게 다르지 않았다. 그리고 나는 레깅스 위에 꽃무늬 짧은 치마를 덧입었지만, 그는 군복 같은 바지를 입고 바지 끝단을 무릎까지 걷어 올려 반바지처럼 만들었다. 모스의 배낭에는 구급상자, 주머니칼, 먼 곳을 살펴볼 수 있는 한 뼘 정도 길이의 단안경이 들어갔다. 배낭 안쪽 주머니에는 아일랜드의 작가로 노벨상도 받았던 셰이머스 히니가 현대 영어로 번역해서 짧게 편집한 《베오울프》가 있었는데 모스는 예전부터 여행을 할 때마다 꼭 그 책을 들고 다니곤 했다. 모스는 요리용 도구나 음식 대신 배낭에 텐트를 붙들어 맸다. 그리고 바지 허벅지에 붙은 주머니에는 패디 딜런의 책이 들어갔다. 이제 모든 준비가 끝났다.

화장실에 있는 저울로 무게를 달아보니 나와 모스의 배낭은 8킬로그램 정도로 어쩐지 둘 다 거의 무게가 비슷했다. 나는 여전히 그 정도 무게도 모스에게는 무리라는 생각이 들었지만, 그는 어쨌든 배낭을 들어 올리고 한쪽 팔을 배낭끈 안으로 집어넣었다.

그런 다음 아픈 어깨 쪽으로 배낭을 짊어지려고 했는데, 그건 너무 어려운 일이었다. 그래서 나는 그의 배낭 밑을 받쳐 올려 좀 더 쉽게 배낭을 어깨에 짊어질 수 있도록 도왔다. 다만 내가 그 일을 하려면 내 배낭을 둘러매기 전에 그렇게 해야 했다. 배낭을 맨 상태에서는 제대로 팔을 뻗어 모스의 배낭을 받쳐줄 수 없었기 때문이었다. 모스가 배낭을 맨 다음 이번에는 내가 배낭을 우선 내 무릎 위에 올린 후 배낭을 휙 잡아 돌리듯 하며 끈에 팔을 집어넣었다. 그러면 모스가 다시 배낭을 받쳐주며 내가 두 번째 팔을 끈 안에 넣을 수 있도록 도왔다. 아주 쉬운 일이었다.

우리는 사이좋은 거북이 한 쌍처럼 그렇게 마주 보고 섰다.

"이건 미친 짓이야."

아무리 미친 짓이라고 해도 우리는 해내야만 했다. 만일 이 길을 떠나지 않는다면 우리는 그저 이번 여름을 넘어 계속해서 펼쳐질 미래와 그 미래에 있을 모든 일을 멍하니 기다리고 있을 수밖에 없었다. 모스도 나도 그런 미래에 대해서는 아무런 준비도 되어 있지 않았다.

"확실한 건 젊은 시절처럼 날쌔게 움직일 수는 없다는 거지."

배낭을 승합차에 실은 후 우리는 모든 것들을 뒤에 남겨둔 채 차를 몰고 남쪽으로 향했다. 현실로 느껴지는 건 아무것도 없고 모든 것이 꿈만 같았다. 20여 년에 걸친 가족의 생활과 우리의 일터와 우리가 가졌던 모든 것들, 희망과 꿈, 미래 그리고 과거를 남겨두고 우리는 차를 몰고 떠났다. 새로운 시작을 찾아 떠나는 것은 아니었다. 그렇다고 새로운 인생이 우리 앞

에 펼쳐지는 것도 아니었다. 세상이 두 쪽으로 갈라졌다. 우리
는 결코 건널 수 없었던 선을 넘어 텅 빈 반대편의 공간 속으로
우리 자신을 내던졌다. 그저 그렇게 차를 몰고 깨져버린 껍데
기를 벗어던지듯 떠나온 것이다. 이제 우리는 앞으로 어떻게
해야 할까. 그저 걷는 수밖에는 다른 도리가 없었다.

4

부
랑
자
들
과

방
랑
자
들

집이 없는 사람들의 상황에 대한 짧은 설명

이른바 '노숙자'에 대한 설명을 누군가에게 부탁한다면 십중팔구는 집 없이 길거리에서 자리를 깔고 생활하는 사람들이라는 말을 듣게 될 것이다. 대개 개를 한 마리 정도 데리고 다니면서 지나가는 사람들에게 마약이나 술을 살 돈을 구걸하는 사람들이다. 우리는 그렇게 아무 곳에서나 쓰러져 자는 사람들을 지나칠 때마다 그런 고정관념을 통해 약간의 불편함에서 공격적인 폭력성까지 다양한 감정을 느끼게 된다. 그렇지만 앞서 설명한 그런 모습이야말로 대부분의 사람들이 생각하는 노숙자의 모습이다.

노숙자들을 돕는 자선 단체인 크라이시스가 조

셉 론트리 재단과 함께 실시했던 조사에 따르면 영국에서 현재 집을 잃고 떠돌아다니거나 곧 그렇게 될 것으로 추산되는 가구의 숫자가 최소한 28만 가구가 넘는다고 한다. 현재 머물 집이 없다고 정부에 자진 신고를 한 가구의 숫자가 이만큼이나 된다는 것인데 정부는 그중 5만 2,000가구에 대해서만 친구나 다른 가족이 도울 수 없는 공식적인 노숙자로 인정하고 있다. 남아있는 22만 8,000가구의 경우는 다른 여러 경로를 통해 각 지방 정부들이 도움을 주었다. 결국 28만 가구가 노숙자로서 도움을 요청하고 있는 것이다. 다시 한번 강조하지만, 이 28만이라는 숫자는 사람의 머릿수가 아니다. 바로 가구 혹은 가족, 가정의 숫자다.

안타까운 일이지만, 이런 수치들은 놀라울 정도로 일관성이 결여되어 있다. 정부는 지난 2013년 동안 영국 전체에서 노숙을 경험한 사람을 2,414명으로 추산하고 있는데 이 숫자는 단지 어느 날 하룻밤만을 기준으로 하는 이른바 스냅샷 방식에 따라 계산한 결과이다. 그렇지만 런던광역시 행정 당국의 자금을 지원 받은 노숙자 정보 연합 연결망이 진행한 조사에 따르면 2013년 한 해 동안 길거리 노숙을 경험한 사람의 숫자는 런던에서만 6,508명에 이른다고 한다. 반면에 앞서와 같이 어느 날 하룻밤만을 기준으로 하는 스냅샷 방식으로 계산했을 때 정부는 런던 노숙자의 숫자를 단지 543명으로 추산했다. 이는 사실 사태를 진지하게 지켜보려 하지 않는 사람들이나 크게 만족할만한 그런 방식이다. 그렇다면 이렇게 정부가 공식적으로 확인하고 인정하는 노숙자뿐만 아니라 무단 거주자들, 친척이나 아는 사람들의 집을 전전하고 있는 이른바 '메뚜기족들' 그리고 공식적으로 정확하게 확인이 되지 않고 숨은 수많은 다른 노숙자의 상황은 과연 어떨까? 정부가 공식적으로 확인한 노숙자들은 이전부터 기록이 남아 있거나 혹은 실제로 직접 찾아볼 수 있는 사람들이다. 다시 말해 2013년 런던의 경우 최대 6,508명, 최소 543명인 노숙자들을 제외한 나머지 노숙자들은 어떤 상황에 처해 있었는가 하는 것이다.

경찰 당국은 주로 1824년 제정된 이른바 '부랑자 단속법'을 근거로 해서 노숙자나 부랑자로부터 일반 시민을 보호할 때 적용하는 몇 가지 법안을 가지고 있다. 부랑자 단속법은 당국이 의심스럽다고 판단하는 사람을 공공장소에서 단속하는 일련의 행정적 조치들이 수백 년 동안 이어져 내려온 끝에 공식적인 법령으로 완성된 것이다. 노숙자들을 대변하는 무료 잡지 《더 페이브먼트》에 글을 기고하는 변호사 앨런 머디가 차별적 성향의 법령 역사에 대해 대략적으로 설명한 글에 따르면 여기서 말하는 "의심스러운 사람"에는 집시, 배우, 매춘부,

마녀나 마법사로 의심받는 사람, 예술가, 걸인 그리고 노숙자가 포함되어 있다고 한다.

1381년 농민 반란이 일어나며 그 결과 구걸을 금지하는 첫 번째 법령이 만들어졌지만, 노숙자나 방랑자를 실제로 단속하기 시작한 건 1547년 수도원 해산령이 선포된 이후부터이다. 그리고 산업혁명이 일어나고 토지의 사유화와 관련된 법들이 만들어지면서 노숙자의 숫자가 크게 증가했고 거기에 비례해 이들을 단속하는 법이 계속 만들어졌다. 1744년 제정된 최초의 부랑자 단속법은 이후 계속해서 만들어지는 비슷한 법들의 원조로 일종의 기준 역할을 하게 된다. 이 법에 따라 노숙자들은 "거지, 무능한 게으름뱅이, 부랑자 그리고 방랑자"와 같은 부류로 분류되었으며 같은 죄목으로 반복해서 단속을 받게 된 사람들은 아예 "구제불능의 범죄자"로 낙인이 찍혔다. 이런 법에 따라 정부 당국은 의심스럽다고 판단되거나 스스로 먹고살 능력이 없는 사람들은 누구든 무조건 체포할 수 있는 권한을 공식적으로 갖게 되었다. 또한 불행하게도 1713년부터 각 지방 정부는 이런 "무위도식하는 평판이 안 좋은 사람"을 신고하는 사람에게는 누구에게나 5실링의 포상금을 지급해야만 했는데 이로 인해 한 해 동안만 500여 명이 넘는 사람들이 체포되는 등 심각한 법 집행의 남용이 이루어지기도 했다.

나폴레옹 전쟁이 끝나면서 노숙자들의 숫자가 다시 크게 증가하자 좀 더 엄격한 법이 만들어져야 하는 필요성이 대두된다. 그렇게 해서 만들어진 것이 앞서 언급했던 1824년의 또 다른 부랑자 단속법이며 이 법은 오랜 세월에 걸쳐 여러 차례 수정되었지만, 지금까지 여전히 부분적으로 법적 효력이 남아 있다. 이 법의 제1항은 1982년 제정된 형사집행법과 함께 걸인을 단속하는데 적용되며 "특별한 직업이 없이 사회에서 문제를 일으키는 사람"을 "특별한 거주지 없이 이곳저곳을 떠돌아다니거나 혹은 공공장소, 거리 또는 고속도로나 도로에 자리를 잡고 돈이나 물품을 구걸하는 사람"으로 분류하고 있다. 그리고 부랑자 단속법 제4항에 따르면 "부랑자와 방랑자들"은 "특별한 거주지 없이 이곳저곳을 떠돌아다니며 버려진 헛간이나 혹은 주인 없이 버려진 모든 건물 그리고 텐트나 마차나 수레 또는 야외에서 숙박을 해결하는 사람, 확실하게 내세울 수 있는 생계 수단이 전무하며 스스로의 힘으로는 살아갈 수 없는 사람"으로 분류된다.

우리가 사우스 웨스트 코스트 패스를 걷기 시작한 이듬해인 2014년, 반사회 행위 및 범죄 단속법이 정식으로 발효되었다. 이 법에는 공공장소 보호 명령 조항이 포함되어 있다. 다시 말해, 타인에 대해 불편함을 끼치고 있다고 판단되는 사람은 누구라도 행정 당국에 의해 체포되어 "해당 장소를 떠나 다시는 돌아오지 말 것"을 명령 받을 수 있다. 이 공공장소 보호 명령이 말하는 불편함에는 공공장소에서 골프채를 들고 다니는 것부터 지나가는 양 한 마리가 단순히 신경을 거슬리는 경우에 이르기까지 온갖 이상한 경우가 단속 대상이 된다. 간단하게 말해, 행정 당국 입장에서 볼 때 그저 의심스럽게 생각되기만 해도 체포를 당하거나 추방을 당할 수 있는 것이다. 이에 따라 각 지역의 수많은 행정 당국은 특히 노숙과 관련된 행위를 직접적으로 단속할 수 있는 제도를 도입할 수 있게 되었다. 여기에는 단순한 노숙에서 구걸 혹은 특별한 볼일 없이 돌아다니는 행위까지 모두 포함된다. 법을 어길 시에는 100파운드에 달하는 벌금을 부과할 수 있으며 이 벌금을 제때 납부하지 못하면 다시 1,000파운드의 벌금이 부과되고 동시에 전과가 기록된다. 그러니 누군가에게 돈을 구걸하거나 혹은 마침 공교로운 장소에서 남들의 눈에 이상하게 보일 수 있는 양과 함께 있는 일은 꿈도 꾸지 말아야 한다.

사람들이 노숙자들에게 느끼는 두려움은 예나 지금이나 여전히 흔하게 찾아볼 수 있는 일이며 그들은 당연히 알코올이나 마약 중독자이거나 아니면 정신적으로 문제가 있는 사람들이라는 널리 알려진 고정관념도 전혀 달라지지 않았다. 물론 이런 문제들이 실제로 노숙자들 사이에 만연해 있는 것은 사실이다. 그렇지만 이런 문제들 자체가 바로 살 곳을 잃는 사건에서부터 시작된다고 보는 것이 더 타당하지 않을까. 노숙자들에 대한 막연한 공포심과 앞서 언급했던 여러 문제가 관광산업에 미치는 영향 때문에 런던시는 시내에서 노숙하는 것을 금지시키고 무료 급식소를 불법으로 규정하려는 시도를 하게 되었다. 이 사람들을 거리에서 몰아내는 것만이 과연 유일한 해결책일까? 특별한 거주지 없이 떠도는 방랑자, 여행자들을 범죄자와 동격인 노숙자로 치부한다면 2013년 여름의 우리 두 사람도 바로 그런 노숙자였다.

2부

사우스 웨스트 코스트 패스

어떤 사람들은
몇 주 동안 쉬지 않고 걷고 매일 밤 다른 곳에서 잠을 청하며
먹고 마시는 문제를 해결해야 한다는 것에 대해
크게 위축될 수도 있겠지만,
조심스럽게 신경을 써서 계획을 세운다면
그런 건 크게 문제가 되지 않는다.

- 패디 딜런, 《사우스 웨스트 코스트 패스: 마인헤드에서 사우스 헤이븐 포인트까지》

제대로만 갔다면 톤턴에는 이틀 뒤에 도착했어
야 했다. 그랬더라면 최악의 더위를 피할 수 있었
을지도 모른다. 정말 천사들만 아니었어도 그렇게
되었을 텐데.

우리는 그동안 M5 고속도로를 수없이 오르내렸
고 그때마다 항상 정확한 목적지나 지켜야 할 일정
이 있었다. 그렇지만 언제 밥을 다시 먹어야 하는
지 정도가 유일한 일정이라면 그런 일정은 제대로
지켜지기가 쉽지 않다.

"우리가 그동안 글래스톤베리를 차를 몰고 지나
치면서 '다음에 들리지 뭐' 하고 말한 게 몇 번이나
될까? 그러니 진짜 딱 1시간만 더 가서 오늘 밤은
요빌에 있는 잔의 집에 머무르자고. 거기에 승합차

를 놔두고 이틀만 쉰 뒤에 떠나는 거야."

모스의 친구인 잔은 나름대로 자신이 할 수 있는 만큼 우리를 도울 수 있어 흡족해할 것이다. 특별히 서두를 건 없었다. 우리는 글래스톤베리 토르라는 이름의 원뿔형 언덕을 그저 하릴없이 올라 사방의 경치를 구경할 수도 있었고 그런 뒤에 떠나도 늦지 않을 것 같았다.

"그러지 뭐. 한번 가보자."

토르의 주변은 셀 수 없이 많은 켈트 시대의 신화와 전설이 둘러싸고 있으며 이곳에서 발견된 인간의 흔적은 철기 시대까지 거슬러 올라간다. 영국 서부 지역이라면 으레 그렇듯이 이곳도 역시 아서왕 전설과의 연관성을 강조하고 있다. 우리는 최근에 웨일즈에 있는 어느 호수 근처를 지나간 일이 있었는데 바로 아서왕이 자신의 보검 엑스칼리버를 던졌다는 전설이 전해 내려오는 호수였기 때문에 이렇게 아서왕과 관련된 또 다른 지역을 돌아보는 건 색다른 기분 전환이 될 수 있을 것도 같았다. 물론 나는 여전히 왜 영국의 전설적인 왕이 엑스칼리버를 A5 국도 옆에 있는 칙칙한 호수에 던져 넣었어야 했는지, 왜 하필이면 전설로 남을 만큼 그렇게 오래 글래스톤베리에 머물렀어야 했는지 잘 이해하지 못했다. 어쨌든 글래스톤베리에 신비한 힘을 준다는 수정으로 만든 장신구를 파는 가게가 줄지어 늘어서 있는 것도 모두 다 아서왕의 전설 덕분이었다. 어쩌면 이번 방문을 통해서나 다음에 틴타젤에 가게 되면 뭔가 깨달을 수 있게 되지 않을까. 틴타젤은 우리가 걸어가려고 하는 콘월 지방에 있는 시골 마을로 거기까지 포기하지 않고 계속 갈 수 있다면 한 번 들르게 될 것 같았다.

다소 우울한 기분으로 오랜 시간 달려왔기에 승합차에서 내려 몸을 쭉 펴니 여간 기분이 좋은 것이 아니었다. 우리는 서머싯 레벨이라고도 부르는 서머싯 지방의 평야 지대 풍경을 휴대 전화 사진으로 담았다. 그리고 우리를 바라보는 미국인과 중국인 관광객들의 사진도 찍어보고 다시 한 번 서머싯 레벨의 풍경에 감탄한 후 마을로 내려왔다. 마을에는 깜짝 놀랄 만큼 아름다운 수정 장신구 말고도 뭔가 번잡한 도시와는 다른 영적인 기운이 사방에 맴돌았다. 그리고 또 놀랄 정도로 많은 노숙자들도 눈에 들어왔다. 담요며 침낭을 몸에 두르고 마을 이곳저곳에 자리를 잡고 앉아 있는 노숙자들 상당수는 빈 그릇을 앞에 두고 돈을 구걸하고 있었다. 이십 대 초반쯤 되어 보이는 어떤 젊은 남자는 어느 수정 장신구 가게 바깥쪽에 있는 빗물받이통과 쓰레기통 사이에 몸을 묻고 있었다. 당연히 노숙자처럼 보이는 겉모습에 지저분한 옷차림, 제멋대로 자란 머리 그리고 다 찢어진 모자에도 불구하고 피부는 부드러웠고

치아도 완벽했으며 그 반짝이는 눈은 고급 사립학교 학생처럼 보일 정도였다. 우리는 길 반대편에 앉아 왠지 여기에도 수정이 들어갔을 것 같은 파이를 먹으며 젊은 노숙자가 멋지게 구걸에 성공하는 모습을 지켜보았다. 형편이 제법 넉넉해 보이는 행인들은 분명 남자의 깨끗하고 완벽한 미소와 말을 건넬 때의 정확한 발음과 억양에 깊은 인상을 받고 그냥 지나치지 못하는 것 같았다. 하필이면 저런 남자와 구걸 경쟁을 하다니 다른 노숙자들은 참 운도 없는 것 같았다.

"이것 좀 봐봐."

나는 마을 사방에 붙어 있는 광고 전단을 가리켰다.

"'헤븐리 엔드에서 천사들과 치유의 시간을. 1인당 3파운드.' 글래스톤베리를 좀 더 맛보기 위해 가보는 게 좋지 않을까? 20분만 있으면 시작이니까 가서 한 번 보고 그 다음에 떠나면 되지. 떠나기 전에 뭔가 재미있는 경험이 될 수도 있잖아."

그리고 나는 속으로 그게 그냥 허풍이나 과장이 아니라면, 어쩌면 모스에게 도움이 될 수 있지 않을까 생각했다.

"안 돼."

"아, 제발. 그냥 기분 전환으로 가보자."

그 헤븐리 엔드로 들어가는 입구를 찾기 위해 주차장 주변을 돌아보고 있을 때 아까 보았던 그 노숙자 같지 않은 젊은 노숙자가 공중 화장실로 들어갔다. 그리고 다시 밖으로 나왔을 때 그는 아까의 그 낡은 외투 대신 새 옷을 꺼내 입고는 그야말로 최신 유행을 따르는 또래 젊은이 같은 모습으로 은행 안으로 미끄러지듯 들어갔다. 그리고 은행에서 나와 다시 화장실로 들어가 낡은 외투를 걸치고 쓰레기통 옆으로 가서 자리를 잡는 것이었다. 분명 글래스톤베리에서는 구걸도 하나의 당당한 직업이었다.

하얀 옷을 입은 어떤 여자가 문을 열고 나타났다.

"안녕하세요, 내 이름은 미셸이라고 해요. 헤븐리 엔드에 잘 오셨습니다. 무슨 일이 일어날지에 대해서는 아무것도 설명해 드리지 않을 거예요. 그저 천사의 인도하심을 따르기만 하면 됩니다."

여자는 이렇게 말하며 우리를 끌고 집안의 거실로 들어갔다.

"여기 담요와 방석이 있어요. 편하신 대로 자리를 잡고 앉으세요. 다른 사람들은 다 준비가 되었습니다."

거실을 가득 채운 사람들은 모두 통조림 속 정어리처럼 마룻바닥이며 소파 그리고 의자 등에 납작하게 널브러져 있었다. 모두 꼭 그래야 하는 것처럼 담요로 몸을 감싸고 눈을 감고 있었는데 나도 빈자리를 찾아 자리를 잡고 모스 쪽을 바라보았다. 모스는 뭔가를 비웃듯이 눈썹을 치켜올렸다.

"그러면 지금부터 여러분들을 위해 천사들을 불러들이기 위한 음악을 연주하겠습니다."

미셸은 무대를 준비하고 남아메리카의 원주민 풍의 피리를 불며 고래 울음소리 같은 소리를 냈다. 그리고 뭔가에 불을 붙였는데 그러자 '천상의 숨결'이라는 연기가 집 안을 가득 채우기 시작했다. 마침내 미셸이 그녀의 천사들을 불러들였다.

"남쪽에서 온 가브리엘 대천사가 지금 이 자리에 있습니다. 푸른빛을 가져왔군요. 여러분의 발끝부터 시작해서 그 푸른빛을 받아들이세요."

그런 다음 다른 모든 천사들이 각기 다른 수많은 색의 빛을 들고 찾아오기 시작했다. 우리는 뜨거운 열기와 향기가 넘쳐나는 거실 안에서 통조림 속 정어리처럼 나란히 겹쳐 누워 그 천사들의 힘을 받아들였다. 이게 정말로 천사들의 향기라면 나로서는 천국이 가볼 만한 곳이라는 생각이 들었다. 그리고 학교에 다닐 때 이런 걸 뭐라고 불렀는지 기억이 났다. 이 향기는 분명 '천상의 숨결'은 아니었다.

"깊이 숨을 들이마시면서 천사들의 힘을 고통의 근원과 맞닿게 하세요. 여러분의 팔과 다리와 심장과 뇌 그리고 여러분의 내장 기관……. 에, 그러니까 그게 뭐냐, 콩팥과 맞닿게 하세요. 그리고 온몸의 긴장을 푸세요."

음악 소리가 멈췄고 거실 전체가 조용히 호흡을 하기 시작했다. 침묵의 와중에 익숙한 코고는 소리가 들려왔다. 늘 그랬듯, 처음에는 조용했다가 이윽고 소리는 점점 더 커졌다. 나는 팔꿈치에 몸을 기대고 있었고, 나머지 정어리들은 맥없이 늘어져 숨을 들이셨다 내쉬기를 반복하고 있었다. 그렇지만 모스 혼자 유일하게 금세 잠에 빠져들어 다른 사람들은 신경도 쓰지 않은 채 코를 골아댔다.

"천사들에게 작별 인사를 하시고 다시 몸을 일깨우세요. 이제 다시 현실 세계로 돌아오는 겁니다."

사람들이 모두들 자리에서 몸을 일으키더니 자신들이 겪은 천사들과의 만남에 대해 이야기하기 시작했다. 누구는 고래와 함께 헤엄을 쳤다고도 했고 누구는 새들과 함께 하늘을 날았으며 또 물 위를 걸어갔다는 사람도 있었다. 나는 그저 3파운드를 내고 '천상의 숨결'을 맛볼 수 있었던 것에 만족하기로 했다. 그렇지만 모스는 여전히 코를 골고 있었다.

나는 모스를 쿡쿡 찔렀다.

"모스, 그만 일어나."

"못 일어나겠어."

"그래, 나도 당신이 얼마나 편하게 쉬고 있는지 잘 알아. 그렇지만 이제 갈 시간이야."

"아니, 그게 아니라 움직일 수가 없다고. 젠장, 당신 생각에도 그거 같아? 이거 몸이 마비된 거 아니야? 아예 움직일 수가 없다니까."

미셸이 적당하게 거리를 유지하며 물 한 잔을 건네고는 다시 뒤로 물러났다. 뭔가 우리에게 어울리지 않은 이상한 천사를 소개해줬다고 생각하는 걸까? 아니면 우리가 고소라도 하지 않을까 겁이 났던 것일까?

"다리에 감각이 없어. 결국 이런 식으로 되는 거였나? 갑자기, 정말로 갑자기 걸을 수 없게 된다는 게 바로 이런 거였어?"

결국 어찌어찌해서 모스는 무릎을 대고 몸을 일으켜 의자에 앉을 수 있었다.

"당신이 1시간이 넘도록 대자로 누워 있어서 그런 걸 거야. 그렇게 등을 대고 몸을 편 채로 누워 있으면 몸을 움직일 수 없다는 건 알고 있었잖아."

"내가 이런 곳에 오고 싶지 않다고 했잖아."

"이제 다 괜찮아질 거야. 당신은 그냥 코를 골면서 그 '천상의 숨결'인지 뭔지를 너무 많이 들이마신 것뿐이니까."

이런 빌어먹을. 만일 본격적으로 길을 나섰다가 이런 일이 벌어지면 어떻게 하지? 그렇게까지 상황이 악화된다면…….

차를 타고 마을을 빠져나오면서 보니 그 노숙자 같지 않은

청년은 굉장히 말쑥하고 넉넉한 모습으로 의자에 앉아 휴대
전화로 수다를 떨고 있었다.

　잔의 집에서 머문 시간은 이틀이 아니라 거의 2주일에 가까
웠다. 글래스톤베리의 천사들 덕분에 생긴 모스 등의 뻣뻣함
과 통증이 가라앉는 데 그만큼의 시간이 걸렸기 때문이다. 이
제는 떠나야 할 시간이었다. 집주인이 슬슬 불편해하기 전에
어서 떠나야 했다. 누구도 이렇게 무작정 눌러앉아 있는 손님
을 떠맡고 싶어 하지는 않는다. 우리는 잔의 집 앞에 우리 승합
차를 세워두었다. 승합차가 조금만 더 커서 그 안에서 둘이 잘
수 있다면 얼마나 좋을까 하는 생각이 정말 간절했다. 잔은 우
리를 톤턴까지 차로 태워주었다. 불청객들이 떠나는 모습을
보는 게 적잖이 안심되는 눈치였다. 우리는 잘 있으라는 인사
를 하고 길을 나섰다. 다시는 그렇게 너무 오랫동안 누워 있지
않을 것이며, 또 천사들인지 뭔지도 결코 가까이 하지 않겠다
고 속으로 다짐하면서.

　8월 초, 톤턴의 어느 도로 옆에 배낭을 짊어지고 서게 된 우
리는 마침내 말 그대로 진짜 노숙자 신세가 되었다. 나는 전에
는 한 번도 이런 처지가 되어 본 적이 없었다. 물론 여행을 하
며 몇 주일간 계속해서 승합차에서 먹고 자고 한 적은 있었지

만, 이번은 그때와 달랐다. 돌아갈 곳이 있다는 사실을 알고 있는 상태로 여행을 할 때는 계속해서 앞으로 나아갈 수 있는 의지가 생긴다. 요컨대 언제든 돌아와 열고 짐을 풀 수 있는 문이 있는 것이다. 물론 반대로 그 문을 열고 다시 떠날 수도 있다. 그렇지만 그날 우리가 느꼈던 기분은 사뭇 달랐다. 어디에도 문 같은 건 남아 있지 않았다. 그때 내가 머물던 공간이 당시의 나로서는 가장 안전하고 안심이 되는 장소였기에 나는 그곳을 떠나고 싶지 않았다.

"그러면 이제 마인헤드로 가는 버스를 찾아볼까?"

사실 그것 말고는 달리 선택의 여지가 없었다. 우리가 여기까지 온 건 바로 우리의 새로운 미래를 찾기 위한 방법을 알아내기 위해, 그리고 왜 계속 움직여야 하는지에 대한 이유를 제시하기 위해서였다. 그렇지만 나는 마인헤드까지 가는 차비가 1인당 10파운드나 될 줄은 미처 예상하지 못했다. 서머싯까지 승합차를 타고 오면서 들어간 기름값, 휴게소에 들러서 먹었던 음식값 그리고 잔에게 우리 승합차를 잠시 맡아주는 데 대한 감사의 인사로 전한 포도주 두어 병의 값이 더해져 안 그래도 얄팍했던 내 빨간색 지갑은 이제 더 얄팍해질 지경이었다. 우리에게 남아 있는 돈은 50파운드가 고작이었다. 하지만 어쨌든 앞으로 매주 48파운드의 정부 보조금이 들어올 테니 그럭저럭 버텨나갈 수 있을 것 같았다. 아니, 버텨나가야 했다.

버스 뒷자리에 자리를 잡고 앉아 있으려니 불안한 마음이 조용히 가라앉기 시작했다. 어쩌면 버스 안에 타고 있었기 때문에 자제할 수 있었는지도 모르지만 나는 심지어 조금 흥분이 되는 것도 같았다. 우리는 서머싯을 통과해 북쪽으로 향하고 있었다. 초콜릿과 바나나를 챙겨 바닷가로 당일치기 여행을 가고 있다고 생각해도 믿을 수 있을 것 같았다.

"어디들 가시나요? 아마…… 사우스 웨스트 코스트 패스. 내 말이 맞지요? 우리도 그래요. 그런데 잠은 어디서 잘 건가요? 오늘이 첫날이에요? 우리도 그래요."

엄청나게 큰 미국식 억양이 버스 안을 가득 채웠다. 갈색 곱슬머리의 단단하고 야무지게 생긴 여자가 정말로 쓸모 있어 보이는 주머니가 잔뜩 달린 본격적인 야외 활동용 옷을 입고 서 있었다.

"맞아요. 오늘부터 시작이에요."

미국 여자는 역시 몸집이 자그마한 남자 동행과 함께 잽싸게 버스 뒤로 가서 자리를 잡았다. 남자는 여자 옷보다 더 많은 주머니가 달린, 누가 봐도 어디 거창한 탐험이라도 떠나는 것 같은 눈에 뜨이는 그런 옷차림이었다. 주머니들도 뭔가 중요한 장비들이 가득 들어 있는 것처럼 불룩했다.

"안 돼요. 지금 이런 시간에 출발하면 곤란해요. 아침 일찍 떠나서야지. 마인헤드를 지나서 다음 숙박지까지 가려면 하루 종일 걸어야 하잖아요? 그런데 오늘 밤 어디 묵을 건가요? 괜찮으면 우리랑 같이 가서 한잔해요."

"우리는 밖에서 야영을 할 거라서요."

나는 우리 옆자리에 온갖 물건을 가득 차서 거대한 거북이 등딱지처럼 보이는 배낭을 흘끗 바라보았다. 아닌 게 아니라 누가 봐도 진짜 배낭여행자의 짐처럼 보였다.

"텐트를 칠 거니까 그냥 지금 출발해서 밤이 되면 텐트에서 자면 돼요."

"네? 그 안에 텐트가 들었어요? 그러면 조리도구 같은 것들도 있겠네요? 우리 짐도 그만큼 되는데 숙박은 민박을 이용할 거고 짐은 다른 사람이 옮겨줄 거예요."

"짐을 다른 사람이 옮겨줄 거라니요?"

"말 그대로예요. 우리는 그냥 걷기만 하고 어떤 멋진 젊은 남자가 우리 짐을 다음 민박집까지 옮겨다 주는 거지요. 그렇게 해서 곧장 웨스트워드 호!로 갈 건데. 그쪽은 어디로 가고 있나요?"

"일단 랜즈엔드까지 갈 수 있다면 그다음에는 아마 풀로 갈 거예요. 그렇지만 서두를 이유는 전혀 없으니까 일단 상황을 봐가면서 움직이려고요."

모스는 조용히 두 남녀에게 뭐라고 설명해야 할지 궁리하듯 나를 바라보며 눈썹을 치켜올렸다. 우리에게는 두 사람에게 굳이 이야기할 필요가 없는 내용들이 얼마든지 있었다.

"랜즈엔드라고요! 거기까지 계속 그렇게 텐트 생활을 할 수는 없을 텐데요. 그러니까 내 말은. 어, 두 사람은 그러기에 나이가 너무 많지 않나요?"

"글쎄, 그러니까 일단 상황을 봐가면서 움직이려고요. 아마도 하루나 이틀쯤 뒤면 두 사람이 우리를 앞서 지나가게 되지 않을까요? 우리는 걸음이 아주 느리거든요."

나는 이제 겨우 쉰 살이었다. 도대체 나를 몇 살로 생각하고 있는 거지?

우리는 사실 마인헤드 주변의 지도도 살펴본 일이 없기 때문에 어디서부터 이 여정을 시작해야 하는지 전혀 종잡을 수 없었다. 우리가 아는 거라곤 북쪽으로는 바다 쪽을 바라보며 계속 서쪽을 향해, 그러니까 왼쪽 어딘가로 움직여야 한다는 사실뿐이었다. 우리는 계속해서 이리저리 길을 따라 내려가 수많은 바닷가 휴가객들 사이를 뚫고 차와 스콘을 먹고 마시고 있는 은퇴한 노인들 무리를 지나쳐 마침내 바닷가 거리에 도착했다. 우리는 안도의 한숨을 내쉬며 배낭을 내려놓고 산책로에 주저앉아 차를 마시고 초콜릿바를 먹었다. 왼쪽에 보이는 거대한 어느 언덕은 마치 평지에서 갑자기 거의 수직에 가깝게 솟아오른 것 같은 모양새였다. 분명 저 언덕은 우리가 갈 길이 시작되는 그 언덕은 아닐 것인데……. 패디 딜런은 길이 "구불구불" 이어진다고 했지, 산을 따라 올라가라고 하지는 않았다. 뭔가 처음부터 예감이 좋지 않았다.

"아니, 분명히 산을 향해 산책로를 따라 걸어 내려가라고 했어."

모스는 《사우스 웨스트 코스트 패스》에 딸려 있는, 영국 정부가 펴낸 공식 지도 위에 정교하게 그어져 있는 SWCP를 가리키는 주황색 선을 손가락으로 짚어보았다.

"괜찮아. 저 산인지 언덕인지의 밑자락을 따라 길이 이어지다가 어딘가 한쪽 구석에서 다시 연결되겠지. 자, 그러면……."

모스는 지도와 돋보기를 다시 주머니에 집어넣었다.

"당신, 할 수 있겠어?"

그는 지쳐 보였지만, 견딜 수 없을 정도로 고통스러워하는 것 같지는 않았다.

"달리 할 것도 없어."

여정의 시작 지점이 표시된 지도를 손에 들고 거대한 금속

손이 붙어 있는 기념 조형물을 향해 걸어가기 시작하자 사람들이 점점 줄어들기 시작했다. 우리는 조형물 근처에서 너무 오래 시간을 보냈다. 우리는 사진을 찍고 짐을 다시 살펴보았으며 긴 여정의 첫 걸음을 내딛기 위한 의지를 다져보려고 했다. 흥분, 두려움, 돌아갈 집이 없는 고통, 둔한 몸놀림, 죽음에 이르는 병……. 그렇지만 최소한 만일 우리가 이 첫 걸음을 내딛을 수만 있다면 우리는 어쨌든 어딘가로 가게 될 것이다. 그러면 삶의 목표가 생기는 것이다. 그리고 우리는 1,000킬로미터의 긴 여정을 시작하는 것 말고는 목요일 오후 3시 반이 지난 지금 달리 할 것이 정말로 아무것도 없었다.

마인헤드 위쪽의 숲을 통과해 좌우로 구불구불 이어지는 험한 길을 정말로 힘들게 반쯤 통과하고 보니 패디 딜런이라는 사람이 그야말로 상황을 지나치게 낙관적으로 설명하는 데 선수라는 사실을 분명하게 깨닫게 되었다. 우리는 나뭇가지들 사이로 바다가 보일 듯 말 듯한 자리에 있는 긴 의자에 앉았다. 그리고 숨을 몰아쉬며 패디 딜런의 안내서를 다시 확인해보려 했다.

"아니, 그게 아니라 분명히 '길이 구불구불 내륙 쪽으로 조금 이어졌다가 다시 오르막길로 연결된다'라고 했다니까."

"이 정도가 '구불구불'이면 '대단히 험준하다'라고 설명한 길에 들어서면 아주 정말 심각한 상황이 되겠어."

우리는 800미터 정도 걸어왔고 물은 0.5리터 정도 마셨다. 그리고 나는 머리가 폭발할 것처럼 욱신거렸다. 어느 대가족이 우리를 지나쳐 내리막길 쪽으로 향했다.

"거기 짐 한번 정말 야무지게 꾸렸네요. 그런데 어디로 가세요?"

"랜즈엔드 쪽으로요. 운이 좋으면요."

"아, 그런가요. 그러면 운이 따르시길 바랄게요."

대가족은 웃으며 빠른 발걸음으로 사라졌다. 엉덩이가 비명을 질러댔고 발바닥은 따끔거렸다. 저 사람들이야 웃을 만한 상황이겠지. 나도 지금 이런 꼴만 아니면 얼마든지 웃을 수 있어.

"저 사람들이 생각하는 게 맞을까? 우리 꼴이 그렇게 웃음이 나올 정도인가?"

"그야 당연히 그렇지. 하지만 저 사람들은 그저 보이는 것만 보는 것뿐이야. 진짜 우리 사정을 알게 되면 어떻게 나올 거 같아? 그나저나 우리가 풀로 가고 있는 중이라고 말을 안 한 게 다행이지."

"풀이라고? 지금 형편에서는 8킬로미터 밖에 있는 폴록까지만 가도 정말 운이 좋은 거라고."

기분상으로 몇 시간쯤 지난 것 같았을 때 우리는 숲을 빠져 나와 위쪽에 있는 황무지에 이르렀다. 지대가 평평해지고 조 랑말이 풀을 뜯고 있으며 사우스 웨일즈 쪽을 향해 경관이 트 여 있는 곳이었다.

"이제 더 이상 못 갈 거 같은데."

그날은 그렇게 순식간에 해가 지기 시작해 저녁이 되었다. 그리고 문득 정신을 차리고 보니 우리는 브리스틀 해협 위에 있는, 통칭 엑스무어라고 부르는 탁 트인 땅의 가장자리에 와 있다는 사실을 깨달았다. 밤이 다가오고 있었다. 우리는 텐트 를 칠 장소를 찾아야 했다. 우리 뒤쪽으로는 가축들을 놓아 기 르는 넓은 목초지가 있었고 풀이 평평하게 나 있는 얼마 되지 않은 좁은 땅은 우리가 걸어가야 하는 길 주변밖에 없었다. 사 방에 야생화와 가시금작화가 나 있었지만, 내가 볼 때 텐트를 칠만한 곳은 분명 거기밖에 없는 것 같았다.

"사람들 지나다니는 길에다가 텐트를 칠 수는 없지. 날이 밝 아오면 어떻게 되는데? 분명히 길에서 비키라고 하는 사람이 나올걸."

우리는 다시 걷기 시작했다. 엉덩이가 화끈거렸다.

"이거 아마도 관절염 같은데."

"그동안 너무 오랫동안 컴퓨터 앞에만 앉아 있었기 때문에 그럴지도 몰라. 저기 텐트를 칠만한 평지가 보인다."

　이제 쉴 수 있다는 생각만 해도 배낭을 짊어지고 있는 어깨가 가벼워지는 기분이었지만, 얼마 되지 않아 내 발 위를 개미들이 뒤덮었다. 수천 마리의 개미들이 짧게 나 있는 풀 위를 기어올라 날고 있었다.

　"다른 곳이 있나 살펴보자."

　그렇지만 좀 더 자세히 살펴보니 풀이 짧게 자라 텐트를 칠만한 평지로 보이는 곳은 그냥 기어 다니는 개미부터 날아다니는 개미까지 온통 개미 투성이었다. 날개 달린 개미들이 사방을 뒤덮어서 우리는 검은 개미 구름 속을 지나가는 것이나 마찬가지여서 옷이며 머리에 개미들이 들러붙었다. 이제 입 안까지 녀석들이 들어오기 전에 서둘러 개미 구름 속을 빠져나와 야생화밭에 멈춰 서서 개미들을 털어냈다. 개미들은 더이상 우리를 따라오지 않았다. 뒤를 돌아보니 개미들은 짧게 자란 풀밭 위에서만 맴돌고 있었다.

　야생화들이 자라고 있는 평지에 텐트를 치는 건 쉽지 않았다. 역시 아직 덜 자란 풀이며 꽃줄기가 있는 땅을 찾아야 했지만, 이런 가벼운 텐트의 얇은 바닥 천으로는 그 정도도 큰 위협이었다. 어쩌면 야영 첫날밤만에 텐트 바닥이 찢어져 나갈 수도 있었다. 하지만 어쩔 수 없었다. 새로 장만해서 익숙하지 않은 텐트와 30분이 넘도록 씨름을 한 끝에 우리는 겨우 텐트를 세울 수 있었다. 바닥이 솟아오른 모습은 흡사 깃털을 채운 이불 같았지만, 실제로 누워보니 마치 찬장 서랍 안에 나란히 놓인 포크 위에 누워 있는 것 같았다.

"우리가 접착테이프 같은 걸 챙겨왔던가?"

"음, 아니."

해가 서쪽으로 조금씩 저물어가면서 사우스 웨일즈의 등대들이 어둠을 밝히기 시작했다. 물론 등대는 아주 멀리 있었지만, 그래도 불빛이 우리가 있는 곳까지 손에 잡힐 듯 비춰왔다. 그러는 사이 등대들이 서 있는 땅은 완전히 어둠 속에 잠겨버렸다. 나는 눈을 질끈 감고 일어서 농장으로 이어지는 길을 따라 올라가 돌담 위를 손으로 더듬으며 온기를 느껴보려 했다. 나는 그런 온기의 느낌을 잃어버릴 수 없었다. 그 따뜻하고 안전한 집의 기분은 항상 나와 함께 해야만 했다.

"이제 진짜 집을 잃은 노숙자가 된 것이 실감이 나는 것 같아. 실이 끊어져 바람에 날아가는 풍선 같은 그런 기분이야. 정말 무섭다."

"당신을 안아주고 싶은데 몸을 일으키기가 힘드네."

"우리 미트볼 먹어도 될까? 생각해보니 그게 제일 무게가 많이 나가는 거 같아."

위에서도 아래에서도 그리고 심지어 양쪽 옆에서도 냉기가 몰려들었다. 침낭이 가볍다고 해서 무조건 좋은 건 아니었다. 지금 분명 새벽 4시쯤 되었을 텐데 텐트 색깔 때문에 회색과 녹색의 빛이 사방을 둘러싸고 있는 가운데 냉기가 계속 몸으로 파고들었다. 냉기를 막아줄 만한 것이 정말 부족했다. 등을 대고 누우면 깔개를 통해 조금 체온을 유지하며 냉기를 이겨낼 수 있을 것 같았지만, 등이 너무 아파서 그렇게 할 수가 없었다. 뼛속까지 파고드는 냉기 때문에 옆구리와 등이 마치 찬물에 젖어 있는 것 같았다. 나는 옆으로 누워 등을 모스에게 기대고 조금이라도 온기를 느껴보려 했지만, 그는 몸을 뒤척이더니 등을 돌리고 그냥 곯아떨어졌다. 나는 손에 닿는 건 뭐든 끌어모아 몸을 덮었다. 냄새나는 속옷을 머리에 뒤집어쓰고 발은 배낭 안에 집어넣었다. 조금은 견딜 수 있을 것 같았다. 도대체 왜 나는 모자를 가져오지 않은 걸까?

비몽사몽 중에 나는 텅 비어버린 집과 숨을 쉬지 못하는 모스에 대한 꿈을 꾸었다. 나는 식은땀을 흘리며 잠에서 깨어났다. 머리가 웅웅 울리고 심장이 쿵쾅거렸다. 그렇게 끔찍했던 밤을 견뎌내고 나니 마침내 해가 떠오르면서 사방이 따뜻해지기 시작했다. 그렇지만 나는 다시 잠을 청할 수 없었고 침낭에서 나올 수밖에 없었다. 소변이 너무 마려웠던 나는 텐트 문을 열고 급히 나가면서 동시에 등산화를 신으려다가 가스스토브와 냄비에 걸려 넘어졌다. 나는 야생화밭 위에 웅크리고 앉았다. 가시금작화가 부드러운 불빛 아래 웨일즈까지 이어져 있는 바다 쪽을 향해 피어 있었다. 공기는 너무 맑아서 있는지 없는지도 느낄 수 없을 정도였다.

"안녕하세요? 참 아름다운 풍경 아닌가요?"

레깅스를 발목까지 내리고 있던 나는 풀숲 속으로 몸을 웅크렸다. 산들바람이 내 맨 엉덩이를 간지럽혔다.

"아, 그래요. 정말 아름답네요."

어떻게 이렇게 이른 아침에 개를 데리고 산책을 나올 수 있는 거지?

모스는 8시 반이 되어서 겨우 잠에서 깨어나 뻣뻣한 몸을 추스르며 조용히 몸을 일으켰다. 그는 잠에서 깨어나자마자 고통이 찾아온다는 걸 잘 알고 있었기에 아침이 오는 걸 싫어했다. 그래서 새로운 날이 시작된 걸 알고 어쩔 수 없이 일어나기 전까지는 할 수 있는 한 오래 시간을 끌며 잠이 완전히 깰 때까지 버티는 것이 습관이 되어 있었다. 진통제와 한 잔의 차 그리고 다시 휴식이 이어졌다. 10시 반이 되자 모스는 텐트 밖으로 나왔다. 오줌보가 무슨 강철통으로 되어 있기라도 한 걸까. 그가 앓고 있는 피질기저퇴행 증상은 요실금 현상도 동반한다고 하는데 지금까지는 전혀 그런 기미가 보이지 않았다.

"기분은 좀 어때? 걸어갈 수 있겠어?"

"지옥 같아. 그렇지만 우리에게 걸어가는 거 말고 달리 할 것도 없잖아?"

11시 반이 되어 우리는 짐을 모두 꾸렸다. 그리고 아픈 어깨 위에 다시 배낭을 짊어지고 야생화밭을 빠져나왔다. 야영 활동에 대해 뭔가 써보려고 하는 사람이 있다면 영국의 잉글랜드와 웨일즈 지역에서 정식 야영장이 아닌 곳에서의 야영은 공식적으로 불법이라는 사실뿐만 아니라 공공장소에서 멀리 떨어진 곳에 텐트를 치는 것이 중요하다는 사실을 아울러 강조해야 할 것이다. 또한 언제나 될 수 있는 한 느지막하게 텐트를 치고 다음 날 빨리 일어나 아무런 흔적을 남기지 않고 그 자리를 떠나야 한다. 나는 뒤를 돌아보았다. 야생화들이 짓밟혀 있었다. 그러니 우리는 야영할 때의 모든 주의 사항을 다 어긴 셈이었다. 아마 앞으로는 더 잘할 수 있겠지.

보싱턴 쪽을 향해 내려가면서 나는 이 정도 무게를 등에 짊어지고 내리막길을 가는 것이 오르막길을 가는 것보다 실제로 더 몸에 안 좋은 것이 아닐까 한참을 고민했다. 그러면서 머릿속으로는 이미 발바닥이며 엉덩이 그리고 어깨 등등 다른 아픈 곳들에 대한 목록을 모두 만들어둔 상태였다. 그러는 사이 우리는 내리막길이 끝나는 곳에 도착했고 나는 그 아픈 곳들이 이제 더는 견딜 수 없는 수준까지 도달했다는 결론을 내렸다. 우리가 이 길을 걸어갈 수 있을 거라고 생각했을 때 나는 아마 제정신이 아니었던 것이 아닐까.

어느 한가한 마을에 도착하자 찻집 간판이 보였고, 도저히 그냥 지나칠 수가 없었다. 우리에게 그런 찻집이든 뭐든 그런 곳에 돈을 쓸 여유가 전혀 없다는 사실을 잘 알고 있었지만, 둘 다 동시에 바깥에 마련된 탁자에 자리를 잡고 앉았다. 우리는 그해 여름 처음이자 마지막으로 차와 스콘을 주문했고 나는 등산화를 벗어던졌다. 10년이나 신어서 발에 익은 등산화를 신고 고작 13킬로미터쯤을 걸었을 뿐인데 엄지발가락 아랫부분에는 지름이 손가락 두 마디쯤은 될법한 커다란 물집이 잡혀 있었다. 이건 혹시 배낭의 무게 때문에 그렇게 된 것일까? 나는 내가 짊어져야 할 무게가 더 늘어나는 걸 감수하고 스콘에 클로티드 크림을 발라 입 안으로 마구 쑤셔 넣었다. 클로티드 크림은 특히 데본과 콘월 지방에서 유명한 아주 진한 크림이다. 이렇게 차와 클로티드 크림과 스콘을 먹을 수 있는 마지막 기회였다는 사실을 알았더라면 아마 좀 더 시간을 들여 맛을 음미했을지도 모른다. 나는 물집 위에 물집 치료용 밴드를 덕지덕지 붙이고는 다시 양말을 신었다.

"사우스 웨스트 코스트 패스를 가시는 분들인가요?" 어느 덩치 큰 사내와 몸집 작은 그의 아내 그리고 아이가 우리 옆 탁자에 앉아 있었다. 중간에 무성하게 자라있는 관목 때문에 그 사람들이 있는지 알지 못했다.

"예, 맞아요."

"정말 딱 좋을 때 오셨네. 여기가 전체 경로 중에서 제일 볼만한 곳이지요. 그렇지만 엑스무어를 지나 고지대로 갈 때면 좀 신경이 쓰일 겁니다."

"길이 많이 험한가요?"

"길이 많이 험하냐고요?"

그가 갑자기 웃기 시작했다. 우리가 그렇게 우스꽝스러운 질문을 한 건가? 모스는 정말로 뭔가 마뜩잖은 표정이었다. 그는 헛간 지붕에서 떨어진 다음부터 높은 곳이라면 그리 달가워하지 않았다.

"그나저나 어떻게 이 정도 시간을 내셨는지 궁금하군요. 나도 그 정도의 시간적 여유가 있으면 좋을 텐데요."

"우린 노숙자 신세나 마찬가지거든요. 집도 날아갔고 갈 데가 어디에도 없어요. 그러니 그냥 내키는 대로 걸어보는 것도 괜찮겠다 싶었던 거지요."

나는 미처 뭐라고 생각할 겨를도 없이 이렇게 내뱉었다. 그렇지만 남자가 아이를 자기 앞으로 잡아 끌어안고 여자가 움찔하며 시선을 돌리자 그런 말은 다시는 입 밖으로 꺼내지 말아야 한다는 사실을 깨달았다. 얼마 뒤 남자는 계산을 하고 가족과 함께 사라졌다.

우리는 습지를 건너갔다. 바닷물이 경계선이 되는 언덕을 넘어 안쪽까지 흘러 들어오는 바람에 농지가 그만 소금물에 절은 것이다. 소금물을 덮어쓰고 하얗게 말라죽은 나무들이 회색빛 하늘을 향해 을씨년스러운 모습으로 서 있었다. 생명은 끝이 났지만, 여전히 그 자리를 떠나지 못하고 있는 삶이었다.

항구 주변에 있는 작은 마을인 폴록 위어를 이루는 건물들이 모여 있는 곳을 지나가고 있는데 어느 벽에 나 있는 구멍에서 남자 목소리가 들려왔다.

"도보 여행을 하시나요? 그러면 숲으로 들어가기 전에 감자튀김 맛을 좀 봐야 할 걸요."

벽에 나 있는 사방 1미터쯤 되어 보이는 네모난 구멍에서 두 남자가 우리를 내다보고 있었다. 가만히 보니 그게 작은 감자튀김 가게의 주문 받는 곳이었다.

"지금까지 맛본 적 없는 최고의 감자튀김입니다."

우리는 즉시 굴복하고 말았다.

"그럼 맛을 좀 볼까요."

둥근 얼굴의 남자가 감자를 세 번 튀기는 과정을 설명해 주었고 정말로 우리가 지금까지 맛본 감자튀김 중에서 최고의 맛임을 알 수 있었다. 게다가 가장 비싸기도 했다. 3킬로미터를 지나가면서 우리는 벌써 16파운드나 되는 돈을 썼다. 도저히 그렇게 할 수 없는 형편이었지만, 우리는 정말 몸도 마음도 한껏 지쳐 있었기 때문에 아무리 작은 위안거리라도 "네, 감사합니다" 하고 넙죽 받아들일 수밖에 없었다. 이제는 정말 그러지 말아야 했다. 그렇지 않으면 얼마 지나지 않아 돈이 한 푼도 남아나지 않게 되리라.

폴록 위어를 지나 오르막길을 따라 숲속으로 들어갔다. 모스는 지쳐갔고 한 걸음 한 걸음을 힘겹게 떼어 놓았다. 나는 안 아픈 곳이 없었고 온몸이 납덩이처럼 무거웠다. 어쩌면 체력부족이나 감정적 탈진 혹은 피질기저퇴행 증상이 문제인지도 몰랐다. 아니면 감자튀김을 사 먹은 탓이었을까. 패디 딜런은 도보 여행을 시작한 첫 번째 날이 저물 무렵 이 근처에 도착하게 될 거라고 책에 써놨지만, 우리가 도착한 건 이틀째 되는 날 늦은 오후였다.

길은 앞으로 갈수록 조금씩 넓어졌고 한가운데 공터처럼 보이는 곳에는 한 남자가 마치 요가를 연습하는 듯한 모습으로 서 있었다. 우리는 남자를 방해하지 않기 위해 우선 걸음을 멈췄다. 그리고 남자가 곧 우리 쪽을 올려다볼 테니 그때 지나가자고 생각했다. 그렇지만 남자는 우리의 존재를 전혀 알아차리지 못한 듯 숲이 우거진 계곡 쪽만을 바라보고 있었다. 키는 컸으며 끈처럼 여위고 수척해 보이는 남자였다. 그는 어딘가 아프거나 그게 아니라면 스스로 자청해서 어떤 감정적인 번뇌에 빠져 고통을 겪고 있는 것처럼 보이기도 했다. 그는 무릎을 굽힌 채 계곡을 향해 손을 뻗고는 눈에 보이지 않는, 그리고 내가 알 수 없는 어떤 본질적인 존재를 자기 쪽으로 끌어당겼다. 그렇게 보이지 않는 무엇인가를 자신의 몸 안으로 끌어당겨서는 다시 그걸 자신의 몸 중심으로 밀어 넣어 다리 쪽으로 내려가게 했다. 남자는 계속해서 그렇게 같은 동작을 반복하며 알 수 없는 무엇인가와 하나가 되려 했다.

결국 우리는 남자가 우리를 알아차릴 때까지 기다리지 못하고 그냥 옆을 지나쳐갔다. 남자는 우리가 지나가는 것도 모르고 자신의 움직임에만 전적으로 빠져 있었다. 우리가 가는 SWCP는 그가 손을 뻗은 쪽에 있는 계곡 안으로 이어지고 거기에서 다시 컬본 처치가 있는 곳까지 내리막길로 연결된다. 컬본 처치는 영국에서 가장 작으면서 오래된 예배당이며 한때는 나병 환자들이 지내던 곳이기도 했다. 그 남자는 컬본 처치에 어떤 힘이 존재한다고 믿었던 것일까? 나는 예배당 바깥쪽에 있는 묘지 앞에 앉아 이곳에 가득한 평화에 몸을 맡겼다. 이곳은 그야말로 영적으로 충만한 곳이었는데 하나님이나 기독교라는 종교와는 전혀 무관하게 인간의 영성이 깊게 느껴지는 곳이었다. 그동안 나를 옥죄고 있던 어떤 매듭이 조금씩 느슨해지는 것이 느껴졌다. 이곳에는 정말로 어떤 힘이 존재하고 있는지도 몰랐다. 나는 모스에게도 어떤 기운이 전달되기를 바라며 두 손을 모아 모스 쪽으로 휘저었다.

그대로 앉아서 아픈 팔다리 관절을 녹색의 빛에 내맡기고 있으려니 아까 그 요가를 하던 남자가 천천히 그리고 한 치도 흐트러짐 없이 이쪽으로 내려왔다. 그는 여전히 우리를 보고 있지 않았지만, 이내 걸음을 멈춰 섰다. 여기 있으면 안 되는 건가? 그래서 우리에게 나가달라는 말을 하려고 여기까지 내려온 것일까?

"안녕하세요. 예배당을 한번 둘러보고 있어요. 아주 조용하고 평화스러운 곳이네요."

"알고 있습니다. 아까 저 위에서 옆으로 지나들 가셨지요."

"아, 우리가 있는 걸 보지 못한 줄 알았습니다. 딱히 그쪽을 방해하려는 생각은 없었어요."

"보지는 못했습니다. 나는 아무것도 보이지 않거든요. 하지만 소리를 들었습니다."

그는 눈이 보이지 않았다. 왜 진즉에 그걸 알아차리지 못했을까?

"우리는 사우스 웨스트 코스트 패스를 걷고 있는 중이에요."

"그렇군요. 그렇다면 앞으로도 아주 먼 길을 가게 되겠군요."

"아, 그러니까 우선 400킬로미터쯤 더 가서 랜드 엔즈에……."

"많은 것들을 보고, 놀라고, 또 여러 가지 어려움이며, 결코 극복하지 못할 거라고 생각되는 그런 문제들과 마주하게 될 겁니다."

그는 손을 앞으로 뻗어 모스에게 가져다 댔다.

"그렇지만 당신은 그런 문제들을 다 극복하게 될 거예요. 끝까지 살아남을 거고 그 과정에서 더욱 강해질 겁니다."

우리는 눈을 치켜뜨고 서로를 바라보았다. 그리고 소리 내지 않고 입 모양으로 이렇게 말했다.

"뭐라고?"

"그리고 거북이와 함께 걷게 되겠군요."

우리는 언덕 위로 올라가 도로 위쪽에 있는 어느 평지에 텐트를 쳤다. 높다란 산울타리가 있어서 울타리 너머에 있는 농가로부터 잘 보이지 않는 곳이었다.

"우리가 가는 길에 무슨 육지 거북이나 민물 거북이가 살고 있을까? 그럴 것 같지는 않지?"

"상식적으로 생각해서 그럴 리가 없지."

울퉁불퉁한 땅 위에서 추운 밤을 보낸 후 마침내 아침 해가 밝아왔다. 우리는 11시쯤 배낭을 꾸려 등에 짊어지고 울타리 뒤쪽으로 기어나가 혹시 보는 사람이 있나 사방을 살핀 후에 마치 무슨 탈주범처럼 울타리 입구를 통해 도로 쪽으로 나섰다. 다시 SWCP를 찾아보니 여러 들판을 왔다 갔다 그리고 오르락내리락하며 풀로 덮인 좁은 오솔길로 이어지는 모습이 보였다. 오솔길 주변은 바람도 뚫고 들어오지 못할 것 같은 높다란 산울타리로 둘러싸여 있었다. 평상시 같으면 당연히 하루해가 저물었을 때 목욕을 하거나 최소한 대충 씻기라도 하고 잠을 잤겠지만, 우리는 지금 사흘째 도보 여행을 하며 텐트에서 잠을 청하고 있는 처지였다. 바람 한 점 불지 않는 오솔길에서는 뭔가 냄새가 강하게 풍겨왔는데 가축에게서 나는 냄새는 아니었다. 나는 우리가 유료 야영장을 찾아갈 형편이 안 되기 때문에 전혀 씻을 수 없게 된다 하더라도 별 문제는 없을 거라고 생각했었다. 대신 매일 수영을 하면 되니까. 하지만 바닷가로 갈 일이 거의 없다는 사실은 미처 생각하지 못했다. 우리가 유일하게 바닷가 근처에서 시간을 보낸 건 마인헤드에 있었을 때 그리고 폴록에 있었을 때인데 폴록 바닷가는 정말 돌만 가득한 곳이었다. 우리는 콧노래를 불렀다. 떡갈나무숲이 절벽 쪽으로 가지를 드리우고 바닷바람이 나뭇잎 사이로 힘차게 불어오는 숲이 우거진 절벽으로 올라가게 되자 한숨 돌릴 것 같았다.

떡갈나무숲이 사라지고 철쭉이 보이기 시작하는 지점에서 우리는 지친 걸음을 멈췄다. 우리는 미처 깨닫지도 못한 사이에 데번의 북쪽을 지나가고 있었다. 우리가 가는 여정의 첫 번째 이정표라고 할 수 있는 지점을 통과한 것이다. 이틀이 지났고 우리는 계속 움직이고 있었다. 철쭉이 우리 주변을 에워쌌다. 절벽이 있는 쪽은 위아래 할 것 없이 사방이 철쭉으로 둘러싸여 있었다. 박해를 받으면서도 끈질기게 생명을 이어온 이 식물은 사람들이 흔히 생각하는 것과는 다르게 이미 아주 오래전부터 영국에서 자라고 있었다. 발견된 화석을 보더라도 마지막 빙하기 이전부터 철쭉이 영국에서 자라고 있었다는 사실을 알 수 있다. 그렇지만 자생종이라는 지위는 빙하기가 물러난 후 자리를 잡은 식물들에게만 부여되었다. 18세기 중반에 영국에 다시 알려지기 시작한 철쭉은 산과 들판에 빠르게 자리를 잡아갔다. 사철 푸르른 잎사귀를 자랑하는 이 외래종

식물은 푸른색이라고는 찾아볼 수 없는 우중충한 회색의 영국 땅에 화사함과 따뜻함을 전해 주었다. 그리고 봄이 오면 꽃이 만발해 자주색 꽃잎들이 언덕이며 숲의 관목 지대를 뒤덮었다. 사람들이 사랑하는 웨일스의 계곡에서는 5월만 되면 어둠을 뚫고 아름다운 불꽃이 피어오르곤 했다. 하지만 영국의 자연 및 문화재 보존 민간단체인 내셔널트러스트가 토종 식물을 제외한 외래종을 모두 몰아내야 한다고 결정하면서 이후 몇 개월 동안 식물들에 대한 대학살이 이루어졌다. 언덕이며 들판은 그야말로 전쟁터나 다를 바 없게 되었다. 몇 년이 지난 후 대학살에서 살아남은 얼마 되지 않은 생존자들은 때로 야생화나 나무의 모습으로 토종들에게 빼앗긴 자리에서 계속해서 생명을 이어가려는 시도를 미약하나마 보여주기도 했다. 그런데 철쭉은 완전히 다시 살아나 엄청난 힘과 속도로 역습을 가해 오고 있다. 이 전쟁에서 결국 어느 한쪽이 승리하게 되겠지만, 누가 승리하든 바람직한 결과를 불러올 수는 없을 것이다.

절벽은 위로 솟아올랐다가 다시 아래로 떨어졌으며 그 사이에 SWCP라고 부를 수 있는 평지는 너비가 1미터 남짓했다. 우리는 평평한 곳을 찾아내 자리를 잡고 앉아 그런 주변 상황에는 별로 신경 쓰지 않고 가스스토브를 꺼내 차를 끓였다. 우리는 미국 사람들이 오는 소리를 들을 수 있었다. 멀리서 들려오는 억양은 분명 미국 사람들의 그것이었다. 한 여자가 직장에서의 어려움을 토로하면서도 일을 그만둘 수는 없다고 말하고 있었다. 나는 차를 젓다가 문득 나에게는 그렇게 걱정할 직장 같은 게 전혀 없다는 묘한 깨달음을 얻었다. 나에게는 정말 해결해야 할 개인적인 문제가 하나도 없었다. 정말로 나에게는 아무런 문제도 없었다. 다만, 살 집이 없고 남편인 모스가 죽어가고 있을 뿐이었다. 미국 사람들은 잠시 멈춰 서서 머뭇거렸다. 나는 처음에는 그 사람들이 바람을 쐬며 쉬고 있다고 생각했지만 이내 우리 때문에 지나가지 못하고 있다는 사실을 깨달았다.

"이미 오늘도 많이 늦었어. 4시까지는 린머스에 도착해야 하는데 일정보다 늦어지고 있잖아."

미국 사람들은 양해를 구하는 듯 그렇게 이야기를 나누며 우리 쪽으로 밀고 들어왔다. 남자는 얼마나 땀이 많이 흐르는지 턱과 팔꿈치에서 땀방울이 뚝뚝 떨어질 정도였다.

"쉬면서 차 한잔할 시간이 없는 건 알겠지만, 그래도 잠시 쉬어가는 게 어떨까요?"

여자는 마치 내가 무슨 흉악한 범죄자라도 되는 듯 그렇게 나를 쳐다보았다.

"아니오, 그럴 시간이 없어서요. 일정대로 가야만 하니까요.

그쪽은 일정 같은 건 없나 봐요?"

두 미국 남녀는 그렇게 사라졌다. 하지만 그 후로도 몇 분 동안 여자의 목소리를 멀리서도 들을 수 있었다. 어쨌거나 여자가 직장을 그만두면 남자 입장에서는 대단히 기쁠 거라는 뭐 그런 이야기가 들려왔고 거기에 구구절절한 다른 이야기와 "그러면 얼마나 좋을까" 하는 푸념은 덤이었다.

"우리한테 일정이 있었던가?"

"그야 물론이지. 이렇게 걷고 쉬다가 다시 우리 미래를 찾을 수 있을 때까지 걷고 또 걷는 거야."

"그거 정말 좋은 생각이야."

숲속을 터덜터덜 걸어가는 동안 비가 조금씩 내리기 시작했지만, 빽빽하게 자란 철쭉나무 덕분에 비를 거의 맞지 않을 수 있었다. 숲이라는 보호막을 벗어나자마자 브리스틀 해협에서 어마어마한 바람이 불어닥쳤고 조금씩 내리던 비는 이내 엄청난 폭풍으로 바뀌었다. 방수복 옷자락을 휘날리며 어렵게 계속 걸어가는 동안 나는 얼굴에 쏟아지는 물벼락 속에서 앞을 제대로 볼 수가 없었다. 길이 절벽을 따라 이어지는 구간에 들어서자 모스는 절벽의 높이와 바람 그리고 피로 때문인지 계속 비틀거렸다. 이렇게 되자 짊어지고 있는 배낭의 무게가 고스란히 바람과 합쳐지며 우리를 불안하게 마구 흔들어대기 시작했다. 우리 앞에 나타난 포어랜드 포인트 주변은 완벽한 무지개 형태였다. 무지개의 다채로운 색깔은 언덕에서 찾아볼 수 있었고 거기에 우중충한 초록색과 갈색 그리고 자주색이 더해졌다. 모스는 손으로 풀을 움켜쥐고 매달려 바다가 보내는 어두운 회색 물안개의 커다란 소용돌이와 싸우며 몸을 지탱했다. 폭이 60센티미터 남짓한 길과 한 치 앞을 알아볼 수 없는 안개 속에서 우리가 지금 풀이 우거진 비탈길에 있는지 아니면 절벽 끄트머리에 있는지 알 수 없었다. 상황을 알 수 있는 방법이라고는 전혀 없는 상태였다. 그러다가 갑자기 안개 속에서 어느 교회의 종탑이 눈에 들어왔다.

"아까 일정에 대해 이야기했었지? 일정상 이제는 걸음을 멈춰야 할 시간이야."

교회 안으로 들어간 모스는 교회 장의자 위에 엎어졌다. 배낭을 짊어지고 바람에 맞서 견디느라 어깨가 큰 고통을 겪었고 다리까지 멋대로 후들거리기 시작하면서 결국 그는 쓰러지고 말았다. 우리는 성자가 지켜주는 이 교회 안에서 그날 밤을 보내는 게 어떨까 생각했다. 그때 블루볼이라는 이름의 선술집에서 비치는 환한 불빛이 눈에 들어왔다. 우리는 교회에서 선술집까지 이어지는 짧은 거리를 비틀대며 걸어갔다. 그렇게 온몸이 흠뻑 젖은 채 선술집 안으로 들어간 우리는 근처에 누위 있던 개와 바닥에 물을 잔뜩 뿌리고 말았다.

계산대 뒤에 서 있던 대머리 남자가 별다른 표정 없이 우리를 바라보았다. 그리고 다시 시선을 김이 모락모락 올라오는 우리 배낭이며 바닥에 고인 물웅덩이 쪽으로 돌렸다. 늘 다른 사람이 불편을 느끼지 않는지를 먼저 살펴보는 모스가 배낭을 다시 집어 들고는 이렇게 말했다.

"소란을 피워 정말 죄송합니다. 사우스 웨스트 코스트 패스를 걷고 있는데 이렇게 사나운 날씨를 만나서요. 배낭은 밖에다 놔둘까요?"

"사우스 웨스트 코스트 패스라고요? 어서들 오십쇼. 짐은 거기다 그냥 내려놓으시고."

대머리 술집 주인은 오스트레일리아 억양의 큰 소리로 이렇게 말하며 우리를 맞아들였다. 우리는 벽난로 앞에 있는 낡은 소파 위에 무너지듯 앉았다. 물이 뚝뚝 떨어지는 양말을 의자에 걸치면서 나는 우리가 지금 선술집에 들어와 있으며 합리적으로 생각해 보건대 여기에서는 아무것도 사 먹을 여유가 없다는 사실을 깨달았다. 작은 당나귀만 한 크기의 거대한 개한 마리가 탁자 밑에서 기어 나오더니 내 양말의 냄새를 맡다가 그중 하나를 침이 뚝뚝 흐르는 거대한 입으로 물고는 계산대의 주인 쪽으로 가버렸다. 나는 개를 쫓아가 양말을 잡아당기며 입에서 꺼내려고 하면서 차를 주문했다. 우리가 선택할 수 있는 가장 값이 싼 음식이라고 생각했기 때문이었다.

"봅, 그 양말 내려놔라. 차, 좋습니다. 영국인이라면 차를 마셔야지요. 물론 지금 모습을 봐서는 싱글 몰트 위스키 한 잔 정도는 마셔야 할 것 같지만요."

"그러게요."

나는 이제는 커다란 구멍이 하나 뚫려버린 양말을 되찾아 다시 난로 쪽으로 돌아갔다. 위스키 한 잔에 불이 잘 붙은 난로 그리고 뜨거운 물로 하는 목욕과 편안한 침대라. 나는 위스키 마시는 걸 싫어했지만 돈이 조금만 더 여유가 있었다면 그런 것도 즐겨보는 여행이 될 수도 있을 거라는 생각을 했다. 하지만 우리는 위스키 대신 차를 마셨고 양말이 마르고 비가 그칠 때까지 난로 앞에서 꾸벅꾸벅 졸았다.

마침내 선술집의 온기를 뒤로 하고 일어서야겠다고 생각했을 때는 칠흑같이 어두운 밤 11시가 되어 있었다. 우리는 강풍으로부터 우리를 보호해줄 수 있을 것 같은 절벽의 움푹 들어간 자리에 텐트를 치고 머리 위로 불어닥치는 바람을 느끼며 그대로 잠이 들었다.

나는 언젠가 그런 순간이 올 줄 알고 있었다. SWCP를 걸으며 내내 야영을 하겠다는 말도 안 되는 계획을 세웠을 때 가급적 생각하지 않으려 했던 그런 상황이었다. 그때가 되자 나는 들짐승들은 숲속에서 볼일을 어떻게 보는지에 대한 답이 없는 어려운 질문에 직면하게 되었다. 그리고 이제 그 대답을 찾았다. 나는 들짐승도 아니었고 주변에는 나무 한 그루 없었지만, 너무도 당연하게 볼일이 급하면 어떻게든 볼 수밖에 없다는 깨달음을 얻었다. 아침 6시 반이 되자 절벽 위를 맴도는 갈매기 소리가 들려왔다. 그리고 이제는 아침마다 익숙해진 절차이긴 했지만, 오랜 시간이 걸려 등산화를 신고 텐트 문을 열고 밖으로 나갔다. 밖으로 나가 몸을 일으키는 순간 나는 완전히 압도당하고 말았다. 하얗게 반짝반짝 빛나는 수세식 변기 위에 앉고 싶다는 욕망도 컸지만, 무엇보다도 밀려오는 현기증에 압도당하고 만 것이다. 어찌 된 영문인지 지난밤 우리는 어둠과 안개 속에서 절벽 끄트머리에서 불과 사람 한 명의 키 정도 떨어져 있는 곳에 텐트를 친 것이다. 텐트와 풀 몇 포기 그리고 100미터는 될 듯한 높이의 절벽. 나는 간신히 몸의 균형을 잡고 조금이라도 몸을 숨길 수 있는 곳이 있는지 사방을 둘러보았다. 눈에 들어오는 거라곤 확 트인 언덕배기와 얼마 되지 않는 가시금작화 덤불숲뿐이었다. 하지만 더 기다릴 여유 같은 건 없었다. 이제는 때가 되었다. 나는 등산화 뒤축으로 미친 듯이 구덩이를 팠다. 우리는 두루마리 휴지 같은 건 가져오지 않았다. 무게가 너무 나갔을뿐더러 어쨌든 항상 어디서든 공중화장실 정도는 찾을 수 있었기 때문이었다. 나는 서둘러 거칠게 레깅스를 끌어내리고 날카로운 가시금작화 덤불 뒤에 웅크리고 앉았다. 영화 〈트레인스포팅〉의 유명한 화장실 장면에서나 볼 법한 그런 말로 할 수 없는 안도감이 밀려왔다.

이런, 또 개를 끌고 산책을 나온 사람인가. 도대체 저 사람들은……

"안녕하시오. 결국 야영할 곳을 찾았나 봅니다?"

선술집의 오스트레일리아 출신 주인이 우리 텐트를 향해 길을 따라 올라오고 있었다. 나는 자리에서 일어날 수 없었고 가시금작화 덤불은 높이가 충분하지 않았다. 그래서 나는 그렇게 웅크린 채로 거의 속삭이다시피 말했다.

"안녕하세요."

"그럼 이만 가보겠습니다. 여행들 잘 하십쇼."

"감사합니다."

개가 주인을 왔던 길로 다시 끌고 가는 사이 나는 죽은 가시금작화 덤불로 예술에 가까운 위장막을 만들어냈다. 당혹감에 벌겋게 달아올랐던 얼굴이 조금씩 식어갔다. 나는 선술집 주인이 린머스만에서 올라온 맑고 풍성한 구름 사이로 사라지는 모습을 바라보았다. 바다 쪽으로 튀어나와 있는 땅 쪽에 많은 비를 쏟아낸 구름은 이제 이미 몇 킬로미터 앞서가고 있는 폭풍우를 따라잡기 위해 맹렬히 달려가고 있었다. 구름 사이로 널찍하고 평평한 풀밭이 드러났다. 지난밤 우리는 폭풍우를 정면으로 뚫고 지나온 것이었다. 어쨌든 지금은 그건 아무런 상관이 없었다. 우리는 절벽 밖으로 떨어지지 않았으니 우리가 골라잡은 은신처는 아무 문제도 없었다. 텐트로 돌아가니 모스가 잠에서 깨어났다.

"일찍 일어났네."

"개를 끌고 산책하는 사람들은 못 당하겠어. 잘 자고 있었는데 말이야. 그런데 장이 계속 문제를 일으키는 건 내가 아니라 당신인가 봐?"

알려진 바에 따르면 사우스 웨스트 코스트 패스는 밀수업자들을 막기 위해 바닷가에서 육지 쪽으로 깊숙하게 들어와 있는 수많은 지역들을 하나도 빼놓지 않고 감시할 필요가 있었던 연안 경비대에 의해 처음 길이 닦였다고 한다. 그렇지만 모든 안내서나 관광지 홍보지에 실린 역사적으로 유명한 여러 지역들에 대한 설명에 따르면 결국 SWCP는 그 땅을 직접 걸었던 사람들에 의해 닦여진 것이 분명하다. 영국 정부가 후원하는 비정부 기구인 내추럴 잉글랜드는 SWCP의 전 구간이 만들어지는 데 필요한 대부분의 자금을 지원했고 각 지점들을 연결해 결국 영국에서 가장 긴 일종의 국립 자연 탐방로가 완성되었다. 데번 북쪽의 마지막 구간이 완성된 건 1978년의 일이다. 그리고 바로 전 해인 1977년 나는 학교를 그만두고는 긴 머리에 폭이 널찍한 여성용 넥타이를 휘날리며 그때는 도저히 알 수 없었던 미래를 향해 자유롭게 뛰어 들어갔다. 비슷한 시기에 세상에 내던져진 나와 SWCP는 처음부터 이렇게 다시 만나게 될 운명이었을까?

사우스 웨스트 코스트 패스는 해당 지역에서 매년 300만 파운드의 경제 효과를 창출한다고 하지만, 우리가 준비한 비용은 일주일에 48파운드 정도이니 분명 지역 경제에 그리 큰 보탬은 되지 않을 것 같았다. 나는 점점 더 짠순이가 되어가고 있었지만, 험난하기 짝이 없는 길에 시달리다 린톤에 들어섰을 때는 다른 선택의 여지가 없었다. 우리는 먹을 것을 좀 더 채워야 했다.

우리는 거리 한쪽 구석에 있는 가게 앞에 멈춰 섰다. 나는 손안의 동전을 헤아리며 뭘 사야 할지 고민했다. 그때 노란색과 파란색이 섞인 화사한 등산복을 입은 한 여자가 화난 표정

을 하고 있는 커다란 하얀색 개 한 마리를 끌고 나타났다. 생각
해보면 애초에 내가 서 있을 자리를 잘못 잡았던 셈이다. 당시
나는 가게 입구와 도로와 인도를 가르는 난간 사이에 서 있었
고 그 난간에는 검은색 래브라도 개 한 마리가 주인을 기다리
며 묶여 있었다. 다가오던 그 거대한 하얀 개는 다른 개들을 달
가워하지 않는 것이 분명했다. 그 개는 검은 래브라도를 향해
달려들었다. 래브라도는 그때 반쯤 딴생각에 빠져 있었다. 어
쩌면 주인이 가게에서 자신을 위해 무슨 사료를 사 들고 나올
지 기대하고 있었는지도 모른다. 하얀 개는 앞으로 뛰어오르
면서 등에 짊어지고 있는 내 배낭에 부딪혔고, 그 서슬에 나는
몸이 가게 벽 쪽으로 밀리며 휘청거렸다. 손안에 있던 동전들
이 떨어져 도로 아래로 사라졌다. 나는 굴러가는 1파운드 동전
을 향해 땅바닥으로 몸을 던졌다. 거의 잡을 수 있을 것 같았지
만, 동전은 결국 손가락 끝에서 미끄러져 배수구 구멍 사이로
사라지고 말았다. 모스는 굴러가고 있는 또 다른 2파운드 동전
을 쫓아갔다. 동전은 마침 근처를 지나가고 있던 관광객들 사
이로 굴러갔다. 엎드려 있는 채로 고개를 드니 모스가 막 동전
을 줍기 위해 몸을 숙이는데 한 어린 남자아이가 환하게 웃으
며 잽싸게 동전을 낚아채는 모습이 눈에 보였다.

　"와! 돈이다, 돈이야!"

아니, 안 돼. 그건 우리 돈이라고!

"그래 잘했다. 저쪽에 가면 아이스크림 파는 차가 있을 거다."

맙소사, 모스. 지금 무슨 말을 하고 있는 거야.

하얀색 개를 데리고 온 여자가 발끝으로 나를 툭툭 쳤다. 나는 한 손을 배수구에 걸친 채 여전히 인도 위에 엎드려 있는 상태였다.

"뭐에요, 이거? 술이라도 취한 거예요?"

나는 여자가 그런 생각을 하고 있다는 사실에 순간 정신이 멍해지고 말았다.

"난 제정신이에요. 그쪽 개가 사고를 친 거라고요."

"내 개는 아무 잘못이 없는데요? 당신 같은 떠돌이들이나 공중도덕 지키는 법을 배워야지. 이렇게 아무렇게나 길거리에서 뒹굴다니, 부끄러운 줄 알아야지."

나는 손을 들어 올리고 자리에서 일어섰다. 검은색 래브라도는 목에 연결된 끈이 한껏 늘어질 때까지 몸을 일으켜 껑충거리고 있었다. 떠돌이들이라. 집 없이 노숙하는 떠돌이들. 불과 몇 주일 전까지만 해도 나에게는 집이 있었고 내 사업이 있었으며 양 떼와 내 땅도 있었다. 거기에 고급 세탁기와 잔디 깎는 기계 그리고 물론 잔디밭도 있었다. 나에게도 책임감과 자긍심과 자존심이 있었다. 과거의 삶의 흔적은 방금 사라진 파운드 동전들처럼 그렇게 빠르게 어디론가 굴러가버린 것이다.

모스가 여기저기 흩어진 몇 푼 안 되는 동전들을 그러모아 다시 돌아왔다.

"휴, 그럼 이제 돈이 얼마나 남아 있는 거지?"

"9파운드하고 23펜스."

"다음에 언제 돈이 들어오지?"

"내일하고 모레. 아마 맞을 거야. 쌀 두 봉지하고 거기에 곁들일 뭐를 좀 살까? 당신은 어떻게 생각해? 아니면 그냥 즉석국수?"

"쌀은 말고 그냥 국수나 사지 뭐."

우리는 아까보다 아주 약간 더 무거워진 배낭과 함께 가게 문을 나섰다. 돈은 이제 2파운드 70펜스 밖에 남지 않았다. 그래도 오늘은 초콜릿바를 하나씩 먹을 수 있었다.

내가 처음 모스를 본 건 학교 매점 근처였고 그때 나는 열여덟 살이었다. 모스는 옷깃이 없는 하얀색 셔츠를 입고 있었고 찻잔에 초콜릿바를 적셔서 먹고 있었다. 나는 그 모습에 완전히 매료되었다. 그로부터 얼마 후 3층 창가에서 친구들과 함께 몸을 밖으로 내밀고 모스가 운동장을 가로질러 가는 걸 지켜보았다. 오래된 군용 외투가 바람에 휘날렸고 승마용 장화는 무릎까지 올라와 있었다. 나는 다른 건 아무것도 생각할 수 없었다. 몇 주일이 지난 후 그가 내게 말을 걸었다. 그 몇 주 동안 나는 이리저리 몸을 숨기며 그를 지켜보았었다. 도서관 책장 뒤에서, 매점 복도에서, 그리고 나무 뒤에서. 나는 오직 모스에 대해서만 생각을 했다. 물론 그와 자고 싶다는 생각도 했었다. 그러다 마침내 모스가 내게 말을 걸어왔다. 그도 그동안 오직 나에 대해서만 생각하고 있었던 것 같았다.

십 대의 사랑은 색다른 우정으로 발전했다. 그리고 우리는 그 우정을 바탕으로 성인의 삶을 통해 새로운 열정 속에 빠져들게 되었다. 나는 전에는 존재하는지도 몰랐던 삶과 마주하게 되었다. 한 번도 가보지 못했던 길을 가게 된 것이다. 우리는 강풍이 휘몰아치는 황무지에서 며칠을 보냈고 핵무기 무장을 반대하는 집회에 참석해 몇 주 동안 함께 소리를 내지르기도 했다. 음악 축제를 찾아가고 피자를 함께 먹은 시간도 있었다. 그러면서 모스는 내게 환경 보호 운동가의 치열한 삶을 소개했다. 끝없는 이야기가 계속해서 쉬지 않고 이어지고 또 이어졌다. 서로의 몸이 얽힌 채 끝없이 떠들고 웃어젖히던 시간이 몇 년 동안 흘러갔다. 다른 친구들이 마치 옷을 갈아입듯 만났다 헤어졌다를 반복하는 동안 우리는 다른 아무것도 필요하지 않았다. 삼십 대와 사십 대를 보내면서 우리는 주변 남녀들의 관계가 결국 무미건조한 상태로 빠져드는 모습을 지켜보았다. 주말이면 그저 함께 물건을 사러 가거나 축구 경기를 보러 가는 관계가 되었다가 마침내는 열정이 사라지며 헤어짐에 이르게 되는 그런 관계. 그렇지만 우리는 단 한 번도 그런 열정의 불꽃을 꺼트리는 일 없이 그렇게 살아왔다.

집도 없이 떠돌이 소리를 들으며 린톤을 이리저리 돌아다니면서도 모스가 초콜릿바를 먹는 모습만 봐도 그 안에는 여전히 즉시 나의 기운을 끌어올릴 수 있는 무언가가 있었다. 그렇지만 몇 개월 전 어느 의사가 모스에게 어깨의 신경 통증을 줄여줄 수 있는 프레가발린이라는 약을 처방했고 그 이후 모든 것이 달라졌다. 그저 또 하나를 잃어버린 것뿐일까. 우리는 여전히 가장 가까운 친구 사이였지만, 육체적으로는 점점 하나가 될 수 없는 상황이 되어가고 있었다.

"이 초콜릿바만큼은 포기를 못 하겠네."

"나도 그래."

초콜릿바를 보면 떠오르는 추억으로 나는 개와 얽혔던 모든 나쁜 기억을 다 잊을 수 있었다.

린톤을 벗어나자 SWCP는 산비탈의 가장자리로 좁게 이어지더니 절벽 끝자락에서 직각으로 구부러졌다. 지금까지 왔던 길 중에서 가장 절벽 쪽으로 가깝게 닿아 있는 부분이었기에 대단히 긴장한 상태로 굽어 있는 부분을 돌아나가고 있었는데 거기에서 우리와는 다르게 성큼성큼 걸어가고 있는 또 다른 오스트레일리아 여행자와 마주치게 되었다.

"아, 안녕하세요. 고생하시네요. 그런데 어디까지 가세요?"

"할 수 있다면 랜즈엔드까지 가보려고요."

우리는 그때까지도 여전히 진심으로 자신 있게 말할 수 있을 만한 확신이 없었다.

"와, 대단들 하십니다. 하긴, 나이는 숫자에 불과한 거지만요. 그러면 안녕히들 가세요."

나는 항상 내가 나이치고는 젊게 보인다고 생각을 했었다. 쉰 살이 될 때까지 머리가 세거나 주름이 너무 많이 생기지 않도록 애써왔다고 생각했다.

"저 남자 눈에는 우리가 몇 살로 보였을까?"

"뭐, 별 상관없잖아? 사람의 나이란 딱 자기가 느끼는 것만큼이니까."

"그래, 당신 말이 맞아."

"나는 어느 때는 여든 살은 먹은 것처럼 느껴진다니까. 정말 빌어먹을 정도로 피곤하고 여기저기 아프지 않은 곳이 없어."

모스는 이렇게 말하며 배낭을 집어던지고 근처에 있던 바위 위에 웅크리고 앉았다.

"지금 내가 반쯤 잠이라도 든 건지 아니면 멀쩡한 제정신인지도 잘 모르겠어. 그러니까 마치 머리가 짙은 안개 속에 빠져 있고 끈적끈적한 꿀통 속을 걸어가는 기분이라니까. 이건 우리가 지금까지 한 일 중에서 제일 터무니없고 어리석은 일이야. 정말로 그만 자리에 눕고 싶다."

기운이 쭉 빠진 나도 모스의 옆 좁은 길 위에 앉았다. 모스는 지금 앓고 있는 병이 시간이 지날수록 아주 천천히 그리고 소리도 없이 점점 번져가고 있다는 사실을 조금씩 깨닫고 있었다. 이 병은 갑작스럽게 커다란 고통을 안겨주는 그런 종류의 병이 아니었다. 병원에서 진단을 받은 이후 몇 번인가 정말 위기라고 생각되는 순간들이 있었지만, 그렇게 많이는 아니었고 나는 아직 준비가 되어 있지 않았다. 지난 몇 년 동안 우리는 실제로 고통이 닥쳐올 때마다 어떻게든 극복을 해왔지만, 병이라는 존재 자체와 반복적인 통증으로 인한 정신적 피로감은 의도적으로 드러내지 않고 감춰왔다. 그리고 우리는 이렇게 여기까지 왔다. 배낭을 등에 짊어지고 바위 계곡이라고 불리는 곳까지 오고 나니 이런 텅 빈 황무지에서는 그런 고통과 어려움을 감출 방법이 없었다. 캐슬 록으로 통하는 절벽 아래에는 파도가 부딪혀 부서지고 있었다. 우리는 말없이 그 광경을 바라보았다. 마치 무슨 박자라도 맞추듯 하얀색의 파도가 검은 바위들과 부딪히고 또 부딪히기를 반복했다. 관목숲과 바위 사이에서 모습이 보일 듯 말 듯 한 야생 염소 한 무리가 가까이에 있는 SWCP를 뛰어넘었다. 녀석들이 아래쪽으로 사라질 때 기다란 털이 바람에 흩날리는 모습이 눈에 들어왔다. 그런 염소들의 움직임 덕분인지 황량하고 거친 이곳 풍광에 생기가 더해지는 것 같았다.

나는 벼락이라도 맞은 듯 그 모습에서 눈을 떼지 못했다.

"와, 이런. 당신 저기 염소들 봤어? 저 커다란 뿔 좀 봐."

"뿔? 뿔을 보면서 아직 초콜릿바 생각을 하고 있는 건 아니겠지? 그런데 이렇게 계속 앉아 있을 거야? 어서 출발하자고. 안 그래도 얼마 못 가서 또 쉬어야 할 텐데. 나는 지금 기진맥진해."

나는 그를 일으켜 세웠고 우리는 다시 길을 걷기 시작했다.

험준한 바위 계곡을 뒤로 하고 나타난 포장도로는 탁 트인 공원 지구를 통과해 커다란 시골 별장으로 이어져 있었다. 사방이 초록색 유리창으로 둘러쳐져 있는 그런 집이었다.

"아직 시간이 이르다는 건 알지만 빨리 텐트를 쳐야겠어. 나 정말 피곤해."

근처에 걸려 있는 현수막을 보니 이곳은 무슨 기독교와 관련된 그런 숙박업소인 것 같았다. 하나님의 사랑으로 "새롭게 다시 태어날 수 있다"고 하며 가격은 120파운드부터 시작했다. 그리고 절대로 이곳에서는 야영을 하거나 불을 피울 수 없으며 특별한 볼일 없이 돌아다닐 수도 없다. 개도 물론 안 되고 당연히 떠돌이 방랑자들은 절대 사절이다.

공원 지구를 지나 어느 협곡으로 들어서자 커다랗게 웃고 떠드는 소리가 들려왔다. 저기 아래쪽에 있는 공터에서 기독교 청소년 야영회가 저녁 활동을 준비하고 있었다. 널찍한 차양 아래 만들어진 무대에서는 사회자가 뭔가를 진행하면서 십 대 아이들의 관심을 끌려고 애를 쓰고 있었다. 기독교도건 아니건 아이들은 아직 십 대였고 그냥 뛰어노는 것에 더 관심이 많았다. 소시지며 고기를 굽는 냄새가 피어올랐고 우리는 처음으로 진짜 허기를 느꼈다.

"우리는 저녁에 뭘 먹지?"

"쌀밥하고 고등어 통조림."

"저기 슬쩍 끼어들어서 뭘 먹으려고 하면 사람들이 금방 눈치챌까?"

우리는 덤불숲을 이리저리 헤치고 들어가 깨끗한 평지를 찾았고 배낭을 저쪽에 던져놓은 후에 텐트를 쳤다. 크록 포인트에서 우리는 마지막 햇살이 듀티 포인트 타워를 분홍색과 파란색으로 물들이는 것을 보았다. 쌀밥과 고등어 통조림을 먹고 있는 동안 파도는 계속해서 바위에 부딪혀 부서졌다.

"빵이 좀 있었으면. 잠깐, 저게 무슨 소리지?"

"젠장, 분명 여기 사는 농부가 우리를 쫓아내기 위해 오는 게 틀림없어."

우리가 텐트를 다시 접고 떠날 준비를 하고 있으려니 뭔가 부스럭거리며 다가오는 소리가 더 가깝게 들려왔다. 덤불숲이 갈라지며 두 명의 십 대 아이가 그 사이를 헤집으며 나타났다. 머리는 나뭇가지 투성이였다.

"어, 음, 안녕하세요. 우리는 그냥……. 바닷가에 갔다가요. 그런데 이제 다시 야영장으로 돌아가려고요."

"그래요. 그런데…… 서두르는 게 좋겠어요. 안 그러면 먹을 게 다 동이날 거 같으니까."

6

걷
기

우리는 사우스 웨스트 코스트 패스를 걸으면서 극단적인 날씨, 즉 전형적인 영국의 날씨를 예상했다. 그런데 바람과 비, 안개 그리고 이따금 내리는 우박까지 모두 예상했지만 열기, 이런 숨이 막힐 것 같은 뜨거운 열기는 전혀 예상을 하지 못했다. 점심 무렵이 되어 우리가 우디 베이의 그늘을 벗어나자 상상할 수조차 없는 뜨거운 오후를 맞이하게 되었다. 우리는 시리얼바와 바나나를 나눠 먹으며 서쪽 건너편에 있는 잉글랜드 지역에서 가장 높은 절벽들을 바라보았다. 거의 수직에 가까운 절벽들이 250미터 가까이 솟아 있었고 저 멀리 그레이트 행맨까지 이어져 있었다. 그레이트 행맨은 그 높이가 318미터에 달하는, SWCP 전체 구간에서 가장 높은 절벽이다. 그렇지만 우리와 그레이트 행맨 사이에는 험준하기 이를 데 없는 절벽과 협곡들이 연이어 이어져 있었는데 심지어 패디 딜런 조차도 아주 험난하다고 인정했을 정도였다. 말하자면 절벽 꼭대기에서 바다 가까이까지 그리고 바다 가까이에서 절벽 꼭대기까지 이어지는 그런 길이 계속해서 반복되는 것이다. 그랬기 때문에 나는 이런 지형이 여정의 마지막 구간이 되도록 반대편인 풀에서 출발하기를 원했던 것이었다. 게다가 날은 점점 더 뜨거워지기 시작했다.

"우리가 자외선 차단 크림을 챙겨왔던가?" 나는 뜨거운 열기 때문인지 코끝이 다 욱신거릴 정도였다.

"아니."

"그러면 날이 더 시원해질 때까지 좀 기다려야 하는 게 아니야?"

"만일 그렇게 하면 날이 어두워질 무렵까지도 여기 절벽 지대를 벗어나지 못할 거야. 그러면 이 근처에서 텐트를 칠 만한 장소를 찾기란 하늘에 별 따기일 거 같은데."

"아, 여보. 우리가 삼십 대였다면 그런 건 전혀 신경도 안 썼겠지."

"딱 자기가 느끼는 것만큼의 나이?"

"그만 가자고."

다리와 엉덩이와 어깨가 모두 비명을 질러댔다. 우리는 협곡의 다른 쪽 꼭대기에 도착해 해식 절벽 쪽으로 향했다. 바위로 이루어진 길은 바다에서 올라오는 열기를 안 그래도 달아오른 우리 얼굴에 정통으로 반사시켰다. 시원한 바람이 밑에서부터 올라오면서 두 팔만 활짝 펼치면 하늘을 날 수 있을 것 같았다. 높이 올라왔을 때 느낄 수 있는 자유로운 기분에 나는 숨이 멎을 것만 같았다. 피부는 달아올랐고 눈에는 눈물이 고였다. 멀리 보이는 웨일즈 바닷가가 더 멀리 있는 것처럼 느껴졌다. 모퉁이를 돌아설 때마다 현기증과 흥분이 온몸을 감쌌다. 모스는 바다로부터 몸을 멀리하고 절벽 쪽으로 몸을 더 붙이듯이 걸어갔다. 그렇지만 나는 내 몸속에 야생화와 바다의 내음을 가득 간직하고 갈매기들과 함께 하늘을 날고 있었다.

또 다른 험준한 협곡으로 들어서기 전 어느 평평해 보이는 바위 턱에서 우리는 처음으로 우리와 비슷한 배낭여행자들과 마주쳤다. 아주 젊어 보일뿐더러 다 같이 맞춰 입은 것 같은 등산용 반바지와 깔끔한 새 배낭 때문인지 더욱 더 싱그러움과 활기가 넘치는 것 같았다. 그렇지만 어쨌든 그 사람들도 배낭여행자들이었고 나는 어떤 유대감 같은 것을 느끼며 그 사람들에 대한 모든 걸 다 알아야만 할 것 같은 생각이 들었다.

"어디에서 야영을 하실 건가요? 지정 야영장 아니면 그냥 진짜 야외에서?"

"그냥 야외에서 야영을 하고 있는데요. 정말 보통 힘든 일이
아니에요. 6시쯤 쉴 생각인데 지금 온통 텐트를 칠 수 있는 장
소에 대해서만 생각하고 있거든요. 지난밤에는 결국 적당하게
평평한 장소를 찾지 못해서 린머스에 있는 어느 선술집 앞 풀
밭에서 지낼 수밖에 없었어요."

"그러면 지금 어디로 향하고 있는 건가요?"

"쿰 마틴이요. 그러니까 우리 일정은 오늘 다 끝나는 거지요.
주말이라 겨우 시간을 내서 온 거고 전에는 이런 식의 야영 같
은 건 한 번도 해본 적이 없거든요. 목욕 생각이 간절하네요."

풍성한 갈색 머리카락의 젊은 여자는 내가 보기에 윤기가
흐를 정도로 깨끗하게 보였다. 나는 갑자기 뭔가 대단히 찔리
는 것 같은 느낌이 들었고 바람이 불어오는 쪽으로 몸을 움직
였다.

"그쪽은 어떠세요? 어디로 가시는 중인가요?"

나는 모스 쪽을 바라보았다. 우리는 지금 어디로 가고 있는
중인가? 어제부터 나는 거기에 대한 해답을 확실하게 알 수 없
었다. 하지만 모스는 여전히 잊고 있지 않은 것처럼 이렇게 대
답했다.

"랜즈엔드까지 갑니다. 날씨만 좋으면요. 글쎄요, 어쩌면 더

멀리까지 갈 수도 있겠지요."

"그것 참 대단하시네요. 그럴 만한 시간이 있으시다니 부럽습니다."

우리는 절벽을 따라 성큼성큼 걸어가는 그들을 지켜보았다. 그리고 바다 쪽으로 튀어나와 있는 땅을 지나갈 때 손을 흔들었다. '그럴 만한 시간이 있다니 부럽다……' 나는 손을 뻗어 모스의 팔을 붙잡았다. 모스의 손은 허리에 연결된 배낭끈을 잡고 있었다. 손을 대보니 모스의 피부는 뜨거웠고 티셔츠 소매 아래쪽이 붉게 그을려 있었다. 내가 지금까지 항상 봐왔던 그 피부였지만, 팔꿈치 위로 전에는 알아차리지 못했던 주름들이 있었다. 우리에게 아직 시간이 있을까?

모스는 모자를 쓰고 있었다. 그의 머리 꼭대기를 덮고 있는 녹색 캔버스 천으로 만든 모자는 마치 케이크를 굽는 틀처럼 보였다. 하지만 모자는 모자였다. 나는 어떻게 모자도 없이 이 길을 나섰을까? 나는 정수리가 불타오르는 것 같았고 눈앞에 보이는 코끝은 계속해서 욱신거렸다. 우리는 저녁까지 그레이트 행맨에 도착할 수 있을 거라고 생각했다. 그렇지만 여전히 갈 길이 멀었다. 눈에 보이는 해안선은 전혀 믿을 것이 못 되었다. 멀리서 보면 그저 저 모퉁이만 돌아가면 될 것처럼 보였다.

그렇지만 실제로는 눈에 보이는 전경 뒤에 이런저런 험난한 산허리의 골짜기며 사방이 산으로 둘러싸인 땅 그리고 심지어 엄청나게 넓은 황무지가 숨어 있는 경우가 많았다.

"머리가 지글지글 익는 거 같아. 혹시 무슨 큰 손수건 같은 거 있어?"

우리는 홀드스톤 다운 쪽을 향해 출발했다. 오후가 된 지 한참 지났지만, 태양은 여전히 뜨거웠다.

"진즉에 말하지 그랬어. 나는 당신에게 모자가 필요한 줄 전혀 생각도 못 하고 있었어. 내 주머니에 오래된 삼베 모자가 하나 있을 거야."

나는 모자챙이 손가락 한 마디 정도밖에 되지 않는 찌그러진 모자를 뒤집어썼다. 오래전 스페인의 이비자섬에 갔다가 벼룩시장에서 구한 모자라고 했다. 그런데 이 모자는 달아오른 내 머리의 열기를 전혀 밖으로 배출하지 못했고 얼마 지나지 않아 나는 열 배쯤은 더 더위를 느끼기 시작했다.

구부러진 산사나무 가지 위에 앉아서 나는 그레이트 행맨 뒤 서쪽으로 해가 점점 지는 모습을 바라보았다. 우리는 나중에 모스가 공책에 대강 적어놓은 표현처럼 가시금작화와 야생화 사이에 되는대로 틀어박힌 것처럼 텐트를 쳤다. 우리는 쌀밥과 통조림 완두콩을 먹었지만, 배고픔은 가시지 않았다. 나는 산사나무 가지 아래 바싹 메마른 흙 위로 발을 흔들어대다가 문득 좋은 생각이 떠올랐다. 깨진 돌조각은 완벽한 도구가 되었고 나는 땅을 파고 또 팠다. 완벽했다.

"모스, 모스. 이리로 와서 내가 만든 것 좀 봐."

모스가 무릎걸음으로 다가와 천천히 몸을 일으켰다.

"뭐가? 뭘 했는지 전혀 모르겠는데."

"바보야, 이걸 좀 보라고. 내가 화장실을 만들었잖아."

"아, 그렇구나. 좋아, 그러면 내가 먼저 써본다?"

나는 마지막으로 남아 있는 주황색 미트볼을 데웠다. 내일이면 돈이 들어올 거고 그러면 쿰 마틴에서 먹을거리를 더 살 수 있을 것이다.

"또 저녁을 먹자고? 무슨 영화에 나오는 먹보 호빗 같은데."

해가 거의 져 가는데 동쪽에서 사람들이 몰려오는 소리가 들려왔다. 40여 명쯤 되는 젊은 남자들이 터질 것 같은 배낭을 둘러매고 와자지껄하게 행진이라도 하듯 다가왔다.

"우리 같은 사람들이 저기 더 있군. 짊어지고 있는 짐을 봤어? 야외에서 모든 걸 다 해결하면서 가는 게 틀림없어."

모스는 사람들이 지나가는 모습을 바라보았다. 나는 그가 무슨 생각을 하고 있는지 알 것 같았다. 그도 한때는 저런 혈기 왕성한 젊은이였다.

"분명 쿰 마틴으로 가고 있을 거야. 선술집이 문을 닫기 전에 도착하려고 말이지."

"제발 맥주 생각나게 만드는 말 같은 건 하지 마. 게다가 지금은 아침에 차 끓일 물밖에는 안 남아 있다고."

아래로, 아래로, 쿰 마틴까지 이어지는 내리막길. 쿰 마틴은 데번 바닷가에 있는 작은 마을로 규모는 작지만, 그 대신 영국에서 마을 거리의 길이가 가장 긴 것으로 알려져 있다. 무려 3킬로미터 정도 되는 거리가 내륙의 좁은 계곡 쪽으로 굽이굽이 이어져 있다. 우리는 바닷가를 돌아보았다. 우리가 찾고 있는 건 다름 아닌 현금을 뽑을 인출기였다. 하지만 눈에 들어오는 건 찻집이나 기념품 가게들뿐이었다. 우리는 혹시나 현금 인출기가 있는 곳을 알 수 있을까 해서 관광 안내소를 찾아갔다. 안내소 안에 들어가 보니 나이 든 여자 셋이 안내 탁자 뒤에 나란히 앉아 있었다. 세 사람은 우리를 올려다보고 웃으며 고개를 끄덕였고 뭐라고 속삭여댔다.

"모스, 당신이 물어봐. 당신은 나이 든 여자들을 어떻게 상대하는지 잘 알고 있잖아."

"그건 나한테 책임을 떠넘기는 것 같은데."

"저기요, 도움을 좀 받을 수 있을까요. 우리는 지금 현금을 찾을 수 있는 은행 인출기를 찾고 있거든요. 그런데 운이 없는 건지 좀처럼 찾을 수가 없네요. 죄송하지만 어디 가면 찾을 수 있을지 알려주실 수 있을까요?"

여자들은 키득거리며 서로를 팔꿈치로 찔러댔다.

"그야 물론 기꺼이 알려드리지요. 저기 위로 올라가 왼쪽을 보면 가게가 하나 있는데요, 거기에서 현금을 인출할 수 있어요. 그렇지만 아직 문을 열지는 않았을 겁니다, 아미티지 선생님."

"죄송한데 제 이름은 아미티지가 아닙니다."

여자들은 뭔가를 감추는 듯한 눈빛으로 서로를 바라보았다.

"아, 물론 그렇겠지요. 상관없어요. 말씀을 드릴 수는 없지만, 그건 우리 비밀이라서요."

모스는 안내소를 나서며 뭔가를 생각하는 표정으로 다시 뒤를 돌아보았고 세 명의 나이 든 여자들은 그를 향해 손을 흔들어 보였다. 우리는 배낭을 다시 집어 들고 알려준 곳으로 향했다.

배낭을 가득 채우고도 아직 지갑에는 25파운드가 남아 있었다. 손에는 감자튀김을 들고 우리는 뜨거운 열기 속에 바닷가 바위에 몸을 기대고 앉았다. 코끝이 타서 허물이 벗겨져 있었다. 이렇게 앉아 있으니 바닷가에서 보냈던 평범한 날들이 기억났다. 웨일스에 살고 있을 때는 차를 몰고 조금만 가면 바다에 갈 수 있었고 이런 시간을 많이 가졌었다. 모래 장난을 치는 아이들과 공기를 꽉 채운 고무보트, 참치 샌드위치 그리고 모래사장에 구덩이를 파고 헤엄을 치며 보냈던 긴 하루. 아이들은 숲이며 산 그리고 바닷가를 마음대로 돌아다니며 자랐다. 아이들이 우리 곁을 떠난 지 몇 년이 흐른 지금도 이렇게 발밑으로 모래가 느껴질 때마다 나는 뭔가를 잃어버린 듯한 고통을 느낄 수 있었다. 그런 감정을 극복해야만 했다. 그렇지 않으면 이번 여름 전체를 도저히 견뎌낼 수 없을 것이다.

어린 남자아이 하나가 모래성 주변에 해자를 만들기 위해 양동이에 물을 담아서 뛰어왔다. 동생처럼 보이는 여자아이도 양동이 손잡이를 함께 쥐고 있는 걸 보니 같이 물을 부어보고 싶은 모양이었다. 갑자기 어디선가 애들 아빠가 튀어나오더니 남자아이를 움켜쥐고 때렸다.

"내가 동생이랑 싸우지 말라고 그랬지."

아이는 몸부림치며 달아나 바위 뒤에 숨었다. 엄마도 나타났다.

"꼭 그렇게 해야 했어?"

"한 번 이렇게 혼을 내줘야지."

화가 난 아빠가 자기 자녀에게 화가 난 아이가 되라고 가르치고 있었다. 바닷가가 사람들을 이렇게 기분이 좋게 만들었다가 또 기분이 나쁘게도 만드는 걸 보니 참 이상하다는 생각이 들었다.

"수영이라도 하자고 말하고 싶지만, 이제 그만 일어나야 할 것 같아."

모스가 자리에서 몸을 일으켜 배낭에 묻은 모래를 털어냈다.

"네, 아미티지 선생님. 이제 가야 할 시간이네요."

마을을 떠나 험준한 협곡을 터벅터벅 걸어서 지나가고 있으려니 날은 점점 더 뜨거워져만 갔다. 배낭은 새로 채운 물건들 때문에 이전보다 훨씬 더 무거웠고 나는 SWCP를 걸어가는 모스의 발길을 따라 거의 발을 끌다시피 하며 먼지 속을 움직였다. 모스의 발 역시 나처럼 거의 땅바닥을 벗어나지 못하는 것 같았다. 더위는 더 이상 참을 수 없을 지경이었다. 그때 전혀 예상치 못하게 우리 앞에 야영장 같은 곳이 무슨 사막의 오아시스처럼 아지랑이 속에서 모습을 드러냈다. SWCP는 정확히 그곳으로 향하고 있었다.

"어떻게 생각해? 가서 하룻밤 지내는 데 얼마나 드는지 우선 알아볼까? 그러면 오늘 밤 지낼 곳을 더 이상 찾을 필요 없이 저기서 쉬면서 몸도 씻을 수 있어."

그렇게 말하는 모스의 표정은 부탁이 아니라 거의 애원에 가까웠다.

"그래, 한번 가서 물어나 보지 뭐."

야영장은 가족들과 아이들과 자전거, 나이 든 부부들과 수많은 개들로 시끌벅적했다.

"텐트 하나 치는 데 15파운드입니다."

"15파운드라고요? 이건 아주 작은 텐트인데요. 그리고 우리는 야영장 한쪽 구석이라도 괜찮아요."

"크기에 상관없이 텐트 하나당 15파운드입니다."

"그렇지만 우리는 차를 가져온 것도 아니에요. 그냥 사우스웨스트 코스트 패스를 걸어서 통과하고 있을 뿐이라고요."

"아, 진즉에 그렇게 말씀하시지."

야영장 직원은 문가에 붙어 있는 종이를 가리켰다. "배낭여행자들은 1인당 5파운드."

그러면 두 사람에 10파운드였다. 우리는 거의 일주일은 충분히 버틸 수 있는 건조식품을 준비해왔다. 모스는 플라스틱 의자에 앉아 푸른색 물방울무늬 손수건으로 얼굴을 훔쳤다.

"좋아요, 그러면 하룻밤 신세 좀 지겠습니다."

이곳 야영장에서는 숙박비만 내면 시간에 구애받지 않고 뜨거운 물을 마음껏 쓸 수 있었다. 뜨거운 물에 긴장이 풀려서 그랬을까 아니면 피곤함 때문이었을까. 혹시 그냥 모든 걸 터트리고 싶었는지도 모른다. 나는 눈물이 멈추지 않았다. 나는 흐르는 물줄기를 맞으며 숨을 헐떡였다. 나는 때와 땀과 씁쓸함과 슬픔과 상실감 그리고 두려움을 모두 씻어내려 했다. 그렇지만 그저 일부분이었다. 구슬픈 자기 연민은 나도 어떻게 감당해낼 수가 없었다.

나는 종잇장처럼 얇은 수건을 가지고 가능한 한 몸을 말끔히 닦아낸 후 작은 세면도구 가방을 이리저리 뒤져 치약을 찾았다. 치약은 가방 밑바닥에 머리끈 그리고 생리대와 함께 파묻혀 있었다. 그런데 생리대라니? 나는 어안이 벙벙해 생리대를 집어 들었다. 언제든 곧 필요할 거라 생각해서 우선 몇 개를 챙겨온 건 맞았다. 그렇지만 생리대를 손에 쥐고 보니 갑자기 최근에 대단히 혼란스럽고 분주한 시간을 보내는 가운데 실제로 생리를 하지 않은지 3개월이 넘었다는 사실을 미처 알아차리지도 못하고 있었다는 사실을 깨달았다. 3개월이라니, 그게 정말일까. 폐경기에 접어들었다면 나는 앞으로 무엇을 해야 할까. 우선 나는 집을 잃었고 그 후 등에 배낭을 짊어지고 1,000킬로미터를 걷고 있다. 아주 이상적이었다. 이렇게 충분히 운동을 하고 있으니 최소한 골다공증에 대해서는 염려하지 않아도 될 것 같았다.

우리는 편히 쉬고 몸까지 깨끗하게 씻은 후 야영장을 떠날 수 있었다. 그렇지만 그다음 목적지인 일프러콤까지 이어지는 길은 또 내려갔다 올라갔다, 들어갔다 나왔다 하는 험한 지형이 정신없이 계속되었으며 거기에 또 더위까지 더해져서 우리는 전날처럼 순식간에 지치고 더러운 몰골이 되고 말았다. 한창 휴가 기간 중의 일프러콤은 남녀노소를 가리지 않고 사람들로 가득 차 있었다. 음식 냄새는 고문에 가까웠으며 사방이 처음 보는 먹을거리 천지였지만, 이미 야영장에서 과용을 한 우리에게는 모두 다 그림의 떡이었다.

어느 나이 든 부부가 밀짚모자를 뽐내며 킹 찰스 스파니엘 개를 한 마리 데리고 지나갔다.

"여기에 여러 번 왔었지만 이렇게 놀랄 만한 광경은 처음 보는데. 이건 뭔가 잘못된 거 같아."

항구가 끝나는 지점에는 사람들이 사진을 찍고 있었다. 여행에 대해 제대로 준비하지 않고 자신이 찾아갈 곳에 대한 정보도 제대로 몰랐을 때의 한 가지 아주 좋은 점이 있다면 그건 깜짝 놀랄 만한 일이 많이 남아 있다는 것이리라.

"어라, 저 크기 좀 봐."

청동과 강철로 만든 거대한 조각상이 20미터 높이로 우뚝 솟아 항구를 내려다보고 있었다. 더 나이 든 사람들이 혀를 차고 고개를 흔들면서 그 자리를 떠났다. 모스는 누군가가 급히 자리를 떠나며 흘리고 간 광고지를 집어 들었다.

"저 조각상 이름이 베리타라는데. 데미안 허스트의 작품이군. 그런데 저런 걸 어떻게 여기까지 가지고 왔지? 가만, 이 근처에 작업실이랑 집이 있는 거 아닌가? 아무래도 그렇겠지?"

"그건 모르겠고, 저 조각상은 뭘 의미한대?"

"뭐, 이름 그대로 진실과 정의, 뭐 그런 거겠지."

"정의라고? 저런 게 정의에 대해서 뭐 하나라도 알겠어?"

조각상은 어느 임신한 여자의 옆면 살가죽을 벗겨낸 듯한 모습이었고 배 안의 태아도 그대로 드러나 있었다. 여자의 왼손은 칼을 높이 치켜들고 있었으며 뒤로 가 있는 오른손에는 흔히 말하는 정의의 저울이 들려 있었다.

"왜 정의의 저울을 뒤로 감추고 있는지 알겠다. 진실을 감춰둬야 사람들의 눈을 속일 수 있으니까. 영국의 사법 체계에 대해 아주 잘 나타내고 있네. 그리고 요즘은 저울을 쥐고 있는 사람이 진실도 마음대로 정하는 세상 아니야?"

"정말 맞는 말입니다."

우리 옆 의자에 앉아 있던 어느 나이 든 남자가 이렇게 말했다. 반짝이는 구두를 맵시 있게 차려 신은 남자였다. 우리는 잠시 말을 멈췄다. 남자는 퇴역한 구르카 용병이었고 평생 영국과

여왕을 위해 복무한 대가로 영국에 정착할 수 있었다고 한다.

"그렇지만 지금은 잘 모르겠습니다. 우리는 이 근처에 살고 있는데 딸이 뜰에 별채를 짓고 싶어 해요. 그러니까 우리 부부가 나이가 들면 그 별채에 살고 딸은 우리가 살던 집에 살면서 우리를 돌볼 수 있다는 거지요. 그런데 구청에서는 그런 식의 건축이 이 마을 특성에 맞지 않는다고 생각하는 것 같더군요. 친구 하나가 말하길 데미안 허스트가 이 마을 끝자락에 자신이 갖고 있는 농장 땅에 수백 채의 집을 지어 주택 단지를 세울 계획이랍니다. 저 조각상의 모습을 보면 전통적인 형태의 주택 단지가 되지 않으리라는 건 누구나 확실하게 알 수 있지요. 하지만 그런 소문이 사실이라면 허스트가 건축 허가를 얻는데 별다른 문제가 있을 것 같지는 않아요."

"설마 그럴 리야 있겠습니까."

우리는 감자튀김 한 봉지를 나눠 먹고는 될 수 있는 한 빨리 일프러콤을 떠났다. 그리고 해가 져도 환하게 불을 밝힌 마을을 내려다보며 언덕 위에 텐트를 쳤다. 다음 날은 정말 힘이 들었다. 그렇게 끝없이 사진을 찍고 깜짝 놀랄 만한 풍광에 넋을 빼앗기지 않았다면, 그래서 오직 묵묵히 걷는 일에만 집중했다면 그렇게 피곤하지는 않았을 것이다.

"저기 점 같이 보이는 게 뭐야?"

전에는 물안개나 아지랑이 속에서 보지 못했던 뭔가가 바다에 있는 것 같았다.

"뭐가?"

"서쪽, 저기 바닷가 아래쪽에. 육지가 끝나는 지점에 말이야."

"무슨 섬처럼 보이는데?"

"벌써 룬디섬이 보이는 곳까지 왔단 말이야? 정말 그런 것 같네. 웨일즈는 점점 더 멀어지고 있으니까 바닷가가 끝나는 지점에서 이제 남쪽으로 방향을 바꿔야 해."

"정말 먼 길이군."

절벽 꼭대기를 따라 발목까지 빠질 것 같은 야생화밭을 통과해 걷는 건 유쾌한 일이었지만, 등대가 서 있는 불 포인트를 지날 때쯤 모스의 발걸음이 점점 느려지면서 보기 불편할 정도로 다리를 질질 끌기 시작했다. 그리고 몇 킬로미터를 아주 힘들게 지났다. 해가 질 무렵 나는 야생 향초와 민들레를 조금 꺾어 쌀밥을 지었다. 내일 아침이면 울라콤에 도착하게 될 예정이었다. 길을 떠난 지는 아흐레가 지나 있었다. 패디 딜런에 따르면 우리는 나흘 전에 이미 이곳을 통과했어야 했다. 그의 시간 개념은 우리의 그것과는 전혀 맞지 않는 것 같았다. 바닷물이 차오르는 쪽을 피해 발이 푹푹 빠지는 바닷가 위쪽의 부드러운 모래사장을 걸은 후 절벽 위 단단한 땅에 도착하자 겨우 안심이 되었다. 배기 포인트로 이어지는 길이었다. 머리는 멍하고 몸은 지쳐 있었지만, 눈앞에 보이는 풍경은 정말 숨이 멎을 것만 같았다. 비록 멀리 있어도 이제 룬디섬이 한눈에 다 보였고 그 너머로는 북쪽으로 이어지는 웨일즈의 해안선이 언뜻 보였다가 이내 시야에서 사라졌다. 웨일즈 땅이 보이지 않게 되었을 때 내 마음은 차분하게 가라앉은 걸까? 아니면 나는 여전히 실제로는 존재하고 있는 그 땅을 그리워하고 필요로 하고 있는 걸까? 나는 어느 쪽이 진짜 내 마음인지 알 수 없었다. 그리고 저 멀리 훨씬 더 서쪽으로, 그러니까 적어도 60킬로미터 밖에는 하틀랜드 포인트가 있었다. 하틀랜드 포인트를 기점으로 해안선은 다시 남쪽으로 확 꺾이게 된다. 해가 지기 시작하자 우리는 야생화 사이에 텐트를 쳤고 또 민들레를 먹었다.

"우리 엄마는 어릴 때 이런 건 먹지도 못하게 했어. 그랬다가는 침대에 오줌을 지리게 될 거라고 말했지."

"당신이 매일 밤 밖으로 들락날락하는 걸 보면 그때나 지금이나 무슨 차이가 있는지 잘 모르겠는데."

"그나저나 항구 근처에 도착하게 되면 버스를 탈까? 그래서 반스터플이랑 비드포드는 그냥 들르지 말고 지나갈까?"

"그래도 괜찮겠지. 그렇지만 돈이 생기려면 며칠 더 기다려야 할 거야. 그리고 브라운턴 버러우즈는 아주 볼 만한 곳인 거 같은데. 엄청나게 큰 모래 언덕도 있고 바람에 날려 온 조개껍질도 가득하고."

"그래, 좋아. 하지만 만일 당신이 몸이 너무 아프고 다리도 못 견딜 정도로 너무 피곤하면 버스를 타고 그냥 지나가는 거야. 알았지?"

"그래, 알았어."

얼굴은 빨갛게 탔는데, 눈 밑으로는 그늘이 짙게 드리워져 있었다.

굵은 모래로 이루어진 하얀색의 거대한 모래 언덕들이 타우 강 어귀를 내려다보고 있었다. 모래는 마치 산호가 부서진 것과 비슷한 깨끗한 조약돌 같아서 우리가 알고 있는 일반적인 모래하고는 조금도 닮은 것 같지 않았다. 브라운턴 버러우즈는 영국에서 가장 거대한 규모의 모래 언덕 생태계 중 한 곳으로 식물과 곤충도 많이 살고 있으며 무엇보다 끝이 보이지 않을 정도로 넓었다. 하지만 그 위를 걸어가면서 나는 주변 풍경에는 그리 신경을 쓰지 않고 피부가 크게 벗겨진 내 코끝에만 대부분의 신경을 집중했다. 그렇게 나는 코끝만 바라보며 허물을 완전히 벗겨내려고 애를 쓰며 1.5킬로미터 이상을 걸었다. 모스는 조개껍질이 뒤덮인 언덕 위를 자신의 발끝을 바라보며 비틀비틀 걸어갔다. 그러다 우리는 갑자기 사막의 신기루 속에서 튀어나온 것 같은 완전무장을 한 특수 부대원 한 사람을 만나게 되었다. 총을 들고 위장까지 한 진짜 군인이었다. 나는 위장 크림까지 얼굴에 바른 군인을 이렇게 가까이서 본 적이 한 번도 없었을뿐더러 어떻게 반응해야 할지도 알 수 없었다. 손을 머리 위로 올리고 땅바닥에 바짝 엎드려야 할까? 아니면 차렷 자세를 하거나 그냥 도망을 가?

"죄송하지만 오늘은 이곳을 지나가실 수 없습니다. 여기서 다시 돌아가셔야 합니다."

"그럴 수는 없어요. 우리는 전진만 해야 하거든요."

도대체 지금 무슨 말을 하고 있는 거야. 그렇지만 모스는 전혀 동요하지 않는 것처럼 보였다.

"안녕하세요. 그런데 무슨 일인가요? 부대 훈련이나 뭐 그런 게 있습니까?"

"네, 맞습니다, 선생님. 그래서 지금은 여기를 지나가실 수 없습니다."

캔버스 천으로 지붕을 씌운 트럭 한 대가 멈춰 서자 스무 명 남짓한 군인들이 모래 언덕 위로 나타나 밑으로 내려왔다.

"다시 돌아갈 수는 없어요. 이 사람은 상태가 좋지 않고 브라운턴 마을에 가야 버스를 탈 수 있어요. 다시 돌아가면 그렇게 할 수 없단 말이에요."

이 정도면 필사적으로 보였을까?

"그럼 잠시 여기 계십시오. 가서 어떻게 할 수 있을지 확인해 보겠습니다."

얼마 뒤 돌아온 군인은 손에 군용 물통을 들고 있었다.

"이 자리에서 절대 움직이지 마세요. 그러면 우리가 이동할 때 함께 가실 수 있도록 하겠습니다. 그런데 오늘은 이 지역이 폐쇄된다는 안내문을 보지 못하셨나요?"

"아니오, 못 봤습니다."

"어쨌든 움직이지 말고 계십시오."

군인들은 갖고 있던 무기며 장비들을 트럭 안에 싣고 엄청나게 큰 군장이며 탄띠도 함께 실었다. 그리고 내 배낭도 거기에 보탰다. 가까이서 보니 군인들도 아직은 소년 같은 모습이었다.

"이게 뭔가요? 이런 것도 배낭이라고 부르나요? 무슨 여자 손가방 같은데."

군인들이 웃음을 터트렸다. 그리고 모스의 배낭도 집어 들었다.

"이 정도야 식은 죽 먹기지요. 우리는 씻으러 갈 때도 이보다

짐을 더 많이 꾸려간다고요."

우리가 트럭에 올라타자 왁자지껄한 웃음이 터져 나왔다. 트럭이 부르르 떨리더니 이내 출발을 했다. 군인이란 모름지기 보통 사람들보다 더 엄격하게 규율이 잡혀 있고 체력적으로도 우수할지 모르겠으나, 지금 이 트럭 안에는 유쾌한 젊은 청년들이 가득 차 있다는 사실을 곧 알 수 있었다. 뜨겁게 달아오른 트럭 짐칸에서 나는 이 청년들이 얼마 안 있어 전쟁터로 나가게 될 것이며 또 몇 주 안에 누군가는 부상을 입거나 전사할 수도 있다는 사실을 알게 되었다. 젊은 생명이 미처 채 피어나기도 전에 사라지는 것이다. 과연 무엇을 위한 희생인가?

"지금 어디로 가고 있는 건가요?"

"죄송하지만 말씀드릴 수 없습니다. 사실, 모르고 계신 게 더 좋습니다."

트럭이 포장도로로 들어서며 덜컹거렸다. 그리고 얼마 지나지 않아 트럭이 멈춰 섰다.

"자, 이제 내리시지요."

트럭은 도로를 돌아서 이내 사라졌다. 그렇지만 나는 트럭에 타고 있던 친절한 군인들을 위해 기도를 했다. 그들이 오늘 본 그 모습 그대로 생기 충만한 삶을 살기를.

우리는 버스를 타고 반스터플로 향했다. 그리고 우리는 다시 반스터플에서 버스를 갈아타고 웨스트워드 호!로 갔다. 뭔가 속임수를 쓰고 있는 것 같은 기분이 들었지만, 왜 그런지는 알 수 없었다.

어쨌든 예상치 못한 결정으로 조금 혼란스러운 상태에서 우리는 웨스트워드 호!에 도착했다. 그리고 그 우울한 모습에 깜짝 놀라고 말았다. 마을 이름에 굳이 느낌표까지 붙어 있기에 나는 뭔가 색다른 모습을 기대했지만, 그 특별한 이름에 어울릴 만한 건 아무것도 눈에 들어오지 않았다. 패디 딜런은 이 마을 이름이 찰스 킹슬리라는 소설가의 작품 제목을 따라 지어졌다고 설명하고 있는데 아무래도 소설이 더 재미있을 것 같았다.

길을 따라 걷다가 잠시 이렇게 탈선 아닌 탈선을 하고 나니 뭔가 하던 일이 중단되고 길을 잃은 듯한 기분마저 느껴졌다. 모스는 성마른 모습을 보이며 줄어드는 예산에는 아랑곳하지 않고 맥주를 마시고 싶어 했다. 우리는 어느새 허름한 술집에 앉아 콘크리트로 포장된 인도 쪽을 바라보고 있었다. 아이들이 방파제를 넘어오는 파도를 피하며 놀고 있었다. 모스는 말없이 주문한 맥주를 마셨고 나는 얼음물이 든 잔을 이마에 댔다.

"재미있는 문제 맞추기 대회입니다. 아주 재미있으니 한번 도전해보세요. 상금도 있습니다."

조끼를 입은 둥글고 작달막하게 생긴 남자가 우리 앞에 종이와 볼펜을 내밀었다.

"참가비는 단돈 50펜스! 잘만 하면 10파운드 상금! 하긴, 잘못될 리가 없지요."

"뭐, 해보지요."

"모스, 참가비가 50펜스라고."

"50펜스라고 해봐야 그걸로 뭘 할 수 있겠어? 그리고 잘하면 10파운드가 생길 수도 있잖아."

대회에 참가하겠다는 사람이 우리 말고도 두엇 더 있었다. 그러니 술집 입장에서는 큰 손해일 수밖에 없을 것 같았다.

"자, 그럼 텔레비전 관련 문제부터 시작하겠습니다."

"내가 이건 쓸데없는 돈 낭비라고 말했잖아!"

"텔레비전에 방영되는 대회 문제입니다. 포뮬러 원 자동차 경주 대회에서……."

이제 지금 뭐 하자는 짓일까?

"자, 다음 문제. 블랙피그호의 선장은 누구입니까?"

모스가 자리에서 벌떡 몸을 일으키더니 종이에 이렇게 갈겨썼다. 퍼그워시 선장.

"그리고 마지막 문제입니다. 1961년에 만들어졌고, 1990년에 사라진 건 무엇일까요?"

정답, 정답. 나는 정답을 알고 있었다. 바로 베를린 장벽이 었다. 이럴 줄 알았으면 참가비 50펜스에 대해 그렇게 짜증을 낼 필요는 없었는데.

"1등 상금 10파운드는……, 저기 가족 손님에게 돌아가게 되었습니다!"

10파운드를 거머쥔 사람들은 그 자리에서 돈을 돌려주며 다시 술을 주문했다.

"그리고 2등 상금 5파운드는……, 저기 있는 배낭여행자들입니다."

우리는 배낭을 맨 채로 달려가 우승 상금을 받았다.

"승리주 한 잔 더 하시겠습니까?"

나는 아무도 모르게 모스를 슬쩍 걷어찼다. 그러자 그는 인상을 쓰며 나를 바라보았다.

"아, 실례합니다만 그만 갈 시간이라서요."

랄랄라, 랄랄라. 우리는 깡충깡충 뛰며 다시 SWCP로 되돌아갔다. 앞뒤로 있는 방파제 위로는 파도가 부딪혀 부서졌지만, 우리에게는 물 한 방울 튀지 않았다. 승리에 한껏 취한 우리는 이제 모든 게 우리 뜻대로 흘러갈 거라는 아무런 근거도 없는 생각을 하며 웨스트워드 호!를 떠났다. 입에서는 어린이 만화의 주인공인 퍼그워시 선장의 주제가가 저절로 흘러나왔다. 랄랄라, 랄랄라. 언제나 그랬지만 흥겨웠던 기분은 그리 오래 가지 못했고 우리는 야영을 할 만한 곳을 찾을 수 없었다. 그래서 어쩔 수 없이 어둠 속에서 조금 경사진 곳을 찾아 고사리며 엉겅퀴들을 발로 밟아 평평하게 만들어야 했다. 중력의 법칙은 침낭에도 어김없이 작용했다. 한밤중에 잠에서 깨어나 보니 우리는 둘 다 텐트 입구 쪽으로 굴러와 엉켜 있었다. 바다가 코앞에 있었고 요란한 진동이 바닥을 따라 전해져 오는데 귀보다 몸이 먼저 반응했다. 우리는 배낭을 텐트 문가에 쌓고 그 위에 발을 걸쳤다. 무릎에 힘까지 주고 보니 사실상 서 있는 것이나 다름없는 모양새가 되었다.

어슴푸레 밝아오는 아침 햇살에 딱딱한 바닥에서 몸을 일으키려 했는데 무릎이 제대로 풀리지 않았다. 우리는 텐트를 친 자리가 돌과 진흙으로 된, 바다 쪽으로 움푹 튀어나온 곳이라는 사실을 깨달았다. 그 밑은 바다가 땅을 파헤쳐 텅 비어 있는 것이나 다름없었다. 그야말로 한 걸음만 더 가면 육지가 망각 속으로 사라져버릴 것 같은 그런 형국이었다.

그린클리프로 출발하자 절벽 위로 뜨거운 열기가 올라오기 시작했고 곧 바람 한 점 없는 질식할 것 같은 열기가 우리를 감싸 안았다. 검은색 바위가 바다로 미끄러져 떨어지면서 검게

용해된 지층이 드러나기도 했다. 이 시커먼 지층은 다름 아닌 석탄층으로 비드포드에서 시작되어 절벽 가장자리까지 이어지다 바다 속으로 그렇게 사라진다. 이 근처 바닷가에는 석회를 구워내는 가마들이 많았고 여기서 캐낸 석탄을 연료로 사용해 웨일즈에서 실어온 석회석을 비료나 건축용 소재인 석회로 만들어냈다. 이제 비드포드 석탄은 화가들이 쓰는 물감의 원료가 되어 현대 미술 작품을 취급하는 미술관들을 위한 돈을 만들어내고 있다.

날은 점점 더 뜨거워졌다. 코끝이 빨갛게 달아올랐고 허물이 제대로 벗겨지기도 전에 속살까지 타버리고 말았다. 모스는 점점 더 자주 비틀거리더니 급기야는 처음으로 발을 헛디뎌 넘어지기까지 했다. 그 서슬에 팔은 피부가 벗겨졌고 한동안 몸을 떨어야 했다.

"아무래도 좀 쉬어야겠어. 물 좀 가진 거 있어?"

모스는 물이 손가락 한두 마디 정도 남을 때까지 들이키며 주체할 수 없는 갈증을 식혀보려고 애를 썼다. 우리는 웨스트워드 호!의 술집에서 물을 채웠었지만, 지난 밤 대부분을 써버렸다. 하지만 수돗물이 나오는 곳까지는 아직 한참 더 남았고 내륙 쪽으로 방향을 틀어 아무 곳이나 집을 찾아 도움을 청하지 않는다면 당장 물을 채울 길은 없었다.

"그냥 계속 가볼까? 바바콤 클리프 근처에 있는 시냇가를 건너가게 될 것 같은데."

"그럼 한번 해볼게."

우리는 힘들게 다시 움직였다. 모스는 속도가 점점 느려졌고 나는 조바심이 나서 어쩔 수 없는 지경에 이르렀다. 오후가 되어 물이 말라붙은 시냇가를 건너게 되었을 무렵에는 사방이 그냥 찜통 같았다. 그늘도, 나무도 전혀 찾아볼 수 없고 눈에 보이는 건 절벽 꼭대기와 바다 그리고 하늘뿐이었다. 3시가 되자 모스는 배낭을 떨어트리고는 땅바닥에 그대로 드러눕고 말았다.

"다 끝났어. 더는 못 하겠다고. 나 너무 몸이 떨리고 추워."

"그냥 지친 거 같아? 아니면 일사병이라도 걸린 거 같아?"

"나는 그냥 집에 가고 싶어. 내 침대에 누워서 영원히 잠이 들고 싶다고."

나는 모스 옆 풀밭 위에 누워 하늘을 바라보았다. 그런 건 생각하지도 마. 아예 그런 생각이 떠오르게도 하지 말라고. 나는 몸을 일으키고 앉아서 돋보기안경을 쓰고 패디 딜런의 지도를 살펴보았다.

"지금 어느 작은 산골짜기 근처까지 왔는데, 내 생각에 페퍼콤인가 거기 같아. 거기에 가면 물이 마르지 않은 시냇가랑 나무가 있을 테니 더위를 피할 수 있겠지. 몸이 식으면 당신도 기분이 좀 더 나아질 거야."

더위는 내 몸 안의 모든 수분이 다 증발해버리고 바짝 마른 종이가 되는 기분이 들 정도로 계속 이어졌다. 우리는 더 이상 이곳에 머물러 있을 수는 없었다.

"못 가겠다니까."

"그러면 내가 우선 배낭은 여기 두고 가서 상황을 한번 살펴볼게."

나는 그 자리를 떠났다. 배낭의 무게가 사라지니 마치 발에는 용수철이 달리고 어깨에는 풍선이라도 매달린 듯 몸이 가벼워졌다. 그렇지만 걱정 때문에 거기에 신경 쓸 겨를이 없었다. 실제로는 아무 일도 일어나지 않았으면. 제발 모스의 상태가 더 나빠지지 않기를. 제발, 제발. 그냥 단순히 더위 탓이기를.

바다를 향하고 있는 좁은 산골짜기를 따라 초록색 나무들과 관목숲이 줄지어 늘어서 있는 모습이 눈에 들어왔다. 그리고 물소리도 들렸다. 나는 이 구원의 물줄기 옆에 웅크리고 앉아 벌겋게 달아오른 몸에 얼음처럼 차가운 물을 끼얹었다. 내 귀에 몸이 식어가는 소리가 정말로 들려오는 것 같았다. 나는 손으로 물을 떠서 마시고 또 마셨다. 그런 다음에야 비로소 2리터 들이 물병의 주둥이까지 물을 채우고는 모스에게로 돌아왔다.

"당신도 함께 가야 해. 나무 밑이 정말 시원하니까 당신 기분도 훨씬 더 나아질 거야. 30분만 가면 당신도 이런 물을 마실 수 있어. 정수 약만 있으면 문제없어."

나는 모스에게 내가 세균 같은 건 생각하지도 않고 이미 물을 반 리터나 마셨다는 사실은 이야기하지 않았다.

우리는 그날 오후를 푸른 그늘 밑에서 졸면서 보냈다. 그러고 있으려니 무슨 검은색 털 뭉치 같은 것이 시냇물로 뛰어들었고 개가 다섯 마리나 더 나타났다.

"그래, 잘한다. 어서 시원한 물속으로 뛰어들어야지."

스파니엘 개들을 거느린 주인들이 다리 위에 서 있었다. 주머니가 잔뜩 달린 옷에 모자 그리고 지팡이까지 아주 잘 차려입은 모습이었다. 나는 물병을 미리 채워놓은 것이 정말로 다행이라고 생각했다.

"어라? 안녕들 하세요? 상쾌한 오후네요. 오늘 많이 걸으셨나 봐요?"

"오늘은 그리 많이 걷지 못했어요. 너무 더웠거든요."

"음, 그래요. 조금 따뜻했나요? 그런데 어디까지 가세요?"

"랜즈엔드요."

풀까지 간다는 말은 이제 내 입에서 나오지를 않았다. 그냥 그런 생각을 하는 것만으로도 터무니없는 일인 것 같았다.

"랜즈엔드요? 아, 랜즈엔드."

키가 크고 기운이 넘쳐 보이는 남자가 여자를 보고 고개를 끄덕였다.

"그러니까 이쪽 길로도 갈 수 있군요. 우리는 데번 남쪽에서 왔어요. 내일은 집으로 돌아가지요. 그래서 안됐지만, 다시는 만날 수 없을 것 같아요. 그것 참 유감이네요. 어쨌거나 이제 가봐야겠어요. 유익한 여행이 되시면 좋겠네요. 얘들아, 그만 가자."

검은 개들이 무리를 지어 시냇가를 떠나 내륙 쪽으로 이어지는 길 쪽으로 올라갔다.

"유익한 여행이라. 재미있는 사람들을 다 만나네."

"그러게 말이야. 인제 그만 바닷가 쪽으로 내려가자고. 나무 밑에 있다 보니 점점 으슬으슬해지기 시작했어."

나는 SWCP를 떠나 가파른 비탈길을 따라서 바닷가 쪽으로 향한 것을 금방 후회했다. 다시 말해, 우리는 이 길을 나중에 다시 힘들게 올라와야만 한다는 뜻이었다.

검은색 바위 위에 올라와 있는 반들반들하게 닳은 돌들이 바닷물이 빠지면서 함께 쓸려갔다. 태양이 따뜻하게 달궈놓은 돌들은 우리의 지친 근육까지 부드럽게 달래주는 것 같았다. 해가 막 지려고 했지만, 여전히 살갗을 태울 정도로 뜨거웠기에 우리는 관목숲 그늘 아래 자리를 잡고 앉았다. 바닷물은 주저하듯 천천히 흔들리며 조용히 뒤로 물러났다가 다시 어쩔 수 없이 되돌아왔다. 모스는 떨고 있었지만, 온몸이 불덩이 같았고 관절은 안 아픈 곳이 없었으며 메스꺼움을 느끼고 있었다.

"그러니까 말이야, 그러니까 만일 내가 죽어가고 있다면 어떻게 하지?"

"당신은 죽어가고 있지 않아. 그냥 일사병 증세일 뿐이야. 게다가 어쨌든 이제 오후가 되었으니 더 이상 일사병은 걱정할 필요는 없고, 그냥 차를 좀 마시면 나을 거야."

가만히 앉아서 어둠이 다가오는 것을 기다릴 수밖에 없다는 사실을 알게 된 후부터 모스는 계속 신경이 곤두서 있었다. 풀숲에서 들리는 바스락거리는 소리조차 두려운 적수가 다가오는 듯한 그런 느낌인 것 같았다. 우리는 그런 일이 갑자기 일어나지 않으리라는 사실을 알고 있었으며 아주 긴 내리막길을 따라 내려가야 그 끝에 닿게 된다는 사실도 알고 있었다. 우리는 모두 똑같이 신경이 곤두서 있었다. 나는 농장을 떠난 후부터 지금까지 배낭을 꾸리며 길을 떠날 준비를 하면서 계속해서 함께 아주 먼 길을 걷는 일이 우리에게 이런저런 문제들을 고민해 볼 수 있는 시간과 기회를 줄 것이라고 생각해왔다. 우리가 느끼고 있는 엄청난 상실감에 대해서 이야기를 해볼 수 있는 시간은 물론 피질기저퇴행 증상이 갉아먹고 있는 우리의 미래를 차분히 마주할 준비를 할 수 있는 기회였다. 그렇지만 실제로 길을 떠난 후에는 그런 생각은 거의 하지 않았으며 우리가 나누는 이야기의 주제는 대부분 먹을 것과 날씨 정도였다. 나는 마치 머리에 뭐라도 뒤집어쓴 것처럼 아무것도 보지도, 생각하지도 않고 그저 터벅터벅 길을 따라 걷기만 했으며 이따금 머리를 들어 흔들며 주변을 둘러볼 때도 마치 아무 일도 없는 것처럼 행동했다. 암흑 속에서 마치 기계처럼 한 걸음 한 걸음을 옮기는 일은 묘하게 나를 안심시켰고 나는 아예 생각 자체를 하고 싶지 않았다. 그렇지만 모스는 계속 고민을 하고 있었다. 한 가지 생각이 머리를 떠나지 않았던 것이다. 우리가 지금 하고 있는 이 일이 사실은 정말 어리석은 일이며 여기까지 온 건 무책임한 행동이 아닐까? 모스의 상태가 나빠지고 있는 건 분명한 사실이었다. 우리가 걷기를 시작하지 않았다면 이렇게 매일같이 근육을 갈아 넣는 듯한 고문을 겪을 필요가 없었을 것을. 나는 이제 가이드북조차 감히 들여다볼 수 없을 정도였다. 그저 흘끗 보기만 해도 얼마 지나지 않아 여정이 더욱 힘들어질 것이라는 사실을 알 수 있었기 때문이다. 내가 제안했던 이 미치광이 같은 여행 때문에 모스의 피질기저퇴행 증상이 더 악화된다면? 그건 모두 내 탓이 되겠지. 의사도 이렇게 말했었다.

"지나치게 피로한 일은 피하십시오. 너무 많이 걷지도 마시고 계단을 올라갈 때도 주의하시고요."

근래 들어 내가 생각한 계획이라곤 웨일즈를 떠나 어디론가 멀리 도망치는 것뿐이었다. 우리가 집을 잃었다는 사실, 우리 가족이 사방으로 흩어지게 되었다는 사실 그리고 모스가 병에 걸렸다는 사실을 그저 다 잊고 싶었다. 나는 언젠가 한 번 스티븐 호킹의 강연을 들은 적이 있었다. 호킹 박사는 이렇게 말했다.

"우리가 누구인지 말해주는 건 바로 과거입니다. 과거가 없다면 우리는 정체성을 잃게 되고 맙니다."

어쩌면 나는 내 정체성을 잃어버리려고 애쓰고 있는지도 몰랐다. 그래야 새로운 정체성을 만들어낼 수 있을 테니.

"오늘 프레가발린 먹었어?"

모스가 처방받은 이 약은 우울증 약이 아니라 신경의 고통을 덜어주는 약이었다. 약은 제대로 듣는 것 같았지만, 나는 그 약이 어떻게 고통을 덜어주는지 그리고 우울증에는 왜 효과가 없는지 잘 알지 못했다. 모스는 약을 먹으면 확실히 뭔가 더 둔해지는 것 같았다. 고통은 줄어들었지만, 모스다움도 함께 사라졌다.

"아니, 배기 포인트에서 마지막 남은 걸 먹어버렸거든. 그거 말해주는 걸 잊어버렸네. 당신이 약 더 갖고 있어?"

"아니. 약은 당신이 챙겼잖아."

"다 먹었다니까."

"아휴, 그걸 왜 진즉 말하지 않았어? 약이 더 있어야 해. 다시 웨스트워드 호!까지 걸어가서 버스를 타고 반스터플에 가야 한다고. 거기서 당신 의사가 처방전을 보내줄 수 있을지 봐야지."

어떻게 둘이서 똑같이 약에 대해서 그렇게 잊어버리고 있었을까? 생각을 해보니 승합차 뒤에 놓인 가방에 약을 챙겨두었다. 그걸 배낭에 넣기만 하면 되는데 그 천사들인지 뭔지를 만나느라 까맣게 잊어버리고 만 것이다. 내륙 쪽에 있는 어느 마을에서 조금만 둘러보면 약국을 찾을 수 있을까? 하지만 여기에서는 알 수 없었다. 패디 딜런의 이 대단한 가이드북은 사우스 웨스트 코스트 패스 전 구간이 나오는 영국 정부의 공식 지도가 딸려 있고 깜짝 놀랄 정도로 자세하게 많은 내용이 담겨 있다. 이 이상의 가이드북이나 지도는 생각할 수도 없을 정도였다. 그런데 단점이 있다면 내륙 쪽은 고작해야 1킬로미터도 채 표시되어 있지 않다는 것이었다. 지도 속의 우리 세상은 이 좁은 길만을 중심으로 하고 있고 왼쪽은 고작 1킬로미터 정도만, 그리고 오른쪽은 끝이 보이지 않는 바다로만 표시가 되어 있을 뿐이었다. SWCP에는 영국의 해안선 중 상당 부분이 포함되어 있는데 그중에서 사람을 찾아볼 수 없는 외딴 지역은 사실 몇 군데 되지 않았다. 그렇지만 바닷물이 짠 것처럼 한 가지 분명한 사실이 있다면 바닷가의 경우 결국 사람이 살 수 있어야 마을도 있고 편의시설도 있는 것이다. 또한 텅 빈 지갑에 제대로 머물 곳이 없는 우리 같은 사람들에게는 어디를 가든 고립된 기분을 쉽게 느낄 수 있었다.

"약은 차 안에 있어. 어디로든지 우편으로 부쳐달라고 할 수 있을 거야. 그러니까 클로벨리는 어떨까."

"그렇게는 안 될 거 같아. 잔은 8월 말까지 휴가를 간다고 했어. 당신이 말했던 것처럼 지금 내 증상은 그냥 일사병 증상이겠지. 차를 끓이고 뭐 좀 만들어 먹자고. 다 괜찮아질 거야."

"당신 그렇게 약 복용을 중단하면 안 돼. 그러면 퇴행이 더 진행되고 병이 악화될 수도 있어."

의사가 뭐라고 말했더라? "무슨 일이 있더라도 프레가발린 복용만은 중단하지 마십시오"라고 했었지. 퇴행 증상의 징후는 수없이 많지만, 우선 두통과 메스꺼움, 설사 그리고 심한 탈수 증세부터 시작된다. 그리고 급기야는 불면증과 근심, 우울증이 생겨나고 자살도 하게 된다는 것이다. 그나마 운이 좋을 때가 그 정도였다.

모스는 잘 먹지를 못했다. 쌀밥을 몇 숟가락 뜨는 둥 마는 둥 하더니 계속해서 물만 마셔댔다. 산울타리 뒤에 텐트를 칠 때쯤 되자 몸의 떨림이 눈에 보일 정도로 뚜렷해졌다. 모스는 배낭 한쪽 구석에 넣어두었던 깨끗한 티셔츠를 꺼내 입었고 나는 바위틈에 고인 물로 입고 있던 티셔츠를 빨았다.

칠흑같이 어두운 밤, 텐트 안에서는 아무것도 보이지 않았다. 달도 뜨지 않아 사물의 윤곽조차 알아볼 수 없을 정도였다. 뭔가 신음 소리가 들릴 때마다 나는 손전등을 켜고 잘 알 수 없는 상황을 살펴볼 수밖에 없었다. 어쨌든 내가 뭐든 어떻게 할 수 있는 일은 아니었다.

"물, 물 좀 더 줘."

전화 연락이 되는 곳은 한 곳도 없었고, 새벽 4시쯤이 되자 기온이 떨어지며 휴대 전화 전원도 나가버렸다. 도움을 청하려면 모스를 이곳에 남겨두고 내가 밖으로 나가 아무 집이라도 찾아봐야 했다. 나는 모스를 혼자 두고 가고 싶지 않았다. 나는 그저 손전등을 켠 채 아무런 의미도 없이 배터리만 낭비하고 있었다.

"이게 무슨 냄새야? 어디서 썩은 냄새가 나는데, 이게 뭐야?"

"난 아무 냄새도 안 나는데."

"아니야, 냄새가 나."

내가 맡을 수 있는 냄새라고는 빨아 널은 티셔츠의 세제 냄새뿐이었다.

"연꽃 냄새하고 멜론 냄새밖에 안 나. 그러니 이제 그만 자도록 해봐."

"썩은 냄새가 나는데."

나는 손전등으로 텐트 안의 물건들을 이리저리 살펴보았다. 익숙한 모습이 내 떨리는 마음을 조금씩 달래주었다. SWCP에 들어선 이후부터 이 초록색 텐트는 우리의 집이 되어 주었다. 매일 저녁이 되면 우리는 마치 의식이라도 치르듯 텐트를 치고 가지고 있는 물건들을 다 들여놓았다. 우선 저절로 부풀어 오르는 깔개를 깔고 그 위에 작은 플리스 담요를 덮었다. 그런 다음 침낭을 편 후 우리 발이 닿는 곳에, 그러니까 텐트 문 앞에 배낭을 들여놓았다. 우리는 배낭을 열어 작은 주머니에 따로 들어 있는 조리도구를 꺼냈고 옷가지들을 꺼내 추위를 막기 위해 텐트 바닥 여기저기 빈 공간에 깔았다. 그리고 텐트 문 지퍼 위쪽 지붕 부분에 달린 고리에 손전등을 매달았다. 이렇게 준비가 다 끝나면 비로소 차를 끓이기 시작했고 모스는 짧게 편집된 《베오울프》를 읽었다. 우리가 가져온 단 한 권의 책이었다. 뭔가 의식 같은 걸 치르고 싶어 하는 건 인간의 본성이 아닐까? 편안히 잠에 빠져들기 전에 안전한 주변 환경을 만들어두려 하는 건 인간의 본능이고? 우리는 그런 안전이 확보되지 않는 한 결코 진정으로 편하게 잠들 수는 없는 것일까? 바닷가 어딘가쯤에 세워놓은 이 텐트 안은 중추 신경 진통제를 먹지 못해 벌벌 떨고 있는 죽어가는 한 남자와 내가 기대고 매달릴 수 있는 유일한 곳이었다. 모스는 남용과 중독 가능성을 기준으로 미국에서 V등급으로 등록되어 있지만, 영국에서는 아직 특별한 기준으로 분류되어 있지 않은 약물의 금단 증상에 시달리고 있었다.

나는 모스 옆에 누워 떨고 있는 그를 진정시키려고 애를 썼다. 그렇게 손전등을 켰다 껐다를 반복하며 밤을 보내고 있으려니 200년 전 바닷가를 주름잡았던 밀수업자들과 접촉하는 장면이 상상되었다. 그러다 희미한 텐트 안으로 빛이 비쳐오기 시작하자 나는 결국 자는 것을 포기하고 일어났다. 모스는 마침내 편안하게 숨을 몰아쉬며 잠이 들었다. 나는 조용히 침낭에서 나와 텐트 문을 열었지만, 밖으로 나오려다가 가스스토브 받침대 다리 하나를 부러트리고 말았다. 어쨌든 밖으로 나왔지만, 당연히 밀수업자들이나 밀수업자들이 가져온 값진 화물 같은 건 어디에도 보이지 않았다.

모스는 9시가 되어서야 잠에서 깨어났다. 그때 나는 반창고로 부러진 가스스토브 받침대 다리를 붙이고 있었다. 모스는 이제 더 이상 몸을 떨지는 않았지만, 지독한 두통에 시달렸고 관절은 계속 쑤셔댔으며 어깨 통증은 한층 더 심해졌다. 나는 차를 두 번이나 끓였고 다시 시냇가로 물을 채우러 가야 했다. 뜨거운 차 한잔은 우리의 구명줄과 마찬가지였다. 우선 뜨거운 액체가 들어가며 곤두선 신경을 어루만져주는데 그 효과는 다른 무엇과 비교할 수 없을 정도였다. 그리고 지금 같은 경우는 비어 있는 위장을 음식 대신 채워주는 역할도 해주었다. 모스는 몸이 성치 않았고 나는 지금은 혼자서 텐트를 걷을 여력이 없었다. 누군가 와서 뭐라고 말을 하면 그때 짐을 정리해야겠다고 생각했다. 바위틈에 고인 물은 완벽한 세면대 역할을 해주었고 나는 샴푸로 옷을 문질러댔다. 고약한 냄새는 사라졌지만, 대신 옷이 마르면서 남아 있는 소금기 때문에 뻣뻣해지고 조금 끈적거리기는 했다. 나는 닳아서 너덜거리는 레깅스의 무릎 아래 부분을 손톱을 다듬는 조그만 가위로 잘라내 반바지를 만들었다. 그리고 다른 물건들을 모두 바위 위에 올려 햇볕을 쬐게 해주었다.

흔히 비드포드 블랙이라고 부르는 비드포드 해안 절벽의 석탄층은 마치 땅 근육의 일부처럼 쭉 늘어져서 그 끝은 바다까지 이어져 있다. 부드럽게 번들거리는 검은 석탄층 사이 좁은 틈새를 보니 잘 보이지 않는 움푹 들어간 부분에 바닷물이 고여 시커먼 웅덩이들이 만들어져 있었다. 햇빛이 물에 반사되었고 나는 손을 웅덩이 바닥까지 집어넣어 그 밑에 깔려 있는 공허하고 부드럽고 차가운 암석층을 느껴보려 했다. 그런데 거기에는 바닥이 없었다. 구멍은 저 깊은 곳까지 끝없이 이어지고 또 이어져 있었으며, 들어가면 들어갈수록 더 넓어졌다. 바닷가에서 흔히 볼 수 있는 조개나 게도 없이 그저 깊고 깊은 신비스러운 구멍만이 있었는데 그 안에 알 수 없는 또 다른 동굴과 미지의 생명체가 있을 것 같은 기분이 들었다. 내 발밑에 어떤 존재가 있을까 생각하니 나는 살짝 몸이 떨려왔다. 나는 바닷가를 돌아다니며 떠내려온 잡목들을 주어와 작게 불을 피웠다. 다시 저녁이 되어 날이 쌀쌀해졌을뿐더러 모스에게 뭐라도 먹여야 했기 때문이다. 모스는 침낭 안에서 몸을 떨고 있었다. 손전등 배터리를 낭비하며 또 이렇게 하룻밤이 지나갔다.

나는 아침 일찍 일어나 바닷가를 돌아다니며 불을 피우기 위해 나무들을 좀 더 주워 모았다. 바위 위에 있는 잎이 날카로운 분홍색 야생화 사이에 바닷물에 떠밀려온 나무며 플라스틱 조각들로 만든 엉성한 쉼터 같은 것이 있었다. 누군가가 그 안에 의자들을 몇 개 가져다 놓았고 해초들도 걸려 있었다. 나는 조개껍질이며 해초들을 가져와 소꿉놀이 비슷한 걸 하고 있었다. 그때 모스가 머뭇거리며 바위 위로 올라오더니 손에 찻잔

두 개를 아슬아슬하게 들고 내 쪽으로 다가왔다. 나는 찻잔을 받아들었고 우리 두 사람은 쉼터 안에 자리를 잡고 앉았다.

"레이너, 나 왔어. 우리의 새 집에 대해 어떻게 생각해?"

"정말 멋져. 나는 언제나 이렇게 환하게 빛이 들어오고 바다가 보이는 집에서 살고 싶었어."

"웨일즈에 돌아가게 되면 적당한 곳에 자리를 잡고 그냥 살게 해달라고 구청에 부탁해볼까? 아니면 그냥 여기 이렇게 살아도 괜찮고. 오두막을 하나 짓고 여기 바닷가에 사는 거야. 그러니까 내 말은 지금 하고 있는 여행이 끝나면 우리가 정확히 뭘 해야 하느냐는 거지."

"그건 나도 잘 모르겠어."

우리는 쉼터에 앉아 산울타리 그늘 아래에서 물새 떼를 바라보았다. 이리저리 움직이는 작고 아름다운 새들은 가슴 털은 희고 등에는 갈색 반점이 있었는데 검은색 바위와 해초 위를 가느다란 주황색 다리로 능숙하게 뛰어다니고 있었다. 단단하고 뾰족해 보이는 부리로는 뭔가 먹을 것을 찾는 듯 바위 틈새를 쪼았다. 남쪽이나 북쪽으로 가고 있는 중이었을까? 아니면 아예 여름 한 철을 여기에서 머물고 있는지도 몰랐다. 우리도 물새들과 함께 머물렀다. 몸이 좋지 않아 침낭을 뒤집어쓴 모스는 햇살 아래에서 꾸벅꾸벅 졸고 있었고 나는 불을 피우기 위해 잡목이며 마른 해초들을 더 많이 주워 모았다. 해가 지자 우리는 이제 더 이상 웨일즈를 볼 수 없다는 사실을 깨닫게 되었다. 웨일즈 땅은 우리에게 인사도 남기지 않고 어느새 사라져버렸다. 바다 건너 보이는 육지는 룬디섬이 전부였고 전보다 훨씬 더 가깝게 보였다. 모닥불이 사그라지면서 웨일즈도 사라졌다. 우리는 데번에 있는 어느 바닷가에 홀로 남겨졌다. 집도 없었고 다시 집을 얻을 수 있는 희망도 전혀 없었다. 남은 것이라고는 우리 두 사람의 육신과 사우스 웨스트 코스트 패스뿐이었다.

모스는 밤새도록 신음 소리를 내며 뒤척였고 점점 심해지는 관절의 통증 때문에 힘들어하다가 겨우 잠이 들었다. 프레가발린의 효과가 이제 완전히 사라져버린 걸까? 나는 누워서 그를 바라보았지만, 그는 잠에서 깨어나지 않았고 나도 결국 잠이 들었다. 모스는 한낮이 다 되어 일어났다. 어제보다는 좀 더 기운을 차린 듯 시리얼바 하나를 먹고 떠날 준비를 했다.

"더 이상 이곳에 머물 수는 없어. 먹을 것도 이제 하루치밖에 안 남았고. 클로벨리로 가자고. 거기 가면 분명 가게도 찾을 수 있겠지. 그리고 여기서 거기까지는 8킬로미터 정도밖에는 안 될 거야."

우리는 바닷가에서 다시 언덕 위로 올라가 SWCP를 찾았다. 또다시 오르막길과 내리막길이 정신없이 이어지는 험난한 길에 들어서자 모스는 금방 지치고 말았다. 벅스 밀스 마을에 있는 작은 가게는 우리가 도착하기 10분 전에 문을 닫아서 다시 숲속으로 향했다. 클로벨리까지 채 절반도 가지 못했지만, 우리는 걸음을 멈출 수밖에 없었다. 나무들 사이로 초록색의 무엇인가가 눈에 보였고 우리는 그 서슬에 놀라서 짐을 내던지고 덤불숲 아래로 몸을 숨겼다. 고개를 들어보니 들판의 풀이 무성한 곳에 전기 철조망이 있었고 그 밑에는 군인들이 이리저리 움직이고 있었다. 삼면이 나무로 둘러싸여 있지만, 한 면 구석만 거의 완벽하게 사람들 시야에서 벗어난 곳이었다. 우리는 텐트를 쳤다. 엄청난 허기를 느끼며 남은 식료품을 모두 다 먹어치웠지만, 통밀 비스킷 네 개만 내일 아침을 위해 남겨두었다. 어쨌든 내일이면 클로벨리에 닿을 테니 괜찮을 것 같았다.

7

굶주림

부드럽고 환한 빛을 받으며 나는 밖으로 나와 앉
았다. 또다시 맞이한 맑은 아침에 차 한잔과 마지
막 남은 비스킷으로 아침을 때웠다. 레깅스를 잘라
서 만든 반바지를 입고 있으려니 다리가 가려웠다.
바닷물에 옷을 빨았기 때문인 것 같았다.

"모스, 밖으로 나와봐. 차를 끓여놨어."

그때쯤 되니 정말로 다리가 가려워지기 시작했다.

"와, 당신 다리 좀 봐. 대단한데."

아직 머리가 아픈 것일까? 그래, 내 다리가 좀 근
사하기는 하지. 그렇지만 대단하다는 소리를 들을
정도는 절대로 아닌데.

"저것 좀 봐. 무당벌레야."

다리가 가려웠던 건 옷이나 몸에 남아 있던 소금

기 때문이 아니라 여기저기에서 기어 올라오는 무당벌레들 때문이었다. 자리에서 일어나보니 온몸에 벌레가 달라붙어 있었다. 아니, 내 몸뿐만 아니라 사방에 무당벌레가 없는 곳이 없었다. 텐트에도, 가스스토브에도 그리고 금방 자리에서 일어난 모스의 몸도 마찬가지였다. 무당벌레들의 작은 발은 마치 그대로 날아오를 것처럼 모두 하늘을 향하고 있었다. 우리의 몸을 밟고 첫 번째 아침 식사를 향해 움직이고 있었던 것이다. 평생을 자연 속에서 보낸 나는 무당벌레 어미가 진딧물들이 잔뜩 있는 곳에 수백 개의 알을 낳는다는 사실을 잘 알고 있었다. 그래서 무당벌레 새끼들은 알에서 깨어나면 바로 준비된 식사를 할 수 있었다. 그렇지만 그것들은 너무나 특별했고 이 반짝이는 붉은색의 경이로운 존재들은 숫자가 너무나 많았다. 단지 무당벌레 이상의 뭔가 특별한 의미가 있어서 우리에게 어떤 가르침을 줄 수 있어야 했다. 우리는 이른 아침에 자리에서 일어나 수백 마리의 작은 생명체가 날개를 펼치고 우리 손끝으로부터 처음으로 날아가는 모습을 지켜보았다. 이런 상황에서 과학이 무슨 의미가 있으랴. 나는 무당벌레가 행운을 가져다준다는 전설을 믿고 싶었고 장밋빛을 하고 점점이 날아가는 녀석들을 보며 그 행운을 나눠 받고 싶었다. 나는 모스에게서도 분홍색의 기운이 피어오르는 걸 보았고 기적이 일어난다는 사실을 믿고 싶었다.

"그게 말이지, 오늘은 기분이 아주 좋아."

"무당벌레 때문에?"

"아니, 내 생각에는 그 약을 그만 먹게 되어서 그런 것 같아. 마치 안개 속에서 방금 빠져나온 듯한 그런 기분이 들어. 정말로 고통스럽기는 한데, 약을 안 먹었을 때 어떻게 될지 한번 계속 지켜보고 싶어. 그냥 두통약이나 진통제는 먹어보고 싶지만, 그런 약을 먹더라도 정신이 더 맑아질 것 같아. 어서 빨리 클로벨리로 가자고. 가서 뭐 좀 먹자. 배가 고파 죽겠어."

"나는 아무래도 무당벌레들 때문인 것 같은데."

날씨가 갑자기 변하면서 나무들 사이로 사정없이 비가 떨어지기 시작했다. 자갈이 깔린 길인 호비 드라이브는 클로벨리까지 연결되어 있다지만, 길모퉁이가 끝도 없이 나타났고 아무리 모퉁이를 돌아도 클로벨리는 좀처럼 모습을 드러내지 않았다. 안 그래도 고픈 우리 배를 자극하는 것들이 사방에 널려 있었다. 심지어 곡식 창고에서 떨어진 낟알들을 주워 먹는 어린 꿩들까지 우리를 힘들게 했다. 제대로 먹지 못한 지 일주일이 다 되었지만, 나는 이제야 위장이 뒤틀리기 시작했고 머리까지 몽롱해지는 기분이 들었다. 저 꿩이라도 잡아먹을 수 있을까?

클로벨리는 전체가 사유지였다. 모든 집은 부동산 회사 소유이고 회사가 사람들에게 임대를 해주고 있었다. 회사를 경영하고 있는 건 300년 가까이 이 지역을 소유했던 가문의 후손들이었다. 클로벨리를 유명하게 만든 건 주로 그림처럼 아름다운 전원주택들을 통과해 항구까지 이어지는 자갈이 깔린 가파른 거리와 도로였다. 그렇지만 아무리 가도 그런 클로벨리는 나타나지 않았고 그저 길과 숲과 꿩들만이 나타나고 또 나타날 뿐이었다.

"그 영화에 나왔던 배우가 여기 살고 있다던데. 그 사람 아내는 운동 신경 퇴화로 죽었고."

"그것참 안됐네. 그런데 어떤 배우?"

"그거 있잖아, 왜. 랜즈엔드에서 스코틀랜드에 있는 존 오그로츠까지 걸어가는 영화. 그렇지만 물론 그 사람들은 집에서 간병인과 함께 지냈지. 우리처럼 SWCP에서 지내는 게 아니라. 나는 텐트 안에서 죽고 싶지는 않아."

"당신은 텐트 안에서 죽지 않아. 그런데 그 배우는 정말로 그 길을 다 걸었을까? 아니면 그냥 걷는 척만 하면서 촬영을 한 걸까?"

나는 내가 그 배우를 조금 부러워하고 있다는 사실을 깨달았다. 물론 사랑하는 배우자를 잃은 것이 아니라, 여전히 자기 집에 살고 있는 것이 부러웠다. 그 집 안에는 부부의 추억과 함께했던 삶이 고스란히 남아 있겠지. 그 배우는 두 눈만 감으면 아내가 의자에 앉아 책을 읽거나 창문 밖을 바라보는 모습을 그대로 떠올릴 수 있으리라. 그렇지만 나는 그렇게 할 수 없었다.

"당신은 우리가 이러고 있는 게 집을 잃은 노숙자가 아닌 척하려고 그러고 있다고 생각해? 우리에게 여전히 삶의 목적이 있다고 억지로 자위하고 있는 걸까?"

꿩들이 우리 앞에서 사라지더니 뒤로 가서 다시 모였다. 이제 배고픔은 더는 견딜 수 없을 정도였고 나는 머리가 너무 아팠다.

"물론 우리에게는 삶의 목적이 있어."

모스는 걸음을 멈췄고 뭘 보았는지 깜짝 놀란 것 같았다.

"저게 도대체 뭐지? 내가 지금 아직 제정신인지 한번 꼬집어 봐줘."

"아니, 저건 진짜 커다란 칠면조야."

"도대체 왜 저런 커다란 회색 칠면조가 숲속에서 꿩들과 함께 있는 건데?"

"그거야 나도 알 수 없지."

"자동차 휘발유 냄새가 나. 분명 이제 다 온 거 같아."

우리는 클로벨리 마을로 들어가려면 입장료로 1인당 6파운드 50펜스씩 내야 한다고 적혀 있는 표지판을 돌아 다른 쪽으로 들어갔다. 배낭 무게 때문인지 걷는 데 더 탄력이 붙었다. 눈앞에 보이는 가게는 그냥 평범한 가게가 아니었다. 관광객들을 상대로 아이스크림이나 군것질거리를 파는 비싸고 고급스러워 보이는 가게였다.

"음식이 필요하시면 식당 같은 곳으로 가시던가 아니면 관광 안내소 쪽으로 한번 가보세요."

우리는 항구 쪽으로 내려갔다. 이슬비가 내리기 시작했다.

"일단 어디든 현금 카드로 돈을 인출할 수 있는 기계가 있는 곳부터 찾아봐야겠는데."

여드름이 아직 가시지 않은 젊은 남자가 돌이 깔린 항구의 굽은 길을 따라 걸어오고 있었다. 술집에서 종업원이 입는 것 같은 그런 검은색 옷차림이었다. 남자는 엄청나게 큰 반달 모양의 코니시 파이를 먹고 있었고 너무나 배가 고팠던 나는 파이 부스러기라도 떨어지면 주워 먹기 위해 손을 뻗어야 하나 말아야 하나 고민을 했다. 아직 어린 친구니까 내가 뭘 하든 상관하지 않을 것 같기도 했다.

"저기요, 어디서 그런 파이를 샀나요? 가게에 갔더니 그런 건 하나도 없던데요."

남자는 냄새 나는 떠돌이 중년 여자가 말을 건 것에 조금 놀
란 듯 파이를 먹다 말고 우리를 유심히 쳐다보았다.

"관광 안내소에 가면 팔아요."

"우리는 음식점이나 선술집에 가려고 생각 중이었거든요.
그런 곳에 가면 음식값이 괜찮을까요?"

"아니오. 나도 선술집에서 일하고 있지만, 음식이든 술이든
다 비싸요. 심지어 종업원인 나도 돈을 내고 사 먹어야 하는 걸
요. 그래서 이렇게 출근하기 전에는 항상 관광 안내소로 가서
파이를 사지요. 음, 뭐 분홍색 머리를 한 아가씨가 종업원으로
있어서 그렇기도 하지만."

남자는 웃으며 이렇게 말했다.

"사정이 그렇군요. 아, 어쨌거나 좋은 정보 고마워요. 그러
면 이 근처에서는 적당한 선술집을 찾기가 어렵겠군요."

젊은 남자는 자신과 우리가 비슷한 처지라고 생각했는지 옆
에 있는 긴 의자에 앉았다.

"그러니까 말하자면요, 나는 여기서 잘 먹고 잘 사는 사람들
에게는 한 푼도 보태주고 싶지 않다 이거예요. 안 그래도 잘 사
는 부자들이니까. 여기 형편이 다 그래요. 마을 전체가 저기 언
덕 위에 사는 사람들 사유지 아닙니까."

"아, 그러면 그쪽은 여기 사람이 아니에요? 그나저나 살기에

는 괜찮은 곳 같은데."

"글쎄요, 부자 마을에 안 어울리는 문제이겠지요 뭐. 어쨌거나 나는 곧 군대에 입대할 예정이니까요. 곧 여기를 떠날 거예요."

"그래도 여기 살면 좋은 점이 훨씬 더 많을 것 같은데요? 음, 뭐랄까 한가롭고 여유가 있다고 할까? 물론 분홍색 머리를 한 아가씨도 있고요."

"아니오, 그 여자는 나를 무시하니까 어차피 상관없어요. 그래도 가끔 사냥을 하러 가면 재미있기는 해요. 여기 사는 젊은 남자들이 좋아하는 오락거리지요."

"사냥을 한다고요? 그러면 그 칠면조들이 뭔지 이야기해줄 수 있나요?"

"아, 숲속에 있는 칠면조들이요? 그걸 알고 있는 사람은 별로 없는데요. 칠면조를 놓아 기르는 이유는 꿩들이 함께 뭘 먹으러 몰려들거든요. 그래서 크리스마스가 되면 칠면조도 잡고 꿩도 잡고 일석이조가 되는 거예요. 각자 크리스마스 만찬 거리를 장만하고 위스키도 한 병씩 돌리지요. 우리 같은 사람들이야 하루 종일 숲을 돌아다니며 심부름을 하고 고작 수고비 5파운드를 받고 끝이지만요. 어쨌거나 이제 가봐야겠어요. 여행 잘 하세요."

"군대에서도 잘 해내길 빌게요."

나는 그 남자가 그저 단지 자신이 속해 있는 사회의 계층을 바꾸어 살아보려고 하는 것이 아닌가 하는 염려가 들었다. 그렇지만 그는 마치 인생이 자신을 위해 준비되어 있으며 그 인생을 잘 해쳐나갈 만한 능력도 갖고 있다고 생각하는 것처럼 보였다.

그때쯤 되자 우리는 손과 무릎으로 거의 기다시피 해서 언덕 꼭대기에 있는 관광 안내소에 도착할 수 있었다. 아침에 통밀 비스킷 하나만 먹고 하루 종일 버텨왔던지라 나는 머리가 빙빙 도는 것 같았다.

커다란 식당은 아주 그럴싸해 보였고 현금도 찾을 수 있었다. 우리는 방수 웃옷을 벗어 의자에 걸어 말렸고, 휴대 전화를 충전하며 가장 싼 음식을 골랐다. 분홍색 머리를 한 여자가 미안한 표정으로 우리를 바라보며 5분 전에 문을 닫았다고 알려주었다. 영업시간이 끝났으니 아무것도 팔 수 없다는 말이었다.

"아, 그러면 혹시 뜨거운 물이라도 얻을 수 있을까요?"

"음, 그건 잘 모르겠는데요."

여자가 어깨너머로 뒤를 돌아다보았다.

"그러면 그렇게 하세요. 대신 저기 봉사료 놓아두는 곳에 돈을 조금만 놓아두시고요."

"저기 있는 코니시 파이를 두 개만 살 수는 없는 건가요? 우리는 사우스 웨스트 코스트 패스를 걷고 있는 여행자들인데 먹을 게 다 떨어졌어요. 가게를 찾으면 뭘 살 수 있을 거라고 생각했었는데……."

"아니, 그건 안 돼요. 여기서는 음식을 살 수 없어요. 영업시간이 다 끝났거든요. 일단 자리에 앉아 계세요. 아까 부탁하신 뜨거운 물을 가져다드릴게요."

앉아서 물을 기다리는 동안 걸쳐놓은 옷에서는 김이 모락모락 피어오르기 시작했다.

"이제 어떻게 하지? 먹을 게 꼭 있어야 하는데."

옆자리를 보니 한 가족이 막 자리를 비우려고 하고 있었다. 그리고 손도 대지 않은 것 같은 샐러드 접시들이 그대로 놓여 있었다. 분홍색 머리 여자가 다시 돌아왔을 때 나는 그 샐러드 접시들을 집어올 수 있을 만한 용기를 끌어모으려고 하던 참이었다.

"사장님이 갈 때까지만 좀 더 기다리세요. 그러면 파이를 좀 싸드릴 수 있을 거예요. 사실 다 팔리지 않은 건 내다 버려야 하거든요. 그렇지만 그건 낭비잖아요. 그러니 그냥 가져가셔도 될 거예요. 이대로 아무것도 먹지 못하고 가시게 할 수는 없을 것 같아요. 우리 할머니가 어디서 먹을 것도 못 드시고 있다면 얼마나 곤란할까요. 어쨌든 옳은 일은 아니에요."

할머니가 뭐? 아니 내가 그렇게 늙어 보이나?

"고마워요. 정말 친절하시네요."

감사의 표시로 뭐라도 해야 하지 않을까?

"여기 와서 진짜 좋은 사람들을 많이 만나네요. 그, 선술집에서 일하면서 여기서 파이를 사간다는 젊은 남자도 얼마나 친절하고 말도 잘하는지."

"누군지 알아요. 그렇지만 그 남자는 군대에 입대한대요. 정말로 그렇게 가버리는 건 싫은데."

"그러면 말을 하는 게 어떨까요? 당신은 전혀 모르고 있겠지만, 내가 볼 때는 그 남자도 같은 기분일 것 같거든요."

"정말 그럴까요?"

"100퍼센트 확실해요."

우리는 파이가 든 봉지를 받아 나와서 입구에 있는 작은 매점에서 현금 카드로 돈도 얼마 찾고 퍼지 네 개와 이 지역 특산물이라고 하는 배로 만든 음료수도 한 병 샀다.

항구에서 만났던 젊은 남자 생각이 계속 머릿속을 맴돌았다. 나는 그 남자가 이 마을 사람들과 우리에 대해 어떻게 생각하고 있는지 이해할 수 있을 것 같았다. 넓은 농지 소작인의 딸로 자란 나로서는 그 남자에게 자기 자신이 누구인지 설명해 보라고 굳이 요구할 필요까지는 없었다. 사람들이 모두 마을 주인을 향해 허리 숙이는 모습을 보고 자란 아이가 있다. 마을 주인은 물론 그와 관련된 모든 사람들은 마을 위에 군림한다. 나는 남자가 보였던 경멸하는 듯한 태도에 공감했다. 나도 그런 시절을 겪었고 그 때문에 사회주의 운동에 참여해 인두세에 반대하고 버크셔주에 있는 미군 공군 기지에 핵탄두가 들어오는 걸 반대했다. 사실은 뭐든 반대하고 저항할 수 있는 건 다 참여했었다. 부모님이 나와 어느 농장 주인의 아들을 맺어주려고 했을 때 부모님의 간섭과 사회 체제에 대해 반항하는 기분으로 할 수 있는 한 힘껏 도망쳐 모스에게로 갔다. 자유는 우리가 가지고 있는 가장 중요한 권리라는 그의 신념을 따랐던 것이다. 엄마는 땅이 있는 남자와 결혼해 얻을 수 있는 안정된 삶을 포기한 나를 죽을 때까지 용서하지 않았으며 모스 역시 절대 가족으로 인정하지 않으셨다. 지는 해를 바라보며 숲속을 이렇게 걸으면서, 또 축축하고 시큼한 풀냄새를 맡고 있으려니 나는 엄마가 나를 보며 비웃던 모습을 생생하게 떠올릴 수 있었다.

"넌 분명히 후회하게 될 거다."

아니요, 엄마. 나는 후회 같은 건 안 해요.

숲의 가장자리를 따라가자 이번에는 확 트인 목초지가 나타났다. 어린 나무들을 둘러싸고 있는 철망은 이곳이 사슴 사냥터임을 알려주었다. 저 멀리 커다란 저택에서 나오는 불빛이 보였다.

"클로벨리 주인이 저녁 모임이라도 열고 있는 걸까?"

나는 따뜻한 방과 깨끗한 옷을 상상하고 있었다.

"질투하는 거야?"

"아니, 전혀 아니야. 여기다 텐트를 치자. 완벽한 곳이야."

"그런 것 같지는 않은데. 여기 주인이 아침에 고급차를 몰고 둘러보다가 우리를 보고 당장 나가라고 할 것 같아."

"그러면 아침에 일찍 일어나면 되지."

숲속에서는 부엉이들이 밤새도록 시끄럽게 울어댔고 나는 잠을 잘 수가 없어서 부엉이 숫자를 세어보기로 했다. 네 마리나 다섯 마리쯤 있는 걸까? 아니면 한 마리가 숲속을 빙빙 돌면서 울고 있는 걸까? 이곳의 주인은 커다란 저택에서 편하게 지내지만, 이런 기분은 느껴보지 못하겠지. 떡갈나무 가지 사이를 스치고 지나가는 부엉이의 날개 소리나 너도밤나무 껍질을 긁어대는 발톱 소리도 듣지 못할 것이다. 그렇게 편안한 침대 위에서 자고 있으면 쐐기풀의 달착지근한 냄새나 가시금작화의 톡 쏘는 듯한 냄새도 맡아보지 못할 거고. 그렇지만 그래도 그 사람은 편안한 침대가 있잖아.

내가 눈을 떠보니 모스는 이미 일어나 종이에 뭘 끼적이고 있었다.

"뭐 하고 있어?"

"고맙다는 인사말을 적고 있어. 괜찮은 생각이지?"

나는 돋보기를 찾아 쓰고 모스가 갈겨쓴 글을 읽어보았다.

"선생님, 선생님의 개인 사냥터에서 이렇게 편안한 하룻밤을 지내게 해주셔서 정말 감사드립니다. 친구들을 만나게 되면 꼭 선생님의 친절한 마음을 전하도록 하겠습니다."

"이걸 빈 음료수 병에 집어넣어 저기 철망 사이에 꽂아두려고 해. 그러면 아마 저 사람들도 알아보겠지."

"'아무런 흔적도 남기지 않는다'는 규칙은 어떻게 하고?"

"이건 쓰레기나 뭐 그런 게 아니잖아. 그냥 고맙다는 인사말일 뿐이야."

8시 반. 지금까지 맞이한 아침 중 가장 이른 시간이었다. 우리는 텐트에 들러붙은 무당벌레들을 털어내고 다시 길을 나섰다.

8

우 리 가 있 는 곳

점심 시간이 되기 전에 대략 6킬로미터를 걷고 나무에서 바로 딴 산딸기를 한 줌 먹고는 익을 것처럼 뜨겁게 달아오른 풀밭에 누워 있으려니 정말 방랑자라고 해도 너무도 당연한 것처럼 여겨졌다. 룬디섬은 이제 바로 우리 정면에 자리하고 있었다. 지금까지 며칠 동안은 섬을 향해서 걸어왔지만, 이제 곧 섬을 등지고 걷게 될 것이다. 우리가 방금 건너온 가파르고 좁은 협곡의 반대편에 있는 삼림 지대는 가파른 언덕을 지나며 잠시 사라졌다가 또 다른 시냇가를 따라 밑으로 이어지더니 우리가 앉아 있는 곳 근처에서 다시 나타났다. 사람처럼 보이는 두 개의 형체가 가시금작화며 고사리 그리고 쐐기풀들을 해치며 언덕을 기어오르고 있었다. 우리는 좋아하는 놀이를 시작했다. 다른 사람들이 우리처럼 고생하는 모습을 지켜보는 것이다. 사람들은 곧 시야에서 사라졌고 우리는 퍼지를 조금 먹었다. 아침에도 퍼지 그리고 점심에도 퍼지. 아마 저녁에도 퍼지를 먹게 되겠지. 땀에 절어 냄새가 나는 옷들은 다 말랐고 이제는 움직여야 할 시간이었다. 그때 보기 드문 일이 일어났다. 두 명의 배낭여행자들이 언덕마루 너머에 나타난 것이다. 배낭여행자들의 배낭은 꽉 차 있었고 장거리 여행을 하는 것처럼 보였다. 두 명의 젊은 남자들은 잠시 가던 길을 멈추고 신기한 듯 우리에게 어디까지 가는지를 물어왔다.

"랜즈엔드? 대단하네요. 여기서 같은 배낭여행자들을 만나다니."

두 사람은 배낭을 내려놓고 옆에 앉았다.

"그런데 전에 한 번 본 것 같은데요. 그레이트행맨 근처에서 야영을 하지 않았었나요? 그런데 어떻게 우리를 앞서갈 수 있었던 거지요?"

정말 우리는 어떻게 두 사람을 앞서갈 수 있었을까? 두 사람은 배낭을 이리저리 뒤지기 시작했다. 젊은 치기와는 전혀 상관없이 꼼꼼하게도 챙긴 짐이었다. 주머니마다 이리저리 포장한 온갖 물건들이 가득 차 있었고 배낭끈은 에어 캡으로 잘 감싸져 있었으며 침낭 밑에 까는 깔개도 배낭에 단단히 묶여 있었다.

"그런데 간밤에는 어디에서 야영을 했나요? 우리는 적당한 곳을 결국 찾지 못해서 관광 안내소 앞 잔디밭에서 잤거든요."

"사슴 사냥터에 텐트를 쳤어요. 부엉이들만 빼면 아주 근사하더군요. 그런데 그레이트행맨에 있을 때 네 사람 아니었던가요? 그렇게 기억이 나는데."

"그랬었지요. 한 사람은 울라콤에서 그만둔다고 해서 우리는 모두 그곳에서 이틀 정도 머물렀습니다. 그러다가 또 한 사람이 그린클리프에서 떨어져 나갔고요. 지독하게 날이 더워서 견디지를 못했거든요. 결국 웨스트워드 호!까지 되돌아가서는 반스터플까지 버스를 태워 보냈어요. 그렇게 또 다른 사람을 떠나보내고는 슈퍼마켓에 가서 배낭을 잔뜩 채우고 버스로 웨스트워드 호!까지 돌아와서 그린클리프를 처음부터 다시 지나와야 했습니다."

"그린클리프는 정말 지독하더군요. 우리도 거의 포기할 뻔했어요. 슈퍼마켓에 간 건 좋은 생각이었어요. 클로벨리에는 파이랑 퍼지를 빼고는 아무것도 먹을 게 없었거든요."

"이쪽으로 넘어오면서는 잠시 길을 잃고는 그만 가시덤불숲에서 꼼짝달싹 못 하게 되었지 뭡니까."

남자는 양말을 벗고 상처들을 보여주며 가시를 뽑았다.

"맞아요. 아까 봤어요."

젊은 두 남자와 함께 있으려니 분위기가 아주 훈훈했다. 자질구레한 일 따위에는 신경을 쓰지 않고 그야말로 마음 내키는 대로 인생을 즐기는 것 같은 그런 분위기였다. 나는 비슷한 또래인 우리 아이들에 대한 그리움으로 마음이 아파 왔다. 우리 아이들도 이 젊은이들처럼 이렇게 해맑게 지내고 있을까. 나는 눈물을 삼키며 남자의 상처를 소독약으로 닦아주고 밴드를 붙여주었다.

우리는 그렇게 뜨거운 태양 아래에서 1시간가량 이야기를 나누었다. SWCP에 대한 이야기들은 우리를 서로 편안한 분위기 속에서 하나로 묶어주었다. 조쉬와 애덤은 우리보다 며칠 정도 늦게 마인헤드를 출발했고 우리의 느린 발걸음과 두 사람의 일정 변경이 서로 묘하게 맞물려 이렇게 이곳에서 만나게 된 것이다. 조쉬와 애덤은 내일 부드에 들렀다가 집으로 돌아갈 예정이라고 했다. 그때쯤이면 우리는 이곳에서 몇 걸음, 아니 몇 킬로미터 더 남쪽에 있게 되겠지. 그리고 아마 다시는 두 사람을 볼 수 없게 되리라. 하지만 그런 건 별로 상관이 없었다.

"그런데 정말로 렌즈엔드까지 가실 거예요? 우리도 그럴 만한 여유가 있다면 좋겠네요. 빨리 집으로 돌아가서 아마도 사흘 안에 이사를 하게 될 것 같거든요."

"그래요. 애덤의 여자 친구는 애덤이 일주일만 나갔다 오는 거라고 생각하고 있거든요. 임마, 이제 너는 꽉 잡혀 살게 되는 거야."

"헛소리하시네. 그 정도는 아니야."

"분명 그렇다니까. 그것만 아니면 풀까지 갈 수 있을지도 모르잖아."

풀까지 간다는 건 여전히 불가능할 정도로 먼 길처럼 생각되었지만, 이렇게 이야기를 듣다 보니 좀 더 가까워진 그런 기분이 들었다.

"다들 재미있게들 사시네요."

우리는 커피와 즉석식품을 서로 맞바꾸었고 떠나는 두 사람을 배웅했다. 두 사람이 더 이상 보이지 않게 되자 우리는 천천히 그 뒤를 따라가기 시작했다. 한낮의 뜨거운 태양 아래 손에 손을 잡고 걸어가는 우리 두 사람에게는 돌아갈 집도 없었고 한 사람은 죽어가고 있었지만, 기묘하게도 땀에 절어 온몸의 수분이 다 빠져나가는 그런 순간에도 그럭저럭 조금씩이나마 행복한 기분이 느껴지기 시작했다. 그래, 재미있는 인생이다.

하틀랜드 포인트는 지질학자들이 아주 좋아할 만한 곳이다. 이 근처 바닷가의 바위 절벽은 수없이 변하고 또 변해왔지만 하틀랜드 포인트만은 다르다. 대략 3억 2,000만 년 전에 얕은 바닷속에서 만들어진 이 퇴적층은 모래와 이판암 그리고 이암으로 이루어져 있다. 약 2억 9,000만 년 전, 곤드와나 대륙판이 남쪽으로부터 이동해 북쪽의 로라시아 대륙판과 충돌하게 되었을 때 바리스칸 조산 운동으로 알려진 현상이 일어나며 거대한 바위들이 치솟게 되었다. 그 결과로 만들어진 것이 포르투갈과 스페인 서쪽 지역, 콘월, 데번 그리고 웨일즈와 아일랜드의 남쪽과 서쪽 지역의 산맥들이다. 하틀랜드 포인트의 절벽을 보면 사암층이 마치 V자 형태로 주름이 잡힌 채 겉으로 드러나 있다. 우리의 발밑에서는 엄청나게 오래된 역사가 여전히 살아서 움직이고 있었던 것이다.

그렇지만 내가 볼 수 있었던 건 거대한 막대기와 축구공이었다. 엄청나게 커다란 축구공이 막대기 위에 꽂힌 채 우리 앞에서 하늘 높이 치솟아 있었다.

"레이너, 정신 차려. 저건 레이더 기지야. 안내서에 그렇게 적혀 있다고. 항공기 운항을 통제하는 곳이래."

"좀 앉아서 쉬어야겠어."

"당신, 퍼지를 너무 많이 먹은 거 아니야? 내 생각에 우리는 당분을 너무 많이 섭취한 것 같아. 제대로 된 음식을 먹어야겠지만, 하틀랜드퀘이에 있는 호텔에 도착할 때까지는 그럴 수 없을 거야. 앞으로 매일 16킬로미터는 가야 하는데 우리가 과연 해낼 수 있을지 지금은 장담을 못 하겠어."

"곧 괜찮아질 거야. 아직 퍼지도 남았고 아까 받은 즉석식품
도 좀 있잖아."

나는 늘 장식용 깃발 같은 걸 좋아했었다. 행복하고 편안한
어린 시절의 운동회나 아니면 많은 사람이 떠들썩하게 모이는
야영장에 나부끼는 그런 장식용 깃발 말이다. 그렇지만 하틀랜
드 포인트 어느 구석에 있는 작은 찻집에 나부끼는 깃발은 내
가 지금까지 본 것 중에서 가장 완벽한 장식용 깃발이었다. 가
히 깃발의 오아시스요, 마음의 깃발 그리고 음식의 깃발이었
다. 예상치 못한 음식의 등장은 흡사 어느 날 아침 눈을 떠보니
그날이 자신의 생일이라는 사실을 깨닫게 된 것과 비슷했다.

"파니니 샌드위치가 하나에 4파운드인데 각자 하나씩 먹을
까 아니면 그냥 하나만 사서 나눠 먹을까?"

제발, 모스. 각자 하나씩 먹자, 제발.

"당신은 지금 뭔가를 먹어야 해. 그리고 언제 다시 이런 음식
을 먹게 될지 모르니까 이번에는 하나씩 먹자고."

모차렐라 치즈와 바질 그리고 토마토가 합쳐진 맛은 그야말
로 둘이 먹다가 하나가 죽어도 모를 천상의 맛이었다. 나는 축
구공 기지를 등지고 브리스틀 해협 너머 끝없이 드넓은 대서양

이 펼쳐지는 지점을 바라보며 자리를 잡고 앉았다. 이곳은 물결과 바람과 지각판 등이 원초적 혼란이 내지르는 포효 속에서 서로 충돌하는 야생 지역이었다. 시작과 끝과 난파와 산사태가 함께 공존하는 지역이었던 것이다. 난간에 서서 바라보니 산소를 가득 머금은 차가운 물기 속에서 빠르게 치밀어오르는 바람을 느낄 수 있었다. 나는 그렇게 올라오는 바람의 힘을 빌려 하늘 높이 날아올랐다. 난, 우리는 여전히 살아 있었다.

"다시 떠나볼까?"

무엇인가가 변하고 있었다. 무언가가 만들어지고 있었다. 아직 그게 무엇인지 정확히 알 수는 없었지만, 나는 무엇인가가 다가오고 있다는 걸 느낄 수 있었다. 우리는 왼쪽으로 방향을 틀어 남쪽으로 향했다. 나는 축구공을 멀리하고 계속 바다 쪽에 시선을 고정시켰다.

오르막길이 있다가 다시 내리막길이 나타났다. 나무들은 사라졌고 풀들은 얕은 땅에 뿌리를 단단히 박은, 짧고 다부진 모습으로 변했다. 대서양으로부터 불어오는 강한 바람에 맞서는 그런 모습이었다. 바다 쪽으로 튀어나와 있는 바위투성이의 땅들은 계속해서 협곡으로 이어졌다. 앞쪽에 불쑥 솟아 있는 바위는 암소와 송아지라고 불린다지만, 나는 그렇게 생긴 암소나 송아지는 한 번도 본 적이 없다. 암소와 송아지 바위는 등 뒤로 멀어질수록 점점 작아지면서도 그 자리에 남아 마치 친한 친구 같은 느낌을 주었다. 우리 앞으로는 바다 쪽으로 튀어나왔다가 다시 안쪽으로 들어가는 바위투성이 땅들이 계속해서 나타났다. 서쪽 하늘 높이 떠 있는 구름 사이로 해가 지자 사방이 어두워지기 시작했다. 우리는 어느 절벽 꼭대기에 풀이 짧게 자라 있는 평평한 땅을 찾아냈다. 사라지는 빛 속에서 어느 무너진 탑의 문을 통해 보이는 바다 건너 웨일즈 스토크처치의 또 다른 탑은 마치 액자 속에 들어 있는 사진 같았다. 우리는 그 무너진 탑 가까이에서 야영을 할까 생각해보았다. 거기라면 어느 정도 바람을 막아줄 것 같았기 때문이다. 그렇지만 어둠 속에서 탑을 바라보니 아직 단단하게 서 있는지 확신할 수 없었다. 그래서 그냥 텐트를 절벽 위에 쳤더니 대서양에서 불어오는 바람을 정면으로 맞게 되었다. 그렇지만 너무 피곤해서 더는 신경을 쓰고 싶지 않았다.

나는 엄청나게 쏟아지는 빗소리를 들으며 잠에서 깼다. 텐트 위에 덧대는 물막이 천 위로 빗물이 우레처럼 쏟아져 내렸다. 아직 잠이 덜 깬 듯 눈이 침침했지만, 빗물이 남쪽에서만 들이치고 있다는 사실은 알 수 있었다. 분명 바다가 있는 북쪽이나 혹은 서쪽에서 들이닥쳐야 할 것 같았지만, 비는 바다 쪽으로 트인 곳에는 내리지 않았다. 그러다 갑자기 비가 그쳤다.

비는 잠시 텐트의 뒤쪽에 쏟아지다가 그쳤다. 신기한 일이었다. 나는 텐트 밖으로 고개를 내밀었지만, 분명히 있어야 할 수상한 구름은 그 사이 순식간에 지나가 버린 듯 이제 하나도 남아 있지 않았다. 태양이 바다 위로 떠올라 이른 아침의 옅은 파란색 하늘 위로 치솟아 오르면서 그 주변이 선명하게 보이지 않았지만, 구름은 분명 어디에도 없었다. 그러나 그 수상쩍은 비의 근원은 주둥이에 잘난 체하는 표정을 하고는 동쪽으로 가고 있었다. 리드 줄 끝의 개는 그만하면 만족한 것 같았다. 나는 차도 끓이고 개가 싼 오줌도 씻어내고 싶었지만, 물이 충분하지 않았다. 나는 차를 끓이면서 텐트에 묻은 오줌이 빨리 마르기만을 빌었다.

아침이 되어 천천히 천천히 후들거리는 다리로 움직이다 보니 패디 딜런은 과연 초인이 분명하다는 확신이 들었다. 사실 개인적으로는 그가 특수부대 출신이라고도 생각했다. 아침에는 해초를 날것으로 먹고, 텔레비전에 볼 게 없어 심심하면 마라톤을 완주하며, 군복으로 잠옷을 대신하는 그런 사람 말이다. 그는 9일 정도면 이 근처에 도달할 수 있을 거라고 생각했던 모양이지만, 실제로는 17일이 걸렸다. 가장 조건이 좋을 때뿐만 아니라 가장 조건이 안 좋을 때에도 하루에 25킬로미터는 충분히 걸을 수 있고, 그러고도 멋진 경치를 보며 감탄할 기운이 남는다고 계산한 모양이었다. 또한 패디 딜런은 비가 오고 바람이 부는 날에는 "빨리 지칠 수도 있다"고 예상했다. 그렇다면 달아오를 것처럼 뜨거운 날에 걷는 건 어떨까? 최소한 물병을 채울 수 있는 시냇물은 충분히 있었으니까 그것도 좋은 조건에 들어가는 걸까? 어쨌든 가장 조건이 좋을 때 그 정도 거리를 걸을 수 있다는 그의 말은 딱히 틀리지는 않았다. 하지만 나무 한 그루 없이 사방이 트인 땅과 바닷물에 침식된, 험하기 이를 데 없는 바위산 그리고 하틀랜드 포인트에서 시작해저 멀리 수평선 너머의 희미한 회색 점까지 이어지는 해안선, 즉 밀수업자들의 천국이라 불릴 정도로 복잡한 해안선은 전혀 다른 이야기였다. 기온은 계속해서 올라갔다. 절벽 꼭대기에 이르러서는 그늘 한 점 찾아볼 수 없었고 내 두 뺨은 가죽처럼 뻣뻣하게 느껴지기 시작했으며 내 코는 세 번이나 허물이 벗겨졌다 새 살이 돋아나고 있었다.

그늘진 계곡 안으로 들어갔다가 나무로 만든 보행자 전용 다리에 올라서니 예상치 않았던 표지판이 우리를 반겼다. 케르노우. 이 지역 말로 콘월이라는 뜻이었다. 우리는 데번의 북쪽 해안을 걸어서 지나 저 멀리 지평선 너머 서쪽으로 뻗어 있는 새로운 땅에 접어들게 되었다. 우리가 또 다른 골짜기로 접어들었을 때는 이미 저녁 시간이었고 우리 머리 위로 이어지는 반대편 산길은 너무나 험난해 보여 서로 뭐라고 할 것도 없이 시냇가 근처 좁은 풀밭 위에 텐트를 치고는 30분가량 눈을 붙였다. 퍼지 여섯 조각을 먹으며 8킬로미터를 걸으니 오늘 하루가 마무리되었다. 나는 배낭을 만지작거리고 있는 모스를 떠나 시냇물 줄기를 따라갔다. 시냇물은 2미터쯤 아래 바위로 된 경사면을 따라 바다로 흘러가고 있었다. 나는 땀과 먼지로 범벅이 된 옷을 벗고 경사면을 따라 내려가 얼음처럼 차가운 시냇물이 위에서부터 폭포수처럼 떨어지는 곳에 올라섰다. 내가 서 있는 곳은 페퍼콤과 이어져 있는 바다였다. 하지만 열하루 전 쿰 마틴 이후로 이 근처에서는 좀처럼 깨끗한 물은 찾아보기 힘들었다. 모래와 소금기와 뭔가 냄새가 가시지 않는 것들이 바다로 함께 씻겨 들어가는 것 같았다. 내 피부는 빨간색 혹은 갈색으로 그을렸고 허물이 벗겨져 팔과 뺨 같은 경우 주름진 가죽처럼 변했으며 다리는 붉게 부풀어 올라 있었다. 머리카락은 바닷가 근처에서 자라고 있는 거친 잡초 느낌과 비슷했고 엄지발가락은 딱딱한 등산화 무게에 짓눌려서인지 두께는 절반가량 줄어든 것 같은데, 폭이 두 배는 더 넓어진 것 같았다. 바다로 뻗어 있는 절벽 끝자락의 들쭉날쭉한 모양의 바위는 강한 파도를 막아주어서 안쪽에 고여 있는 바닷물은 고요한 물웅덩이 같았다. 줄지어 늘어선 검은색 바위 틈새 뒤의 태양은 마치 가라앉지 않고 그대로 머물러 있는 것처럼 보였다. 파도는 바위에 부딪혀 부서지며 힘이 다한 듯 조용히 뒤로 물러섰다. 나는 다시 옷이 있는 곳으로 올라가 혹시 지나가는 사람은 없는지 확인했다. 닳아빠진 옷들을 다시 주워 입고 나니 어디선가 크리켓 경기에 대해 이야기하는 소리가 들리는 것 같았다. 텐트에서는 모스가 발을 바위 위에 걸친 채 다시 차 한잔을 마시며 라디오에 귀를 기울이고 있었다. 나는 라디오가 있으리라고는 생각조차 하지 못했다.

"그걸 어떻게 지금까지 짊어지고 온 거야? 그건 무게가 설탕 한 봉지만큼은 될 텐데! 당신 진짜……. 도대체 그걸 왜 가지고 온 건데?"

"그야 크리켓 경기 방송을 들으려고 가져왔지."

"하아, 그래."

나는 마음이 불편해졌다. 라디오는 이곳 풍경과 전혀 어울리는 것 같지 않았다. 마치 이제는 우리의 새로운 정체성이 되어버린 것 같은 야생의 세계에서 불청객 같은 느낌이었다.

"그래서 경기는 어떻게 돼가?"

"다섯 번 더 던질 수 있는데, 지금 조명등에 무슨 문제가 있다는군. 동점을 낼 수 있는 기회였는데, 아까워. 잘하면 이길 수도 있을 것 같은데 말이지."

우리는 텐트 옆 풀밭 위에 누워서 떼를 지어 날아가는 갈매기를 바라보았다. 그 경기는 결국 무승부가 되었다. 어쨌든 이번 오스트레일리아와의 대항전은 잉글랜드의 승리로 끝이 났는데도 해설자인 조나단 애그뉴는 그것조차 불명예스러운 일이라고 불만을 토로하고 있었다.

해가 거의 다 졌고 이제는 갈매기들도 낮에 그랬던 것처럼 크고 쉰 목소리가 아니라 조용한 소리로 울면서 날아갔다. 나직하지만 더 긴 소리였다.

"갈매기들은 어디로 가는 걸까?"

우리는 갈매기들이 우리 머리 위를 날아 절벽 가장자리로 향하는 모습을 지켜보았다. 갈매기들은 거기에서 다시 바닷가로 내려가더니 안쪽에 만들어진 조용한 물웅덩이 근처에서 다른 수백 마리의 갈매기들과 함께 어울렸다. 앞서 내가 보았던, 절벽 끝자락의 들쭉날쭉한 모양의 바위가 강한 파도를 막아주는 곳이었다.

"저렇게 있다가 잠을 잘 모양이지. 저기가 피난처인가 봐."

"여기도 안전한 피난처잖아? 할 수만 있다면 여기서 살아도 좋겠어, 나는."

모스는 잠시 아무런 말도 하지 않았다.

"다 끝이 나면, 그리고 당신만 괜찮다면 나를 다시 여기로 데리고 와도 괜찮아."

"그게 무슨 소리야? 이번 여행이 끝나면?"

"아니, 모든 게 다 끝이 나면."

모스가 내 옆으로 오는 것이 느껴졌다. 사라져가는 빛 속에서 그의 형체가 몸으로 느껴졌다.

"수영하러 갈까?"

바닷물은 차가웠지만, 깊은 곳으로 들어가니 어느 정도 온기가 느껴졌다. 어둠 속에서 그렇게 헤엄을 치고 있는데 모스가 그의 주위를 왔다 갔다 하며 조용히 움직이고 있는 회색 물체들을 밀어냈다. 달빛은 그 회색 물체를 뒤쫓다가도 이따금 악의 없는 호기심으로 모스 쪽을 돌아보기도 했다. 우리는 주위에 나타났다 사라지는 모든 것들처럼 그렇게 바닷물 속에 무중력 상태로 매달려 있었다. 이제 남은 것이라고는 바다와 달과 속살거리는 형체들뿐이었다.

갈매기들도 이제 검고 푸른 바닷물 위에 자리를 잡았고 차가운 밤공기 때문에 우리도 결국 텐트 안으로 들어왔다. 결코 이렇게 끝나지는 않을 거다. 우리는 결코 이렇게 끝나지 않을 것이다.

3부

머나먼 길

때로 신은 아직 그 운명이 정해지지 않은
불굴의 용기를 지닌 인간에게 호의를 베푼다.

- 셰이머스 히니, 《베오울프》

성직자이면서 시인이었던 로버트 스티븐 호커는
바닷가에서 부목을 주워 모웬스토 근처 절벽 위
에 위태롭게 자리하고 있는 오두막집을 손수 지었
다. 훗날 그 오두막집은 내셔널트러스트 소유의 사
적지 중에서도 가장 규모가 작은 곳 중 하나가 되었
다. 호커는 그야말로 콘월 지방 토박이로 고향 땅은
물론 그곳 사람들에 대해 뜨거운 애정을 품고 있었
는데 그의 시 〈서부인들의 노래〉에는 그런 마음이
잘 나타나 있다. 나로서는 왜 그 시에 나오는 것처
럼 수많은 콘월 사람들이 런던탑에 갇힌 트릴로니
라는 주교를 구하러 나섰는지 알 수 없었지만, 콘월
사람들이 어째서 자신들의 고향을 그토록 사랑했
는지, 또 호커는 왜 이런 척박한 곳에 손수 초라한

오두막집을 지었는지 어렴풋이 이해할 수 있을 것 같기도 했다. 바위와 바다와 하늘 한가운데 가시금작화 향기 가득한 이곳에서 호커는 자유롭게 상상의 나래를 펼칠 수 있었으리라.

그렇게 마음뿐만 아니라 몸도 자유로워졌던 것일까. 호커는 모웬스토 교구를 담당하는 성직자 신분이면서 자주색 외투에 분홍색 모자 그리고 노란색 망토를 걸치고 절벽 꼭대기며 오솔길을 마음대로 돌아다녔다고 한다. 적어도 옷을 멋대로 입는 점에서라면 호커와 나 사이에는 어떤 공통점이 있다고 해도 좋을 것 같았다. 그러면서 호커가 난파한 배에서 선원들을 구해내고, 죽은 사람들을 기독교 절차에 따라 장사지내던 시절에 그를 알고 지냈었더라면 좋았을 거라는 생각이 문득 들었다. 그의 오두막이야말로 지금의 이 찌는 듯한 무더위와 한없이 무너져버려 부목처럼 떠내려가고 있는 우리 인생에 대한 적당한 피난처가 되어줄 수도 있었을 것을.

호커가 살아 있었다면 우리에게 먹을 것도 좀 나눠주지 않았을까. 비상식량으로 준비한 퍼지로 버틴 지 벌써 이틀이 다 되어 가는데 몸 상태가 영 좋지 않았다. 두통과 어지럼증 그리고 허기가 끊임없이 이어졌다. 가던 발걸음을 내륙 쪽으로 틀면 모웬스토에 있는 식당에라도 들를 수 있었겠지만, 그렇게 하면 그나마 갖고 있던 돈을 얼마나 더 쓰게 될지 알 수 없었다. 그리고 이왕 비상식량으로만 버텨보기로 했으니 끝까지 그렇게 하는 게 최선일 것도 같았다. 어쨌거나 조금만 더 가면 제대로 된 마을이 있는 부드에 도착하게 될 터였다.

1.5킬로미터쯤 더 가서야 우리가 얼마나 멍청한 짓을 했는지 깨달았다. 다시 돌아가서 빈 물통을 채워야 했지만, 도저히 왔던 길을 되돌아갈 수는 없어서 결국 앞으로 나아갈 수밖에 없었다. 탁 트인 절벽 꼭대기로 쏟아지는 열기에 바싹 말라붙은 땅 위에서 올라오는 열기 그리고 눈부시게 푸른 바다에서 반사되는 열기가 합쳐지자 더는 견딜 수가 없었다. 어디에서도 바람 한 점 불어오지 않았고, 그저 숨이 막힐 정도로 뜨겁고 건조한 공기만이 우리를 질식시킬 것처럼 싸고돌았다. 우리는 마지막 한 모금 남은 물까지 다 마셔버렸지만, 열기는 계속해서 우리를 짓눌러댔다. 쓰러지지 않고 버티며 계속 움직이기 위해서는 그야말로 남은 힘과 의지를 있는 대로 다 쥐어짜야만 했다. 근처 어디에 개울이나 시냇가가 있을 법도 했지만, 눈에 들어오는 건 다 말라비틀어져 금이 간 땅바닥뿐이었다. 물을 마시고 싶다는 원초적 갈망 때문인지 이제는 허기도 잊어버릴 지경이었다. 우리는 그저 물이 마시고 싶었다. 그것도 지금 당장.

이런 바보, 멍청이, 얼간이들이 또 어디 있을까.

왜 돈도 충분히 준비하지 못했으면서 이 길을 걸어서 갈 수 있을 거라고 생각했을까. 법적인 문제를 제대로 처리하지 못하고, 가족이 살고 있는 집도 날리게 되었으면서도 왜 그저 어떻게든 될 거라고 생각했을까. 게다가 물도 채워 오지 않은 주제에 어떻게든 버틸 수 있는 척을 하다니. 물도 채워 오지 않은 주제에.

바보, 멍청이, 얼간이.

나는 분노에 가득 찬 채 울부짖으면서 빈 물통을 내던졌다. 어리석은 판단을 했던 우리 자신에 대해 화가 났고 그렇게 내려진 모든 잘못된 결정에 대해 화가 났다. 죽어. 그냥 죽어. 지금 당장 죽어버려. 하지만 그 죽음의 길에 나까지 끌고 들어가지는 말아 줘. 떠나려면 그냥 말없이 떠나. 내가 지난 몇 년 동안 얼음처럼 차가운 칼날이 다가와 내 심장을 도려내고 내 살과 뼈를 발라낸 다음 갈기갈기 찢어 내던지고 짓밟을 때까지 그대로 멍하니 기다리고만 있었던 일은 제발 더는 들먹이지 말아달란 말이야. 가버릴 거면 어서 그냥 가라고. 여기서 다 끝내버리자니까. 당신이랑 작별도 못하겠고 당신 없이는 살 수도 없어. 제발 떠나지 마. 아니, 어서 떠나버려. 나는 이미 죽은 목숨이야. 당신이 그 악마를 끌어들여 우리 가정을 삼키고 우리 아이들을 거리로 내몰았을 때 내 목숨은 이미 끊어진 거야.

그래, 죽음이 내게 찾아와 나를 구원해주겠지. 죽음이 당신에게서 나를 구원해줄 거야. 이제 더는 다 괜찮아질 거라고 말할 필요도 없어. 다 괜찮아질 거야. 다 괜찮아. 우리는 괜찮아. 이건 누구의 잘못도 아니니까. 우리는 고통과 연민 그리고 판사와 의사와 비열한 친구들에 대한 증오의 말들을 쏟아냈다. 물론 서로에 대한 패악과 저주도 잊지 않았다.

모스가 지고 있던 배낭을 내던졌다.

"덕풀 쪽으로 다시 돌아가야겠어."

"도대체 왜 덕풀로 돌아가야만 하는 건데? 왜? 도대체 왜?"

"지도를 좀 봐. 그쪽에 이렇게 굵은 파란색 선이 그어져 있잖아. 그러니 아직 마르지 않은 물길이 있을 수 있다는 거지. 강이나 개울이 있으면 내륙 쪽으로 800미터만 가도 사람이 사는 마을을 찾을 수 있을 거라고. 그러면 마실 물이든 뭐든 얻을 수 있을 거야."

나는 지도를 더 잘 읽는 그가, 항상 옳은 말만 해대는 그가 정말 미웠다.

"그리고 패디 딜런이 그쪽에 화장실도 있다고 했어."

뜨거운 열기로 인한 아지랑이 속에서 스티플 포인트가 언뜻 눈에 들어왔다가 다시 사라졌다. 스티플 포인트의 험준한 가장자리를 따라 이어지는 길 역시 잠시 보였다가 눈앞에서 사라져버렸다. 우리는 뜨겁게 달아오른 풀밭 위에 주저앉았다. 다리는 후들거렸고 가볍게 욕지기가 올라왔다. 더위에 탈진하기도 했지만, 눈에 보이는 풍광 탓도 있었다. 깎아지른 듯한 절벽을 따라 이어지는 길이 눈에 보일 듯 말 듯 했다. 분명 어디론가 이어지는 길이겠지만, 그곳이 어디든 거의 수직에 가까울 정도로 가파른 비탈길을 따라 내려가야만 했다.

우리는 뜨거운 열기와 바람 그리고 갈매기들을 따라 외줄을 타듯 저 바닷가 끝 돌출된 지점까지 뻗어 있는 길을 조금씩 나아갔다. 그렇게 가고 있으려니 길이 갑자기 가파른 경사면으로 이어졌고 그 경사면은 또 한참 저 아래에 있는 좁은 오솔길까지 연결되어 있었다. 우리는 한 걸음 한 걸음 옮길 때마다 한 줌도 안 되는 잡초를 움켜쥐면서 온 신경을 곤두세웠다. 발밑으로 돌들이 굴러떨어졌다. 다리가 후들거리고 무릎이 삐걱거리며 발끝이 짓뭉개지는 것 같은 시간이 얼마나 흘렀을까. 우리는 마침내 아래쪽 오솔길에 도착했다.

간이 화장실은 문이 잠겨 있었고 근처 개울도 물이 바짝 말라 있었다.

바보, 멍청이, 얼간이.

우리 두 사람은 배낭을 떨구고는 먼지가 날리는 땅바닥에 그대로 무너져내리고 말았다.

"아이스크림 먹고 싶지 않아요?"

굵고 거친 목소리가 마치 귀찮은 파리 떼처럼 머리 위에서 윙윙거렸다. 우리는 그냥 못 들은 척했다.

"물은 하나도 없지만, 그래도 아이스크림은 먹을 수 있을 겁니다."

모스는 간신히 기운을 쥐어짜 이렇게 대꾸했다.

"그래 맞아요. 아이스크림을 먹을 수 있겠지요. 그런데 어디서 아이스크림을 구합니까? 내 눈에는 아무것도 안 보이는데."

우리는 눈을 감은 채 늘어져 있었고 움직일 힘도 없었다.

"아이스크림 파는 트럭이 저기 위에 있는데요?"

우리는 천천히 몸을 일으켰다. 길 바로 저편에 아이스크림을 파는 트럭이 있었다. 그런 트럭이라면 으레 있는 음악이나 간판도 없이 그저 한 남자가 트럭 앞에서 아이스크림을 팔고 있었다.

"지금 남은 건 루바브 맛밖에는 없어요."

우리는 아이스크림 네 개를 샀고 아까 그 남자에게 고맙다고 인사를 했다.

"그나저나, 거기서 뭐 하고 있는 겁니까? 이 더위에 그렇게 커다란 배낭을 짊어지고 말이에요. 지금 여기는 기온이 38도나 되고, 좀 시원하다 싶은 게 34도인데요."

"마인헤드에서 출발해 랜즈엔드로 가요. 어쩌면 거기에서 좀 더 갈지도 모르지만."

그런데 뭐? 기온이 38도라고?

"아, 그렇군요. 그래요."

남자는 잠시 머뭇거리더니 하늘 쪽을 흘끗 한 번 보고 다시 모스를 위아래로 쳐다보았다.

"그러면 오늘 밤에 어디 머물 곳을 정해놓았습니까?"

"아니요. 텐트를 치고 야영을 할 겁니다. 원래 부드까지 가기로 했었는데 못 갔으니까 이 근처 어디에서 야영을 하게 되겠지요."

"정말이요? 나는 농가를 관광객에게 빌려주는 일을 하는데 여기서 20분 정도만 가면 됩니다. 그러면 농가 과수원에 가서 야영을 하시지요."

우리는 그랜트라는 남자가 모는 멋들어진 사륜구동 차의 뒷자리에 올라탔고 차는 높다랗게 자란 산울타리 그늘 사이를 통과해 바다 반대편, 육지 쪽으로 들어갔다. 사십 대쯤 되어 보이는, 키가 크고 여윈 몸집의 그랜트의 대머리는 햇빛 때문에 분홍색으로 번들거렸고 가느다란 분홍색 다리 끝에는 하얀색 양말과 샌들을 신고 있었다. 그는 아내 그리고 고용한 직원들과 함께 농가를 빌려주는 일을 하고 있다고 설명했다. 그는 우리가 SWCP에서 만났던 사람들에 대해 그리고 우리가 받았던 친절에 대해 대단히 관심이 가는 듯했다.

"파스타를 잔뜩 만들어두었으니 먹을 건 충분할 겁니다. 맥주도 있으니까 그걸 마시면 어떤 여행을 하고 있는지 나한테 털어놓을 마음이 들지 않을까요?"

그렇지만 우리 귀에 들어오는 소리는 오직 파스타와 맥주뿐이었다. 갑자기 지쳐서 풀려 있던 다리에 힘이 들어갔다.

사진에라도 나올 법한 완벽한 모습의 돌로 지은 집이 과수원 안에 서 있었다. 옆에는 시냇물이 흐르고 있었는데 거기에는 분명 시원한 맥주가 담겨 있으리라. 우리는 완벽할 정도로 매끈하게 다듬어진 풀밭 위 사과나무 아래 텐트를 쳤다.

"들어와서 몸들 씻으세요. 그 사이 난 맥주를 준비하지요."

적당히 오래된 듯한 멋진 집안에 들어서자 가슴이 먹먹해져왔다. 널찍한 벽과 낮게 가로지르고 있는 검게 그을린 대들보 그리고 벽난로까지. 마치 우리 집 현관문을 열고 다시 걸어 들어온 것 같았다. 뭔가 다른 걸, 다른 걸 생각하자. 상실감을 다시 묻어두려는 노력은 거의 육체적으로 씨름을 하는 거나 다름없는 일이었다.

"욕실은 저기 뒷문 쪽에 있어요. 볼일 다 보면 나와서 우리집 여자들을 만나보시구려."

나는 수도꼭지에 입을 대고 물을 들이켰다. 그런 다음에는 입을 벌린 채 머리 위로 물을 쏟아부었다. 머리에서는 구정물이 흘러내렸다. 나는 비싸 보이는 샴푸로 머리를 감고 또 감은 다음 몇 주 만에 처음으로 머리카락을 모발 영양제로 흠뻑 적셨다. 이제 조금 달라졌을까? 세면대 위 커다란 거울에 비치는 내 모습은 여전히 엉망진창이었다.

주방으로 가니 세 명의 아름다운 여자들이 우리를 맞아주었다. 나는 문득 이곳이 내가 잃어버린 우리집이 아니라는 사실을 절절하게 깨닫게 되었다. 나는 깜짝 놀랄 만큼 키가 큰 곱슬머리 여자와 악수를 나눴다. 그랜트의 아내였다. 그다음은 상아색 피부의 청순한 단발머리 여자로 집안일을 맡아서 한다고 했고 세 번째 나타난, 이 세상 사람 같지 않은 눈부신 금발 머리의 천사 같은 여자는 다른 잡무를 맡아 본다고 했다. 나는 어디를 보나 추레하고 꾀죄죄한 쉰 살 먹은 여자였으며 머리카락과 얼굴은 쭈그러진 가재 같았다. 그랜트는 하얀색 양말을 그대로 신은 채 식탁에서 맥주병을 땄다. 그런데 왜 저런 아리따운 젊은 여자들이 여기서 일을 하고 있는 걸까? 그랜트는 내 얼굴을 쳐다보더니 눈썹을 치켜올리며 맥주를 잔에 따랐다.

금발 머리 여자가 모스의 팔을 잡고 식탁 쪽으로 안내했다. 그리고 그의 접시 위에 파스타를 잔뜩 퍼주었다. 나는 맥주를 마셨다. 평소에는 맥주를 즐겨 마시지 않았지만, 그건 정말이지 태어나서 처음 맛보는 최고의 맥주였다. 나는 다시 차가운 얼음물을 마셨고 모스는 맥주를 세 잔째 마시고 있었다. 나는 파스타를 허겁지겁 입 안으로 퍼 넣었고 샐러드며 마늘빵도 마구 먹어치웠다. 그사이 다른 사람들이 이야기를 나누며 내게 음식을 더 권했다.

금발 머리 여자가 손을 모스의 어깨 위로 올려 이리저리 어루만지더니 그의 등을 안마라도 하듯 주무르기 시작했다.

"그랜트의 꾐에 빠져 여기 오기 전에는 운동하는 사람들 치료하는 일도 했었거든요. 안마 괜찮으세요? 어깨가 정말 많이 뭉쳤네요."

뭐라 할 사이도 없이 모스는 다른 방 소파에 가서 드러누웠다. 나는 계속 파스타를 더 먹었다.

"그러면 그랜트 씨 이야기도 좀 들어볼까요?"

그랜트는 뭔가 특별한 이야깃거리가 있는 게 틀림없었고 그게 무엇인지 금방 알 수 있었다. 그는 긴 이야기를 풀어놓았다. 십 대 시절 집을 떠나 작은 배낭 하나만 둘러매고 유럽을 걸어서 돌아다녔던 일. 가진 거라고는 빵과 치즈 조각 그리고 재치뿐이었지만, 어쨌든 이탈리아까지 갈 수 있었고 거기서 포도 농장을 찾아다니며 몇 년 동안 살았던 일. 헛간에서 자거나 노숙을 하며 포도주에 대해 알고 싶었던 걸 다 배웠던 일 등등. 그러다 그랜트는 마침내 고향으로 돌아와 여행을 하면서 만났던 사람들로부터 포도주를 대량으로 수입하는 일을 했고 많은 재산을 모았다. 그리고 아리따운 여자들을 유혹해 집안일도 맡기게 되었다. 물론 여자들이 여기 있는 건 그가 갖고 있는 포도주가 최상급이기 때문이었다.

그랜트의 아내가 자리에서 일어나 나가면서 이렇게 말했다.

"저 사람 하는 말은 그냥 무시하세요. 포도주에 대해서는 야간 학교를 다니면서 배운 것뿐이고 저 사람 아버지가 무역업을 하는 친구에게 소개해 줘서 그 일을 하게 된 거니까."

그랜트는 나가는 아내를 보며 눈을 굴렸다.

"나중에 일을 다 그만두게 되면 글을 쓰고 싶어요. 나는 내가 위대한 작가가 될 수 있다고 믿습니다. 어쨌든 내가 한 이야기는 꽤 그럴듯하지 않나요? 내가 생각할 때 모스는 말이지요, 그러니까 이번 여행에서 자신을 모스라고 부르고 싶다면 말입니다, 그 모스는 이번 기회를 아주 잘 이용할 수 있을 거예요. 아주 멋진 소재가 될 거라고 생각하지 않나요?"

나는 그랜트가 지어낸 이야기와 그가 어떤 동기로 그렇게 했을까 생각을 해보았다. 어떤 이야기를 할 때는 우선 다른 사람이 아닌 자신부터 그 이야기를 믿어야만 한다. 참으로 그럴 듯한 이야기라고 스스로 확신할 수 있다면 다른 모든 사람도 똑같이 생각하게 될 것이다. 그랜트는 자신이 지어낸 이야기 속의 주인공이 되고 싶었다. 인생의 온갖 역경 속에서 많은 고생을 했지만, 자신만의 재치와 노력을 통해 성공을 거둔 사람으로 말이다. 부유한 아버지와 그 연줄을 이용한 성공은 그가 원한 것이 아니었다. 우리가 만들어내는 이야기는 보통 자기 방어 의식에서 비롯된다. 일반 사람은 노숙자를 보면 거의 대부분 알코올과 약물 그리고 정신적 문제를 떠올리고 두려움을 느낀다. 처음 몇 번 어떤 사정으로 이렇게 오랫동안 먼 길을 걷게 되었느냐는 질문을 받게 되었을 때 우리는 아주 솔직하게 대답했다. 우리는 집을 잃은 노숙자지만, 그건 우리 잘못이 아니었다고. 우리는 그저 이 길을 걸으며 인생이 다시 어떻게 펼쳐질지 생각해보고 싶었다고. 사람들이 움찔하며 순간 헉 하고 숨을 들이마셨고 사방은 조용해졌다. 언제나 대화는 그렇게 갑자기 끊어졌고 사람들은 순식간에 가던 길을 가버렸다. 그래서 우리는 좀 더 사람들이 좋아할 만한 거짓말을 만들어냈다. 우리 자신과 그 사람들을 위해서였다. 우리는 집을 팔았다. 중년의 나이에 이르러 한번 모험을 해보고 싶었다. 바람이 부는 대로 그렇게 떠나왔는데 지금은 그 바람을 따라 이렇게 서쪽으로 가고 있는 중이다. 사우스 웨스트 코스트 패스를 다 걷고 난 뒤에는 어떻게 할 거냐고? 그건 우리도 잘 모르겠다, 그때 또다시 바람이 어느 쪽으로 부는지 살펴볼 생각이라고 대답하면 대부분의 사람들은 정말 대단하다 혹은 부럽다고 말을 하게 마련이었다. 이 두 가지 이야기에 차이점이 있다면 과연 무엇일까? 단지 한마디뿐이었다. 그렇지만 "잃었다"와 "팔았다"라는 말 한마디의 차이는 모든 것을 바꿔놓았다. 집을 팔아 그 돈을 은행에 집어넣었어도 집이 없는 노숙자가 분명한데 사람들은 부럽다고 말을 했다. 반면에 똑같은 노숙자지만 집을 잃었고 돈도 한 푼 없으면 사회의 최하층민이 된다. 우리는 집을 판 노숙자가 되기로 했다. 그렇게 하면 복잡한 대화를 쉽게 끝낼 수 있었다. 우리에게도, 다른 사람들에게도 두루 좋은 일이었다.

그리고 그렇게 거짓말을 반복할수록 비감스러운 기분도 덜 느끼게 되었다. 만일 우리가 스스로에게 그런 거짓말을 계속하게 된다면 우리가 느꼈던 상실감도 점점 사라지고 그러다 마침내 고통 없이 우리의 현실을 마주할 수 있게 되지 않을까? 어쩌면 나는 모스가 앓고 있는 병에 대해서도 비슷한 방법을 동원하고 있는지도 몰랐다. 아니면 혹시 나는 정말로 의사가 실수를 했다고 믿고 있는 것은 아닐까? 어느 쪽인지는 말하기 어렵다. 우리의 여정은 생각을 정리하고 앞날에 대한 계획을 세우는 시간이 되기보다는 명상의 시간, 공허한 마음을 오직 소금기 묻어나는 바람과 먼지 그리고 빛으로 채우는 그런 시간이 되었다. 우리의 한 걸음 한 걸음은 그 자체로 울림을 갖고 있었으며, 그 자체가 힘을 얻는 순간 혹은 실패를 경험하는 순간이 되기도 했다. 우리가 내딛는 한 걸음 한 걸음 그리고 계속해서 이어지는 걸음걸음은 그 자체로 이유이자 미래였다. 계곡 하나를 빠져나올 때마다 우리는 승리를 거둔 것이며 우리가 지내는 하루는 그 자체로 내일을 살아야 할 이유가 되어주었다. 소금기 머금은 공기를 가슴 가득 들이마시면 우리의 아픈 기억들이 씻겨나갔고 그로 인해 얻은 상처들도 조금씩 치유가 되었다.

"모스는 그의 진짜 이름이 맞고요, 그는 이번 경험을 소재로 무슨 글을 쓸 생각은 없어요."

"좋아요, 그럼 이건 우리끼리만 나눈 걸로 합시다. 파스타를 좀 더 드시겠어요?"

나는 그랜트가 잔에 적포도주를 따르는 걸 보면서 파스타를 먹었다. 짙고 풍부한 적색의 음료가 잔 안에서 소용돌이칠 때 그 향기만으로도 나는 머리가 빙빙 도는 것 같았다.

포도주 한 잔을 비우고 나서야 나는 비로소 그랜트의 아내뿐만 아니라 단발머리 여자도 사라졌다는 사실을 깨달을 수 있었다. 그랜트와 나는 다른 방으로 갔다. 모스가 상의를 완전히 벗은 채 소파 위에 누워 있었고, 금발머리 여자가 그의 등을 문지르는 동안 단발머리 여자는 발에 기름을 발라 주무르고 있었다. 그랜트의 아내는 의자 위에 앉아 디지털 사진기로 찍은 사진들을 넘겨보다가 다시 방 안의 모습을 사진으로 여러 번 찍었다.

"숙녀분들, 이 분은 내 손님인데 여기다 데려다 놨구먼! 나는 손님의 이야기를 듣고 싶은데 말이야. 아니면 자러 가기 전에 시라도 한 수 들어볼까?"

혹시 내가 포도주를 너무 많이 마신 건 아닐까? 어쨌든 모스 입에서 시가 한 수 나오려면 아마 받는 것보다 더 많은 시간이 걸릴 것 같았다. 모스는 몸을 일으키더니 티셔츠를 다시 입었다.

"시라니요? 지금 나보고 시를 읊으라는 건가요?"

"부끄러워하지 마세요. 우리는 다 알고 있으니까. 그리고 이제는 멋진 이야기에 어울리는 멋진 사진도 있지 않습니까."

"도대체 무슨 소리인지 잘 모르겠는데."

"신경 쓰지 마세요. 이리로 와서 포도주 한잔 드시고 이야기를 좀 들려주세요. 먼저, 선생 이름이 모스가 맞지요?"

"그야 당연하지요."

"좋아요, 아주 좋아. 그렇지만 이제부터는 그냥 사이먼이라고 부르기로 합시다."

"필요하다면 마음대로 하시지요. 어쨌거나 우리는 베풀어준 호의에 그저 감사할 따름이니까요."

"그러면 아까 찍은 사진을 내가 좀 써먹는 것도 상관없겠지요? 멋진 광고 소재가 될 텐데요?"

"멋지다고요? 꾀죄죄한 늙다리 남자가 소파에 앉아 있는 게 도대체 어떻게 포도주 사업 광고에 어울리는지 전혀 모르겠지만, 그것도 뭐 알아서 하쇼."

"자, 그러면 당신의 다음 계획은 어떻게 됩니까?"

포도주를 한 잔 더 마시자 사방이 빙빙 돌기 시작했다. 식탁에 머리를 기대자 잠이 몰려오기 시작했다. 모스는 두 잔째 포도주를 마셨고 나는 그랜트가 무슨 말을 하고 있는지 나 못지않게 모스 역시 전혀 알아듣지 못하고 있다는 사실을 알 수 있었다.

"부드, 그러니까 내일쯤 부드에 도착할 계획입니다. 그런 다음에는 보스캐슬로 갈 거고……, 그다음은 기억이 잘 안 나는 군요."

"그다음은 미낙 아닐까요?"

"미낙? 그게 어디 있습니까?"

모두들 서로 얼굴을 마주보고 웃으며 모스를 다독였다.

"아, 사이먼. 당신 정말 재미있어요. 계속하세요. 자러 가기 전에 우리에게 시 한 수 들려주시고요."

"음, 우리 아버지가 건설 현장에서 쉴 때마다 읊던 시가 하나 있기는 해요."

모스는 깊게 숨을 몰아쉬고는 의자에 등을 기대고 앉았다.

소년은 불타는 갑판 위에 서 있었다.

염소만 빼고는 모두 도망쳤다⋯⋯.

나는 이 시를 지금까지 이미 수없이 들었고 이제는 정말로 자고 싶었다.

"당신은 정말 대단해요. 이거야말로 아주 멋진 이야깃거리가 될 수 있겠어."

나는 과수원의 사과나무 아래 부드럽고 평평한 땅 위에서 순식간에 잠이 들었다. 우리는 사과가 텐트 지붕 위로 떨어지는 소리를 듣고서야 잠에서 깨어났고 그런 우리에게 그랜트는 베이컨 샌드위치가 주방에 준비되어 있다고 이야기해주었다.

모두들 돌아가며 모스와 함께 사진을 찍고 난 후 우리는 베이컨 샌드위치를 배가 터질 만큼 먹었다. 우리 배낭은 사과와

물로 가득 찼다. 그랜트는 우리를 다시 SWCP까지 차로 태워다 주었다.

"사이먼, 그래서 그 방에서는 무슨 일이 있었나요?"

"미안합니다만, 당신 과수원에서 있었던 일은 과수원 안에서의 일로만 묻어둡시다. 그리고 그보다 더 중요한 게 있는데, 사이먼이 도대체 누굽니까? 포도주를 꼭 위장이 아니라 그대로 머릿속에 들이부은 것 같군요. 그래도 그렇지, 참 기묘한 밤이었습니다."

"과수원에서 있었던 일은 과수원 안에서의 일로만 묻어두자고요? 그렇게 쉽게 어젯밤의 일을 잊을 수는 없……."

"그리고 시에 대해서 말인데, 당신은 그냥 갖다 붙이면 시도 되고 시인도 된다고 생각해요? 나는 아일랜드 사람인 우리 할아버지를 조금 닮았는데 어쩌면 그래서 아일랜드 출신의 방랑자 시인을 닮았는지도 모르겠어요. 거기 여자들은 내가 대단히 예술적인 손놀림을 갖고 있다고 생각하는 모양이었습니다만."

"우리 집 여자들이 뭐요……?"

"그리고 나중에 런던에 오게 되면 내가 다시 와서 자기 친구들에게 읽어주었으면 합디다."

"아니, 왜요? 글을 읽을 줄 몰라서요?"

"아니 시를 읊어달라는 뜻입니다."

"당신은 한 번도 제대로 시를 읽은 적이 없구먼. 그저《베오울프》나 아니면 당신 아버지의 그 염소에 대한 시를 빼고는 말이오."

"천만에. 나는 항상 시적인 감수성을 갖고 있는데."

"전혀 그렇지 않아요. 이런, 여자들이 그렇게 말하던가요? 당신이 시적인 감수성을 갖고 있다고?"

"당신이 생각하는 건 고작 거기까지군요. 나와 여자들 사이에 있었던 일들은 그보다 훨씬 더 수준이 높았습니다만."

"시인 양반, 당장 꺼져버려요. 아니, 시인 사이먼이라고 불러드릴까?"

"그런 오해 정도는 받아들이리다. 우리 시인들은 오해를 사는 데 아주 익숙하니까."

"헛소리!"

패디 딜런은 하틀랜드 퀘이에서부터 부드까지 하루만에 걸어갔다. 이 구간은 사우스 웨스트 코스트 패스 전 구간에서 가장 거리가 멀고 험난한 구간 중 하나로 우리는 사흘이 걸렸다. 그렇지만 어쨌든 우리는 해냈다. 우리를 이 길까지 이끌었던 모든 고난과 역경 속에서 살아남은 것처럼. 우리가 결코 견뎌낼 수 없을 거라고 생각했던 일들이 길을 걸어가면서 점점 그럭저럭 견딜 수 있을 만한 일들로 변해갔다. 물론 여전히 힘든 여정이었지만, 그래도 아주 조금은 견뎌내야 하는 고통이 줄어든 것 같았다.

그럼에도 불구하고 아침에 일어나는 일만큼은 여전히 힘이 들었다. 나는 아침마다 고통스러운 얼굴을 하고 텐트에서 기어 나왔다. 발목은 열이 나고 쑤시는 것처럼 아팠으며 마치 뼈들이 안에서 서로 부딪히며 닳아 없어지는 것 같은 그런 기분마저 들었다. 엉덩이도 아팠지만, 억지로 배낭을 짊어졌고 몇 킬로미터를 계속 걸으면서 엄지발가락에 대해서는 생각을 하지 않으려고 애를 썼다. 대신 내가 생각한 건 파스타였을까 아니면 적포도주였을까 그것도 아니면 모스가 받았던 안마나 베이컨 샌드위치였을까. 그런데 모스는 그날 아침에는 혼자 힘으로 텐트에서 일어나 걸어 나왔다. 모스는 빠르게 체중이 줄어가고 있었고 안 그래도 야윈 체형은 그 꼴이 점점 더 심해지고 있었다. 모스는 그 덕분에 단지 이전보다는 조금 더 수월하게 움직이고 있을 뿐인데 나는 기적을 바라고 있는 것은 아닐까?

마침내 우리는 SWCP를 따라 부드에 도착했다. 은행에는 돈이 들어와 있을 테니 슈퍼마켓에 가면 일주일은 버틸 수 있는 먹을 것들을 살 수 있다. 우리는 신선한 빵과 과일의 모습만을 상상하며 1시간가량 한눈팔지 않고 열심히 걸었다. 부드는 일프러콤의 분주함 같은 건 찾아볼 수 없는 아주 작은 마을이었다. 우리는 부드 외곽을 빙 둘러싸고 있는 SWCP를 따라 걷다가 현금 인출기가 있는 쪽으로 방향을 바꿨다. 나는 예상하던 만큼의 잔액을 기대하며 카드를 인출기에 집어넣었다. 그렇지만 이내 구역질이 날 만큼 속이 뒤틀리고 말았다. 11파운드. 어떻게 잔액이 11파운드 밖에 없을 수가 있지?

"이거 어떻게 해? 돈이 다 어디로 간 거야?"

"뭐야 이거. 아, 정말."

나는 인출기가 내놓은 10파운드를 받아 쥐고는 기계에 몸을 기댄 채 이 와중에 심장마비라도 일어나지 않기를 간절히 바랐다.

우리는 은행 직원에게서 들어오기로 된 금액은 정상적으로 들어왔지만, 대신 자동이체 되는 금액이 빠져나갔다는 설명을 들었다. 어떻게 자동이체를 취소하는 걸 잊어버릴 수 있었을까.

"자동이체 된 건 집에 대한 보험금인데 우리는 더 이상 그 집 주인이 아니거든요. 그러니 어떻게든 자동이체된 보험금을 되돌려 받을 수 있는 길이 없을까요?"

우리는 이렇게 사정을 했다. 당연히 그렇게 되지 않을 걸 알고 있었지만, 시도라도 해보지 않을 수는 없었다.

"죄송합니다만 그건 고객님과 보험사 사이에서 해결해야 할 문제입니다."

이런 바보, 멍청이, 얼간이. 어떻게 그런 일을 잊어버릴 수가 있어?

"그러면 혹시 이런 경우 보험사 방침에 대해 아시는 게 있을까요? 그러니까 보험금을 돌려받을 수 있을지요……."

당장은 무슨 방법이 없었다. 그리고 설사 그렇게 된다 하더라도 돈을 되돌려 받기까지 시간이 얼마나 걸릴지 모른다. 빌어먹을.

"죄송하지만 남은 1파운드도 인출해주시겠어요?"

남은 가구 몇 가지를 친구의 창고에 맡겨 두는 대신 팔아버렸어야 하지 않을까. 우리의 첫 번째 집으로 이사할 때 경매를 통해 장만했던 근사한 찬장을 처분했더라면 몇 파운드 정도는 더 건질 수 있었을 것을. 우리 가족의 지난 삶이 전부 담겨 있는 식탁은 또 어떤가. 아기였을 무렵의 로완은 다른 곳 말고 꼭 그 위에서만 잠을 잤고 또 아이들이 집을 떠나기 전 마지막으로 다 함께 밥을 먹었던 곳도 그 식탁이었다. 우리가 미래에 대한 계획을 세웠고 그 계획이 다 무너졌을 때 절망했던 곳도 그 식탁이었다. 그 식탁도 팔았어야 하지 않았을까. 아니면 아버지가 남겨준 의자나 모스의 가족사진들이라도. 그렇지만 우리는 그렇게 할 수 없었다.

"이제 뭘 어떻게 하지?"

나는 은행 밖으로 나와 벽에 등을 기대고 앉았다. 설움이 북받쳐 흐르는 눈물을 이제는 나도 더 이상 어떻게 할 수는 없었다.

"이제 다 끝났어. 돈도 없고 먹을 것도 없어. 게다가 돌아갈 집도 없어. 당신은 아프고 뭐라도 먹어야 해. 아아, 정말……. 도대체 왜 제대로 정리를 하지 못했을까? 이렇게 머저리 같은 실수를 하다니. 당장 당신을 여기서 끌어내서 어디 안전하게 쉴 수 있는 곳으로 데리고 가야 하는데. 이렇게 배낭이나 짊어지고 떠도는 부평초 같은 삶에서 끄집어내야 하는데, 어디로 가야 하냐고. 도대체 앞으로 뭘 어떻게 해야 하냔 말이야."

나는 더 이상 나 자신을 어떻게 주체할 수가 없었다. 나는 눈물 콧물을 다 쏟으며 몸을 떨었다.

"그리고 그 여자들, 그렇게나 젊고 아름다운 여자들 말이야. 나도 한때 그랬지. 당신이 나를 원할 때도 있었어. 당신보고 뭐라고 하는 건 아니야. 당신이 아니라 내가 문제지. 나는 뚱뚱하고 추하고 늙었어. 당신이 문제가 아니라는 건 나도 잘 알아. 그런데 당신은 왜 나를 더 이상 원하지 않는 거야?"

나는 제 설움에 숨을 헐떡이며 몸을 부르르 떨었다.

모스가 언제나 그랬던 것처럼 팔로 나를 감싸 안았다.

"그 방에서 무슨 일이 있었는지 당신도 다 알잖아. 나는 그냥 지금까지 경험한 것 중 최고의 안마를 받았을 뿐이야. 그 여자들은 그랜트라는 사람의 포도주 사업과 모임에 따라다니며 얼마나 재미있게 살고 있는지 말해주더군. 더 이상 바랄 게 없을 정도라고 했어. 그리고 회사의 인터넷 SNS에 써먹을 수 있을까 싶어 그렇게 사진도 찍자고 한 거고. 그 여자들이 정말로 그렇게 할 건지는 몰라도 이제 우리하고는 아무런 상관도 없는 일이야. 나는 그날 밤 그저 당신을 좀 놀리려고 했던 것뿐이라고. 당신이 신경 안 쓰는 척하는 모습을 보는 게 그냥 재미있었을 뿐이야."

"이 나쁜 놈아."

"나는 여전히 당신을 사랑해. 하지만 그저 더 이상 의욕이 없을 뿐이지. 아마 상황이 좀 달라지면 나도 새로 기운을 차릴 수 있을 것 같아."

"그런 일은 없어. 그때도 나는 여전히 추레하고 뚱뚱한 여자일 테니까."

"솔직히 말해서 당신은 살이 좀 빠졌어. 그리고 당신은 절대 추하거나 추레한 사람이 아니야."

"우리는 이제 계속 국수 가닥만 씹어야 할지도 몰라."

"알고 있어. 그렇지만 어쨌든 우리는 견뎌낼 거야. 만일 우리가 덕풀까지 갈 수만 있다면 우리는 뭐든지 해낼 수 있어. 그렇지만 그 전에 물부터 부족하지 않게 채워놔야 하겠지."

우리는 한 봉지에 20펜스 하는 국수를 일주일은 버틸 수 있을 정도로 잔뜩 사고 물도 충분히 준비해서 부드를 떠났다. 고급스러운 휴양지를 걸어 나와 은퇴한 여자들이 테니스를 치는 곳을, 그리고 이상한 모양으로 겹쳐져 있는 바위들과 바다 쪽으로 튀어나온 땅 위에 서 있는 어느 탑을 지나쳤다. SWCP는 이제 아주 멀게만 느껴졌다. 돈이 없으니 세상이 완전히 다르게 보였다. 엉겅퀴로 가득한 들판 한쪽 구석을 찾아냈을 때는 거의 해가 지고 있었다. 우리는 국수를 먹고 잠이 들었다.

부드에서 와이드머스 샌드로 이어지는 평탄한 길을 따라 모처럼 한가로운 기분으로 내려가다 보니 가시금작화와 엉겅퀴 사이에 뜬금없이 탁자 하나가 나타났다. 탁자 위에 있는 책들을 권당 10펜스에 판다는 것이었다. 우리에게 있는 읽을거리라고는 《베오울프》밖에 없었기에 그 책들은 대단한 유혹이었다. 낡아빠진 문고판 책들 중에서 모스는 《로빈슨 크루소》를 골랐다. 우리는 무인 판매대 상자 안에 1페니 동전들을 넣고 균형을 맞추듯 바닷가에서 주워 온 조약돌도 하나 집어넣었다. 그리고 물놀이를 하러 나온 사람들로 붐비는 바닷가를 향해 내려갔다.

뜨거운 물을 공짜로 주는 찻집을 발견한 우리는

반짝반짝 빛날 정도로 깨끗하고 냉방 장치까지 잘 돌아가는 찻집 안에 들어가 잠시 서 있다가 뜨거운 물을 얻었다. 그리고 밖으로 나와 티백을 하나 넣어 차를 우려냈다. 우리는 바닷가에 있는 가족들을 쳐다보며 휴대 전화의 남아 있는 선불 요금을 다 써서 보험사에 전화를 걸었고, 겨우 보험금 자동이체를 취소시켰다.

한 무리의 사람들이 해안선을 따라 다가오기 시작했다. 일부는 그냥 하릴없이 터덜터덜 걸었고 대단히 기운이 빠진 모습으로 절뚝거리며 걷는 사람도 있었다. 또 목적지가 분명한 듯 성큼성큼 걷는 사람도 있었는데 이들은 분명 본격적으로 장비를 갖추고 장거리를 가는 사람들이었다. 옷차림만 봐도 야외 활동에 최적화된 것뿐이었다. 주머니가 잔뜩 달린, 빨리 마르는 바지에 역시 같은 소재의 티셔츠 그리고 챙이 넓은 야외용 모자 등등. 짊어지고 있는 배낭은 가벼운 걷기용처럼 보였지만, 그래도 당일치기 여행자가 아니라 충분히 배낭여행자로 보일 수 있을 정도의 크기였다. 이 본격적인 분위기의 네 사람은 바로 우리 옆자리에 앉아 서둘러 돈을 꺼내더니 음료수를 사러 갔다.

"존, 좀 서둘러. 너무 시간이 오래 걸리잖아."

분명히 일정이 빠듯해 보였는데도 여행 동료에게 말할 때 그럭저럭 예의를 차리는 듯 보였다. 모스는 의자에 앉아 몸을 앞뒤로 까딱거리며 움직였다.

"안녕들하세요. 혹시 사우스 웨스트 코스트 패스를 걷고 있는 건가요?"

"네, 맞아요."

"대단하군요. 그런데 전 구간을 다 걷는 겁니까? 보니까 풀 쪽에서 오고 있는 것 같던데."

"그럴 수도 있고 아닐 수도 있고요."

그들은 탁자 쪽만 바라보며 고개를 돌리지도 않았다.

"존, 서두르라니까. 이제 가봐야 해."

자기를 무시하는 것 같은 분위기는 전혀 눈치채지 못하는 사람인 모스는 계속 말을 걸었다.

"그나저나, 배낭이 꽤 가벼워 보이네요. 하루에 몇 킬로미터 정도만 걷고 있나 보지요?"

"네."

그들은 어쩔 수 없다는 듯 대꾸했다.

"사흘 동안 페드스토에서 하틀랜드 퀘이까지 걸으려고요."

"아하. 그렇다면 오늘 가는 곳은……?"

"네, 하틀랜드 퀘이입니다."

남자는 우리 배낭이 있는 쪽을 슬쩍 바라보았다. 그리고 내가 입고 있는 더럽고 꾀죄죄한 옷도 보았다.

"그쪽은 당일치기 여행인가요?"

모스가 득의만만한 표정을 억지로 억누르는 모습이 눈에 훤히 보였다.

"아니, 우리는 마인헤드에서부터 왔어요."

"버스로요?"

"아니지요. 야영을 하면서 사우스 웨스트 코스트 패스를 걷고 있는 거니까요. 그렇게 랜즈엔드까지 가려고요."

나이가 좀 들어 보이는 남자가 우리가 옆에 있는 것이 불편한 듯한 기색을 노골적으로 비쳤다.

"이 정도 날씨라면 아무 상관없겠지요. 그렇지만 한편으로는 너무 무책임한 행동 같은데요. 날씨가 변덕이라도 부리면 그때는 어떻게 하시려고요?"

"겉옷을 하나 더 입으면 되지요."

"존, 시간을 너무 끌었어. 이제 그만 가자고."

우리는 네 남자가 바다 쪽으로 튀어나와 있는 땅 저 너머로 고개를 숙이고 박자를 맞춰 행군하듯 사라지는 장면을 지켜보았다. 우리도 그만 떠나기 위해 자리에서 일어섰는데 모스의 키가 조금 늘어나 있었다. 그는 내 배낭을 집어 들어 내 등에 올려줄 때 어깨를 조금 더 꼿꼿하게 폈다.

"우리는 도망가거나 숨지 않을 거야. 사실 우리가 이 일을 하고 있다는 것 자체를 스스로 아주 자랑스러워해야 한다고. 그러니 어서 출발하자."

"좋았어."

3킬로미터쯤 갔을 때 우리는 내 플리스 겉옷을 거기에 두고 왔다는 사실을 깨닫고는 옷이 그 자리에 그대로 있기를 바라며 다시 왔던 길을 거슬러 올라가야 했다. 찻집 종업원이 옷을 보관하고 있다가 건네주었다.

"우리 여종업원이 가져와서 나이 든 배낭여행자들이 두고 간 것 같다고 하더군요. 그나저나 참 대단한 일을 하고 계신다고 모두들 생각했습니다. 힘들 내세요."

우리는 의기양양한 기분으로 그곳을 떠났다. 우리는 그저 집을 잃고 떠돌고 있는 것이 아니었다. 우리는 분명 무엇인가를 해내고 있었다. 나이가 들었어도 우리는 할 수 있었다.

꼭 와이드마우스라고 발음해야 할 것 같지만, 실제로 지역 주민들은 와이드머스라고 부르는 곳을 지났다. 처음에 우리는 무아지경 속으로 들어가는 것 같은 기분이었지만, 이내 그저 고통만 느끼게 되었다. 앞쪽을 바라보니 길은 바다 쪽으로 돌출된 땅들이 끝없이 이어지는 지형 속을 통과하다 영원히 끝이 날 것 같지 않은 초록색과 파란색 속으로 사라지고 있었다. 파란색, 초록색, 파란색, 초록색. 혹은 초록 비슷한 색, 파란색, 초록색, 파란색, 파란색, 파란색, 초록색, 초록색, 파란색. 그리고 길은 초록색과 파란색이 올라갔다, 내려갔다, 올라갔다, 올라갔다, 내려갔다, 내려갔다, 내려갔다, 갑자기 올라갔다, 정말로 갑자기 가파르게 올라갔다, 정말로 아주 갑자기 가파르게 올라갔다 하는 곳 사이를 왔다 갔다 하고 있었다. 내려간다, 내려간다, 초록색, 파란색, 초록색, 올라간다. 텐트를 친다, 국수를 먹는다, 잠을 잔다, 텐트를 접는다, 고사리밭 안에 웅크리고 앉는다, 걷는다. 초록색, 파란색, 올라간다, 초록색, 내려간다.

크래킹턴 헤이븐은 한 폭의 그림처럼 아름다운 마을로 우리는 그곳에서 잠시 하릴없이 시간을 보내며 아침 10시에 두 여자가 차와 스콘을 먹는 걸 지켜보았다. 그 둘이 홍차에 곁들여 나온 스콘이며 끈적거리는 딸기잼을 다 닦아 먹고 일어났을 때 우리도 다시 길을 떠났다. 나는 실제로 먹지는 않지만, 가상 현실 속에서 뭔가를 먹는 식으로 체중 조절을 하는 방법에 대한 사업을 구상해보았다. 올라간다, 올라간다, 내려간다, 초록색, 파란색, 파란색, 초록색.

우리는 5시 5분 전에 보스캐슬에 도착해 야외용품을 파는 가게를 찾아갔지만, 모스가 가게 안으로 한 발을 들여놓기 전에 가게는 아슬아슬하게 문을 닫고 말았다. 결국 새 등산화 끈을 사지 못한 모스는 끊어진 끈을 대강 묶은 뒤 거리로 나왔다. 이 마을은 2004년 겪었던 대홍수로 세간에 널리 알려져 있는데 당시 가게와 자동차, 사람들이 다 쓸려 내려갔고 마을은 초토화가 되었다. 나는 이 마을이 새롭게 재건되어 아주 친절하고 다정한 곳이 되어 있으리라 생각했었지만, 실제로는 모두들 만약의 사태를 대비해 모래주머니를 나르고 있는 폐쇄적인 분위기가 감도는 곳이었다. 튀김 가게는 아직 영업을 하고 있었지만, 감자튀김 한 봉지를 사려고 해도 그 가격이 우리 예산을 훨씬 넘어갔다. 그래서 우리는 그냥 거리를 지나쳐 마을 바로 위에 있는 어느 오래된 언덕 위 요새 터로 올라가 야영 준비를 했다. 텐트를 치고, 국수를 먹고, 잠을 자고, 국수를 먹고, 텐트를 접고, 고사리밭 안에 웅크리고 앉았다가 다시 걷는다. 초록색, 파란색, 올라간다, 내려간다, 내려간다, 초록색.

패디 딜런은 아침밥으로 시금치를 먹고 거친 베옷을 입고 가시덤불을 잠자리로 삼는 대단한 인물이었다. 이건 틀림없는 사실이다. 왜냐하면 그는 부드에서 보스캐슬까지 불과 하루만에 걸어갔기 때문이다.

초록색 그리고 파란색. 이곳 바닷가는 지형이 대단히 험준할뿐더러 바위 더미들은 대서양의 위력에 대항이라도 하듯 그렇게 서 있다. 저쪽 바위벽에 둥근 구멍이 난 것 같은 곳을 여기서는 레이디스 윈도우라고 부르는데 그쪽으로 바닷물이 몰려왔다 몰려나가자 마치 레이디스 윈도우 자체가 이리저리 움직이는 것처럼 보였다. 덥고 축축하면서도 서늘하고 오싹했다. 바람이 더 강해지면서 어두운 구름이 서쪽으로부터 몰려들었다. 땀이 흘러내렸다. 올라간다, 내려간다, 초록색, 파란색. 나는 소변 때문에 덤불숲 안에 잠시 멈춰 섰다. 소변이 무슨 산성 용액이라도 되는 듯 따갑고 쓰라렸다. 다음에 소변을 볼 때는 소변이 아니라 피가 흘러나오는 게 아닐까. 파란색, 파란색, 초록색, 바위들.

슬리퍼 차림의 한 가족이 바위 위를 올라가려고 애를 쓰는 바람에 록키 밸리를 통과하는 줄이 만들어졌다. 빗방울이 떨어지기 시작하자 마치 기다렸다는 듯 전화가 왔다. 우리는 튀어나온 바위 아래로 몸을 피했다. 딸 로완이었다. 로완은 여름방학 동안 크로아티아에서 일을 하기로 했지만, 어쩌다 보니 베네치아에 머물고 있었다. 아마 거기에서 버스를 놓친 것 같다고 생각하는 것 같았다. 예전이었다면 우리는 물론 부모니까 딸의 안전을 염려해서 비행기 표를 구할 수 있도록 돈을 보냈을 것이다. 그렇지만 지금 우리는 그저 도움 안 되는 친구에 불과했다. 나는 바위 아래에서 비를 피하고 있는 쓸모도 없고 희망도 없으며 요령부득의 처지로 머나먼 타국에서 혼자 발이 묶여 있는 딸에게 말을 걸고 있었다. 로완은 제정신이 아닌 듯 끝없이 이야기를 늘어놓았다. 전화기 배터리가 다 되어간다는 신호음이 울리기 시작했다…….

"이제 괜찮아요. 버스가 왔어요. 버스를 놓친 게 아니고 그냥 버스가 늦게 온 것뿐이었어요. 엄마 제발 몸조심하세……."

나는 바위에 몸을 기대고 흐느꼈다. 모스가 나를 안아주며 내가 숨을 제대로 쉴 수 있을 때까지 머리를 토닥여주었다.

패디 딜런은 "카멜롯 캐슬 호텔은 무시하고" 그냥 앞만 보고 가라고 말했다. 그렇지만 지친 몸을 이끌고 틴타젤에 간신히 도착한 내게 호텔은 오아시스처럼 보였다. 모스는 호텔 입구 한쪽에 배낭을 내려놓고 물을 주문했다.

"당신은 몸이 안 좋아. 여기 그냥 있어. 내가 가서 야영을 할 만한 곳이 있는지 찾아볼게. 그리고 텐트를 친 다음 다시 당신을 데리러 올게."

"난 괜찮아. 그냥 물만 좀 마시고 잠을 자면 나을 거야. 당신과 같이 갈 거야. 그래야 당신을 돌봐주지."

"제발 그만둬. 나는 로완도 아니고 톰도 아니야. 우리 엄마 노릇은 그만두라고. 레이너, 나를 그냥 내버려 둬. 여기 그대로 있어.”

나는 소파에 널브러진 채 잠이 들었다. 나는 반쯤 눈을 뜬 채 내가 백마를 탄 기사를 보고 있다고 생각했다. 그리고 다시 잠이 들었다. 잠에서 깨어났을 때 모스가 돌아와 있었다.

“눈앞에 백마를 탄 기사가 있었어. 내가 정신이 나갔던 것일까?”

“글쎄, 그냥 꿈을 꾼 걸지도 모르지. 지금까지 아서왕에 대한 전설을 얼마나 많이 들었는지 생각해봐. 그나저나 저기 길 끄트머리에 야영장이 있어서 텐트를 쳐놨어. 어서 가자. 몸도 무료로 씻을 수 있어.”

“야영장에 갈 돈 같은 건 없어.”

“그건 나도 알아.”

서쪽으로부터 거센 바람이 어두운 구름을 헤치고 불어닥치더니 또 다른 구름을 동쪽의 데번 쪽으로 이끌고 왔다. 그렇지만 구름 속의 비가 떨어지기 시작한 건 한참 뒤의 일이었다. 나는 어둠 속에서 텐트 밖에 서서 야생의 자연을 그대로 마주했다. 폭풍우가 가져다주는 무아지경 속에 휘말린 채 함께 몸부림치며 끝이 없이 돌아가는 세상의 일부가 된 것이다. 나는 그렇게 대자연 속에 끝을 알 수 없을 정도로 구속되어 있다가 간신히 풀려났다.

나는 농부였고, 또 농부의 딸이기도 했다. 나는 땅과 한 몸이나 마찬가지였다. 8월이 끝나고 9월이 시작되면 나는 양떼를 들판 한쪽 구석으로 데려가 한 곳에 모아두어야 했다. 그리고 한 마리씩 붙잡아 거꾸로 뒤집은 다음 발굽을 정리하고 벌레들에게 시달리지 않도록 약을 뿌렸으며 숫양과 암양이 서로 짝짓기를 할 수 있도록 준비했다. 밭을 갈고 옥수수를 심을 준비도 했다. 겨울이 오는 것에 아랑곳하지 않고 8월부터 이듬해 봄을 위한 준비를 했다. 이제 나는 모든 관계로부터 그리고 나라는 존재를 규정하는 모든 것들로부터 단절되어 뿌리를 잃은 채 떠돌아다니고 있었다. 그렇지만 나는 여전히 내 예전 모습을 느끼고 있었다.

어린 시절 나는 들판으로 나가 암양과 갓 태어난 새끼를 데리고 오려 했다. 새끼를 안으면 암양은 그 뒤를 저절로 따라올 테니 둘 다 안전하게 우리로 데리고 가면 그만이었다. 나는 새끼 양을 들어올렸다. 그렇지만 그때 암양이 두 번째 새끼를 낳으려 한다는 사실을 알게 되었다. 그래서 나는 봄날의 축축한 풀밭 위에 드러누워 기다렸다. 구름이 머리 위로 빠르게 지나갔고 암양은 불과 몇 걸음 밖에서 새끼를 낳고 있었다. 그 사이 첫 번째로 낳은 새끼는 자기 힘으로 일어섰다. 나는 곧 나 역시 이 모든 자연의 일부라는 사실을 깨달았다. 땅속의 벌레처럼, 하늘의 구름처럼 나 역시 이 모든 자연의 일부였다. 이 모든 것들 안에 내가 있었고 또 모든 것들이 내 어린 머리 안에 있었다. 야생의 자연은 결코 아무것도 두려워하지 않았고 또 숨지도 않았다. 자연은 가장 안전하게 있을 수 있는 곳이었으며 필요할 때 내가 달려갈 수 있는 곳이었다.

우리 부부가 마련한 땅은 똑같은 것을 우리 아이들에게도 주었다. 아이들은 폭풍우 속에서 어린 묘목처럼 잠시 몸을 굽혔다가도 결코 부러지지 않은 채로 그렇게 자라났다. 뿌리는 단단히 박혀 있었지만 유연하면서도 또 강하게 바람 속에서 자유롭게 몸을 움직이면서 때로는 바람의 길을 따르기도 했다. 이제 우리의 땅은 사라졌다. 아이들은 땅으로부터 받은 것들을 그대로 간직하고 있을까? 나는 우리가 살던 땅을 잃었다는 그 현실에 얽매여 나마저 모든 것을 다 잃게 되지는 않을까 두려웠다. 풀밭에 앉아 머리 위로 젖은 구름이 무시무시한 소리와 함께 빠르게 지나가는 것을 바라보고 있을 때 위험천만하고 누구에게도 구속받지 않은, 야생의 힘을 간직한 바람이 나를 가득 채웠다. 폭풍우 속에 휘말린 채 버티고 있자 자연과 나의 관계가 다시 회복되었다. 우리는 다시 하나가 되었으며 나는 잃어버린 것들을 되찾았다. 이제 다시는 잃어버리지 않으리라. 나는 폭풍우였고 흙먼지였으며 검은머리물떼새들이 내지르는 높은 울음소리였다. 모든 겉치레들은 사라져가고 있었지만, 반면 힘의 근원이 다시 만들어지기 시작했다.

우리는 야영장 저 한쪽 구석에서 이틀 밤을 보냈다. 조금 몸이 약해진 것도 같았지만, 길을 떠나기에는 충분했다. 우리는 뒤도 돌아보지 않고 당당하게 야영장 입구를 걸어서 지나갔다.

틴타젤과 그곳을 중심으로 한 아서왕의 전설을 뒤로 남긴 채 우리는 물을 좀 더 마시기 위해 세인트 마터리아나 교회에 멈춰 섰다. 다시 전화가 왔다. 로완이었다. 로완은 런던의 한 광고 회사로부터 입사 제의를 받았고 당장 돌아와 주었으면 좋겠다는 연락을 받았다고 했다. 하지만 어떻게? 그런데 로완은 이미 런던으로 돌아오는 기차에 타고 있었다. 우리 딸은 자기 일을 자기가 알아서 처리하고 있었다.

11

살
아
남
기

점판암을 캐내는 채석장이 군데군데 보였다. 그
모습은 앞으로 다가올 것들에 대한 전조라고도 할
수 있을 것 같았다. 또한 인간의 욕심은 할 수 있
는 한 모든 것들을 다 가져가 버린다는 변하지 않
는 증거이기도 했다. 사람들은 심지어 채석장에서
나온 잡석까지 가져가 콘월 이곳저곳을 가로지르
는 담벼락을 만드는 데 사용했다. 웨일즈에도 이와
비슷하게 돌만 쌓아 세운 담벼락들이 있다. 웨일즈
의 경우 흙을 사다리꼴로 쌓아올린 후 그 위에 돌을
박고 담벼락 위에 풀이나 덤불이 자라는 식인데 이
를 클로드라고 부른다. 그렇지만 이곳에서는 먼저
얇은 돌들을 천의 씨줄과 날줄이 얽히는 것처럼 서
로 엇갈리게 쌓아올리는데 잡석들은 그 빈틈을 세

로로 메우는 용도로 쓰인다. 때로는 전체적으로 홑화살괄호가 여러 개 엇갈리는 형태가 되어 커지 모양 벽이라고도 부른다. 그런 모습들을 보고 있으면 또 다른 지역의 삶의 방식이 무엇인지 느낄 수 있게 된다. 사람들이 오랜 세월에 걸쳐 야생의 자연과 맞서 싸운 또 다른 방식을 볼 수 있는 것이다. 우리는 담벼락과 바다 사이 남아 있는 야생의 길을 따라 걸었다. 그 길은 우리의 것이었다.

얼마 가지 않아 길은 트레바위드 스트랜드의 좁은 입구 쪽으로 가파르게 이어졌다. 여기저기에서 하얀 구름도 보였지만, 폭풍우가 몰려오면서 바다가 무섭게 날뛰며 바위투성이 바닷가를 후려치고 있었다. 어느 작은 찻집에서는 감자튀김을 주먹만 한 봉지에 담아 1파운드에 팔았다. 우리에게 남은 돈은 5파운드 하고 75펜스였기에 두말하지 않고 튀김 두 봉지와 뜨거운 물 두 잔을 받아서 파도가 닿지 않는 곳에 서핑을 하러 온 사람들 사이에 자리를 잡고 앉았다. 로트와일러 개 한 마리가 몸을 일으키더니 목에 연결된 줄이 허락하는 범위에서 뒤로 물러났다.

길이 너무 가파르다 보니 코가 땅바닥에 닿을 것 같을 정도였다. 우리는 고기잡이 그물과 부표들이 가득한 공터를 지나 마침내 꼭대기에 도착해 커다란 파이를 먹고 있는 두 남녀와 마주쳤다. 순종인지 잡종인지 모를 그레이하운드 개 한 마리가 부스러기가 떨어지기를 참을성 있게 기다리고 있었다. 커다란 파이를 각자 하나씩 통째로 먹고 있는 두 사람 옆에는 엄청나게 큰 배낭들이 놓여 있었다.

"아, 배낭여행자들, 안녕하세요!"

남자는 우리에게 급히 인사를 하느라 파이가 목에 걸릴 뻔했다. 우리와 마찬가지로 이 근처에서 배낭여행자들은 거의 만나보지 못한 모양이었다.

"그쪽도 배낭여행 중이군요."

우리는 잠시 가던 길을 멈추고 이런저런 정보들을 교환했다. 두 사람은 틴타젤에서 출발해 일주일 동안 갈 수 있을 만큼 길을 걷는 중이었다. 어디로 가느냐는 질문을 받자 모스는 단호한 목소리로 랜즈엔드까지 갈 것이며 어쩌면 그보다 더 멀리 갈 수도 있다고 대답했다. 두 남녀의 놀란 모습에 한층 고무된 우리는 바닷가 북쪽 전체를 한 번에 가기로 했다. 마치 발에 용수철이라도 달린 것처럼 우리는 힘차게 걸었다.

우리는 확 트인 목초지를 통과했다. 하얗고 통통하게 생긴 버섯들이 보이기 시작했다. 골짜기를 지나갈 때는 아직 덜 익어 시큼한 산딸기도 드문드문 보였다.

콜리 개 한 마리가 고사리를 마주 보고 서서 짖고 있었다. 우리는 곁으로 다가가 친숙한 얼굴을 토닥였고 콜리는 다시 짖었다. 근처에는 아무도 보이지 않았다. 우리는 혹시나 개 주인에게 무슨 일이 생기지나 않았는지 걱정하며 절벽 꼭대기 근처를 둘러보았다. 그렇지만 아무것도 보이지 않았기에 우리는 그냥 가던 길을 갔다. 삼면이 가파른 비탈길로 둘러싸인 작은 바닷가가 보였다. 모래사장 위에 사람들이 몇 명 있었는데 그쪽으로 들어갈 만한 길은 보이지 않았다. 그렇다면 그 사람들은 배를 타고 바다 쪽으로 들어간 것일까? 그때 갑자기 어린 남자아이 하나가 모래사장 밑에 있는 덤불숲에서 개와 함께 튀어나왔다. 무슨 비밀 통로 같은 것이 있는 게 분명했다. 그렇지만 거기까지 찾아볼 힘이 남아 있지 않았기에 또 가던 길을 그대로 갔다. 깊은 골짜기를 들어갔다 나왔다 하다 보니 어느새 해가 지기 시작했고 하늘은 복숭앗빛, 레몬빛 그리고 포돗빛으로 물들어갔다. 우리는 바운즈 클리프 꼭대기에 텐트를 치고 하늘에 떠오르는 별들을 보면서 버섯이 들어간 국수를 먹었다. 갈매기들은 긴 밤이 오는 것을 알리듯 울어댔다.

텐트를 정리하고 있으려니 주머니가 많이 달린, 편리해 보이는 반바지를 입은 나이 든 사람들 한 무리가 우리를 향해 행진해오는 것이 보였다.

"마음의 준비를 해. 야영을 해서는 안 되는 곳에 머물렀던 것에 대해 아마 처음으로 한 소리 듣게 될 것 같아."

모스는 최대한 나이 든 사람들이 좋아할 만한 표정을 지었고 나는 딴청을 피우는 척했다.

"사우스 웨스트 코스트 패스로 가는 길이 어느 쪽인가요?"

얼굴이 빨갛게 달아오른 한 남자가 숨을 몰아쉬며 간신히 이렇게 물었다.

"지금 가는 이 길이 맞습니다."

"아니오, 이 길이 아니에요. 코스트 패스면 바닷가에 있어야 하잖아요. 우리는 지금 틴타젤로 가는 길인데…….."

"이 길이 맞다니까요. 이 구간은 바닷가가 아니라 절벽을 따라가게 되어 있어요."

"아니, 그러면 이런 언덕길이 계속해서 더 이어진다는 말이에요?"

"언덕이 여섯 개나 일곱 개쯤 있으려나요? 세어보는 걸 잊어버려서 잘 모르겠습니다."

"알려줘서 고마워요. 그러면 우리는 돌아갈 겁니다."

사람들은 방향을 바꾸었고 무거운 발걸음을 이끌고 투덜거리며 사라졌다.

"아니, 그러면 이름을 애초에 왜 그렇게 지었어? 절벽이라는 말을 왜 뺐냐고?"

포트 아이잭은 한때 어촌으로 흥했었고 아마 바닷가에 얼마
남지 않은 어선의 주인들은 여전히 이곳은 어촌이라고 말을
할지도 모르겠다. 그렇지만 자가용과 버스로 이곳에 몰려드는
수많은 관광객에게 이곳은 텔레비전의 인기 드라마인 〈닥터
마틴〉의 배경으로 더 유명하다. 우리는 수많은 사람이 몰려 있
는 좁은 거리를 헤치고 나아갔다. 마틴의 집을 배경으로 해서
사진을 찍으려는 사람들로 온통 북새통이었다. 그때 순종인지
잡종인지 모를 그레이하운드 한 마리가 갑자기 사람들 사이에
서 튀어나왔고 그 서슬에 휴대 전화며 아이스크림이 하늘로
날아올랐다.

"사이먼. 이봐요, 사이먼! 그 개 좀 잡아주시겠어요?"

모스가 개의 목덜미를 잡아채 꽉 잡고 있으려니 파이를 먹
던 남녀가 간신히 우리 쪽으로 다가왔다.

"당신인 줄 알았어요. 우리는 알고 있었다니까요."

"뭐라고요?"

"당신인 줄 알고 있었다니까요. 그 이름을 부르니까 대답을
했잖아요. 그렇지요?"

"전에 어떤 사람이 멋대로 나를 그렇게 부른 적이 있어서 그

랬을 뿐입니다."

"아, 물론 그렇겠지요. 그러니까 당신 어머니가 그렇게 부르셨겠지요."

"이봐요, 좀 그만하지 못하겠어? 도대체 사이먼이 뭐하는 작자야?"

"사이먼 아미티지 말이에요."

"그러니까 그 염병할 사이먼 아미티지가 뭐하는 작자냐고? 쿰 마틴에서 그 이름을 처음 들었는데 지금까지 그자가 누군지 모르겠다니까."

"아이고 맙소사. 정말 대단하시군요. 뭐, 계속 그렇게 숨기셔도 좋습니다. 그런데 우리 때문에 곤란할 수도 있을 것 같네요. 우리가 계속 당신 가는 길을 따라가고 있다는 걸 잊지 마세요."

모스는 그레이하운드를 두 사람에게 건네주었고 우리는 사람들 사이를 힘겹게 헤치고 마을을 벗어나 언덕 위로 올라가려다 나이 든 여자들의 무리를 만났다.

"사이먼, 사이먼! 마틴 집 옆에 서 있는 사진을 찍을 수 있을까요? 그러면 일석이조이니 얼마나 좋아요!"

"싫습니다."

"아, 사이먼. 아주 좋은 그림이 될 뻔했는데요. 어쨌거나 여행 잘 하시길 빌어요."

모스는 가시금작화가 피어 있는 가파른 길을 뒤도 돌아보지 않고 화가 난 사람처럼 성큼성큼 걸어갔다. 나는 그런 모스를 따라가다 결국 숨을 헐떡이며 그만 좀 멈춰 서보라고 말해야 했다.

"왜 그렇게 화를 내?"

"나도 잘 모르겠어. 나는 그저 그 사이먼 아미티지가 누구인지 알고 싶을 뿐이야. 도대체 그게 누구냐고."

쉴 새 없이 들려오는 파도 부서지는 소리와 함께 가시금작화와 돌 사이를 오르락내리락하는 것은 고통과 배고픔의 가락이었다. 이 가락은 다시 아픔과 목마름 안으로 녹아들어 마침내 부드럽게 잦아들기 시작했다. 바람이 파도를 가라앉히고 갈매기가 우리 앞길을 안내해주는 동안 배고픔도 목마름도 슬그머니 사라져버린 것이다. 포트 퀸은 어부들이 모여 살고 있던 곳으로 알고 있었는데 이제는 평소에는 쓰지 않는 주말 별장들이 모여 있는 곳처럼 보였다. 들리는 소문에 따르면 어부들은 자신들의 바닷가재를 잡는 어구들을 정원 장식품처럼 아무렇게 던져두고는 더 좋은 벌이를 찾아 캐나다로 떠났다고 한다. 우리 뒤로는 지나온 길이 수 킬로미터에 걸쳐 길게 늘어져 있었지만, 앞쪽으로는 또 다른 굽이와 또 다른 내리막길이 나타나며 짧은 구간이 연이어 분명하게 남쪽으로 이어지고 있었다.

우리가 콤 헤드에 도착했을 때는 이미 해가 뉘엿뉘엿 지고 있었고 9월의 햇살이 몰스섬을 물들이고 있었다. 영원히 하늘에만 매달려 있을 것 같던 황조롱이 한 마리가 조용히 저 앞에 있는 울타리 위에 내려앉았다. 초저녁 햇빛이 황조롱이의 등 뒤에서 황갈색으로 아른거렸다. 우리는 녀석을 방해하고 싶지 않았기 때문에 잠시 지나가지 않고 머뭇거렸다. 녀석은 마치 우리가 그러고 있다는 걸 알아차린 듯 하늘로 날아올라 한 바퀴 빙 돌더니 바로 우리 뒤에 있는 바위 위에 앉았다. 우리는 계속 가던 길을 갔다. 밭으로 쓰려고 개간해놓은 듯한 땅 가장자리가 야영을 하기에 적당해 보였지만, 땅 위에 그루터기 같은 것들이 남아 있을까 염려되어 그냥 계속 걸어가다가 결국 해가 완전히 저물 무렵에 럼프스 포인트에 도착했다.

아주 오래전에 요새가 있었다고 전해지는 이곳에서는 뒤쪽을 돌아보면 틴타젤이, 그리고 저 멀리 앞쪽으로는 대서양이 보인다. 만일 정말로 아서왕이 존재했었다면 당연히 이곳에다가 자신의 성을 세우지 훨씬 더 동쪽에 있는, 그러니까 지금은 장신구와 파이밖에 남지 않은 그런 땅에 성을 세우지는 않았을 것이다. 이곳에서라면 아서왕은 자신의 적들이 어느 쪽에서 몰려오든 다 알아볼 수 있었을 테니까. 어쩌면 이곳은 지금은 사라져버린 이야기들과 관련된 비밀의 장소일지도 모른다. 우리는 오래전 사람들이 흙으로 쌓아올렸지만, 지금은 풀이 무성해진 언덕 뒤에 사람들 눈에 보이지 않게 텐트를 쳤다. 근처에는 토끼들이 모여 살고 있는 것 같았다. 그렇게 텐트를 친후 럼프스 포인트 위로 올라가 보니 이제 해는 완전히 지고 오직 보이지 않는 색깔의 깊은 어둠만이 남게 되었다.

우리는 어둠 속에서 마지막 남은 국수를 먹었다. 물은 남아 있었지만, 이제 먹을거리는 하나도 없었다. 나는 토끼를 잡으면 어떨까 생각을 해보았다. 아버지와 나는 밭에 들어와 한 해 농사를 일주일 만에 망치는 토끼들을 수백 마리씩 잡아들이곤 했다. 우리는 그렇게 잡은 토끼들을 냉동시키고, 푸줏간에 팔고, 스튜와 파이와 꼬치와 파테와 스프와 샌드위치를 만들어 먹었다. 그야말로 토끼 고기라면 다시는 쳐다보고 싶지 않을 때까지 토끼를 먹었다. 나는 어둠 속에 누워서 토끼 올가미를 만드는 생각을 해보았지만, 설사 그렇게 토끼를 잡아온다 해도 요리할 기운도, 연료도 남아 있지 않았다. 나는 한밤중에 토끼들이 풀을 뜯어먹는 소리를 듣고 잠에서 깼다. 토끼가 내는 소리의 크기로 추측해보건대 몇 명이 먹어도 남을 스튜가 나올 것도 같았다.

사방이 분홍빛으로 어슴푸레하게 밝아오는 새벽에 토끼들이 사방에 나타났다. 텐트 바깥에는 방금 싼 토끼 똥이 쌓였고 내가 텐트 문을 열자 잔뜩 살이 찐 토끼 수십 마리가 눈앞에 보였다. 손만 뻗으면 그중 한 마리를 잡아 바로 솥단지에 넣을 수도 있을 것 같았다. 하지만 우리는 그냥 차를 끓였다. 모스는 주머니에서 실밥이 이리저리 묻어 있는 젤리 하나를 찾아냈고 그걸 반으로 나눠 먹었다.

럼프스 포인트를 떠나기 전에 뒤를 돌아다 보니 우리가 텐트를 쳤던 자리 밑에는 커다란 틈이 나 있었다. 흙더미가 무너지면서 토끼들이 다니는 길이 다 드러났는데 땅속에서 시작되어 바다를 향해 있는 절벽 한가운데로 이어지는 길도 있었다. 그렇다면 얼마나 많은 토끼들이 저 길을 따라가다가 바다에 빠졌을까? 그리고 얼마나 많은 토끼들이 바닷물에 휩쓸려 갔을까? 아니면 땅 밑으로부터 들리는 파도 소리가 점점 커지면서 그걸 듣고 미리 다 도망을 갔을까?

우리는 바다를 마주보는 자리에 떠난 사람들을 기리는 명판이 붙어 있는 곳을 지나게 되었다. 돋보기를 꺼내려니 너무 피곤해서 명판의 내용을 읽지는 않았기에 나는 그게 전쟁터에서 전사한 사람들을 위한 것인지 아니면 절벽에서 떨어져 죽은 사람들을 위한 것인지 알 수 없었다. 우리 입장에서 보면 사회에서 떨어져 나간 사람들, 희망으로부터 떨어져 나간 사람들, 혹은 삶 자체에서 떨어져 나가게 된 사람들을 기리는 명판일 수도 있었다.

물론 그 명판은 전쟁터에서 전사한 사람들을 위한 것이 틀림없었다. 자신에 대해 돌아볼 겨를도 없이 세상을 떠난 사람들이었다. 나는 배낭의 허리끈을 좀 더 단단하게 조이고 더 이상 아무 소리도 안 나오게 입을 꼭 다문 다음 묵묵히 걷기만 했다. 삶은 바로 지금 이 순간에도 흘러가고 있다. 우리에게 남은 건 우리의 삶뿐이며 우리가 정말 필요로 하는 것도 바로 그것뿐이었다.

SWCP가 폴지스로 이어졌다. 과거와 현재가 공존하는 이곳에는 건물들이 끝없이 늘어서 있었다. 새로 지은 건물, 확장된 건물, 재개발된 건물, 건물, 건물들. 우리 앞으로는 데이머만에서 록의 작은 부둣가까지 바닷가가 길게 펼쳐져 있었다. 바닷물이 빠져나가자 넓게 보였던 카멜강은 제트 스키나 모터보트나 지나다닐 법한 2차선 고속도로 정도로 좁아져 있었다. 우리는 부둣가에서 연락선을 타는 데 돈이 얼마가 들지 전혀 알 수 없었다. 다만 내가 손에 쥐고 있는 동전 몇 개로는 턱도 없을 거라는 것만은 분명했다. 그래도 배를 탈 수 있도록 기도를 하고 싶었다. 웨이드브리지에 있는 다리까지 그렇게 멀게 돌아가는 길을 걸어서 갈 수는 없을 것 같았다. 모스는 배낭을 내려놓고 모래밭 위에 앉았다.

"정말로 머리가 어지러운 거 같아. 그런데 언제 돈이 또 들어오지?"

"아마도 내일쯤? 나도 잘 모르겠어. 계속 물을 마실 수 있다면 어느 정도 버틸 수 있지 않을까?"

"글쎄. 그나저나 기분이 좀 이상한데."

그동안 체형이 어떻게 변했든 188센티미터의 모스가 아무것도 먹지 않고 계속 걸어갈 수는 없는 노릇이었다. 나는 다시 한번 내가 가진 동전들을 살펴보고 모래 언덕들을 지나 간이식당을 찾아갔다.

간이식당은 부모와 아이들 그리고 아이들이 가져온 장난감들로 터져나갈 것 같았다. 나는 가장 적은 돈으로 먹을 만한 걸살 수 있을지 판매대를 샅샅이 둘러보았다. 진열되어 있는 건과자 정도였지만, 내게는 최고급 음식처럼 보여 고민에 고민을 거듭해야만 했다. 나는 하나에 25펜스짜리 퍼지를 여섯 개 집어들었다. 냉장고를 열고 콜라 한 병을 집어들어 머리에 대고 있으려니 차가운 공기가 내게로 쏟아졌다. 아름다울 정도로 차갑게 응축된 축축한 공기였다. 나는 콜라를 다시 냉장고 안에 넣어두고 계산대 앞에 줄을 섰다. 줄이 너무 길어서 식당 입구까지 이어져 있을 정도였다. 계산대의 여자 종업원은 돈 계산에 집중하고 있었다. 아이들이 사방에서 뛰어다니며 시끄럽게 떠들어댔다. 줄은 좀처럼 줄어들지 않았다. 내가 서 있는 자리는 바로 식당 입구였다. 손에 쥐고 있는 동전들이 뜨겁게 달아올랐다. 나는 그냥 식당을 나오고 말았다.

나는 다시 모래밭을 건너 모스에게로 갔다. 아무 일도 없었던 것처럼 침착하게 그리고 조용하게. 그렇지만 내 머릿속에서는 도둑이라는 글자가 새겨진 신호등이 깜빡깜빡 빛나고 있었다. 도둑, 도둑, 도둑.

"모스, 부둣가로 가보자. 가서 연락선 타는 데 돈이 얼마나 드는지 한번 보자고."

모스를 부축해 일으키면서 나는 두려움에 좀 더 빨리 움직여야 한다고 생각했다.

"지금 뭘 먹을 거야?"

"아니. 부둣가로 내려가면 그늘이 있겠지. 그리고 기다리는 동안 물도 좀 얻어 마실 수 있을 거고."

모스, 그냥 빨리 좀 움직여. 도둑, 도둑, 도둑. 그래, 나는 결국 선을 넘었다. 전형적인 노숙자의 길. 더러운 꼴을 하고 배도 고픈 데다가 이제는 도둑질까지. 이 사회의 쓰레기 같으니.

"가면서 퍼지를 하나 먹어. 그러면 힘이 나서 더 빨리 걸을 수 있을 거야."

　부둣가에는 물을 마실 수 있는 곳이 없었다. 그렇지만 연락선은 한 사람당 2파운드가 안 되는 돈으로 탈 수 있었다. 그러면 다시 돌아가서 퍼지 값을 낼 수도 있었지만, 나는 동전을 꼭 쥐고 있다가 다시 지갑 속으로 집어넣었다.

　강어귀 건너편으로 패드스토가 보였다. 패드스토는 또 다른 흥미로운 마을로 역시 한때 어촌으로 번성했던 곳이다. 그렇지만 지금은 생선보다는 유명한 요리사 릭 스테인의 식당들로 더 유명했다. 버스를 타고 몰려온 관광객들이 부둣가에서 하고 있는 길거리 공연에 귀를 기울이고 있었다. 이 사람들이 음악을 들으며 먹어 치우는 대구 요리만 해도 북대서양에서 잡히는 대구의 절반은 될 것 같았다. 릭 스테인은 이 마을 전체를 다 손에 넣고 있는 것이 아닐까? 식당뿐만 아니라 튀김 가게에도, 선술집에도, 간이식당에도 그리고 심지어 빵집에도 그의 이름이 붙어 있었는데 사실은 거의 대부분의 가게들이 그와의 관계나 연관성을 강조하고 있었다. 우리는 부둣가 끝에 걸터앉아 다리를 흔들면서 젊은 길거리 연주자가 어느 유명한 락 발라드 곡을 부르는 걸 들었다. 그의 앞에 있는 기타 보관함 속에는 동전과 지폐가 가득 차 있었다.

"나도 기타를 가지고 올 걸 그랬나."

"그러게. 기타 치는 법부터 배워두지 그랬어."

"저 사람이 진짜 연주한다고 생각해? 내가 볼 때는 녹음된 걸 그냥 틀고 있는 거 같은데."

짭짤한 음식 냄새는 참을 수 없는 고문이나 마찬가지였다. 일주일 동안 국수만 먹었더니 입맛이 많이 떨어졌고 이제는 아주 조금만 먹어도 배고픈 걸 별로 느끼지 못했다. 그런데 이곳에 와서 제대로 된 음식들을 보고 있으려니 참을 수가 없어졌다. 그냥 보는 것만으로는 배고픔을 달래는 데 아무런 도움이 되지 못했다.

"그만 갈까? 더 이상은 못 보고 있겠어."

"혹시 모르니까 가기 전에 은행 잔고를 확인해보자."

"은행 잔고?"

남아 있는 은행 잔고는 32파운드 75펜스였고 오늘 인출할 수 있는 한도는 30파운드였다. 우리가 기대했던 48파운드는 아니었지만, 사라진 16파운드에 대해서는 신경도 쓰이지 않았다. 애초부터 32파운드가 남은 돈의 전부였다거나 혹은 오늘이 화요일인데 목요일로 생각했다거나 하는 것도 중요하지 않았다. 우리는 값진 보석이라도 되는 듯 지폐를 움켜쥐었다.

모스가 진통제를 더 산 뒤 우리는 감자튀김 한 봉지를 나눠 먹으며 부둣가로 향했다.

"맛이 어때?"

"좋아. 감자튀김 맛이야."

우리가 지나가자 뭐라고 혀를 차며 배낭에 대해 불평을 하는 사람들을 헤치고 어렵게 길을 가던 중 잠시 걸음을 멈추고 아이스크림을 하나 샀다. 우리 형편에 터무니없이 비싼 가격이었지만, 오늘은 그런 호사를 누리고 싶었다. 그런데 텅 비어버린 물병이 기억났다.

"감사합니다. 그런데 여기서 물을 좀 얻을 수 없을까요?"

"그건 안 되고요, 물은 사셔야 해요. 여기서는 생수를 따로 병으로 팔고 있어서 물을 그냥은 드리기가 곤란해서요."

물 부탁을 거절당한 건 이번이 처음이었기에 우리는 어안이 벙벙했다. 어느 선술집을 지나 부둣가 끝까지 간 우리는 화장실에 가서 물을 받고 마을을 떠났다. SWCP에 다시 들어서자 안도감이 느껴졌다.

우리는 하버 코브에 있는 모래 언덕 사이에 잘 보이지 않게 텐트를 쳤다. 개를 데리고 산책하는 사람들 눈에 띄지 않고 밀물이 몰려와도 닿지 않는 곳이기를 바랐다. 카멜강에 다시 물이 들어차기 시작했고 검은머리물떼새들이 아직 남아있는 모래사장 위로 이리저리 몰려들어 울어댔다. 바닷가 아래쪽에서는 제비갈매기들 한 무리가 조용히 몰려와 있었고 그보다 더 아래쪽에는 여전히 잔뜩 몰려 있는 갈매기들이 천천히 내려앉았다. 모두들 각자 선택한 영역 안에서 떠나지 않고 경계선을 이루고 있었다.

이제 9월이었다. 9시 무렵부터 본격적으로 어두워졌고 텐트에서 보내는 밤은 점점 더 길어지고 쌀쌀해졌다. 전에는 이런 모래밭 위에서 자본 적이 없었다. 바닥에서는 깜짝 놀랄 정도로 차가운 냉기가 올라왔다. 하지만 피할 수는 없었다. 나는 이미 입고 있던 긴 레깅스 위에 짧은 레깅스를 하나 더 겹쳐 입었고 거기에 위에는 속옷 두 벌, 긴팔, 티셔츠, 플리스를 입었으며 급기야 머리에는 모스가 이비자섬에서 사왔다는 삼베 모자까지 뒤집어썼지만, 사계절용 초경량 침낭 안에서 몸을 부들부들 떨 수밖에 없었다.

아침은 생각했던 것처럼 그렇게 빨리 오지 않았다. 나는 할 수 있는 한 재빨리 몸을 움직였지만, 털이 북실북실한 레브라도인지 스파니엘인지 아니면 테리어인지 알 수 없는 개 한 마리가 나보다 더 빠르게 움직여 모래 더미를 헤치고 가스스토브를 쓰러트리며 텐트 안으로 뛰어들었다. 텐트 안에서 가방들을 헤집던 녀석은 모스가 자리에서 일어나자 이번에는 모스에게로 뛰어들었다.

"여기는 네가 먹을 게 하나도 없단다."

개는 주인의 휘파람 소리를 듣더니 다시 몸을 일으켜 모래 자국만 남기고 텐트를 나갔다.

"여기는 야영장이 아니에요. 알 만한 분들이 그러시네. 공공 장소에서 이러면 곤란합니다."

"그래요. 실례했습니다. 좋은 하루 보내세요."

개 주인이 발을 쿵쿵거리며 사라지자 털복숭이 개도 그 뒤를 따라 뛰어갔다.

젖은 모래를 털어내려고 텐트를 흔들었지만, 오히려 안쪽에 덧댄 천 사이로 모래만 들어가는 꼴이 되었다. 그래서 결국 포기하고 텐트를 둥글게 접어 이른 아침 햇살을 받으며 그 자리를 떠났다. 바닷새들이 바다로 나왔고 개와 함께 산책을 나온 사람들은 아침을 먹으러 집으로 돌아가고 있었다. 스테퍼 포인트를 돌아나가자 바람이 다시 돌아온 우리를 환영해주었다.

건버 헤드 쪽으로 가로질러 가다 보면 스테퍼 포 인트는 그냥 놓치고 지나가기가 쉽다. 그렇지만 우 리의 발걸음은 본능적으로 SWCP를 따라갔고 그 렇게 이제는 우리의 탯줄이라고도 부르고 싶은 먼 지투성이의 길을 따라 서쪽으로 끌리듯 내려갔다. SWCP는 우리를 더 성장하게 해주고 야생 속에서 우리를 보호해주고 있으니 탯줄이라고 불러도 될 것 같았다. 트레보스 헤드가 눈에 들어왔다. 바다 쪽으로 튀어나와 있는 땅이 안개 속에서 끝없이 남 쪽으로 이어지고 있었다. 이제부터 우리가 가야 할 땅이었다.

버드나무들이 마치 나무로 된 벽이라도 되는 것 처럼 울창하게 자라고 있었다. 그 깃털 같은 가지들이 하늘을 쓰다듬었다. 그 모습은 더 동쪽에 있는 가시금작화나 고사리와 비교해 더 부드럽고 더 온순하며 더 따뜻했지만, 속으로는 굽히지 않는 강력함이 존재하고 있음이 느껴졌다. 부드러운 산들바람에도 그리고 강력한 돌풍에도 버드나무 가지들은 그저 유연하게 흔들리기만 할뿐이었다. 나무들 사이에 파묻혀 있는 긴 의자 위에 누더기 더미가 보였고 옆에는 소지품이 가득 들어 있는 슈퍼마켓에서 쓰이는 수레가 있었다. 그 위로는 파리 떼가 앵앵거렸다.

비닐봉지를 뒤집어쓰고 있는 한 나이 든 남자가 있었다.

남자는 움직이지 않았다. 그 모습은 마치 까마귀 떼가 뜯어먹고 파리 떼가 날아와 알을 까고 거기에서 구더기가 자라면서 자연의 일부로 돌아가는 숲속의 죽은 토끼 같았다. 우리는 의자 옆에 멈춰 섰다. 그리고 남자의 옆자리가 우리 자리라는 생각을 했다. 이 세상 속에 남아 있는 우리 자리. 자연의 일부로 썩어 들어가는 길에 이미 한 발을 내딛고 있는 우리 신세.

"꺼져."

남자는 아직 죽지 않았다.

"뭐 좀 도와드릴까요? 빵이 좀 있는데요."

"꺼지라니까."

"아니면 초콜릿바라도."

"초콜릿바가 있으면 거기 두고 꺼져."

모스는 갖고 있던 음식의 절반을 누더기 옆에 두었고 우리는 그 자리를 떠났다. 그렇게 우리는 그 길에서 다시 발을 뺐다. 거기는 우리 자리가 아니었다. 아직은. 그렇지만 우리가 발걸음을 멈추었을 때 거기에 너무 오랫동안 서 있었던 건 아닐까?

우리는 할린 베이에서 수상 안전 요원들에게 물을 좀 얻을 수 있었다. 그들은 남아프리카와 오스트레일리아 출신으로 물놀이를 하는 휴가객들이 혹시나 위험에 빠지지 않는지 지켜보는 일을 하며 겨울이 되면 기러기들처럼 따뜻한 남쪽 나라로 돌아간다. 우리도 그렇게 차갑고 어두운 겨울이 다가오기 전에 어디론가 따뜻한 곳으로 갈 수 있다면. 우리는 아무 근심 걱정이 없어 보이는 젊은이들을 부러워하며 그 자리를 떠나 넓게 펼쳐져 있는 깨끗한 모래사장을 건너 할린 베이 반대편에 있는, 바위가 뿌리까지 드러난 땅 쪽으로 향했다. 냄새나고 더러운 옷들을 벗어 물이 고여 있는 바위 틈새에 담가놓고 우리는 부서지는 파도 속으로 달려들어 몸을 씻으며 환호성을 질렀다. 맑은 물이 있는 우리만의 오아시스와 널찍하게 드러나 있는 모래밭 그리고 시간으로부터의 자유.

옆에 옷가지들을 늘어놓고 우리는 바위 위에 드러누웠다. 상쾌하고 편안한 분위기 속에 우리는 낮잠에 빠져들었다. 잠에서 깨어나자 옆에는 밀려오는 바닷물에 발이 묶인 대가족이 함께 있었다. 우리는 다 함께 바위 절벽 위로 20미터쯤 기어올라갔다. 대가족의 할아버지는 자기 자식들이 지금의 손주들 나이였을 때부터 이렇게 항상 할린 베이를 찾아온다고 설명했다. 언덕 위에 있는 트레일러 야영장이 그들이 머무는 곳이었다. 마더 이브스 베이에서 그들은 금속으로 된 거대한 문을 통과해 트레일러들이 잔뜩 모여 있는 야영장으로 사라졌다. 콘크리트로 된 벽과 환한 조명등이 있는 곳이었다. 잠은 그렇게 무슨 수용소 같은 곳에서 잘지언정, 최소한 낮에는 바닷가에서 자유롭게 시간을 보낼 수 있는 사람들이었다. 우리는 오른쪽으로 방향을 돌렸다. 바다 쪽으로 튀어나와 있는 땅이 우리를 다시 불렀고 우리는 기다리고 있는 야생의 땅으로 다시 돌아갔다.

트레보스의 등대가 늦은 오후의 햇살 아래 눈부신 모습으로 서 있었다. 푸른 바다와 너무 환하게 대조가 되어 제대로 쳐다볼 수도 없을 정도였다. 마른 풀밭 위에 누워 코의 허물을 벗겨내고 있으려니 필요하다고 생각했던 대부분의 것들이 머릿속에서 사라졌다. 예컨대 배도 덜 고프고 목도 덜 마른 식이었다.

우리는 초저녁이 될 때까지 푹 잠을 잤다. 서늘한 바람에 잠에서 깬 우리는 그 자리를 떠나 물대로 덮인 모래 언덕을 배경으로 한 완벽한 모습의 바닷가를 향해 내려갔다. 우리는 짙은 녹색의 튼튼한 풀들이 바닥으로부터 올라오는 냉기를 어느 정도 막아줄 것으로 기대하며 풀밭 위에 텐트를 쳤다. 그리고 젖어 있는 텐트 내부를 바람에 말리기 위해 텐트 문을 열어두었다.

물때가 바뀌면서 바닷물이 다시 무섭게 육지 쪽으로 몰려들었다. 그리고 사람들이 왔다. 네오프렌으로 된 매끈한 옷을 입고 서핑 보드를 들고 그들이 몰려들었다. 도로와 SWCP 그리고 모래 언덕 등 사방에서 몰려드는 사람들은 바람에 서핑 보드가 밀리면서 어색한 모습으로 비틀대며 움직이기도 했다. 그들은 파도 너머까지 헤엄쳐갔고 거기에서 검은색 물고기 떼처럼 함께 모여 다시 밀려오는 파도를 기다렸다. 그리고 잠시 뒤 각자 흩어져 서핑 보드 위에서 일어선 뒤 치솟아 올랐다 떨어지는 파도와 하나가 되어 우아한 모습으로 물살을 헤치며 다시 돌아왔다. 인간이 바다의 댄서로 변신하는 순간이었다.

우리는 침낭을 뒤집어쓴 채 텐트 입구에 앉아 해가 지고 서핑을 타던 사람들이 떠나는 모습을 지켜보았다. 바닷물이 빠지고 다시 돌아오지 않은 채로 머뭇거리고 있을 때 이번에는 바닷새들이 텅 빈 바닷가가 자신들 차지라고 외치며 나타났다. 그리고 모래사장과 바다 사이에서 밤새도록 끼룩거렸다.

다음 날 아침이 되자 사방에 습기가 가득했지만, 우리는 차를 마시고 개와 산책하는 사람들 그리고 이른 아침 서핑을 하러 나온 사람들을 보며 습기가 좀 잦아들기를 기다렸다. 모스는 혼자 힘으로 큰 어려움 없이 텐트에서 나왔고 우리는 텐트를 접었다. 배고픔은 여전했지만, 관절의 통증이나 굳은살이 되어가는 물집처럼 배고픔 역시 실제로 느껴지는 어려움보다는 그저 여행의 또 다른 동반자가 되어갔다.

서쪽으로부터 강한 바람이 계속해서 차갑고 맹렬하게 불어왔다. 파도는 근처에 있는 작은 바위섬들에 부딪혀 산산이 부서졌다. 점점 크기가 커지는 바위들을 따라 시선을 돌려보면 베드루단 스텝스가 나온다. 거대한 바위들이 흡사 계단과 같은 모양으로 장관을 이루고 있는 곳이다. 베드루단이라고 부르는 거인이 바위들을 쌓아올렸다는 전설이 전해 내려오고 있지만, 그 전설이 어디에서부터 시작되었는지 아는 사람은 아무도 없는 것 같다. 혹시 아주 예전의 콘월 사람들이나 아니면 SWCP와 근처 가게들을 채워주는 수많은 관광객을 겨냥해 새로운 관광 상품을 개발하려 했던 내셔널트러스트는 아닐까. 우리는 지역 사람들이 뭔가 투덜거리는 소리를 들었다. 그

들은 내셔널트러스트가 프로젝트 넵튠을 통해 해안선의 난개
발을 막기 위해 데번과 콘월 해안선의 삼분의 일 이상을 매입
한 것을 마뜩잖게 여기고 있었다. 내셔널트러스트는 가로막는
일들이 너무 많고 지역 사람들의 생계유지에 무관심하다는 불
만이었다. 나는 이곳에 산 적이 있어서 일거리를 찾는 게 어렵
다는 사실을 잘 알고 있었다. 나는 또한 마더 이브스 베이에도
있어 봤는데 바닷가 근처의 난개발을 막아야 한다는 사실에는
의심의 여지가 없었다. 그렇지만 차들이 꽉 들어찬 주차장이
며 거리에 늘어선 가게들을 따라 걷고 있으려니 뭔가 대단히
모순적인 기분이 들기도 했다.

"좀 더 내륙으로 들어가 협곡을 따라 올라가 보는 게 어때
요? 거기에 작은 야영장이 있는데 가는 길이 좀 멀기는 하지만,
정말 가격이 저렴해요."

비가 쏟아지기 시작하자 우리는 바닷가 어느 간이 휴게소의
텐트 지붕 아래에서 비를 피했다. 그곳에서 만난 젊은 여자는
우리에게 도움을 주려고 애를 썼다.

"그러면 한번 올라가서 가격이 얼마나 되는지 볼까? 마뜩잖
으면 그냥 숲속에 텐트를 치면 되니까. 거기가 여기 절벽 근처
보다는 더 안전할 것 같아."

비바람이 더욱 거세졌고 좀 더 안전한 장소가 있다는 말을 그냥 흘려듣기는 아까웠다.

야영장으로 올라가는 길 옆에는 말을 싣는 화물차, 가축을 나르는 트럭 그리고 곡물을 쌓아두는 저장고 등이 늘어서 있었고 주변은 온통 길게 자란 풀투성이었다. 가만 보니 여름 내내 그 자리에 그대로 있었던 것 같았다. 나무들을 따라가다 보니 오두막 몇 채, 돼지 방목장, 당나귀 두 마리 그리고 커다란 텐트 하나가 보였다. 턱수염이 험상궂게 자란 한 남자가 닳아빠진 옷을 걸치고 뒤에 있는 오두막에서 걸레와 양동이를 들고 나왔다. 하룻밤에 5파운드 그리고 몸을 씻을 수는 있지만 뜨거운 물은 없다는데, 비가 계속 내리고 있었기에 우리는 두말 않고 하룻밤을 묵어가기로 했다.

텐트 너머로 걸어가는데 옆으로 함석으로 지은 창고며 낡은 소파들 그리고 세탁기, 나무로 지은 헛간, 돌로 지은 헛간, 또 다른 말을 싣는 화물차 등이 줄줄이 늘어서 있는 것이 보였다. 그런 다음에야 비로소 숲속에 공터가 나타났다.

"나중에 창고 있는 데로 내려오시지요. 젊은 친구들이 있는데 이 시간이면 보통 맥주들을 마시니까."

젊은 친구들이라고? 아무리 둘러봐도 누구 다른 사람이 있는 것 같지는 않은데.

나는 몸을 씻을 수 있는 곳으로 가서 옷을 벗었다. 마당에 있는 헛간은 두 칸으로 나뉘어 있었고 의자도 하나 있었다. 그런데 수건을 찾다 보니 문득 거기 있는 게 나 혼자만은 아니라는 사실을 깨달았다. 옆에서 어떤 여자가 나를 바라보고 있었다. 까치집 같은 머리, 벌겋게 벗겨진 허물이 코에 붙어 있는 갈색으로 그을린 얼굴, 굳은살이 박혀 있는 발, 운동선수처럼 근육만 남은 다리와 늘어진 옆구리 살 사이로 튀어나와 보이는 갈비뼈……. 나는 거울에 비친 내 모습을 보며 손으로 가슴 부위를 쓸어내렸다. 전혀 낯선 모습이 거울 안에 있었다. 나는 차가운 물을 끼얹으며 엉킨 머리를 풀어보려고 했지만 제대로 되지 않았다. 그래서 나는 빨리 물기를 닦아내고 다시 삼베 모자를 뒤집어썼다. 쌀쌀한 날씨에 차가운 물을 뒤집어쓰는 건 상상 속에서 음식을 먹는 것과 비슷했다. 그러고 나서 얇디얇은 플리스를 걸치면 두터운 오리털 옷을 입은 것 같은 기분이 든다. 그렇지만 그런 기분은 그리 오래 가지 않았다. 음식을 상상하면 잠시 배가 부르다가 다시 허기가 몰려드는 것처럼 다시 냉기가 몰려들었고 그 고통은 이전보다 더 심했다. 텐트 안에서 떠는 것보다 낫겠다 싶어 우리는 창고 쪽으로 향했다.

말을 싣는 화물차의 옆문이 열리더니 햇볕에 그을린 금발의 젊은 남자가 한 명 튀어나왔다. 근처에 있는 나무로 지은 헛간에서도 이십 대쯤으로 보이는 비슷한 인상의 젊은이들이 하나둘씩 모습을 드러냈다. 창고에 가까이 가자 이번에는 머리를 드레드록으로 땋은 젊은 남녀가 돌 헛간에서 나왔다. 우리는 젊은이들처럼 무심한 듯 여유 있는 모습으로 소파에 앉으려고 했지만, 전혀 그런 모습이 나오지 않았다.

"모두들 여기는 웬일들인가요? 우리는 근처에 아무도 없는 줄 알았어요. 다들 휴가 중?"

우리는 뭐라고 말해야 할지 몰라 버벅거렸다. 왠지 이곳과 어울리지 않게 나이 들고 낯선 존재 같은 기분이 들었다.

"아니요. 우리는 여기서 살아요. 일을 하고 있어요. 그리고 여기서 이런저런 잡일들을 해주는 대신 커트가 헛간에서 살게 해줘요. 그러다 겨울이 오면 다시 떠나는 거죠."

"여기 헛간에서 산다고요? 그냥 하룻밤 머무르려고 온 게 아니라? 그런데 어디서 무슨 일을 합니까?"

"대부분이 바닷가에서 구조 요원 일을 하고요, 여자들은 종업원 일도 하고요. 그렇지만 다들 원래 서핑을 하러 온 거예요. 이 근처에서 방을 빌리는 값이 터무니없이 비싸다 보니 다들 감당을 못해서 이렇게 된 거지요. 뭐, 어쨌든 헛간들이 아주 좋아요. 나는 올해로 3년째인데 내년에는 저기 말을 싣는 화물차로 한 단계 높여서 옮길 생각이에요."

"돌로 지은 헛간은 어떤가요?"

"아, 돌로 지은 헛간에서 살려면 선택 받은 특별한 사람이어야 하거든요."

세탁기 앞에 있던 머리를 땋은 남자가 이 말을 듣더니 돌아서서 소파에 앉은 남자를 보고 턱짓을 해보였다.

"윙커, 가서 맥주를 좀 가져와. 자, 그런데 어르신들은 여기서 뭘 하고 계신 거지요? 그냥 하루 머물려고 온 건 아닐 거고."

모스는 내 쪽을 보더니 어깨를 으쓱해 보였다. 누구도 거짓말 같은 건 하고 싶지 않았다.

"우리는 노숙자요. 집도 잃고, 사업도 날리고, 평생에 걸쳐 이룩한 걸 모두 다 잃어버렸지. 돈은 한 푼도 안 남은 데다가 나는 죽을병에 걸렸어요. 그래서 우리 부부는 이렇게 생각을 했지요. 젠장, 이렇게 된 거 어디 걸어나 보자고. 우리는 마인헤드부터 걸어왔고 서쪽으로 갑니다. 거기서부터는 또 어떻게 될지 아무도 모르지만."

"우와, 그거 정말 대단한 이야기인데요. 안 그래요?"

"대단은 무슨."

"그럼 엿 같은 이야기인가."

"그래. 엿 같은 이야기지."

"그래도 뭐, 괜찮아요. 인생이란 파도 같은 거니까요."

271

"파도?"

"네. 서핑 즐기기에 좋은 파도라는 게 자연의 조화에 달린 거거든요. 파도는 바람이 바다 위로 불어올 때 저 멀리에서부터 몰아치기 시작해서 바람이 얼마나 강한가, 또 얼마나 길게 불어주는가, 얼마나 멀리 물을 밀어내 주는가에 따라 치솟았다가 아래쪽으로 내려오는 세기가 결정이 돼요. 바람 그 자체와 바람이 영향을 미칠 수 있는 영역 그리고 적당하게 이어진 해안선 등이 조화를 이루면 그 위에서 멋지게 서핑 보드를 타고 내려올 수 있는 거죠. 그러다가 엄청난 돌풍이 넓은 영역에 걸쳐 쉬지 않고 불어와 주기라도 한다면 그야말로 최고의 멋진 파도를 만날 수 있는 겁니다. 무슨 말인지 아시겠지요? 그때 서핑 보드를 타면! 커트, 커트! 거기 감춰두고 있는 것 좀 꺼내 봐요."

턱수염의 남자가 조립식 창고의 뒷문을 열었다. 그 안에는 술이란 술은 종류별로 꽉 들어차 있어서 원하는 술은 다 마실 수 있을 것 같았다. 남자들이 술이 든 상자를 창고 구석에 있는 마구간인지 가축우리인지 비슷한 곳으로 날랐다. 그곳 문이 열리자 간이 술집 같은 구조가 나타났고 커트는 선반에 술병들을 채우기 시작했다.

시간은 초저녁이었고 우리는 정말 뭐라도 먹어야 했다. 그런 허기진 배를 이끌고 몇 주 동안 구경도 못 했던 술을 마시니 얼마 지나지 않아 정신이 몽롱해지기 시작했다. 세탁기 위에 있는 스피커에서 레게 음악이 큰 소리로 흘러나오자 더 이상 의 어떤 근심 걱정도 다 사라졌다. 우리는 세상에서 가장 편한 장소에서 가장 사이좋은 친구들과 함께 있었다.

"아니, 그런데 뭐가 문제인데요? 무슨 죽을병에 걸렸다는 건데요?"

모스는 부드럽고 편안한 모습으로 춤을 추었다. 그의 몸이 음악에 맞춰 움직였다. 손에는 위스키 한 잔이 들려 있었다. 나는 남편이 위스키를 좋아하는지 몰랐다. 그렇지만 부부라고 해서 살면서 모든 걸 다 알 수는 없는 법이다.

"다리가 마비되어가고 있거든. 그리고 다른 부분들도 다 문제를 일으키고 있고. 그러다 마지막에 숨도 제대로 못 쉬다가 죽는 거지요."

"하, 그거 정말 엿 같은 일이네."

"그래, 맞아. 아주 엿 같은 일이지."

"그런데요. 저기 커트가 약초에 대해 잘 알거든요. 그러니까 뭐를 좀 도와줄 수도 있을 것 같은데."

"커트가 그 사람 본명인가? 그런데 여기서 정말 무슨 일들을 해요? 여기 이러고 있는 진짜 이유가 뭔지 궁금한데?"

"아, 뭐 돼지 먹이도 주고요, 풀도 베고……. 서로 돕고 사는 거지요 뭐. 서로 다 도우면서 일해요. 커트는 우리랑 같이 코스타리카에 또 서핑을 하러 가고요, 거기 가면 그때는 우리가 커트 대신 차도 운전하고 짐도 날라주고……. 말 그대로 서로 돕고 사는 거지요 뭐. 대신 여기서 지낼 때는 공짜로 지내니까 다 좋아요."

그때 커트가 뭔가를 들고 나타났다.

"커트는 내 본명이 맞아요. 이거나 한 모금 깊이 빨아보슈. 아픈 곳이 있으면 다 사라질 테니."

"그렇지만 난 담배도 안 피우는데."

"괜찮으니까 한번 해봐요."

나른하고 아름다운 연기가 창고를 가득 채웠다. 나는 더없이 행복한 기분으로 소파 위에 널브러졌다. 모스는 여전히 춤을 추고 있었다. 세상은 아름다웠다.

다음 날 아침 나는 억지로 눈을 뜨고 일어나 두 남자에게 손을 흔들었다. 두 사람은 서핑 보드를 자전거에 묶고 나갈 준비를 하고 있었다. 그렇지만 우리가 짐을 챙긴 건 한낮이 다 되어서였고 여전히 다리가 후들거렸다.

"이거 챙겨가요. 효과가 있을 테니. 언제든 쉴 곳이 필요하면 찾아오슈. 우리는 항상 여기 있을 테니까."

"고마워요, 커트."

하늘이 개고 있었다. 남아 있던 구름은 푸른 하늘을 가로질러 빠르게 사라졌다. 워터게이트 베이가 저 앞에 끝없이 펼쳐져 있었다. 우리는 바닷가를 따라 걸었다. 절벽 꼭대기를 향해 오르락내리락하는 길로 가기에는 너무 기운이 없었다. 널찍하게 펼쳐진 모래사장은 깨끗하고 한적했고 그 너머로는 식당이며 찻집들이 보였다. 우리 앞에 보이는 유일한 사람이라고는 스파니엘 개 두 마리와 함께 가는 나이 든 남자뿐이었다. 남자는 우리가 지나갈 때 걸음을 멈추고 말을 걸었다.

"사우스 웨스트 코스트 패스를 걷고 있나요?"

"뭐 그런 셈입니다. 최소한 랜즈엔드까지는 가보려고요."

"나도 언제나 그렇게 해보고 싶었는데……. 그저 며칠이고 신경 쓰지 않고 묵묵히 걷기만 하는 거 말이요."

"그러면 하면 되지요. 당장 배낭을 둘러매고 떠나는 겁니다. 인생이란 파도와 같은 거니까, 바람이 잘 불어주기만 한다면야 뭔들 못 하겠습니까."

우리가 험한 절벽과 바다 사이를 걸어가는 동안 뒤에 남은 남자와 개들의 모습이 점점 작아졌다. 바닷물이 밀려 들어오고 파도가 점점 높아지면서 수평선이 벽처럼 솟아올라 육지와 바다 사이에 있는 우리를 덮치려는 듯 보였다. 마치 자연이 한

정된 공간 안에 우리를 밀어 넣고 자유를 주면서 비록 한쪽 가장자리라도 그곳이 전체의 일부임을 상기시켜주는 것 같았다. 우리는 우리의 길을 계속해서 가면서 내면의 힘을 키워갔다.

자크리섬으로 향하자 수많은 홍합으로 덮인 바위들이 파란색으로 보였다. 우리는 홍합을 냄비 가득 채워 끓인 후 통통한 살을 주머니칼로 꺼내 먹었다. 이따금 사람들이 지나갔지만 우리는 구경만 할 뿐 말을 걸지는 않았다. 축축한 하늘에는 까마귀들이 깍깍거리며 나타났고 그 소리는 절벽에 부딪혀 기괴한 울림으로 다시 돌아왔다. 우리를 둘러싸고 있는 세상은 점점 변해가고 있었다. 우리의 여정이 우리를 바다와 하늘 그리고 바위 사이로 이끌면서 막바지라고 느꼈던 상황들이 점점 그렇게 절망적이지는 않게 변해갔다. 우리는 자연의 한쪽 가장자리와 하나가 되어갔고 우리가 밟고 지나가는 소금길을 따라 우리의 영역은 새롭게 정의되었다.

트레블그에 있는 요새 자리에 텐트를 치자 저 앞으로 뉴키의 불빛들이, 그리고 뒤로는 워터게이트의 어둠이 보였다. 우리는 대서양을 마주하고 있었다. 바람이 불고 비가 무섭게 쏟아졌다. 우리는 갖고 있던 옷을 모두 꺼내 입고 침낭 위에 방수웃옷을 덮은 다음 12시간이 넘도록 죽은 듯이 잠을 잤다.

사방으로 뻗은 뉴키의 모습은 그동안 산길과 바
닷가만 거쳐온 뒤라 어안이 벙벙해질 정도였지만,
동시에 이상하게 친숙한 느낌이 들었다. 도시의 느
낌은 포스에서 시작되어 가넬까지 계속해서 펼쳐
져 있었다. 바다 쪽으로 튀어나와 있는 땅들이 여
럿 있고 그 사이를 모래사장이 가로지르며 이 나라
에서 서핑을 즐기기 가장 좋은 지형이 만들어져 있
었다. 뉴키는 1960년대에 새롭게 인기를 끌었던
서핑 문화를 바탕으로 그 명성을 쌓았지만, 당시의
그런 전성기는 지나갔고 조금씩 쇠락해가는 모습
이 눈에 들어왔다. 지금은 남자들만 있는 모임 그
리고 여자들만 있는 모임들이 점점 늘어나 그런 사
람들이 화려한 옷을 입고 거리를 활보하고 요란한

술판을 벌이는 모습을 자주 볼 수 있는데 지역 주민들은 물론 가족 단위 관광객이나 서핑을 하러 온 사람들이 딱히 달가워할 상황은 아니었다. 사실 일반 가게의 주인들로서는 이런 사람들이 더 장사에 도움이 되었다. 반면에 술집이나 식당 입장에서는 관광철이 끝난 겨울에도 계속 생계를 꾸려나가기 위해 그런 모임들이 필요했다. 이러한 갈등은 뉴키를 어색하고 모순된 상황 속에서 갈피를 잡지 못하도록 만들었다. 이제는 얼마 남지 않은 서핑 관련 가게들만이 과거의 모습과 미래에 대한 최선의 희망을 상기시켜줄 뿐이었다.

오랜 시간 사람들과 떨어져 지내느라 사람들을 대할 때의 인내심이 줄어들기는 했지만, 이렇게 잠시 또 사람들과 마주하면 그들의 일부가 된 듯한 기분이 들어 마음이 편해지기는 했다. 비록 잠깐이기는 했지만. 그리고 뉴키는 대서양에서 불어오는 비바람을 피할 수 있을 만한 안전한 장소이기도 했다. 나는 방수 웃옷의 지퍼를 끝까지 단단하게 올리고 어느 지하도를 통해 뉴키를 바라보았다.

9월임에도 불구하고 여전히 붐비는 휴가객들 뒤로 그런 휴가객들이 무시하고 지나치는 이 마을의 또 다른 측면이 있다는 사실이 금방 눈에 들어왔다. 어떤 사람들에게는 보여도 보이지 않는 모습이었을까. 길거리에서 지내는 노숙자들이 상가 지역에 줄지어 늘어서 있었는데 그 숫자는 글래스톤베리에서 본 것보다 훨씬 더 많았다. 가게 문 앞에는 비에 젖은 몸뚱이들이 늘어져 있었지만 이들은 구걸을 직업으로 삼은, 닳고 닳은 그런 사람들은 아니었다. 이들은 그야말로 길거리에서 단련된 진짜 노숙자들이었다. 키 크고 덩치 좋은 퇴역 군인 한 사람이 우리에게 돈을 구걸했다. 우리가 돈이 한 푼도 없는 똑같은 노숙자 신세라고 이야기하자 그는 더 이상 다른 건 묻지 않고 무료 급식소로 가는 길을 가르쳐주었다. 모스는 그에게 동전 몇 개와 마지막으로 남아 있는 초콜릿바를 건네주었다. 이제 우리에게 남은 건 정말 거의 없었다. 그래서 그저 비를 피해 이리저리 헤매다가 무료 급식소를 찾아갔다.

퇴역 군인이 가르쳐준 방향으로 따라가니 성 페트록 구호단체가 나왔다. 주로 사회 안전망의 보호를 받지 못하며 홀몸으로 살아가는 노숙자들을 돕는 단체였다. 나는 부부 노숙자들은 어떻게 되냐고 굳이 묻지 않았고, 어쨌든 무료 급식소로 안내를 받을 수 있었다.

콘월은 런던을 제외하고 영국에서 두 번째 혹은 다섯 번째로 길거리 노숙자들의 비율이 높은 곳인데도 공식적으로 발표된 통계에 따르면 노숙자들의 숫자가 40명에서 65명 정도밖에는 되지 않는다. 만일 그 통계 결과가 사실이라면 콘월의 모든 노숙자들은 지금 이 시간에 뉴키에 있는, 지금은 사용하지 않는 예배당에 모두 모여 토마토 스프와 빵을 먹고 있어야 한다. 진짜 노숙자 규모의 실체는 급식소의 한 자원봉사자의 설명을 듣고 대강 알 수 있었다. 일단 공식적으로는 특정 지역에서 특정 시간 동안 거리에 노숙하는 사람들을 기준으로 노숙자들의 숫자를 확인한다. 다시 말해, 그 사람이 정말 집이 없고 거리에서 노숙을 하고 있는지를 먼저 확인해야 한다는 것인데 잠을 자고 있거나 잠을 자는 척이라도 한다면 그 사람을 깨워서 노숙자인지 아닌지를 물어볼 수는 없는 노릇이다.

"그러니까 노숙자들은 모두 다 정해진 시간에 정해진 지역의 거리에서 잠을 자고 있어야 하겠군요."

"당연히 그렇게는 되지 않지요. 노숙자들은 사방에 퍼져 있거든요. 숲속에서 지내는 노숙자들도 있고요. 그런데 행정 당국에서는 숲속 노숙자들을 몰아내고 싶어 해요. 그래야 시민들이 이용할 수 있는 공간을 만들 수 있으니까요. 그런데 노숙자들에게 정말로 필요한 건 그나마 남아 있는 안전한 공간을 밀어내고 숲속에 만드는 작고 예쁜 산책로가 아니라 하룻밤을 지낼 수 있는 쉼터란 말이에요. 이번 겨울에 새로운 쉼터들을 개방한다고는 하는데 이곳의 경우 열 명밖에 지낼 수가 없어요. 열 명이라니……. 그야 물론 없는 것보다는 낫기야 하겠지만, 충분한 거와는 전혀 거리가 멀어요."

"문제는 또 있어요. 사람들은 노숙자들이 다 무슨 종류든 중독자들이라고 생각해서 도움을 잘 주려고 하지 않아요. 알코올 중독이든 마약 중독이든 중독자에게 도움을 주는 건 낭비라고 생각하는 겁니다."

"물론 거리의 노숙자 중에 중독자의 비율이 높은 건 사실이에요. 그렇지만 어떤 종류의 노숙자라도 도움을 받을 수 있는 권리는 있는 거예요."

비가 그치고 구름 사이로 해가 모습을 드러내면서 물기 어린 희미한 빛이 나타났다. 우리는 김이 올라오는 인도의 어느 긴 의자 위에 앉아 지나가는 사람들을 지켜보았다. 휴가객들, 물건을 사러 나온 사람들, 반짝이는 새 교복을 입고 막 학교에서 나온 아이들과 엄마들, 스케이트보드를 타는 사람들, 개를 데리고 산책을 나온 사람들 그리고 어깨에 이불을 둘러매고 있는 젊은 노숙자까지. 우리도 한때 저런 모든 모습을 한 번씩 해봤지만, 지금 모습은 저들 중 어느 누구와도 같지 않다. 우체국 옆에 있는 빵집에서는 떨이로 파이 하나를 25펜스에 팔았다. 모스는 남은 파이를 몽땅 다 사와서는 근처에 누더기를 깔고 앉아 있는 사람들에게 하나씩 나눠주고 나머지는 우리를 위해 챙겨두었다.

피스트럴 비치는 파도 소리와 네오프렌 옷을 입고 바다를 향해 달려가는 사람들로 번잡스러웠다. 뒤에 있는 거리에는 승합차들을 타고 몰려온, 금발에 햇볕에 탄 피부를 가진 젊은 남자들이 줄지어 늘어서 적당한 파도가 오는지 주의 깊게 바다 쪽을 지켜보고 있었다. 그렇지만 우리는 가던 길을 계속해서 갔다. 나무로 만든 다리를 통해 밀물이 밀려오기 바로 전에 가넬 어귀를 건넜다. 저쪽에 바다 쪽으로 튀어나와 있는 땅이 오늘 밤 우리가 머물 장소였다.

모스가 텐트 밖에서 혼자 차를 끓이고 있을 때 하늘에는 희미한 아지랑이 같은 빛만 남아 있었다. 나는 여전히 침낭 안에 있었고 위에는 야외용 발열 담요를 덮고 있었다. 이 담요는 뉴키에 있는 중고 상점에서 《로빈슨 크루소》와 맞바꾼 것이다. 텐트 문을 열었을 때는 한 무리의 양 떼가 우리를 둘러싸고 있었지만, 문을 여는 소리에 모두 달아나버렸다. 바로 앞에 보이는 바위섬은 특이하게도 이름이 칙, 즉 병아리였는데 그 위에는 바닷새들이 잔뜩 모여 있었다. 바닷새들이 내는 온갖 기이한 불협화음 속에서 바위틈으로 치솟아 오르는 거친 파도 소리조차 들리지 않을 정도였다. 재갈매기, 제비갈매기, 검은등

갈매기 등이 검은머리물떼새 그리고 가마우지들과 함께 모두 험한 모습의 똑같은 바위섬 하나를 둘러싸고 꽥꽥거렸다. 마치 이 지역의 모든 살아 있는 생물들이 다 모여 켈시 헤드를 점령하려는 듯 보였고 아무도 그 땅을 기꺼이 나누려 하지 않았다. 우리는 바닷새들을 내버려 두고 지금은 비어 있는 펜헤일의 군부대 자리를 지나쳐 갔다. 저렇게 철판으로 지은 막사 중 한 곳에서라면 나도 살 수 있을 것도 같았다. 잠깐 생각을 해보아도 저렇게 버려진 구역 전체를 쉼터로 바꿔서 간절하게 필요로 하는 뉴키의 노숙자들에게 숙소로 제공할 수 있을 것 같았지만, 얼마 안 있어 관광 시설로 바뀌게 될 것이 분명했다.

바닷가는 지형이 평평했고 활주로로 사용해도 될 만큼 거의 직선으로 길게 뻗어 있었다. 모스는 어깨가 계속 뻣뻣하다 했고 나도 평소보다 더 많이 피곤을 느꼈다. 그래서 우리는 바닷가에 쓸려온 폐품들로 만든 두 개의 조형물 아래 모래밭에 자리를 잡고 앉았다. 인간이 버린 폐품들이 다시 인간의 형상으로 바뀌어 있었다. 우리는 차를 더 끓이고 마지막 남은 진통제를 나눠 먹었다. 그때 어느 나이 든 남자가 나타나 대단히 조심스럽게 큰 수건을 바닥에 펼쳐놓았다. 그리고 역시 조심스럽게 순서를 맞춰서 옷을 모두 벗어서는 수건 위에 차곡차곡 개켜놓는 것이었다. 벌거벗은 남자의 모습은 마치 거북이와 비숫했다. 남자의 주름지고 늙은 살가죽은 그대로 흘러내려 금방이라고 분홍색의 부드러운 새로운 살가죽이 그 밑에 나타날 것만 같았다. 나는 시선을 다른 곳으로 돌릴 수 없었다. 우리 모두는 젊은 시절에는 아무것도 말해주지 않는 살가죽을 내보이며 우리 스스로의 모습을 아주 잘 숨길 수 있다. 그렇지만 나이가 들면 시간과 사건이 기록된 또 다른 살가죽이 우리가 드러내고 싶지 않은 인생의 진실을 보여주게 된다.

벌거벗은 남자가 한 사람뿐이라면 그냥 흥미로운 구경거리겠지만, 두 사람이라면 조금 당황하게 된다. 그리고 세 번째 남자가 "안녕들 하시오!"라고 소리를 치며 파란색 양말과 가벼운 신발만 신은 채 성큼성큼 걸어왔을 때 나는 그만 차 마시던 걸 집어치우고 이 자리를 떠나고 싶다는 생각이 들었다. 다른 대안이 있다면 차라리 저 사람들에게 차를 대접하고 주름 방지 화장품에 대해 이야기를 나누는 것일까. 우리는 옷을 지나치게 많이 껴입은 듯한 기분을 느끼며 결국 그 자리를 떴다. 그러면서도 문득 우리도 알몸으로 일광욕이나 해볼까 하는 생각도 조금 들었다.

바닷가 모래사장은 도무지 끝이 보이지 않았고 급기야 아예 사막처럼 변해버렸다. 뜨거운 모래 때문에 더 이상 맨발로는 견딜 수 없게 되자 우리는 다시 등산화를 꺼내 신었다. 그늘이라도 있을까 싶어 모래 언덕들 사이를 마구 가로지르다가 우리는 방향 감각을 다 잃어버리고 말았다. 모래 언덕 꼭대기에 올라가도 빠져나갈 길이 보이기는커녕 그저 뜨거운 열기를 뿜어내는, 끝이 보이지 않는 언덕들만 더 많이 눈에 들어올 뿐이었다. 힘이 다 빠지고 여기까지 걸어온 노력이 무용지물이 된 우리들은 모래 언덕 사이를 미끄러져 내려가 다시 바닷가로 향했고 거기에서 우리는 페란포스 너머에 있는 절벽에 시선을 고정했다. 페란포스는 지금 상황에서는 결코 닿을 수 없는 그저 멀리만 있는 환상의 오아시스처럼 느껴졌다. 결국 근처에 있는 주차장으로부터 열기를 뚫고 모습을 드러낸 한 무리의 사람들을 만날 수 있었다. 방황은 끝이 났다. 우리는 어느 찻집에서 얼음물을 얻어 단숨에 들이켰다. 우리의 몸이 기쁨과 함께 시원하게 식어가는 소리가 들리는 것 같았다.

나는 코에서 더 많은 허물을 벗겨냈다.

세인트 아그네스 헤드의 절벽은 황폐해진 모습으로, 과거 광산 개발 당시 찢기고 무너진 상처들이 그대로 남아 있었다. 채굴 장비며 무너진 건물들이 쓰레기처럼 남아 있을뿐더러 유독한 매연이며 먼지 그리고 광석 부스러기 등으로 땅도 얼룩져 있었다.

하루하루가 똑같은 순서대로 흘러갔다. 아침부터 초저녁까지는 야영할 만한 빈자리들이 넘쳐났지만, 저녁 6시 이후로는 어디에도 빈자리가 보이지 않았다. 밤은 점점 더 길어지고 추워졌다. 해가 지고 나면 곧바로 기온이 뚝 떨어졌다. 하루는 그 어느 때보다도 일찍 길을 나서 아무런 생각 없이 하루 종일 걸어 지금까지 걸었던 것 중에서 가장 먼 거리를 걸었다. 그렇지만 이제 우리는 완전히 지쳤고 하룻밤 지낼 만한 곳을 필사적으로 찾고 있었다. 그때 왼쪽에서 낸스쿡 커먼 공군 기지가 불쑥 나타났다. 높다랗게 솟아 있는 강철 울타리 때문에 우리는 가시금작화와 들장미가 피어 있는 쪽으로 방향을 틀 수밖에 없었다. 사방은 쥐 죽은 듯이 고요했고 울타리는 끝이 없는 듯이 이어졌다. 야트막한 협곡으로 들어가자 적당한 풀밭이 하나 보였다. 그런데 이 협곡에서 내륙 쪽으로 향해 있는 땅에는 인간이 만든 것이 분명한, 잡석을 쌓아 올린 둑 같은 것이 있었고 그 위로는 가시금작화며 들장미 그리고 엉겅퀴가 무성하게 자라고 있었다. 둑 주변에서는 광석 부스러기가 섞인 듯한 진흙과 함께 물이 조금씩 흘러나와 고여 있었다. 우리는 결국 그곳을 떠났다. 해가 지고 어둠이 내려앉을 무렵이 되자 마침내 울타리도 끝이 났고 공군 기지가 아닌, 경작지와 양배추가 자라고 있는 밭이 보였다. 해가 완전히 지기 전에 우리는 가까스로 어느 풀밭 한쪽 구석에 텐트를 칠 수 있었다. 텐트 지지대며 고리 등과 20여 분 동안 사투를 벌이는 게 아니라 거의 해가 진 상태에서도 5분 만에 텐트를 완성했다. 나는 통조림 스프를 데웠다. 다리가 후들거렸다. 우리에게 남아 있던 힘은 모래밭과 공군 기지 울타리를 따라 걷느라 완전히 소진되고 말았다.

하늘이 다채로운 색깔로 물들기 시작했다. 럼프스 포인트 이후 처음 보는 풍경이었다. 하늘이 어둠으로 덮여가고 있는데 한 가닥 은색 빛이 바다와 함께 움직이는 게 보였다.

"내가 지금 보고 있는 게 뭐야? 저 밭에 있는 양배추들이 불타오르고 있는 건가?"

모스는 풀밭 위를 어슬렁거리며 잠자리에 들기 전에 몸의 쑤시는 곳들을 풀어보려 했다.

"달빛이 만들어내는 속임수일까?"

풀밭에는 밝은 초록색 빛이 떠올랐다. 뭔가 초현실적인 그런 분위기였다.

"아니, 저건 속임수가 아니야. 어쩌면 그냥 달빛이 비치는 각도 때문일 수도 있지."

"도대체 저 울타리 안 기지에서 무슨 일이 벌어지고 있는지 당신은 짐작이 가?"

지금은 레이더 기지로 바뀌었지만, 저 기지는 원래 제2차 세계대전 중에 영국 공군 전용 기지로 세워진 곳이다. 1950년이 되어 더 이상 공군 기지로는 사용하지 않고 정부가 다시 관리에 들어가 패전국 독일에서 들여온 장비들을 이용해 화학 무기 제조 공장으로 탈바꿈시켰다. 이후 포튼 다운 과학 기지의 부대시설 같은 곳으로 조성해 사린 같은 치명적인 신경가스 무기를 제조하기 시작한 것이다. 이 외에도 여러 다른 화학 무기들이 2년에서 3년 정도 생산되었다. 일간지《인디펜던트》의 한 기자는 41명의 죽음과 함께 사린 생산에 종사했던 직원들의 치명적인 불치병 발생률이 현저하게 높다는 사실을 폭로하기도 했다. 1970년에 진행된 '낸스쿡 질병 발생 연구'에 따르면 사린 생산에 종사했던 직원들은 평균보다 33퍼센트 이상 더 치명적인 질병에 시달리고 있었으며 호흡기 관련 질병에 시달리는 비율도 50퍼센트 이상 높았다고 한다. 이는 신경화학 무기에 노출되었을 때 나타나는 일반적인 반응의 결과와 같은 수준이었다. 정부에서는 어떠한 실수나 잘못도 없었다고 강력하게 부인했으며 언론을 압박해 조사 결과를 왜곡했고 결국 이 기간 동안 단지 "무단결근 비율이 예상보다 높았던 것"뿐이라는 식으로 발표했다. 그렇지만 1971년, 결국 정부는 관리상 미흡한 부분이 있었음을 인정했으며 피해자인 직원들에게는 각각 120파운드 정도의 '적절한' 보상을 약속한다. 2000년

이 되어 정부는 마침내 사린 화학 무기 생산에 사용되었던 장비들을 기지 근처에 파묻었다는 사실을 인정했으며, 2003년부터 복구 작업이 시작되었다.

다음 날 아침이 되어서 본 양배추들은 평범한 녹색이었고 휴가객들은 그리 멀지 않은 곳에 있는 포트레스 계곡에 이미 도착하기 시작했다.

SWCP는 바닷가에서 육지 쪽으로 들어온 만의 가장자리와 여기저기 있는 주차장을 따라 이어지는데 일반 도로와 나란히 위치할 때가 많다. 그렇게 도로와 가까이 있다는 점 때문에 개들을 데리고 산책을 하기에 완벽한 조건이 되기도 한다. 개를 데리고 나온 사람들이 낮은 산울타리나 언덕을 넘어가기 쉽도록 세워둔 나무 계단 등을 마주할 때마다 겪게 되는 어려움을 어느덧 우리도 어느 정도 이해할 수 있게 되었다. SWCP에서 만날 수 있는 그런 수많은 나무 계단이나 발판은 보통 옆이 텅 비어 있고 개들이 밑으로 지나갈 수 있도록 나무판 몇 개를 슬쩍 빼놓은 경우도 많았다. 몸집이 작은 개들은 문제가 없어 보였지만, 덩치가 큰 개들이라면 그렇게 만들어 놓은 구멍을 빠져나가기 위해 특별한 기술을 연마하거나, 아니면 개 주인이 자신도 진흙이며 털 범벅이 될 것을 각오하고 개를 직접 들어서 반대쪽으로 넘겨주어야 한다. 어떤 계단은 나무가 아닌 돌 널을 차곡차곡 쌓아 만들었다. 이 경우 넘어야 할 벽이 높아서 벽 꼭대기를 넘어서 반대편에 있는 계단을 또 밟고 내려가야만 한다. 또 어떤 계단은 성 같은 곳에 어울릴 정도로 대단히 크고 튼튼하게 만들어져 있기도 해서 덩치가 큰 개들에게는 오히려 좋지만, 작은 개들은 사람이 안고 올라가야 할 때도 있다.

계단이나 발판 말고도 특별한 형태의 문도 있었다. 개들도 아주 편하게 갈 수 있는 그런 문으로 원래는 가축 등은 못 지나가게 하고 사람만 한 명씩 지나갈 수 있도록 만든 문이었다. 대단히 기발한 발상의 구조물이다. 우선 문이 있어야 할 자리에 C자 형태의 철제 울타리가 있고 경첩이 달린 문이 달려 있다. 이 문은 어느 쪽에서 밀어도 울타리의 양 끝과 만나게 되어 문이 닫히지만, 사람이라면 C자의 움푹 들어간 안쪽으로 들어가 반대편으로 나갈 수 있다. 모두에게 아주 편리한 문으로 개를 데리고 있는 사람들도 쉽게 드나들 수 있으며 대단히 영리한 녀석이 아니라면 가축들이 함부로 드나들 수 없기에 농부들도 안심할 수 있다. 그렇지만 배낭을 짊어지고 있거나 아주 뚱뚱한 사람이라면 C자의 안쪽으로 들어가기 어려운 경우도 있다. 나는 이 문의 C자 울타리 크기는 분명 만든 사람의 몸집과 관련이 있다고 확신하게 되었다. 만일 만든 사람의 몸집이 컸다면 그는 자신이 들어갈 수 있도록 C자 울타리 안의 공간을 아주 넉넉하게 만들었을 것이다. 그래야 문을 밀고 들어가 반대편으로 빠져나갈 수 있기 때문이다. 물론 만든 사람의 몸집이 작았다면 전혀 반대 상황이 벌어졌을 수도 있다. 배낭을 등에 짊어진 채 이 문을 통과하려다 한 번에 빠져나가지 못하고 C자 울타리 안에 갇히는 일이 빈번하다 보니 우리도 갇히지 않고 빠져나가는 요령이 생겼다. 먼저 문을 안쪽으로 활짝 밀고 C자 울타리 안으로 들어가 배낭을 울타리 위에 걸친 후 문을 다시 바깥쪽으로 활짝 당겨서 틈을 만든 후 배낭의 방해를 받지 않고 그 사이로 빠져나가 반대편으로 나가는 것이다.

어느 날 아침에 이런 계단이나 발판 앞에서 넘어갈 차례를 기다리는 개들을 만나 시간을 다 보내고 개를 들어 올려 넘기고 반대편에서 받는 걸 기다렸다 우리도 벽이나 울타리를 넘어간 후에 그런 문을 다시 만나게 되었다. 내가 C자 형태의 울타리 안으로 들어갔을 때 중년으로 보이는 한 비대한 사내도 우리를 따라 서둘러 그 안으로 뛰어들었다. 분명 빨리 집으로 돌아가서 신문을 읽기 위해 서두르는 것처럼 보였다. 그는 조심스럽게 배낭을 걸치고 C자 울타리에서 빠져나가려는 나를 완전히 무시했고, 데리고 온 개 세 마리도 한꺼번에 불러들였다. 결국 모두 C자 울타리 안에 갇히게 되었다. 그는 얼굴이 벌게지도록 화를 냈다.

"아니. 여기서 나갈 거요, 아니면 말 거요?"

나는 모스의 뒤를 따라 간신히 배낭을 울타리 너머로 넘긴 채 거기서 빠져나왔고 그다음에야 비대한 남자도 거기서 나올 수 있었다. 그때 저 건너편에서 크게 박수 치는 소리가 들려왔다.

"야, 그거 괜찮은 방법인데요. 커다란 배낭을 짊어지고 저런 문을 통과할 수 있는 아주 좋은 방법이에요."

어딘지 빈틈없어 보이는 나이 든 남녀가 요란하게 박수를 치고 있었다.

"죄송한데 그걸 동영상으로 찍을 수 있게 한 번만 더 해주실 수 있을까요?"

모스는 할 수 없이 다시 배낭을 요령 있게 울타리 위로 걸치듯 올리며 문을 빠져나가는 모습을 보여주었고 두 남녀는 사진기를 보며 뭐가 그리 좋은지 깔깔대다가 동영상을 다 찍고 나서 모스의 손을 잡고 힘차게 흔들었다.

"독서 모임에서 아주 좋아하겠는걸. 그런데 이걸 인터넷 블로그에 좀 올려도 될까요?"

"전혀 상관없어요. 뭐, 마음대로들 하십쇼."

"세인트 아이브스에서 당신을 만나기 위해 온 겁니다. 절대 늦으시면 안 돼요."

"그게 무슨 소리입니까?"

모스는 모자를 눌러쓰고 한 걸음 뒤로 물러났다.

"아니, 누구를 만나기 위해 온 거라고요?"

"그야 물론 당신이지요! 아하, 이게 무슨 실마리나 주제가 되는 건가요? 각기 다른 존재의 의미? 그거 완벽하군요. 그렇다면 오늘 당신은 어떤 존재인가요?"

"나는 그저 길을 따라 걷고 있는 노숙자에 불과한데요."

"아. 완벽해요, 완벽해. 지금 정말 흥분이 되는군요, 사이먼. 당신을 정식으로 만나게 될 시간이 정말 기다려져요. 어쨌든 오늘은 이만 헤어집시다."

두 사람은 이렇게 말하며 반대 방향으로 사라졌다.

"분열된 존재와 모순 그리고 반대의 길. 이걸 알려줄 생각을 하니 정말 흥분되는군. 돌아가자마자 당장 블로그에 올리자고."

우리는 두 사람이 대화에 푹 빠진 채 사라지는 모습을 바라보았다.

"사이먼이라는 사람하고는 아무 상관없는 사람이라고 왜 말하지 않았어?"

"이제 슬슬 재미있어지기 시작했거든. 그 독서 모임인지 뭔지에서 저 사람 블로그를 읽었을 때 나올 반응을 생각해보라고. 그때는 얼마나 당황하게 될지 눈에 선하지 않아?"

"심술궂기는."

"그나저나 우리는 여전히 사이먼 아미티지가 누군지 모르고 있어."

"그야 그렇지. 그런데 오늘 뭔가 실마리를 얻었어. 독서 모임하고 관련이 있다니까, 그 사이먼 아미티지라는 사람은 아마 작가일 거야."

"그리고 그 작가를 세인트 아이브스에서 열리는 무슨 행사에서 만나게 될 계획이고."

"그런데 그 작가가 무슨 행사를 연다는 거지?"

"아마 자기 책을 낭독하거나 뭐 그런 거겠지. 그런 걸 행사라고 할 수 있다면 말이야."

"재미있네. 그 사람이 누구든지 간에 아마 우리도 그 사람을 만나볼 수 있겠군."

"지금으로서는 그런 마음이 들지 잘 모르겠어. 어쨌거나 수수께끼 같은 일이야."

우리는 헬스 마우스 끝까지 가서 그 아래 바위투성이 바닷가에 몰려드는 물개들을 구경했다. 회색의 물개들이 햇살 아래 누워 있거나 물속으로 뛰어들었다. 주차장과 바닷가 찻집에서 떼를 지어 내려오던 관광객들이 그때 마침 조용히 입을 다물고 있어준 것은 행운이었다. 주차장에서 바닷가까지 걸어가는 사이의 빈 시간에 상쾌한 바람이 불어오면서 물개들이 내지르는 깊숙하고 구슬픈 소리가 바위틈에 메아리쳐 함께 올라왔다. 아니, 구슬픈 소리라는 건 다분히 우리의 상상이었을 것이다. 동물들이 아무렇게나 내는 소리에 대한 인간의 주관적인 해석이 아니었을까. 그 소리에는 사실 슬픔이나 간절함 같은 감정은 전혀 실려 있지 않았다. 물개들은 그저 그렇게 바위와 바다 사이에서 영역 다툼을 하며 살다 죽어갈 것이다. 어떠한 감정도 실려 있지 않은 그저 삶의 소리가 나지막이 울려 퍼진 것뿐이리라.

더 많은 관광객들이 몰려오자 우리는 그 자리를 떠나 바다로부터 비치는 빛을 반사하며 태양 아래에서 반짝이는 고드레비 등대를 지나쳐 갔다. 환하게 밝은 빛이 끝없이 이어져 바다 쪽으로 튀어나와 있는 땅을 따라 저기 트레보스 등대까지 거슬러 올라가고 있었다. 그 빛은 어쩌면 점점 약해지더라도, 그보다 멀리, 훨씬 더 멀리 있는 하틀랜드 포인트까지 가서 닿지 않을까. 지금 우리의 모습은 하틀랜드 포인트의 깃발이 나부끼던 찻집에 있었을 때와 똑같다고 생각하기는 정말로 어려운 일이었다. 마인헤드에 도착해 버스에서 내렸을 때의 모습도 마찬가지였다. 그렇다면 그보다 더 이전의 모습과는? 그야 물론 아예 비교조차 하기 힘들 정도로 지금과는 완전히 다른 모습이었으리라. 그때 있던 집은 이제 우리 것이 아니다. 집은 그자리에 그대로 있겠지만, 이제는 우리가 가 닿을 수 없는 곳이되었다. 생생하게 느껴지던 쓰라린 상실의 고통은 이제 많이사라졌지만, 그 기억은 그대로 남아 있었다. 눈만 감으면 그때기억들이 그대로 떠올랐다. 그렇다고는 해도 그 기억이나 고통이 이곳 고드레비까지 따라온 것은 아니리라. 모두 다 다른곳에 남겨져 있을 것이며 지금 느껴지는 건 그저 메아리일 뿐이었다.

강풍이 몰아닥치자 바다가 미처 날뛰기 시작했다. 몇 킬로미터 앞에 뻗어 있는 해일 비치는 세인트 아이브스가 흘러나오는 하얀 빛을 받아 카비스 베이를 가로질러 눈에 확실하게들어왔다. 우리는 탈진의 공포까지 가져다주었던 페란포스와는 달리 이곳의 단단한 모래밭을 어렵지 않게 걸어서 건넜다. 시선은 계속해서 바다에 고정되어 있었는데 그건 당장이라도파도가 거품을 내뿜으며 일어나 우리를 덮칠 것 같았기 때문이다. 바람을 타고 날아오른 재갈매기들이 우리의 느린 발걸음을 조롱하듯 머리 위에서 울어댔다. 연을 연결해 서핑을 즐기는 사람들은 바람을 이용해 파도 위로 날아올라 잠시 공중에서 자유를 만끽했다. 이 근처에서 썰물 때는 대단히 조심만

한다면 헤일강 어귀를 걸어서 건널 수 있다. 그렇지만 강한 조류가 밀려오기 시작하는 순간 그 자리는 죽음의 함정이 되어 버린다. 우리는 바닷물을 피해 내륙 쪽으로 들어갔고 거기서 다시 SWCP에 들어섰다. 나무로 지은 작은 오두막들과 반짝이는 조개껍질들, 부표, 떠내려온 잡목들 그리고 잡다한 쓰레기들을 모아놓은 곳이 줄지어 늘어서 있었다. 나도 이런 작은 나무 오두막에서 살 수 있지 않을까. 겨울이 오면 작지만 안전한 쉼터가 되어줄 수 있는 그런 곳에서. 여름이 끝나가면서 휴가객들은 점점 줄어갔고 휴가객들이 쓰던 오두막들은 대부분 비어 있었다. 그리고 얼마 지나지 않아 폭풍우가 몰려오는 계절이 되면 바닷가는 폐쇄되리라.

오래된 부둣가 근처, 콘크리트로 이루어진 숲에서 SWCP가 사라졌다. 대신 포장된 인도가 나타나 도로와 함께 나란히 몇 킬로미터고 이어졌다. 패디 딜런에 따르면 이곳과 세인트 아이브스 사이에 있는 도심지를 통과하는 구간에서 어떤 사람들은 길을 잘 찾지 못해 그냥 버스를 타는 경우도 있다고 한다. 벌써 늦은 오후였고 이대로 있으면 해가 진 뒤에는 야영을 할 수 없는 주택가에 남게 될 수밖에 없다 보니 우리는 버스를 탔다. 마침 둘이서 버스를 탈 수 있을 정도의 돈이 남았고 세인트 아이브스를 지나 야영을 할 수 있는 바닷가 근처까지 갈 수 있었기에 버스를 타기로 한 것이다.

 "어디로 가는 길이세요? 배낭여행을 하기에는 좀 시기가 늦지 않았나요?"

 스무 살 남짓 되었을까, 무릎까지 오는 반바지와 모자 달린 티셔츠를 입은 남자가 우리 앞에서 버스를 기다리며 이렇게 물었다.

 "랜즈엔드로 가요. 그다음은 아마 날씨에 달려 있겠지만, 어쨌든 계속 걸어갈 겁니다."

 "얼마나 더 갈 건데요?"

 "그야 우리가 가고 싶은 만큼."

 "아니, 그럼 돌아갈 계획이 없다는 거예요? 그 나이에 그런 생각을 하다니 정말로 대단들 하시네요. 일상을 박차고 나와서 원하는 일을 하다니요."

 "꼭 그런 것만은 아니라서요."

 "아니, 내 말이 맞잖아요. 돌아갈 계획이 전혀 없다면 자유롭게 인생을 즐길 수 있다는 거지요. 정말 대단합니다."

 남자는 다른 길로 가는 버스에 올라탔다. 그러나 이렇게 외치는 걸 잊지 않았다.

 "어르신들, 인생을 즐기세요."

 우리는 버스에 자리를 잡고 앉았다. 이렇게 빨리 움직이고 있으려니 이상한 기분이 들었다. 걸어서라면 몇 시간은 걸릴 거리를 단 몇 분 만에 가고 있는 것이다. SWCP는 우리에게 걸어서 가는 길은 완전히 다른 느낌이라는 사실을 알려주었다. 우리는 실제 거리가 얼마나 되는지 알게 되었고 출발 지점에서 다음 목적지까지 그리고 다음에 목을 축일 수 있는 곳까지의 공간이 얼마나 넓은지를 온몸으로 느낄 수 있었다. 바람을 타고 하늘을 나는 황조롱이가 먹잇감을 내려다보는 식으로 길을 알아볼 수 있게 된 것이다. 우리가 움직이는 거리는 몇 킬로미터라는 거리의 단위가 아니라, 움직이는 시간의 단위로 측정되었다.

우리는 세인트 아이브스에서 내렸다. 해가 질 때까지는 1시간쯤 여유가 있었지만, 원래 가려고 했던 바다 쪽으로 튀어나와 있는 땅 근처가 아닌 마을 근처에 내리고 말았다. 그래도 별로 문제는 없었다. 아니, 아무런 문제도 없었다. 모스는 여전히 내 곁에 있었고 우리는 자유로웠다. 그렇게 자유롭게, 인생을 즐기고 있었다.

14

시
인
들

    사라지는 빛 속에서도 세인트 아이브스가 찬란하게 빛나고 있었다. 북쪽을 향하고 있지만, 삼면은 대서양에 둘러싸인 이 마을은 바다에서 반사된 강력한 자외선에 휩싸였고 그 때문인지 해가 거의 져 가는데도 마을의 집들은 세상에 존재하지 않는 기묘한 빛을 띠고 있었다. 도예가 버나드 리치는 1920년 이곳에 정착해 도자기를 굽기 시작했고 지금도 도자기가 생산되고 있다. 뒤를 이어 조각가 바바라 헵워스도 이곳으로 와 조각상을 만들었다. 이 마을이 품고 있는 빛이 전 세계의 예술가들을 끌어들이는 것일까. 작은 어촌 마을은 어느덧 자유분방한 삶을 즐기는 예술가들의 마을이 되어갔다. 그리고 관광객들이 몰려들기 시작했고 테이트 세인트 아이브스라는 이름의 미술관도 건립되었다. 관광객들이 더 많이 몰려들기 시작하고 어업은 중단되면서 마을의 운명도 그렇게 다른 방향으로 흘러가게 되었다. 콘월 최고의 관광지. 어부들은 고기잡이를 그만두고 이제 어선으로 관광객들을 실어 나르는 곳. 예술가보다 미술관이 더 많이 생기는 곳. 그렇지만 이 마을이 품고 있는 빛은 좁다란 거리와 어부들이 살고 있는 집 앞뜰에서 여전히 지중해의 은은한 백색 불빛처럼 환하게 뿜어져 나오고 있었다.

"여기라면 하루쯤 구경을 하면서 지내도 괜찮을 것 같은데."

"그럴 수는 없어. 야영을 할 곳을 전혀 찾아볼 수 없는 걸."

우리는 항구를 둘러싸고 있는 담벼락 위에 앉아 하나둘씩 켜지는 불빛들을 바라보았다. 그때 한 나이 든 남자가 닳아빠진 모직 웃옷에 웰링턴 장화 그리고 얼굴 전체를 덮을 듯한 빵모자를 뒤집어쓰고 나타나 새로 만든, 그리고 반쯤 만들다 만 바다가재 통발들을 챙기고 있었다. 잠시 우리는 새로운 작품을 위해 주변을 돌아보는 1930년대 예술가가 된 듯한 기분에 휩싸였다.

"그걸로 여기서 뭘 잡는 겁니까?"

"난 어부가 아니오. 그러니 내가 배를 타고 있는 모습 같은 건 기대하지 마슈."

"그러면 그 통발들로 뭘 하시는 건가요?"

"관광객들에게 기념품으로 팔지. 왜요, 하나 사시려고?"

"아니오, 우리는 됐습니다."

"가만히 보니까 바다가재나 통발이 아니라 어디 야영할 곳을 찾는 거 같은데. 그러면 저기 테이트 미술관을 지나서 마을을 벗어나 사우스 웨스트 코스트 패스를 따라 가보세요. 왼쪽에 보이는 언덕 위로 가면 야영장이 있을 테니까."

우리는 그의 말대로 언덕으로 올라갔다. 문을 하나 지나자 트레일러들을 위한 야영장들이 줄을 이어 만들어져 있었고 거기를 지나고 나자 비로소 마을 위 야영장이 나타났다.

"유료 야영장을 이용할 돈이 없어."

"그래. 하지만 날이 벌서 어두워졌잖아. 지금은 누가 새로 들어왔는지 확인하러 오지는 않을 거야. 내일 날이 밝자마자 일찍 떠나자고."

우리는 입구에서 가장 멀리 떨어진 가장 구석에 있는 가시금작화 덤불 뒤 안성맞춤인 자리를 찾아 텐트를 쳤다. 우리는 언덕과 바위산, 모래밭과 포장도로를 20킬로미터나 가로질러 온 사람들처럼 금세 잠에 빠졌다. 잠에서 일어났을 때는 모든 걸 운에 맡기고 그냥 있어보기로 결정했다.

몸을 씻으러 간 나는 등산화를 벗고 지난 사흘 밤낮을 피부처럼 붙어 있던 양말을 벗겨냈다. 엄지발가락이 평평해져 있었고 발톱은 가장자리가 들려 있었다. 제대로 붙어 있지 않고 너덜거리는 발톱을 잘라내자 분홍색으로 욱신거리는 발가락 중간에 얼마 되지 않는 발톱의 일부만 남게 되었다. 그런데 이곳은 난방을 하고 있는지 바닥이 따뜻했다. 처음 경험하는 일이었다. 나는 커다란 거울 아래에서 헤어드라이어로 양말을 말리고 티끌 한 점 없는 화장대 위에 떨어진 모래며 먼지, 그리고 살점들을 털어냈다. 라디오에서는 끈적거리는 목소리로 누구든 자동차에 파이러트 FM 라디오 방송국 스티커를 붙이면 주유 상품권을 주겠다는 광고가 흘러나왔다.

"다, 다, 다, 다! 지금까지 파이러트 FM이었습니다."

이 소리가 머릿속에서 웅웅 울리며 떠나지를 않았다. 심지어 몸을 씻을 때 흘러나온 본 조비의 노래 〈원티드 데드 오어 얼라이브〉의 요란한 소리도 그 자리를 대신할 수 없었다.

나는 까치집 같은 머리를 감고 말렸다. 헤어드라이어에서 나오는 따뜻한 바람은 그동안 잊고 있었던 즐거움이었다. SWCP를 걸으며 야생에서 지낼 때는 항상 온몸이 축축하게 젖어 있었다. 땀으로 젖었고 내리는 비로 젖었고 또 습기로 젖었다. 옷 역시 항상 축축했다. 낮 동안은 흐르는 땀이, 밤에는 습기가, 그리고 아침에는 거기에 냉기까지 더해졌다. 그러다 햇살 아래 앉을 때는 잠시 그런 축축함에서 벗어날 수 있었다. 배낭을 벗고 양말도 벗어 말렸다. 그렇지만 다시 배낭을 짊어 졌을 때는 불과 몇 분도 지나지 않아 다시 온몸이 축축해졌다. 보통의 삶이라면 늘 말라 있는 것이 더 익숙한 일이리라. 너무 익숙한 일이라서 그 문제에 대해서는 아예 생각조차 제대로 하지 않는 것이 아닐까. 그리고 아마 그런 이유 때문에 나는 며 칠을 양말도 벗지 않고 지냈는지 모른다. 우리는 현대 문명의 경계선을 넘어서서 그저 존재하고 생존하는 상태로만 지냈다. 내 발바닥에게는 따뜻하게 달아오른 바닥이 온천욕 치료와 비 슷한 효과가 있었다. 나는 그렇게 뜨거운 발바닥과 말린 머리 그리고 파이러트 FM과 함께 아주 오랫동안 그 자리에 서 있었 다. 나는 현대 문명이 좋았다. 다, 다, 다, 다! 파이러트 FM. 홍! 그저 몸만 씻는 곳도 이 정도로 꾸며놓았을 정도니 여기 야영 장 이용 비용은 분명 상상 이상일 것이다. 누군가 우리에게 돈 이야기를 꺼내기 전에 어서 이곳을 떠나야 했다.

세인트 아이브스의 좁은 거리에는 수많은 사람이 서로 엉켜 있었다. 머리 위로 늘어진 깃발들에는 세인트 아이브스 9월 축 제가 주말부터 시작된다는 광고가 적혀 있었지만, 이미 먼저 와 있는 사람들로 세인트 아이브스는 만원이었다. 우리는 거리를 따라 걸었다. 배낭을 짊어지고 있지 않아서 그런지 발걸음이 날아갈 것처럼 가벼웠다.

"은행에 돈이 좀 들어와 있을 텐데."

"이거 치명적인 유혹이군. 여기는 음식들이 너무 많아."

우리는 해산물 전문 식당 창문에 얼굴을 바짝 가져다 붙였다. 우리는 수란과 훈제 연어로 상상 속 아침 식사를 차려 먹었다. 카푸치노까지 한잔 마시려는 찰나, 여종업원이 밖으로 나와서 창가에서 비켜달라고 말했다. 손님들이 식사를 하는 데 방해가 된다는 것이었다. 소시지, 햄, 도넛, 아이스크림, 스콘 그리고 파이. 파이라니. 우리는 현금 인출기 쪽으로 향했다.

오늘 확인한 은행 잔고는 25파운드하고 62펜스였고 인출 가능한 금액은 20파운드였다. 왜 이렇게 돈이 적은지 의아했지만, 그 문제에 대해서는 우리가 할 수 있는 건 아무것도 없었다. 우리는 정부 보조금에 대해 자세한 내용을 전혀 알지 못했고 물어보고 싶은 게 있어도 그럴 전화비조차 없는 상황이었다. 우리는 20파운드를 인출해서 교회 옆에 있는 작은 공원에 말없이 가서 앉았다.

모스가 팔로 내 어깨를 끌어안았다.

"어떻게든 되겠지. 지금까지 계속 그래왔잖아."

"나도 알아. 그렇지만 나는 그 파이가 너무 먹고 싶었어. 어쟀거나 그냥 둘러보기라도 하자고."

나는 울음이 터져 나오려는 것을 꾹 참았다.

"그러면 국수를 더 사자. 우리는 국수를 참 좋아하잖아?"

"그래, 국수. 참 좋지."

거리는 사람들과 길거리 공연자들로 크게 붐볐지만, 그 빛은 조금 희미해진 것 같았다. 우리는 좁은 골목길을 따라 교회를 지나 어느 우아한 호텔의 창문 안쪽을 뚫어지게 쳐다보았다. 윤이 반짝반짝 나는 마룻바닥과 금속성의 파란색으로 칠한 나무판자를 이어붙인 벽 그리고 전체적으로 하얀색으로 통일된 호텔의 실내가 눈에 들어왔다.

"저거 알아보겠어?"

"창고에 딸린 부엌을 칠할 때 저거랑 똑같은 색으로 내가 칠했었잖아. 당신도 그거 기억하지?"

영적인 수행과 관련된 장신구를 파는 가게가 우리의 눈길을 끌었다. 창가에는 은 장신구와 수정 제품 그리고 아메리카 원주민의 장식용 고리 등이 전시되어 있었다. 가게 입구에는 이런 표지판이 붙어 있었다. '타로 카드로 점을 쳐드립니다.' 우리는 창문 안쪽을 응시했다. 진지하게 둘러본다기보다는 그저 번쩍이는 물건들이 만들어내는 아련함에 취하는 것 같았다.

"점을 봐드릴까요?"

운동복 바지 위에 카디건을 걸친 어느 나이 든 여자가 가게 문을 열고 우리에게 말을 걸었다.

"아니오, 괜찮습니다. 그럴 형편이 아니라서요."

"그래도 한번 들어와 봐요. 오늘은 손님이 하나도 없었는데, 싸게 해드리지."

나는 한 걸음 앞으로 나아갔다.

"그러세요, 뭐. 안 될 게 뭐가 있겠어."

"안 돼."

모스가 머리를 흔들며 문 앞에서 나를 가로막았다. 여자는 손을 내밀어 모스를 가게 안으로 이끌었다.

"당신 아내만 봐드릴 테니 남편분은 그냥 옆에 앉아 있어도 됩니다."

우리는 뒤쪽에 있는 여자의 방으로 들어갔다. 사방이 휘장으로 둘러쳐져 있고 온갖 잡동사니들이 함께 있었다. 여자는 타로 카드를 뒤섞었고 나는 그중에서 아홉 장을 뽑아 들었다. 여자는 내가 뽑은 카드를 펼쳐보았다.

"아, 이런. 한가운데 태양이 있고 꼭대기에는 달이 있군요. 마지막으로 고른 카드 세 장은 어머니 대지와 예술 그리고 저울이네요. 책이나 글과 관련해 명성을 얻게 되겠군요. 시간이 지나면 자신이 반드시 해야 할 일에 대해서 알게 될 거고, 가장 원하는 걸 갖게 될 겁니다."

"그거 정말인가요?"

"정말이지요."

여자는 손을 뻗어 모스의 손을 잡았다.

"당신도 아무 문제 없을 거예요. 아내의 생명선이 무척이나
긴데 당신도 그 안에 있으니까."

우리는 바닷가로 다시 돌아가 콘크리트로 만든 방벽을 따라
걸었다. 어느 미술관에서 밀물이 밀려들기 전까지 사람들에게
보이기 위해 가져다 놓은 조형물들이 있었고 어떤 공연 예술
가는 돌들을 가져다 균형을 잡으며 쌓고 있었다. 사람들이 그
걸 보고 바닷가에 설치된 배수관에 동전을 떨어트리면 동전은
배수관 끝에 있는 양동이로 들어갔다.

"그래, 당신은 영원히 살 거야."

"그리고 당신은 나랑 함께 살 거고."

"거기다 원하는 건 뭐든 다 갖게 되겠지?"

"그러면 가자."

"가다니, 어디로?"

"파이를 사러."

콘월에는 파이를 파는 수많은 가게가 있었다. 대부분 전통
과 맛을 자랑하고, 원조라고 주장했다. 우리는 이 세 가지를 모

두 내세우는 어느 가게에서 커다란 파이 하나를 사서 항구에 걸터앉아 먹었다. 주변에 있는 수많은 사람도 감자튀김이며 아이스크림을 먹고 있었다. 우리는 콘크리트 방벽 위에서 다리를 흔들며 파이를 절반씩 나눠 먹었다. 갈매기들이 지붕과 가로등과 난간 위에 앉아 뭔가 화가 난 듯 새된 소리를 내리지르고 있었다. 그중에서도 특히 잔혹하게 보이는 갈매기 한 마리가 유람선 타는 곳에 자리를 잡고 앉아 있었는데 녀석의 유리알 같은 눈이 우리를 쏘아봤다. 나는 기름이 번진 포장지로 나의 귀중한 파이를 감싸 들고 있었다. 내가 지금까지 맛본 파이 중에서 단연코 최고라고 할 수 있는 맛이었다. 속을 채운 소고기며 감자 그리고 푸성귀는 완벽할 정도로 부드러웠으며 국물도 딱 적당하게 배어 있어 밑으로 흐르거나 하는 일도 없었다. 나는 계속 갈매기 쪽을 주시하며 될 수 있는 대로 천천히 파이를 베어 물었다. 한입 베어 물고 손이 입에서 떠난 찰나, 뭔가 바람을 가르는 듯한 소리가 들려왔다. 그리고 뒤에서 뭔가 휙 하고 머리를 스쳐 지나가면서 파이가 온데간데없이 사라졌다. 나는 정말 어이가 없었다. 내 손에 남아 있는 건 빈 종이 포장지뿐이었고 우리를 쏘아보던 갈매기는 요란한 소리와 함께 날아갔다. 이런 바보, 바보. 왜 뒤를 돌아보는 걸 생각하지 못했을까. 혹시 두 녀석이 모두 한 패거리일까?

"그 점쟁이가 원하는 건 모두 다 가질 수 있게 될 거라고는 했지만, 그걸 계속 갖고 있게 될 거라는 말은 안 했지?"

"그래, 당신 잘났어! 당신 거는 이미 다 먹어버렸다 이거지!"

"아, 왜 그래. 그래도 재미있잖아."

"천만의 말씀이야."

모스는 자리에서 일어나 포장지를 쓰레기통에 던져버렸다.

"그러면 당신은 여기 계속 앉아서 입맛만 다시고 있으라고. 나는 텐트에 가서 뭐 좀 가져와야겠어. 다시 올 테니까 어디 가지 말고 꼭 여기 있어."

모스는 사람들 사이로 사라졌다. 그가 움직이는 모습이 뭔가 이상하게 느껴졌다. 그는 어디 아픈 사람처럼 비틀거리지 않고 부드러운 자세로 똑바로 걸어갔다. 정상적인 사람과 똑같았다. 정말로 이상한 일이었다. 다, 다, 다, 다! 파이러트 FM! 우리는 웨일즈를 떠난 이후 이렇게 서로 떨어져 있어 본 적이 거의 없었기에 나는 이상하게 뭔가 혼란스러운 기분을 느꼈다. 마치 그가 일어서서 떠날 때 내 반쪽을 가져가 버린 그런 기분이었다. 파이 반쪽만 남은 그런 기분⋯⋯. 피시앤칩스를 파는 가게 근처에는 갈매기들이 잔뜩 몰려 있었다. 생선을 좋아하는 본능은 그대로였지만, 갈매기들은 그와는 상관없이 기회만 엿보며 먹을 수 있는 건 뭐든 채갔다. 갑자기 달려들어 먹을 것을 채가려는 녀석들의 시도는 이따금 성공을 거두었다. 다, 다, 다, 다! 파이러트 FM! 나는 세인트 아이브스에 대한 노래 한 곡을 지어보려고 했다.

내가 세인트 아이브스로 가고 있을 때 나는 한 남자를 만났지.

아니, 남자는 이미 만났지. 그런데 그 남자가 돌아오지 않으면 어떻게 하지? 내가 징징거리는 게 지겨워져서 그냥 자기 배낭을 꾸려 가버렸을 수도 있었다. 아니야, 그렇게 떠날 수는 없을 거야. 돈은 내가 가지고 있거든. 그러다가 문득 머리 위로 하늘이 무너져 내리는 것 같았다. 내가 여름 내내 현실을 부정하며 지탱해 온 하늘이 천천히 무너져 내리기 시작했다. 모스가 돌아오지 않으면, 나를 그냥 두고 떠나버리면 나는 어떻게 하지? 나는 언제나 반쪽이었을 뿐 완전한 하나가 아니었다. 나는 무릎을 끌어안고 갈매기들을 노려보았다. 그리고 다른 생각은 아무것도 하지 않으려고 애를 썼다. 다, 다, 다, 다! 파이러트 FM!

"그렇다고 꼼짝하지 말고 앉아 있으라는 건 아니었는데."
"그냥 앉아 있었어. 그런데 뭘 가지고 온 거야?"

"《베오울프》가 필요했거든. 어서 가자."

"응?"

우리는 사람들 사이를 지나 확 트인 공터 쪽으로 향했다. 길거리 공연을 하는 사람들이 몰려 있는 곳이었다. 모스는 식료품을 파는 가게 근처에 멈춰 서서 자리를 잡고 《베오울프》를 펼쳐 들었다. 붉은색으로 제목이 적힌 평범한 모양의 짙푸른 표지가 내게는 너무나 익숙했다.

"준비 됐어?"

"어? 아니, 아니야. 당신, 제발……."

모스는 벽에 편하게 등을 기댔다. 마치 이 세상에서 가장 평범하고 익숙한 일을 하려는 것처럼 보였다. 그렇지만 모스는 이야기를 재미있게 풀어내는 재주가 있었다. 그는 공사장에서 일할 때도, 버스를 기다리는 줄에서도 그리고 우리 농장을 찾아온 손님들과 견학을 온 아이들에게도 재미있는 이야기를 들려주곤 했다. 앉아서 이야기를 들을 만한 시간이 있는 사람이라면 누구에게라도. 역사에서 식물에 이르기까지 그가 하는 모든 이야기는 듣는 사람들의 마음을 사로잡았다. 그런데 여기는 낯선 사람들로 가득 찬 길거리였지 그의 이야기를 기다리는 청중이 있는 그런 자리가 아니었다. 그리고 대부분이 평범한 관광객들이 아니라 이곳의 축제를 즐기러 온, 예술을 꽤나 안다는 그런 사람들이었다.

"안 돼, 모스……."

"그리하여……."

이런 맙소사. 엄청나게 당황한 나는 뒤로 숨으려고 했다. 모스는 항상 그렇게 조용히 말하는 건 모르는, 목소리가 큰 사람이었다.

먼 옛날에 창을 든 전사들이 있었노라. 그리고 용기와 위대함을 갖춘 왕들이 그 전사들을 이끌었노라.

몇 사람들이 가던 걸음을 멈추고 모스 쪽을 돌아보았다. 그리고 두 명의 나이 든 남자가 팔짱을 끼고 고개를 끄덕였다. 모스는 이제 충분히 적응된 듯 눈앞의 사람들에 대해서는 아랑곳하지 않고 과거 자신이 이야기를 들려주던 때로 되돌아간 것 같았다.

그때 무시무시한 힘을 지닌 악마가 어둠을 헤치며 나타났노라.

모스가 내게 쓰고 있던 모자를 던졌다. 나에게 정말 그걸 시키는 건가? 모자 안으로 동전들이 떨어졌다. 1파운드나 2파운드짜리도 있었다. 나는 사람들 사이를 돌아다니며 동전을 받았다. 20펜스, 50펜스……

"그거 허가는 받고 하는 거요?"

거리를 거의 다 막을 정도로 몰려 있는 사람들 사이 어딘가에서 이런 목소리가 들려왔다. 허가라고?

　　몇 번이고 되풀이해서 사악한 존재들이 나를 계속 공격했
　　노라.

모스가 책을 덮었다.

"그리하여……, 여러분. 오늘은 여기까지입니다. 지금까지 셰이머스 히니의 《베오울프》였습니다. 들어주셔서 감사합니다."

사람들이 박수갈채를 보냈다.

"멋지군요. 셰이머스 히니에 대한 대단한 추모 헌사예요. 히니도 분명 자랑스럽게 생각할 겁니다."

나이 든 남자 중 하나가 모스와 악수를 했다.

"이번주에 그 사람도 여기 축제를 보러 올 수 있었다면 좋았을 것을."

"어, 잠시만요. 추모요? 그 분이 언제 돌아가셨나요? 지금 도보 여행 중이라 소식을 잘 못 들어서요."

"2주 전입니다. 완벽한, 정말이지 완벽한 추모였어요. 정말 감사합니다."

사람들이 흩어졌고 나는 모스의 모자를 품에 꼭 끌어안았다.

"그 사람이 세상을 떠났는지는 전혀 몰랐는걸. 뭔가 무례를 저지른 것 같은 생각이 드네."

"그 사람이 별로 뭐라 그럴 것 같지는 않은데. 아마도 웃었으면 웃었지."

"이제 그만 가야겠어. 허가는 받았느냐고 물어보는 소리 들었지?"

조용한 항구 끄트머리로 돌아온 우리는 모자를 뒤집어 동전들을 세어보았다. 눈부시게 반짝이는 동전들이었다. 우리는 동전들을 세고 또 셌다. 28파운드 하고 3펜스였다. 28파운드라니! 우리는 춤이라도 추듯 웃으며 펄쩍 뛰어올랐다가 아까 있었던 일을 다시 떠올리며 결국 울음을 터트렸다.

"당신이 아까 책을 낭독하며 움직일 때 너무 멋졌어. 정말 극적이었어."

"먹을 거, 먹을 거, 먹을 거. 먹을 거 사러 가자."

우리는 근처에 있는 협동조합을 찾아가 돈을 몽땅 내고 빵이며 과일, 푸성귀 등 국수만 빼고 그동안 먹고 싶었던 걸 모두 다 쓸어 담았다. 중고품 가게에서는 모직 웃옷을 하나씩 챙겼고 또 감자튀김도 작은 걸로 두 봉지 샀다. 그러고도 여전히 수중에는 원래 있던 20파운드 말고도 10파운드가 더 남아 있었다. 게다가 은행에는 5파운드가! 인생을 즐기자고!

텐트를 쳐둔 곳으로 돌아오는 길에 우리는 어느 미술관 창문에 붙은 광고지를 보았다. '시인 사이먼 아미티지, 마인헤드에서 랜즈엔드까지 걸으며 책을 낭독하다. 오는 일요일 세인트 아이브스에서 낭독회가 열릴 예정. 참가비 무료. 예약 완료.'

"아, 마침내 사이먼 아미티지가 누군지 알게 되었네."

"그런데 당신하고는 전혀 닮은 구석이 없는데."

"글쎄. 사람들이 내 속에 있는 시적 감수성을 알아본 것이 아닐까."

"홍, 웃기시네."

우리는 야영장을 다시 찾아가 옷을 빨고 헤어 드라이기로 장난을 치며 그날 저녁을 보냈다.

다, 다, 다, 다! 파이러트 FM! 나는 세인트 아이브스에 대한 노래를 완성해보려고 했지만 좀처럼 생각대로 되지 않았다.

사이먼 아미티지를 향한 헌사

갈매기, 갈매기, 사방을 가득 채운 갈매기들이여.
내 머리 위를 날아가는 갈매기들이여
파이, 파이, 사방을 가득 채운 파이들이여.
갈매기 입 안에 들어간 파이들이여.

"레이너, 그런 엉터리는 세상에 다시는 없을 거야."
"아니, 그래도 운율을 맞추려고 나름 애를 썼다고."
"흥, 웃기시네."

4부

소금 맛이 살짝 밴 산딸기

무엇을 포기할까.
그리고 무엇을 주머니에 넣어 집으로 가져갈까.
선택하기 힘든 일이다.

- 사이먼 아미티지, 〈스톤 비치〉

그날 아침은 너무나도 완벽했던 여러 아침 중 하나였다. 수평선 너머로부터 수정처럼 밝게 빛나는 햇빛이 비추고 있었다. 고드레비 등대는 선명한 녹색이었으며 수평선 너머로 트레보스가 아주 또렷하게 보였다. 하지만 그런 순간이 그리 오래 지속될 수는 없었다. 이런 아침은 언제나 생각보다 훨씬 짧은 시간 안에 구름 속으로 사라져버린다. 우리는 이 야영장의 하루 이용료가 25파운드라는 사실을 알게 되었다. 여기 더 머무를 수는 없었다.

클로지 포인트로부터 초록색 빛이 동쪽으로 뻗어 나갔다. 그렇지만 서쪽에서는 높다랗게 치솟아 오른 흰 구름이 모여들었고 그중 일부가 상승 기류를 타고 빠르게 다가오고 있었다. SWCP는 바다 쪽으로 튀어나와 있는 땅들을 따라 계속해서 이어졌다. 호 포인트, 펜 에니스 포인트, 칸 누안 포인트 등이 보이지 않는 저 먼 곳에 있었다. 그런 땅들과 대서양, 거칠기 짝이 없는 야생의 자연과 불길한 예감 그리고 그 뒤에 있는 또 다른 비슷한 지형들. 우리는 계속해서 걷고 또 걸었다. 서쪽으로 갈수록 점점 더 색이 어두워지는 바위들이 부서져 내리며 바다에 빠지면 하얀 거품이 일어났고 낮게 떠 있던 구름도 먹구름이 되어갔다. 저 멀리 날씨와 바위에 가려 보이지 않던 땅이 드러났다. 서쪽 끄트머리 땅은 수천 년 동안 변하지 않은 지형 속에서 또 바다와 하늘에 의해 끊임없이 그 모습이 변화하는 모순을 지닌 땅이었다. 시간이나 인간에 의해서는 아무런 영향도 받지 않는 이 고대의 땅은 우리의 힘과 의지를 빨아들여 우리가 어쩔 수 없이 굴복해 변하도록 만들고 있었다.

대지는 꺼졌다가 치솟아 올랐고 바위들을 굴리며 SWCP를 도저히 지나갈 수 없는 바위투성이의 험지로 만들어버렸다. 우리는 수많은 바위산을 기어서, 넘어서, 돌아서 그리고 피해서 통과했다. 하늘이 땅과 만나고 우리도 하늘과 만났다. 물기가 사방에서 스며들었다. 옷도 축축했고 등산화에서도 물기가 나올 정도였다. 오른쪽 어디쯤에서 바다가 바위를 후려쳐 솟아오르는 걸 우리는 보지 못했고 급기야 하늘에 매달린 먹구름이 비가 되어 쏟아지면서 사방이 물바다가 되자 바위 사이를 지나 SWCP를 계속 따라가기 어렵게 되어버렸다. 어디까지 어떻게 가야 할지 전혀 결정할 수 없게 되자 우리는 자갈로 이루어진 거대한 산비탈을 기어오르며 이렇게 사방이 물바다인 지옥 속에서라면 여기 돌밭을 영원히 헤맬 수밖에 없을 거라는 생각까지 하게 되었다.

그러다 어느 곳에 이르러 어떻게 된 영문인지는 알 수 없었지만, 어쨌든 비와 바람 때문에 고개를 숙이고 있다가 나는 문득 확 트인 평지에 발길이 가 닿게 되었다는 사실을 깨달았다. 젠노 헤드를 향해 올라가다가 본능적으로 SWCP를 다시 찾아낸 것이다. 다시 길을 잃을까 두려워 눈을 SWCP에 고정한 채 물바다 속을 계속 걸어가고 있는데 바위산이 고사리밭으로 바뀌었다. 결국 그렇게 평지로 나온 후 얼굴을 들어보니 눈앞에 두 명의 나이 든 독일 사람이 서 있었다. 오늘 길을 걸으며 처음으로 만난 사람들이었다.

그 사람들도 우리를 만나서 반가워하는 것 같았다.

"아, 다행이다. 하마터면 여기에서 그만 세상을 떠나게 되는 건가 생각했었어요. 벌써 같은 곳을 세 번째 지나가는 중이라서 말이에요. 그런데 지금 여기가 어디인가요?"

혹시나 죽을지도 모른다고 생각했단 말인가. 나는 내가 이미 죽은 사람이라고 생각했는데. 모스는 물에 흠뻑 젖어버린 패디 딜런의 책을 주머니에서 꺼내 들고 조심스럽게 펼쳤다. 우리 네 사람은 모두 둥글게 모여 젖은 옷자락으로 돋보기안경을 닦으려 애를 썼다.

"그런데 어디로 가는 중입니까?"

모스가 물었다.

"젠노로 갑니다. 젠노에 있는 티너스 암스라는 여인숙에 방을 예약해두었거든요."

"그러면 언덕을 내려가서 내륙 쪽으로 들어가는 길을 따라가야겠군요."

두 사람은 떠나갔다. 불과 2미터도 가지 않아 두 사람은 안개 속으로 사라졌다.

"티너스 암스 여인숙?"

선술집을 겸하고 있는 따뜻하고 분위기 좋은 여인숙 생각이 머리에서 떠나지 않았다.

우리는 지친 다리를 이끌고 포장된 도로를 따라갔다. 짊어지고 있는 배낭은 이제 무게가 두 배는 더 나갔고 물이 줄줄 흘러 떨어지고 있었다. 그렇지만 바위투성이의 험한 산길을 걷다 평지로 나오니 천국이 따로 없었다.

젠노에는 인어에 대한 유명한 전설이 있다. 마술과도 같은 매혹적인 목소리를 지닌 어느 아름다운 여인이 이따금 젠노에 있는 세인트 세나라 교회를 찾았다. 어느 날 그 여인은 매티 트레웰라라는 남자를 처음 만나게 된다. 매티 트레웰라는 즉시 여인에게 매혹되어 그녀와 함께 사라졌고 땅 위에서 다시는 모습을 나타내지 않았다. 서쪽 바다에서 안개가 피어오를 때 바다에서 그 모습을……. 여기까지가 세인트 아이브스에 있는 무메이드 아이스크림 가게의 여종업원에게 들은 이야기다. 어쨌든 마을 사람들은 이 두 남녀를 기리는 의미에서 여인이 앉아 있었다고 알려진 교회의 나무 의자 위에 인어의 모습을 조각으로 새겨두었는데 이 조각만큼은 아무리 봐도 15세기에 만들어진 진짜로 보여 적어도 관광지와 아이스크림 홍보를 위해 급조된 건 아닌 듯 싶었다.

그래서 문제의 그 세인트 세나라 교회가 안개 속에서 모습을 드러내자 우리는 당연히 들어가 보지 않을 수가 없었다. 물고기 꼬리를 당당하게 드러낸 그 여인도 거기 있었다. 우리가 이 교회에서 하룻밤을 신세 지는 게 어떨까 잠시 생각을 하고 있는데 교회 문이 벌컥 열리더니 근사한 새 방수천을 덧씌운 배낭을 짊어진 두 남자가 요란하게 교회 안으로 들어왔다. 둘 중 덩치가 더 큰 남자가 곧장 인어 조각 쪽으로 가더니 몸을 숙여 조각을 내려다보았다.

"그래, 바로 이거야."

남자는 이렇게 말하고는 몸을 돌려 다시 요란스럽게 교회를 빠져나갔고, 그보다 몸집이 작은 남자는 인어가 조각된 의자에 가까이 가보지도 못하고 허둥지둥 다른 남자를 따라 나갈 수밖에 없었다. 마치 거침없이 행군을 하는 군인이라도 본 듯한 그런 기분이었다.

티너스 암스에 도착해서 어두운 한쪽 구석에서 등받이가 없는 의자 몇 개를 찾아낸 우리는 웃옷을 벗고 차를 주문했다. 이미 도착해 풍성한 식사를 즐기고 있던 그 독일 남녀가 저쪽에서 손을 흔들었다. 신고 있던 빨간 양말을 탁자 한쪽 끝에 걸쳐놓자 거기에서 떨어진 물이 배낭 밑으로 흘러가 작은 웅덩이를 이루었다. 우리는 금세 몸이 후끈후끈해졌고 몸에서 김도 나기 시작했다. 안 그래도 어두운 티너스 암스의 한쪽 구석은 우리가 만들어내는 안개로 온통 희미해졌다.

문이 열리더니 교회에서 마주쳤던 두 남자가 위풍당당하게 모습을 드러냈다. 뒤에는 네 명의 다른 남자들이 더 있었다. 교회에서 봤을 때는 젖어 있었지만, 지금은 몸을 씻고 깨끗하고 잘 마른 옷으로 갈아입었다. 우리는 그 사람들이 자신에 대해 직접 소개할 때까지 기다렸다. 대개 배낭여행자들이란 언제가 되던 참지 못하고 지금 뭘 하고 있는지 결국 자기 입으로 다 털어놓게 마련이다. 그리고 그렇게 되기까지는 별로 시간이 걸리지 않았다.

"우리는 사우스 웨스트 코스트 패스를 걷고 있습니다. 마인헤드에서 플리머스까지요. 우리는 적어도 2주일 안에 플리머스에 가 있게 될 겁니다. 오늘은 출발한 지 18일째 되는 날이고요. 계획대로 착착 진행되고 있어요."

제일 덩치 큰 남자가 바로 그들의 대변인이었다.

"그런데 왜 우리가 이런 일을 하냐고요? 그야 자선 활동의 일환이지요. 아무도 이런 식으로 자선 활동을 위한 기금을 모으려 하지 않는데 그렇게 생각하면 정말 대단한 일을 하고 있다고 봅니다. 물론 후원자들이 있어요. 혹시 무슨 일이 있을지 몰라서 지원 차량이 뒤따르고 있지요."

사실 이때쯤이면 여기저기서 여행자들이 튀어나와 걷기 여행과 관련된 이런저런 이야기들이 떠들썩하게 이어져야 했다. 그런데 독일 남녀는 이미 어디론가 사라졌고 나머지 사람들은 도보 여행을 하는 것이 아니었다. 물론 우리는 SWCP를 걷고 있는 여행자였다. 하지만 자선 활동 같은 것과는 전혀 관련이 없었고 그저 걸어야겠다고 생각했기 때문에 이러는 것뿐이다. 우리에게 무슨 후원자나 지원 차량이 있었던가? 있는 거라곤 짊어지고 있는 배낭뿐이었다. 매일 밤 야영을 하는 건 맞지만,

텐트는 이미 흠뻑 젖었고 오늘 밤에 어디서 묵어야 할지 도무지 뾰족한 수가 떠오르지 않았다. 우리는 저런 이야기에는 끼어들지 않기로 결심하고 안개 속에 앉아서 뜨거운 물을 더 주문했다. 남자들은 10시가 되자 "이런 여행을 할 때는 일찍 자고 일찍 일어나야 해" 어쩌고 하며 자러 들어갔다.

밤 11시가 되자 마침내 비가 그쳤고 안개도 조금 걷혔다. 우리는 다시 젖은 옷들을 걸치고 어둠 속으로 나섰다. 길 옆에 있는 공터가 텐트를 치기에 적당해 보였지만, 쌓여있는 퇴비 더미를 보니 누군가의 텃밭이 분명했다. 우리는 결국 바다 쪽으로 튀어나와 있는 땅의 빈 곳을 찾아 발걸음을 돌렸다. 고사리밭을 헤치고 나오니 들판이 나왔다. 농가 불빛과의 거리가 그정도면 꽤 멀어 보여서 여기면 괜찮다 싶었다. 수건으로 텐트의 물기를 닦고 있으려니 바람이 거세게 불어왔다. 그래서 우리는 침낭을 펼 수 있을 정도로 부는 바람의 힘으로 텐트 안의 물기가 마르기를 바라며 들판 위에 그냥 앉았다. 그렇게 허허벌판 위에서 물에 젖은 채 추위에 떨면서 새벽 1시에 참치 통조림과 쌀밥을 먹었다. 축축한 공기가 저 아래 바닷가에서 올라왔고 물개들이 우는 소리도 들려왔다. 물개들이 우는 소리는 점점 조금씩 작아지더니 이내 대답을 하는 듯 다른 울음소리가 들렸다. 축축하게 젖은 칠흑 같은 한밤중에 물개들은 그렇게 서로를 부르고 있었다.

"여기는 너무 축축해."

"그건 나도 마찬가지야."

"물개인지 인어인지 정말 진절머리가 나는군. 그냥 입 좀 닥치고 있으면 안 되나? 도무지 잠을 잘 수가 없잖아."

그게 정말 물개였는지 인어였는지는 알 수 없다. 소리를 내는 게 무엇이든 간에 한밤중에 바람 부는 벌판 위에 세운 축축하게 젖은 텐트 안에서 축축하게 젖은 침낭 안에 들어가 물개들의 소리를 듣고 있으려니 나는 진짜 노숙자처럼 뒷골목 쓰레기통 옆에서 신문지나 상자를 덮어쓰고 있지 않은 것에 오히려 감사하는 마음이 들었다.

암소들은 잘 자란 풀을 뜯어 먹을 때 특별한 소리를 낸다. 그런데 그 소리가 바로 내 머리 위에서 들려왔다. 암소가 풀을 뜯어 먹고 트림하는 소리가 바로 내 머리 위에서 들려온다면 그건 다리와 발굽이 텐트 바로 옆에 있다는 뜻이 된다. 한 걸음만 삐끗해도 텐트를 고정하고 있는 줄과 뒤엉키거나 아니면 발굽이 텐트 위에 덧대어놓은 천을 뚫고 들어올 수도 있다는 뜻이기도 했다. 나는 최대한 조용히 모스를 깨웠다.

"모스, 모스. 밖에 암소가 있어!"

"그래서?"

"암소가 텐트 바로 밖에 있다고!"

"그러려니 해. 저러다 가겠지, 뭐."

나는 결코 그러려니 할 수가 없어서 최대한 천천히 텐트 문을 열었다. 혹시라도 암소가 놀라 텐트 쪽으로 뛰어들면 큰일이었다. 물론 아무 소리도 내지 않고 지퍼로 된 텐트의 문을 여는 건 불가능한 일이었다. 나는 가스스토브를 넘어서 젖어 있는 풀밭으로 나갔다. 암소는 아무것도 모르는 듯 이미 천천히 다른 곳으로 가고 있었다. 차갑게 가라앉은 공기 속에 암소의 등에서는 김이 무럭무럭 피어오르고 있었다. 나는 옅은 안개 속으로 어슬렁거리며 사라지는 암소가 입에서 김을 내뿜는 걸 볼 수 있었다. 암소는 안개 끝자락에 있어서 유령처럼 보이는 다른 소들에게 가는 것 같았다. 소들이 풀을 뜯어 씹어 삼키고 트림을 하는 소리가 들려왔다. 소들은 그렇게 희미하게 비치는 축축한 달빛 속에서 숨을 몰아쉬며 점점 사라져갔다. 물개들은 계속해서 누군가를 부르는 소리를 내고 있었다. 그 소리는 낮게 반복되었고 이따금 재갈매기들이 날카롭게 우는 소리에 묻히기도 했다. 나는 침낭 안에 들어가지 않고 그냥 침낭을 몸에 둘렀다. 동쪽에서부터 날이 밝아오면서 사방이 조금씩 눈에 들어왔다. 달은 희미하게 사라져갔으며 안개도 걷혀

갔다. 갈매기들은 날이 밝아온 걸 아는 듯 다른 소리를 내기 시작했고 농가에도 불이 하나둘씩 밝혀지기 시작했다.

저 멀리 거나즈 헤드와 그 사이에 있는 땅이 보일 정도로 구름이 많이 걷혔다. 그렇지만 하늘은 여전히 회색빛으로 낮게 가라앉아 있었고 바람이 불지 않으면 계속 그 상태일 것 같았다. 우리가 가야 할 길은 어느 협곡으로 이어져 있었는데 작은 시냇물이 길을 가로질러 흐르고 있었고 주변에는 꽃이 만발해 있었다. 마치 젠노에 있는 모든 정원이 물길을 따라 꽃씨를 흘려보내고 그 꽃씨들이 촉촉한 땅을 만나 이 숨겨진 야생의 정원에서 모두 다 함께 싹을 틔운 것 같았다.

우리는 바다 쪽으로 튀어나와 있는 또 다른 땅에 와 있었다. 우리는 긴 의자에 앉아 젖은 퍼지바를 먹었다. 그때 요란한 발걸음과 사람들의 목소리가 들려왔다.

"나는 네 빌어먹을 물집 같은 건 전혀 관심이 없어. 우리는 오늘 밤에 예정대로 랜즈엔드를 지나갈 거야."

그 사람들은 우리는 전혀 안중에도 없는 듯 그렇게 사라져 갔다. 오늘 랜즈엔드를 지나간다고? 우리는 랜즈엔드까지 며칠은 더 가야 한다고 생각하고 있었다. 랜즈엔드라. 거기에 닿으면 도대체 그다음은 어떻게 해야 할까?

펜더 코브까지 나 있는 좁은 길에서 두 사람이 다시 나타나 우리 뒤를 따라 SWCP로 접어들었다. 서로 비슷한 나이와 키의 허리가 굽은 나이 든 두 남자였다. 한 사람은 등산화에서 방수 옷 그리고 모직 모자까지 완벽하게 갖춰 입었고 볼이 움푹 들어간 창백한 얼굴에 여윈 체형으로 옷 뭉치를 들고 있었다. 아주 약간 나이가 덜 들어 보이는 또 다른 사람은 수영복에 슬리퍼를 신고 목에는 수건을 두른 채 밀폐 용기 하나를 들고 있었다. 두 사람이 가까이 왔을 때 그 움직임이나 얼굴 생김새, 그리고 서로 나누는 이야기를 봐서는 분명 형제 사이인 것 같았다.

"안녕들 하시오. 두 사람도 수영하러 나온 거요? 우리는 방금 바다에서 나왔소. 그러니까 나만 수영을 했지. 저쪽은 도무지 등산화를 벗으려고 하지 않거든. 도대체 무슨 생각으로 저렇게 햇빛도 안 보고 꽁꽁 싸매고 있을까. 저러다 한 번 옷이라도 벗으면 피부가 다 녹아내리는 거 아닌지 몰라."

말을 하는 사람은 수영을 하고 나왔다는 쪽이었고 다른 사람은 그저 반쯤 웃는 얼굴로 조용히 서 있을 뿐이었다.

"완벽한 아침이야. 공기는 촉촉하고 따뜻해. 피부에는 최고지. 소금기를 머금은 차가운 물방울에 따뜻한 안개라. 나는 늘 말하지요. 바닷가가 장수비결이고 만병통치약이라고 말이야."

남자는 잘 익은 자주색 과일로 반쯤 차 있는 밀폐 용기를 내밀었다.

"산딸기 맛 좀 보시려오?"

우리가 지금까지 걸어오면서 맛본 산딸기들은 대체로 작고 몹시 시었다. 그래서 나는 공손하게 하나만 살짝 집어 들었는데 입에 넣어보니 지금까지 맛보았던 산딸기와는 맛이 전혀 달랐다. 부드럽고 달착지근했으며 입안에는 가을의 풍미가 가득 차올랐다. 그리고 무엇보다 아주 희미하게 소금 맛이 났다.

"산딸기 먹을 철은 지났다고 생각했겠지요? 아니면 한 번 맛을 본 이후로는 별로 입맛에 안 맞는다고 생각했거나요. 사실 그렇지 않아요. 이렇게 마지막 순간까지, 그러니까 완벽하게 농익는 순간까지 기다려야 하는 거거든요. 지빠귀새는 그때가 언제인지 알고 있지요. 그리고 안개가 딱 맞게 피어오르고 소금기를 머금은 공기가 부드럽게 산딸기 위에 내려앉을 때가 되면 돈으로도 못 사고 일류 식당에서도 못 만들어내는 그런 맛을 이렇게 볼 수 있다 이겁니다. 소금 맛이 살짝 밴 산딸기의 완벽한 맛을 말이에요. 이런 건 사람 힘으로는 못 만들어. 오직 시간과 자연만이 만들어낼 수 있는 거지. 이건 선물이나 마찬가지예요. 이제 여름이 다 지나갔다고 생각했을 때, 그리고 좋은 시간이 다 지나갔을 때 맛볼 수 있는 선물."

남자는 창백한 얼굴로 옆에서 벌벌 떨고 있는 형제의 어깨에 팔을 둘렀다. 그 남자는 분명 어디가 안 좋은 것 같았다.

"내 옷은 내가 들고 갈게. 난롯불이 지펴져 있는 집으로 어서 가자고."

형제처럼 보이는 두 남자는 웃으며 골짜기 속으로 사라졌다.

우리는 두 손 가득 남겨진 산딸기들을 먹으며 방향을 틀어 거나즈 헤드 쪽으로 향했다. 두 손은 자줏빛으로 물들어 있었다.

하늘이 내려와 바닷물을 빨아들여 그대로 땅 위로 뱉어내자 우리는 바위투성이의 험한 산길을 따라 온몸이 진흙 범벅이 된 채 미끄러져 내려갈 수밖에 없었다. 비가 우리를 두들길 동안 거대한 파도는 바다 쪽으로 튀어나와 있는 땅을 두들기고 있었다. 빗물이 방수 처리되지 않은 옷 틈 사이를 파고들어 흘러내리다 등산화 안에 고였고 진흙과 땀이 범벅이 되어 다시 등산화 밖으로 뿜어져 나왔다. 오후도 중반쯤 이르자 우리는 그만 포기를 하고 들판에 텐트를 치고 완전히 젖은 옷들을 벗은 후 그나마 덜 젖은 옷들로 갈아입었다. 그리고 쌀밥을 먹고 숨을 곳도 없으면서 텐트 안에서 숨바꼭질도 하고 랜즈엔드까지 간 후에 뭘 할지에 대해서도 생각을 했다. 이것도 텐트 안 숨바꼭질처럼 딱히 별다른 선택의 여지는 없었다. 그저 거기서 더 걷든지 아니면 멈추든지 둘 중 하나였다. 우리는 또 하릴 없이 좁아터진 텐트 안에서 베오울프 흉내를 내다가 내리 열두 시간 동안 잠을 잤다.

환한 빛이 텐트 안으로 들어왔다. 지난 이틀 동안 본 것 중 가장 환하고 밝은 빛이었지만 지금은 그게 문제가 아니었다. 몇 주 동안 국수와 쌀밥만 먹다가 갑자기 산딸기를 엄청나게 많이 먹어서 그런지 뱃속이 마구 뒤틀렸다. 나는 돌담 옆에 웅크리고 앉아 자줏빛 배설물을 쏟아냈다. 그리고 하얀색 솜털 구름이 푸른 하늘을 가로지르는 걸 바라보았다. 그리고 그때 그 여자가 눈에 들어왔다. 여자는 등받이가 없는 야트막한 의자에 앉아 양동이 속에 든 뭔가를 먹고 있는 암소 옆구리에 머리를 기대고 있었다. 저 여자는 지금 뭘 하고 있는 건가? 들판 한가운데 앉아서 소젖이라도 짜고 있는 건가? 아니면 내가 지금 타임머신이라도 타고 19세기에라도 와 있는 걸까? 요즘 세상에 누가 직접 저렇게 의자 위에 걸터앉아서 암소 젖을 짜지? 더군다나 이렇게 확 트여 있는 들판에서? 그때 여자가 나를 보고 손을 흔들었다. 아니, 이런⋯⋯. 그렇다면 저 여자는 내가 지금까지 뭘 하고 있었는지 다 보고 있었단 말인가. 나는 이 지역 사람들이 관광객들에게 갖고 있는 편견, 즉 우유 맛도 모르면서 교양은 찾아보려야 찾아볼 수 없는 사람들이라는 편견을 확인시켜준 꼴이 되고 말았다.

"모스, 어서 일어나. 빨리 떠나야 해."

평평하고 완만하게 굽은 길이 포테라스 코브로 이어졌다. 바닷가로 흘러가는 시냇물을 따라 걷다 보니 바람에 옷이 말랐다. 보더 콜리 개 한 마리가 바위와 바위 사이를 뛰어오르며 달려왔다. 뒤에는 몸집이 작은 여자가 따라오고 있었는데 백발에 가까운 금발 머리가 얼마나 긴지 허리 아래까지 땋아 늘어트려져 있었다.

"안녕하세요? 사우스 웨스트 코스트 패스를 걸으시는 건가요? 그럼 어디로 가시나요?"

"일단 랜즈엔드까지 가고, 더 멀리 갈지도 모릅니다."

"랜즈엔드라면 얼마 안 남았네요. 그런데 어디서 오시는 길인가요? 야영을 하시는 건가요?"

"마인헤드에서 왔고요. 네, 맞아요. 거의 매일 텐트를 치고 길 위에서 잠을 자요."

"그럴 줄 알았어요. 그런 분위기였으니까요."

"그런 분위기요?"

"두 분 온몸에 그런 분위기가 새겨져 있어요. 지금까지 자연의 손길을 느껴왔다는 것도 알겠고 지금부터 계속 그런 분위기가 떠나지 않겠지요. 마치 소금에 절여지듯 자연에 완전히 익숙해졌다고나 할까요. 나는 30년 전에 이곳으로 왔고 그동안 한 번도 다른 곳에 간 적이 없어요. 매일 수영을 하고 개와 함께 산책을 하지요. 사람들은 자연과 싸워요. 이 근처라면 특히 날씨와 맞서는 일이 많지요. 그렇지만 자연의 손길을 한 번 경험하고 그걸 있는 그대로 받아들이게 되면 이전과는 전혀 다른 사람이 되지요. 이 길의 끝이 어디로 이어지든 행운이 함께하기를 빌게요."

여자는 개를 따라 저 멀리 마치 바람처럼 사라졌다.

"이게 무슨 현자와 예언자들의 길인가? 어디를 가든 그런 사람들이 불쑥 나타나는 것 같아."

"소금에 절여진 것 같다는 말, 마음에 드네. 우리가 먹었던 산딸기처럼 완숙한 풍미가 풍긴다는 뭐 그런 느낌인데."

"해가 달아오르고 있어. 젖은 물건들이나 좀 말리자."

우리는 배낭 속 물건들을 바위 위를 비롯해 사방에 널어놓았다. 한낮의 태양 아래 조금씩 김이 올라왔다. 몇 주 전 준비했던 물건들은 처음에는 낯설고 그저 실용적이겠거니 정도로만 생각되었지만, 이제는 완전히 익숙해졌다. 그동안 유용하게 쓴 물건도 있었고 처음 예상과는 달라서 짜증이 났던 물건도 있었다. 그렇지만 그 모든 것들이 이제는 하나라도 없으면 살아갈 수 없는, 마지막까지 우리를 지켜줄 그런 귀중한 존재들이 되었다. 심지어 차라리 종잇장을 덮는 게 더 낫겠다는 생각도 들었던 얄팍한 침낭조차 이제는 성가시지만 정겨운 형제처럼 느껴졌다. 거친 화강암 바위가 태양열을 흡수해 다시 내뿜으면서 축축하고 주름진 우리 살갗을 덮혀주었고 아픈 근육을 치료해주었다. 우리는 늦은 오후까지 낮잠을 잤다. 나는 뻣뻣한 몸을 일으켰다. 붉게 탄 피부가 바위 위에 널어놓은 다른 물건들처럼 바싹 말라 버석거렸다. 나는 짐들을 다시 꾸리기 시작했다. 침낭과 중고 가게에서 산 웃옷이 마침내 다 말랐다. 이대로 지금의 온기를 밤까지 간직할 수 있다면 좋으련만.

"오늘 밤은 그냥 여기에서 자고 내일 움직일까?"

"그러지 뭐. 안 될 거 없잖아? 나는 수영하러 가고 싶어."

모스는 모래사장 너머 완만하게 이어지는 길을 따라 조금씩 깊은 물 속으로 들어갔다. 모스의 몸은 그 어느 때보다도 더 여위어 있었고 햇볕에 검게 타지 않은 속살은 하얗게 빛이 났다. 등을 따라 근육이 움직이는 것이 보였지만, 한여름에 담벼락을 쌓고 건초를 말리고 또 배수로를 파며 지냈을 때만큼 강해 보이지는 않았다. 그래도 처음에 어깨 통증이 시작되고 근육이 줄어들기 시작했을 때와 비교하면 좀 더 또렷하고 선명하게 근육이 생겨난 것도 같았다. 모스는 양팔을 앞으로 휘저으며 헤엄을 치기 시작했다. 정확하고 규칙적으로 팔을 움직여 조금씩 더 깊은 물 속으로 나아가는 동안 햇살이 점점 낮아지며 어두운 바다를 황금색 빛으로 물들였다. 바로 그때 여러 가지 색조가 뒤섞인 짙푸른 물 속에서 밝은 회색과 어두운 회색이 뒤섞인 물체가 나타나 가라앉았다가 다시 모습을 드러냈다. 하나 그리고 또 하나씩 모습을 드러낸 그것은 돌고래로 그렇게 조금씩 바닷가 쪽으로 다가가고 있었다. 모스는 돌고래들을 알아보고 그 자리에서 멈춰 섰다. 그렇게 물 위에 둥둥 떠서 돌고래들의 움직임을 바라보고 있는데 이따금 녀석들이 부드럽게 돌아서 나갈 때는 코나 꼬리지느러미가 물을 튀기기도 했다. 좀처럼 솟아오르는 파도와 구분하기 힘든 녀석들의 모습은 그 자체로 움직이는 파도요, 바다였다. 물과 똑같은 존재들처럼 여겨진 것이다. 돌고래들은 조류와 빛을 따라 다시 저 먼 수평선, 깊은 바다를 향해 조금씩 사라져갔다.

콘월 바닷가에 살고 있는 돌고래들은 웨일즈나 스코틀랜드와는 달리 어떤 보호도 받지 못하고 있다. 이 지역 돌고래의 숫자는 지난 10년간 절반 이하로 줄어들었다. 다른 지역 돌고래들 숫자가 그대로인 것과는 비교되는 상황이다. 행정 당국의 보호를 받기 위해서는 반드시 해당 지역에만 살고 있는 특별한 종의 생물로 인정을 받아야 하는데 전문적인 연구와 조사가 진행되지 않으면 그런 인정을 받기가 어렵다. 과학자들은 웨일즈에 살고 있는 돌고래들이 아일랜드에 살고 있는 돌고래들과 완전히 다른 언어를 구사한다는 사실을 찾아냈는데 이를 근거로 웨일즈 돌고래들은 해당 지역의 특별한 종으로 인정을 받았다. 웨일즈 돌고래는 당연히 웨일즈 말을 할 줄 안다는 것인데 그렇다면 이곳에 살고 있는 돌고래들도 콘월 특유의 끈적거리는 억양을 구사하는 것으로 확실한 증거를 내보여야 할 것 같았다.

돌고래들이 법적으로 보호 대상이 된다고 해서 반드시 안전하리라는 보장은 없다. 행정 당국이 일관성 있는 정책을 계속해서 보여주지 않는 한 말이다. 웨일즈 행정 당국은 이제 웨일즈 앞바다의 카디건 베이와 펜 린 특별 보호 구역이 충분히 오랫동안 보호를 받았다고 판단하고 이 지역 어부들이 다시 가리비 잡이에 나설 수 있도록 허가를 내주었다. 그리고 불과 몇 년 동안 어부들의 저인망 어선들이 바다를 훑고 또 훑어대는 바람에 해양 생태계는 쉽사리 회복되지 못했고 급기야 웨일즈 행정 당국은 지금의 사막과도 같은 해저 생태계가 극히 자연스러운 현상이라고 결론을 내리게 되었다. 이 저인망 어선들의 무자비한 행태는 가리비뿐만 아니라 다른 모든 해양 생물의 삶을 짓밟아버렸다. 홍합도, 말미잘도, 산호도, 해면도, 해초도 또 온갖 종류의 물고기들도 거의 다 쓸려 가버린 바닷속 해양 생태계가 불과 몇 년 사이에 회복이 될 리가 없다. 어쩌면 수십 년, 수백 년이 걸릴지도 모르는 일이다. 엄마 돌고래들이 어린 새끼들에게 먹일 수 있는 먹이들은 그렇게 거의 사라져 버렸다.

바닷가가 내려다보이는 절벽들은 이판암으로 되어 있어 불안정했기 때문에 우리는 절벽에서 멀찌감치 떨어진 곳에 텐트를 쳤다. 맑은 물이 흐르는 시냇가 건너편 그리고 해초와 조개가 있는 바닷가에서 한참 멀리 떨어져 있는 곳이었다. 몇 주 동안 바다를 따라 걸으며 밀물과 썰물의 흐름을 바라본 우리들은 밀물 때에도 바닷물이 밀려오지 않을 만한 곳을 찾을 수 있는 감각이 생겼다. 어둠이 내려앉았다. 펜딘 등대의 불빛이 바다 쪽으로 튀어나와 있는 땅 위를 규칙적으로 지나갔지만, 우리가 있는 근처까지는 빛이 와 닿지 않았다. 검은머리물떼새들과 함께 몸서리가 쳐질 만큼의 강한 냉기가 함께 내려왔다. 이 냉기는 모래를 타고 올라와 우리를 뼛속까지 떨게 만들었다. 나는 내 옷은 물론 모스의 옷까지 몇 개 함께 껴입었다. 나는 그렇게 떨다가 깊은 잠 속에 빠져들었지만, 그리 오래 잠들지는 못했다.

바닷물이 몰려들었다. 해초와 조개가 있는 지점을 넘어서서 너무나도 빠르고 강력하게 물이 쉬지 않고 올라왔다. 우리는 처음 텐트를 살 때 말뚝에 줄을 연결하지 않아도 어느 정도 바로 서 있을 수 있는 점을 염두에 두었는데 설마 침낭과 깔개가 안에 깔려 있는 상태에서도 물 위에 떠서 그대로 꼿꼿하게 서 있을 줄은 상상도 하지 못했다. 그리고 그런 반고 회사의 중고품 텐트보다 더 놀라웠던 건 바로 모스였다. 모스는 속옷 바람으로 머리에는 텐트를 이고 달려 나갔다. 심지어 바닷물이 무릎까지 차오르는 상황에서도 시냇물을 따라 위쪽으로 쉬지 않고 뛰었다. 모스는 전과 달라져 있었다. 그리고 그런 변한 모습은 의사가 내렸던 진단과는 정반대였다. 의사는 피질기저퇴행 증상은 결코 회복될 수 없다고 말했었다.

모스도 그런 사실을 잘 알고 있었다.

"나는 몸이 더 좋아졌어. 이제는 한 걸음씩 발을 내딛을 때 다리에 힘이 들어가고 비틀거리거나 그러지 않아. 물건도 전처럼 자주 놓치거나 그러지도 않지. 게다가 어깨가……, 어깨가 예전만큼 아프지 않아. 프레가발린 복용을 중단했을 때는 정말로 상태가 좋지 않았는데 뉴키에 닿기 전 어디쯤부터인가 더는 그렇게 아프지 않더라고. 이렇게 기분이 좋기는 몇 년 만인 것 같아. 머리도 훨씬 더 맑아졌고. 이제는 생각을 또렷하게 정리할 수도 있어. 이게 일시적으로 그렇게 된 건지, 걷기를 중단하면 다시 증세가 시작될지는 잘 모르겠지만 말이야."

"뉴키에 닿기 전에? 그러면 커트의 약초가 효과가 있었다는 거네."

"내 생각에는 완전히 생리적인 증상인 거 같은데. 어쩌면 평생 쉬지 않고 계속 걸어야 할지도 모르겠어."

"참, 농담도. 하지만 필요하다면 해야지. 나는 상관없어. 당신이 계속 괜찮은 상태로 있을 수만 있다는 나는 영원히 걸어도 괜찮아."

"그래서 랜즈엔드 다음에는 어디로 갈 거야?"

"그건 나도 아직 모르겠어."

먹을 것이 다 떨어졌기 때문에 우리는 펜딘으로 향했다. 한 작은 가게에 주인이 직접 구운 축구공 크기만 한 빵들이 쌓여 있었다. 우리는 빵 하나를 사서 그 자리에서 다 먹어 치워버렸다. 차 한 잔이 간절했던 우리는 뜨거운 물도 얻을 수 있었다. 그리고 전화기도 충전을 하려고 했는데 그동안 비를 맞으며 맛이 가버렸는지 화면이 계속 먹통이었다.

"그런데 두 분은 어디까지 가시나요?"

가게 주인이 추레한 모습을 하고 빵을 허겁지겁 먹어 치우는 우리의 모습이 신기한지 이렇게 물어왔다.

"랜즈엔드까지 가기로 했는데 지금은 잘 모르겠네요. 어쩌면 더 멀리 갈지도 모르고요."

"집으로 돌아가야 되는 거 아닌가요?"

"지금은 돌아갈 집이 없어서요."

"아하, 여행 때문에 집까지 처분한 겁니까? 그 나이에 대단들 하시네. 그 정도로 할 수 있는 사람은 그리 많지 않을 텐데."

우리는 여행을 하려고 집을 팔았다는 말은 하지 않았다. 그렇지만 그냥 고개를 끄덕였다.

"나도 언젠가 자전거와 카누로 프랑스를 여행하고 싶거든요. 자전거 끝에 카누를 매달고 돌아다니는 거죠. 프랑스 북부에 집을 한 채 가지고 있는데 기회가 되면 한번 오세요. 한 달에 500파운드로 겨울에 빌려드릴 테니 와서 같이 자전거를 탑시다."

"멋진 이야기군요. 이번 여행이 마무리되면, 그러니까 그렇게 되고 나면 한번 연락을 드리겠습니다."

우리는 늦은 아침 열기 속에 찻집을 나섰다. 그가 우리에게 살 곳을 소개해주었지만, 그걸 감당할 만한 여력은 없었다. 더군다나 영국이 아닌 프랑스에서라니. 이전보다 몸 상태가 더 좋아졌거나 말거나 과연 모스가 뒤에 카누를 매단 자전거를 타고 수백 마일을 달릴 수 있을까? 그렇지만 누가 무슨 제안이나 소개를 하든 달라질 건 없었다. 설사 우리가 정말 집을 처분한 돈을 어느 정도 갖고 있을 거라 생각했더라도, 그리고 실제 속사정을 알고 그런 말을 하지 않았더라 할지라도 변하지 않는 건 아직은 가능성과 희망이 남아 있다는 사실이었다.

지보는 주석 광산으로 1991년에 문을 닫았다. 비슷한 시기 영국의 마지막 남은 주석 광산들이 줄줄이 문을 닫았고 갱도는 폐쇄되었다. 광부 중 일부는 멀리 오스트레일리아까지 일거리를 찾아 떠나기도 했고 또 다른 일부는 영불 해협 터널 공사장으로 떠나기도 했다. 수백 년 동안 이어져 내려왔던 콘월의 광산 개발 역사는 이 시기를 즈음해서 막을 내렸다. 그렇지만 얼마 지나지 않아 콘월의 다른 지역들이 대부분 그렇게 된 것처럼 이 주석 광산 역시 콘월 광산 세계 문화유산 지역 중 하나로 지정되어 유명한 관광지로 탈바꿈하게 된다. 더 이상 땅속에서 광석을 캐내는 것이 아니라 관광객들의 주머니 속을 캐내며 좀 더 장기적인 미래를 바라볼 수 있는 지속 가능한 사업으로 변모한 것이다. 광산 개발은 끝이 났지만, 그 유산은 그대로 남았다. 그 유산마저 없었다면 콘월은 더 어려운 상황을 면치 못했을 것이다. 결국 처음에 광산이 있었기에 지금의 관광 산업도 그리고 콘월을 배경으로 한 〈폴다크〉 같은 다양한 역사 드라마도 만들어질 수 있었다.

문을 닫은 이후 인적 하나 없이 조용히 버려져 있던 주석 광산은 완벽한 상태로 복원이 되었다. 지보 말고도 SWCP를 따라가다 보면 사라진 산업화 시대의 유물들을 사방에서 볼 수 있다. 문이 잠긴 동력실이며 무너진 지붕 등 파괴된 흔적만 남아 있어 전쟁터와 비슷한 모습이었다. 인간은 대지와 싸웠고 승리했지만, 그 과정에 남은 상처들은 결코 치유될 수 없을 것이다. 우리는 초현실적인 모습의 풍경과 그 안에 있는 관광객들을 가능한 한 빠르게 스쳐 지나갔다.

SWCP는 절벽 바로 뒤편, 가시금작화와 산사나무 그리고 들장미들 사이로 나 있었고 오른쪽으로는 계속해서 케이프 콘월의 언덕과 그 꼭대기에 있는 광산의 굴뚝이 보였다. 케이프 콘월은 예전 이곳 말로 킬구스 우스트로 불렸다. 세인트 저스트 거위의 등이라는 뜻이다. 내가 보기에 거위 등하고는 어디한 곳 닮은 구석이 없어 보였지만, 솟아오르는 파도 속에서 세상의 저 끝처럼 보이는 분위기가 있었다. 200여 년 전까지만 해도 영국에서 가장 서쪽에 있는 땅으로 알려져 있던 이곳은 실제로도 아주 멀게 느껴지며 바다를 바라보고 있는 최후의 파수꾼과도 같은 느낌을 전해준다. 우리는 절벽 꼭대기에 있는 따뜻하게 달아오른 화강암으로 된 광산 굴뚝에 등을 기대고 수평선을 바라보았다. 그 따뜻함 속에 심지어 전화기도 다시 정상으로 작동이 되었다.

랜즈엔드는 우리가 있는 자리에서 왼쪽으로 불과 몇 킬로미터만 가면 닿을 수 있었지만, 이렇게 굴뚝에 등을 기대고 있으려니 서쪽으로 마음껏 나아갈 수 있는 거대한 여객선에라도 올라타고 있는 듯한 그런 기분이었다. 굴뚝에 붙어 있는 명판에는 미국의 식품 기업인 하인즈가 회사 창립 100주년을 기념해 1987년 이 지역 땅을 구입해 영국의 내셔널트러스트에 기증했다는 내용이 새겨져 있었다. 모스는 하인즈의 콩 통조림을 아주 좋아했는데 해가 지면서 바다에서 반사되는 늦여름의 하얀 햇살로 하늘이 끝없이 밝게 타올라 눈이 부실 정도가 되자 자리에서 일어나 두 팔을 펼치고 이렇게 소리쳤다.

"고마워!"

비록 그 일이 세금을 줄이기 위한 묘책이었다 해도, 개발로 인해 이 지역이 파괴되도록 내버려 두는 것보다는 훨씬 더 나은 일이었다.

"고마워, 하인즈!"

랜즈엔드는 이제 손만 뻗으면 닿을 수 있을 만큼 가까워졌다. 저 멀리 롱쉽스 등대가 눈에 선명하게 들어왔다. 롱쉽스 등대는 육지로부터 조금 떨어져 있는 칸 브라스라는 이름의 작은 바위섬 중 하나 위에 세워진 등대다. 우리는 그날 안에 랜즈엔드가 도착할 수 있었지만, 서두를 이유는 하나도 없었다. 굳이 왜 서둘러야 할까? 저 너머에 무슨 가슴 두근거리는 미지의 세계라도 우리를 기다리고 있단 말인가? 만일 이 지구가 평평하다면 아마도 랜즈엔드는 우리가 알고 있는 세상의 끝일 것이다. 우리는 초저녁이 될 때까지 이리저리 돌아다녔다. SWCP는 작달막하게 자라는 덤불숲 사이로 이어졌는데 소금기까지 묻어나는 그런 땅 위에는 도저히 텐트를 칠 수가 없었다. 포스 난벤에 있는 몇 군데 되지 않는 평평한 땅에는 이미 다른 여행자들이 자리를 잡고 있었기에 우리는 바닷가에서 더 멀리 올라갔다. 왠지 오늘 밤 머무를 곳을 찾지 못할 것 같다는 불길한 예감이 들었지만, 계속 움직일 수밖에 없었다. SWCP의 앞에 더 깊은 덤불숲이 나타날 때쯤 근처를 잠시 돌아다보니 칸 레스키스에서 바다 쪽을 향하고 있는 뾰족한 바위 옆에 평평한 풀밭이 있는 게 보였다.

"저기가 어떤 것 같아?"

"너무 절벽에 가까이 있어."

좁은 길 하나와 이어져 있는 그 작은 풀밭은 텐트를 고정하는 고리나 줄을 다 쓰지 않는다면 우리 텐트 하나 정도는 그럭저럭 세울 수 있을 정도의 크기였다. 풀밭 끄트머리는 바로 절벽으로 밑의 바위들까지 수직으로 높이가 20미터는 족히 되어 보였지만, 그래도 파도가 몰아치면 물방울이 거의 위쪽까지 튀어 올라올 수도 있을 것 같았다.

"밤에는 아예 텐트 안에서 안 나오면 될 거야."

"그러다 내일 아침 방송에 나올 수도 있어. '레스키스를 마지막으로 실종된 부부' 뭐 이렇게."

브리슨스섬의 봉우리들 사이로 마침내 해가 떨어지기 시작하며 바다 위로 온갖 색깔의 빛줄기가 뻗어 나왔고 특히 바다 쪽으로 튀어나와 있는 방향은 분홍빛과 주황빛으로 물이 들었다. 우리는 텐트의 창문을 열어두고 잠을 자지 않은 채 누워 있었다. 롱쉽스 등대에 불이 밝혀지면서 재갈매기들이 근처에 있는 험한 바위산 위에 내려앉았다.

"저게 도대체 뭐지? 빛이 움직이고 있어. 저것 좀 봐. 등대 뒤에 뭔가 있어."

우리는 영국의 땅끝에 있었고 영국 해협의 선박 항로를 본 건 이번이 처음이었다.

"모스, 이걸 어쩌지? 드디어 랜즈엔드에 와버렸어. 이제 뭘 어떻게 할 거야?"

"잠이나 자야지. 잠부터 자고 나서 내일 무슨 일이 생기는지 한번 보자고."

　나는 잠이 들었다. 다음 날 아침이 되어 처음 만난 건 텐트를
두드리는 물방울이었다. 텐트의 창문을 반쯤 열자마자 물방울
이 빠르고 정확하게 텐트 안으로 들어왔다. 텐트는 무섭게 휘
몰아치는 바람 속에서 마구 흔들렸다. 비는 한 방울도 내리지
않았고 그저 하늘에는 구름이 쏜살같이 움직이고 30초마다 물
방울이 들어올 뿐이었다. 우리는 물이 튀지 않을 때를 노려 짐
을 모두 꾸린 다음 옷을 입고 배낭을 마른 땅에 가져다 두었다.
대서양은 우리가 가는 앞길에 어마어마한 파도를 보내고 있었
지만, 천만다행으로 아직 우리가 있는 곳까지는 도착하지 않
았다. 텐트를 접을 때 물이 다시 튀었지만, 물이 닿지 않는 곳
으로 올라가는 동안 강한 바람이 불어 얼마 지나지 않아 물은
모두 말라버렸다. 높이 치솟아 오른 파도가 하얀 거품을 잔뜩
내뿜으며 육지로 다가왔다. 분명 뭔가 거대한 것이 오고 있었
다. 바람이 너무 거세다 보니 배낭이 배의 돛 같은 역할을 해
우리를 밀어냈다. 그렇지만 다행스럽게도 길의 경사가 급하지
않고 완만하게 절벽 반대편으로 이어져 있었기 때문에 우리는
별 다른 문제 없이 센넌 코브쪽으로 움직일 수 있었다. 바닷가
에는 아무도 보이지 않았으며 안전 요원들은 소금기 섞인 모

래바람이 휘몰아쳐 사방을 할퀴는 동안 문을 꼭 닫고 대피소 안에 들어가 있었다. 이윽고 비가 내리기 시작했다. 처음에는 모래 섞인 비가 한두 방울씩 떨어지더니 급기야 조개껍데기 같은 것들도 함께 날아오면서 옷으로 가리지 않은 맨살을 아프게 두들겨댔다. 센넨 코브의 사람들은 문을 걸어 닫고 덧문을 내려 몰아치는 비바람에 대비했다. 우리는 어느 찻집으로 간신히 몸을 피해 창가에 자리를 잡고 앉았다. 야수처럼 울부짖고 있는 바깥 풍경과 우리 사이에 있는 건 얄팍한 유리창 하나뿐이었다.

또 배가 고파왔다. 우리는 어쩔 수 없이 소중히 간직하고 있던 돈을 꺼내 고등어 샌드위치와 차를 시켰다. 한 무리의 사람들이 앞을 지나갔다. 비가 쏟아지고 있었기 때문에 그들이 배낭여행자들인지 아니면 그냥 지나가는 사람들인지 알아보기 힘들었다. 하긴, 어느 쪽이든 우리에게는 상관없는 일이었으리라. 오후가 되자 찻집 주인이 그만 문을 닫고 싶어 했다. 손님이라고는 우리가 전부였고 주인은 이미 집에 갈 준비가 끝나 있었다. 우리는 배낭을 짊어지고 폭풍우 속으로 나섰다.

"자, 드디어 랜즈엔드에 왔네."

"달리 할 일도 없었으니까."

영국의 땅끝 마을. 장대한 여정의 출발점이자 종착역인 이곳. 여행자들의 성지. 심미적인 측면에서는 재앙에 가깝고 생태학적으로는 공포에 가까운 이곳. 절벽을 따라 나 있는 길을 구름을 해치며 어렵사리 가다 보니 콘크리트 건물로 뒤덮인 마을이 나타났다. 사람은 아무도 보이지 않았다. 시간은 늦은 오후였고 심지어 존 오그로츠까지 가는 길을 알려준 이정표 옆 사진관 주인도 그만 포기하고 문을 걸어 잠갔다. 우리는 울타리 위로 올라가 비를 맞으며 휴대 전화로 사진을 찍었다. 환영 행사도, 인파도 없었고 그저 빗물에 푹 젖은 두 사람이 이정표 옆에 매달려 있을 뿐이었다. 가게들은 모두 문을 닫았고 전시관도 마찬가지였다. 심지어 아서왕과 원탁의 기사들도 오늘은 아서왕 기념관 근무를 포기하고 어디 따뜻하고 마른 곳으로 떠나버린 것 같았다. 우리는 떨어지는 비를 맞으며 외롭게 콘크리트 장벽 안에 서 있었다.

"그러면 이제 다 된 건가?"

내가 이렇게 말을 꺼냈을 때 이층 버스 한 대가 텅 빈 주차장 안으로 들어왔다. 우리는 세상이 멸망하고 황무지가 되어 버린 땅을 떠나는 살아 있는 시체처럼 버스 쪽으로 다가갔다. 위층에는 지붕이 없는 관광버스의 문이 열리자마자 위층에 고여 있던 물이 계단으로 쏟아져 내려왔다.

"이 버스는 어디로 가나요?"

모스가 무섭게 휘몰아치는 바람 소리를 이겨내려는 듯 큰 소리로 이렇게 외쳤다.

"세인트 아이브스로 갑니다. 거기는 이 정도는 아니겠지요. 그나저나 여기는 정말 지독하네요."

"맞아요. 정말 지독해요."

고통과 탈진, 배고픔, 야영 그리고 험악했던 날씨로 점철되었던 400여 킬로미터가 우리 뒤에 있었다. 우리는 버스에 올라타 멀리 떠나버릴 수도 있었다. 다시 우리의 고향인 웨일즈로 돌아가 임대 주택 차례가 오기를 기다리며 싸구려 야영장에서 겨울을 날 수도 있었다. 모스는 내 손을 붙잡았다. 버스의 문이 닫혔다.

16

또
다
른

길
을

찾
아
서

    우리는 관광객 안내소 입구의 쉼터에서 배낭을
깔고 앉은 채 물을 뚝뚝 흘리며 버스가 사라지는 모
습을 지켜보았다. 9월도 중순이라 가을이 성큼 다
가온 것처럼 느껴졌다. 우리는 여기서 그만 멈췄어
야 했지만, 그렇다고 더 걸어간다고 해서 달라지는
건 아무것도 없었다. 우리는 이곳에서 자유로웠다.
자연과 배고픔, 피로 그리고 추위에 시달리고 있었
지만, 자유가 있었다. 계속해서 걸어가거나 그만
둘 수 있는 자유. 멈추거나 전진할 수 있는 자유. 가
족들이나 친구들과 함께 하고 있는 것도 아니고 누
구의 짐이 되거나 방해가 되는 것도 아니다. 치밀
어 오르는 성질을 꾹꾹 참는 동안 우정이 무너지고
있는 것도 아니었다. 이곳에서 우리는 여전히 우리

인생의 주인이었고 우리 자신의 미래와 운명을 지배하고 있었다. 등에 배낭을 짊어지자 물이 줄줄 흘러내렸다. 우리는 다시 걷기로 결심했다. 그 선택과 함께 할 수 있는 자유를 붙들기로 한 것이다.

랜즈엔드라는 인공의 마을에서 불과 몇백 미터만 가면 다시 야생의 자연을 만날 수 있다. 이곳의 절벽은 우리가 지금까지 콘월에서 보아온 것 중 가장 인상 깊은 모습을 하고 있었다. 화강암으로 빚어진 깎아지른 듯한 저 성곽은 저 깊은 대서양으로부터 쉬지 않고 올라와 상상할 수 없는 위력으로 육지와 부딪히고 있는 파도와 당당히 맞서고 있었다. 우리는 잠시 그대로 서서 숨이 멎을 것 같은 자연의 위력을 마주 보았다. 파도는 거대한 날개를 펼쳐 육지와 얼마 떨어져 있지 않은 암드 나이트라는 이름의 바위섬 사이로 나 있는 통로를 드나들고 있었다. 우리 두 사람은 절벽 위에 외롭게 서서 잔디밭이라도 다듬을 수 있을 정도로 면도날처럼 날카롭게 불어오는 비바람을 맞았다. 바람을 피할 곳도, 나무 한 그루도 없는 이곳에서 우리에게 남아 있는 건 물에 젖은 텐트와 5파운드 20펜스의 돈, 초콜릿바 한 개, 쌀 한 봉지, 바나나 한 개 그리고 반쯤 들어차 있는 사탕 한 봉지뿐이었다. 그렇지만 비가 그치기 시작했다.

바람을 어느 정도 막아줄 수 있는 바위틈 사이에 텐트를 치고 나니 해가 지기 시작했다. 우리와 대서양 건너 캐나다 사이에는 나일론으로 된 두 겹의 천만이 있을 뿐이었다.

비가 조금씩 오락가락하기는 했지만, 아침 산들바람에 구름이 걷히고 하늘은 다시 높아졌다. 우리는 그웬넵 헤드 위에 자리를 잡고 앉았다. 그리고 등산화를 벗어 바람에 말리며 하나 남은 초콜릿바를 나눠 먹었다. 어제 불어 닥친 비바람 때문에 몸의 이곳저곳이 쑤셨다. 여기에서부터 다시 방향을 동쪽으로 잡는다고 생각하니 새로운 여정이 시작되는 기분이었다. 아니, 남쪽이나 남동쪽으로 가는 건가? 우리는 목표로 했던 지점에 계속 다가갔고 드디어 도착했지만, 지금은 그저 아무런 목적의식 없이 하루 종일 그저 걷기만 하고 있었다. 포스과라에 도착했을 때는 풍경이 완전히 달라져 있었다. 북쪽 바닷가에 있을 때는 주로 작지만 거칠고 억센 덤불이나 관목숲을 많이 보았다. 그 나무들은 한결같이 바람에 굽어 있었는데 반면에 포스과라 주변은 초목이 울창했으며 나무들은 크게는 못 자랐어도 적어도 꼿꼿하게 서 있었고 이국적인 모습의 꽃들도 많았다. 우리는 모퉁이를 돌아 또 다른 곳으로 접어든 것이었다.

초저녁 무렵, 우리는 주택가 근처에 있는 깨끗하게 정리된 들판에서 탁자가 딸린 의자에 앉아 있었다. 저기 나무들 뒤에 텐트를 치면 어떨까 생각을 하고 있었는데 차들이 몰려들었다. 분명 주차장으로 쓰이고 있는 모양이었다.

"마을에 무슨 일이 있나? 저기는 어디지?"

"누가 알겠어. 지도를 안 펴본 지도 한참은 된 거 같은데. 무슨 행사라도 있나 보지."

우리는 물을 끓여 차를 마시고 바나나를 나눠 먹었다. 차들이 가득 들어차고 사람들이 어디론가 가기 시작했다. 다들 머리에는 모자를 쓰고 손에는 담요를 들고 있었다.

"밤에 야외에서 행사를 하나?"

그때 랜드로버 한 대가 바로 우리 옆에 섰고 나이 든 부부가 차에서 내렸다.

"저 사람들이 가고 나면 우리도 뒤를 따라가 보자고."

두 사람은 차에 기대 서서 다른 사람들을 바라보았다. 함께 따라갈 생각은 없는 것 같았다.

"죄송한데요, 오늘 무슨 일이 있나요? 저 사람들은 다들 어디로 가는 건가요?"

"극장에 가는 겁니다. 미낙 극장이라고 유명한 야외극장이지요."

"아, 그렇군요. 미낙 극장이 여기 있다는 걸 깜빡 잊고 있었네요."

"그런데 두 사람은 극장에 안갑니까?"

"뭘 하는지도 모르고 있었는걸요, 뭐. 게다가 그럴 여유도 없을 것 같네요."

"그러면 여기서 야영이라도 하는 건가요?"

"네. 사우스 웨스트 코스트 패스를 걸으며 잠은 텐트에서 자고 있어요. 마인헤드에서부터 걸어왔습니다."

"아, 그러면 혹시 오늘 밤에 하는 연극을 보고 싶지 않습니까? 푯값은 저희가 부담하지요. 하지만 지금 빨리 안 가면 앞부분을 놓치게 될 거예요."

우리는 두 사람을 따라서 극장 입구를 통과했다. 그러자 바다를 바라보고 있는 절벽 위 극장이 나타났다.

"그러면 잘들 가시오. 우리 자리는 저 아래쪽이고 두 사람 자리는 저 위쪽이니까. 좋은 여행 하기를 바라겠소."

"정말 감사합니다. 언젠가 푯값을 돌려드릴게요. 이름이 어떻게 되시는지요?"

"데이비드라고 합니다. 하지만 돈 같은 건 신경 쓰지 말고 연극 구경 잘하세요."

극장의 좌석은 전체가 자연적으로 이루어진 반원형 비탈길 위에 계단식으로 만들어져 있었고 제일 밑바닥에 있는 무대는 뒤쪽 배경이 바로 바다였다. "1930년대 초 로웨나 케이드는 자신의 집 정원에 극장을 하나 만들어 보는 게 좋겠다는 생각을 했다. 동네 연극 동호회의 공연장으로 쓰기 위해서였다. 그러다가 아예 절벽 끄트머리를 사서 손수 깎고 다듬어 지금의 미낙 극장을 만들었다"라고 소개되어 있지만, 이와 비슷한 다른 모든 작업과 마찬가지로 대부분의 일은 인부들이 하고 로웨나 케이드는 주로 작업을 지시하거나 작은 손수레로 자질구레한 일들을 도왔다고 내 옆에 앉아 있던 남자가 이야기해주었다. 자신의 아버지가 당시 함께 일했던 인부 중 하나였다는데 사실은 그 역시도 따지고 보면 그 남자의 주장일 뿐이었다.

연극이 시작되었다. 그런데 가만 보니 그건 연극이 아닌 길버트와 설리반의 오페라 〈이오란테〉였다. 자연적으로 이루어진 반원형 객석을 향해 노래가 울려 퍼지다 보니 정확한 내용을 알아듣기가 쉽지 않았다. 특히나 우리는 위쪽에 앉아 있었기 때문에 바람을 따라 전달되는 가냘픈 목소리만 들을 수 있었다. 그렇지만 바다가 검게 물들고 달이 무대 뒤로 떠오르자 우리는 순간 마법의 가루를 뒤집어쓴 양치기들이 등장하는 마법의 세계를 만나게 되었다.

"그나저나 오늘 밤은 어디서 야영을 하지?"

"사람들이 다 가버릴 때까지 기다리자. 아까 그 주차장이 좋겠어."

우리는 마지막으로 떠나는 사람들을 따라 계단을 올라 극장에서 나왔다.

"아이고, 그렇게 커다란 짐을 매고 어디를 가시는 겁니까?"

한 남자가 머리에 그물망을 뒤집어쓴 채 언덕 위로 허겁지겁 올라오며 이렇게 말했다. 가만히 살펴보니 아까 무대 위에 섰던 배우 중 한 사람이었다.

"우리는 사우스 웨스트 코스트 패스를 여행하는 사람들인데 오늘 밤 야영할 곳을 찾고 있어요."

"이렇게 사방이 캄캄한데 어떻게 야영할 곳을 찾으시려고요?"

"글쎄요, 어디든 찾을 수 있겠지요, 뭐."

"질, 질! 뭐하고 있어? 여기 가련하신 두 분께서 지금 야영할 곳을 찾고 계시다는데! 우리가 나서서 마법의 폭풍우로부터 이분들을 지켜드려야지!"

마법의 폭풍우? 혹시 셰익스피어의 연극 〈템페스트〉 대사라도 읊고 있는 건가?

요정 분장을 한 배우가 우리 뒤에 나타났다.

"트린 야영장으로 함께 가시지요. 하지만 빨리 서둘러야 해요. 안 그러면 한잔하기 전에 술집이 문을 닫을지도 모르니까."

우리는 승합차 뒤에 함께 올라탔고 몇 킬로미터쯤 되는 거리를 이리저리 흔들리며 달려갔다. 승합차 안에서는 양치기들과 여관 주인 그리고 요정들이 요란하게 떠들어댔다.

"제럴드, 아니 도대체 어떻게 대사를 까먹을 수가 있어? 그거 관객들이 모르게 하느라고 내 대사 전체를 반복했잖아. 목이 다 쉴 뻔했어."

요정이 가볍게 기침을 하며 말했다.

"대사를 까먹기는! 잠깐 휴대 전화 문자를 보내느라 그랬던 것뿐인데. 어쨌거나 관객들에게 주목도 받고 좋았잖아."

양치기가 머리에 뒤집어쓰고 있던 그물망을 벗고 빵모자로 바꿔 썼다. 승합차가 요란한 소리를 내며 선술집 앞에 급정거했다.

"자, 야영장은 저기 위쪽에 있어요. 그럼 안녕히들 가십시오! 자, 우리는 맥주 한잔하러 어서 들어들 가자고!"

배우들이 사라지고 나자 우리는 어둠 속에서 어딘지도 모르는 마을 길가에 홀로 남게 되었다.

"그런데 지금 우리가 여기 왜 와 있는 거지?"

"꼭 뭐에 홀린 것 같군."

모스가 머리에 매다는 전등을 켜고 패디 딜런의 책을 꺼내 들었다.

"지도 한 번 펴보지 않고 하루 종일 보낸 건 이번이 분명 처음이겠지? 아, 여기도 '야외극장'이라는 표시가 있기는 하네.

하지만 트린 야영장에 대해서는 못 찾겠는데."

우리는 길을 따라 올라가 그 끝에 있는 야영장을 찾아냈다. 시간은 이미 밤 12시에 가까웠고 대부분의 텐트는 불이 꺼져 있었다. 우리는 조용히 사람들이 깨지 않게 텐트를 쳤다.

"그나저나 어떻게 하지? 유료 야영장을 이용할 여유 같은 건 없잖아."

"나도 모르겠어. 어떻게든 되겠지. 일단 지금 몸을 씻은 다음에 아침 일찍 떠날까?"

"그렇게 해야겠지."

동이 터오자 제일 먼저 참새들이 덤불숲에서 짹짹거렸다. 부드러운 노란색 빛이 구름을 뚫고 내려와 사방을 밝혀주었다. 옅게 끼어 있던 안개는 서서히 걷혔지만, 사방은 이슬로 인해 축축했으며 풀밭에는 반사된 빛을 머금은 물방울이 얼어붙은 듯 반짝거렸다. 저 멀리 영국 해협이 보였다. 하지만 이제 우리 앞에 있는 건 캐나다가 아니라 프랑스였다. 이제는 프랑스가 바다와 만나는 곳이 앞에 있었다. 침낭을 그대로 몸에 두르고 의자 위에 앉아 있으려니 오히려 텐트 안에서 잘 때보다 몸이 더 따뜻했다. 나는 계절이 바뀌고 있다는 걸 실감할 수 있었다. 야영장 저쪽 끝에서 자전거를 탄 남자가 나타났다. 금발 머리를 드레드록으로 땋았고 색이 바랜 면 셔츠를 여러 장 겹쳐 입은 남자는 텐트들 앞에 붙어 있는 확인증을 살펴보고 있었다. 그는 점점 더 우리 쪽으로 다가왔다. 어디에도 숨을 곳은 없었다.

"이용 확인증은 어디 있습니까?"

"그건 받지 못했어요. 밤 12시가 넘어서 들어왔거든요. 대신 1시간 안에 떠날게요."

"이용료를 내고 확인증을 받지 않으면 텐트를 칠 수 없는데, 표지판 못 읽으셨나요?"

"그건 못 봤는데, 그러니까 우리가 너무 늦게 와서……."

"이용료를 내지 않고 야영장을 이용하는 건 도둑질이나 마찬가지예요. 그러니 가서 이용료부터 내세요. 15파운드입니다."

도둑질이나 마찬가지라고? 그게 무슨……?

"지금 짐을 꾸리고 있으니까 나갈 때 내고 나가지요."

"그렇게 하는지 확인할 겁니다."

남자는 자전거를 타고 다른 곳으로 갔다. 겉모습은 느긋하고 여유가 있어 보였는데 말을 하는 모습은 깐깐하기 그지없었다.

트린 야영장은 완벽한 곳이었다. 다시 태어난다면 안락한 대형 텐트를 치고 한 달쯤 살아보고 싶은 그런 곳이었다. 그렇지만 지금의 우리는 울타리를 뛰어넘어 절벽 쪽으로 허둥지둥 도망치고 있었다.

절벽은 바위투성이에 나무뿌리와 관목들이 밀림처럼 마구 뒤엉킨 지형으로 바뀌었다. 그래도 열기가 바로 올라오는 탁 트인 땅보다는 땀이 좀 나고 파리가 들끓더라도 숲속이 더 나았다. 북쪽 바닷가를 걸을 때처럼 찌는 듯한 무더위는 아니었지만, 바람 한 점 불어오지 않아 꼭 질식할 것만 같았다. 우리는 식은땀을 흘리며 갖고 있던 물을 모두 마셔버리고 다시 시냇가에서 물병을 채운 후 또 땀을 흘리는 것을 반복했다. 뜨겁게 달아오른 바위가 깔린 길은 거의 해수면까지 낮아졌다가 다시 올라오는 등 내리막과 오르막이 번갈아 계속 이어졌다. 우리는 나무 그늘 아래에서 될 수 있는 한 오래 머물며 쉬려고 했지만, 파리 떼의 공격은 견디기가 어려웠다. 다시 열기 속으로 걸어 나왔을 때 한 여자가 땅바닥에 앉아 부러진 나뭇가지에 몸을 기대고 있는 모습이 눈에 들어왔다. 여자는 안색이 창백했고 얼굴이 빨갛게 달아오른 것이 우리보다 상태가 훨씬 더 안 좋아 보였다.

"안녕하세요. 괜찮으신가요?"

"예, 뭐. 그냥 앉아서 좀 쉬고 있어요."

여자는 덩치가 컸고 일흔 살은 족히 되어 보였다. 억양은 강한 미국식이었다. 여자는 자리에서 일어나 나무에 등을 기댔다.

"내 오래된 친구인 존 르 카레의 집을 찾고 있던 중이었어요. 젊었을 때 그 사람하고 함께 지낸 적이 있어서……. 우리는 여기서 여름을 보내며 글도 쓰고 수영도 함께 했었지요. 멋진 시절이었어요. 나는 매년 여기로 와서 길을 걸으며 그 사람을 찾고 또 찾았는데, 그때 그 집이 어디 있는지 기억이 나지 않아요."

"그렇지만 미국에도 걸을 만한 좋은 길들이 있지 않습니까? 여기보다 훨씬 더 야생에 가까운 그런 길이요. 애팔래치아 트레일이나 퍼시픽 크레스트 트레일 같은 거요."

"맞아요. 그렇지만 그러면 숲에서 한 걸음도 벗어날 수 없거든요. 미국의 도보 여행용 길은 모두 숲으로 둘러싸여 있어서."

"여기 사람들은 모두 미국의 멋진 길을 한 번쯤 걸어보는 게 꿈인데요."

"사람들은 대개 자신이 가진 것에 대해서는 감사할 줄을 모르니까요. 그건 미국 사람이나 영국 사람이나 다 마찬가지일 거예요. 그 점에 있어서는 사람들은 다 똑같은 거지. 나는 이 길을 따라 위로 올라가 볼까 해요. 아마 데이비드가 거기 있을지도 몰라요."

"데이비드라니요? 아까는 존 르 카레라고 하셨던 거 같은데."

"존은 필명이잖아요. 실없는 사람들 같으니. 존의 본명이 데이비드인 걸 모르는 사람이 어디 있다고."

여자는 언제나 저 길모퉁이 너머에 기다리고 있을, 오래전 사라진 여름을 찾아서 길을 떠났다. 기본적으로 보면 아마도 우리 모두는 무언가를 찾아 헤매며 이렇게 길 위에 있는 것이 아니었을까. 뒤를 돌아보았다가 다시 앞을 바라보았다가. 혹은 그냥 잃어버린 무언가를 찾아 둘러보며. 우리가 자유롭게 해답을 찾을 수 있고 그것이 무엇이 되었든 우리의 인생을 받아들일 수 있는 방법을 자유롭게 찾을 수 있는 땅을 찾아 우리는 저 땅의 끝으로, 혹은 야생의 한복판으로 들어왔다. 육지와 바다 사이에 나 있는 이 좁다란 틈새에서 우리는 다른 존재가 될 수 있는 방법을, 길을 따라 흔들리지 않고 나아갈 수 있는 방법을 찾고 있는 것은 아닐까? 우리는 하나의 세상과 그다음 세상 사이에 끼어 있었다. 야생의 세계와 문명의 세계 사이, 잃어버린 것과 찾은 것 사이 그리고 삶과 죽음 사이에 있는 좁다란 틈을 따라 우리는 걷고 있었다. 바로 존재의 가장자리에서 말이다.

"정신 바짝 차려, 레이너. 당신도 여기서 무슨 예언자 비슷한 게 될 생각이야?"

"어쩌면 그것도 답일 수 있겠네."

"우리는 그저 딱히 더 뭘 할 수 있는 게 없어서 걷고 있을 뿐이라고."

포스쿠르노를 지난 후부터 바닷가 주변 환경이 달라지기 시작했다. 축축한 관목숲에서 뿜어져 나오는 열기 때문인지 아니면 그저 바람이 줄어들었기 때문인지 뭐라 말하기는 어려웠다. 그렇지만 공기는 여전히 우울하게 가라앉아 있었다. 칸두에 있는 바위들 사이에 앉아서 보는 일몰의 풍경은 이전과는 달랐다. 영국 해협에서 처음 보는 일몰이었다. 그렇다고 갑자기 무슨 황금의 공 같은 것이 물속으로 가라앉는 건 아니었고 그저 수면에 반사되는 빛의 색조가 다르게 느껴졌다. 우리는 근처 들판에 텐트를 치고 수평선을 가로지르며 배들이 지나가는 모습을 바라보았다. 매일 밤 기온은 점점 더 떨어졌다. 모스의 등과 어깨는 다시 고통스러울 정도로 경직되어 해가 뜨고 온기가 올라와야 겨우 나아지는 정도였다.

마우스홀을 향해 가고 있을 때 조금씩 빗방울이 떨어졌다. 우체국의 여직원은 마우스홀을 "마우슬"이라고 불렀다. 우리는 여름 막바지에 사람이라고는 거의 보이지 않는 작고 조용한 어느 마을에 들어섰다. 우리는 은행 잔고를 확인하고 30파운드를 인출했다. 그렇지만 펜잰스보다는 음식값이 쌀지도 모른다는 기대가 있었다. 바다를 내려다보고 있는 화강암을 쌓아 올려 만든 작고 오래된 집에는 임대한다는 표지판이 붙어 있었다. 어느 나이 든 부인이 장바구니를 들고 지나가다가 우리가 그 집 앞에 서 있는 모습을 보았다.

"집주인이 1달에 1,000파운드로 집을 내놨지요. 그렇게 가격이 터무니없으니 1년 내내 아무도 안 들어오는 데도 도무지 값을 내릴 생각을 안 해. 그러면서 월세로 들어올 사람이 없으면 휴가철에 빌려주는 집으로 내놓겠다는 거라. 내가 볼 때는 다른 사람들이 다 그렇게 하니까 따라 하는 것 같은데. 그 구명정 사건 이후로 모든 게 달라졌어. 신문이며 방송에서 여기를 안 다룬 곳이 없고 감당할 수 없을 정도로 많은 사람이 여기에 와보고 싶어 한다니까."

1981년 12월 19일, 화물선 유니온 스타는 첫 항해에 나섰다가 육지 바로 근처에서 엔진 고장을 일으킨다. 당시 풍속 등급은 12로 허리케인에 가까웠으며 파도의 높이는 18미터에 달했다. 이때 마우스홀에서 목조 구명정 솔로몬 브라운이 구조에 나섰다. 그렇지만 유니온 스타에서 4명의 선원을 구조했다는 무전이 접수된 이후 유니온 스타와 솔로몬 브라운의 어느 누구도 다시는 살아서 육지를 밟지 못했다. 침몰한 선박의 잔해와 선원들의 시신이 바닷가에 모습을 드러내고 이를 수습

하는 과정에서 거액의 기부금이 모였는데, 정부가 이 기부금에 세금을 부과하려 하자 엄청난 논쟁이 촉발되었다. 이 때문에 이 작은 마을은 몇 주에 걸쳐 전 세계 언론의 주목을 받았고 그러는 사이 마을 사람들은 구명정 선원 8명과 유니온 스타 선원 및 선장의 가족 등 8명까지 모두 16명의 사망을 애도했다. 해마다 사고가 일어났던 날이 돌아오면 마을에서는 크리스마스 장식등을 잠시 끄고 그날의 사고를 기린다. 그렇지만 마을 전체에는 무거운 분위기가 계속해서 남아 있다. 마을 사람들은 당시의 사고와 관련된 더 이상의 관심은 원치 않는 것처럼 보이기도 한다.

뉴린은 어업으로 유명한 항구다. 영국에서 가장 큰 선단 중 하나가 이곳에 정박해 있다. 지금은 모래밭에 파묻힌 채 밀물이 들어오기를 기다리고 있었다. 길가에 서 있는 트럭들은 잡아온 생선을 나르기 위해 기다리고 있었고 아직은 생선으로 채워지지 않은 빈 플라스틱 상자들이 잔뜩 쌓여져 있었다. 날 생선의 비린내가 강하게 배어 있는 거리 위로는 갈매기들이 잔뜩 날아다니고 있었다. 우리는 뉴린을 거쳐 펜잰스까지 계속 걸어갔다.

일단 먹을거리를 잔뜩 산 후에 우리는 부탄가스를 사기 위해 아웃도어 전문점을 찾았다. 거기에는 우리 스토브에 맞는 가스통이 없어서 대신 4파운드를 주고 단열이 잘 된다는 깔개를 두 개 샀다. 그리고 다시 부탄가스를 찾아 다른 곳들을 돌아다니다가 결국 막 문을 닫으려고 하는 어느 철물점 한쪽 구석에서 하나 남아 있는 가스통을 살 수 있었다. 우리는 근처에서 아마도 가장 오래되어 보이는 파이 가게에서 파이를 하나 사서는 볼리토 가든를 통과해 다시 항구로 돌아왔다. 볼리토 가든은 콘크리트로 된 바닥과 기둥이 있는 일종의 긴 통로로 그 안에 여러 식물과 화초를 키우고 있었다. 시간은 초저녁이 되었고 가장 가까운 들판을 찾으려면 포장된 도로를 따라 마라지온을 넘어 몇 킬로미터는 더 내려가야 했다. 이곳 모래사장으로 바닷물이 어느 정도까지 밀려들어올지는 정확히 알 수 없었다. 그런데 한바탕 폭풍우가 몰아친 뒤라서 그런지 모래사장에는 떠밀려온 쓰레기들이 가득 깔려 있었고 심지어 방파제나 그 위의 도로까지 올라온 쓰레기도 있었다. 그걸 보니 바닷가에서 야영을 하기는 좀 위험해 보였다. 우리는 볼리토 가든 안 의자 위에 앉아 날이 어두워지기를 기다렸다. 숱이 적은 잿빛 머리의 한 남자가 바로 옆 의자에 앉아 있었고 그도 커다란 배낭을 곁에 두고 있었다.

"그쪽도 배낭여행자들인가요?"

"네. 그쪽도?"

"아니, 나는 사우스 웨스트 코스트 패스에서 삽니다."

"네? 길 위에서 살고 있다고요?"

그의 배낭은 꽤 컸지만 지나치다 싶을 정도는 아니었다.

"그러면 겨울에도요? 어떻게 추위를 견디나요?"

"겨울은 아니고요, 여름에만 길 위에서 지내는 거지요. 오늘 밤은 여기에서 자고 내일 기차를 타고 떠날까 해요."

"그러면 어디로 가시는데요?"

"태국이요."

"태국이요?"

"그래요. 사시사철 따뜻하고 해변은 끝내주고 아가씨들도 아름답지요."

"정말이요?"

우리는 볼리토 가든에서 자겠다는 남자를 떠나 계속 인도를 따라 걸어갔다. 그렇지만 결국 포기하고 그냥 콘크리트 바닥 위에 아무런 고정 장치 없이 텐트를 쳤다. 새로 장만한 단열 깔개를 원래 있던 깔개 밑에 깔자 어디 배기는 곳 없이 놀라울 정도로 편안해졌고 냉기도 덜 올라왔다. 콘크리트 바닥은 모래밭보다 확실히 더 따뜻했다. 어쩌면 거리의 노숙자들이 굳이 길거리를 고집하는 이유가 이 때문은 아닐지. 쓰레기통 옆에서 상자를 덮고 자는 건 겨울철에는 생각처럼 그렇게 나쁜 조건은 아닐지도 모른다. 아니, 어쩌면 우리도 태국으로 가야 할까. 아까 그 남자에게 비행기 표가 얼마나 하는지 물어봤어야 했을까.

모스는 날이 밝아오자 텐트 밖으로 몸을 쭉 뻗었다. 따뜻하게 밤을 지내고 나니 좀 더 쉽게 몸을 움직일 수 있는 것 같았다. 우리는 피질기저퇴행 증상의 진행을 막는 방법에 '항상 몸을 따뜻하게 할 것'이라는 항목을 추가해야 할지도 모르겠다는 생각을 했다. 물론 이미 뭘 조심하고 뭘 어떻게 해야 할지에 대한 목록은 차고 넘쳤지만. 불과 3개월 전 병원에서는 뭐라고 했었던가?

"지나치게 피로한 일은 피하십시오. 너무 많이 걷지도 마시고 계단을 올라갈 때도 주의하셔야 하고요. 무거운 물건도 들지 마시고 또……, 너무 먼 장래의 계획 같은 것도 굳이 세우실 필요는……."

그렇다고 어떻게 앞으로의 일을 생각하지 않을 수 있단 말인가. 나의 모든 '미래'가 모스와 연결되어 있는데? 나는 의사의 그런 말은 받아들일 수 없었다. 우리는 병을 이겨내고 있다고 생각했고 정말 이겨내지는 못하더라도, 최소한 방어는 하고 있었다. 병원의 충고는 틀렸다. 모스는 매일 걸어야 하고 역기나 아령을 드는 운동을 해야 하며 긍정적인 마음을 가지고 앞을 바라보며 싸우고 또 싸워야 했다. 그러다 설사 한 걸음 뒤로 밀리게 되더라도 그때는 또 다시 전력을 다해야 한다는 사실을 깨달아야 한다. 적어도 절망에 빠져 삶을 포기하는 일은 절대로 없을 것이다. 모스는 진통제를 더 먹었고 우리는 다시 길을 나섰다. 태양이 떠올라 중세 시대의 전설을 담고 있는 작은 섬인 세인트 미카엘스 마운트를 비추었다. 바닷물이 조용히 물러나면서 이 섬과 육지를 연결해주는 돌로 만든 인공 도로가 다시 드러났다. 이제 이 섬은 섬이라는 정체성을 잠시 벗어던질 수 있게 되었다.

그 날은 세인트 미카엘스 마운트섬에 걸어서 들어갔다가 다시 바닷물이 밀려들어와 길이 끊어지기 전에 서둘러 섬에서 빠져나왔다. 그리고 마라지온을 벗어나 도심지에서 멀리 떨어진 스택하우스 코브로 향했다. 스택하우스 코브는 바다를 굽어보는 이 근처 여러 땅 중에서 작지만 풀이 무성하게 나 있는 곳이다. 검은머리물떼새들이 바위 위에 앉아 밤새도록 울어댔지만, 그런 건 별로 상관없었다. 나는 밤과 낮 그리고 그 사이의 모든 시간을 느끼고 싶었다. 그렇게 차가운 겨울이 다가오기 전에 우리가 누릴 수 있는 이런 모든 순간들을 다 느끼고 기억해두고 싶었다.

커튼 포인트를 넘어서자 랜즈엔드는 그저 검은 구름 속에 숨어버린 희미한 기억일 뿐이었다. 프러시아 코브를 따라 남동쪽으로 내려가면 리저드 반도가 나온다. 프러시아 코브는 한때 밀수업자들과 그들을 쫓는 해안경비대들이 우글거렸던 곳이며 그림엽서에나 나올듯한 시골집이 언덕 위에 모여 있는 곳이다. 대부분 휴가철에 사람들이 묵어가는 집들로 지금은 절반 이상 비어 있었다. 나는 적어도 겨울 동안만이라도 저런 곳에 살고 싶었다. 비가 내리기 시작했다. 처음에는 가랑비로 시작했지만, 이내 위에서 내리꽂히듯 장대비가 주룩주룩 내리기 시작했다. 비가 우리 몸을 너무 심하게 때리다 보니 귀청이 다 먹먹하고 머리도 아팠을 뿐더러 옷 틈 사이로 빗물이 들어와 온 몸이 다 젖고 말았다. 그야말로 2시간 가까이 폭포수 밑에 있는 듯한 기분을 느낀 후에야 비로소 포스레븐이 눈앞에 나타났다. 거리는 발목까지 물에 잠겨 있었고 우리의 발은 그냥 물에 젖은 것이 아니라 실제로 물에 푹 잠겨 있는 거나 마찬가지였다. 포스레븐은 적막했다. 광고를 보니 이곳은 새롭게 떠오르는 식도락가들의 명소이며, 유명한 요리사들도 진출을 고려하고 있다고 했다. 우리는 파이 하나를 사서 가게 처마 밑에서 비를 피했다. 그야말로 비가 본격적으로 쏟아지기 시작했다. 이대로 가다가는 항구의 외벽도 물에 잠기고 항구 자체도 그리고 길 건너편도 다 물에 잠길 판이었다. 마침내 비가 잦아들어 두 발이 보일 만큼 물이 빠지자 우리는 걸음을 재촉해로 바의 조약돌이 깔린 바닷가 위 절벽 기슭에서 쉴 만한 장소를 찾을 수 있었다.

아침이 되자 차가운 안개가 몰려왔지만, 비는 바다와 육지가 맞닿는 곳에 짙은 안개만 남기고 사라졌다. 우리는 송전선 위에 습기가 찼을 때와 비슷한 지지직거리는 소리를 들으며 안개 속으로 걸어 들어갔다. 근처에 무슨 전봇대나 변압기 같은 게 있나 생각을 했지만 우리 눈앞에 나타난 건 제초기를 들고 물에 젖은 덤불숲을 다듬고 있는 남자들이었다. 그들은 우리가 지나갈 수 있도록 잠시 하던 일을 멈췄다.

"수고들 하십니다."

"네, 감사합니다."

첫 번째 남자가 안전모를 벗고 어깨까지 늘어트린 햇볕에 탄 머리카락을 흔들었다. 그러자 오스트레일리아 억양을 쓰는 두 번째 남자도 안전모를 벗고 똑같이 머리를 흔들었다. 그런 두 남자의 모습은 마치 무슨 샴푸 광고라도 보는 것 같았다. 그저 지금의 배경을 앵무새와 폭포수로 바꾸기만 하면 충분히 광고로도 통할 것 같은 모습이었다.

"그런데 원래 이 일을 하던 분들이신가요?"

"아니오, 지금 오스트레일리아는 겨울이라서요. 그래서 여기가 여름일 때 와서 이 일을 하고 쉬는 시간에는 서핑을 합니다. 그리고 다시 계절이 바뀌면 고향에 있는 서핑 학교로 돌아가는 거지요."

"멋지게들 사시네요."

"아주 좋아요. 어디 얽매일 필요도 없고, 아무런 문제도 없어요."

남자들은 다시 제초기를 집어 들었고, 우리는 안개 속을 뚫고 바닷가에서 육지 쪽으로 들어와 있는 땅들을 여러 곳 지나갔다. 건왈로 코브, 처치 코브, 폴두 코브, 폴루리안 코브, 멀리언 코브 등등. 안개가 완전히 걷히지 않아 바다도 육지도 회색으로 물들어 있었다. 우리는 멀린 코브에 있는, 사람들로 가득 찬 어느 찻집에 앉아 차 한 잔을 주문하고 잔은 두 개를 부탁했다. 너무나 지쳤고 온 몸이 축축해서 따뜻한 찻집의 편안한 의자가 주는 유혹을 뿌리치고 갈 수는 없었다. 스무 살 쯤 되어 보이는 한 남자가 이러저리 움직이며 주문을 받고 청소를 하며 까다로운 손님들을 요령 있게 응대하고 있었다. 그러면서 주문대에서 케이크도 자르고 나이 든 사람이 있으면 부축해 자리로 안내했으며 계산도 맡아 했다. 우리는 차를 마셨다. 너무 나른하고 편안해서 자리에서 일어나기가 싫을 정도였다.

그때 찻집 주인이 나타났다.

"여기서 병신같이 뭐하고 있는 거야? 밖에 있는 탁자가 아직 정리가 안 됐잖아. 내가 이러라고 돈을 주는 거야? 이 게으름뱅이야!"

남자는 한 마디 불평도 없이 밖으로 나가 탁자를 정리했다. 주인이 사라지자 얼마 안 있어 찻집 안에 있던 손님 대부분이 자리를 떠났다. 이제 몇 분 뒤면 가게 문을 닫을 시간이었는데 남자가 주방에서 나오더니 이탈리아식 샌드위치 두 개를 우리 앞에 가져다 놓았다.

"잠깐만요. 우리는 이거 안 시켰는데요?"

"네. 그런데 가만 보니 뭘 좀 드셔야 할 것 같아서요. 대신 이제 그만 밖에서 드셔야 할 것 같네요. 문을 닫을 시간이라서."

"아니, 그게 아니라……. 사 먹을 돈도 없고, 어쨌든 받을 수 없어요."

"괜찮습니다. 돈은 안 받을 테니까요."

"이러시면 곤란해지실 텐데요."

"상관없어요. 이제 이 일은 그만 둘 거니까요. 나머지 일은 주인이 알아서 하겠지요."

우리는 밖에 나가서 앉았다. 남자는 우리를 따라 나와 가게 문을 걸어 닫고 우편함 안에 열쇠를 넣어두었다.

"그럼 이제부터 뭘 할 건가요?"

"아직은 잘 모르겠네요. 하지만 어디를 가든 여기보다는 낫 겠지요. 저기 숲 속에서 제초 작업을 하는 친구들을 알고 있는 데 어쩌면 그 친구들을 따라서 오스트레일리아로 갈 수도 있 고요."

"뭐든 잘 되시길 바랄게요."

저렇게 선뜻 하던 일을 그만두고 떠날 수 있는 건 그야말로 젊음의 특권이 아닐까. 오늘 안 좋은 일이 있더라도 내일은 또 뭔가 새로운 일이 일어날 수 있다는 확신과 믿음. 우리가 저 수 평선을 바라보며 시간이 빨리 흐르고 있다는 걸 실감할 때 그 런 확신과 믿음은 나이를 먹으면서 함께 사라지는 것은 아닐 까. 종업원 남자와 숲 속의 오스트레일리아 남자들을 보니 나 는 문득 아들 톰 생각이 났다. 톰도 저렇게 어디든 파도가 이끄 는 대로 자유롭게 떠나야 하는 것이 아닐까. 그렇지만 톰은 그 대신 우선 방을 얻고 취업을 하는 데 열중했다. 우리의 집이 사 라지면서 톰의 꿈도 함께 사라져버린 것은 아닌지. 그렇게 생 각하자 그동안 쌓인 죄책감 위에 또 하나가 더해지고 말았다.

태양이 랜즈엔드 뒤로 사라지며 바다와 만났고 바다는 초가 을의 짙고 풍부한 색조로 물이 들었다. 우리는 프레단낙 헤드 에서 10시간을 자며 겨우 몸을 말릴 수 있었다.

리저드 국립 자연 보호 구역은 1970년대에 만들어졌으며 리저드 반도 대부분이 보호 구역으로 지정되어 있다. 우리는 평평한 절벽 꼭대기를 따라 걸어 진귀한 콘월의 관목 서식지를 통과했다. 이 근처는 초목들로 가득해서 모스가 굉장히 좋아했다. 사우스 웨스트 코스트 패스를 걷는 다른 여행자들은 하루에 몇 킬로미터를 걸었는지 확인하며 정한 목표를 달성하기 위해 애를 쓰기도 한다지만, 우리의 발걸음은 점점 더 느려져만 갔다. 우리는 희귀한 타래 난초를 1시간 가까이 살펴보았고 오후에는 나비 사진을 찍었다. 저녁이 되자 우리는 카이난스 클리프에 자리를 잡고 저 아래 바닷가에서 육지 쪽으로 들어와 있는 땅 주변에 모여든 물개들을 구경했다. 그렇지만 해가 지고 나자 오늘은 어림잡아 겨우 5킬로미터도 채 걷지 못했다는 사실을 깨달았다. 그래서 그냥 발걸음을 멈춘 곳에서 조금 더 돌아간 자리에 텐트를 쳤다.

동틀 무렵이 되자 붉은부리까마귀들이 절벽과 벨로우즈섬 사이를 활개 치며 날아다니기 시작했다. 검은 바위 때문인지 그 붉은 부리와 다리가 또렷하게 눈에 들어왔다. 종달새들이 머리 위로 높이 날아올라 순식간에 시야에서 멀어지며 쉬지 않고 노래를 부르다가 숨이 찬 듯 다시 땅 쪽으로 내려왔다. 작은 바위섬들 위에서는 갈매기 몇 마리가 떠들어댔다. 이때쯤이면 이곳을 떠나 대서양 쪽으로 날아가고 있어야 하지 않나? 날씨가 너무 따뜻해서 녀석들이 계절을 혼동하고 있는 것은 아닐까? 여름이 벌써 끝났다는 사실을 아직 깨닫지 못한 것일까?

우리는 힘들게 카이난스 코브로 내려와 바위 위에 자리를 잡고 앉아 물을 좀 끓였다. 이곳의 바위들은 이제 더 이상 뭉툭한 회색의 화강암이 아니라 짙은 초록색과 붉은색이 멋지게 이리저리 뒤섞여 파충류 피부 같은 모습이 되어 있었다. 그 모습은 맑은 청록색 바다며 하얀색 모래사장과 잘 어울렸다. 적어도 아침나절까지는 그런 풍경이 계속되었고 마침내 사람들이 모습을 드러냈다. 언덕 위, 길이라는 길은 모두 사람들로 채워졌다. 나이 든 사람, 젊은 사람, 유치원생, 초등학생. 그리고 거기에 양동이와 접이식 의자, 자잘한 물건들이 가득 찬 손수레들까지. 이렇게 몰려든 사람들은 바위 위 빈 공간은 모두 다 차지하려 했다. 결국 물이 들어오지 않는 곳까지는 사람들로 가득 차게 되었다. 저 바닷새들처럼 사람들도 계절을 착각하고 있는 걸까? 이거야말로 홍해를 건너려는 이스라엘 민족의 대이동과 비슷한 풍경이었지만, 도대체 이 사람들은 무엇 때문에 바닷가에 나온 것일까? 나는 사람들이 정말로 마지막 남은 여름의 끝자락을 누리려고 온 것이라고 생각했다. 바다를 건너려고 했다면 적어도 10시 반 이전에는 나왔어야 했으리

라. 우리는 가스스토브를 챙기고 사람들을 헤치며 길을 나섰다. 이제 우리는 리저드 포인트를 지나 영국 땅의 가장 남쪽 끝을 향해 가고 있었다.

영국 땅의 가장 남쪽 끝을 넘어서면 결국 바다를 만나게 되고 거기서부터는 길이 다시 북쪽을 향해 이어지게 된다. 영국 땅을 위로 거슬러 올라가게 되는 것이다. 이 남쪽 끝의 땅은 다시 말하면 선택의 땅, 새롭게 갈 방향을 잡아야 하는 땅, 사진 찍기 좋은 땅 그리고 결정을 내려야 하는 땅이었다. 피비 스미스라는 이름의 여자가《극한의 여정》이라는 책을 쓴 적이 있다. 영국의 동서남북 사방에서 가장 험난한 지역들만 골라 야생에서 야영을 하며 겪은 모험에 대한 책이다. 이 남쪽 끝의 땅에서 피비 스미스는 어두워지기를 기다려 침낭 안에 들어가 잠을 청했는데 당연히 한숨도 제대로 잘 수 없었다고 한다. 우선 잠자리로 선택한 장소가 바다 바로 위로 돌출되어 나온 지형이었다. 게다가 종달새인지 갈매기인지 때문에 잠에서 깨어난 그녀는 결국 그 자리를 벗어나 바닷가 쪽으로 올라가 거기 세워둔 차에 올라타고는 예정되었던 다음 험지로 이동했다. 대단히 험준한 바위산이었다. 나는 배불리 음식을 먹고 아무런 근심, 걱정 없이 침낭 안에 들어가 잠을 청할 수 있다면 아무런 문제가 없을 거라고 속으로 생각했다. 설사 아무리 춤거나 주변이 시끄럽더라도 결국 그런 상황이 영원히 이어지지는 않는다는 사실을 이미 잘 알고 있기 때문이었다. 그렇지만 그런 여유 있고 근심과 걱정 없는 여행은 피비 스미스의 몫이지 우리에게 해당되는 건 아니었다. 우리는 우선 북쪽으로 방향을 돌려야 했고 다가오는 겨울을 어떻게 보낼지에 대한 결정도 내려야만 했다.

다시는 예전의 생활로 돌아갈 수 없다는 사실을 나는 잘 알고 있었다. 다시는 현관문을 열고 집 안으로 들어가 돌로 된 마룻바닥에 가방을 내려놓고, 고양이 먹이를 주고, 풀을 베며, 별이 빛나는 밤에 뜰 앞으로 나가 북쪽 산 위에 걸려 있는 북두칠성을 볼 수는 없을 것이다. 이제 북두칠성은 산 위가 아닌 그냥 북쪽 하늘에 머물러 있었지만, 나는 세상을 바라보는 시각이 달라져 있었다. 아니, 사실 방향 감각을 잃어버렸다는 것이 더 옳은 표현이리라. 내 앞으로는 육지가 펼쳐져 있었지만, 그곳은 우리를 위해 준비된 것이라곤 아무것도 없는 텅 빈 공간이었다. 지금 나에게 우리가 잃어버린 과거나 혹은 가질 수 없는 미래보다 더 확실하게 실감할 수 있는 사실은 단 한 가지뿐이었다. 나는 한 발을 다른 발 앞에 내딛으며 사우스 웨스트 코스트 패스 위를 움직여가고 있으며 폭이 겨우 두 뼘이 될까 말까 한 좁은 이 진흙탕 길이 이제는 나의 집이었다. 차가워진 공기와 짧아진 해 그리고 탁해진 이슬방울이나 갑자기 절박해진 새들의 울음소리 말고도 내 안의 무엇인가가 계절이 바뀐 것을 알려주고 있었다. 나는 더 이상 바꿀 수 없는 것을 바꾸기 위해 싸우거나 노력하지 않았다. 나는 더 이상 우리가 붙잡을 수 없는 삶에 대한 걱정으로 안달하지 않았고, 또 진실을 꿰뚫어 보기에 너무나 관료적인 권위주의 체제에 대해 분노하지도 않았다. 새로운 계절의 느낌이 내 안으로 스며들었다. 나는 그렇게 주어진 상황을 있는 그대로 받아들이는 사람으로 변해갔다. 뜨거운 태양과 사나운 폭풍우를 겪으면서 그렇게 된 것일까. 나는 하늘과 땅 그리고 바다를 느낄 수 있었다. 그리고 우리가 가진 모든 것이 그 안으로 사라질 수도 있다고 생각했던 고통이라는 균열 없이 자연의 일부가 되어 기뻐할 수 있었다. 나는 전체의 일부였다. 그렇다고 그런 일부가 되기 위해 땅의 한 조각을 소유할 필요는 없었다. 바람 속에 서 있을 수 있다면 내가 곧 바람이었고 비였고 바다였다. 모든 것들이 바로 나였고 그 안에서 나는 아무것도 아니었다. 내 안의 정수는 사라지지 않았다. 확실하고 분명하게 말할 수는 없지만, 이 길을 한 걸음씩 지나갈 때마다 내 안에서는 뭔가가 점점 더 힘을 얻어가고 있었다.

영국 땅의 남쪽 끝자락에 있는 등대에는 수백, 아니 수천 마리의 제비들이 날아올랐다 앉았다를 반복하며 울어 젖히고 있었다. 마치 하늘 위로 솟구쳐 올라 남쪽으로 여행을 떠나기 전, 그 마지막 순간을 망설이다 힘이 다해 잠시 내려앉은 것 같은 모습이었다. 우리 농장에 있었던 제비들도 여기 모여 있을까? 농장에서 여름을 보내고 이제 여기 다들 모여 새로운 가족들과 함께 무언가 알 수 없는 힘에 이끌려 날개를 펼치고 저 먼 따뜻한 남쪽 나라를 향해 날아갈 순간을 기다리고 있는 걸까?

모스는 뻣뻣한 몸을 힘겹게 일으켜 내가 뒤에서 들고 있는 배낭끈에 팔을 넣고 짚어졌다. 우리는 다시 사우스 웨스트 코스트 패스 쪽으로 눈을 돌리고 길이 이끄는 대로 북쪽으로 향했다.

17

추
위

사랑하는 사람이 아프다는 현실을 언제 받아들일 수 있을까? 의사에게 이야기를 전해 들었을 때? 아니면 자신의 눈으로 직접 그 현실을 확인했을 때? 그리고 만일 결국 그런 현실을 받아들이게 되었다면 그다음에는 어떻게 해야 할까? 대부분의 일반적인 사람들이라면 당연히 아픈 사람을 돌보기 위해 나설 것이며 고통을 줄여주기 위해 애를 쓸 것이다. 그렇지만 나는 이중 어떤 일도 할 수 없었다. 나는 애초에 그런 현실 자체를 받아들일 수 없었을 뿐더러 스스로에게 이건 사실이 아닐 거라고 되뇌었다. 모스는 안전하고 편안한 숙박업소에 있어야 했지만, 그 대신 우리는 캐릭 러즈에 텐트를 치고 들어가 있었다. 캐릭 러즈는 철기 시대에 요새가 세워졌던 자리다. 우리는 영국 해협으로부터 불어오는 거센 바람을 맞으며 어둠 속에서 금속 탐지기를 든 사람들이 돌아다니는 모습을 보았다. 리저드 포인트 등대의 불빛이 몇 초에 한 번씩 규칙적으로 번쩍거렸다. 우리는 어느 병원 근처에 있는 친구 집 뜰 안에 텐트를 칠 수도 있었다. 그러면 화장실을 이용할 수도 있었다. 그렇지만 우리는 어둠 속에서 짧게 자란 산사나무 사이로 들어가 볼일을 봤고 덕분에 바람이 불면 몸이 젖고 말았다. 그렇게 우리는 모스가 전혀 아무런 이상이 없는 것처럼 행동하고 있었다. 사실은 몸을 따뜻하게 해야 하는데도 바다 쪽으로 튀어나와 있는 땅 위에 세운 텐트 안에서 종잇장처럼 얇은 침낭을 두르며 버티고 있었던 것이다. 시간은 이미 10월이 다 되어가고 있었다.

동이 틀 무렵이 되자 하얀색 층적운이 줄을 지어 육지 쪽으로 이동하고 있었고 배낭을 짊어지고 걷기 시작할 때는 근처에 살고 있는 돌고래 떼가 먹이를 먹고 있는 모습도 눈에 들어왔다. 우리는 블랙 헤드에 있는 해안 경비대 초소에서 잠시 쉬면서 이 근처의 지질 구조에 대해 읽어보았다. 리저드 반도를 형성하고 있는 각기 다른 암석층에 대한 놀랄 만한 전시물이었다. 생각해보니 우리는 반려암이 포함된 사문암화된 감람암 위에서 밤을 보냈지만, 그 감람암 옆에는 편마암에 트록톨암,

현무암 그리고 리저드반도를 구성하는 운모 편암도 함께 있었다. 이것들은 미네이지 지역의 지형과 서로 단층 작용을 일으킨 지형 속 암석들이었다. 하지만 이런 설명은 아무리 읽어봐야 우리에게는 외계어나 다름없었고 무엇을 상상하는가에 따라 전혀 다른 의미로 해석될 수도 있는 그들만의 은어였다. 우리는 모든 게 뒤죽박죽이 될 때까지 암석의 이름들을 주워섬기며 걸었고 이윽고 길은 코브렉 방향으로 이어졌다. 우리는 은행에서 25파운드를 찾고 배낭 안에는 쌀과 참치 통조림, 퍼지바를 챙기고 찻집에서 감자튀김 한 접시를 먹은 후 다시 걸음을 재촉했다. 현무암, 트록톨암, 편마암……. 산사태나 장애물, 혹은 심술궂은 농부를 피하기 위해 긴 우회로를 따라 내륙으로 들어갈 때까지도 우리는 뭐가 뭔지 제대로 알 수가 없었다. 감람암, 반려암……. 길은 이제 들판을 벗어나 어느 숲속으로 이어졌다.

아주 조금 내륙 쪽으로 들어왔을 뿐인데 이곳은 우리가 알고 있는 콘월과는 달랐다. 따뜻하고 싱그러웠으며 안전하고 포근했다. 우리는 유명한 팻 애플스 카페 같은 곳은 들어갈 엄두도 내지 못했지만, 보기만 해도 참 그럴 듯했다. 화살표 하나가 숲속 야영장을 가리키고 있길래 우리는 그대로 따라가서 다듬어진 잔디밭 위에 텐트를 쳤다. 바람을 피할 수 있는 곳이었고 나무들은 한껏 자라나 있었으며 삼림지대에서 볼 수 있는 새들이 가지 사이를 날아다녔다. 그리고 그 밑으로는 꿩들이 여기저기를 헤집고 다녔다. 나뭇잎은 어느새 갈색과 노란색으로 물들어가고 있었다. 절벽을 따라서만 돌아다니다가 보게 된 이곳 풍경은 무척이나 낯설었다. 하룻밤에 고작 5파운드로 이렇게 녹음이 우거진 숲속에서 고요한 순간을 누릴 수 있다니. 우리는 정말 팻 애플스 카페로 다시 돌아가 뭘 먹을 생각은 없었지만, 그만 굴복하고 먹음직스러운 채식 요리 한 접시를 사이에 두고 각자 포크를 들고 앉았다.

"주인 말이 도보 여행 중이시라던데, 어디로 가시나요?"

두 명의 오스트레일리아 사람이 우리 옆에 와서 앉았다. 두 사람은 영국식 아침 식사라고 되어 있지만, 그냥 시간에 상관없이 팔고 있는 음식을 시켰고 두 사람 앞에는 각각 푸짐하게 음식이 담긴 접시가 각각 하나씩 놓여졌다. 나는 너무 숨을 깊이 들이마시지 않으려고 애를 썼지만, 음식 냄새가 참 기가 막혔다.

"지금은 잘 모르겠군요. 아마 날씨에 따라 달라지겠지요. 그쪽은요?"

"여기까지는 야영도 하고 호텔도 이용하고 그랬는데, 점점 더 추워지니까 지금부터는 민박집 정도는 이용해볼까 해요.

아, 가는 곳은 팰머스입니다. 가는 길에 텐트는 중고 가게에 팔고 이발도 해야겠어요. 염색도 좀 하고 말이에요."

"그거 근사한데요. 나는 거울도 못 본 지 며칠은 된 거 같은데."

"흠, 거울은 안 보는 게 더 좋을 것 같은데요. 그나저나 이 음식 좀 보세요. 집에서 이만큼을 먹어치운다면 금방 돼지처럼 살이 찔 텐데. 여행을 시작하면서는 그저 먹는 거, 먹는 거, 먹는 거 생각뿐이더라고요. 집에 갈 때쯤 되면 그쳐야 하겠는데 말이지요."

두 사람의 푸짐한 음식과 텐트가 아닌 숙박업소에서의 침실 그리고 욕실이 부러웠을까? 음식이야 뭐 두말할 나위도 없었고 제대로 된 식사를 해서 나를 끊임없이 괴롭히는 이 배고픔을 벗어날 수 있다면 나는 분명 행복했을 것이다. 그렇지만 우리는 침실과 욕실이 없어도 견뎌낼 수 있었다. 물론 더 두꺼운 침낭이 있다면야 그것까지 마다할 생각은 없었지만. 팻 애플스 카페가 주는 안락함을 두고 일어서기가 정말 힘들었다. 나는 이제 숲속에서 추운 밤을 보내고 야외 화장실에서 차가운 수돗물을 받아 씻게 되겠지만, 그렇다고 해도 우리 같은 사람들만 있어서는 여기 장사에 별 도움이 되지 못할 것 같았다.

포셀로우에 있는 바닷가 언덕 아래에는 글이 새겨진 커다란 석판이 하나 서 있다. 사우스 웨스트 코스트 패스 전체 구간의 중간 지점을 알리는 석판으로 지금까지 500킬로미터를 왔고 앞으로 500킬로미터를 더 가야 한다는 표지판이었다.

"지나치게 피로한 일은 피하십시오. 너무 많이 걷지도 마시고 계단을 올라갈 때도 주의하시고요."

그런데 모스가 정말로 지금까지 500킬로미터를 걸어왔단 말이지! 그리고 나도! 빨리 걷기의 달인인 초인 패디 딜런은 여기까지 오는 데 24일이 걸렸다. 우리는 24일째 되던 날 틴타젤에 있었다. 마치 아득히 먼 옛날의 또 다른 세상 이야기 같았다. 오늘은 우리가 여정을 시작한지 48일째 되는 날이다. 바로 패디 딜런이 풀에 도착한 날. 그는 완행열차를 타고 집으로 돌아가 등산화를 벗어놓고 술집을 찾아 자신의 지루한 여행 이야기를 늘어놓고는 비어 있었던 집 정리도 하면서 바로 다음 여행을 계획했겠지. 지금 이 속도라면 우리가 풀에 닿을 때쯤이면 이미 크리스마스 장식들이 거리에 등장할 것 같았다. 그것도 한밤중에 저체온증이 와서 무너지지 않고 또 체력이 다해 쓰러지지 않을 경우의 이야기였다.

바닷물이 밀려들어 와 있어서 우리는 연락선을 타고 길란 크리크를 건넜다. 사실 우리가 탄 건 번듯한 연락선이라고 보기는 어려웠고 과거의 어느 시대에선가 튀어나왔을 법한 노를 젓는 작은 목선에 더 가까웠다. 늦여름의 따스함이 아직 이곳에 남아 있는지 속옷 차림으로 어망을 던지는 아이들이 보였다. 양치기들이 쓰는 오두막이 강둑 위에 있었고 배를 모는 사람의 개는 주인 옆에 엎드려 있었다. 어쩌면 이곳이 천국일지도 몰랐다. 모스가 힘들어해서 우리는 자리에 앉아 오후의 따뜻한 햇살을 즐겼다. 앞으로 며칠 동안 연락선은 세 차례 더 운행한다고 했다. 우리는 정말 팻 애플스 카페에 들리지 말았어야 했다. 또 다시 국수로 끼니를 때워야 한단 말인가. 우리는 헬포드강 위쪽 순무 밭 끄트머리에 텐트를 쳤다. 북쪽의 확 트인 야생의 풍경을 지나온 지는 이제 한참 되었고 남쪽의 평범한 시골 풍경 속에 거의 잊혀져가고 있었다.

아침에 눈을 뜨니 밝고 부드러운 초가을 공기가 습기를 머금은 채 거미줄 위에 드리워져 있었다. 가벼운 안개는 곧 걷혔고, 우리는 관목숲을 헤치고 나가 헬포드강이 내려다보이는 곳에서 차를 끓였다. 요트들이 짙은 푸른색의 부드러운 물줄기를 따라 바다로 내려갔다. 전부 다 조용하고 평온한 바다를 건너 팰머스를 향해 가고 있었다. 그 고요함은 덤불숲에서 요란하게 부스럭 거리는 소리가 들리면서 끝이 났다. 달마티안 개 한 마리가 절벽 끄트머리에서 발을 끌며 간신히 멈춰 섰다.

"이런, 빌어먹을 녀석! 버스터, 자리에 앉아!"

달마티안 개는 절벽 끝에서 몇 걸음 뒤로 물러나며 한껏 몸을 흔들었다.

"아, 안녕하세요! 방해가 되었나요?"

개 주인은 리버풀 출신이었다.

"항상 이곳을 찾아오거든요. 전망이 끝내주니까. 매년 오는 곳인데도 저 멍청이 같은 녀석이 기억을 못 해요. 그나저나 뭘 하고 계셨습니까?"

"차 한잔 하고 있었지요."

"끝내주네요."

"그러면 한잔 하시겠어요?"

"괜찮으시다면 한잔 하겠습니다. 두 잔 부탁드려요. 각각 설탕도 두 개씩 넣어서요."

덩치 큰 남자와 그의 아내가 좁은 자리를 비집고 들어와 앉았다.

"그런데 우유가 없어요."

"아, 그런가요? 뭐, 상관없습니다. 그런데 저기 강둑에 있는 양치기들 오두막에서 야영을 하는 게 더 나을 뻔했어요. 그 사람들은 신경도 안 쓸 텐데."

"그 양치기들을 잘 아십니까?"

"아니오."

잭 러셀 테리어 세 마리와 또 다른 남녀가 이쪽으로 올라왔다.

"여기 무슨 일이 있나요? 무슨 친목회라도?"

우리가 미처 뭐라고 말을 꺼내기도 전에 리버풀에서 온 남자가 벌떡 몸을 일으켰다.

"차 한잔 하고 있는데요. 같이 드시렵니까? 우리가 먼저 마시고 잔을 비울 때까지 기다리긴 해야겠지만. 이분들은 사우스 웨스트 코스트 패스를 여행하고 계신답니다."

"어디서부터 여행을 시작하신 건가요. 팰머스?"

"아니오, 마인헤드부터 입니다."

"마인헤드가 어디인가요?"

"서머싯이요."

"설마요. 서머싯이라면 너무 먼데요."

나는 차 두 잔을 내밀었고 두 남녀는 차를 마셨다.

"설마가 아닙니다."

"설마요."

"설마가 아닌데요."

"어떻게 그 정도로 시간을 낼 수 있었단 말인가요?"

나는 모스가 한숨을 내쉬며 얼굴을 찡그리는 모습을 보았다.

"왜냐하면 우리는 현재 직업도 없고 집도 없는 노숙자 신세라서요."

순간 모두들 움찔하는 기색이 보였다. 개들이 뒤로 물러서자 여자들도 한 걸음 뒤로 물러섰다.

"음, 그러면 이제 그만 가봐야겠습니다. 차 잘 마셨습니다."

"그래요. 어쨌거나 만나서 반가웠습니다."

사람들은 순식간에 눈앞에서 사라졌고 모스는 의자 등받이제 몸을 기댔다.

"차 한 잔 더 할까?"

"마시고 싶어도 못 마셔. 물이 다 떨어졌거든."

우리는 가스스토브를 챙기고 다시 연락선을 타고 헬포드강을 건넜다.

팰머스에 도착했을 때는 상황이 영 좋지 않았다. 펜데니스 캐슬 옆에 허겁지겁 텐트를 치고 나니 날은 벌써 어두워져 있었고 근처 바위 위에서 알코올이 약간 섞인 음료수를 마시며 떠들어대는 십 대 아이들까지 신경을 쓰기에는 너무나 몸이 피곤했다. 아이들은 가지 않고 계속 그 자리에서 웃고 떠들었다. 아드레날린이 얼마나 끓어오르는지 우리가 옆에 있는 건 안중에도 없는 모양이었다.

"톰하고 로완도 어디서 저러고들 있을까?"

"당연하지. 아직 학생 신분이잖아. 음, 그러니까 저런 적이 있기는 하겠지."

"우리가 무책임하게 아이들을 버린 걸까? 집이 없어진 건 이야기를 해줬지만, 당신이 몸이 아프고 그게 무슨 의미인지는 정확하게 말을 안 해줬어. 지금까지는 항상 뭐든지 다 솔직하게 이야기해주곤 했는데. 살면서 일어나는 아주 사소한 사건이나 사고도 빠트리지 않고 다 솔직하게 이야기를 해주었다고. 그런데 가장 중요한 문제는 그렇게 하지 않았지. 우리 모두의 삶에 영향을 미칠 수 있는 이번 일을 그냥 넘어갔다니까. 그렇게 하기에는 너무나 고통스러운 일이어서 그랬을까. 얼마나 중요한 문제인지 뻔히 다 알면서도 결국 어느 누구도 감히 입을 열지 못했어."

나는 텐트 안 어둠 속에서 모스 쪽으로 얼굴을 돌렸다.

"우리에게, 그러니까 우리 가족에게 일어난 일들이 그 아이들에게 어떤 상처를 줬다고 생각해? 혹시 이번 일이 아이들에게 영원히 지워지지 않을 상처 같은 걸 남길지도 모른다는 생각을 하면 나는 견딜 수가 없어."

"아이들이 당신과 대화를 안 한다면 그건 아이들에게 문제가 있는 게 아니라 당신 자신에게 문제가 있는 거겠지. 그러면 어쨌든 나하고라도 대화가 이어질 거야. 우리는 지금까지 모든 걸 솔직하게 다 이야기해왔어. 진실을 알리는 건 쉽지 않겠

지. 그렇지만 우리 아이들은 강해. 지금은 우리 모두 다 예전과
는 다른 상황에 처해 있어. 그리고 지금의 상황에 맞서려고 마
음만 먹는다면, 그렇게 하면 아마도 다 극복해낼 수 있을 거야.
이건 '방 안에 있는 코끼리도 못 알아본다'는 속담처럼 우리가
절대 눈 가리고 아웅 하려는 게 아니야. 그리고 지금은 집도,
방도, 코끼리도 없다고."

"텐트 안에 있는 기린은……?"

"뭔 소리야. 어서 잠이나 자라고."

가을 학기가 시작되자 학생들이 팰머스 대학교로 돌아왔다.
이제 팰머스에는 반짝반짝 빛나는 수많은 젊은이들이 나타나
자유분방한 모습으로 학문을 탐구하겠다며 거리를 배회하고
있었고 또 애써 과장되게 무심한 표정을 지으며 예술대학을
돌아다니기도 했다. 그런 학생들의 자유분방한 차림새와 비교
해봐도 우리는 아주 오래 전에 집을 나와 떠도는 사람들처럼
보였다. 벨트를 끝까지 졸라맨 모스의 바지는 그냥 몸에 간신
히 매달려 있는 거나 마찬가지였고 검은색 티셔츠는 등 쪽에
배낭 모양의 갈색 얼룩이 남아 있었다. 은색이었던 머리카락
은 하얗게 탈색이 되었고 짧았던 수염도 덥수룩해졌다. 나는
세인트 아이브스부터 똑같은 양말을 계속 신고 왔고 긴 레깅

스 위에 짧은 레깅스를 겹쳐 입고 있었다. 중고 가게에서 산 웃옷은 처음에도 컸었지만 지금은 살이 빠져 더 헐렁해 보였다. 머리는 여전히 까치집 신세였다. 나는 팻 애플스 카페에서 만났던 오스트레일리아 친구들이 팰머스 어딘가에서 신나게 구경을 하고 배불리 먹고 마시고 있는 광경을 떠올려보았다. 그러면서 그 사람들이 하나도 부럽지 않다는 사실을 깨달았다. 분주한 거리를 지나가면서도 나는 별다른 감흥을 느끼지 못했다. 그런 초연한 감정을 느낀다는 건 불과 두 달 전만 해도 상상도 할 수 없는 일이었다. 우리는 우리하고는 무관한 그들만의 땅을 지나가고 있었다.

"한 사람당 6파운드라고요? 그렇지만 우리는 관광객도 아니고 그냥 배낭여행자일 뿐인데요."

"그건 상관없고, 어쨌든 한 사람에 6파운드니까 안 탈거면 그만 가봐요."

우리는 연락선 부둣가를 떠나 항구를 돌아다니며 세인트 모우스까지 건너가는 다른 배가 있는지 찾아보았다. 그렇지만 배는 한 척도 찾을 수 없었고, 다시 마을로 돌아와 나흘 먹을 국수만 사고 다른 건 포기했다. 그렇게 해서 결국 우리는 연락선에 오를 수 있었다. 역시 팻 애플스 카페는 들어가지 말았어야 했다.

세인트 모우스는 사람들로 우글거렸다. 그리고 플레이스 크리크를 지나가는 연락선을 기다리는 줄은 좀처럼 줄어들지 않았다. 맞은편 부둣가에 내린 우리은 숲속으로 들어갔다. 토끼가 덤불숲에 숨듯 그렇게 숲속으로 들어가자 거리에 있는 것보다 마음이 더 편안했다. 그립 포인트까지 이어지는 지형은 완만한 내리막길이었다. 언덕 밑으로는 적당하게 자란 부드러운 풀밭이 펼쳐져 있었고 그 위로는 커다란 집 한 채가 있었다. 청명한 하늘에 달이 떠올랐다. 만월이 막 지난 달이 떠오르면서 주변 풍경이 회색과 은색으로 물들었다. 어둡고 부드러운 물이 꽉 차오르면서 이미 젖어 있는 바위를 부드럽게 휘감았다. 때에 찌든 옷을 벗고 우리는 조용히 차가운 바다 속으로 들어갔다. 땅을 박차고 나아갔지만 너무 쉽게 다시 제자리로 돌아와서 우리는 바다 위에 잠시 떠 있기 위해 조금 멀리 헤엄을 쳐 나가야 했다. 모스는 물 밑으로 잠수해 좀 더 멀리 앞으로 나아갔다.

"당신도 이리로 한번 와봐. 당신도 이걸 꼭 봐야 해."

"그렇게는 못 해. 거기는 너무 깊잖아."

"아니야, 당신도 할 수 있어."

조금 더 움직여서 달빛에 물든 바다로 나아가자 엄청난 냉기가 올라왔다.

"밑으로 잠수해서 눈을 떠봐."

"그게, 소금물이⋯⋯."

"할 수 있다니까."

나는 숨을 깊이 들이마시고 물 속으로 들어갔다. 그리고 내가 가진 모든 본능과 싸워가며 두 눈을 떴다. 흐릿한 어둠 대신에 하얀색과 은색의 물줄기들이 바닷속에서 춤을 추고 있었다. 각각의 물줄기들이 산산이 흩어지면서 물방울이 빛을 머금어 무지개처럼 반짝였다. 이 모든 빛의 근원인 달빛은 이리저리 움직이고 흔들리다 물에 의해 굴절되어 바다와 모래와 바위에 가서 닿았다. 숨을 쉬기 위해 물 위로 올라오자 눈앞의 물이 똑같은 빛에 의해 빛이 나고 있었다. 모스는 내 손을 잡고 더 멀리 나아갔다. 그리고 다시 물 속으로 들어갔다. 모래가 많았지만 시야를 완전히 가릴 정도는 아니었다. 모스가 나를 앞으로 밀어내고 두 팔을 활짝 펼쳤다. 비늘이 있는 생명체들이 그냥 떠다니듯 움직이고 있었다. 빛이 비늘에 반사되어 희미하게 반짝거렸다. 달빛이 속으로 들어와 스스로 형상을 갖춘 것이다. 나는 그중 하나에게 손을 뻗어보았다. 부드럽고 차가운 몸이 슬쩍 움직이며 멀리 가버렸다. 그리고 다시 물이 얕은 곳을 찾아 자리를 잡았다. 그렇게 아무 움직임 없이 떠돌다도 관절의 감각이 너무 육지 쪽에 가까워졌음을 알려주면 빛을 흐트러트려 반짝이는 거품을 만들어내며 좀 더 깊은 곳으로 돌아갔다.

우리는 물 밖으로 나왔다. 몸이 떨려왔지만 아무런 말도 하지 않았다. 그리고 자연과 하나가 되었다는 미묘한 느낌에 감동을 받고 바다와 하늘 사이에서 물기는 말랐어도 소금기는 그대로 남은 채로 잠이 들었다.

우리는 포트스카토를 돌아다녔다. 초가을을 즐기러 나온 관광객들이 많이 보였다. 젊은 부부와 아직은 어린 아이들, 양동이와 장화 그리고 어디서나 흔히 볼 수 있는 옷차림들⋯⋯. 우리는 아무런 감흥 없이 우리와는 아무런 상관이 없는 듯 그렇게 지나갔다. 마치 누군가 다른 사람의 가족 사진첩이라도 보는 듯한 느낌이었다. 그렇게 우리는 산사나무와 가시금작화가 있는 산길로 돌아갔다. 펜도우어 비치에 이르러서는 해초를 걷어다 먹어볼까 생각했지만, 끓이는 데 연료가 너무 많이 들 것 같았다. 날씨가 변하고 있었다. 축축한 바람이 몰려왔고 남쪽과 서쪽의 하늘이 점점 어두워져갔다. 우리는 플리스 위에 다시 옷을 더 걸치고 걸었다. 바람이 불자 한기가 느껴졌다. 바람은 옷의 빈틈을 파고들었고 얼굴을 꼬집으며 배낭을 후려쳤다. 그렇게 계속 쉬지 않고 움직이도록 우리를 몰아붙였다. 아직 시간이 일렀지만, 우리는 이미 텐트를 칠 장소를 찾고 있었다. 하지만 주변은 날카로운 가시덤불이 있는 비탈길이라 곤란했고 결국 일단 가던 길을 벗어나서 산사나무와 들장미가 있는 곳을 올라간 끝에 버려진 농가 건물들이 있는 근처 어느 들판을 찾아낼 수 있었다. 텐트 위로 가벼운 가랑비가 떨어졌다. 하지만 본격적으로 비가 쏟아지기 전에 빨리 국수를 끓여서 먹어치울 수 있었다.

밤이 되자 천둥이 치고 텐트가 들썩거렸다. 묵직한 장대비가 쉬지 않고 우리를 두드렸다. 옷을 있는 대로 껴입고 침낭 안에 들어가 그 위에 담요까지 덮었는데도 여전히 냉기가 가시지 않았다. 밤이 되니 기온이 급격히 떨어졌다. 낮 기온이 따뜻해서 그랬는지 기온차가 더 크게 느껴졌다. 새벽 4시쯤 되었을 때는 두 사람 다 텐트 한가운데에 들쥐들처럼 웅크리고 있었다. 모스는 신음 소리를 내며 깊은 잠을 자지 못했다. 추위 때문에 우리는 다시 원래 상태로 되돌아가고 말았다. 포테라스 코브를 지날 때만 해도 상황이 나아지는가 싶었지만, 모스는 다시 고통을 겪고 있었다. 몸을 움직이는 건 틀림없이 모스에게 도움이 되는 일이었지만, 추위는 가장 피해야 할 적이었다. 나는 담요를 모스 쪽으로 밀어주고 방수 옷까지 덮어주었다. 그러자 모스는 겨우 깊은 잠에 빠져들 수 있었다. 이렇게 아무

짝에 쓸모없는 침낭을 가져오는 게 아니었다. 처음에 준비를 할 때는 무게만 가벼우면 최고인줄 알았지만 실제로는 전혀 그렇지 않았다. 그렇지만 우리는 최대한 무게를 줄일 필요가 있었고 거기에 가격도 무척이나 저렴했다. 이제 와서 다른 침낭을 살 여유 같은 건 없었고 남은 돈으로는 간신히 먹을거리만 살 수 있을 정도였다. 나는 눈을 뜨고 누워 있었다. 바람이 텐트를 마구 후려쳤고 그 서슬에 텐트를 받치고 있는 가느다란 지지대가 휘는 것이 눈에 보였다. 천만다행히 희미한 빛이 비치기 시작하면서 거센 바람도 잦아들었다.

장대비는 그쳤지만 우리는 여전히 적지 않은 가랑비를 맞으며 걸었다. 거기에 남서쪽에서 불어오는 바람 때문에 비가 거의 수평으로 내렸고 회색의 장막이 구름으로부터 바다로 내려오는 듯했다. 그야말로 물의 순환을 눈으로 보고 있는 것 같았다. 바다 쪽으로 튀어나와 있는 땅은 흐릿하게 보이다 이내 사라져버렸다. 시선을 돌이 가득 박힌, 너비가 두 뼘 남짓한 좁은 길에만 고정하고 가다가 우리는 포트홀랜드를 이루는 동쪽과 서쪽 두 마을 사이에 있는 내륙 쪽으로 들어가는 길을 그만 놓쳐버렸다. 정신을 차리고 보니 우리는 방파제 위에 올라와 있었다. 불어오는 바람을 맞으며 육지의 끄트머리 위에 서 있게 된 것이다. 밑에서는 파도가 무섭게 몰아치고 있었다. 그렇게 우리는 육지와 바다 사이에 있는 돌과 콘크리트로 만든 외줄을 타고 걸어갔다. 시골집들이 줄지어 서 있는 앞 포장도로에 마침내 도착했을 때 한 여자가 문 앞에 나와 있었다.

"빨리 이리로 들어오세요. 대문을 열어놓고 여기 이렇게 계속 서 있고 싶지는 않으니까요."

"몸이 다 젖었는데요."

"그냥 짐만 바닥에 내려놓으시면 돼요. 방파제 위로 걸어오는 걸 봤어요. 왜 제대로 된 길로 들어서지 않으셨나요? 하마터면 파도에 쓸려갈 뻔 했잖아요."

집 안은 무척이나 따뜻했다. 우리 몸에 배어 있던 물기가 순식간에 증발하며 집 안은 수증기로 가득 찼다. 그런데 이 집은 가정집이 아니라 작은 가게처럼 보였다. 여자는 우리를 안으로 안내했는데 원래는 거실이었어야 할 공간이 작은 찻집처럼 되어 있었다. 쟁반을 받쳐 들고 있는 종업원과 계산대가 어딘가에 기다리고 있으며 이런 친절함의 대가로 최소한 몇 파운드는 내야 할 것 같은 분위기 속에서 어떻게 우리는 계속 태연하게 앉아있을 수 있었을까. 비가 다시 창가에 들이쳤다. 심지어 갈매기들조차 모두 숨을 만한 바위를 찾아낸 것 같았다. 우리는 차를 마셨다. 모스는 창가에 있는 방석에 머리를 기대고 금방 잠이 들었다. 팔은 마치 박자라도 맞추는 것처럼 경련을 일으켰고 이따금씩 얼굴도 일그러졌다. 그는 인정하지 않았지만, 추위와 습기는 그에게 큰 고통을 주고 있었다. 그렇지만 이렇게 잠이 들어 있을 때는 역시 그런 고통을 숨길 수가 없었다. 프레가발린 없이는 어깨와 머리에 가해지는 찌르는 듯한 고통을 모두 고스란히 감당할 수밖에 없었다. 다리가 저린 증상이나 피부에 올라오는 이상한 두드러기도 마찬가지였다. 물론 그런 게 전부 다 피질기저퇴행 증상이라고 할 수는 없었다. 그렇지만 숙면을 방해하고 그의 미래에 그늘을 드리우기에는 충분했다.

따뜻한 방 안에 있다 보니 몇 시간이 훌쩍 지나갔다. 밖으로 나오니 그 사이 비는 잦아들어 안개로 바뀌었고, 우리는 진흙투성이 길을 따라 터벅터벅 걸어 초저녁 무렵에는 높이 솟아있는 도드맨 포인트의 널찍한 공터 위에 도착했다. 우리는 커다란 화강암 십자가 밑에 앉았다. 축축한 대기 속에서 안개가 빠르게 흩어졌다. 그렇게 흩어진 안개 속에서 남으로는 리저드반도가 보였고, 이내 남은 안개들은 빠르게 동쪽으로 멀리 사라져 버렸다. 가시금작화와 낮게 자라 있는 나무들 사이에서 바람을 피하며 서 있던 오래된 오두막 한 채가 안개 속에서 갑자기 모습을 드러냈다. 작은 돌집이 서 있던 자리는 원래 나폴레옹 전쟁 당시 영국 해협에 나타날지 모를 프랑스 해군을 감시하기 위한 탑이 서 있던 곳이었다. 오두막 주변의 무너진 담벼락을 보호막 삼아 텐트를 치고, 오두막 안으로 들어가서 국수를 끓였다. 그러고 있으려니 소꿉놀이를 하는 건지 아니면 정말 떠돌이 방랑자가 된 건지 혹은 둘 다인지 알 수 없었다. 겨우 7시가 지났을 뿐인데 어둠이 찾아오며 빛은 모두 사라져버렸다.

"지금 분명 9월이란 말이지."

"정말이야?"

모스는 안내서를 뒤적거리며 지난번에 날짜를 확인한 이후 처음으로 날짜를 계산해보았다.

"10월이 다 됐어. 몇 주 뒤면 서머타임도 끝나서 시간도 바꿔야 해."

"5시부터 해가 져버리면 그때는 어떻게 하지?"

해가 십자가 뒤로 수평선을 따라 서서히 움직였다. 바람이 줄어드는 대신 밤의 소음들이 들려왔다. 갈매기들이 절벽 쪽을 향해 낮게 날아왔고 검은머리물떼새들이 저 아래 바위 틈 어딘가에서 떠들고 있었다. 파도가 다시 무섭게 으르렁거리며 육지에 와서 부딪혔다. 그때 조용히, 마치 공중에 떠가듯 작은 노루 한 마리가 희미한 달빛 속에서 회색으로 그 모습을 드러내고 지나쳐 갔다. 관목숲 안으로 미끄러지듯 사라지는데 풀

잎 하나 움직이지 않았다. 우리는 짙은 초록색 어둠 속에 휩싸인 채 노루를 따라 잠이 들었다.

우리는 고란 헤이븐의 부둣가 주변 긴 의자들 옆 콘크리트 담 위에 앉아 콘크리트에 남아 있는 열기를 느끼고 있었다. 갈매기 한 무리가 머리 위로 날아가는 모습이 보였다.

"고란 헤이븐에서는 그러고 있으면 안 돼요. 여기는 술 먹고 거리에 드러누워 있는 사람이 하나도 없어. 그러고 있으면 경찰이 곧 온다니까."

나는 몸을 일으켰다. 그 커다란 목소리가 문신을 한 덩치 큰 남자에게서 나온 소리라고 생각을 했지만, 눈에 들어오는 건 두꺼운 겉옷을 입은 어느 나이 든 부부가 의자 위에 웅크리고 앉아 감자튀김을 먹고 있는 모습이었다. 우리에게 소리친 남자는 튀김 하나를 갈매기에게 던져주었고 곧 갈매기 세 마리가 거기에 달려들었다.

"술에 취한 거 아니에요. 그냥 여기가 따뜻해서 이러고 있는 거예요."

"제대로 된 사람들이 대로변에서 그렇게 누워 있을 리가 있나. 무슨 부랑자나 뭐 그런 거야?"

부랑자라고? 지금 우리 꼴이 바로 그런 건가? 어쨌거나 우리는 지금 대로변에 있는 것이 아니었다.

"여기는 길거리가 아니잖아요. 그냥 앉아서 경치도 구경하고 그럴 수 있는 곳인데. 우리가 바로 그렇게 하고 있고요. 그러는 그쪽은 뭐하는 건가요?"

"감자튀김을 먹고 있지."

남자의 아내가 다시 튀김 하나를 갈매기들에게 던져주었다.

"그게 아니잖아요. 지금 갈매기들에게 먹을 걸 던져주고 있잖아요? 저기 경고문 못 봤어요? '갈매기들에게 먹이를 주지 마시오.'"

배낭을 집어 들고 그 자리를 떠나려 하자 남자가 다시 우리에게 이렇게 소리쳤다.

"이 부랑자들!"

모스가 뒤를 돌아보며 손을 흔들어주었다.

"갈매기들 먹이나 잘 주시지."

우리는 예쁜 마을을 지나 메바지시를 향해 걸어갔다. 수많은 재갈매기들이 우리가 도착한 것을 반겨주었다. 이곳 재갈매기들도 세인트 아이브스의 갈매기처럼 음흉하고 먹잇감이라면 뭐든 놓치지 않을 것 같은 그런 모습이었고 어선과 굴뚝 위, 쓰레기통 주변 그리고 긴 의자 주변 등 어디든 다 모여 이리저리 어슬렁거리고 있었다. 우리는 서둘러 감자튀김을 1파운드어치 사서는 봉지를 꼭 움켜쥐고 조심스럽게 하나씩 꺼내 먹었다. 우리 옆에는 한 무리의 나이 든 여자들이 앉아 있었는데 각자 피시앤칩스를 넉넉히 들고 있었다. 우리는 뜻하지 않게 여자들의 대화를 엿듣게 되었다.

"내가 이 근처 바닷가를 오가며 살아왔다고 말했잖아. 그리고 나는 다시는 세인트 아이브스로는 안가. 웨이머스라면 갈 수도 있겠지. 메바지시에 다시 살라고 해도 괜찮아. 그렇지만 세인트 아이브스는 절대로!"

"그렇지만 지금 살고 있는 곳이 메바지시잖아."

두 번째 여자가 이렇게 대꾸했다.

냉혹한 눈을 한 갈매기 한 마리가 여자들이 앉아 있는 의자 쪽으로 비스듬히 다가왔다. 시선은 마치 이쪽에는 아무 관심 없는 듯 반대편을 향해 있었다.

"내 말은 만일 내가 이곳을 떠났다가 다시 돌아온다고 해도 절대 세인트 아이브스는 아니라는 거야."

"아니, 어차피 돌아올 거라면서 왜 떠난다고 하는 건데?"

갈매기가 등을 돌리고 저 멀리 바다 쪽을 바라보았다. 그러더니 계속 비스듬히 안 그런 척 하면서 이쪽으로 다가왔다.

"아니, 셀리아. 그냥 말이 그렇다는 거잖아. 만일이라고, 만일. 이곳을 떠날 일이 생겨도 다시 돌아올 거니까."

"그래, 도리스. 말이 그렇잖아. 어차피 돌아올 거면 왜 자꾸 떠나고 싶다니 뭐니 그런 말을 하냐 말이야."

갈매기가 그 순간을 놓치지 않고 번개같이 방향을 바꿔 튀김을 향해 달려들었다. 갈매기는 사라졌다. 입에는 승리의 전리품을 물고 있었다.

"저 망할 놈의 갈매기 새끼가! 내가 이래서 메바지시를 떠난다는 거야. 여기나 세인트 아이브스나 다 거기서 거기라고!"

"아이고, 도리스. 이게 다 뭐야. 그리고 여기랑 세인트 아이브스랑 다 거기서 거기라면 왜 돌아올 거라고 그러는 건데?"

"제발, 셀리아……."

우리는 블랙 헤드 위에 텐트를 쳤다. 시인 A. L. 로우즈를 추모하는 비석이 근처에 있었다. 비석에는 이런 글이 새겨져 있었다. "이 땅에는 나의 정수가 있노라." 육신을 의미하는 것이 아니라 마음의 정수 같은 걸 말하는 거겠지. 우리는 국수를 먹었다. 살찐 갈매기들이 입에 뭔가 먹을 것을 물고 바위 끄트머리에 앉아 있었다.

"이상하지. 갈매기들은 국수에는 전혀 관심이 없나봐."

"갈매기들도 바보는 아니니까."

세인트 오스텔의 북쪽 지역은 도자기용 점토가 나오는 것으로 유명하다. 대단히 우수한 품질의 점토인 이른바 고령토는 이곳에서 18세기 중반부터 채굴되기 시작했으며 당시 윌리엄 쿡워시라는 약사이자 기술자가 점토에서 불순물을 제거하는 방법을 개발했다. 고령토 사업은 뛰어난 품질의 도자기 생산으로 이어졌지만, 단지 거기에서 그치지 않고 찻잔에서 치약까지 고령토가 사용되는 곳이라면 어디든 전 세계로 수출되었다. 구리며 주석 광산이 문을 닫게 되었을 때도 고령토 채굴은 끊임없이 계속되었다. 그렇지만 안타깝게도 불순물 없는 고령토 1톤이 만들어질 때마다 관련 폐기물이 5톤씩 쌓여갔다. 이 때문에 이런 폐기물이 콘월 중부 지역에 산더미처럼 생겼다. 현지 사람들은 이를 두고 콘월 알프스라는 애칭으로 부르기도 하지만, 처음 보는 사람에게는 그저 경관을 망치는 쓰레기 더미로 보일 뿐이다. 고령토 채굴 때문에 땅속으로 나게 된 거대한 하얀 구덩이들을 보면 많은 활용법이 떠오를 것 같기도 하다. 자연을 되살리는 방법은 어떨까. 식물이 자랄 수 있도록 영양분이 포함된 물로 구멍을 채우고 주변에 관목을 심는다. 그리고 자연 유산 탐방로라고 이름을 붙이는 것이다. 아니면 전 세계의 희귀 식물을 가져다 심고 장식을 해서 새로운 에덴동산을 만든다. 그렇게 해서 1인당 25파운드씩 받고 관광객을 불러 모은다. 물론 폐기물과 함께 구멍들을 다 메워버리고 주변을 새로 정리할 수도 있다. 그렇지만 그건 너무 뻔한 해결책이다. "전혀 눈치 채지 못하셨겠지만, 이곳은 한때 점토를 캐내던 곳이었습니다"라는 광고를 보고 아무 것도 없는 풀밭 위를 걷기 위해 여기까지 찾아올 관광객도 아마 없을 것이다.

과거에 웨스트 폴메어로 불렸던 찰스타운은 여전히 그림처럼 아름다운 항구 마을이다. 18세기 상인이었던 찰스 레쉴리는 배포가 크기로 유명했는데 무슨 이유 때문인지 이곳을 골라 고작해야 어부와 어구 밖에 없던 작은 마을을 3,000명의 일꾼이 고령토를 화물선에 실어 나르는 항구로 바꿔놓았다. 그리하여 누구보다 빨리 고령토 수출 사업을 시작했던 것이다. 19세기에만 매년 수십만 톤의 고령토를 실어 날랐지만 20세기에 들어서는 그 규모가 수백만 톤으로 크게 늘어나기도 했다. 이제 찰스타운은 과거의 유산을 바탕으로 그림처럼 아름다운 항구 마을로 남게 되었고 콘월을 배경으로 한 역사 드라마〈폴다크〉의 배경으로도 자주 등장하고 있다.

파에 가까이 갈수록 주변이 하얗게 변해가기 시작했다. 사방을 덮고 있는 건 아기 분처럼 곱고 미세한 가루였다. 점토 가공 공장 근처를 시작으로 철망으로 된 울타리와 철로 사이, 마을 사이를 지나가는 SWCP 위, 창고와 공장 굴뚝이 뒤에 늘어서 있는 바닷가 그리고 그 옆에 제멋대로 만들어져 있는 관광객용 주차장 위까지. 정말 모든 곳들이 다 하얀색이었다. 백색의 나무, 백색의 길, 백색의 바닷가, 백색의 개와 주인……. 우리는 폴케리스 마을에서도 선술집이며 찻집이 모여 있는 중심가를 지나갔다. 풍겨오는 음식 냄새를 애써 무시하고는 산허리쯤에 있는 가을 분위기가 물씬 풍기는 숲속으로 들어가자 다시 형형색색의 세상으로 돌아온 듯 안도감이 느껴졌다.

우리는 그리빈 헤드의 평평한 풀밭 위에 텐트를 쳤다. 그리고 안에 드러누워 문을 열어놓고 우리 옆을 지나가는 배들과 별들을 바라보았다. 우리는 지금 래쉴리 가문의 땅에 와 있었다. 이 재벌 가문은 헨리 8세 시절부터 지금까지 매네빌리 영지를 소유해오고 있다. 대프니 듀 모리에가 한때 살면서 소설 《레베카》를 구상하기도 했던 바로 그곳에서 우리는 이렇게 집도 절도 없이 텐트 안에 누워 돈 한 푼 없이 하늘의 별들만 바라보고 있었다. 우리는 우리 자신과 아이들을 제외하고는 모든 것을 다 잃어버렸지만, 이렇게 축축한 풀밭 위에 누워 있을 수도 있었고 또 규칙적으로 바위를 후려치는 파도 소리도 들을 수 있었다. 이런 식으로 계속 살아남을 수 있을까? 우리는 그 해답을 알고 있었지만, 이런 상황을 포기하고 다시 세상으로 돌아가는 것 역시 정답으로 여겨지지는 않았다.

완만한 산허리로 이어지는 SWCP를 따라가자 노란색과 주황색으로 물든 숲과 바위투성이 바닷가와 그리고 갈매기들이 나타났다. 갈매기는 어디를 가든 안 보이는 곳이 없었다. 우리는 마침내 포위에 도착했다. 포위는 육지의 강줄기와 바다가 만나는 곳에 자연스럽게 만들어진 항구를 따라 성장한 마을로 가파른 비탈길을 따라 좁은 거리와 형형색색의 주택들이 줄지어 늘어서 있었다. 분명 남서부 지방에서 가장 값비싼 주택들이 모여 있는 곳인데, 초가을인데도 여전히 정박해 있는 요트들을 보니 부자들은 분명 다 외지인인 것 같았다. 우리는 다시 찻집에 들러 뜨거운 물을 얻고 전화기를 충전했다. 그동안은 전화기가 있었는지조차 까맣게 잊고 있었을 뿐더러 정말 오랜만에 전화기를 꺼내보는 것 같았다.

"전화기를 제대로 충전하지 않은 걸 알면 로완이 가만 안 있을 텐데."

그렇지만 전원을 켜자마자 아이들로부터 수많은 문자가 와 있었고 학창시절 친구인 폴리에게서는 부재중 통화가 한 통 걸려왔었다. 폴리와 마지막으로 이야기를 나눈 건 우리가 집을 잃은 직후였다. 그렇다고 지금 다시 연락을 해 "어, 그래. 우리는 여전히 노숙자 신세고 병에 걸려 다 죽어가고, 뭐 그렇지. 넌 요즘 어때?" 같은 말을 하자니 너무나 고통스러울 것 같았다.

우리는 은행에서 돈을 찾고 빵 한 덩어리와 통조림 스프를 하나 샀다. 그리고 강 건너 폴루안으로 가는 연락선을 잡아탔다. 폴루안은 포위를 그저 더 작게 줄여놓은 듯한 쌍둥이 같은 마을이었다. 우리는 부둣가에 앉아 작은 조선소와 그 반대편에 있는 수리 공장에서 배를 수리하며 튀는 용접 불꽃이 날아오르는 걸 구경했다. 우리가 가는 SWCP는 이제 이전보다 덜 험해졌고 폭풍우의 영향도 덜 받았으며 바닷물이 밀려나간 모래 위를 조용히 흐르고 있는 물길 같아졌다. 우리는 SWCP와 함께 변해갔다. 우리가 더 강해지고 더 침착해지는 동안 우리가 가는 길은 더 고요해졌다. 가마우지 한 마리가 물 위에 낮게 떠 있다 먼 바다 쪽으로 날아갔다. 하늘은 회색빛이었지만 비가 올 것 같지는 않았다. 그저 회색의 하늘과 회색의 바다가 하나로 합쳐지고 있을 뿐이었다. 수리 공장에서는 불꽃이 계속 날아올랐다. 나는 여자 용접공이 주인공으로 나오는 영화 〈플래시댄스〉의 주제가라도 들으며 일하고 있지 않을까 상상해보았다. 그렇지만 아마도 파이러트 FM을 듣고 있을 가능성이 더 높았다.

우리는 마을을 벗어나 가파른 산길을 올라갔다. 랜틱 베이 위를 거쳐 펜캐로우 헤드로 이어지는 길이었다. 우리는 가시금작화 뒤에 텐트를 치고 저 멀리 플리머스를 드나드는 배들을 바라보았다.

날이 밝자 회색 바다와 회색 하늘 사이에 희미한 노란색 빛 한 조각이 곁들여졌다. 새 한 마리가 절벽 아래쪽에서부터 날아올라 밝아오는 하늘 아래 날개를 펼치며 긴 그림자를 만들었다. 바람을 타고 날아가면서 회색빛 등을 숙이자 희미한 줄무늬가 있는 아랫배가 드러났다. 그런 직후 녀석은 단숨에 속도를 높여 밑으로 내려왔다. 토끼들은 흩어졌고 작은 새들도 숨을 죽였다.

어느 나이 든 남자가 건너편에서 천천히 우리 쪽으로 걸어왔다. 행색은 초라했으며 옷은 지저분했다. 손에는 등산용 지팡이와 개암나무 가지가 들려 있었다. 남자는 그렇게 천천히 다가와서 걸음을 멈췄다. 그가 입을 열어 말을 하자 입 안에 부드러운 클로티드 크림 덩어리 같은 것이 보였다.

"그 녀석을 봤소? 그 송골매 말이야. 몇 주 동안 여기에 머물러 있더군. 정말 멋진 녀석이야. 그 전에는 한 번도 본 적이 없는 녀석이었어. 그쪽도 전에 그런 송골매를 한 번도 본 적이 없겠지?"

"우리는 여기서 겨우 하룻밤을 머물렀을 뿐인걸요. 어쨌거나 그 송골매를 본 건 이번이 처음이에요. 대단하더군요."

"그냥 지나가는 여행자들이로군. 나는 여기서 평생을 살았지. 숲속에 작은 집이 있어서 닭도 좀 키우고 쓸 만한 나무가 있으면 좀 잘라오고 말이지. 그나저나 그 송골매, 정말 멋있었어."

"네, 그래요."

"그런데 동쪽으로들 가시나? 사람들은 다 동쪽으로 가더군. 레임 헤드, 빌버리, 볼트 트레일…… 사람들 말이 나한테, 그러니까 내 눈에 곧 녹, 녹내 뭐가 올 수 있대. 장님이 될 수도 있다는 거지. 내가 비스킷만 너무 많이 먹어댄다나."

"녹내장 말씀이시군요."

"아, 그래. 녹내장인가 뭔가. 나는 시간만 있으면 매일 여기로 와. 눈이 안 보일 때를 대비해서 지금 보이는 걸 다 기억해 두려고."

"정말 대단한 풍경이지요."

"송골매가 와줘서 기뻐. 송골매는 아주 특별하거든. 정말 멋있는 놈이야."

"맞아요. 정말 멋진 새에요."

하늘이 밝아지면서 하늘과 바다가 다시 둘로 갈라졌다. 나는 보고 싶은 것들을 충분히 다 둘러보았을까? 더 이상 앞을 볼 수 없게 된다면 나는 내가 지금까지 봐온 것들을 다 기억할 수 있을까? 그리고 그 기억들은 나를 채우고 만족시켜줄 만큼 충분할 수 있을까? 나이 든 남자는 천천히 왔던 길로 되돌아갔다. 그런데 과연 충분하다고 말할 만큼 많은 기억을 갖고 있는 사람이 과연 세상에 있을까?

전화가 울렸다. 갑작스러우면서도 거칠고 신경에 거슬리는 소리였다.

"지금 거기 어디야?"

"아, 폴리. 우리는 여전히 사우스 웨스트 코스트 패스지. 왜, 무슨 일 있어?"

"겨울에도 그렇게 있을 수는 없잖아. 나한테 작은 집이 하나 생겼어. 예전에 뭐 고기를 가져다 다듬고 포장하던 곳이라는데. 어쨌든 벽은 플라스틱으로 덧대어져 있지만, 화장실도 안에 있고……. 괜찮다면 아주 적은 돈으로 빌려서 살 수 있어. 물론 네가 지금 하고 있는 일부터 끝마쳐야겠지만 말이야."

"지금은 잘 모르겠는데……."

"어쨌든 네가 결정해. 거기 살든지 아니면 말든지."

가시금작화 뒤에 쳐놓은 텐트는 동쪽을, 그러니까 우리가 앞으로 가야 할 SWCP 쪽을 향하고 있었다. 아직 가보지 못한 땅들이며 아직 건너가보지 못한 강과 바다들, 아침에 맞이할 일출과 잠을 재촉하는 일몰, 깜짝 놀랄만한 날씨와 견뎌내야 할 추위가 거기에 있었다. 그렇지만 지금 느끼고 있는 추위조차도 사실은 다가올 겨울과는 절대 비교할 수조차 없었다. 폭풍우가 바닷가로 휘몰아친다는 건 우리도 내륙 쪽으로 옮겨갈 수밖에 없다는 뜻이었다. 그렇지만 어디로 가야 하나? 폴리는 중부 지방에 살고 있었고 거기는 우리가 전혀 모르는 곳이었다. 그런 곳에 가서 우리가 과연 무슨 일을 할 수 있단 말인가? 아니, 무엇보다도 어떤 미래를 꿈꿀 수 있단 말인가? 폴리의 제안은 우리로서는 도저히 답이 안 나오는 문제였다.

우리는 텐트를 나와 랜티벳 베이까지 이어지는 바닷가를 돌아보았다. 하얗게 칠한 이정표 역할을 하는 화강암 기둥이며 절벽 위에 세워져 있는 전망 좋은 집도 볼 수 있었다. 우리는 쌀밥과 참치 통조림을 먹고 랜틱 베이까지 가파른 산길을 따라 내려갔다. 3일 연속으로 아침마다 송골매가 나타나 날개를 펼치고 펜캐로우 주변을 빙빙 돌았다. 우리는 편안하게 쉴 곳이, 따뜻한 온기가 그리고 쓸 수 있는 돈이 필요했다. 우리는 평범한 세상에서 우리의 인생을 새롭게 시작하기 위해 노력을 할 수도 있었고 그대로 여기 사우스 웨스트 코스트 패스에서 겨울을 맞이할 수도 있었다. 그리고 모스는 따뜻한 곳에서 쉬어야만 했다.

잘못된 결정들 중에서도 어떤 것들은 찾아내기도 쉽고 번복하기도 쉽다. 기차를 잘못 탔다면 다음 역에서 내리면 그만이다. 그렇지만 어떤 결정들은 찾아내기도 어려울 뿐더러 찾아냈을 때는 번복하기에는 이미 시간이 늦어버린 경우도 많다.

"로완, 잘 있었니? 기차를 타야 하는데 40파운드만 좀 보내줄 수 있을까?"

"40파운드는 없어요. 하지만 20파운드 정도라면 보내드릴 수 있어요."

"톰, 기차를 타게 20파운드만 좀 보내줄 수 있겠니?"

"네, 알았어요. 그렇지만 뭔가 좀 꺼림칙하네요. 뭔지는 모르겠는데 육감적으로 실수라는 느낌이 와요."

5 부

선택

사람은 배만 채우고서는 살 수 없다.

- 존 뮤어, 《요세미티》

　탈선, 단절, 완전한 이별. 우리는 할 수 있는 한 바닷가와 멀리 떨어졌다. 지금은 사용하지 않는 육류 포장 창고의 골이 진 지붕 위로 비가 쏟아질 때 우리는 바닥 한가운데 텐트를 치고는 누구에게도 신경 쓰지 않고 서로 웅크리고 있었다. 우리는 길을 잃었다. 우리가 찾았다고 생각했던 마음의 평화는 금세 사라져버렸다.

　배낭은 한쪽 구석에 버려진 듯 놓여 있었다. 마치 플라스틱을 덧댄 벽이 더 이상 벗겨지지 않도록 받치고 있는 것도 같았다. 아무리 사람이 잠시라도 살았던 곳이라고는 해도 역시 이곳은 집이라기보다는 작업장 같은 느낌이 그대로 남아 있었다. 나무를 때는 난로가 벽에 너무 가까이 붙어 있어서 그런지 벽의 플라스틱이 녹거나 우그러져 있었다. 창문에는 이끼가 붙어 있었고 천장의 서까래에는 단열재가 떨어져 매달려 있었다. 더러운 천장에는 공장 같은 곳에서 쓸법한 길쭉한 형광등이 깜빡거렸다. 그렇지만 어쨌거나 지붕이 있다는 것에 감사하는 마음이 들었다.

우리가 찾아오자 폴리는 무척이나 기뻐했다. 우리를 도울 수 있어서 기쁜 모양이었다. 폴리는 돈을 받고 이 집을 빌려줄 생각은 없었고, 대신 우리가 집도 고치고 농장일도 돕는 것으로 집세를 대신할 수 있다고 했다. 그러니까 모스가 그냥 우선 석고 반죽으로 집 외벽을 바르는 일부터 시작할 수 있다면…… 폴리와 나는 십 대 시절부터 성인이 되어서까지 서로의 곤란함과 걱정을 함께 나눠온 친구 사이였다. 이런 식으로 서로를 도울 수 있다면 그것도 나쁘지 않은 방법인 것 같았다.

나는 영국 중부의 낯선 풍경 속에서 길을 잃고 산울타리를 따라 언덕 꼭대기에 있는 숲으로 향했다. 10월 말의 차가운 공기 속에서 까마귀들이 날아올라 머리 위에서 빙빙 맴돌고 있었다. 말똥가리 한 마리가 기류를 타고 미끄러지듯 하강했다. 말똥가리의 애처로운 울음소리가 골짜기 전체에 울려 퍼졌다. 쓰러진 낙엽송에서 커다란 솔방울들이 떨어져 사방에 흩어져 있었다. 죽은 가지들 사이로는 잡초며 쐐기풀이 자라고 있었다. 꿩 한 마리가 위험을 느낀 듯 덤불숲에서 튀어나와 경고의 울음소리와 함께 날개를 치며 날아갔다. 나는 폴리의 농장에서 빠져나올 수 있을 때마다 이곳을 찾았다. 지붕이 있는 거처가 생긴 것에는 더할 나위 없이 감사한 마음이었다. 그렇지만 공허하고 뭔가가 텅 빈 듯한 감정이 나를 갉아먹고 있었다. 하루하루가 그저 의미 없이 흘러갔다. 따뜻하고 비가 들이치지 않는 집에 산다는 것 외에 아무런 목적도 없는 삶이 반복되고 있었다. 나는 친구들 사이에서도 늘 혼자였다. 노숙자 생활은 나에게 아무리 도움을 주려는 사람들이 많이 있더라도 그 사람들의 가정 안으로 들어가는 순간 남의 가정의 평화를 위협하는 침입자가 되며 환영받지 못하는 손님이 된다는 사실을 가르쳐주었다. 내가 그 집에 어떤 필요한 존재가 된다 하더라도 그 기간은 그리 오래가지 않는다는 사실도. 그렇지만 적어도 이곳에서는 한동안은 계속 그렇게 필요한 존재로 있을 수 있었다.

모스가 배낭을 벗어던지고 걷는 일을 중단하자 어깨 경직이 다시 시작되었고 신경성 통증도 더 늘어났다. 모스는 밤이 되면 12시간을 잤지만, 여전히 아침에 일어나는 것은 힘겨워했다. 우리는 병원을 다시 찾아가 우리가 사우스 웨스트 코스트 패스를 걷는 동안 모스의 상태가 얼마나 호전되었었는지 그리고 추위가 다가오기 전까지는 여러 증세들이 거의 사라졌다는 사실을 설명했다.

"글쎄요. 그건 그냥 상황을 더 악화시킨 것뿐입니다. 몸이 더 빨리 지쳐가도록 만든 거예요. 휴식을 취하셔야 합니다. 이따금 가볍게 걷는 건 몰라도 너무 많이 걷지도 마시고 계단을 올라갈 때도 주의하시고요."

"그렇지만 육체적으로 힘든 움직임을 계속 반복하는 게 도움이 되지 않을까요? 어쩌면 산소를 평소보다 더 많이 들이마시게 되면서 몸속에서 어떤 식으로든 증상이 발전하는 걸 막아 준다거나요. 타우 단백질이 쌓여가는 속도를 늦춰준다거나……. 아니면 어쨌든 뭔가 유익한 반응이 일어나도록 도울 수도 있잖아요?"

"절대로 그렇지 않습니다. 두 분은 현재 상황을 제대로 받아들이지 못하고 있어요. 물론 그건 이런 상황에 처한 대부분의 사람들이 보이는 자연스러운 반응이기는 합니다만."

우리는 틈이 날 때마다 걸었지만, 등에 무거운 걸 짊어지고 몇 시간이나 반복적으로 움직이는 것과 똑같은 효과를 내지는 못했다. 우리는 체육관에도 갔다. 그렇지만 모스는 계속해서 힘겨워할 뿐이었다. 모스는 실내 자전거도 타고 천천히 반복해서 움직였지만, 그저 조금 도움이 될뿐 충분하지 못했고 다리에 쥐가 나면서 속도는 느려졌으며 팔의 경련으로 아예 자전거를 타지 못하는 경우가 많았다.

더군다나 마음 편하게 쉴 수도 없었다. 우리는 순전히 육체 노동으로 생계를 꾸려가고 있었다. 천천히 그리고 꼼꼼하게 모스는 집의 벽을 수리했다. 그 과정에서 어깨를 일정한 방향으로 반복해서 움직이게 되자 그는 무척이나 고통스러워했다. 모스는 바닥에 타일을 깔았고 추위에 몸을 떨어가며 집 주변에 콘크리트 벽돌로 담을 쌓아올렸다. 하루에 4시간 정도가 그가 일할 수 있는 최대한의 시간이었다. 하지만 움직임 하나하나가 날이 갈수록 더욱 힘들어졌다.

매서운 추위와 함께 겨울이 다가왔다. 기온은 영하로 떨어졌고 땅은 돌덩이처럼 얼어붙었으며 눈은 종아리 높이까지 쌓였다. 이런 순간을 맞이하게 되면 텐트 생활을 하고 있지 않은 것에 정말로 감사하게 된다. 우리는 지붕이 있는 집에서 난로를 때며 따뜻하게 지내고 있었다. 그것도 우리가 직접 땔감을 마련할 필요도 없었다.

우리는 모스의 남동생 집에서 크리스마스를 보냈다. 잠은 마룻바닥에서 잤지만, 편안하고 따뜻한 그리고 행복한 가족이었다. 우리는 그동안 아무런 일도 없었던 것처럼, 또 예전과는 아무것도 달라진 게 없는 것처럼 행동하려고 애를 썼다. 12월 말이 되어 우리는 다시 숲속의 집으로 돌아가 쓰러진 나무들을 목재로 쓰기 위해 다듬고 잘라내는 일을 했다. 낮에는 관목숲과 덤불숲을 다듬었고, 나무들을 쌓아 올렸다. 해가 지면 집으로 돌아왔고 모스는 고통스러워하며 바닥에 드러누웠다. 나는 조리용 스토브를 고쳐 집 안으로 들여놨고 작업장일 때 쓰던 칸막이들을 다 없앴다. 그리고 들어오는 입구를 목재로 보강하고 휴가객에게 빌려주는 집을 청소했으며 빨래도 했다. 우리는 집세를 내지 않았고 그저 전기세 정도만 부담했다. 그런데도 돈이 한 푼도 없었다. 어디 가서 제대로 된 일을 찾아야 했지만, 그렇다고 모스 곁을 떠날 수는 없었다. 모스는 지쳐 있었고 점점 더 쇠약해져 갔다. 폴리 덕분에 따뜻한 집에서 지낼 수 있게 된 건 기뻤지만, 그런 사치를 위해 모스가 치러야 했던 육체적인 대가는 결코 작지 않았다.

"계속해서 이렇게 살 수는 없어. 당신은 죽어가고 있다고."

"하지만 이렇게 따뜻한 집에 살고 있잖아. 그것만으로도 감사해, 나는."

봄이 왔고 숲에서는 다시 생명들이 피어났다. 겨우내 숨죽이고 있던 블루벨꽃은 언덕 꼭대기를 마치 푸른색 왕관처럼 빙 둘러 활짝 꽃을 피웠다. 다마사슴 한 마리가 쓰러진 낙엽송 위를 건너갔다. 그 섬세한 다리로 힘차게 나무 위를 뛰어넘은 녀석은 숲에서 나와 해질 무렵의 들판을 물끄러미 바라보았다. 우리 말없이 숨어서 사슴을 지켜보았다. 혹시나 녀석이 누군가의 냉동 창고 안에서 생을 마치게 되지는 않을까 두려운 마음이 들었다. 아름답고 자유로운 모습으로 홀로 남은 그 사슴은 우리들만의 비밀이었다.

봄이 되면 양들이 새끼를 낳기 시작한다. 우리는 함석판으로 지은 커다란 창고에 모여든 수백여 마리의 암양들을 지켜보았다. 이제 일이 시작된다는 신호였다. 암양들은 불안한 표정으로 혼자 있을 공간을 찾아 헤맸다. 그리고 발로 땅을 구르며 옆으로 드러누워 목을 비튼 채 머리를 하늘로 향했다. 그러면 축축하게 젖은, 꿈틀거리는 새로운 생명체가 태어났다. 희망과 흥분 그리고 새로운 시작의 순간이었다. 그렇지만 나는 그런 모든 순간에도 텅 빈 공허감과 소외감을 느꼈다. 태어난 양은 감염을 막기 위해 소독약으로 닦는다. 그리고 전용 축사를 준비해 깨끗한 지푸라기를 깔고 그 위에 누인다. 익숙하고 편안한 삶에서 볼 수 있는 행동들. 그렇지만 나하고는 상관없는 일들이었다. 나는 나의 삶을 살고 있지 않았다. 나는 그저 누군가 다른 사람의 삶 속에 존재하고 있을 뿐이었다.

우리 두 사람이 함께 오랜 시간 동안 목표로 해서 이루어왔던 것들은 모두 다 사라져버렸다. 우리의 첫 번째 집은 테라스가 딸린 빅토리아 양식의 아주 작은 집이었다. 우리는 하루 일과를 마치면 길 건너 숲이 보이는 그 작은 집으로 돌아와 밤마다 새로운 일과를 시작했다. 바로 집을 수리하는 일이었다. 일요일 오후만 되면 오래된 벽지를 벗겨냈고 새벽 두 시에는 굴뚝을 수리했다. 그리고 출퇴근에 얽매인 삶에서 벗어날 수 있는 작은 땅이 딸린 집을 사는 꿈을 꾸었다. 그렇게 처음 마련했던 집을 판 우리는 가지고 있던 모든 돈을 우리의 꿈을 위해 쏟아부었다. 그런데 모든 것을 다 잃어버렸으니 우리의 꿈도 추억도 이제는 다 보잘것없는 모습이 되어 사라져버린 것이다. 한때나마 그런 삶을 누렸던 것 그리고 어떤 사람들이라면 평생 꿈만 꿀 수밖에 없는 그런 집과 농장을 가질 수 있었던 것에 대해서는 나도 무척이나 감사하고 있다. 그렇지만 우리는 그 꿈을 현실로 만들어내기 위해 모든 것을 희생했다. 우리의 시간과 힘과 일상의 작은 욕심들도 다 그 안으로 빨려 들어갔다. 우리의 집과 농장은 그야말로 우리가 가진 모든 것이었다. 친구들이 해외여행을 하고 있을 때 우리는 헛간의 지붕을 고치고 있었다. 배수관을 묻기 위해 땅을 파는 동안 아이들은 다른 친척들과 여름휴가를 보내야 했다. 그렇게 우리의 모든 것들을 다 쏟아부었던 30년 세월이 송두리째 다 사라져버렸다. 그러면 이제 어떻게 해야 할까? 도대체 뭘, 어떻게.

　나는 우리 가족의 추억이 서려 있던 집이 그리웠다. 튼튼하고 안전했던 내 집. 다음 주도, 내년도 그리고 이후 수십 년 동안도 내가 머리를 누이고 편히 쉴 수 있을 거라고 믿어 의심치 않았던 그 집이 나는 그리웠다. 그렇지만 나는 그 못지않게 또 다른 것들을 그리워하고 있었다. 나는 뜨겁게 달아오른 오솔길의 먼지 냄새나 그렇게 달아오른 땅을 소금기 머금은 비바람이 덮칠 때 그 톡 쏘는 듯한 냄새를 맡고 한밤중에 잠에서 깨어나곤 했다. 한 마리 새를 벗 삼아 이 고요하고 울창한 삼림지대를 지나면 바다를 마주하고 있는 탁 트인 땅이 나타날 거라는 기대와 바로 다음 골짜기만 지나면 새로운 미래가 펼쳐질 것이라는 희망이 가득했던 밤. 바람을 타고 저 멀리 펼쳐져 있는 하늘을 나는 갈매기들의 울음소리와 끝없는 수평선을 바라보는 시선이 가득했던 그런 한밤중이 되면 나는 한껏 기분이 들떴고 뭐든 할 수 있을 것 같은 생각이 들곤 했다. 그렇지만 이내 어둠 속에서 내가 지금 어디 있는지 또렷하게 깨닫고 또 공허한 현실을 알게 되었다. 나는 지금 누군가 다른 사람에게 빌붙어 살고 있으며 모스는 천천히 죽어가고 있었다. 시간은 거꾸로 흐르고 과거는 미래가 된다. 이미 일어난 일들이 예상하고 있던 사건이 되며 기억은 아직 오지 않은 강물로 변한 시냇물을 따라 흐른다. 어둠 속에서 나는 의사가 한 말을 그대로 믿게 되었다. 나는 현실을 부정하고 있는 것뿐이었다. 의사들이 했던 말들이 모두 다 진실일 수 있다는 사실을 깨닫게 된 것이다. 내가 어디까지 저항하든 상관없이 모스는 죽을 것이며, 나는 어떻게든 모스가 없는 세상에서 살아나가야 할 것이다. 나는 절망의 늪으로 빠져들었다. 책에 따르면 나는 가족의 죽음을 앞두고 큰 슬픔에 빠진 일반적인 모습을 보여주고 있을 뿐이었지만 그런 건 전혀 위안이 되지 못했다. 나는 모스의 살아 움직이는 날들을 따라다니는 유령들에게 휘둘리며 계속해서 절망의 늪으로 빠져들게 될 뿐이었다.

우리는 새롭게 빌릴 수 있는 집이 있을지 주변 지역을 찾아보았지만, 아무것도 달라지는 건 없었다. 어디를 가든 신용 등급 문제가 우리의 발목을 잡았다. 나는 일거리를 찾으려 했지만 이런 변두리에서는 일거리가 있어도 일하러 가는 데 필요한 자동차 기름값도 못 건질 수준이었다. 게다가 지난 20여 년 동안 농장 일만 해온, 나이를 오십이나 먹은 여자를 써줄 만한 곳은 어디에도 없었다. 내가 농사 일뿐만 아니라 배관, 건축, 전기, 정원, 실내 공사, 회계, 수목 관리 그리고 휴가철 임대 사업까지 해왔던 건 아무도 인정해주지 않았다. 나에게는 어디서 정식으로 일했다는 기록 같은 것조차 없었으니까. 어쩌면 나는 정부에서 실시하는 직업 교육이라도 제대로 받아야만 했는지도 몰랐다. 하지만 그렇게 재교육을 받았다고 해서 쉰이 나 된 여자를 신참으로 써줄 만한 곳이 있을까? 똑같은 조건으로 스물세 살짜리를 고용할 수 있는데? 직장과 수입이 없이는 우리가 독립해서 살 수 있는 집을 절대로 찾아낼 수 없었다. 절망의 늪은 계속해서 이어질 뿐이었다.

모스는 제대로 훈련을 받은 숙련된 미장공이었다. 그가 작업을 할 때의 움직임은 그의 육체 입장에서는 전혀 새로운 것이 아니었고 평생을 통해 근육 속에 간직되어 있던 기술에 대한 기억이 다시 돌아온 것에 가까웠다. 그런데도 그의 몸은 마치 전에는 한 번도 흙손이라는 걸 들어본 적조차 없는 것처럼 비명을 질러댔다. 나는 모스를 도울 수 없었다. 표면을 유리처럼 매끈하게 마무리하는 기술은 몇 번 해본다고 그대로 따라 할 수 있는 그런 종류의 기술이 아니었다. 아침에 일어나는 일이 점점 더 힘들어졌다. 나는 침대에서 모스를 일으켜 세운 다음 그가 천천히, 그렇게 어쨌든 점심 무렵까지는 팔다리를 움직여 일할 준비를 할 수 있도록 도왔다. 모스는 거의 기다시피 해서 일을 하러 나갔고 육류를 다루는 작업장이었던 이곳을 편하게 살 만한 곳으로 바꾸어갔다. 이제 남은 건 연통을 내가 고친 조리용 스토브에 맞게 설치하는 것과 집안 장식뿐이었다. 그러면 모든 일이 다 마무리될 것 같았다. 우리는 편안하고 안전한 보금자리를 갈망했지만, 동시에 뭔가 다른 것을 필요로 하고 있었다. 우리는 다가올 미래를 어느 정도는 우리 힘으로 직접 만들어가고 싶었다.

"레이너, 어떤 때는 말이야. 잠에서 깨어나면 내가 뭘 어떻게 해야 하는 건지 전혀 기억이 안 날 때가 있어. 마치 내 몸이 어떻게 움직여야 하는지 점점 잊어가고 있는 것 같아. 그때마다 이제 뭘 먹어야지, 뭘 마셔야지, 화장실 가야지 이렇게 스스로에게 말을 해야 한다니까. 정말 그러고 싶어서 그러는 게 아니야. 이게 바로 내가 죽어가고 있다는 증거인 거야?"

4월도 하순으로 접어들고 있었다. 제비들이 돌아왔고 봄에 태어난 양들은 점점 커가고 있었다. 울창한 숲속, 쓰러진 낙엽송 뒤에서 나는 다마사슴을 보았다. 사슴은 이제 더 이상 혼자가 아니었고 네 개의 가늘고 연약한 다리를 가진 또 다른 사슴이 뒤를 따르고 있었다. 사슴은 안전한 숲속을 떠나기 싫은 듯 마지못해 어둠 속으로 미끄러지듯 사라졌다. 갈매기들이 늦게 갈아엎은 밭 위로 요란스럽게 모여들었다. 바닷가에서보다 오히려 그 숫자가 더 많은 것 같았다. 나는 생각이 저 남쪽으로

가 있었다. 혼자 있을 때면 늘 그랬다. 남쪽 갈매기들도 지금쯤
은 정말 바쁘겠지. 절벽 위며 지붕 위에서 새끼들을 기르고, 사
람들이 먹고 있는 파이를 낚아채러 항구 근처도 어슬렁거리고
있겠지.

5월의 어느 날 아침 일찍, 폴리가 급하게 우리를 찾아왔다.

"일거리를 찾은 거 같아. 물론 네가 괜찮다면 말이지."

당연히 나는 일이 필요했다.

"양털 깎는 사람들이 같은 조가 되어서 일할 사람을 찾는다
는데. 어때, 할 수 있을까?"

"그야 물론이지."

내가 할 일이란 깎은 양털을 모으는 일이라는데 그걸 잘할
수 있을지는 전혀 알 수 없었다. 옛날 우리 집에서 양 몇 마리
의 털을 깎고 정리하는 것과는 전혀 이야기가 달랐다. 전문적
으로 양털을 깎는 세 사람과 같은 조를 이루어 그 사람들이 깎
아낸 양털을 모아 정리하는 일이었다. 그리고 그 사람들은 4분
안에 양 한 마리 털을 다 깎을 수 있는 사람들이었다.

아침 6시가 되자 소형 트럭이 집 앞까지 찾아왔다. 뒤에는
널빤지와 철망을 이리저리 뒤섞어 만든 덜컹거리는 트레일러
가 매달려 있었다. 나는 트럭 뒷자리에 앉았다. 옆에는 여러 도

구며 기름때 묻은 옷가지 그리고 도시락 통과 헉헉거리고 있는 검은색 개도 한 마리 있었다. 우리는 가는 길에 다른 일꾼들도 태워서 800마리가 넘는 양들의 털을 깎기로 계약한 농장에 도착했다.

"잘 하면 이틀이면 끝낼 수 있는 분량이네요."

불면 날아갈 것 같은 낡은 농가에서 닳아빠진 옷에 면 앞치마 그리고 허리띠 대신 아무 끈으로나 졸라맨 바지를 입은 늙은 부부가 나왔다. 남자는 관절염이라도 있는 듯 몸을 웅크린 채 우리를 데리고 농장을 나와 언덕배기를 파서 만든 것 같은 움푹 들어간 공간으로 갔다. 그 안에는 함석판으로 지은 엄청나게 큰 신식 창고와 찌그러진 사륜차, 경운기, 그 밖의 농사용 장비들이 널려 있었다. 나는 그렇게 폐쇄된 공간 안에 800마리가 넘는 양들이 모여 있는 광경 같은 걸 전에는 한 번도 본 적이 없었다. 양들은 창고의 절반 이상을 차지하고 있었으며 그것도 모자라 뒤에 있는 마당이며 그 너머의 들판에까지 모여 있었다. 우리 조의 조장인 고든이 트레일러를 창고 안쪽에 세우고 나무며 금속으로 된 묘하게 생긴 기계 장치 같은 걸 조립하기 시작했다. 일단은 경사로가 있었다. 양들은 이 경사로를 따라 트레일러 위로 올라가고 거기에서 폭이 반 미터쯤 되는 일종의 칸막이로 들어간다. 여기서는 그걸 레이스라고 부른다. 칸막이는 트레일러 위에 세 개가 있으며, 각각의 칸에서 양털을 깎는 사람이 양털 깎는 도구를 들고 대기하고 있다. 그 도구란 전기로 작동하는 일종의 이발 도구처럼 생겼다. 양털 깎는 사람들은 발에 처음에 신고 왔던 신발이 아니라 양털에서 나오는 기름으로 검게 물든 두꺼운 가죽신을 신고 있었다. 나는 트레일러 밑에 서 있게 되었고 뒤에는 금속 틀에 매달린 2미터 깊이의 자루가 하나 있었다. 이 자루에 깎은 양털을 채워 넣는 게 내가 할 일이었다. 오전 8시가 되자 모든 준비가 끝이 났다.

양털 깎는 사람들이 자기 앞으로 온 암양을 잡아 굴리고 칸막이 문을 닫는다. 양털 깎는 기계에 전원을 넣으면 작업이 시작된다. 양의 허리 부분을 기준으로 먼저 배 쪽에 있는 털을 깎고 그다음 머리와 목 주위 털을 깎는다. 그리고 앞다리와 뒷다리 사이의 옆구리와 등을 부드럽게 한 번에 밀어준다. 그 다음은 반대편 옆구리다. 전원을 끄고 털을 다 깎은 양을 풀어주면 양은 트레일러에서 뛰어내려 털을 다 깎은 양들을 위해 따로 마련해 둔 축사 안으로 들어간다. 이제 양은 털 하나 없는 하얗고 마른 몸 위에 커다란 머리만 덩그러니 있게 된다. 첫 번째 양이 트레일러에서 내리면서 나의 일도 시작되었다.

내가 할 일은 깎은 양털을 한 뭉치가 되도록 단단하게 묶어

자루에 넣는 것이었다. 털이 있는 쪽을 바깥으로 해서 한 번 털어준 다음에 다리 쪽 털을 등 쪽으로 접어 베개 정도 크기가 되도록 단단하게 말아준다. 그런 다음 남아 있는 끄트머리 부분을 안쪽으로 밀어 넣어 단단한 뭉치로 만든 뒤 자루 안에 집어넣는다. 그리고 빗자루 같은 것으로 트레일러 윗부분의 남아 있는 털들을 깨끗하게 치운다. 내 쪽으로 다 깎은 양털이 떨어지는 순간 양털 깎는 사람은 이미 또 다른 양의 털을 깎을 준비를 한다. 나는 트레일러에 바짝 붙어 있어야 했기 때문에 내가 하는 일도 좁은 공간 안에서 대단히 분주하게 진행될 수밖에 없었다. 트레일러 위는 방금 깎아낸 양털에 발길질을 해대는 양이 함께 엉켜 있었다. 칸막이가 세 개니까 이걸 세 번 반복한다.

처음 며칠은 꽤나 힘이 들었다. 세 사람이 모두 대략 같은 속도로 양털을 깎아댔기 때문에 나는 칸막이 세 개 사이를 빠르게 움직여야 했다. 그렇지만 시간이 지나면서 양 한 마리의 털을 깎는 시간도 차츰 달라지기 시작했고 나는 그 흐름에 맞춰 일을 할 수 있게 되었다. 자루가 양털로 꽉 차면 나는 양동이에 담긴 한 뼘 길이의 나무못을 집어 들어 자루 주둥이 양쪽을 하나로 꿰었다. 나무못 네 개면 자루 주둥이가 단단하게 봉해졌고 그러면 트레일러 위에 있던 사람들 중 한 명이 내려서 나를 도와 자루를 창고 옆으로 날랐다.

아침 6시에 집에서 나오다 보니 아침 시간이 참 길게 느껴졌다. 10시 반이 되어야 겨우 쉴 수 있었고 점심은 1시에 먹었다. 오후는 아침보다 더 길게 느껴졌다. 4시에 쉬는 시간이 있었고 그 후로도 작업은 7시까지 이어졌다. 하루 일과를 마무리할 때쯤 남자 주인은 마지막 양들을 데리고 나왔다. 마지막으로 나오는 건 텍셀종의 무시무시한 숫양들이었다. 이놈들은 웅크리고 앉아 있을 때도 몸집이 거의 작은 사람만 했다. 이 일까지 마무리하고 나면 우리는 털을 다 깎은 양들을 들판으로 내보내고 아직 안 깎은 녀석들을 안으로 들여왔다. 다시 차를 타고 집으로 돌아오면 보통 8시가 넘어 있었다.

"어땠어?"

"괜찮았어. 지금까지 했던 일들보다 더 힘들기는 한데, 나는 괜찮아."

몸을 씻으면 녹색의 양 기름이 씻겨 내려갔다. 나는 수프 한 사발을 먹고 9시에 자러 들어갔다. 한밤중에 팔이 아파 잠에서 깨면 진통제를 한 움큼 삼키고 다시 똑바로 누워 팔을 들어 베개 위에 똑바로 올려놓았다. 새벽 5시 반이 되면 자명종이 울렸다.

또 하루의 시작.

우리를 부른 곳들 중에는 가족들이 운영하는 소규모의 농장들도 있었다. 험한 황무지 깊숙한 곳에서 삼대가 2~300에이커 넓이의 농장을 꾸려나가는 식이었다. 또한 거의 공장에 가까울 만큼 거대한 규모로 수천 마리의 암양을 키우는 곳도 있었다. 양털 깎는 사람들은 원래부터 함께 일해온 아주 가까운 사이로 중간에 들어온 나에게는 거의 말을 걸지 않았고 자기들끼리 양의 품종이며 장비에 대해 이야기를 나누는 경우가 많았다. 그렇지만 나는 그런 모습을 그저 바라보기만 했다. 나 역시 별로 이야기할 필요를 느끼지 못했다. 며칠이 지나고 몇 주가 지났다. 비가 오는 날은 쉬었고 따뜻하고 건조한 초여름 날씨에만 작업을 했다. 집안은 차츰 정리가 되어갔다. 조리용 스토브도 제자리에 설치되었고 집안 장식도 끝났으며 커튼도 달았다. 나는 폴리와 이야기를 나누며 우리가 젊은 시절 나눴던 것 같은 우정을 다시 쌓아가려 했다. 하지만 물론 우리의 관계가 시간이나 이런저런 일들과 전혀 상관이 없던 그런 시절과 같은 우정을 다시 불러올 수는 없었다. 나는 친구의 따뜻함과 친절한 마음에 신세를 지고 있는 사람이었다. 또한 집세를 내지 않는 대신 일을 해주는 세입자이기도 했다. 나는 지금의 내 처지를 항상 의식하고 있었다. 폴리는 집세를 받지 않는 대신, 일을 시키는 집주인이며 친구인 내가 잃어버린 모든 것들이 포함된 자신만의 삶을 살고 있는 사람이었다. 냉정하게 말하면 지금 주도권을 쥐고 있는 건 다름 아닌 폴리였다. 아주 이따금 폴리는 나를 불러내 함께 집 주변을 산책했고 우리는 언덕배기에 있는 풀밭 위에 앉아 별들을 바라보았다. 주변의 모든 것들이 다 변해갔지만, 북두칠성은 북쪽에 있는 자신의 자리를 지키고 있었다.

"집이 아주 잘 꾸며졌어. 내가 기대했던 것보다 훨씬 좋은데. 그러니까 네가 원하면 얼마든지 계속 머물러도 상관없어."

집. 내가 머물 수 있는 곳. 모든 것을 새로 시작할 수 있는 발판. 그게 과연 실제로 가능한 일일까?

트레일러 위에서 양이 도망치려 할 때는 녀석을 잡기 위해 모두들 날쌔게 몸을 움직여야 했다. 그리고 이런 일은 하루에 적어도 다섯 번은 일어났다. 양들은 트레일러 위로 꼬리를 물고 쉬지 않고 올라가기 때문에 한 녀석을 칸막이 안으로 붙잡아 넣는 순간 그 뒤에 바짝 붙어 있던 녀석이 그 틈을 노려 트레일러 위에서 뛰어내려 이미 털을 다 깎은 양들 사이로 들어가 버리는 것이다. 그렇게 도망쳐버린 녀석을 찾느라 귀중한 시간을 낭비하곤 했다.

레스터종과 서포크종을 교배한 양들은 덩치도 거대할 뿐더러 털이 엄청나게 풍성하고 성기게 나 있기 때문에 다른 양들에 비해 털을 깎는 시간이 1.5배는 걸린다. 고든이 그중 한 마리를 칸막이 안으로 잡아당기는 순간, 다른 두 마리가 튀어나가면서 거대한 털뭉치 두 개가 사방에 널려있는 양털 그리고 양 기름과 범벅이 되었다. 안 돼! 그 중 한 마리가 방향을 바꿔 내 머리 옆으로 뛰어올랐고 나는 본능적으로 녀석을 붙잡고 매달렸다. 작업을 시작할 때만 해도 깨끗하게 정리가 되어 있었지만, 이제는 양 기름과 양의 똥이 잔뜩 널려 있는 창고 바닥 위로 녀석이 나를 뒤에 매단 채 달려가기 시작했다. 나는 부서진 콘크리트 조각에 발이 걸렸고, 그 순간 우리 둘은 끈적거리는 바닥 위를 구르며 머리부터 발끝까지 녹색 범벅이 되었다.

"고든, 저 놈은 네가 잡아서 깎아. 나는 절대 옆에도 안 갈 거야."

"엿이나 먹어. 좀 쉬어가야 할 것 같아."

나는 밖에 있는 급수탑에서 손과 머리를 씻고 차를 담아온 보온병을 열려고 했다.

"아, 그거 내가 대신 해줄게요."

양 기름 범벅이 되는 순간 저들의 동료가 된 것일까? 지금 고든이 내게 말을 건 게 맞아?

"그나저나 그 집 잘 고쳤던데요. 마음에 들더라고요. 특히 바닥이요."

442

"언제 들어와본 적이 있어요?"

"네. 집이 비었을 때 폴리가 한 번 보게 해줬어요. 나한테 잘 맞겠던데."

"당신에게 잘 맞는다고요?"

"내게 필요한 조건은 다 갖추고 있거든요. 마누라가 가버리고 다시 독신 생활을 해야 하니까요. 집세가 만만치 않겠지만, 다른 조건이 좋아서요. 나한테 딱 맞아요."

나는 차를 마셨다. 고든은 계속 그 집으로 이사하는 이야기를 했다.

"네가 원하면 얼마든지 계속 머물러도 상관없어."

폴리가 했던 말이 귓가에서 맴돌았다.

"따로 건축 허가 같은 것도 전혀 필요 없는 집이니까요."

"그래요, 거기다가 따로 지방세 같은 것도 부과되지 않고요."

집으로 돌아와 보니 모스는 조리용 스토브의 연통 설치 작업을 마무리하고 있었다. 스토브의 크롬과 크림색 에나멜이 반짝반짝 윤이 났다.

"별로 놀랍지는 않아. 일하는 곳하고 사는 곳이 가까워야 하는 건 당연한 일이니까. 그나저나 폴리는 언제 우리에게 이야기할 생각일까? 양털 깎는 작업이 다 끝난 후에? 어쨌거나 미리 계획을 세워야 할 것 같은데."

"그렇겠지. 그런데 무슨 계획을 어떻게 세우지?"

나는 뻣뻣한 몸을 웅크리고 있는 모스를 바라보았다. 그는 손을 어깨 위로 들어 올리는 것도 힘겨워 하면서도 가능한 한 벽에 바짝 붙어서 흙손으로 석회 반죽을 바르고 있었다. 우리가 세울 수 있을 만한 계획이 과연 있을까.

"당신이 나가서 일하는 지난 두 달 동안 여러 가지 생각들을 해봤어. 나는 이제 몸 쓰는 일은 거의 하지 못하겠지. 그런데 나는 지금까지 거의 대부분 그런 일만 해왔단 말이지. 나에게는 다른 사람들에게 알려줄 수 있을 만한 기술이 많이 있으니까 어쩌면 가르치는 일을 할 수 있을지도 몰라. 다시 대학으로 돌아가서 학위도 마치고 교사가 되는 교육을 받을 수 있지 않을까. 다시 시작해보는 거야. 학교로 가면 기혼 학생용 숙소를 싸게 얻을 수 있겠지."

"그렇지만 당신이 그걸 다 감당할 수 있을 거라고 생각해? 상태가 더 나빠지면 어떻게 해? 벌써 우리가 여기 처음 왔을 때보다 훨씬 더 상태가 안 좋아졌잖아. 당신도 지금 자신의 상황을 있는 그대로 받아들이지 못하고 있는 거 아니야?"

"달리 무슨 방법이 있을까? 인터넷을 찾아보니까 콘월에서 학위를 받을 수 있다더군. 플리머스 대학교의 분교가 있다는 거야. 그리고 교사가 되는 교육은 다른 곳에서 따로 받고 말이지. 대학교에 원서를 내보기에 너무 늦은 것도 아니라고. 아직 정원이 다 차지 않았다는데. 내가 상황을 받아들이지 못하고 무리한 일을 하는 것 같아? 그렇지만 내가 무리하게 걷기 시작했을 때 내 몸이 얼마나 더 좋아졌는지 당신도 봤잖아. 그건 아마 내 머리에도 비슷하게 작용할 수 있을 거야. 어쨌든 시도는 해볼 필요는 있어."

"벌써 다 알아봤다고? 왜 나한테는 이야기해주지 않았어?"

"그거야 당신이 친구들과 함께 있어서 행복해하는 것 같아서 그랬지."

"그래? 좋아. 뭐, 전에 알던 사람들을 다시 만나는 건 어느 정도 편한 일이기는 해. 그렇지만 그렇게 계속 지낼 수 있어도 이곳에서 새로운 삶을 개척하는 방법을 찾는 건 아마 어려운 일일거야."

모스는 인터넷을 이용한 화상 면접을 통해 대학에 지원을 했고 결국 합격했다. 우리는 학생 융자를 신청했는데 다행히도 과거의 신용 상태는 우리가 융자를 통해 일정 금액을 정기적으로 지원받는 데 별다른 문제가 되지 않았다. 우리 부부는 내가 일거리를 찾을 때까지 융자금으로 그럭저럭 지낼 수 있을 것이다. 물론 좀 절약을 해야 하겠지만. 우리는 확실하게 결정을 내리기 전까지 집 문제와 관련해서 우선은 기다리며 지켜보기로 했다. 따뜻하고 안전한 보금자리를 떠나 다시 스스로 자청해서 끝을 알 수 없는 불안한 생활로 뛰어드는 건 누가 봐도 정상적인 행동은 아니었다.

7월 초가 되자 본격적인 여름 날씨가 시작되었다. 일찌감치 털을 깎지 않은 암양들은 구더기 때문에 고생을 했다. 파리들이 주로 등과 허리 주변의 지저분한 양털 위에 알을 까고 알에서 구더기들이 나와 피부 속으로 파고들었다. 그러면 털과 피부 사이가 들뜨면서 그 부위가 감염되기 시작한다. 이걸 그대로 방치하면 균은 피부를 뚫고 척수까지 침범하게 되며 결국 양이 죽는 사태도 벌어진다. 마지막으로 깎아낸 양털에서 구더기들을 털어내면서 나는 바닥에 떨어진 털 부스러기며 양 기름을 정리했다. 2개월 반의 노동이 마무리되었다. 우리는 선술집으로 갔고 고든은 내게 급료가 든 봉투를 내밀었다. 여름 동안의 유일한 수입이었지만, 이제 내 손에는 1500파운드가 쥐어 있었다. 부드에 도착했을 때 고작 11파운드로 1주일을 버텨야 했던 것과 비교하면 대단한 금액이 아닐 수 없었다.

우리는 돈을 깡통 안에 넣은 후 침대 밑에 보관했다. 그리고 빨래나 청소 일을 하러 갈 때마다 그 깡통을 들고 갔다. 모스는 몸이 몹시 아팠고 프레가발린을 다시 복용해야 할지 고민을 했다. 대학에 들어가겠다는 건 어리석은 결정이었을까? 모스의 건강은 굉장히 빠르게 안 좋아지는 것 같았다. 우리가 여기서 그대로 계속 있게 된다면 어떨까. 어쩌면 고든은 생각을 바꾸고 이 집으로 옮겨오지 않을 수도 있었다. 우리는 대학 문제에 대해서는 폴리에게 아무런 말도 하지 않았다. 어쨌거나 모스가 과연 공부를 해낼 수 있을지 장담할 수 없었기 때문이었다. 그러다 결국 어느 무더운 오후 폴리의 집 주방에서 그녀는 팔짱을 낀 채 조리대에 몸을 기대고는 난감한 표정으로 내게 이렇게 설명을 했다. 농장을 꾸려나가기 위해서는 정기적인 수입이 꼭 필요했고 지금은 자기 사정도 빠듯하다는 것이었다.

나는 그런 사정을 다 이해할 수 있었다. 농장의 경영은 아주 경기가 좋을 때조차 언제나 앞날이 불확실한 일이었고 폴리가 난감한 표정으로 정말 하고 싶어 하는 말이 무엇인지도 알 수 있었다. 그래서 내가 먼저 입을 열었다. 이제 때가 온 것 같았다. 우리의 삶에서 한 걸음 앞으로 나가고 싶다면 지금이 바로 그런 때였다. 나는 깊게 숨을 한 번 몰아쉰 다음 모스의 대학 진학에 대해 이야기했다. 흡사 절벽 끄트머리에서 두 팔을 활짝 펼치고 밑으로 뛰어내리는 것 같은 기분이었다.

"고든한테 들으니까 우리 집을 보여줬다면서. 그러니 고든이 와서 집세를 내면 네게도 도움이 될 거야. 우리는 될 수 있는 대로 빨리 방을 뺄게."

우리는 이삿짐을 꾸리고 승합차 세금과 보험을 처리했다. 그리고 은행 계좌에 한 달 정도 지낼 수 있을 만한 집세와 보증금을 예비로 미리 넣어둔 후 집 열쇠를 폴리에게 돌려주었다. 9월은 되어야 신청했던 학생 융자가 나오기 때문에 그때까지는 아직 지낼 곳 없이 기다려야 했다. 그러니까 대략 2개월 정도는 집 없이 지내야 한다는 뜻이었다. 모스의 건강은 지금까지 본 것 중 최악이었다. 이제 우리에게는 200파운드가 남아 있었다. 우리는 승합차에 짐을 싣고 작별 인사를 했다. 그렇지만 나는 이미 내 몸을 휘감는 바람을 느낄 수 있었다.

우리는 길을 떠났다. 또 다시 머물 곳 없는 신세가 되겠지만, 이번만큼은 우리가 어디로 향하고 있는지 잘 알고 있었다.

6부

경계선에서

그곳에서 나를 만나리.
바다와 하늘이 만나는 그곳에서.
나는 길을 잃었지만 마침내 자유를 찾으리라.

- 멘-이-그립 포인트의 기념 의자에 새겨진 글귀

영국 해협으로부터 불어오는 바람은 따뜻했다. 이번에 우리는 머리에 소금기를 머금은 채 모래밭 위에 서 있는 쪽을 택했다. 푸른 물결이 우리 발밑을 적셨다. 생명의 물이 멈추지 않고 솟아오르는 흐름을 타고 올라오고 있었다. 그렇지만 아직까지 우리는 물보다 위쪽에서 아직 살아서 숨을 쉬고 있었다. 여전히 머물 곳 없는 신세지만, 이번에는 적어도 그 신세가 언제 마무리될지 정도는 알 수 있을 것 같았다.

풀에서 타고 온 연락선에서 내린 우리는 도토리 모양이 새겨진 익숙한 이정표의 사진을 찍었다. 거기에는 "사우스 헤이븐 포인트에서 마인헤드까지 1,000킬로미터"라고 적혀 있었다. 우리가 다른 인생을 선택해서 한겨울에 밖에서 야영을 하며 기적적으로 살아남을 수 있었다면 바로 이곳이 우리의 종착역이 될 수도 있었을 것이다. 그러나 우리는 이 종착역에서 다시 출발해 서쪽에 있는 폴루안으로 가려고 하고 있었다. 우리가 거의 1년 전 갑작스럽게 여정을 중단했던 지점이었다. 400킬로미터만 더 걸으면 이 여정을 완전히 끝마칠 수 있었다. 그렇지만 아직 한 번도 가본 적 없는 아득히 먼 길이었다. 배의 돛과 나침반을 형상화한 철제 파란색 조형물이 파란 하늘을 배경으로 서 있었다. 사우스 웨스트 코스트 패스의 종착역을 알리는 조형물이었다. 그렇지만 그 조형물은 우리에게 종착역에서의 또 다른 시작을 알려주고 있었다.

모스는 배낭의 무게 때문인지 몸을 웅크리고 있었다. 쌓여가는 타우 단백질 때문인지 근육이 말을 듣지 않았다. 밀려오는 파도에 조금씩 무너져가는 모래성처럼 정신적인 혼란 증세가 조금씩 모스를 좀먹고 있었다. 정신적으로 쇠약해지는 건 피질기저퇴행의 또 다른 부작용이었다. 무릎까지 차오른, 설탕물처럼 따뜻하고 끈적거리는 소금물이 점점 내 다리에 들러붙었다. 우리는 지난해의 땀과 눈물에 이끌려 이곳으로 왔다. 그리고 그때 우리가 따라갔던 이 소금길의 이정표들이 우리를 다시 바다로 나서게 했다. 그 안에서 우리는 물이 다시 빠져나갈 때마다 모래 한 알 한 알을 몸으로 느낄 수 있었다. 그러다 물이 가득 차오르면서 어느새 주위 방벽들도 다 물에 잠기고 말았다. 앞을 가로막고 있는 모래 언덕들을 넘어서자 아무렇게나 흩어져 있는 해초며 야생화들 위로 사우스 웨스트 코스트 패스가 나타났다. 나는 바다 쪽을 바라보았다. 내 얼굴에서 소금물이 뚝뚝 떨어지게 만든 그곳은 우리의 마음을 편안하게 만들어주는 곳이었다. 몇 개월 동안 어울리지도 않는 내륙 지방에 붙잡혀 있던 우리는 손이 닿을 수 없는 수평선이 있는 따뜻한 고향 같은 곳으로 돌아왔다. 그리고 나는 기쁨으로 온몸이 떨려왔다.

우리는 더위를 피해 나무들이 제공해주는 쉼터로 들어갔다. 사우스 웨스트 코스트 패스는 그리 넓지 않은 평평한 풀밭 위로 나 있는데 하얀색의 절벽 끄트머리와 올드 하리 록스라고 부르는 반원형의 벽처럼 생긴 하얀색의 바위섬들을 보러 가는 관광객들이 이쪽으로 모여들었다. 제비들이 뜨거운 공기 속으로 뛰어들어 노란색 꽃이 흐드러지게 피어 있는 덤불숲 위를 낮게 날다가 벌레들을 낚아채갔다. 숨을 한 번 깊게 몰아쉬고 잔뜩 몰려 있는 관광객들을 뒤로 한 우리들은 바람 속에 얼굴을 파묻으며 서쪽으로 나 있는 길로 방향을 돌렸다. 이 길은 일명 쥐라기 해안이라고 불리는 하얀색 석회암 지대를 따라 이어지고 있었다.

올드 하리 록스부터 시작되는 세계 문화유산 지역은 남해안을 따라 150킬로미터가량 계속되어 엑스머스 근처에 있는 오르콤 포인트에까지 닿는다. 이 지역은 해안 침식 지형으로 만들어진 지 1억 8,500년이 넘는 암석들이 드러나 있으며 여기에는 트라이아스기, 쥐라기 그리고 백악기가 다 포함된다. 돌과 진흙 사이에는 고대의 식물과 동물의 화석들이 심심치 않게 발견되는데 고사리에서 곤충, 연체동물 그리고 포유류까지 그 종류도 다양하다. 심지어 때로는 동물들이 먹은, 소화되지 않은 음식물까지 그 안에서 발견되는 경우도 있다. 바다에서 육지까지 아우르는 지형 속에는 생명체들이 살아 움직이던 모습 그대로 남아 영원히 간직되어 있는 것이다.

나의 발이 바람에 꺾여 짧게 자란 풀들, 태양, 바람, 내 입술에 묻은 소금기, 길을 보면 편안해지는 알 수 있는 친숙감, 나를 앞으로 끌어당기는 이 길의 마법 등을 다시 찾아냈다. 그 최종적인 결과가 무엇인지 알 수는 없었지만, 일단은 내가 제대로 가고 있다는 기분이 들었다. 우리는 발라드 다운 위에 텐트를 치고 저 바다 건너편에 쑥 튀어나와 있는 스완지의 불빛을 바라보았다. 불빛은 검은 물위로 반사되어 반짝거렸다.

"우리가 과연 잘한 걸까?"

모스가 진통제 네 알을 삼키고는 바위 위에 앉았다. 나는 중국 약재상에서 구한 진통제 연고를 그의 어깨에 발라주었다. 삶은 양배추 냄새를 풍기는 이 약은 효과는 별로 없었지만, 그래도 뭔가를 하고 있다는 기분은 들게 해주었다.

"우리가 잘못한 게 뭐가 있겠어. 방이 필요하면 우리가 번 돈으로 방을 얻으면 되고 당신은 다시 공부를 하고. 그리고 나는 또 뭐든 일을 찾을 수 있겠지. 아니면 나도 뭘 다시 배우던가. 그렇지만 이제는 다른 누군가에게 기대어 사는 게 아니라 우리 스스로의 삶을 다시 살아갈 수 있게 된 거야."

"그래, 나도 알아. 그건 확실하지. 내 말은 이렇게 다시 걷고 있는 게 잘한 선택이냐는 거지."

"우리가 살면서 한 일 중에 제일 잘한 일일 거야."

"그렇다면 좋아. 사실은 그 말을 당신에게서 듣고 싶었지."

우리는 새로 장만한, 방한이 잘 되는 침낭 안에서 따뜻한 밤을 보냈다. 우리는 이 침낭을 위해 50파운드의 돈과 배낭 안의 공간을 희생했다. 여분의 접시나 손전등이 없어도 별로 문제는 없었지만, 밤에는 무조건 따뜻하게 지낼 수 있어야 했다.

북쪽에서 여정을 시작했던 것과 비교하면 남쪽은 상대적으로 더 쉬웠다. 이따금 가파른 내리막길이 나타나고 다시 또 그만큼 가파른 오르막길이 있을 뿐, 그 뒤로는 쉽게 지나갈 수 있는 고사리며 가시금작화로 뒤덮인 완만한 비탈길이 길게 이어졌다. 바로 이런 이유 때문에 애초에 사우스 웨스트 코스트 패스를 걷기로 했을 때 우리는 남쪽에서부터 시작을 하려고 했던 것이다. 그렇게 하려면 안내서를 뒤에서부터 거꾸로 읽어나가야 한다는 것이 문제였지만. 그런데 지금은 안내서며 지도를 바로 읽던 거꾸로 읽던 그런 건 별로 중요하지 않았다. 우리는 이미 패디 딜런의 책에 너무나 익숙해져 있어서 이제는 책을 거꾸로 읽는다고 해도 무슨 뜻인지 다 이해할 수 있을 것 같았다. 댄싱 레즈 근처에서 한가롭게 풀을 뜯고 있는 붉은 사슴을 보았다. 그 밑에 있는 절벽에서는 암벽 등반가들이 등반을 하고 있었다. 사슴이나 등반가들 모두 다른 세상에 대해서는 아무런 관심도 없는 듯 보였다. 우리는 그 둘 사이를 지나갔다. 사슴에게도 등반가들에게도 우리는 투명인간이나 마찬가지였다. 유일하게 눈에 보이는 것이 있다면 모스의 왼쪽 다리가 남기는 흔적이 아닐까. 모스의 무겁고 불편한 왼쪽 다리는 길가의 먼지 위에 균형이 맞지 않은 발자국을 남겼다.

세인트 엘드햄름스 헤드의 비탈길 위에 있는 풀밭에 텐트를 치고 나니 저녁 하늘 위로 먹구름들이 몰려오기 시작했다. 저 밑으로는 바닷물도 밀려오기 시작해 마치 물이 끓어오르듯 거품을 내며 서로 부딪혔다. 풀로 향하는 작은 배들이 불규칙적으로 밀려오는 파도를 헤치고 한 척씩 차례대로 제 갈 길을 가려 했지만, 앞으로 갔다가 뒤로 밀리는 일만 계속 반복하고 있었다. 이곳으로 다가오고 있던 낚싯배 한 척은 휩쓸리지 않으려고 바깥쪽으로 크게 돌아가고 있었는데 거친 물살 속에서 여전히 힘겨워하는 다른 배들보다 훨씬 더 빠르게 반대편에 도착할 수 있었다. 빛이 회색과 은색으로 변하며 희미해져 가는 동안 어둠이 우리를 완전히 감싸기 전에 길 쪽에서 뭔가 움직이는 것이 눈에 들어왔다. 어스름 속에서 검은색의 널찍한 형체가 튀어나왔다. 오소리였다. 얼굴의 하얀색 줄무늬가 선명하게 보였다. 오소리는 2미터 쯤 앞에서 멈춰서더니 꼼짝도 하지 않았다. 평소처럼 지나다니던 길을 우리 텐트가 막고 있었던 모양이었다. 그렇게 아무도 움직이지 않는 시간이 몇 초, 아니 몇 분 쯤 지났을까. 오소리와 우리 부부는 뭘 어떻게 해야 할지를 모른 채 그렇게 어둠 속에서 서로를 바라보고만 있었다. 오소리는 천천히 몸을 돌려서 다른 길을 찾는 듯 고사리밭 속으로 사라졌다. 우리는 오소리가 사라진 후에도 한참동안 그 쪽을 바라보았다. 해질녘 어스름 속에서 강하게 각인된 이 예상치 못한 순간에 매혹된 것이다.

다음 날 아침이 되었지만 여전히 거친 물살을 헤치고 건너

가려 애쓰는 작은 배들이 많이 있었다. 감시탑에서는 두 명의 나이 든 남자가 주의 깊게 그 광경을 바라보고 있었다.

"죄송한데 물을 좀 얻을 수 있을까요?"

"생수 한 병에 1파운드면 사요."

"아, 그건 그렇지요. 그러면 물은 우리가 알아서 하겠습니다."

"그리고 이 근처에서 사진 같은 건 찍지들 마세요."

사진도 금지라고? 그건 좀 너무한 거 같았다. 군사 지역에 가까이 와 있다는 사실은 알고 있었지만 그래도 그냥 훈련 정도라고만 생각했었다.

"저기 보세요. 바위가 위험해요. 몇 주 전에 어떤 남자가 바다를 배경으로 자기 사진을 찍으려고 뒷걸음질 치다가 사고가 났어요. 그 남자는 저기 절벽 아래에서 발견되었고요."

모스는 불편한 다리를 이끌고 절벽 끝에서 1미터쯤 더 물러섰다.

우리는 웨스트 힐 밑에 있는 시냇물로 물병을 채웠다. 물론 공짜였다. 그리고 호우너스 토트 클리프를 천천히, 아주 천천히 걸어 올라가기 시작했다. 이 절벽을 따라가면 킴머리지 레지가 나오며 몸에 달라붙는 등산복에 손에 미끄럼방지 가루만 묻히고 어렵지 않게 암벽을 오르는 등반가들을 볼 수 있다. 우리도 이십 대 시절에는 주말에 시간만 나면 피크 디스트릭트

국립공원의 바위산을 찾아가 암벽 등반을 했었다. 그렇지만 바위 끝에 매달려 부드럽게 움직이고 있는 사람들을 보고 있으려니 과거의 내 모습은 마치 누군가 다른 사람에 대한 기억 같기도 했다. 아무리 애써 노력을 해봐도 저런 부드럽고 가벼운 동작이 어떤 느낌이었는지 기억이 나지 않았다.

"저 정도 수준으로 해본 적은 한 번도 없었던 것 같아."

"절대 아닐걸. 저 사람들은 그냥 그때 우리가 가졌던 것보다 더 나은 장비가 있는 것뿐이야."

그렇지만 어쨌든 암벽을 오르던 삶은 오래전에 사라진, 지금과는 다른 삶이었다. 그리고 이제 우리는 지금의 모습에서 아주 천천히 걸어 나와 알 수 없는 미지의 삶 속으로 들어가는 중이었다. 거기서 우리가 바랄 수 있는 건 그저 천천히 썩어 들어가는 것 뿐. 누가 알겠는가, 오랜 세월이 흐른 뒤 어떤 사람이 지층 속에서 화석이 된 두 사람의 도보 여행자를 발견하게 될지. 그리고 뱃속에서 확인한 두 사람의 마지막 식사는 국수고. 우리의 미래 위로 그늘이 조금씩 드리워지고 있었지만, 나는 여전히 포테라스 코브에서의 추억에 매달려 있었다. 모스가 텐트를 머리 위로 짊어지고 힘차게 뛰어가던 모습을, 그리고 희망을.

밀밭 사이를 지나가고 있는데 날이 점점 더 달아올랐다. 일찌감치 수확과 탈곡에 들어가면서 피어오르는 흙먼지와 밀 껍질 등이 배낭과 머리카락 그리고 입고 있는 옷 위에 잔뜩 내려앉았다. 살고 있던 집과 땅을 떠난 이후 흘러간 1년은 어쩌면 우리 위에 쌓인 흙먼지로도 계산할 수 있지 않을까. 사실 그동안은 깨끗하게 지낸 날이 거의 없다시피 했다. 사우스 웨스트 코스트 패스의 진흙탕길 그리고 잠시 정착해서 살 때 맛본 녹색의 양 기름이며 집수리 할 때 나왔던 먼지들……. 그러니 보통의 흙먼지 같은 건 아주 익숙한 삶의 한 부분이나 마찬가지였다. 구름 속에서 햇살이 비치더니 골터 갭의 어느 주차장이 그 빛을 받아 반짝반짝 빛이 났다. 사우스 웨스트 코스트 패스의 이 동쪽 구간은 북쪽 구간에 비해 길도 훨씬 덜 험할 뿐더러 사람들에게 인기도 더 많았다. 공중화장실이 곳곳에 있어서 간단히 몸도 씻을 수 있고 아이스크림을 파는 트럭까지 돌아다니는 사치스러운 풍경은 그야말로 꿈을 꾸는 것 같았다. 필요할 때마다 물이 있는 곳을 찾아 쓸 수 있다는 건 결코 허투루 넘길 수 없는 즐거움이 분명했다. 그렇지만 우리는 얼마 지나지 않아 더 거칠고 험한 그리고 고립된 구간을 그리워하는 우리 자신의 모습을 발견하게 되었다.

한 여자가 모자로 얼굴을 가리고 풀밭 위에 누워 있었다. 여자의 발치에는 거대한 배낭이 놓여 있었다.

 "안녕하세요, 그쪽도 배낭여행자인가요? 요즘 배낭여행자들은 보기가 좀 힘들어서요."

 여자가 몸을 일으키더니 쓰고 있던 선글라스를 벗었다. 우리 나이에 그것도 배낭여행자라니, 보기 드문 광경임에는 틀림없으리라. 그러다 갑자기 사방이 어두워졌다. 뭔가 거대한 검은 형상이 태양을 가렸다. 처음에는 무슨 일식이라도 일어난 줄 알았지만 옆쪽에서 천천히 다가온 그 그림자는 아이스크림 두 개를 들고 있었고 그대로 여자 옆에 앉았다.

 "와, 이것 봐. 배낭여행자들 맞아요? 줄리, 당신도 저기 배낭 보이지? 이거 설마 했는데 말이에요. 스완지 근처에서 배낭 맨 사람을 두 명 봤는데 마인헤드에서 왔다고 하면서 반대 방향으로 가더라고요. 줄리, 당신도 그때 봤지? 그런데 차림새가 너무 깨끗해서 믿기지가 않더란 말이에요. 그 사람들 말고도 다른 두 사람도 봤는데 그냥 주말에만 온 사람들이라고 하니까 그건 빼고. 그래야겠지요? 우리는 풀에서부터 왔어요. 그러니까 정확히 말하면 본머스에서부터 온 거지요. 처음에는 버스를 타고 와서 연락선을 탈까 했는데 그러다 에라, 까짓 거 한 번 걸어보자. 그렇게 생각하고 여기까지 와서 이렇게 아이스크림을. 대단하지 않아요? 그나저나 두 사람은 야영을 합니까?

우리는 어디든 발길 멈추는 곳에서 야영을 해요. 씻는 건 공중 화장실에서 하고요. 하지만 완전히 깨끗하게는 못 씻으니까 냄새가 좀."

"데이브, 진정해."

"뭐가? 그냥 우리가 어떻게 여기까지 왔고 뭘 하고 있는지 이야기하는 것뿐인데."

"네. 우리도 그냥 밤이 되면 야영을 합니다."

"그럴 거 같더라니까요. 어젯밤에는 세인트 엘드헬름스에서 야영을 했고요. 그쪽도 그 먼지를 헤치고 오셨나? 줄리, 당신 도 그때 그거 봤지? 그것 참 대단하더라고요. 언젠가 다시 한 번 더 가보고 싶더라니까."

남자가 아이스크림 트럭 쪽으로 고개를 돌리자 다시 사방이 밝아졌다. 모스와 나는 서로를 바라보았다. 그리고 배낭 안을 뒤져 지갑을 찾았다. 우리는 즉시 두 사람이 좋아졌다. 그리고 데이브라는 남자의 힘이 넘치는 모습은 왠지 모르게 전염성이 있었다. 우리는 경솔하게도 아이스크림 두 개를 사와서는 풀 밭에 함께 누워 잡담을 했다. 우리는 주로 졸거나 듣는 쪽이었 는데 그러는 사이 해가 타인햄 캡 저쪽으로 지기 시작했다. 우 리는 주차장에서 커피를 마시는 두 사람을 떠나 텐트를 칠 만 한 장소를 찾아 다른 곳으로 이동했다.

저 위쪽에 있는 언덕배기가 딱 적당하다고 생각했지만 가다 보니 위아래로 움직이며 기름을 퍼내는 기계가 보였고 6미터 높이의 철조망 울타리도 있었다. 거기서부터는 럴워스 레인지라는 표시였는데 이곳은 군 사격장이면서 오래되어 쓰지 않는 탱크들을 위장막으로 가린 채 세워두는 곳으로 럴워스까지 서쪽으로 무려 수 킬로미터나 뻗어 있었다. 커다랗게 만든 경고문을 보니 이 근처에서는 야영은 물론 취사, 음주, 빨리 뛰기, 사진 촬영 등이 금지되며 그밖에도 불필요한 소리를 내거나 행동을 하는 것도 금지였다. 그렇지만 지금은 주말이라서 SWCP로 이어지는 길을 따라 지나갈 수 있도록 철조망 문이 열려 있었다. 주차장으로 다시 돌아가 거기에 텐트를 칠까도 생각해봤지만, 분명 그러지 못하게 할 것 같았고 차라리 가능한 한 어두워지기 전에 타인햄 캡 위로 올라가서 사람들 눈에 뜨이지 않는 곳에 텐트를 치고 어디서 총알이 날아오지나 않기를 비는 게 더 나을 것 같기도 했다. 모스는 아까 아이스크림을 먹으며 너무 오래 앉아 쉬었는지 몸이 뻣뻣해졌고 멀리는 움직일 수 없을 것 같았다. 그래서 우리는 언덕을 중간쯤 올라가 텐트를 쳤다. 거기라면 마을 사람들 눈에도 뜨이지 않았고 무장 훈련병들과 마주치기 전에 일찌감치 일어나 떠날 수 있을 것도 같았다.

그날 밤은 우리가 기대했던 것만큼 조용하지는 않았다. 나는 어디선가 들리는 딸깍거리는 소리와 씩씩거리는 이상한 소리에 잠이 깼다. 소리가 나며 뭔가 텐트 주위를 빙 돌더니 절벽 쪽으로 소리가 점점 멀어지는 것이었다. 나는 텐트 문이 열리고 군화를 신은 발이 들이닥치지 않을까 숨을 죽이고 기다렸다. 하지만 소리는 이내 그냥 사라져 버렸고 군화 같은 건 나타나지 않았다. 새 침낭 안에 푹 파묻힌 모스는 계속 코를 골고 있었다. 아침이 되자 우리는 아무도 우리가 거기 있었다는 사실을 눈치 채지 못하게 일찍 그 자리를 떠났다. 그렇게 타인햄 캠 위로 올라가보니 데이브와 줄리가 거기 있는 탁자가 딸린 관광객용 의자에 앉아서 커피를 마시고 있었다.

"여, 일찍들 일어나셨네요? 그것 참. 우리도 지금 막 와서 커피를 마시는 중이었거든요. 그런데 지난밤에 그 사슴들은 보셨나요? 오줌들이라도 싸러 나왔는지 그만 깜짝 놀랐다고요. 아주 장관입디다. 그쪽 텐트 주위에 한 스무 마리는 있던 것 같은데. 아주 한참 동안을 안 가고 빙빙 돌더라니까요. 그러다가 결국 이쪽으로 건너와서는 절벽 옆에 있는 관목숲으로 내려가 사라지더군요. 그것 참 대단했어요."

"뭔가 이상한 소리는 들었는데 보지는 못했어요."

"아이고, 그런 장관을 놓치셨네. 생각해보니까 사슴이 아니라 무슨 노루였나 싶기도 하고. 그렇지만 아닐 거예요. 노루는 짝짓기 때가 되어서 서로 모이지 않을 때는 그냥 혼자 다니잖아요? 지금은 짝짓기하기에는 때가 아직 이르고 말이에요. 그나저나 내 생각에 그게 사슴들이면 낮에는 관목숲에 들어가 숨어 있겠지요. 아마 붉은 사슴이 아닐까 싶은데. 어두워서 제대로 보지는 못했지만."

줄리는 조용히 앉아 자기 커피를 마셨다. 그리고 데이브가 숨 쉴 틈도 없이 이야기를 늘어놓아도 그저 이따금씩만 말을 꺼내며 웃으면서 이 마음씨 좋은 떠버리 남자가 계속 이야기를 하도록 그냥 내버려 두었다.

우리는 텐트를 접고 있는 두 사람을 떠나 상쾌한 아침 공기 속에 다시 SWCP로 들어섰다. 그리고 타인햄 마을을 지나 워배로우 타우트를 향해 내려갔다. 타인햄 마을은 1943년 제2차 세계대전이 한창일 때 군에서 징발한 지역이다. 하지만 전쟁이 끝난 후에 땅이며 건물들을 본래의 주인인 마을 주민들에게 돌려주지 않고 매입하는 형식으로 강제 수용했다. 마을 주민들은 항의를 했지만 소용이 없었고 그대로 고향을 잃고 말았다. 군대가 주민들의 역사와 추억을 사격 연습 표적으로 사용해버린 것이다. 이상한 일이지만 그렇게 일반인의 출입이 제한되고 농사가 중단되었으며 권총이며 소총들이 불을 뿜는 동안 그 땅에는 온갖 초목들이 더 번성하게 되었다. 전쟁 때문에 사람들이 고향을 떠난 후 아무도 예상하지 못했던 군대에 의한 자연 보존 효과가 일어난 것이다.

워배로우와 머프 베이의 절벽이 이른 아침 햇살에 지중해를 연상시키는 청록색 바다를 배경으로 하얗게 빛이 났다. 그리고 플라워스 배로우의 가파르고 험준한 지형은 사우스 웨스트 코스트 패스의 진정한 본성을 새삼 상기시켜 주었다. 뜨거운 열기 속에 바짝 마른 풀들은 차라리 걷는 것보다 기어가는 게 더 쉬울 정도로 아주 미끄러웠다. 우리는 마침내 절벽 꼭대기에 올라섰다. 북쪽으로는 도싯의 굽이치는 골짜기와 언덕 그리고 서쪽으로는 럴워스까지 이어지는 백색의 절벽을 보고 경탄을 금치 못했다. 플라워스 배로우로 올라가는 길이 험한 만큼 빈돈 힐로 내려가는 길도 그만큼 가팔랐다. 우리는 산등성이를 가로지르는 완만한 길을 택해서 럴워스 코브까지 천천히 내려갈 수도 있었지만, 그만 그쪽으로 가는 길을 놓치고 머프 베이로 이어지는 가파른 길을 따라 내려가게 되었다. 그렇게 반쯤 내려갔을 때 우리와 반대로 위로 올라가는 어느 대가족과 마주쳐 그들을 먼저 보내느라 예상치 않게 잠시 쉬게 되었다. 도시락 바구니와 돗자리 그리고 개들까지 대동한 가족이 한 줄로 서서 올라가는데 먼저 '맥주 한잔' 걸친 듯한, 아직은 젊은 이모인지 고모인지가 앞서가고 그 뒤를 좀 더 팔팔한 조카들이 따라갔다. 그리고 지치고 짜증스러운 표정으로 접이식 의자를 든 엄마와 아빠, 발걸음 느린 아이들을 밀치고 지나가는 개들, 휴대전화에 대고 쉴 새 없이 투덜거리는 십 대의 손자와 손녀, 마지막으로 몇 걸음마다 쉬면서 숨을 몰아쉬는 할아버지와 할머니가 그 뒤를 따랐다. 그때 이런 소리가 들렸다.

"왜 매년 이 짓을 하는지 누가 설명을 좀 해봐."

우리도 곧 힘겹게 아래로 내려가기 시작했는데 한 걸음씩 걸을 때마다 무릎 관절의 수명이 조금씩 줄어드는 것 같았다. 그렇게 끝까지 내려온 우리는 잠시 걸음을 멈추고 바위 턱에서 고개를 내밀고는 아래쪽 바위에 박혀 있는 화석화된 거대한 형상을 바라보았다. 가운데만 움푹 들어가고 전체적으로는 볼록하게 튀어나온 4미터 너비의 이 거대한 형상은 흡사 지금 막 짜내려고 하는 여드름을 닮았다. 그렇지만 패디 딜런에 따르면 그건 괴물의 여드름이 아니라 1억 3,500만 년 전에 살았던 침엽수와 그 토양이 그대로 남은 흔적이었다.

시간이 지날수록 한 걸음 한 걸음이 지치고 힘들어진 우리는 군 기지가 끝나는 곳에서 걸음을 멈추고 등산화를 벗어던졌다. 지난 겨울동안 새로 돋아난 발톱이 다시 짓눌려 옆으로 삐져나와 있었다. 나는 그렇게 삐져나온 발톱을 테이프로 고

467

정하고 다시 제자리로 돌아가게 되기만을 빌었다. 이제 곧 럴워스 코브의 휘어진 절벽 밑자락에 있는 조약돌이 깔려 있는 길을 걸어가야 했기 때문이다. 하얀 바위 절벽이 검은 조약돌이 흩뿌려진 길과 서로 얽히며 검은색과 하얀색이 부드럽게 섞인 무늬가 만들어졌다. 이런 특별한 풍경을 보여주는 럴워스 코브야말로 사우스 웨스트 코스트 패스에서도 가장 인상 깊은 장소 중 하나일 것이며 당연히 관광객들도 넘쳐날 게 틀림없었다. 그런데 해가 지기 시작하고 늦은 오후의 부드러운 색조가 절벽에 더해지게 되자 그런 풍경 역시도 관광객들을 끌어 모을 수 있을 만큼 매력적으로 느껴졌다. 우리는 마을에서 안내 책자를 하나 받아들고 우리가 백악기 지형에서 쥐라기 지형으로 옮겨가고 있는지 확인해보려 했지만, 결국 포기하고 대신 초콜릿바와 뜨거운 물을 샀다. 우리는 초저녁에 마을을 떠나 기기묘묘한 암초들이 늘어서 있는 바닷가를 따라 걸어가 더들 도어에 도착했다. 더들 도어는 마치 통로처럼 커다란 구멍이 뚫려있는 바위다. 우리가 지나온 절벽들 위로 어둠이 내려앉기 시작할 무렵 우리는 스와이어 헤드 너머에 텐트를 쳤다. 나는 마지막 햇빛이 절벽을 파란색과 분홍색으로 물들이는 모습을 바라보았다. 새로 장만한 침낭뿐만 아니라 밤새도록 속살거리는 갈매기들이며 검은머리물떼새들의 소리가 나를 따뜻하게 감싸주었다. 펜캐로우 헤드에서 송골매를 본 후 처음으로 다시 고요한 기분이 나를 감쌌다. 나는 몇 주 만에 처음으로 아주 길고도 편안한 잠에 빠져들었다.

드높은 하얀색 절벽의 아름다운 모습이 끝나갈 무렵 SWCP 는 바닷가를 벗어나 내륙 쪽에 있는 내리막길로 이어졌고 아침 식사를 파는 간이식당 하나가 눈에 들어왔다. 해가 막 떴을 때는 밝고 화창했는데 점점 하늘이 어두워지기 시작했다. 그리고 포틀랜드섬 너머로부터 자줏빛이 어른거리더니 섬을 이전보다 훨씬 더 밝게 집중적으로 비추었다. 포틀랜드섬은 엄밀히 말하면 진짜 섬은 아니며 바다 쪽으로 튀어나와 있는 땅으로 육지로부터는 조약돌이 깔린 한 줄기 길과 도로로 연결이 되어 있다. 언젠가는 그 길과 도로가 바닷물에 무너져 진짜 섬이 될지도 모를 일이었다. 가지고 있던 먹을거리가 다 떨어진 우리는 소시지 샌드위치 하나와 뜨거운 물을 나눠 먹었다. 배낭 안에 보관하고 있는 현금에 손을 대지 않기 위해 애를 썼지만, 풍겨오는 음식 냄새에 결국 굴복을 하고 말았다. 스쿠버 다이빙을 하는 사람들이 바닷가 쪽에서 철벅거리며 올라왔다. 잠수복을 입고 손에는 물갈퀴를 든 모습이 흡사 펭귄들 같았다. 그중 식당에 가장 가까이 다가온 한 사람이 잠수복을 벗자 그 속에 몸에 딱 달라붙는 받쳐 입은 옷이 드러났는데 그 몸매를 보고 여자라는 걸 알 수 있었다. 여자는 잠수복 모자를 벗어 긴 검은색 머리를 불어오는 바람 앞에 한껏 늘어트렸다. 다시 몸에 딱 달라붙어 있는 옷까지 벗으려고 애를 쓰는데 우리 옆 식탁에 앉아 있던 나이 든 어부들이 모두 조용해졌다. 마침내 여자가 옷을 허벅지까지 끌어내려 붉은색 비키니 수영복을 입은 완벽한 몸매를 드러내자 어부들은 자신들도 어쩔 수 없는 황홀경에 빠진 듯 하마터면 앉아 있던 의자에서 미끄러져 넘어질 뻔했다.

"이것 좀 봐. 뭐라도 좀 걸치지 그래. 안 그러면 감기로 고생하게 될 거야."

여자는 데이브를 올려다보았다. 자신이 무슨 영향을 미치고 있는지 전혀 안중에도 없는 듯 거의 벌거벗은 모습으로 여전히 물을 뚝뚝 흘리며 어부들 앞에 서 있는데 이 어부들은 이제 거의 숨이 넘어갈 지경이었다.

"아, 그래요. 이야기해줘서 고마워요."

그녀가 내뿜는 숨결에 어부 중 한 사람은 견딜 수 없는 지경에 이른 모양이었다. 어부는 두 손으로 머리를 감싸고 몸을 흔들기 시작했다. 다른 어부들이 물을 한 잔 따라 그 어부에게 건네주었다.

"더그, 심장 약 갖고 있는 거 어서 먹어. 그리고 다른 쪽을 봐."

"걱정 마세요. 무슨 일이 생기면 내가 심폐소생술을 해드리면 되니까."

데이브와 줄리는 다른 쪽 식탁 앞에 앉았다. 두 사람은 타인햄 캡을 떠난 후부터 우리가 왔던 길을 계속 따라 온 모양이었다. 럴워스 코브로 들어올 때만 다른 경로를 택했을 뿐 계속 1.5킬로미터 정도 차이를 두고 따라온 것이다.

"망할 놈의 영감탱이들. 정말 늙는 건 싫어. 안 그래? 협심증에 당뇨병에 그리고 관절염에 병이란 병은 다 걸리고 말이야. 아니, 나는 계속 걸을 거니까 우리는 그럴 일이 없겠지. 줄리, 그렇지?"

"아마 그럴 거야."

"우리 모두 다 그렇게 되기를 바라지."

모스는 그런 말은 하지 말라는 듯 나를 바라보았다. 누군가 다른 사람에게 모스는 그저 웃으며 먹고 마시는 사람으로 보일지도 모른다. 우리는 거창한 아침밥을 먹고 있는 데이브와 줄리 곁을 떠났다. 다시는 두 사람을 볼 수 있을 거라는 생각은 하지 않았다.

SWCP가 나무와 높다랗게 자란 산울타리 사이로 완만하고 낮게 이어졌다. 바람이 불어오자 가시금작화 씨앗들이 줄기

끝에서 흔들리고 산사나무 가지들은 부스럭거렸다. 나무 그늘 아래를 걸어가는 우리에게는 동쪽을 덮고 있는 보랏빛 색조나 바다로부터 밀려오는 파도의 벽이 보이지 않았다. 그러다 갑자기 아무런 예고도 없이 하늘이 열리면서 엄청난 물이 밀려와 우리를 위에서부터 후려쳤다. 먼지 날리던 길은 순식간에 질퍽한 국물처럼 되어버렸다. 빗방울은 장대처럼 그대로 우리 얼굴에 꽂혔고 그 충격이 너무 심해서 우리는 어디로 가고 있는지조차 제대로 알아볼 수 없을 정도였다. 갑자기 발에 힘이 쭉 빠지며 그대로 미끄러졌고 세상이 빙그르르 돌면서 내 두 발이 허공에 붕 뜨는 모습이 천천히 눈에 들어왔다. 하늘은 처음에는 눈앞에 있었다가 뒤로 사라졌고 어디에선가 갑자기 산울타리가 눈앞으로 불쑥 튀어나왔다. 나는 빙빙 도는 걸 멈추고 몸을 가누려고 했지만, 그대로 산사나무 가지 속에 틀어박혀 수십 개의 가시가 몸이 박힌 채 꼼짝 못하게 되었다. 갑자기 내 발 뒤에 서게 된 모스는 내 발을 한 번에 하나씩 붙잡고 나를 끌어냈고 덕분에 내 몸과 다리에는 온통 긁힌 상처들이 남게 되었다. 안 그래도 방수 기능이 없는 내 웃옷은 여기 저기 상처가 나서 물이 더 잘 새게 되었고 게다가 머리부터 발끝까지 온통 검은 진흙을 뒤집어썼다. 우리는 오스밍턴 밀스를 힘겹게 통과했고 거기에는 십수 명의 사람들이 야외 탁자 위에 세워두는 커다란 양산 아래에서 비를 피하고 있었다. 비가 물러나자마자 태양은 다시 고개를 내밀었고 햇살이 웨이머스 베이를 가로질러 비추며 진흙 구덩이로 변한 길을 말려주었다. 바싹 마른 진흙은 거북이 등처럼 갈라지더니 이윽고 조각조각 부서졌다. 나뭇가지와 가시에 찔린 상처가 깜짝 놀랄 만큼 욱신거리기 시작했다. 우리는 마지막 남은 가시를 뽑아내고 으스름한 저녁놀을 따라 마을로 들어갔다. 우선 필요한 물건들을 구하고 야영을 할 장소를 찾아야 했다. 적당한 장소가 없으면 바닷가로 가서 텐트를 칠 생각이었다. 이런저런 생각을 하며 가기는 했지만, 사실 우리 입장에서는 그저 그때그때 즉흥적으로 대처해나가는 것이 최선일지도 몰랐다.

웨이머스는 1년 전 뉴키를 갔을 때 말고는 사우스 웨스트 코스트 패스에서는 처음 보는 가장 번화한 지역이었다. 우리는 조지 3세 동상 근처에서 아이스크림 하나를 사고 여름휴가 시즌의 첫 번째 일주일을 맞아 요란하게 흥청거리고 있는 마을 이곳저곳을 돌아다녔다. 외식을 하러 나온 가족들이 보였다. 저렇게 지친 아이들은 그냥 숙소에서 잠을 자고 있어야 하지 않을까? 장모와 사위들은 앞으로 다시는 서로 보게 되지 않아도 아무 상관없는 사람처럼 굴고 있었다. 갑자기 뱃속에서 이상한 느낌이 올라왔다. 흡사 위장이 완두콩 크기만큼 줄어들었다가 축구공만큼 확 커지는 그런 느낌이었다. 어쩌면 내가 그냥 피곤했거나 넘어졌을 때 많이 긴장했던 게 풀려서 그런지도 몰랐다. 아니면 허기 때문이었을까? 이렇게 위장이 줄어들었다 늘어나는 증상이 더 빠르게 반복되면서 나는 온 몸에 열이 오르기 시작했고 그러다 한 번 격하게 통증이 오더니 방금 먹은 아이스크림과 아침에 먹은 소시지 샌드위치의 잔해를 게워내고 말았다. 30분쯤 지났을까, 내 위장은 거품이 이는 녹색의 기묘한 담즙을 다시 만들어내기 시작했지만, 토악질은 멈춰지지를 않았다. 모스는 택시를 불러 가까운 야영장으로 가달라고 말했다.

"가도 소용없을걸요. 자리가 다 꽉 찼을 겁니다."

우리는 바닷가에 있는 의자 위에 앉았다. 다시 토악질이 치밀어 올랐다. 2시간쯤 지났을 때 나는 한 걸음도 뗄 수 없었고 그저 졸았다 깼다를 반복했다.

"당신 걸을 수 있겠어? 민박집을 하나 찾았는데."

나는 모스가 잠시 내 곁을 떠나 있었던 사실도 알아차리지 못했다.

"민박집은 안 돼. 그러다가는 가진 걸 모두 다 써버리게 될 거야."

"상관없어. 다 결정했으니까."

작은 민박집이었지만, 승강기가 있었다. 그리고 그 후 36시간 동안 내가 본 건 승강기, 우리 침실 그리고 화장실이 전부였다. 나는 침대에 누워 있다가 화장실로 가서 토하기를 계속 반복했다. 자다 일어나 비틀거리며 화장실로 달려가는 식이었다. 그러고도 몸이 계속 아팠다. 마침내 겨우 잠이 들었다가 눈을 떠보니 새벽 5시였다. 나는 그게 두 번째 날 새벽이라는 사실을 깨닫고 모스를 흔들어 깨웠다.

"여기서 대체 뭘 하고 있는 거야? 이럴 돈이 어디 있어?"

"괜찮아. 이미 계산은 다 끝났으니까 가서 다시 잠이나 자라고."

나는 다시 잠이 들었고 꿈에서 초록색 아이스크림을 보았다.

아침이 되자 나는 방을 나와 식당에 앉아 없는 힘을 쥐어짜 말라비틀어진 빵 조각을 입 안으로 집어넣었다.

"좀 어떠세요? 아직 안색이 안 좋은 거 같은데요."

익숙한 모습의 커다란 덩치가 내 맞은편에 자리를 잡고 앉았다. 데이브였다.

"모스한테 그 산사나무 가시에 찔린 이야기를 들었어요. 그런데 그거 때문에 사람이 아플 수도 있다는 말은 한 번도 못 들어본 거 같은데 말이에요. 그나저나 우리는 오늘 포틀랜드를 돌아보려고요. 뭐, 여기 웨이머스와 비슷하겠지만. 웨이머스에서는 물건들을 좀 샀는데요. 옷을 좀 빨아서 말리려니 이게 제대로 돼야 말이지요, 그래서 양말하고 티셔츠를 사고……. 박물관에도 가고 심지어 미술관에도 끌려가고……. 줄리, 우리가 그랬지? 하지만 미술관에는 오래 안 있었어요. 그래서 이제 포틀랜드를 돌아보려고요. 한 이틀쯤 있으려나. 그러니 그 뒤에는 아무래도 다시는 못 볼 거 같은데요.”

“그런데 여기는 웬일이에요? 그리고 내 생각에는 산사나무가 문제가 아니라 아마 아이스크림이 문제였던 것 같은데.”

“여기 말고 어디 갈 만한 곳이 있나요? 안 그래요? 야영장은 만원이고 경찰은 바닷가에 텐트를 못 치게 막고. 그래서 뭐 어쩔 수 없이 우리도 여기로 찾아 온 거예요. 빈방이라고는 여기밖에 없었으니까. 그래도 뭐 나는 웨이머스가 더 좋다니까.”

아침밥을 먹고 난 후 우리는 두 사람을 배웅했다. 커다란 배낭에 지팡이를 든 수다쟁이. 보통의 관광객들하고는 전혀 다른 모습. 그런 그들을 다시 만나고 또 작별을 하려니 참 아쉬웠다.

조지 왕조 시대의 멋진 건물들이 아니었다면 바닷가 주변은 여느 평범한 영국의 바닷가와 전혀 다를 바 없었을 것이다. 한때 왕족과 귀족들이 모여 살았고 내로라하는 갑부들이 화려한 사교계 모임을 개최했던 이곳은 이제 호텔을 비롯한 각종 숙박업소들 그리고 음식점과 기념품 가게들로 가득 차 있었다.

역시 우아하고 세련된 상류층들이 신선한 공기를 마시며 양산을 쓰고 산책을 했을법한 바닷가도 지금은 접이식 의자와 돗자리, 감자튀김과 그걸 노리는 갈매기들, 일광욕을 하는 사람들과 말다툼이 끊이지 않는 가족들로 북새통을 이루었다. 나는 이제는 동상이 되어 서 있는 조지 3세가 이렇게 슬리퍼 차림의 사람들이며 장난감을 들고 뛰어다니는 아이들이 가득한 곳으로 변한 웨이머스를 마음에 들어 할지 아니면 끔찍하게 생각할지 알 수 없었다. 나는 긴 의자에 누워 모스의 무릎에 머리를 기대고 1시간가량 잠이 들었다. 그리고 다시 바닷가에 누워 저녁이 되고 거리에 불이 들어올 때까지 또 잠을 잤다.

"계속 여기서 이러고 있을 수는 없지. 곧 날이 완전히 어두워지면 경찰들이 와서 다른 곳으로 가라고 그럴 거야. 그러니 지금 일어나는 게 좋겠어."

모래밭 위에 두 남자가 서 있었다. 들고 있는 배낭이며 가방이 무척이나 무거워 보였다. 두 사람도 우리 못지않게 더러웠다. 피부는 검게 탔고 머리에는 모자를 푹 눌러쓰고 있었다. 어쩌면 우리 같은 배낭여행자들일수도, 또 어쩌면 그냥 노숙자들일수도 있었다. 그런데 가방에 든 음식물 꾸러미들을 보니 배낭여행자는 아닌 듯싶다가도 음식이 너무 많아서 또 그냥 노숙자는 아닌 것도 같았다.

"여기 사시나요?"

"아니오, 마을 밖에 삽니다. 그런데 두 분은 어디를 가시는지?"

"아직 안 정했습니다."

모스가 자리에서 일어섰다. 그렇지만 나는 일어설 힘도 의지도 없었다.

"야영장은 자리가 없고 집사람은 몸이 편치 않군요. 아마도 식중독인 것도 같은데……. 그래서 오늘은 멀리까지 걸어갈 수가 없을 것 같습니다."

두 사람 중 나이가 더 들어 보이는 남자가 나를 내려다보았다. 남자의 표정이 조금 풀어지면서 주름살도 따라서 펴졌고 그 밑에 있는 하얀 피부가 드러났다. 얼굴 자체는 아주 오랫동안 햇빛과 바람을 맞으며 자연 속에서 떠돈 것 같은 그런 얼굴이었다. 남자는 여전히 가방을 손에서 놓지 않은 채 그 자리에 앉았다. 입고 있는 옷이 헐렁하게 늘어져 있는 것도 그리고 허름한 가방을 손에 꼭 쥐고 놓지 않는 것도 다 무슨 이유가 있는 것 같았다.

"아, 나는 존이라고 해요. 그런데 두 사람은 그러면 배낭여행자들인가요?"

그의 회색 머리가 누더기 같은 모직 모자 아래로 이러 저리 꼬인 채 늘어져 있는 것도 역시 무슨 이유나 사연이 있어 보였다.

"네, 맞아요."

"배낭여행이라, 그것 참 멋진 일이군요. 어디로 가야 할지 모를 때는 그냥 계속 움직이면 되니까. 한 곳에 머무는 건 사람을 늘어지게 만들 뿐이거든요. 그래요. 여기는 그렇게 너무 오래 머무는 사람들이 많아요. 그냥 다 포기하고 길거리를 자기들이 살 곳이라고 정해버린 거지."

"그런 걸 어떻게 아시나요? 혹시 그런 사람들을 돕는 일이라도 하시는 건지?"

"아니오. 그런데 당신처럼 그러고 있으면 속으로 무슨 마음을 품고 있는지 대강 알 수 있을 것도 같거든요. 여기에 누워 있으면서 배낭은 계속 짊어지고 있지. 일반적인 배낭여행자라면 아마 벗어놓고 쉴 텐데, 그렇지만 당신은 그렇게 하지 않았거든. 배낭 안에 뭐가 들었는지 모르겠지만 당신을 마을로 들어가지 못하게 막을 만큼 중요한 게 들어있는 것 같군요."

"정말 그렇게 생각해요?"

"그러지 말고 괜찮다면 우리랑 함께 갑시다. 우리는 마을 저 너머에 살고 있는데 오늘 하룻밤 정도는 거기에 텐트를 쳐도 상관없어요. 좀 멀긴 하지만 차가 있으니까요."

경솔하게, 아니 어쩌면 본능적으로 우리는 두 사람의 말을 믿었다. 모스가 나를 일으켜 세웠고 우리 둘은 거리에 주차되어 있는 두 사람의 승합차까지 함께 갔다. 우리는 승합차 뒷자리에 담요를 깔고 누웠고 차는 거리를 떠나 바다를 등지고 어둠 속에 잠긴 시골길로 들어섰다. 졸았다 깼다를 반복하며 30분가량 갔을까, 승합차가 자갈길 위에 멈춰 섰다. 차에서 내려 보니 숲에 있는 어느 주차장이었고 머리 위로는 거대한 소나무들이 강한 바람에 흔들리고 있었다.

우리는 두 남자, 존과 게브를 따라 어둠 속에서 숲속에 나 있는 길을 내려갔다. 오로지 희미한 달빛에만 의존해 더 깊은 숲속으로 들어가자 나무들이 조금 줄어들며 솔잎이 깔려 있는 길도 조금 더 밝아졌다. 별로 출력이 강하지 않은 배터리에 연결된 희미한 불빛이 나무들 사이에 있는 어떤 형체들을 비추었다. 우리 앞에 나타난 건 텐트와 방수포 그리고 나뭇가지들로 지은 은신처 등이었다. 숲속에 살고 있는 사람들의 마을이었다. 마을 사람들은 조용히 앉아 이야기를 나누고 음식도 만들고 있었다. 존이 안내해준 공터에 우리는 텐트를 쳤고 그런 다음 사람들 사이에 끼어 앉았다. 게브는 일주일에 두 번 다른 사람들을 대신해 봐온다는 장 보따리를 풀었고 사람들은 각자 부탁했던 물건들을 찾아 자기들 숙소로 돌아갔다. 존은 우리에게 이 마을에 대한 이야기를 해주었다.

"시골 생활을 잊지 못하면 번화가에 살 수 없어요. 그런 곳에 계속 머물면 인생이 닳아 없어지는 듯한 기분이 드니까."

존은 태어나서 지금까지 농장 일만 해왔다고 했다. 그는 농장 일꾼들에게 내주는 집에서 살기도 했지만, 일하던 농장이 정리되고 거기 있던 집들은 주말 별장으로 팔리게 되었다고 한다. 존은 그렇게 살던 집을 잃었다. 농장 일이야 다른 곳에서도 찾을 수 있었지만, 전에 있던 곳처럼 집까지 제공해주는 곳은 없었고 그가 받는 돈으로는 비싼 시골의 집세를 감당할 수 없었다. 그렇게 그는 숲속에서 텐트를 치고 살게 되었고 얼마 지나지 않아 다른 사람들이 모여 들었다. 그러다 이들의 야영지는 필요할 때마다 사람들이 자유롭게 모였다가 떠날 수 있는 그런 공동체가 되었다.

"사람들이 다 모여 봐야 서른 명 안팎입니다. 왔다 갔다 하는 사람들을 빼면 보통은 대강 열여덟 명 정도가 전부에요."

대부분의 사람들이 다 일을 했다. 다만 시간제 일이거나 낮은 임금을 받는 불안정한 직장이었고 또 계절을 타는 일이기 때문에 제대로 된 집을 구하기가 어려웠다.

"그렇지만 여기서 그럭저럭 살 수 있어요. 어느 정도 자존심도 지키면서요. 상황이 좋아지면 잠시 떠났다가 또 상황이 안 좋아지면 돌아오는 사람들도 있고요. 항상 주변을 깨끗하게 정리하려고 애를 씁니다. 우리는 다른 많은 길거리 노숙자들처럼 구걸을 하고 살지 않아요. 그냥 시골 사람들일 뿐이에요. 시골이 우리 일터고 집이지만, 터무니없는 물가 때문에 밀려나온 겁니다."

이곳 사람들은 남들 눈에 뜨이지 않게 조용히 살아가고 있었다. 심지어 연기 때문에 주변에 알려져 쫓겨나게 될까봐 불도 피우지 않았다. 겨울이 오면 가스난로와 두꺼운 이불로 버텼고 바닥에는 흙이 묻지 않도록 소나무 가지를 깔았다. 여름에는 한결 살기가 수월했다. 사방이 소나무 향기로 가득한 따뜻한 밤에 소나무 그늘에서 잠을 청하는 것이다.

"물론 우리가 여기 이러고 있는 걸 아는 사람들이 있을 겁니다. 다만 함께 모여 있는 모습을 들키지 않으려고 조심하고 있어요. 이곳을 들어오고 나가는데 몇 갈래 길이 있고요. 하지만 역시 여기서 얼마나 더 이렇게 살 수 있을는지 아무도 모르지요. 여기 숲을 다 정리하자는 말도 나오고 있어요. 일종의 순수주의자들이라고 할까, 그런 사람들이 관목이나 덤불만 있던 시절로 돌아가자고 주장하지요. 그러니까 빅토리아 시대의 작가 토마스 하디가 작품 속에서 보여주던 그런 시절로요. 그런데 하디 시절에도 분명 숲은 존재했을 것 같아요.《숲 사람들》

이라는 소설도 썼잖아요. 숲을 정리하자고 주장하는 사람들은 우리가 지금 누리고 있는 이런 숲의 아름다움을 보지 못하고 있는 것 같더군요."

"침엽수림이 조성되기 전에는 원래 낙엽송들이 자라는 숲이었어요."

나도 토마스 하디의 그 책을 아주 좋아했다.

"하지만 소나무들도 꽤 오랫동안 여기에 터를 잡고 살았잖아요? 그 예전의 숲들 못지않게 지금은 이 땅의 일부나 마찬가지고요. 이곳이 너무 어둡고 침침하다는 건 알겠지만 그래도 꽤 많은 생명체들이 여기 살고 있어요. 매년 둥지를 트는 말똥가리들도 있고 여우며 오소리, 도요새 그리고 저기 숲 끄트머리 관목숲이나 빈터에는 벌레나 뱀들도 있고요. 그런 생명체들이 왜 여기 있겠습니까. 여기가 집이니까요. 우리에게도 여기가 집이고요."

우리는 깜깜한 텐트 안에서 잠을 청했다. 나뭇가지 사이를 스쳐 지나가는 바람소리가 들려왔지만, 바닥에 부드러운 솔잎을 까니 따뜻하고 안전한 기분이 들었다.

다음날 아침이 되자 존이 일하러 가는 길에 우리를 페리브리지까지 데려다주었다.

"머물 곳이 필요하면 다시 찾아오세요. 어쨌든 올해까지는 괜찮을 겁니다. 그다음에는 숲이 없어질 수도 있겠지만요."

"그렇게 되면 다른 좋은 곳을 찾을 수 있기를 바랄게요. 조심해서 잘 지내세요."

"그쪽도 안녕히 가세요."

존이 승합차를 몰고 사라지자 우리는 인도 위에 서서 포틀랜드섬과 육지를 이어주는 가늘고 긴 도로를 바라보았다. 그길은 마치 끝이 보이지 않을 정도로 펼쳐져 있는 것 같았다.

"포틀랜드섬은 그냥 건너뛰는 게 어떨까? 체실 비치를 따라서 그냥 천천히 며칠 동안 걷는 게 어때? 사실 난 정말 피곤하거든."

"물론 그래도 되지. 우리가 무슨 순례길에 나선 건 아니니까 말이야."

채실 비치는 그냥 바닷가가 아니라 조약돌로 쌓아올려진 높이 15미터 그리고 길이는 13킬로미터에 이르는 일종의 제방으로 동쪽의 포틀랜드섬에서부터 시작해 서쪽의 웨스트 베이너머까지 이어진다. 해수면이 상승하던 시기에 형성된 것으로 알려져 있으며 그 후 아주 오랜 세월 동안 파도의 힘에 의해 조약돌은 완전히 둥글게 다듬어졌다. 다른 말로는 바닷가 장벽혹은 육계사주라고도 한다. 포틀랜드섬 근처에 있는 돌들은 거의 주먹만 한 크기지만, 웨스트 베이에 가면 포도알 크기 정도로 줄어든다. 아마도 각기 다른 두 돌밭이 있었고 해수면이 높아질 때 파도에 의해 돌이 갈려 쌓이게 된 것 같았다. 제방에서 볼 때 육지 쪽에는 일종의 석호가 만들어져 있으며 바깥쪽 바다와 분리되어 있기는 하지만, 여전히 밀물과 썰물의 영향을 받는다. 썰물 때는 포틀랜드섬도 육지와 하나로 연결이 된다. 동쪽에 있는 페리브리지에는 바닷물이 넘어와 석호도 짠맛이 나지만, 서쪽에는 육지 쪽에서 민물이 계속 흘러들어와 염분 농도가 절반 이하로 줄어든다. 이곳은 방대한 육지와 바다가 함께 움직이며 한쪽이 얻으면 다른 한쪽은 잃는 영원한 동반자 관계지만, 그 한쪽이 없이는 다른 한쪽도 결코 계속 존재할 수 없다.

　제방을 따라 편하게 걷고 있으려니 몽롱한 햇빛에 앓고 난 후의 나른함이 합쳐지면서 모든 것이 꿈결처럼 느껴졌다. 제방의 육지 쪽에는 오두막집이 흩어져 있었고 이따금 노를 젓는 작은 배들이 그 옆에 있는 것이 보였다. SWCP와의 경계선을 알려주는 긴 철조망 위에는 까마귀들이 모여 있었는데 줄잡아 쉰 마리는 되어 보이는 이 말없는 검은 새들은 말하자면 경작지 끄트머리를 따라 1미터쯤 떨어져 자리를 잡고 있는 것이었다. 우리는 이 까마귀들과 부딪히기 싫어 잠시 가던 발걸음을 멈춰 섰다. 웨일즈의 설화집인 《마비노기온》에 따르면 까마귀는 죽음을 불러들이는 사자지만, 마법의 힘을 가진 자들은 까마귀의 모습으로 변신할 수 있어 위험을 벗어날 수 있었다고 한다. 다른 문화권에서 까마귀는 일종의 변화의 전조로 여겨지기도 하는데 그게 아니라면 까마귀는 그저 기이한 모습으로 철조망 울타리 위에 늘어서 있는 검은 새가 아닐까. 우리가 두어 걸음 더 나아가자 까마귀들은 하늘로 날아올라 검은 구름이 되어 까악거리며 사라졌다.

"우리는 미신 같은 건 믿지 않으니까."

모스는 웃으며 발걸음을 재촉했다. 마른 땅에서 피어오르는 열기 속에 그의 모습이 아른거렸고 그의 발자국은 먼지 위에 또렷하게 자국을 남겼다.

SWCP는 갈대밭과 사격 연습장을 통과해 구불구불 이어지다가 1차선 도로가 있는 곳으로 연결되었다. 그곳에는 소금기 머금은 뜨거운 공기 아래 파란색과 초록색 페인트가 벗겨지고 있는 창고들이 늘어서 있었다. 창고 그늘 아래 있는 나무로 만든 긴 의자에는 세 명의 나이 든 남자가 앉아 있었다. 남자들의 얼굴 역시 페인트가 벗겨진 것처럼 주름이 지고 여위어 있었으며 조끼와 밀짚모자, 헐렁한 면바지 차림에 발은 맨발이었다. 이런, 또 뭐라고 아는 척하는 사람들은 반갑지 않은데. 그

중 한 남자가 입을 열었다.

"어느 쪽으로들 가시오?"

"서쪽이요."

"그쪽은 길이 멀지."

"그렇지요."

"저기 저 백조들 있는 곳 너머 조금만 더 가면 호텔이 하나 있는데."

관목 울타리와 먼지투성이의 경작지가 계속 이어졌다. 길은 평탄했고 우리는 아무 어려움 없이 그저 규칙적으로 다리만 움직이면 되었다. 하얀 아지랑이 같은 것이 석호의 굽어 있는 부분에 모여들어 있기에 자세히 살펴보았더니 새하얀 백조 떼였다. 백여 마리는 되어 보이는 백조들이 물 위를 헤엄치기도 하고 또 이리저리 몸을 뽐내며 날아올랐다가 다시 내려오기도 했다.

"아까 백조 이야기를 들었을 때는 뭔가 다른 걸 보고 백조라고 부르는 줄 알았는데 말이야. 진짜 백조들이 있을 줄은 상상도 못 했어."

"나도 그랬어. 요즘은 지나가는 곳마다 다 상상초월인데."

그리고 백조들이 있는 곳을 지나가자 정말 호텔이 있었다. 호텔 이름은 '문플릿'으로 존 미드 포크너가 쓴 범죄 모험 소설

《문플릿》에서 따온 것이라고 한다.

"들어가서 한번 둘러보자. 어렸을 때《문플릿》을 읽어봤거든. 그런데 이런 곳이 있는 줄은 몰랐어."

우리는 정원에서 티백 하나를 넣은 뜨거운 물을 앞에 놓고 앉아서 오후 내내 달빛이 비치는 한밤중에 벌어지는 추악하고 비열한 범죄에 대해 상상했다. 자리에서 일어나기 전에 나는 잠시 아주 화려한 화장실을 이용했는데 나와보니 줄리가 옆 칸에서 나오고 있었다.

"정말 여기서도 상상초월이네."

우리는 마치 서로 평생 알고 지낸 오랜 친구사이처럼 나란히 뜨거운 물로 손을 씻고 환상적인 향기가 나는 핸드크림으로 햇볕에 그을린 피부를 문질렀다.

우리는 완벽할 정도로 고요하게 가라앉은 끈끈한 저녁 공기를 헤치고 조용히 함께 걸었다. 해가 지고 있었다. 7월 하순의 하늘이 부드럽고 밝은 색조로 물이 들었다. 눈앞의 대지는 지는 그림자 안에서 파란색으로 바뀌었고 석호는 잠잠해졌다. 바닷물이 아무런 파도나 움직임도 없이 조용히 물러나자 새떼들도 함께 멀리 사라졌다. 이제 남은 건 질척거리는 모래 위를 흐르는 물줄기뿐이었다. 작은 배 한 척이 바닷가 쪽으로 돌아오고 있었고 반짝이는 하늘의 빛줄기를 따라 검은색 그림자가 조용히 함께 얽히다가 사라져갔다. 낮게 깔려오는 마지막 빛 속에서 진흙과 돌이 서로 엉켰다. 하늘이 은색과 짙은 청색으로 물들면서 옅은 안개가 올라오기 시작했다. 조약돌로 된 제방 위에 갈대들이 어두운 그림자를 드리웠다. 우리는 물가 근처에 뻣뻣하게 자라는 풀들 사이에 텐트를 쳤다. 들리는 건 하늘을 나는 새들의 저녁 노래 소리와 산들바람에 풀들이 버석거리는 소리뿐이었다.

우리는 계속 함께하며 다음날이 되어서는 웨스트 백싱턴 근처, 조약돌이 깔린 바닷가 언덕 위에 텐트를 쳤다. 저 멀리 고등어 잡이 어선들과 바닷가의 어부들이 점점이 보였다. 불빛들이 밤을 휘젓고 조약돌들이 쉬지 않고 덜그럭거리는 섬뜩한 소리는 어둠을 꿰뚫었다. 동이 터오자 어부들이 하던 일을 정리했다. 양동이에는 고등어가 가득했다.

텐트를 걷을 때 첫 번째 지지대가 부러지며 합금으로 된 연결 부분과 거기에 끼워 넣는 플라스틱 부분이 떨어져나갔다. 데이브는 자신의 거대한 배낭을 뒤적여 작은 톱과 접착테이프 그리고 펜치를 들고 왔다. 우리는 부러진 플라스틱 부분을 잘라내고 남은 부분을 테이프로 둘둘 감은 후 다시 길을 떠났다.

우리는 웨스트 베이에서 데이브 그리고 줄리와 헤어졌다. 두 사람은 집으로 돌아가기 위해 버스를 잡아탔다. 서로 포옹을 하고 작별인사를 하면서 우리는 이번이야말로 정말 마지막 이별의 순간이라는 걸 알 수 있었다. 두 사람과 함께 SWCP를 걸을 수 있었던 건 작은 위안이었으며 우리 두 사람의 삶에 있어서는 어쩌면 행복한 일탈이었다. 두 사람이 사라지자 하늘이 조금 어두워진 것 같았다. 우리는 접착테이프를 하나 사고 다시 길을 나섰다. 그리고 혹시나 두 사람이 다시 나타날까 싶어 어깨너머로 뒤를 몇 번이고 돌아보기도 했다.

남쪽에서 불어오는 차갑고 축축한 바람을 맞으며 손콤 비컨 밑으로 내려간 우리는 웅크리고 앉아 다른 텐트 지지대들을 확인해보았다. 플라스틱으로 된 끝부분이 모두 다 조금씩 뭉개지고 있었다. 그냥 며칠만 이 텐트를 더 써야 하겠지만, 갑자기 강한 바람이라도 불어온다면 바로 무용지물이 될 것 같았다. 우리가 접착테이프로 지지대의 끝을 조심스럽게 감아 합금으로 된 연결용 관 안에 억지로 쑤셔 넣어 제자리에 끼워 맞춰 텐트를 치고 나니 해가 거의 다 지고 있었다.

"어떻게든 버텨야 할 텐데. 앞으로는 텐트를 칠 때 서둘러 급하게 쳐야 할 일이 없기만을 바라자고."

나는 끓인 양배추 냄새가 나는 연고로 모스의 어깨를 문질러주었다. 바람이 점점 강해지자 우리는 접착테이프가 제 몫을 못 할 때를 대비해 텐트에 충격을 줄 수 있는 건 전부 다 배낭 안에 집어넣었다.

어쨌든 텐트는 버텨냈다. 그런데 동이 틀 무렵 강한 바람과 함께 비가 몰아치기 시작하면서 길을 나선 우리는 아래쪽으로 떠밀려간 후 계속 앞으로 밀려갔다. 비바람은 옥수수밭을 뒤흔들고 높이 자란 옥수수 줄기들을 후려쳐 짓눌러버렸다. 그리고 사방을 들쑤시다가 올 때처럼 빠르게 사라졌다. 뒤에 남은 건 숨이 막힐 정도로 끈적거리며 피어오르는 짙은 안개였다. 우리는 골든 캡까지 천천히 걸어서 올라갔다. 먹구름이 짙게 끼어 있었기 때문에 왜 골든이라는 말이 들어갈 만큼 유명한 곳인지는 전혀 알 수 없었지만, 그래도 영국 남해안에서 가장 높은 지점이라고 하니 뭔가 기념을 하기는 해야만 했다.

금작화 덤불 사이에 측량 기준점이 서 있었고 기준점을 중심으로 사방으로 여러 갈래 길이 나 있었는데 그 길들이 어디까지 이어지는지는 전혀 알 수 없었다. 웨일즈에 있는 우리 집은 시골의 깊은 산속에 있었고 시간이 날 때마다 우리는 근처 산이나 언덕에 오르곤 했다. 아이들은 학교에 다니기도 전에 산부터 오르내렸지만, 점점 커가는 아이들을 춥고 힘든 산에 데리고 가려면 아이들이 흥미를 느낄 수 있도록 상상력을 발휘할 필요가 종종 있었다. 그렇게 이곳저곳에 있는 측량 기준점을 발견하게 될 때마다 모스는 그 위로 올라가 엎드린 모습을 사진으로 찍게 했다. 기준점은 보통 기둥 모양으로 되어 있기 때문에 그 위에 배를 대고 누워 마치 하늘을 나는 것 같은 자세를 잡는 것이다. 제든 산행을 그만두고 싶어 하는 아이들을 즐겁게 해주기 위해 그렇게 모스는 뭐든 다 하려 했다. 그렇게 산행과 사진은 일종의 가족 전통이 되었다. 따라서 피질기 저퇴행 증상이 있거나 말거나 골든 캡의 측량 기준점을 그냥 지나칠 수는 없었다.

"그거 안 위험하겠어?"

모스는 배낭을 내려놓고 손을 기둥 위에 올리고는 그 위에 몸을 실었다. 나는 곧 신음 소리가 터져 나올 거라고 생각했다. 그렇게 바보 같은 짓을 하는 스스로를 꾸짖는 소리가 나왔어야 했는데 아무런 소리도 들리지 않았다. 모스는 두 팔을 쭉 펴고 구름 속으로 날아가고 있었다. 마치 그렇게 온 세상을 자유롭게 날아다니며 영원히 살 것처럼. 나는 주변을 돌며 이번이 모스의 첫 번째 비행이라도 되는 것처럼 여러 각도에서 사진을 찍었다. 아니, 어쩌면 마지막 비행일지도 몰랐다.

"양배추 연고가 효과가 있었나 봐."

모스의 얼굴은 평온했다. 고통을 숨기려는 것 같은 표정이 아니었고 더군다나 모스는 웃고 있었다. 안개에 둘러싸인 야생화들 속에서 우리는 서로를 끌어안고 높이 뛰어올랐다. 그리고 웃고 입을 맞추고 소리를 내질렀다. 이게 꿈일까, 생시일까? 침대에서 혼자 몸을 일으키지도 못했던 사람이 불과 2주일 만에 다시 기운을 되찾고 자기 몸을 마음대로 움직일 수 있게 되다니. 이건 정말 있을 수 없는 일이었다. 그렇지만 그런 일이 정말 일어났다. 나는 모스가 더 이상 발을 질질 끌지 않는다는 사실도 진작 알아차려야 했었지만 그렇지 못했다.

"어쩌면 웨이머스에서 푹 쉬어서 그럴지도 몰라. 아니, 사람 몸이 고산지대에 적응하는 것처럼 그렇게 내 몸도 빠르게 적응했기 때문이 아닐까?"

"그렇지만 어떻게? 뻣뻣해서 움직이기도 힘들던 몸이 어떻게 그렇게 빨리 풀릴 수가 있어? 우리가 북쪽 길을 걸을 때는 그렇게 될 때까지 몇 주나 걸렸잖아."

"그거야 나도 모르지. 내가 기억하는 건 지난 며칠 동안 기분이 훨씬 더 나아졌다는 거야. 그렇지만 감히 더 큰 기대는 하지 못했었지."

"이게 무슨 산소 흡수 같은 거랑 관련이 있지 않을까? 전에 그런 생각을 해본 적이 있잖아. 사우스 웨스트 코스트 패스를 걸으면서 숨을 더 깊게 많이 몰아쉬게 되니까 말이야. 그러면 산소를 엄청나게 많이 소비하게 되니까……. 그게 뇌에 어떤 식으로든 작용을 한 게 아닐까? 아니야, 그건 아닐 거야. 그렇게 단순한 일이라면 병원에서 분명 산소 치료 같은 걸 했겠지."

"잘 모르겠어. 분명 계속 힘들게 몸을 움직이는 게 무슨 역할을 하기는 한 것 같아. 우리가 이해하지 못하는 어떤 반응을 일으키고 있는 거겠지. 그 원리가 뭔지 도통 모르겠지만 그냥 기분이 아주 좋아."

우리는 골든 캡의 안개 속에서 펄쩍펄쩍 뛰어오르며 춤을 추었다.

"계단을 올라갈 때도 주의하라고?"

"너무 먼 장래의 계획 같은 것도 세우지 말라고 했었지?"

"이제는 그럴 필요가 없어. 우리에게는 의사 말고 패디 딜런이 있잖아. 패디 딜런이 하는 말이 모두 다 정반대라고 해도 상관없어."

받아들이기

시한부 선고를 받았는데 언제 그 끝이 올지 전혀 알지 못한 채 살아간다는 건 흡사 아무것도 없는 허공 위를 걷는 것이나 마찬가지다. 모든 말이나 행동 그리고 불어오는 바람이나 떨어지는 빗방울 모두가 내가 느끼는 고통에 무게를 더해줄 수 있다. 이제 우리는 그런 고통의 순간에서 벗어났다. 모스는 분명 시한부 선고를 받았지만, 그런 그에게도 이제 희망이 생겼다. 그는 피질기저퇴행 증상이 기적처럼 치유되지는 않았다는 사실을 잘 알고 있었지만, 어찌된 영문인지 한동안 그 기세가 잠잠해졌다. 우리에게 뭔가 천천히 생각할 여유가 생겼을 때, 그러면서 악마의 추적자 같은 죽음이 잠시 우리의 텐트 주위를 맴돌고 있지 않을 때 우리가 두려워해야 하는 것에 대해 모스는 이렇게 말하고 싶어 하는 것 같았다.

"그러니까 그때가 오면 당신이 나를 화장시켜주었으면 해."

과거 우리의 농장이었던 곳의 뒷마당에는 울타리가 있었고 그 근처에 산이 아주 잘 보이는 자리가 있었다. 그 농장과 집이 영원히 우리의 것인 줄 알았던 시절, 우리는 죽으면 바로 그 자리에 묻히고 싶다고 말하곤 했었다. 그렇지만 이제 우리에게는 땅도, 종교도 없었고 모스는 자신이 편하게 묻힐 수 있는 곳도 없을 거라고 생각하는 것 같았다.

"그런 다음 당신이 내 유골을 상자에 담아서 계속 갖고 다녔으면 해. 그리고 당신마저 세상을 떠나면 아이들에게 당신과 내 유골을 하나로 합쳐서 함께 보내줄 수 있잖아. 당신과 나를 함께 말이야. 우리 둘이 헤어진다는 생각이 지금의 나로서는 다른 무엇보다 가장 가슴 아픈 일이거든. 나는 아이들이 우리 두 사람을 바닷가에서 바람에 날려 보내주었으면 좋겠어. 그러면 우리는 함께 저 수평선으로 날아갈 수 있을 거야."

나는 아무런 말도 할 수 없을 정도로 목이 메었다. 나는 모스에게 힘껏 매달렸다. 죽음은 예정된 일이었다. 모스는 계속해서 싸워나가겠지만, 결국은 무릎을 꿇고 말 터였다. 모스는 처음부터 이런 사실을 담담히 받아들일 수 있을 정도로 강한 사람이었고 지금의 나는 그 모든 상황이 사실이며 나 역시 있는 그대로 받아들여야 한다는 사실을 이해할 만큼 침착해져 있었다. 우리는 라임 리지스 끄트머리에 텐트를 치고 안에 드러누웠다. 어구와 별장들 사이에 있는 풀밭 위에서 그렇게 우리는 죽음을 기다렸다. 그리고 죽음과 함께 생명도 찾아왔다. 산산조각이 나 이리저리 흩어져 잃어버렸던 우리 삶의 파편들이 알 수 없는 조화 속에서 천천히 다시 하나로 합쳐지고 있었다.

우리는 바닷가를 떠나 숲속으로 접어들었다. 배낭은 바닷가에서 주워 모은 암모나이트 화석으로 묵직했다. 태곳적 또 다른 시대의 그리고 또 다른 삶의 흔적이었다. 숲을 뒤로한 우리는 언더클리프로 들어섰다. 영국 남해안에서 말하는 언더클리프란 대규모 산사태나 낙석 등으로 인해 새롭게 형성된 지형을 뜻한다. 특히 사우스 웨스트 코스트 패스가 지나가는 이 지역의 언더클리프는 1839년 크리스마스이브에 만들어져 기괴하고 습기 가득한 밀림 지대를 이루고 있다. 당시 800만 톤의 흙이 바다로 쏟아져 내렸고 커다랗고 깊은 틈이 만들어졌다. 양이며 토끼 그리고 건물들이 쓸려갔고 마치 육지 위의 섬과 같은 모습이 되었다고 해서 염소섬이라는 지명도 생겼다. 근처에 있던 밀밭만은 전체가 그대로 미끄러져 내려가 이듬해 여름에 무사히 수확도 했다고 한다. 그후 염소섬을 중심으로 약 11킬로미터에 걸쳐 양치식물이며 담쟁이덩굴 그리고 나무들이 무성하게 자라났으며 장마철에는 마치 열대 지방처럼 이런 초목들이 습기를 뿜어낸다. 땅은 한순간에 영원히 다른 모습으로 변해버렸고 지금까지 그 모습을 그대로 유지하고 있다. 인간의 손길이 닿지 않는 곳에서 야생의 초목들이 자기들 멋대로 씨를 뿌리고 성장해 온갖 기기묘묘한 형태를 이루고 있다. 이곳을 통과하는 유일한 길이 바로 SWCP이며 굽이굽이 13킬로미터 정도를 걸어간 후에야 우리는 마침내 사람들이 사는 곳으로 들어갈 수 있었다.

하루하루 몸에 힘이 붙는 느낌이었다. 우리는 이제 몇 킬로미터 정도는 아무 생각 없이 마치 저절로 움직이듯 그렇게 걸을 수 있었다. 시턴과 비어가 1950년대를 연상시키는 불빛 속에 멀어져 갔고 우리는 뭘 좀 해먹기 위해 브랜스콤의 바닷가에 쉬어가기로 했다. 브랜스콤은 쥐라기 해안의 일부이며 동시에 세계 문화유산 지역에도 속해 있지만, 2007년 컨테이너 화물선인 MSC 나폴리가 영국 해협에서 태풍 때문에 좌초될 위기에 처했을 때 뭔가 복잡한 사정에 의해 관계 당국은 이 배를 훨씬 더 가까이 있는 팰머스 항구가 아니라 포틀랜드로 끌고 가기로 결정한다. 결국 이 거대한 화물선은 목적지까지 가지 못하고 겨울을 나려고 모인 바닷새들이며 멸종위기에 처한 진귀한 해양 생물들의 보금자리인 브랜스콤 앞바다에 멈춰 섰다. 이윽고 배가 기울기 시작하면서 향수며 포도주 그리고 모터사이클 등 온갖 잡다한 화물이 바다에 쏟아졌다. 많은 애를 썼지만, 관계 당국은 이런 화물을 노리고 온 사람들을 막지 못했다. 이들은 나중에 그저 '정리 작업에 도움을 주었다' 정도로만 세상에 알려진다. 우리는 바닷가를 돌아다녔지만, 7년 전의 흔적 같은 건 어디에도 남아 있지 않았다. 다만 어느 찻집 뒤에 있는 헛간에서 번쩍거리는 모터사이클 한 대를 보기는 했다. 우리는 완벽할 정도로 평평한 어느 잔디밭 위에 텐트를 쳤다. 1935년 누군가가 이 마을에 기증한 땅이라고 했다. 다른 풀밭이나 들판과 비슷한 점이 있다면 나지막한 관목들이 한 줄로 자라고 있다는 것이었다. 우리는 은색 자작나무 아래 있는 긴 의자 위에 앉아 저 아래 시드머스의 불빛을 내려다보았다. 오소리 한 마리가 조용히 옆을 지나쳐 고사리밭을 지나가는 수많은 갈림길 중 하나를 따라 사라졌다. 며칠 동안 씻지도 못한 사람의 냄새 같은 건 맡지 못한 듯 조용히 사라졌던 녀석은 또 금방 다시 나타나 다른 길을 따라 내려갔다. 그리고 잠시 뒤 저 앞에서 모습을 드러내더니 다시 처음 나타났던 곳으로 되돌아오는 것이었다. 특별하게 아주 동작이 빠른 녀석이거나 아니면 근처에 또 다른 오소리들이 있는 것 같았다. 다음 날 아침에 이슬을 흠뻑 머금은 길을 살펴보니 오소리들이 함께 무리지어 사냥이라도 한 것 같았다. 그렇지만 이렇게 누군가에게 기증을 받은 땅을 통해 야생동물들 그리고 도보 여행자들을 위한 안전한 보금자리가 만들어졌다는 건 참으로 대단한 일이 아닐 수 없었다. 이 근처에서는 어딘가 안전하게 쉴 수 있는 장소가 꼭 필요했기 때문이다.

도싯을 떠나 데번의 남쪽으로 들어서고 나니 절벽 색깔이 붉은색으로 변한 것 말고도 어디든 빈터만 있으면 여행용 트레일러를 위한 주차장이 자리하고 있는 걸 볼 수 있었다. 따라서 야영할 수 있는 장소를 찾는 일은 점점 더 어려워졌다. 해가 질 무렵 버들리 솔터톤을 나섰을 때는 야영할 수 있을 만한 곳을 거의 찾을 수 없을 것 같았다. 길을 따라 걸어가는 동안 결국 해는 완전히 졌고 우리는 높다란 산울타리와 골프장을 알리는 철조망 울타리 사이에 갇히는 신세가 되고 말았다.

"내가 저기 바닷가 쪽으로 내려가야 한다고 했잖아."

"안 돼. 바닷가는 마을과 너무 가깝다고."

"그래도 여기보다는 낫지. 여기는 아무것도 없어."

우리는 언덕 위로 올라갔다. 길은 좁은데 양쪽에는 가시금작화와 들장미가 어깨 높이까지 자라 있었다. 저 멀리 밑으로는 엑스머스의 불빛이 펼쳐져 있었지만, 그 앞으로는 장기판

무늬처럼 얽힌 도로들과 거대한 휴가자용 주차장이며 야영장 등의 시설이 있음을 알려주는 조명이 보였다. 하지만 그 모습은 휴가를 얻어 가보고 싶은 곳이라기보다는 흡사 감옥에 더 가까워 보이기도 했다. 어쨌든 우리에게 도움이 될만한 곳은 없었기에 우리는 결국 철조망 울타리를 넘어 골프장으로 들어갔다. 완벽할 정도로 평평하게 다듬은 부드러운 잔디밭이며 긴 의자 등은 골프장보다는 야영장에 훨씬 더 잘 어울렸다. 밤은 칠흑같이 어두웠고 보이는 건 아래 쪽에서 비춰오는 불빛뿐이었다. 골프장은 내륙 쪽으로 뻗어있었지만, 바다 쪽도 바라보고 있었다. 지금 우리가 서 있는 곳에서 사람 키 정도 아래에 있는, 우리가 걷던 SWCP 사이에는 덤불숲이 솟아 있었기 때문에 아침 일찍 개를 데리고 산책하는 사람들의 시선에서 우리를 가려주기에 안성맞춤인 것처럼 보였다. 사람들이 새벽 골프를 치러 나오기 전에 이곳을 떠날 수만 있다면 아무런 문제도 없을 터였다.

우리는 평소처럼 덜거덕거리는 소리를 내며 텐트를 치려고 했다. 특별히 조용히 할 필요는 전혀 없었다. 우리는 가장 가까이 있는 마을과도 최소한 1.5킬로미터 이상 떨어져 있었고 가시금작화 덤불 어딘가에 집이라도 한 채 숨어 있다면 모르겠지만, 당연히 그럴 일은 없었다. 어쨌든 우리는 지금까지

SWCP를 걸으면서 사람들과는 어떤 문제도 일으킨 적이 없었다. 위험천만한 절벽이며 사람을 물어뜯는 개미 그리고 너무 반가워하며 달려드는 개도 있었지만, 사람들은 아무런 문제가 되지 않았다. 그럼에도 불구하고 늘 그랬듯 덤불숲에서 부스럭거리는 소리가 나자 우리는 불안에 떨 수밖에 없었다. 우리는 조용히 몸을 일으켰고 그 자리에 얼어붙었다. 어쩌면 오소리나 여우가 아닐까. 그런 짐승들은 근처에 얼마든지 있었고 우리에게 전혀 위협이 되지 않았다. 이번에는 부스럭거리는 소리가 몇 미터 왼쪽에서 다시 들려왔고 SWCP가 아니라 덤불숲 안을 지나가는 철조망 주변을 빙빙 돌았다. 혹시 사슴이나 노루일까? 그러니까 머리랑 어깨를 들다가 소리를 냈고 그러다 사라진 것일까? 우리는 가시덤불 아래로 몸을 납작 엎드렸다. 그때 한 남자의 모습이 보였다. 검은색 형체가 철조망에 매달려 골프장 너머를 바라보고 있었다. 아래쪽에서 올라오는 불빛에 푸석푸석한 머리카락이 보였다. 남자가 서 있는 동안은 아무런 소리도 들리지 않았다. 저 남자 혼자라면 좋겠지만, 혹시 다른 사람들이 숨어서 뭔가를 기다리고 있을 수도 있었다. 우리는 계속 몸을 낮춘 채 움직이지 않고 숨소리조차 크게 내지 않으려고 애를 썼다. 남자는 이리저리 움직이다가 오른쪽으로 돌아갔다. 남자는 내륙 쪽을 가로지르는 좁은 길을 따라 가버리는 것일까? 우리는 계속 기다렸다. 영원처럼 느껴지는 시간이 흐르는 동안 더 이상은 웅크리고 있을 수 없을 지경이 되자 우리는 결국 몸을 일으킬 수밖에 없었다. 남자는 깜짝 놀란 듯 우리가 있는 자리에서 2미터 앞에 있는 가시금작화 덤불 속에서 튀어나오더니 이내 뒤로 넘어지고 말았다. 우리는 남자가 비명을 지르고 SWCP를 따라 달려 내려가는 소리를 들었다. 혹시 다시 돌아오지 않을까? 온다면 혼자서 올까? 우리는 감히 텐트를 다 치지도 못한 채 의자 위에 앉아 남자가 동료들과 금방 다시 돌아오리라 생각했다.

한밤중이 되어서야 우리도 포기하고 텐트를 마저 쳤다. 밤 이슬이 맺히면서 춥고 축축했다. 음식을 해먹을 기운도 없어서 우리는 그냥 퍼지바를 먹었다. 그렇지만 미처 제대로 잠이 들기도 전에 저 멀리서 천둥소리 비슷하게 사슴 한 마리가 부스럭거리는 소리가 들려왔다. 그것도 그냥 소리가 아니라 땅을 통해 어떤 울림이 전달되어 오는 그런 느낌이었다. 아까 그 남자가 무슨 군대라도 이끌고 오는 것일까? 우리는 가만히 누워 무슨 목소리라도 들리기를 기다렸지만 아무런 목소리도 들려오지 않았다. 텐트에서 나와 별빛이 빛나는 밤 속으로 나가 보니 작은 배 한 척이 육지 쪽으로 돌아오고 있을 뿐 들리는 소리도 없었고 움직임도 느껴지지 않았다. 배에서 비춰오는 불빛이 절벽을 가로지르며 박자라도 맞추듯 이리저리 흔들렸다.

다음날 아침 6시가 채 되기도 전에 우리는 텐트를 접고 의자 위에 앉아 차를 끓였다. 해가 떠오르자 붉은색 절벽이 고동색으로 짙게 물들었고 골프장 주변도 밝아지기 시작했다. 이슬방울이 이리저리 흩어진 것만 제외하면 누군가 여기서 야영을 했다는 흔적은 어디에서도 찾아볼 수 없었다. 이제 우리는 야영에 대해서는 다 꿰뚫고 있었고 '아무런 흔적도 남기지 않는다'라는 규칙을 지키는 수준도 예술의 경지에 이르렀다. 저 멀리 한 남자가 개를 데리고 골프장을 이리저리 가로지르며 한가롭게 걸어오고 있었다. 그렇지만 그 남자가 오고 있는 방향이 우리 쪽이라는 사실은 분명했다. 마침내 그가 우리 앞에 섰다.

"안녕하세요. 해돋이를 보기에 안성맞춤인 자리지요?"

모스는 평소에 하던 것처럼 친근한 말투로 먼저 말을 걸었다. 남자는 우리를 바라보며 뭐라고 중얼거렸다. 남자가 발걸음을 옮길 때마다 그의 발치에서는 개 두 마리가 이리저리 뛰어다녔다. 분명 남자가 골프장의 잔디가 상한 곳이 없는지 확인을 하고 있었다. 물론 문제는 없었다. 우리는 텐트를 고정했던 말뚝을 치우면서 그 자리에 흙을 그대로 조심스럽게 덮어놓았다.

"그거 다 마시면 갈 거요?"

"물론 그래야지요. 해돋이를 감상하러 잠시 올라온 것뿐이니까요."

남자는 다시 뭐라고 중얼거리며 가버렸다. 그의 하얀 머리가 아침 햇살에 반짝거렸다. 한 번 더 차를 마시기 위한 물이 끓는 동안 우리는 안도의 한숨을 내쉬며 남자의 뒷모습을 바라보았다.

우리는 휴가객들이 몰려 있는 야영장 쪽으로 내려갔다. 그리고 얼마 가지 않아 간밤에 들렸던 소리의 정체를 확실하게 알 수 있었다. 우리가 있었던 곳에서 불과 몇백 미터 떨어진 곳에 크게 흙이 무너져 내린 흔적이 있었다. 붉은 흙이며 돌들이 꽤 넓게 바다 쪽으로 무너져 내렸고 절벽 아랫부분의 바닷물은 이제 붉은색 흙탕물이 되어 부글거리고 있었다. 이렇게 골프장과 그렇게 땅의 일부분이 사라진 걸 보니 골프장과 스트레이트 포인트 사이에 있는 땅 전체도 못지않게 위험해 보였다. 언제 어느 때라도 휴가객들이 모여 있는 곳의 땅이 사라질 수도 있고 또 아까 만났던 머리 하얀 남자 역시 골프장 잔디가 상했는가보다 더 중요한 문제를 고민하게 될 수도 있을 것 같았다.

수없이 늘어서 있는 트레일러와 숙소 사이를 지나 엑스머스로 들어가는 긴 인도를 따라 내려가다 보니 미처 깨닫지 못하는 사이에 우리는 쥐라기 해안을 벗어나 있었다. 우리는 쌀과 참치 통조림 그리고 초콜릿바를 샀고 연락선에 올라타 엑스강을 건너 스타크로스로 향했다. 부둣가를 벗어나고 보니 SWCP는 처음에는 도로를 따라 이어지다가 이내 철로와 관목 숲 지대 그리고 건물들 사이를 이리저리 통과해 지나가고 있었다. 우리는 돌리시 워렌을 돌아다니다가 날이 어두워지기 시작하자 자연 보호 구역에 있는 관광객 안내소 뒤에 텐트를 쳤다.

"지도를 한번 봐. 이렇게 철로며 부둣가 그리고 건물들이 있는 곳들을 앞으로도 48킬로미터는 더 가야해. 그 사이에는 야영을 할 곳이 어디에도 없다고. 그러면 마지막 남은 돈을 다 털어서 기차랑 버스를 타고 브릭섬까지 가는 게 어떨까. 그다음에는 시골이 나오니까 문제없잖아. 이러다가는 어느 집 처마 밑에서 밤을 보내게 될지도 모르는데 굳이 그렇게 할 필요는 없으니까."

모스는 안내서를 다시 이곳저곳 뒤적였다.

나는 골프장에서 제대로 쉬지 못하고 보낸 시간을 생각했고 문득 우리 신경이 더 이상 그런 밤들을 견뎌내지 못할 거라는 사실을 깨달았다.

"그래, 좋아. 내 발로 걸어서 가지 못해 아쉽지만, 그 구간과 포틀랜드섬은 언젠가 다시 돌아와서 걸어가 볼 수 있겠지."

"너무 부담 갖지 마. 우리가 무슨 순례길에 나선 건 아니니까 말이야. 안 그래?"

브릭섬에 도착해 버스에서 내린 우리는 샤크햄 포인트에 있는 바닷가로 다시 빙 돌아갔다. 다시 익숙한 생활로 돌아왔다. 배낭에는 쌀과 국수를 가득 채웠고 주머니에는 30파운드를 챙겼다. 내 코는 다시 빨갛게 달아오르며 허물이 벗겨졌다. 때는 8월이었고 인기가 있는 바닷가는 어디를 가나 사람들로 만원이었다. 플리머스까지 가려면 번화한 마을과 번잡한 부둣가, 부둣가들을 거쳐야 한다. 그리고 적어도 다섯 번은 연락선을 타야 했다. 여기까지 기차며 버스를 타고 오느라 이제는 다음 주까지 연락선 표 말고는 다른 건 꿈도 꿀 수 없었다.

"음, 내 생각을 한번 들어봐. 여행을 다시 시작한 후 지금까지는 그냥 속도에 크게 신경을 쓰지 않았잖아. 그래서 아주 쉽게 쉽게 여기까지 왔고."

모스, 당신이 그렇다면 그런 거겠지.

"그런데 여기서부터 속도를 조금 올리면 어떨까? 할 수 있는 한 빨리 이 구간을 끝내고 연락선을 따라잡는 거야. 앞으로 타야 하는 연락선들 푯값이 얼마나 될지도 모르잖아? 그러니까 최소한 이 구간만 연락선을 안 탄다고 했을 때 먹을 걸 살 돈이 얼마나 남는지 계산할 수 있으니까."

"속도를 조금 올린다니, 얼마나?"

"글쎄. 패디 딜런이 움직였던 속도만큼?"

"당신 그거 농담이지?"

"할 수 있을 거 같은데."

"하지만 당신 몸이 안 좋아지면 무조건 당신 몸부터 챙길 거야."

맨 샌즈, 롱 샌즈, 스카배콤 샌즈, 아이비 코브, 퍼드콤 코브, 켈리스 코브, 뉴펀들랜드 코브. 아, 갈매기들을 빠트리면 섭섭하지. 그리고 밀 베이 코브, 부둣가, 컴퍼스 코브, 콤 포인트, 수면. 텐트를 접을 때쯤 비가 휘몰아쳤고 바다 위 암초인 댄싱 배거스 아래로 파도가 몰아치며 거품이 일고 물방울이 튀었다.

모스가 지도를 살펴보았다.

"오늘은 좀 힘들겠는데. 어때, 당신 괜찮겠어?"

"지금 나보고 괜찮겠냐고 묻는 거야? 몸이 안 좋은 사람은 바로 당신이잖아. 그렇지만 어쨌거나 지금 이건 미친 짓 같아. 연락선을 몇 번 타도 상관없어. 그런 다음 돈이 들어올 때까지 기다리면 아무 문제가 없는 일이잖아."

"그렇게 하면 같은 일만 반복하는 셈이지. 연락선에 돈이 얼마나 들어갈지 모르니까 계속 제대로 먹지도 못할 거고. 한번 해보자고. 분명히 할 수 있을 거야. 플리머스를 지나가면 멋진 바닷가가 있어. 당신이 원하면 거기에서 일주일 정도 쉬어갈 수도 있을 거고."

"그래, 쉬어가면 좋겠지. 그래서 이렇게 계속 걸어가자고?"

계속 걸으면 뭐가 어떻게 된단 말인가? 몸은 더 튼튼해지고 힘이 불끈 솟고 또 마음은 가벼워지고? 나는 그런 일은 감히 바라지도 않았다. 우리가 멈춰서야 할 순간이 올 것이다. 그러면 그때는 모스의 상태가 정말 어떤지 확실하게 알게 되리라.

우리는 슬랩턴 리 자연 보호 구역과 도로 사이에 있는 갈대밭에 자리를 잡고 앉았다. 우리가 앉아 있는 곳은 2.5킬로미터가량 이어지는, 민물호수인 슬랩턴 리와 영국 해협의 바다 사이를 구분해주는 일종의 긴 경계선이었다. 호수 입구에 서 있는 안내판을 보니 이곳에서는 논병아리며 수달 같은 다양한 야생 동물을 찾아볼 수 있다고 했다. 아주 지저분해 보이는 왜가리 한 마리가 힘없이 몸을 흔들며 한 다리로 서 있었고 참새 몇 마리가 갈대밭 위를 어지럽게 날고 있었다. 그렇지만 분명 논병아리나 수달은 어디에도 보이지 않았다. 어쩌면 그런 야생 동물은 자동차들이 끊임없이 지나가는, 조약돌로 쌓아올린 둑 위 도로에서 멀리 떨어진 다른 물가에 모여 살고 있는지도 몰랐다.

비샌즈에서 우리는 잠시 가던 길을 멈추고 어느 선술집 밖에서 상상 속 식사를 즐겨보았다. 한 젊은 남녀가 생선과 샐러드 요리, 껍질이 있는 빵 그리고 크림을 잔뜩 바른 후식 접시들을 늘어놓고 마음껏 먹고 있었다. 스타트 포인트 근처에 이르러 SWCP가 절벽 끄트머리로 좁게 이어지자 우리는 숨을 죽였지만, 이슬비가 걷히고 청명한 저녁이 되자 우리는 포틀랜드섬까지 거슬러 올라가는 길을 모두 볼 수 있었다. 아니, 거의 다 볼 수 있다고 생각했다. 프롤리 포인트에서 우리는 바람이 닿지 않는 움푹 들어간 곳에 텐트를 치고 쌀밥과 참치 통조림을 차렸다.

"비샌즈에서 그 음식들을 실제로 먹을 수 있었다면."

"실제로 눈앞에 음식이 차려졌어도 아마 못 먹었을 걸. 나는 요즘 식욕이 뚝 떨어졌으니까."

"나도 그래. 그저 보기에만 굉장할 뿐이지."

다음날 아침이 되자 어쩌면 식욕이 돌아올지도 모른다는 생각이 들었다. 오늘 가야 할 곳들은 모두 무슨 정육점을 떠올리게 만드는 이름이 붙여져 있었다. 개먼 헤드에서 '개먼'은 돼지고기를 훈제한 것을 가리키는 말이며 햄 스톤의 '햄'은 말 그대로 햄이었다. 게다가 피그 노우즈라는 곳도 있었으니⋯⋯. 그리고 다시 부둣가와 솔콤. 우리는 마을 안을 빠르게 지나쳐갔다. 음식들을 보지 않고 지나가기가 몹시 힘이 들었다. 바위가 많은 볼트 헤드를 돌아다니다가 우리는 마침내 볼트 테일 위에 텐트를 쳤고 플리머스로 향하고 있는 배들의 불빛을 바라보았다.

밴트햄에서 연락선을 타고 강어귀를 건너 빅버리 온 시에 도착할 때쯤 날이 점점 더 달아올랐다. 우리에게서 뿜어져 나오는 분위기는 사실 거의 죽은 짐승에게서 풍기는 냄새랑 어느 정도 비슷했을 것이다. 나무로 만든 작은 연락선에 먼저 타고 있던 한 가족은 우리가 배로 다가가자 배를 모는 선장 쪽으로 주춤주춤 물러났다. 강을 건너는 동안 다른 승객들도 모두 뒤에 있는 선장 쪽으로 몰려가는 바람에 배가 기울어 앞부분이 번쩍 들리기 시작할 정도였다. 우리는 거기서 더 머무르는 걸 포기하고 거의 다 도착했을 무렵 바다로 뛰어들었다. 바싹 말라 있던 내 피부가 차가운 물을 빨아들였다. 켜켜이 쌓여있던 땀과 먼지가 물살에 씻겨나갔다. 우리는 부드러운 물결 위에 둥둥 뜬 채 더러운 냄새가 나지 않을 때까지 헤엄을 치며 빙빙 돌았다. 뭍에 오른 우리는 몸을 말리는 동안 더러운 옷들을 바위틈에 고인 물에 담가두었다. 겨울 동안 제 모습을 되찾았던 머리카락은 그사이 다시 까치집이 되었고, 천천히 각질이 떨어지고 있던 피부 역시 빠르게 바짝 마른 가죽 같은 상태로 돌아가고 있었다. 그 밑에 있는 근육과는 완전히 따로 놀고 있는 것처럼 보일 정도였다.

오후가 되어 날이 시원해지자 우리는 젖은 옷을 배낭에 매달고 다시 길을 나섰다. 상쾌해진 기분에 원기도 회복했다. 날이 어두워지기 시작하자 우리는 비컨 포인트에 멈춰 서서 다트무어의 물결치는 지평선 아래로 해가 떨어지는 모습을 지켜보았다. 그리고 에르메강 어귀를 향해 내려갔다. 강과 맞닿은 바닷물은 빠져나가고 있었지만, 그래도 걸어서 건너기에는 여전히 물이 깊었다. 그래서 우리는 나무 그늘 아래에 앉아서 마지막 남은 쌀로 밥을 지어 먹었다. 어둠이 내려앉자 천천히 달이 떠오르기 시작했고 빠져나가는 바닷물 위로 달빛이 반짝거렸다. 다음날 정오까지 기다렸다가 건너가야 했지만, 우리는 허벅지 깊이까지 오는 강물 속으로 걸어 들어갔다. 그렇게 달빛에 의지해 조심스럽게 앞으로 나아가는데 황갈색의 부엉이 한 마리가 강둑을 따라 서 있는 숲속에서 소리를 질렀다. 우리는 숲 너머에 있는 들판에 텐트를 쳤다. 부엉이는 강둑을 오르내리며 계속 울어댔다.

다음 날 아침은 이리저리 흩뿌리는 빗줄기와 함께 시작되었다. 부드럽게 하늘거리는 것 같은 빗물로 된 커튼이 산들바람을 타고 내 얼굴을 어루만졌다. 우리는 나중에 텐트가 흠뻑 젖는 것을 막기 위해 텐트를 흔들어 물기를 모두 털어낸 다음 접었다. 쏟아지는 이슬비 속을 각자의 생각에 빠져 조용히 걸어가는 동안 우리의 말수는 점점 줄어들었다. 저 앞에 펼쳐져 있는 플리머스가 마치 무슨 장벽처럼 보였다. 우리가 들어가야 할 알 수 없는 미래로 연결되는 거대한 도시의 출입문처럼 느껴졌던 것이다. 플리머스에서 서쪽으로 며칠만 더 가면 폴루안이 기다리고 있으며 그곳이 우리 여정의 종착역이었다. 그리고 두 번 정도 더 타게 될 연락선은 우리 여정의 마지막 구간을 나타내는 상징이라고도 할 수 있었다.

사우스 웨스트 코스트 패스는 지금까지 우리에게 확신과 안도감을 전해주었다. 이 길을 걸으며 우리는 최소한 날이 저물고 나면 내일이 찾아오고 그러면 텐트를 접고 한 걸음 그리고 또 한 걸음을 내디뎌 앞으로 나아가기만 하면 된다는 사실을 알고 있었다. 나는 두려운 기분이 들었다. 그리고 차마 입 밖으로 내어 말은 하지 않았지만, 모스 역시 두려워하고 있다는 사실도 알고 있었다. 낯선 곳에서의 알 수 없는 미래도, 아직 만나보지 못한 사람들과의 관계도 그리고 앞으로 닥칠 경제적 어려움이나 모든 것을 새롭게 시작해야 한다는 현실적인 문제도 두려움의 원인이었지만, 그보다 더 크고 두려운 문제가 있었다. 마침내 이 도보 여행을 그만둘 수밖에 없게 되었을 때, 그러니까 다시 또 살아가기 위해 세상으로 돌아갈 수밖에 없게 되었을 때 모스는 과연 어떻게 될 것인가? 이 질문은 참치 냄새를 맡고 우리를 따라오는 갈매기 떼처럼 계속 우리 주위를 맴돌았다. 우리는 웸버리 위에 텐트를 쳤다. 주변을 돌아다니면서 플리머스 쪽을 바라보고 싶지 않았다.

마운트 배튼에서 우리는 좀 더 현실적인 문제들에 직면하게 되었다. 지금 당장 결정을 해야 할 그런 평범한 문제들이었다. 3파운드를 내고 연락선을 타서 바비칸 쪽으로 건너가야 할까? 그런 다음 다시 8파운드를 내고 멀리 있는 카우샌드까지 갈까 아니면 3파운드로 가까이 있는 마운트 에지쿰까지만 갈까? 그것도 아니면 아예 3파운드를 절약하고 도심을 가로질러 8에서 10킬로미터 정도를 걸은 후 한 번만 연락선을 타고 건너면 여정을 끝낼 수 있는 지점까지 이동할 수 있을까? 카우샌드는 바다 쪽으로 튀어나와 있는 땅에 더 가까이 있었다. 따라서 텐트를 칠 만한 장소를 찾기도 더 쉬웠다. 하지만 비용이 더 들어갔다. 그렇다고 비용을 조금 아껴 저녁에 마운트 에지쿰 공원을 통과하게 된다면 불가피하게 공원 관리인과 마주치게 될 것이며 또 당연히 텐트를 칠 만한 장소를 찾기 위해서는 어둠 속에서 한참을 헤매게 될 것이 분명했다. 연락선을 타지 않고 걸어서 도심을 가로지를 수도 있겠지만, 그러면 우리가 원하는 마지막 연락선이 떠나기 전에 부둣가에 도착하기는 어려울 것 같았다. 그렇게 되면 결국 도심지에서 잘 곳을 찾아야만 하는 것이다. 선택지는 너무 많았고 우리에게 남은 건 15파운드의 돈과 국수 한 봉지 그리고 사탕 반 봉지뿐이었다. 우리는 일단 바비칸으로 간 뒤 연락선을 환승해 마운트 에지쿰까지 가기로 했다. 그리고 환승할 때까지 남는 시간 동안 나머지 9파운드로 다음 이틀을 버틸 수 있도록 먹을거리를 사기로 했다.

우리는 연락선에서 내려 플리머스의 화려하고 부유한 지역을 돌아다녔다. 그러다 마침내 식당이 아니라 그냥 먹을거리를 파는 가게를 발견해 필요한 것들을 사고 다시 부둣가로 돌아왔다. 배가 떠날 때까지는 아직 30분이 남아 있었고 우리는 금속으로 만든 통로에서 다른 사람들과 함께 서서 롤빵과 바나나를 먹었다. 우리가 환승할 연락선이 오지 않았다. 함께 줄을 서서 기다리던 사람들이 웅성거리기 시작했다. 그렇게 더 한참을 기다린 후에야 연락선 한 척이 들어왔고 우리는 모두 그쪽으로 몰려갔다. 그렇지만 선장처럼 보이는 사람은 우리를 배에 태워주지 않았다.

"이 배는 마운트 에지쿰으로 가는 배가 아니에요. 내일이 되어야 다른 배가 올 겁니다."

"뭐라고요? 왜 내일까지 기다려야 하는데요? 우리는 벌써 1시간 넘게 기다렸다고요."

"바닷물이 빠지는 시간을 잘못 계산해서 모래톱 위에 서 있어요. 그 배는 오늘 밤에는 못 움직입니다."

함께 서 있던 다른 사람들은 한참을 다시 버스를 타야 하네, 택시 요금이 얼마네 이렇게 투덜거리며 멀리 사라졌다. 하지만 우리 두 사람은 그냥 흔들리는 통로 위에 우두커니 서 있었다.

"진짜 못 해먹겠네."

"퍼지바 하나 먹을래?"

모스가 이렇게 말하며 배낭 위에 주저앉았다.

"자, 이제 어떻게 하지? 우리가 왜 제대로 된 계획을 한 번도 세운 적이 없는지 이제 알 것 같아. 왜냐하면 언제나 결국에는 다 이런 식이니까."

나는 거의 공황 상태에 빠진 것 같았다. 여기는 내가 있고 싶은 그런 곳이 아니었다.

"그러면 플리머스 관광은 어때? 어차피 할 일도 없으니까."

"사람들이 사는 마을에서 밤을 보내는 일은 절대 없을 거라고 생각했지. 사람들이 너무 많으면 무슨 일이 벌어질지 모르니까."

"그냥 잠깐 한번 둘러보자고. 그러면 몇 시간 정도는 때울 수 있을 거야."

관광객들과 밤마실 나온 사람들이 잔뜩 몰려나와 웃고, 떠들고, 거기에 한잔 술까지 더해져 흥청거리는 바비칸을 나온 우리들은 특별한 목적지 없이 떠돌다가 거리에 가로등이 들어올 때쯤 시내 한복판에 서 있게 되었다. 상점가를 지나치고 나니 대학 건물들 사이를 지나가게 되었다.

"다음 달이면 나도 대학생이 되어 있겠지. 지금은 이렇게 버스를 타기에도 넉넉하지 않은 지갑을 움켜쥐고 그냥 걸어가고 있지만 말이야."

"그래, 당신은 대학생이 될 거야. 그때도 여전히 버스 탈 돈도 부족하겠지만."

어둠이 내려앉자 지하도 아래에 있던 어떤 노숙자가 콘크리트 바닥 위에 종이 상자와 침낭을 깔더니 잘 준비를 했다. 꽤 괜찮은 침낭이었다. 나는 그 노숙자가 어디에서 그런 침낭을 구했는지 궁금했다. 작년에 우리가 쓰던 것보다 훨씬 더 나아 보였지만, 그 남자는 아주 오래전에 집을 나온 것처럼 보였다.

"먹을 것 좀 있어요? 뭐라도 괜찮은데. 오늘 하루 종일 굶어서……."

"미안하지만 우리도 남은 게 없어요."

나는 이미 배낭을 뒤적이고 있는 모스의 마음을 느낄 수 있었다.

"그래도 빵 조금하고 참치 통조림이 하나 남았는데."

"고마워요. 정말 친절하신 분들이구먼."

우리는 지하도 입구를 떠나 다시 뻥 뚫린 길이 있는 곳을 찾아 어느 긴 의자에 앉았다. 그리고 쉬지 않고 움직이는 사람들을 바라보았다. 한 남자가 나타나 반대편에 있는 의자에 앉더니 우리를 뚫어져라 바라보았다. 나는 다른 곳을 보려고 애를 썼지만, 남자는 시선을 돌리지 않았다. 확실히 말하기는 어렵지만, 나이는 사십 대 후반이나 오십 대쯤으로 되어 보였다. 길거리에서 인생을 보내는 사람들과 소파에 편안하게 앉아 텔레비전을 보는 사람들의 시간은 서로 다르게 흐르는 법이다. 누더기가 다 된 작업복 바지, 흔히 볼 수 있는 모자 달린 운동복에 그 위에 걸친 찢어진 플리스 겉옷은 남자의 정체를 어느 정도 짐작할 수 있게 해주었지만, 새것으로 보이는 유명 회사의 야구 모자 때문에 뭐라고 딱 잘라 말할 수는 없었다. 어쩌면 그 남자 역시 우리와 똑같은 생각을 갖고 우리를 바라보고 있는지도 모를 노릇이었다.

"뭐 하는 사람들인지 모르겠네. 여기서 뭐하는 거요?"

남자가 자리에서 일어서더니 길을 건너 이쪽으로 와 우리가 앉아 있는 의자에 앉았다. 나는 약간 겁이 났다. 그리고 왜 겁이 나는지 그 이유를 정확하게 알 수 없었다. 그 두려움이 내가 노숙자가 아니었던 시절을 떠올리며 나온 것이라면 그건 참으로 불합리한 감정이라고도 할 수 있었다. 아니면 그저 우리가 지금 낯선 곳에 와 있고 알지 못하는 사람이 갑자기 다가와 우리를 놀라게 만들었기 때문일까?

"당신들 도보 여행자들인가? 딱 그렇게 보이는데. 하지만 그렇다고 해도 뭔가 다른 사연이 있는 것처럼 보이는 보여. 딱 감이 온다니까."

"그냥 집 없는 여행자들일 뿐입니다. 오늘 밤만 여기서 보낼까 하고요."

모스는 나와는 다르게 전혀 어떤 위협적인 분위기도 느끼지 못하는 것 같았다.

"집 없는 여행자들이라……. 그거 마음에 드네. 그러면 오늘 밤에 그렇게 쓸쓸하게 있을 필요는 없어요. 근처에 우리 같은 사람들이 많거든. 그래, 잠은 어디서 잘 생각이오? 다른 사람 구역을 침범하지 않도록 조심해요. 여기 사람들은 그런 일에 민감하게 반응할 수 있으니까. 내 이름은 콜린이오. 그런데 맥주 한잔 어때요?"

"미안하지만 돈이 한 푼도 없어서."

"돈은 필요 없어요. 나한테 맥주가 있으니까. 좀 드릴까?"

모스가 맥주 깡통을 받아 한 모금 마시고 다시 돌려주었다.

"오늘 딸이 왔다 가는 바람에 말이오. 오늘이 내 생일이라 딸이 와서 맥주랑 이 모자를 주고 가더군. 아주 멋진 모자야."

"가족이 있는데 함께 살지 않는다는 건가요?"

"아니, 그러니까. 그래요. 있을 건 다 있었지. 아내도, 아이들도 그리고 집도. 그런데 갑자기 그냥 다 공중분해가 되어버렸어. 그러니 나는 이제 가족들에게는 골칫덩어리일 뿐이지."

우리는 말없이 앉아 있었다. 여기서 무슨 말을 해야 할까? 남자는 우리에게 삶이 어떻게 그렇게 쉽게 무너질 수 있는지에 대해 굳이 설명할 필요는 없었다. 좀 더 젊어 보이는 남자 하나가 길을 건너 이쪽으로 걸어왔다. 머리에는 빵모자를 깊숙이 눌러쓰고 있었고 몸에는 맞지도 않는 낡은 겉옷을 대강 걸치고 있었다.

"하, 이런. 또 나타났군. 당신들도 쓸데없는 말은 하지 말아요. 어이, 이거 봐 딘! 잘 있었나?"

딘이라는 남자는 좀 더 젊어 보였고 태도가 껄렁껄렁했다. 그렇지만 볼이 움푹 들어간 여윈 얼굴은 그도 사는 게 만만치 않다는 사실을 보여주었다.

"나 없이 벌써 한잔하고 있는 건가?"

"아, 그게 말이지. 오늘이 내 생일이라서 말이야. 이건 생일 선물이라고."

딘은 맥주 깡통을 받아들더니 남은 맥주를 단숨에 다 마셔 버렸다.

"나 말고 낯선 친구들이랑 한잔하고 있었구먼. 그러면 안 되지. 그나저나 여기 이 사람들은 다 뭐야?"

"신경 쓰지 마. 집도 없이 그냥 여행하는 사람들이니까. 그냥 길을 가고 있었던 것뿐이라고. 그렇지?"

"나를 빼놓고 낯선 친구들이랑 한잔하고 있었어? 응? 그런 거야?"

지하도 안에 있던 남자가 종이 상자를 접어 옆구리에 끼고는 지하도 저편으로 걸어서 사라져버렸다. 딘은 얼굴을 일그러트리며 콜린을 계속 다그쳤다. 콜린은 손짓으로 어서 우리에게 이 자리를 떠나라고 말했다.

"거기 당신들, 당장 꺼져. 여기서 왜 얼쩡거리고 있었는지는 모르겠지만 당장 꺼지라고."

우리는 슬금슬금 그 자리를 떠났다. 속으로는 더 빨리 도망치고 싶었다. 우리가 한 50미터쯤 떨어졌을 때도 두 사람은 계속 다투고 있었다.

"콜린이라는 남자를 그냥 내버려 두고 온 게 뭔가 잘못한 거 같은 생각이 드는데."

나는 그 자리를 떠나고 싶었지만, 조금 미안한 마음이 들기도 했다.

"누구의 잘못도 아니야. 콜린이 하는 걸 보면 당신도 알 수 있을 거야. 아마도 매일 밤 저런 식으로 실랑이를 하다 말겠지."

우리는 흥청거리며 밤 시간을 즐기는 사람들 눈에는 안중에도 없는 사람들이었다. 우리는 그렇게 번화가를 빠져나와 어디 조용한 곳을 찾을 수 있기를 바라며 호로 향했다. 그렇지만 골목이든 빈터든 이미 누군가 자리를 다 차지하고 있었다. 사람들은 그렇게 침낭이나 담요로 몸을 감싸거나 혹은 그저 맨몸으로 웅크리고 온기를 잃지 않으려고 애를 쓰고 있었다. 2014년 가을, 플리머스에서 찾아볼 수 있는 무주택 노숙자들의 공식적인 숫자는 열 하고도 셋이었다는데, 그 숫자가 사실이라면 뉴키에서처럼 우리는 그날 밤 공식적으로 기록된 노숙자를 모두 다 만나본 셈이었다.

우리는 스미튼스 타워 옆에 있는 풀밭을 찾아내 가장 구석진 곳으로 가서 깔개와 침낭을 깔았다. 사람들 눈에 금방 뜨일 것 같아서 감히 텐트를 칠 생각도 못 했다. 날은 아직 어두워지지 않았고 거리의 불빛 때문에 이 주변도 계속 환할 것 같았다. 나는 SWCP에서는 한 번도 느껴보지 못했던, 무방비로 노출

되어 있는 듯한 기분을 느꼈다. 야생의 자연 속에서 나는 한 번도 걱정을 하거나 신경이 곤두서 본 적이 없었다. 그렇지만 사람들로 가득한 이곳 도심 지역에서 나는 노숙자가 된 이래 처음으로 두려움을 느끼고 있었다. 사람들의 발소리, 목소리 혹은 심지어 자동차 문을 여닫는 소리에도 깜짝 놀라며 움찔하고 있었다.

날이 밝아오기 시작하자 우리는 침낭을 치우고 밤이 지나갔다는 사실에 안도하며 긴 의자 위에 앉아 물을 끓였다.

"이곳 사람들은 어떻게 저런 식으로 살아갈 수 있지? 사람을 너무 지치게 만들잖아."

"세상살이가 다 그런 것처럼 그냥 익숙해져 있겠지."

날이 훤하게 밝아온 후 텅 빈 거리를 돌아다니다가 우리는 넝마 더미 밑에서 사람들이 하나둘씩 나와 햇살을 받으며 몸을 일으키는 모습을 보았다. 삶이 다시 시작되고 있었다. 이곳에서는 이렇게 똑같은 일과가 매일 반복되고 있으리라.

현금 인출기를 찾은 우리는 걸음을 멈추고 잔액을 확인해보았다. 오늘이 며칠인지 깜빡 기억이 나지 않아 돈이 있을지 없을지 몰랐지만, 다행히도 30파운드를 인출할 수 있었다. 우리는 문을 연 찻집으로 들어가 창가 자리에 앉아 소시지 샌드위치 하나를 시켜 나눠 먹었다. 샌드위치를 먹으면서 이제 막 깨어나기 시작한 도시의 아침 풍경을 바라보았다. 자유분방한 모습의 가게 주인들과 식당 종업원들 사이로 한 남자가 옷에 달린 모자를 뒤집어쓰고 멍이 든 얼굴을 보이지 않도록 가린 채 좁은 거리를 느릿느릿 걸어가고 있었다. 모스는 샌드위치를 하나 더 사더니 포장을 해달라고 했다.

"콜린."

모스가 남자를 향해 이렇게 소리쳤다. 남자는 걸음을 멈추고 머뭇거리며 이쪽을 바라보았다.

"아, 이런. 당신이었군. 내가 보통은 이쪽으로는 안 오는데, 지난밤에 딘이 있었던 곳을 피해서 지나가느라. 딘은 지금 약간 흥분한 상태거든. 흥분하면 눈에 보이는 게 없는 사람이라서 말이야."

"별일 없어요? 꼴이 말이 아닌데. 자, 여기 샌드위치 하나 사왔어요."

"뭐라고? 나를 위해서 샌드위치를? 정말 고마워요. 아, 소시지 샌드위치라. 이거 내가 제일 좋아하는 건데."

"이제 우리는 연락선을 타러 갑니다. 잘 지내요."

"당신들, 집 없는 여행자들도 잘 지내요. 나도 언젠가 한번 그렇게 걸어서 여행을 떠나보고 싶군. 그래, 언젠가는 말이야."

펜리 포인트를 휘몰아쳐 플리머스 사운드로 빠져나가는 강한 바람에 텐트가 덜컹거리며 흔들렸다. 퀸 애들레이드 채플의 돌벽 아래로 돌풍이 몰려와 우리를 완전히 휘감았다. 우리는 접착테이프로 때워놓은 텐트 지지대가 문제를 일으킬지도 모른다는 사실에 좀 더 주의를 기울였어야 했지만, 우리는 플리머스를 떠나온 후 바다가 보이는 절벽 쪽으로 다시 갈 수 있게 된 것이 너무나 기뻤다. 데번을 뒤로 한 우리는 다시 콘월에 들어섰으며 종착역인 폴루안도 그리 멀지 않았다. 우리는 불을 환하게 밝힌 커다란 배 한 척이 플리머스 사운드를 나와 노란색으로 달아오른 바다 위를 떠가는 모습을 바라보고 있었는데 텐트가 펄럭이면서 지지대들이 삐거덕거리는 소리가 들려왔다. 또 다른 삶에서는 우리도 여객선의 승객으로 밤새도록 배를 타고 스페인 북부에 있는 산탄데르를 향해 가고 있었다. 아이들은 아직 어렸고 우리도 삼십 대 초반이었으며 모든 일이 다 척척 맞아떨어지고 있던 때였다. 불빛은 점점 작아지고 희미해지더니 결국 완전히 눈앞에서 사라지고 말았다. 우리의 과거 인생도 그렇게 흘러가버렸으니 이제 우리는 새로운 희망을 품고 서쪽을 향해 눈길을 돌리며 과거는 모두 잊기로 했다.

레임 헤드에 이르니 동쪽과 서쪽 양쪽 바다에서 모두 바람이 불어왔다. 두 바람은 한가운데서 부딪혀 갈매기들을 일단 빠른 속도로 위로 치솟게 만든 다음 다시 아래로 내리꽂았다. 흰 구름이 하나로 뭉쳐 빠르게 흘러갔고 우리 앞에는 푸른 바다와 윗샌드 베이의 끝없는 모래사장이 펼쳐졌다. 이제 이렇게 걸어갈 날도 며칠 남지 않았다. 발걸음을 멈추고 그대로 잠시 쉬게 될 날들이 다가오고 있었다. 새로운 삶을 시작하기 전에 맞이할 고요한 순간이었다. 고사리와 산사나무 그리고 가시금작화가 피어 있는 바위투성이의 언덕배기가 바다 쪽을 향해 가파르게 기울어져 있었고 몇 킬로미터에 걸쳐 길게 이어져 있는 그 언덕 위로는 헛간이며 농가들이 띄엄띄엄 흩어져 있어서 기울어진 경사면과 균형을 이루고 있는 듯 보이기도 했다. 한 나이 든 남자가 우리를 지나쳐 산사나무 숲 사이를 지나가길래 우리는 걸음을 멈추고 한마디 건넸다.

"정말 특이한데요. 헛간이랑 집들이 저런 식으로 퍼져 있는 거 말입니다. 지금까지 길을 걸어오면서 저런 건 한 번도 본 적이 없어요."

"전쟁을 거치면서 사람들에게 불하된 땅이라오. 근처에 사는 농부들이 헐값에 땅을 빌렸고 그후 사람들이 모여들어서 절벽 쪽에 있는 땅을 다져서 그 위에 오두막을 짓고 텐트도 쳤지. 2차 세계대전이 끝나니까 이번에는 플리머스 폭격으로 집을 잃은 사람들이 몰려들더구먼. 그때 우리 가족도 이곳으로 와서 그냥 머물게 된 거요. 다들 그렇게 되지 않나? 오랜 세월 동안 대를 이어가며 살다 보니 그대로 정착하게 된 거지. 지금은 땅이 지역 정부 소유가 되었고 처음에는 우리를 내치려고 했지만, 결국 거주권에 대한 우리 주장이 받아들여졌지. 물론 임대료는 훨씬 더 올랐지만 말이야. 어쨌든 요즘은 다른 곳들이랑 마찬가지로 저기 있는 집들이 거의 대부분 휴가철에 관광객들에게 빌려주는 뭐 그런 집들이 되었어."

사우스 웨스트 코스트 패스는 덤불숲을 통과해 계속 구불구불 이어졌고 우리는 그 길을 따라 바닷가로 내려갈 수 있었다. 바닷가에 도착한 우리는 바위 위에 배낭을 내려놓았다. 우리 뒤로는 절벽이 높이 솟아 있었고 서쪽으로는 모래사장이 끝없이 펼쳐져 있었다. 그리고 창백한 푸른 바다가 하얀색 거품으로 부서지면서 다른 소리는 하나도 들리지 않을 정도였다. 아이슬란드의 작가 토르베르그 토르다손이 이런 말을 했던가.

파도가 높아지면 바다도 묵직하고, 깊고, 어둡고, 흐릿하게 온갖 종류의 소리를 끊임없이 만들어내며 포효한다. 그러다 그 소리가 절정에 달하면 우리는 바로 우리 발밑 가장 깊은 곳에서도 무엇인가가 치밀어 오르고 있음을 느낄 수 있다.

우리가 서 있는 곳도 토르다손이 이야기한 아이슬란드의 바다처럼 북반구를 끊임없이 휘감는 똑같은 바다가 큰 소리로 포효하며 우리 발밑을 흔들어대고 있었다.

"바닷물이 밀려와도 괜찮은, 높은 지대를 찾아보자. 서쪽이 괜찮아 보이는데."

바다가 내지르는 소리를 이겨보려 한들 아무 소용없는 일이라 우리는 그저 말없이 모래사장 위를 걸어갔다. 나는 머릿속으로 절벽 위에 서 있던 건물들과 이곳으로 와 바다를 바라보았을 가족들을 떠올려보았다. 전쟁으로 모든 것을 잃고 나무들을 주워 모아 다시 살 곳을 짓고 새로운 인생을 시작한 사람들이었다. 사람들에게는 각자 자신들만의 공간이 필요하다는 사실을 이해하지 못하는 사람이 세상에는 왜 이리 많을까. 우리가 인생의 위기를 겪고 나서야 노숙자들의 어려움을 이해하게 된 것처럼 사람들에게도 어떤 계기가 필요한 것일까. 전쟁터에서라도 탈출을 한 사람들이어야 인정을 받을 수 있을까. 우리는 확실한 이유나 근거가 있다고 인정할 때만 그런 사람들에게 반응을 보이는 것일까. 영국의 노숙자들도 난민 수용소에 모여 있거나 아니면 조각배를 타고 바다를 떠돌며 사투를 벌인다면 어쩌면 다른 사람들도 두 손 들어 환영해줄지도 모른다. 그렇지만 우리 조국인 영국의 노숙자들은 이런 경우와 다르다. 우리는 노숙자들이 겪는 어려움은 모두 스스로 자초한 일이며 실제로 그 숫자도 그리 많지 않다고 생각하고 싶어 한다. 그렇지만 영국에서는 살 집이 없는 가구 수가 28만 이상 되지만 그중에서 알코올이나 약물 중독 같은 이유로 그런 상태에 이르게 된 경우는 극히 드물다고 한다. 만일 그 사람들이, 아니 우리 모두가 남녀노소 할 것 없이 마음을 하나로 모은다면 어느 가게 처마 밑에 홀로 서 있는 한 남자를, 비록 그가 일종의 탈출 수단이 되어주는 어떤 것에 중독이 되어 있다 하더라도 그 남자를 완전히 다른 시각으로 보게 되지 않을까. 그렇다면 우리는 어떻게 변할 수 있을까? 노숙자 가정의 수는 여전히 28만일까, 아니면 더 늘어나거나 줄어들 수 있을까? 서구 문명의 난민들, 항구를 찾지 못해 배를 타고 떠돌며 제대로 된 인생을 살지 못하는 사람들의 정확한 숫자는 누구도 알지 못한다.

"행정당국이 콜린에게 그 절벽 위 땅을 조금 주면 어떨까 상상해봤어."

"우리에게 주면 뭘 할 수 있을까."

"나는 절벽 위 바다가 보이는 곳에 작은 집을 지을 거야. 나라면 그곳에 영원히 살 수 있을 것 같아."

바닷물이 끝까지 밀려와도 안전한 지점이 어디쯤일지는 정확히 알아보기가 힘들었다. 여기저기 흩어져 있는 쓰레기들을 봤을 때 이곳의 바다는 잠시 숨을 고를 때를 제외하고는 준비만 되었다 하면 바로 육지로 들이닥치는 것 같았다. 우리는 바다를 마주 보고 있는 작은 바위를 기어 올라갔고 그 위에서 덤불숲 안에 있는 그럭저럭 평평한 땅을 발견했다. 우리는 영국해협 건너편이 바라다보이는 곳에 텐트를 치고 깊이 숨을 들이마셨다.

날이 밝아오자 우리는 바닷가로 내려가 바닷가가 끝나는 지점까지 걸어갔다가 다시 돌아왔다. 바닷물이 완전히 빠져나갔을 때 우리는 먹을 만한 해초를 찾아다녔다. 그렇게 찾아낸 작은 조각들을 국수에 더했더니 거품이 이는 녹색의 미끈거리는 음식이 탄생했다. 하지만 아무리 해도 맛이 제대로 나지 않아 거기에 다시 통조림 참치와 바위에서 따온 조개를 몽땅 집어넣고 다시 끓였다. 검은머리물떼새들이 평평한 모래사장으로 모여들어 이리저리 뛰며 춤을 추는 듯한 그 발놀림에 맞춰 머리를 까딱거렸다. 우리는 거품을 내며 밀려드는 파도 속으로 뛰어들어 헤엄을 쳤고 파도의 움직임에 함께 몸을 맡겼다. 이 소금물은 어쩌면 아이슬란드나 스페인 혹은 미국의 바닷가를 적셨는지도 모르며 수천 킬로미터를 여행했을 수도, 아니면 그저 몇 킬로미터만 흘러왔을 수도 있었다. 우리는 뜨거운 모래사장에 등을 대고 누워 일광욕을 했다. 소금에 한바탕 절인 다음 잘 말린 셈이었다. 시간이 흘러 녹색 지붕의 텐트 안으로 들어와 어둠 속에 있자니 모스의 손이 내 허벅지를 더듬는 것이 느껴졌다. 그리고 그 손길과 함께 예전에는 늘 존재하고 있었던 바로 그 뜨거운 욕망의 기운도 느껴졌다. 사방이 고요해지면서 모든 움직임이 다 멈췄다. 나 역시 움직이지 않았다. 나는 도저히 만족할 수 없는 욕구에 불을 지피게 될까 두려웠다. 아니면 내가 영원히 떨쳐버릴 수 없는 희망을 완전히 잃게 될까 두려웠는지도 모른다. 모스는 아주 오랫동안 머뭇거리며 뜨거운 손으로 차갑게 식은 내 몸을 어루만졌다. 대답 없는 질문 속에 우리 사이에는 그렇게 긴 시간이 흘러갔다.

며칠이 흘렀다. 남서쪽으로부터 흰 뭉게구름이 몰려왔다가 내륙 쪽으로 사라졌다. 바람의 방향도 이리저리 바뀌었다. 서쪽에서는 축축하고 가벼운 바람이, 동쪽에서는 시원하고 건조한 바람이 불어왔다. 북서쪽에서 불어오는 더 차가운 바람은 계절이 바뀔 조짐을 알려주었다. 하지만 남쪽에서 부드러운 바람이 불어오면서 여름이 아직 완전히 끝나지 않았다는 사실을 일깨워주기도 했다. 바닷가에 있는 다른 바위 사이에 덜 울퉁불퉁하고 그나마 평평한 바위가 있어 그 위로 열기가 반사되었다. 우리는 젖은 옷을 그 위에 펼쳐 놓고 스토브를 설치했다. 조개 위에 달걀 하나를 깨 넣어 기름에 부쳐보려 했지만, 잘되지 않아 결국 모래를 골라내며 그냥 다 휘저어버렸다.

우리는 바위 위에 드러누웠다. 몸이 갈색 가죽처럼 바짝 말라갔다. 14개월 전만 해도 힘없이 늘어져 있던 연약하고 창백했던 우리의 몸은 이제 군살 하나 없이 햇볕에 탄 몸이 되었으며 영원히 되찾을 수 없을 거라고 생각했던 탄탄한 근육까지 붙어 있었다. 머리카락은 형편없이 상해 있었으며 손톱은 부러졌고 옷은 올이 다 드러나 보일 정도로 닳았지만, 우리는 여전히 살아 있었다. 그저 삶과 죽음 사이에서 시간만 죽이며 지내는 것이 아니라 일분일초가 지나가는 것을 잘 알고 그렇게 시간의 흐름 속에서 함께 움직이고 있었다. 바위는 점점 기울어가는 태양을 따라 그대로 열기를 전달해주었고 바닷물이 들락날락할 때마다 갈매기들은 각자 다른 소리로 울어댔다. 내 손은 시간이 갈수록 주름이 더해졌고 허벅지는 먼 길을 걸으며 새로운 모습으로 변했다. 그렇지만 모스가 나를 끌어안고 한 치의 머뭇거림도 없이 분명한 열정으로 서둘러 내게 입술을 가져다 댔을 때 갑자기 시간이 거꾸로 흘러갔다. 나는 19년의 세월을 거슬러 올라가 모스의 집으로 향하는 버스 정류장에 서 있었다. 그의 집에 부모님이 안 계신다는 사실은 이미 알고 있었다. 나는 보이지 않는 곳에서 순식간에 자라버린 갓난쟁이들의 엄마였다. 우리는 우리였고, 우리가 살아간 일분일초도 우리였고, 온갖 경험을 넣어 푹 끓인 인생이 바로 우리였다. 우리는 우리가 되기 원했던 모든 것이었으며 동시에 우리가 원하지 않았던 모든 것이기도 했다. 그리고 우리는 자유로웠다. 원하든 원하지 않든 그 모든 것들로부터 자유로웠고 그런 것들 때문에 더 강해질 수 있었다. 오랫동안 염원하던 모습 위에 새로운 모습이 덧씌워졌다. 인생도 기다릴 수 있고 시간도 기다릴 수 있으며 죽음도 기다릴 수 있다. 영겁의 시간 속에 지나가는 지금의 일분일초를 우리는 단 한 번, 오직 단 한 번밖에 살 수 없다. 나는 집에 와 있었다. 더 이상 아무것도 필요하지 않았다. 모스가 바로 나의 집이었다.

　며칠이 또 흘렀다. 성이 잔뜩 난 듯한 서쪽의 자줏빛 구름에
서부터 묵직하게 비가 휘몰아쳤다. 바다 저편에서는 번개가
마구 춤을 추었다. 남쪽에서는 무거운 회색 하늘에서 내려오
는 부드럽고 축축한 기운 속에서 가볍게 비가 흩뿌려졌다. 끝
없이 이어지는 빛줄기들이 칠흑같이 어두운 밤하늘을 밝혔다.
늦여름, 또 다른 세상에서 내려오는 무수히 많은 별똥별이 반
짝거렸다. 우리는 비가 내린 후 바위틈 사이로 흘러내리는 물
을 모아 마음껏 마시며 목구멍과 피부에 말라붙었던 소금기를
씻어냈다. 검은색의 큼지막한 쇠똥구리들이 풀 위를 종종걸음
으로 맴돌았고 흔히 볼 수 있는 파란색 나비들이 머리 위를 떠
돌았다. 구름이 걷히고 해가 다시 고개를 내밀자 습기가 없는
기분 좋은 온기를 다시 느낄 수 있었다. 모스가 이렇게 너무 오
래 쉬어서는 안 된다는 사실을 항상 의식하고 있는 우리는 며
칠 동안 수영과 걷기를 반복했지만, 그래도 충분히 휴식을 취
한 것 같은 기분이 들었다. 더 강해지고 더 편안해진 우리는 매
일 저 바다 끄트머리까지 조금씩 더 멀리 걸어갔다. 어떤 사람
이 매일 두 차례씩 개를 데리고 산책을 나와서는 저 위쪽에 있
는 SWCP에서 우리를 빤히 내려다보았다. 우리는 그곳에 일

주일이 넘게 머물렀다. 가져왔던 먹을거리가 다 떨어졌고 조개들도 자취를 감추었다. 이제 떠날 시간이 되었다.

　SWCP가 도로를 따라 완만하게 이어지다 끊어지기를 반복했다. 그러다 우리는 트리겐틀 요새에 도착했다. 19세기에 프랑스에 대항하기 위해 세워진 이 요새는 제2차 세계대전 중에는 화학 무기 관련 전술 훈련소로 사용되기도 했다. 병사들에게 적군의 독가스 공격에 대비하는 훈련을 시킨 것이다. 우리는 수정처럼 맑은 공기를 깊이 들이마시며 계속 걸었다. 전쟁을 겪지 않았다는 사실에 그 어느 때보다도 더 감사하는 마음이 들었다. 포트링클이라는 이름의 작은 마을 너머로 절벽들이 더 가팔라지고 험준해졌다. 거기에 덤불숲까지 무성해져 그야말로 더 콘월다워진 모습이었다. 가시금작화들을 뚫고 지나가 망가진 울타리를 넘자 바람이 강해지면서 구름이 두텁게 몰려들기 시작했다. 우리는 아마도 절벽 위에서 가장 높고 사방이 확 트인 것처럼 보이는 곳에서 그럭저럭 평평한 땅을 찾아냈다. 사방에서 바람이 불어오는 이런 상황에서는 아무리 애를 써도 텐트를 제대로 칠 수가 없었다. 돌풍과 함께 비까지 뿌리기 시작하자 우리는 기도를 하며 몸을 웅크렸다. 귀가 먹먹해질 만큼 무서운 자연의 위력 앞에 얄팍한 천과 접착테이프로 때운 텐트 지지대가 사정없이 흔들리기 시작했다. 우리는 잠 한숨 제대로 자지 못하고 언제 지지대가 부러져나가 텐트가 이리저리 뒤틀리게 될지 전전긍긍했다. 그렇지만 텐트는 버텨냈고 동틀 무렵 바람이 잦아들면서 우리도 겨우 잠이 들었다. 잠에서 깨보니 흘러가는 구름 사이로 해가 밝게 빛나고 있었다. 지난밤 폭풍우 속에서 텐트는 실컷 두들겨 맞고 흔들리고 휘어지기까지 했지만, 결국 어디가 부러지거나 찢겨나가지 않았다.

우리는 바닷가에서 육지 쪽으로 들어와 있는 푸른색, 초록색 그리고 검은색의 여러 땅을 차례차례 스치듯 지나갔다. 이 콘월의 색조와 항상 조화를 이루고 있는 건 검은색 절벽 밑으로 밀려드는 하얀색 파도였다. 절벽이 끝나는 지점이 우리 눈에도 거의 보일 정도로 아주 가까워졌다. 이제 머지않아 우리는 펜캐로우 헤드에 다시 도착하게 된다. 그런 다음에는 학생 부부가 머물 수 있는 숙소 찾는 일을 시작해야만 하겠지. 그동안 형편없이 떨어져버린 우리 신용 등급에 상관없이 학생 자격이 된 것만으로 신용 보증과 관련된 여러 문제를 해결할 수 있을까. 해결할 수 없을 때는 어떻게 해야 하나.

길이 저 아래 루로 이어졌다. 루는 한 가운데로 흐르는 강을 중심으로 세워진 어촌 마을로 좁은 거리에는 관광객이 가득했다. 관광버스를 타고 몰려온 나이 든 여자들이며 아이스크림을 달라고 울어대는 아이들 사이를 억지로 지나가려니 여간 어색한 게 아니었다. 사람들을 피해 샛길로 들어선 우리는 막다른 골목을 만났고 거기에는 탁자가 세 개뿐인 작은 찻집이 하나 있었다. 붉은 머리의 폴란드 출신 여종업원이 찻주전자 하나와 잔 두 개를 가져다주었다.

"두 분 나이에 비해 배낭이 무척 무거워 보이네요. 어디 가는 길이세요?"

"사우스 웨스트 코스트 패스 서쪽이요."

"그러면 어느 쪽에서 오신 건가요? 도보 여행하는 사람들 중에서 여기를 지나가는 사람들 대부분은 시턴에서 온다고 하는데, 그쪽도 시턴에서 오신 건가요?"

모스는 눈을 치켜뜨고 주변을 둘러보았다. 동쪽으로 6킬로미터 정도 너머에 있는 시턴을 말하는 것일까, 아니면 남해안에 있는 다른 많은 시턴들 중 한 곳을 말하는 것일까.

"우리는 시턴이 아니라 도싯에 있는 풀에서 왔어요."

"하지만 거기는 너무 먼 곳인데요."

"그렇지요. 중간에 데번까지 거쳐서 왔으니까요."

"그러면 잠은 민박이나 여관에서 자나요?"

"둘 다 아니고요. 그냥 텐트를 치고 야영을 합니다."

"이야, 그거 내가 들어 본 이야기 중에 최고네요. 그러니까 두 분은 그 정도 나이인데도 그 먼 길을 계속 걸어왔다는 거네요. 친구에게 꼭 알려줘야겠어요. 그 친구도 항상 그런 여행이나 모험을 하고 싶어 하는데 돈이 한 푼도 없거든요. 하지만 이제 이 이야기를 해줘야겠네요. 나이 많은 사람들도 텐트에서 먹고 자며 걸어서 먼 길을 왔다고요. 그러면 뭔가 큰 격려가 될지도 몰라요."

"그렇게 나이를 많이 먹은 건 아닌데."

우리는 마을을 벗어났다. 여전히 더럽고 누추한 모습이었지만, 기분은 묘하게 더 밝아졌다. 큰 격려가 될지도 모른다고? 생각만 해도 참 훈훈한 일이 아닌가. 길 건너편에서 한 젊은 여자가 우리를 향해 손을 흔들더니 이쪽으로 건너왔다. 그녀의 빨간 머리가 갑자기 불어온 강한 바람에 마구 흔들렸다.

"친구가 전화했어요. 당장 와서 배낭여행을 하는 나이 든 사람들을 만나보라고요. 그런데 정말 텐트에서 먹고 자고 하는 건가요? 그런 식으로 얼마나 오래 여행하고 있는 건가요?"

이 여자와 친구인 찻집 여종업원은 분명 같은 염색약을 썼음에 틀림없었다.

"이번에는 풀에서부터 왔는데 작년에는 마인헤드에서 폴루안까지 걸었습니다. 이제 하루나 이틀이면 사우스 웨스트 코스트 패스를 완주하게 되는 거예요."

"그 길 전체를요? 그런데 전부 몇 킬로미터나 되는데요?"

"1,000킬로미터가 넘어요. 그렇지만 그중에 65킬로미터는 건너뛰었거든요. 언젠가는 다시 돌아와 그 남은 65킬로미터도 마저 걷게 되겠지만 올해는 여기까지만 하려고요."

"정말 대단하세요. 나도 그렇게 인생의 전환점이 될 것 같은 큰일을 한번 저지르고 싶은데, 겁이 나서 움츠러들어요."

"겁이 난다고요? 하지만 이렇게 용감하게 남의 나라까지 일을 하러 왔잖아요. 도보 여행을 하는 건 거기에 비교하면 아무것도 아니에요."

"하지만 폴란드에서 영국으로 올 때는 여럿이서 단체로 온 거고, 그것도 1년 기한을 정하고 계획을 세워 온 거라서요. 하지만 그쪽에서 하고 있는 건 모험, 탐험, 시련 뭐 그런 거잖아요. 나도 그런 걸 해보고 싶거든요. 나는 내가 어디까지 할 수 있는지 알고 싶어요. 영국에서 일하는 걸로는 내가 원하는 걸 얻을 수 없었으니까. 나는 뭔가, 그러니까 뭔가 다른 내면의 변화 같은 게 필요하다고요."

"그러면 꼭 한번 해봐야겠네요. 삶에 대한 어떤 의문이 생긴다면 반드시 답을 찾아야 하는 거니까요. 그러니 고향에 돌아가기 전에 꼭 해보세요."

"그럴게요. 그렇게 할게요. 그리고 그때가 되면 꼭 당신들 생각을 할 거예요. 나이 든 배낭여행자들을요."

끝이 없어 보이는 계단 위로 SWCP가 가파르게 이어졌다. 위로 올라갈수록 푸른 경관이 드넓게 펼쳐졌다. 바다 쪽으로는 포트네이들러 베이를 가로질러 세인트 조지섬과 그 너머까지 보일 정도였다. 우리는 절벽 꼭대기에 앉아 거칠게 숨을 몰아쉬었다.

"우리가 정말 늙어가는 걸까? 나이 들어 힘들겠다는 말을 도대체 지금까지 몇 번이나 들었는지 모르겠어."

나는 손가락으로 머리를 쓸어내리려 했지만 엉킨 머리카락은 좀처럼 말을 듣지 않았다.

"글쎄. 어쨌거나 뭐 젊은 건 아니니까. 안 그래? 그러니까 산소도 더 필요하고 말이야."

"그런 말이 아니라는 거 알잖아."

"아니, 그러니까 우리가 늙어간들 뭐 누가 상관이나 하겠냐고. 어쨌거나 지금까지 살아왔으니까 그만큼 나이가 들었겠지. 그건 그렇고, '삶에 대한 어떤 의문이 생긴다면 반드시 답을 찾아야 하는 거다'라는 건 무슨 엉뚱한 소리야?"

"그건 엉뚱한 소리가 아니지. 우리를 생각해봐. 만일 우리가 이 일을 하지 않았다면 모르는 부분이 영원히 남아 있었겠지. 우리도 몰랐던 역량이나 미처 찾아내지 못했던 그런 우리의 일부분 말이야. 우리가 재판을 했을 때도 마찬가지였어. 그때 우리가 직접 나서서 변론을 하지 않았으면 뭐가 어떻게 돌아가는지도 전혀 몰랐을 거야. 비록 재판에서는 졌지만, 그래도 최소한 우리 손으로 진실을 증명했고 지금은 그때 우리가 할 수 있는 최선을 다했다는 사실 정도는 알게 되었잖아. 그렇다고 해서 결과는 바뀌지 않지만, 그래도 아무런 후회도 없어. 우리가 이 사우스 웨스트 코스트 패스를 걷지 않았더라면 지금쯤 임대 주택이나 기다리면서 모든 걸 포기하고 세상을 등지고 있었겠지. 그리고 당신 몸이 얼마나 더 나빠졌을지도 모르잖아? 그저 차나 홀짝이면서 화내고 억울해하고 '다 무슨 상관이야' 뭐 이렇게 중얼거리고 있었을지도 모르고. 아니 어쩌면 모든 걸 다 포기하고 그냥 길거리에 나앉게 되었을지도 몰라. 그 콜린이라는 남자처럼. 자기 인생에 관한 의문의 해답을 찾지 않고 평생 그렇게 보내는 사람들이 얼마나 많을까. 나는 누구인가? 내 안에는 어떤 것들이 들어 있나? 큰 가능성이 있는데 가만 있는다면 그거야말로 인생의 낭비지."

"그래. 좋아요, 선생님. 제가 농담을 좀 했습니다."

"그런데 나도 머리를 빨갛게 한번 물들여볼까? 당신은 어떻게 생각해?"

"그건 제발 참아주시죠."

바다 쪽으로 튀어나와 있는 땅이 완만하게 이어졌다. 오후 중반쯤 되자 시원한 공기가 밀려들었다. 비가 올 것 같은 습기 찬 공기가 아니더라도 지금은 8월도 하순이다. 계절이 바뀌는 걸 알려주는 부드럽고 시원한 공기였다. 또 이슬이 내리는 밤과 거미줄 가득한 아침이 다가온다는 신호이기도 했다. 이 여정의 끝도 가까워지고 있었다. 이제 불과 하루 정도면 다 끝나지 않을까. 모스는 3주 안에 대학 공부를 시작하게 되겠지. 그리고 우리는 대학 근처 어딘가에서 같이 지낼만한 방을 찾아야 할 터였다. 비록 옆방을 가득 채우고 있는 어린 학생들 때문에 내가 어딘지 모르게 위축되는 일도 있겠지만 말이다. 나는 이미 그 시절을 거쳤고 어린 학생들도 언젠가는 자라겠지만. 그것 말고 유일한 다른 대안이 있다면 아마 야영장에서의 장기 거주 정도일 것이다. 물론 그 야영장은 겨울에도 계속 화장실을 개방하고 있어야만 했다. 나는 그 문제에 대해서는 더 이상 생각하지 않으려 했지만 나도 모르게 패디 딜런의 책을 꺼내 이제는 너무나 친숙해진 표지를 손으로 쓰다듬었다. 마인헤드에서 폴루안까지의 부분, 그리고 풀에서 루까지의 부분은 각각 따로 고무줄로 표시가 되어 있었다. 그러고 보니 우리가 앞으로 가야 할 부분은 책에서 고작 두 쪽 남짓 정도만 남았다. 이제 정말 얼마 지나지 않아 《사우스 웨스트 코스트 패스》

에 따로 표시 같은 걸 할 필요는 없게 되리라. 이 여정이 끝나면 우리는 그 앞에 무엇이 있든 새로운 미래를 향해 나아갈 수밖에 없다.

내리막길로 이어지는 모든 길이 다 그랬던 것처럼 톨랜드베이로 내려가는 길 역시 험하고 가팔랐다. 길은 어느 찻집 앞에 있는 의자들 사이를 지나 관광객용 유료 주차장 끄트머리로 빙 둘러 이어졌다. 우리는 배낭을 내려놓고 티백 하나를 꺼내 이번에도 공짜로 얻은 뜨거운 물에 담갔다.

"제기랄. 망할 놈의 차가 또 안 움직여요."

몸집이 작고 예민하게 보이는 한 여자가 강한 북부 억양으로 이렇게 말하며 우리 옆 의자에 앉았다.

"수리한 지 얼마 되지도 않았는데 또 고장이 나다니…… 이렇게 생전 처음 보는 낯선 곳에만 오면 꼭 이렇다니까요. 아, 실례했어요. 그런데 트레일러 야영장에서 오시는 분들은 아닌가 봐요?"

"아, 네. 그냥 사우스 웨스트 코스트 패스를 여행 중입니다."

"아, 그렇군요. 배낭을 보고 알아봤어야 하는데. 그나저나 이제 해가 금방 짧아지겠어요. 지금은 어디로 가시는 중인가요? 곧 집으로 돌아가실 계획 아닌가요? 요즘 같은 철에 그렇게 계속 걸어가실 건 아닌 것 같고."

"일단은 그냥 서쪽으로 가고 있어요. 그리고 사실 우리는 돌아갈 집이 없습니다."

모스는 이제 여행을 위해 집을 팔았다는 식의 이야기는 하지 않았고 누구든 물어보는 사람에게 사실을 이야기하면서 상대방의 반응을 은근히 즐기고 있었다. 나는 배낭끈을 졸라매고 그만 떠날 채비를 했다. 모스가 사람들에게 우리가 노숙자 신세라고 이야기를 하고 나면 바로 그 자리를 떠나는 게 보통이었다. 대개의 경우 사람들이 바로 불편한 기색을 비쳤기 때문에 그렇게 그 자리를 비켜 주는 게 더 좋았다.

"그러니까 정말 노숙자라는 말이군요?"

"네. 노숙자 맞습니다."

나는 그 자리를 떠나기 위해 배낭을 짊어지고 자리에서 일어섰다.

그런데 놀랍게도 여자는 별로 놀라는 것 같지 않았다.

"그러면 찻집 안으로 들어가요. 밖은 좀 쌀쌀하네요. 커피 정도는 낼 테니 그동안의 이야기를 좀 들려주세요."

"차가 망가졌다면서요?"

"그 빌어먹을 차는 지긋지긋해요. 그냥 택시나 잡아타야지."

찻집 안은 따뜻했고 해초와 달착지근한 칠리소스 냄새가 가득했다. 또 해초가 널려있는 모래사장 너머 바다 경치가 아주 잘 보였다. 뜨거운 커피 잔을 마주한 모스는 텐트 안에서 보냈던 황금빛 여름과 야생의 자연 속에서 살았던 두 사람 앞에 펼쳐진 사계절에 대한 이야기들을 늘어놓았다. 문명 세계를 따라 이어져 있지만, 마치 전혀 다른 차원에 존재하고 있는 것 같은 좁다란 길에 대한 이야기도 했다. 안나라는 이름의 그 여자는 모스의 그런 이야기에 사람들이 언제나 그렇듯 완전히 홀딱 빠진 것처럼 보였다. 모스는 거기에 더해 《베오울프》까지 꺼내 읽을 기세였다.

"그런데 이제 여름도 끝나가잖아요. 그러면 어디로 가는 건가요?"

"이제 여행도 그만둬야겠지요. 다음 달이면 대학생이 됩니다. 그래서 머물 만한 곳을 찾아야 해요."

"뭐라고요? 대학생? 당신 나이에?"

"나도 내가 늦깎이라는 걸 잘 압니다. 하지만 새로운 계기가 되기를 바라고 있습니다."

"그렇게 나이 든 학생들도 학생 융자를 얻을 수 있나요?"

"되더라고요. 융자를 다 갚기도 전에 저세상에 가게 될지도 모르지만."

안나는 잠시 아무런 말도 하지 않으며 모스와 바를 차례대로 바라보더니 다시 입을 열었다.

"저기요, 내가 폴루안에 집을 하나 세주고 있는데 지금 살고 있는 사람이 내일 나간다고 하거든요. 그런데 아직 다음에 들어올 사람이 없는 상태예요. 그 사람이 완전히 나가고 나면 그 다음에 부동산에 광고를 내려고 하는데."

내 옆에 앉아 있던 모스가 갑자기 숨도 쉬지 않는 것처럼 조용해졌다.

"괜찮으면 그 집 어떻겠어요? 물론 두 사람 마음에 먼저 들어야겠지만, 조건은 완벽한 것 같거든요. 문 앞에 바로 그 사우스 웨스트 코스트 패스도 지나가고요."

이게 지금 꿈인가 생시인가? 실제로 이런 일이 일어날 수 있는 걸까? 우리는 말없이 그저 숨만 계속 몰아쉬었다.

"그러니까 지금 우리 사정을 다 듣고 나서도 집을 빌려주겠다는 건가요?"

"그야 물론이지요. 대학생이 되면 학생 융자든 보조금이든 뭐든 돈을 융통할 수 있을 테니 내 생각에 집세는 충분히 감당할 수 있을 것 같은데요. 집도 아주 작아서 집세도 그리 비싸지 않아요."

"정말 진심이세요?"

"네, 그래요."

안나가 웃으며 말했다.

"두 사람이 마음에 들어서요. 그러니 안 될 것도 없지요."

택시가 도착하자 안나는 손을 흔들며 찻집을 나섰다.

"그러면 내일 밤에 봐요."

우리는 주소가 적힌 종이를 움켜쥐었다. 이제 우리 집이 될 곳의 주소였다.

좋은 일이 주는 충격은 나쁜 일이 주는 충격 못지않게 엄청나다. 우리는 무슨 말을 해야 할지 모르는 얼굴로 그저 서로 바라보기만 했다. 입을 여는 순간 꿈에서 깨어나 현실 세계로 돌아올 것만 같았다. 그런 다음 우리는 찻집을 박차고 나와 해초가 깔린 바닷가에서 소리를 지르며 펄쩍펄쩍 뛰었다. 남아메리카 출신인 것 같은 찻집의 젊은 주인도 밖으로 나와 우리와 함께 어울렸고 우리는 셋이서 아이들처럼 빙빙 돌며 춤을 추었다.

"그런데 지금 우리 춤은 왜 추는 거야?"

"그야 지붕이 있는 집이 생겼으니까."

"그게 그렇게 대단한 일이야?"

"엄청나게 대단한 일이지."

"그러면 춤을 더 춰야겠네."

우리는 거리에 불이 밝혀질 때쯤 폴페로를 그대로 통과했어야 했지만, 그날 밤은 그대로 불이 밝혀진 선술집으로 직행해서 맥주를 사 마셨다. 그것도 한 사람 앞에 한 잔씩. 우리에게는 보증금과 한 달 치 집세를 낼 만한 돈이 남아 있었고 배낭에는 국수도 있었다. 그리고 몇 주 안에 학생 융자금도 계좌로 들어올 예정이었다. 그리고 집이 생긴다. 이것보다 더 멋진 인생이 있을까?

우리는 정면으로 영국 해협이 건너다보이는 절벽 위 관목숲 사이 좁은 땅 위에 정말 마지막으로 텐트를 쳤다. 해안선이 저 멀리 어둠에 잠긴 동쪽을 향해 뻗어 있었다. 잘 보이지는 않았지만, 나는 느낄 수 있었다. 우리가 지금까지 끌고 온 우리의 과거와 한데 얽힌 긴 여정이 거의 다 끝나가고 있었다. 축축하고 시원한 바람이 내 얼굴을 적셨다. 그리고 나는 이제 하루도 채 지나지 않아 내가 마침내 방향을 돌려 서쪽을, 그리고 미래를 바라볼 수 있게 된다는 걸 알 수 있었다.

"이 여정이 끝나는 지점에서 새로운 삶을 시작할 수 있게 된 건 그냥 우연은 아닐 거야. 어쩌면 작년에 이 여정을 시작하게 된 것도 우연이 아닐지도 모르지. 아마 다 운명이었을 거야."

"참 이상한 일이지만 당신 말은 나도 인정할게. 그런데 나는 계속 그냥 우연의 일치라고 생각할래."

우리는 역시 마지막으로 남쪽에서 불어오는 바람을 맞으며 텐트 문을 닫았다. 나는 그동안의 노숙자 생활이 이토록 예상치 못하게 갑자기 마무리되는 것에 대해 뭔가 멍한 기분이었다. 그런데 다음 날 아침 눈을 떴을 때 더 이상 배낭을 짊어지지 않아도 되고 또 하루를 절벽을 따라 걸을 필요도 없게 된다면 과연 어떤 기분일까? 나는 과연 어떤 사람, 아니 어떤 존재가 되어야 할까? 잘 알 수는 없었지만, 굳이 꼭 특별하게 다른 사람이나 존재가 되지 않아도 아무런 상관이 없을 것 같았다. 과거는 이제 다른 땅에 있었고 나는 그 땅을 떠날 수 있어서 기뻤다. 이제 마침내 나도 희망을 갖고 미래를 바라볼 수 있게 된 것이다.

우리는 환한 햇살 아래 텐트를 접고 접착테이프로 때워놓은 지지대들도 조심스럽게 접었다. 그리고 패디 딜런의 책을 펼쳐 마지막 장을 고무줄 사이에 끼워 넣었다. 그렇게 이제 그의 책에서 우리가 빠트린 구간은 하나도 남지 않게 되었다. 우리는 위아래로 마구 솟구쳐 올라갔다 내려오는 언덕 꼭대기와 골짜기 그리고 바닷가를 따라 그렇게 마지막으로 오르고 내리기를 반복했다. 하얀색으로 칠해진 표지판이 풀이 짧게 자란 완벽한 모습의 평지 한 곳을 내려다보고 있었다. 저녁 7시만 되면 우리가 늘 찾아 헤매던 그 이상적인 장소를 늘 그렇듯 한

낮이 다되어서야 만나게 되었다.

　주변에는 아무도 보이지 않았고 오직 한 남자만이 바위 위풀밭 끄트머리 위에 서 있었다. 남자는 1950년대 아프리카에 온 유럽인 사냥꾼 같은 차림새였다. 옅은 황갈색 반바지에 거기에 어울리는 조끼 그리고 챙이 넓은 모자까지. 남자는 그렇게 서서 왼손은 호주머니 속에 넣은 채 바다를 바라보고 있었다. 그의 오른손은 끝이 돌멩이 하나와 이어져 있는 것처럼 보이는 밧줄 같은 것 하나를 붙들고 있었다. 이따금 남자는 바람에 쓰러져 짧게 자란 풀들을 따라 한 걸음씩 앞으로 움직였다. 우리가 10분가량 지켜보는 사이 남자는 한 번에 한 걸음씩 3미터가량 움직였다.

　"더 이상은 못 참겠어. 가서 무슨 일인지 한번 살펴봐야지."

　좀 더 가까이 다가가 보니 밧줄 끝에 붙어 있는 건 분명 돌멩이가 아니었다.

　"안녕하세요? 거북이랑 산책하기 좋은 날이네요."

　마인헤드부터 시작된 여정의 이틀째 되던 날 숲속에서 처음 사람과 마주친 이후 거의 1년 가까운 세월이 흘렀다. 그리고 그때 요가를 하던 남자가 "거북이와 함께 걷게 될 것"이라고 했던 예언도 잊어버린 지 오래였다. 그런데 바로 이곳에서, 그것도 여정을 막 끝내려는 시점에서 만나게 된 건 다름 아닌 맞춤형 목줄을 하고 있는 거북이였던 것이다. 거북이는 풀과 관목 잎을 한 입씩 뜯어먹으며 한 걸음 한 걸음씩 아주 느리게 앞으로 나아가고 있었다.

"상추예요."

"네?"

"이 녀석 이름이 상추라고요."

우리 함께 한 걸음 앞으로 나아갔다.

"그나저나 그거……. 아니, 그러니까 그 녀석을 데리고 여기에서 뭐 하시는 건가요?"

남자는 손에 쥐고 있는 줄을 보다가 마치 터무니없는 질문을 들은 것처럼 우리를 돌아보았다. 세상에 어떻게 자신이 지금 하고 있는 일이 뭔지 몰라볼 수 있느냐는 그런 표정이었다.

"상추를 데리고 산책 나온 겁니다."

"산책이요? 상추는 오래 산책하는 걸 좋아하나 봐요? 그런데 그런 목줄이 꼭 필요한가요? 상추가 그렇게 빨리 어디로 달아나거나 하지는 못할 것 같은데요."

또 다시 우리는 약속이라도 한 것처럼 한 걸음 더 앞으로 나아갔다.

"겉모습에 속지 말아요. 겉으로 보기에는 느려 보여도 내가 잠깐 한 눈이라도 팔면 어느새 사라져버리니까. 그러면 상추를 꺼내 들고 앉아서 기다려야만 해요. 녀석이 상추 냄새를 맡고 다가올 때까지요. 그렇지만 그게 몇 시간이 걸릴 때도 있다고요."

남자는 주머니를 열어 그 안에 들어있는 작은 상추 조각을 우리에게 보여주었다.

"아하. 그래서 저 거북이를 상추라고 부르는 거군요. 그러면 그냥 집 마당에 가둬두는 게 훨씬 더 쉬운 일 아닐까요?"

남자는 눈알을 데굴데굴 굴렸고 우리는 또다시 한 걸음 다가갔다.

"절대로 그럴 수는 없어요. 상추도 이렇게 밖에 나와서 자유롭게 움직이고 그래야 하니까. 녀석을 그렇게 가둬둘 수는 없어요. 야생동물이니까. 그래서 이렇게 매일 데리고 나오죠."

"그렇군요."

우리는 다음 절벽 위로 올라간 후에야 비로소 서로 생각하고 있던 걸 말할 수 있었다.

"그러니까 이게 어떻게 된 일이야?"

"이것도 우연이라고 말하려면 아예 말을 꺼내지도 말라고."

한참을 그렇게 웃다가 돌아서 보니 랜티벳 베이가 우리 발 아래에 있었다. 그리고 그 너머로는 익숙한 펜캐로우 헤드의 전경이 눈에 들어왔다. 우리는 고통스러울 정도로 느리게 걸어가며 몇 분마다 쉬지 않고 발걸음을 멈추고 사방을 둘러보았다. 이 여정의 끝을 맞이하게 되었다는 사실에 크게 흥분이 되었지만, 그날이 오지 않기를 바라는 마음도 있었다. 그날 밤이 오면, 그래도 이제는 어느 정도 앞으로 다가올 미래를 예상할 수 있는 그날 밤이 오면 우리는 배낭을 내려놓고 어딘지 알 수 없는 곳에 침낭을 깔게 되리라. 그리고 그다음 몇 주 동안은 그나마 남아 있던 소지품 대부분을 팔아치워 승합차를 빌릴 수 있는 돈을 마련한 뒤 그야말로 꼭 필요한 물건만 챙겨 폴루안으로 가게 되리라. 모스는 그 과정을 끝까지 해낼 수 있다는 어떠한 구체적인 희망이 없어도 결국 대학에 입학하게 되겠지. 나는 일자리를 찾고 글쓰기를 시작할 것이다. 알 수 없는 불안과 상실감, 그리고 고통과 두려움에서 벗어나 우리는 이십 대 때 그랬던 것처럼 다시 행복을 찾을 수 있으리라.

더 이상 지체할 수 없다고 생각한 우리는 펜캐로우 헤드를 지나갔다. 우리의 노숙자 생활도 이것으로 끝이 났다. 우리는 긴 의자 위에 앉아 랜틱 베이를 내려다보았다. 그리고 배낭을 옆에 기대 놓고 마지막 남은 사탕 한 봉지를 나눠 먹었다. 송골매가 갑자기 눈앞에 나타나 랜틱 베이를 향해 아래로 이어져 있는 절벽을 따라 내려가다가 다시 솟구쳐 올랐고 그렇게 눈앞에서 사라졌다.

가시금작화 사이에서 한 사람이 나타났다. 1년 전과 똑같은 외투와 모자였다. 그리고 지팡이도 똑같았다.

"일주일 전에 돌아왔어. 작년에 두 사람이 떠나던 날에 함께 사라졌었지. 그런데 두 사람이 돌아오는 걸 알았나봐. 일주일 전에 먼저 와서 당신들이 오는 걸 알려준 건가, 아니면 저 녀석이 당신들을 데리고 온 건가. 어쨌든 녀석이 먼저 나타난 건 당신들이 오는 걸 알려주려고 그런 거겠지."

남자는 해가 지평선 너머로 떨어지기 시작하고 골짜기에서 안개가 걷히자 천천히 저 멀리 사라졌다.

우리는 과거의 충격을 천천히 잊어버릴 수 있을 만큼의 여유로운 시간을 가질 수 없었다. 그래서 그냥 아름다운 자연이 상처를 치유해준다는 흔해 빠진 이야기처럼 우리 인생의 나아갈 길을 새롭게 찾기 위해 자연 속으로 길을 떠났다. 파도가 몰아치듯 나쁜 일들이 우리를 정면으로 덮쳤다. 그리고 우리가 이 사우스 웨스트 코스트 패스에서 새로운 우리 모습을 찾아내지 못했더라면 그 파도는 우리를 그대로 쓸어가 버렸으리라. 우리는 이 여정을 통해 모든 감정을 다 잃어버렸고 힘도 의지도 형편없이 약해졌다. 그렇지만 그런 후에 우리는 자주 보았던 바람에 기울어진 나무처럼 자연 속에서 새로운 모습으로 다시 일어서게 되었다. 아무리 험한 폭풍우라도 다 이겨내고 밝게 빛나는 새로운 바다로 나아갈 수 있게 된 것이다. 나는 서로의 정수 속에 얽혀 있는 두 십 대의 모습을 떠올려 보았다. 거기에는 지금까지 살면서 거의 잊어본 적이 없는 나의 열정, 장대비와 작열하는 태양, 절벽 위의 상승 기류를 타고 자유롭게 날아오르는 송골매 등도 함께 얽혀 있었다. 그리고 단지 전기적 작용 이상의 무엇인가에 의해 함께하고 있는 두 개의 분자도 있었다. 물론 전기적 작용만으로도 분자는 충분히 함께할 수 있다. 그렇지만 그런 관계는 언젠가는 곧 깨어질 뿐이다. 마침내 나는 그동안의 노숙 생활로 무엇을 배웠는지 깨달을 수 있었다. 나는 내가 갖고 있던 모든 물질적인 것들을 잃어버리고 완전히 발가벗겨졌다. 나는 쓰다가 만 책의 비어 있는 공간이나 마찬가지였다. 하지만 동시에 나는 선택을 할 수 있었다. 그대로 책을 내버려 두거나 아니면 그 빈 공간을 희망으로 채워나가거나. 나는 희망을 선택했다.

사우스 웨스트 코스트 패스에서 보내는 몇 개월이 앞으로의 나의 미래를 어디로, 그리고 어떻게 이끌어갈지 나는 전혀 알 수 없다. 그렇지만 우리가 여름의 끝자락에만 맛볼 수 있는, 그 소금 맛이 살짝 나는 산딸기처럼 되었다는 사실은 알 수 있다. 우리가 유일하게 필요로 하는 건 바로 이 완벽한 순간이었다.

감사의 글

두 명의 대단한 사람들에게 큰 빚을 졌다. 바로 그레이엄 모 크리스티 출판사에서 나를 담당하고 있는 제니퍼 크리스티와 마이클 조셉 출판사의 탁월한 재능을 지닌 편집자 피오나 크로스비다. 선견지명이 있었던 이 두 여성이 아니었다면 이 책은 세상에 태어나지 못했으리라. 또한 제인 그레이엄 모의 호의와 친절도 큰 도움이 되었다. 리첸더 토드와 초고 수정 작업을 함께 할 수 있었던 건 큰 기쁨이었으며 책의 아름다운 표지는 안젤라 하딩의 예술적 도움을 통해 탄생했다. 그 밖에도 마이클 조섭 출판사의 여러 뛰어난 직원들과 함께 일할 수 있어서 큰 행운이었다. 그들의 열정이 오늘의 이 책을 만들어냈다고 해도 과언은 아니다.

우리가 정처 없이 떠돌던 무렵, 많은 사람들이 인내와 친절로 우리를 대해주었다. 에디와 카라, 수와 스티브, 그리고 자넷을 비롯해 폴리에게 진 빚은 영원히 잊지 못할 것이다. 그들이 제공해주었던 방과 차 한잔이 얼마나 고마웠는지.

이밖에도 여행을 계속하면서 우리 부부는 많은 친절한 사람들과 웃음과 감동을 주는 사람들을 만날 수 있었다. 지금은 연락이 닿지 않지만, 그들도 분명 우리를 기억하고 있으리라 믿는다. 데이브와 줄리가 보여주었던 우정 그리고 우리에게 가장 필요했던 집을 제공해준 안나에게 특별한 감사의 마음을 전하고 싶다. 그렇지만 정말 그 친구가 없었더라면 우리는 감히 사우스 웨스트 코스트 패스를 여행할 엄두조차 내지 못했을 것이다. 그 친구의 선견지명과 지혜 그리고 판단력이 있었기에 우리는 가장 어려운 순간에도 용기를 갖고 불가능해 보였던 여정을 끝까지 마칠 수 있었다. 패디 딜런은 늘 우리와 함께 했는데, 나는 그가 자신의 책만큼이나 열정적이고 신뢰할 수 있는 친구라는 사실을 분명 확신할 수 있다.

하지만 무엇보다도 우리의 두 아이, 톰과 로완에게 사랑을

전하고 싶다. 나 스스로조차 자신을 의심하던 시절, 두 아이는 내가 1,000킬로미터가 넘는 길을 걷고 책을 쓸 수 있다는 사실을 믿어주었다. 그리고 따뜻하며 의지력 강한 남자인 내 인생의 사랑 모스에게 감사의 마음을 전한다.

지은이 레이너 윈 Raynor Winn

자연의 치유력과 캠핑에 대한 글을 쓰는 작가이자 장거리 워커 (walker). 3년여 동안 지루하게 이어진 법정 공방은 손수 일군 집 과 농장 등 모든 것을 앗아가고 말았다. 벼랑 끝에 내몰리게 되었 다고 느꼈던 그때, 남편 모스와 함께 영국 남서부 해안에 위치한 약 1,000킬로미터에 달하는 내셔널 트레일인 '사우스 웨스트 코스트 패스'를 무작정 걷기로 결정했다. 그렇게 1년이라는 시간 동안 걸음 을 옮기면서 경험한 자연이 준 위로와 희망을 첫 책《소금길》에 담 았다. 출간 직후부터 수많은 독자의 공감을 끌어내며 위로를 선물 한 이 책은 영국의 권위 있는 문학상인 '코스타 북 어워드'와 생태와 환경 분야 도서에 수여하는 '웨인라이트 프라이즈'의 최종 후보에 오르기도 했다. 지은 책으로는《소금길》이후 새로운 터전에서의 정착 과정을 담은《와일드 사일런스》가 있다.

옮긴이 우진하

삼육대학교 영어영문학과를 졸업하고 성균관대학교 번역 테솔 대 학원에서 번역학 석사 학위를 취득하였다. 한성 디지털대학교 실용 외국어학과 외래 교수로 활동하였으며 현재 출판 번역 에이전시 베 네트랜스에서 전속 번역가로 활동 중이다. 옮긴 책으로《와일드》, 《나의 기억을 보라》,《2030 축의 전환》,《붕괴》등이 있다.

소금길

2021년 3월 31일 초판 1쇄 발행

지은이 레이너 윈
옮긴이 우진하
펴낸이 김상현, 최세현 **경영고문** 박시형

책임편집 김선도 **디자인** 임동렬
마케팅 권금숙, 양근모, 양봉호, 임지윤, 이주형, 유미정, 전성택
디지털콘텐츠 김명래 **경영지원** 김현우, 문경국
해외기획 우정민, 배혜림 **국내기획** 박현조
펴낸곳 (주)쌤앤파커스 **출판신고** 2006년 9월 25일 제406-2006-000210호
주소 서울시 마포구 월드컵북로 396 누리꿈스퀘어 비즈니스타워 18층
전화 02-6712-9800 **팩스** 02-6712-9810 **이메일** info@smpk.kr

쌤앤파커스(Sam&Parkers)는 독자 여러분의 책에 관한 아이디어와 원고 투고를 설레는 마음으로 기다리고 있습니다. 책으로 엮기를 원하는 아이디어가 있으신 분은 이메일 book@smpk.kr로 간단한 개요와 취지, 연락처 등을 보내주세요. 머뭇거리지 말고 문을 두드리세요. 길이 열립니다.